단향

色·을·탐·하·다

단향-색을 탐하다 1

초판 1쇄 찍은 날 | 2015년 10월 15일
초판 1쇄 펴낸 날 | 2015년 10월 23일

지은이 | 차소희
펴낸이 | 서경석

편 집 책 임 | 조윤희
편   집 | 이은주
              주은영
디 자 인 | 신현아

펴 낸 곳 | 도서출판 청어람
등록번호 | 제387-1999-000006호
등록일자 | 1999. 5. 31
어람번호 | 제11-0026호

주소 | 경기도 부천시 원미구 부일로 483번길 40 서경B/D 3F (우) 14640
전화 | 032-656-4452 팩스 | 032-656-4453
http://www.chungeoram.com
E—mail | chungeorambook@daum.net

ⓒ 차소희, 2015

ISBN 979-11-04-90456-1   04810
ISBN 979-11-04-90455-4   (SET)

1

차소희 장편 소설

단향

色·을
탐·하·다

도서출판
청어
람

목차

태초(太初)에 천주(天主)의 손아귀에서 피어오른 생명의 불꽃이 온 바다와 대륙을 뒤덮으며 불타올랐으니. 이는 곧이어 폭발하듯 퍼져나가 하나의 대륙을 여러 갈래로 갈랐다.

각기 다른 색을 지니고 네 개로 갈린 불은 네 개로 갈린 대륙을 향해 저마다 날아갔으니. 훗날 사람들이 이를 향해 이르기를, 빨간 불꽃은 적(赤)이요, 푸른 불꽃은 벽(碧)이요, 순백의 불꽃은 호(皓)요, 검은 불꽃은 현(玄)이라.

적(赤)은 천주의 옥구슬이 가장 먼저 떠오르는 북동쪽으로 날아가, 적나라를 굽어살폈다. 후로부터 오백 년이 지난 석양이 지는 어느 날, 적은 불꽃을 토하며 커다란 붉은 새가 되어 천주의 우편으로 날아갔다. 그리하여 백성들은 이를 '환조(煥鳥)'라 부르고 자신들을 환조의 자손이라 칭하였다.

벽(碧)은 푸른 바다와 가장 가까운 남쪽으로 날아가 벽나라를 살피었다. 이로부터 오백 년이 지난 날. 벽은 어업을 삼는 백성들의 노고를 치하하고자 시퍼런 용이 되어 바다 속으로 흘러가 백성들을 보살폈다. 이에 백성들은 자신들을 '청룡(靑龍)'의 자손이라 칭하며 대대손손 그 이름을 물려주었다.

호(皓)는 북쪽으로 날아갔다. 북쪽은 가장 추운 곳임과 동시에 그렇기에 깨끗한 눈이 쏟아지는 곳이었다. 때문에 불꽃의 보살핌이 필요한 곳이었으나 호는 삼백 년 후에 그 자취를 감추었으니, 버려진 백성들은 스스로를 '버려진 나라'라 일컬으며 호를 기다리지 않았다. 오직 순백의 불꽃이 늑대의 형상과 흡사하다 하여 호를 호랑(皓狼)이라 일컫기만 하였다.

현(玄)은 서쪽으로 날아갔다. 울창한 숲으로 둘러싸인 곳이었기에 대낮에도 빛이 들어오지 않는 곳이었다. 그렇기에 검은 불꽃과 가장 잘 어울리는 곳이더라. 현 또한 현나라를 삼백 오십 년간 다스리다, 후에 검은 호랑이가 되어 숲 속으로 자취를 감추었다. 백성들은 나라가 어두워지면 현이 다시 나타날 것이라 믿고 현나라를 깊은 어둠으로 물들였다. 훗날 그들은 자신들을 '현호(玄虎)의 후손'이라 일컬었다.

― 창공(彰空)의 서 제 1막. 혼돈 中 발췌

1장.

떠나간 새들이 돌아오다

호나라, 이백사십년 잎새달 그믐날. 사정전.

"전하, 단향 옹주께서 알현을 청하옵니다."

"들라 하라."

다소 가라앉은 목소리가 얇은 창호지를 넘어 들려왔다. 부산스레 움직이는 상궁의 손길에 의해 굳게 닫혀 있던 문이 스르륵 열린다.

건너편의 왕과 자신을 가리고 있던 가림막이 사라짐과 동시에 향은 우악스럽게 인상을 찌푸렸다. 그리고 코를 틀어막는다.

아아, 어디서 이런 고약한 냄새가 풍기나 했더니, 네년이었구나.

향은 아비 옆에 앉아 있는 중전을 직시하며 생각했다. 그리고 들려오는 왕의 말길에 따라 그에게 두 손을 가지런히 모으며 입을 열었다.

"평안하셨나이까. 소녀, 어명을 다소 늦게 들은 바, 이리 늦은 시각에 알현하게 되어 송구스럽나이다."

향은 앉으라 손짓하는 대왕의 맞은편에 다리를 모으고 다소곳이 자리를 잡았다. 힐끗 눈길을 돌려 중전을 바라본다. 빳빳하게 턱을 들고 가증스러운 미소를 띠우며 향을 내려다보고 있는 그녀.

하하, 그래. 눈엣가시였던 내가 사라진다니 살맛이 나는 게지. 그러니 저리 웃고 있는 걸 테지. 하나 네년의 웃는 낯짝도 잠시 뿐일 게다.

향은 입술을 자근자근 깨물며 요동치는 가슴을 갈무리한다.

"옹주의 옥안을 보기가 이리 힘들 줄이야. 달포 만에 마주하는 듯싶구나."

"송구하옵니다."

그녀는 한 상 다과를 내온 상궁을 뒤로 물리며 대답했다.

"왜, 입맛이 없는 게냐?"

"내일이면 이 궁을 떠나야 한다는 생각이 온통 가득하건대, 어찌 목구멍으로 음식이 넘어갈 수 있겠사옵니까. 송구하오나 물 한 모금 넘길 수 없는 소녀의 애통한 심정을 헤아려 주시옵소서."

아, 대왕은 탄식을 내뱉으며 고개를 흔들었다.

"여우도 죽을 때에 제가 살던 굴로 머리를 둔다 하였거늘, 지금이라도 아바마마의 옷자락에 매달려 명을 거두어 주십사 아뢰고 싶은 심정이옵니다."

"향아……."

"하나 임금의 명은 금이라, 한번 내리신 명, 다시 거둘 수 없다는 것을 알고 있사옵니다. 그에 가지런히 체념하였으니 심려는 마십시오."

"미안하구나."

대왕은 두 눈을 질끈 감으며 설움을 내뱉었다. 그러나 그 애처로운 행동과 반하는 비웃음 소리가 들려왔다. 근원지는 그 소리를 따라가지 않아도 알 수 있었다.

'중전.'

향은 작게 중얼거리며 그네를 향해 고개를 틀었다.

너는 마치 똬리를 틀고 있는 뱀 같구나. 눈동자를 번뜩이며 나를 노려보는 것이, 날름거리는 혓바닥으로 내 주위를 훑어내는 것이.

향은 입술을 꾹 깨물었다.

"전하. 왜 그리 애통해하십니까. 옹주께서 적나라의 태자비가 되어 훗날 적(赤)의 황후가 되면, 그때부터 나라의 물꼬가 트이게 되는 것이 아니겠습니까. 대의를 위해 소의를 희생하는 것뿐이온데, 어찌 그리 심려를 내비치십니까. 경사스러운 일이라 생각하시옵소서."

중전은 입가에 그득 비소를 머금은 채 술술 말을 뱉었다.

향에게 돌려진 시선에는 비릿한 독뿐이 그득하다. 이에 향은 비식 선웃음을 지었다.

제 스스로 비단뱀이라 착각하고 있는 년. 아직 허물을 벗지 못한 새끼임에도 독을 내뿜을 수 있다 착각에 빠져 아가리를 벌리는 꼬락서니 하고는. 우습다. 우스워서 정녕 웃음이 나올 지경이야.

향의 눈동자가 번뜩였다.

"소녀, 길을 떠나기 전 아바마마께 감히 간청할 것이 있사온데, 윤허하여 주시옵소서."

적나라. 천 리 먼 길을 잠자코 간다 하였을 때는 분명한 이유가 있었을 터. 그간 속으로 벼르고 엿보던 것을 말할 때가 온 것이다.

"오오, 그래. 옹주의 청이라면 뭔들 못 들어주겠느냐. 말해보거라."

"돌아가신 어마마마의 한을 풀어주시옵소서."

"뭐라?"

중전의 날카로운 목소리가 귀를 찌르듯 날아왔다. 그러나 향은 개의치 않는다는 듯 아비의 손을 덥석 붙잡았다.

"무뢰배들의 모략으로 반역을 꾀하였다는 오명을 뒤집어쓴 제 어머니, 중전의 자리에서 폐위되어 다시는 궐을 밟지 못하고 죽어버린 제 어머니, 뜨겁디뜨거운 불길 속에서 비명조차 지르지 못한 채 바스러진 제 어머니, 각골에 통한이 사무쳐 죽어도 그 눈을 감지 못하는 제 어머니. 어마마마의 뼛조각을 다시 모아 대비마마의 묘 옆에 천묘하여 주시기를 간절히 청하옵나이다."

향의 말에 들리는 대답은 없었다. 철근이 얹어진 듯 가라앉은 공기는 향의 양어깨를 무겁게 짓눌렀다. 보지 않아도 알 수 있었다. 혓바닥을 날름거리며 침을 끌어 삼키는 중전의 모습을. 당장에라도 향을 찢어 죽일 듯 눈을 번뜩이는 그네의 오물을.

"윤허한다."

"저, 전하!"

"나 역시 품고 있던 생각이오. 비록 후에 숙의에 봉작되어 왕실의 예를 갖추었다 하나, 그 묘는 왕실의 것이라 할 수 없을 정도로 허름하기 짝이 없지 않소. 옹주의 청을 들어도 반발할 이는 아무도 없을 게요. 중전, 옹주의 마음을 헤아려 주시구려."

"하, 하오나 전하……."

"하늘같이 넓은 성심에 성은이 망극하옵나이다."

향은 아비를 향해 큰절을 했다. 내 몸뚱이 하나 팔아 어미의 위패를 만들 수 있다면 더할 나위 없는 거래일 터다. 삐뚜름하게 올린 시야에 부들부들 떨고 있는 중전의 몸뚱이가 들어왔다.

아아, 즐거워라. 네년 얼굴이 일그러지는 것을 볼 적마다 짜릿하게 올라오는 이 전율이 나는 너무도 좋다. 내일이면 내 저 높은 산을 건너 타국으로 넘어가 다시는 호에 발을 디딜 수 없는 외인이 될지언정, 오 년간 기다리던 정인을 버리고 새로운 이를 낭군을 맞이하게 될지

단향 色을 탐하다

언정, 마지막으로 네년을 골탕 먹일 수 있다는 게 너무도 즐겁다.

향 스스로도 막을 수 없는 콧노래가 흘러나왔다. 기분 좋은 미소를 그득 담은 채 더욱 고개를 숙인다. 방 안에 널려 있는 썩은 내가 더욱 짙어진다. 향의 향을 덮을 만큼.

어느덧 땅거미 가득한 시간이 되었다. 발간 빛이 그득했던 하늘은 검은 천을 감은 듯 컴컴해졌다. 차가운 밤기운이 뜰을 메운다. 날카롭게 날이 선 밤바람은 하늘을 굽이쳐 단향의 몸을 거칠게 내리 훑었다. 흙냄새, 풀 냄새, 먼지 냄새⋯⋯.

"단향 옹주."

그리고, 썩은 내. 향은 비식 웃으며 입술을 달싹였다. 고약한 냄새를 품은 앙칼진 목소리가 조용한 공기를 조각조각 깨뜨렸다. 향은 찬찬히 몸을 돌려 소리의 근원으로 눈을 향했다. 한 치 앞도 가늠치 못했던 어둑한 시야에 길쭉한 인영이 하나 보였다.

"이리 먼 길까지 어인 행차십니까, 중전마마."

비칠거리는 걸음으로 자신에게 다가오는 중전을 향해 향은 가지런히 허리를 숙였다. 그런 모습에 중전은 기가 찬다는 듯 주먹을 바르쥐며 헛웃음을 내뱉었다.

"제 고향에서 발을 떼게 되는 날이 내일인데, 옹주 홀로 적적해할까 찾아왔지요. 왜, 제가 온 것이 고깝습니까?"

뜻이 담겨 있는 말. 내가 걱정된 것이 아니라 오늘 내일의 행보가 궁금해 찾아온 걸 테지. 그리 뻔히 보이는 속내를 어찌 감추려 할꼬? 향은 비웃음을 집어 삼키며 눈을 번뜩였다.

"그럴 리가요. 하해와 같은 성은에 몸 둘 바를 모르겠나이다."

중전은 배죽 웃음을 지었다. 한층 무거워진 뜰의 공기가 그들의 주변 땅을 야금야금 갉아내기 시작했다.

"그리 고개를 빳빳하게 들 적도 얼마 남지 않았습니다. 태자비가 된다 하여도, 황태자의 연정을 받지 못한다면 짚으로 만든 개요, 나 뒹구는 짚신 한 짝이 아니겠습니까? 어디 한번 자알 꾀어 보시지요."

물꼬를 트듯 술술 말을 내뱉던 중전이 잠시 숨을 삼켰다. 그리고 향의 또렷한 눈망울과 시선을 마주하고,

"어미처럼 치마폭이라도 들어보시던가요."

하하, 웃음소리가 들린다. 중전의 목구멍에서 나오는 소리일까? 아니. 한참 배를 잡고 웃는……. 곧이어 순식간에 싸늘해진 낯빛으로.

향은 저 역시 입꼬리를 틀어 올렸다.

"벽나라에 초상화를 보내기가 무섭게 거절당한 공주 혜령의 어미께 서 그런 말씀을 하시면 아니 되지요. 하기야, 워낙 박색이니 예상하고 는 있었습니다만. 어쩌면 좋습니까, 혼기가 찼는데도 정인이 없어서."

"뭐, 뭐라?"

"하나 걱정하지 마시지요. 대신들의 자제 또한 많지 않겠습니까. 물론 그들에게 웃돈을 한참 얹어주어야 할 테지만요."

"이, 이……!"

중전은 바르르 몸을 떨며 숨을 토해냈다. 제 노기를 이기지 못해 나온 행동이었다.

"발칙한 계집!"

마지막 발악. 향은 중전의 외침을 들으며 생각했다.

"궁에서 내쫓기는 주제에 잔말 말고 냉큼 꺼지면 될 것이지, 이리저 리 들쑤시고 다니며 내 속을 뒤엎는 것이 그리도 즐겁더냐?"

"어찌 그런 험한 말씀을 하시옵니까. 소녀, 돌아가신 어마마마를 그 리는 마음이 너무도 커 그 혼이라도 뫼시고 싶은 통한에 청을 올린

것인데, 이마저도 불허한다 하시면 소녀 어찌할 바를 모르겠나이다.”

“하, 반역의 죄인에게 천묘라. 폐하를 해하려 한 죄인에게 위패라!”

중전은 부러 혀를 차며 고개를 절레절레 흔들었다. 그에 단향은 풀어 헤친 머리칼을 쓸어 넘기며 두 눈을 곧추 떴다.

“반역의 죄인이라니요. 폐하를 해하려 했다니요. 어찌 감히 그런 망단을 하실 수 있습니까? 전하께서도 어마마마의 무죄를 인정하여 다시 궐로 불러들이려 하지 않으셨습니까?”

차오르는 분을 겨우겨우 끌어내린다. 숨을 짧게 들이마신다.

“어마마마를 불길 속으로 내몬 것이 누구였습니까? 어마마마의 옥체에 칼을 내리 찌른 것은 누구였습니까? 마마의 수하가 저지른 짓이라 궐 안에 소문이 파다한데! 부끄럽지 않으십니까? 수괴스럽지 않으십니까! 하늘이 노하실 겁니다. 하늘이 벌을 내려요!”

향의 너무도 확언한 말에 중전을 대답하지 않았다. 아니, 말을 할 수가 없는 듯 보였다. 제 분을 이기지 못하고 나온 거친 숨만을 토하고 있었기 때문이다.

단향은 당장이라도 자신에게 달려들 것만 같은 중전의 누르스름한 눈동자를 응시했다.

“대, 대체 누가 그런 망발을 한단 말이더냐? 하! 하늘이 벌을 내려? 네가 그런 말을 하면 아니 되지. 하루가 멀다 하고 패악을 부리고 다니는 계집이! 호랑의 아가리에 삼켜질 것은 내가 아니라……!”

“그 입.”

화기로 가득 찬 향의 울대가 달싹였다.

“다무시지요. 소녀, 내일이면 호에 없는 사람이 될 터인데, 미친 척 마마의 옥체에 상을 입혀도 별반 없지 않겠습니까.”

독기 어린 말에 중전은 주춤 뒷걸음질을 쳤다. 굽이치는 분이 담겨 있는 눈동자. 그것은 마치 금수의 것과도 같아 보였기 때문이다. 그러나 중전은 물러서지 않는다. 작정이라도 한 양 부러 목소리를 높이며,

"네년이, 네년이 정녕 적의 어미가 될 것이라 생각하느냐? 네년 따위가? 하! 웃기지도 않지! 소박맞아 돌아온다 할지언정 네년을 받아 줄 곳은 없……!"

"적의 어미가 되지 못할 것도 없지요. 태생이 멍청한 혜령보다야 희망이 보이는 일이지 않습니까?"

"이, 이……! 빌어먹을 년!"

중전은 발을 동동 구르며 고래고래 소리를 내질렀다. 푸드득, 나뭇가지 위에 앉아 있던 새들이 놀라 달아나는 소리가 들렸다.

향은 문득 고개를 치켜 올렸다. 어둑해진 밤하늘. 별빛도 달빛도 매지구름 뒤에 숨어버린 세상. 참으로,

'어둡다.'

그녀의 몸이 파르르 떨렸다. 척추를 따라 조알만 한 소름이 우드드 돋았다. 언제까지 계속해야 할까.

"내 반드시 네년을 죽여 버릴 게야!"

이 더러운 짓거리를.

향은 배죽 웃음을 지었다. 끝이 없을 테지. 내가 죽지 않는 한, 내가 이것들을 버리지 않는 한.

그녀의 눈동자에 드넓은 궁의 전경이 담긴다. 곧이어 손가락을 오므리며 입술을 꽉 깨문다. 고개를 내리고, 누런 눈동자로 끝없이 독을 뱉고 있는 중전과 눈을 마주한다.

"저는 단향입니다. 호나라의 하나뿐인 옹주, 단향이요! 소녀, 약조하건대 적의 황후가 되는 그날에, 반드시!"

꽉 깨문 아랫입술에서 짭짤한 피가 흘러나왔다. 그녀가 짙은 독기

를 품고 있다는 사실이 너무도 확연하였다.

"마마의 모가지를 치러 오겠나이다."

구름이 걷힌다. 그와 동시에 영롱한 달님의 빛이 뿜어져 나와 중전과 향의 사이를 스쳐 지나갔다.

"그때까지, 부디 옥체 강녕하시길 간절히 비옵나이다."

떠나간 새들이 돌아온다. 끼룩끼룩 우는 새 소리가 구슬프게 메아리쳤다.

❋

적나라, 이백사십년 잎새달 그믐날. 동주궁.

"저, 전하, 대체 이, 이게 어찌된……."

짙은 밤하늘 아래, 신월의 푸르스름한 빛이 내리고 내려와 동주궁의 창을 넘어 들어왔다. 그 빛을 가감 없이 내려 받고 있는 것은,

"울아."

적나라의 황태자인 진원.

"태, 태자비라니요. 어, 어찌 저를 두고 다, 다른 이를 비로 맞는다는 말씀이십니까."

그리고 애원에 그득 찬 눈빛으로 진원을 바라보고 있는 한울.

진원은 골치가 아프다는 듯 맥박이 뛰는 관자놀이를 꾹꾹 눌러댔다. 좁혀진 미간은 쉽사리 풀어질 생각을 하지 않는다. 대체 이를,

'어찌해야 할까.'

진원은 머리를 헝클며 짤막한 숨을 내쉬었다. 적(赤)의 상징. 붉디붉은 머리칼이 흐트러진다.

"나 역시 몰랐던 일일세. 어떻게든 수를 써볼 터이니 마음 편히 두게나. 그 고운 얼굴이 상하지 않아."

"전하……."

한울은 울대를 달싹이며 간신히 입을 열어 대답했다. 소원이 담겨 있던 밤색 고운 눈동자에 거뭇한 화기가 몰래 스쳐 지나갔다.

"부, 분명 저와 약조를 하지 않으셨습니까. 적나라의 어머니 자리엔 제가 있어야 한다 하지 않으셨습니까. 한데, 한데…… 호나라라니요. 그, 그…… 야만인들의 나라인 호나라라니요. 어찌, 어찌……."

"울아."

진원은 떨림이 그득한 한울의 어깨를 감싸 안았다.

"황후가 계략을 쓴 게야. 너를 이도저도 가지 못하게 만들어 태위의 눈길을 내게 돌리지 못하게 하려는 속셈일세. 눈에 훤히 보이는 술수인데, 고작 이런 것에 휘둘리면 아니 되지. 응?"

"제가 이날을 얼마나 기다려 왔는지…… 전하는 아시지 않습니까."

한울은 어깨를 떨어뜨렸다. 삼 년의 지나온 세월이 떠오르는 듯, 아랫입술을 자근 깨물며 애통의 숨을 내뱉는다.

"그래, 아네, 알아. 나 역시 너와의 혼례가 파기되어 얼마나 애통한지 몰라. 하나 어찌하겠는가. 황제의 명은 은이라, 그를 청정하는 황후의 말은 금이지 않아."

"하, 하오나……."

"한울."

진원은 한울과 눈을 마주한다. 한울의 눈에는 끝을 모를 애탄이 담겨 있었고, 진원의 눈에는 뜻을 모를 설핏한 빛이 스쳐 지나갔다.

국가의 대사를 결정하는 삼공 중 하나인 태위(太衛) 이치원의 독녀 한울. 그런 태위의 힘을 얻고자 한울을 제 비로 맞이하려는 진원.

그러나 이를 막기 위해 황후가 먼저 수를 썼으니, 그것은 변방 약소국인 호나라 옹주를 태자비로 들여 한울을 내치게 하려는 것이었다.

예상치도 못한 일. 감히 짐작치 못했기에 이리 당황을 감출 수 없는 것이라. 그러나 가만히 앉아 넋 놓고 당할 수는 없기에.

"내 반드시."

주먹을 바르쥔다.

"호나라 옹주 계집을 내쫓고 너를 황후로 삼을 것이야. 그러니 그때까지만 참고 있거라. 응?"

"정녕…… 그 약조를 믿어도 되겠습니까?"

한울의 눈가가 바르르 떨렸다. 그에 진원은 설핏 웃음을 내지었다.

그래, 내 반드시.

"내가 약조를 어기는 것을 보았나. 내 반드시 너를 황후 자리에 앉혀……"

네 목을 쳐주겠네. 진원은 차마 내뱉지 못한 진실의 말을 감추며, 먼 훗날 일어나게 될 확신에 담긴 말을 숨기며 한울의 뺨을 부드럽게 쓰다듬었다. 마치 애정이 그득 담긴 듯한 손길로.

"하니 태위께도 염려치 말라 말을 전해주게나. 너 역시 걱정치 않아도 되고."

"저는 전하를 연모합니다."

제 뺨을 어루만지는 진원의 손을 잡은 한울이 말했다.

"전하를 연모하기에…… 그 옆에 있으려는 것뿐입니다."

호나라와의 혼인 동맹의 조약이 적힌 연통이 한울의 손아귀에 갇혀 구깃 구겨졌다. 그와는 상반되는 간절함이 묻어 있는 한울의 말길. 연모라는 감정에 가려진 탐욕과 야심이 실재하는 것. 그렇기에 애절하게 다가오는 말씨가 표면으로 와 닿지 않는 것이라.

세상 풍파를 겪어보지 못한 이. 한 줄기 연꽃과 같이 청량하고 순수한 이. 너무도 순수하여 제가 무슨 잘못을 하고 있는지도 모르는 이. 그렇기에 모든 행동은 너무도 잔인한 것이었다.

"알고 있네."

"전하도…… 저를 연모하시지요? 저를 은애하시지요?"

원은 불현듯 찾아온 과거의 기억에 사뭇 어두운 비소를 지었다.

은애…… 라 하였느냐? 정녕, 내게 연모를 말하는 것이냐?

진원은 자신의 목에 걸려 있는 작은 노리개 조각을 더듬더듬 매만졌다. 불길에 오그라져 그 형태를 알아볼 수 없는…… 그러나 진원에게는 그 어떤 것보다도 소중한.

그러나 이것들을 오롯이 드러낼 수는 없는 일이었기에. 언제 어둠을 내비쳤냐는 듯 진원은 밝은 미소를 머금으며 한울의 손을 더욱 꽉 부여잡았다.

"내 평생 그대만큼 마음에 들어온 이가 없다네."

말과는 상이한 설움이 담겨 있는 숨을 뱉는다. 이 모든 것은 오 년 전 죽은 그이를 위한 것이라. 오 년 전 죽은 재민을 위한 것이라. 제가 황제가 되는 것이 모든 것을 위하는 것이라. 진원은 그리 생각하며 끈적한 침을 모아 삼켰다.

"나 역시 연모한다, 울아."

각기의 탐욕들이 모이기 시작한다.

얽히고설켜 결국엔 한 뭉텅이가 되는 것처럼, 그들의 다다른 감정역시 합쳐짐이 분명할 터였다.

2장.

나부끼는 세월의 한가운데에서

하늘엔 붉은 태양이 휘영청 걸려 있었으니, 그 빛은 공기를 교란시키며 흘러내려 푸르른 녹음에 힘을 보태 세상을 새파란 색으로 물들였다. 반짝이는 세상, 흙더미를 가르고 올라오는 봄의 아지랑이, 그리고 저 산 너머로 보이는 만년설의 모습……

소성, 호나라와 적나라의 경계인 곳이었다. 이 적막한 곳에 때 아닌 큰 소리가 울려 퍼졌으니,

"전하! 대체 어디까지 갈 심산이십니까!"

황태자 진원의 호위무사, 기찬의 말씨였다.

"나도 모르네."

"하면, 지금 어디로 가고 있는 것입니까?"

"그것도 나야 모르지. 발길 가는 대로, 바람 가는 대로 훌훌 떠났던 것이 아니더냐?"

"전하!"

어깨를 으쓱거리며 콧바람을 부는 진원 덕에 기찬은 왈칵 성을 내며 그에게로 말을 돌렸다.

본래 말이 듬쑥하고 행동이 신중해 사 년 전부터 진원의 옆에 머무르며 그의 일거수일투족을 거들던 이라 진원의 행에 반하는 일은 이제껏 한 번도 없었지만, 요 며칠간 뜻을 짐작할 수 없는 진원의 행동에 결국 한계치에 다다랐던지 참았던 분을 왈칵 터뜨리기에 이르렀다.

"말이라도 해주셔야지요. 왜 황실을 뛰쳐나온 것인지, 그렇다면 어디로 갈 것인지, 앞으로 어떻게 무엇을 하실 것인지!"

이틀 전, 갑작스레 기찬을 찾아온 진원은 그에게 아무것도 설명치 않은 채 그를 끌고 나오기에 이르렀다. 이유를 물어도 말을 해주지 않으니, 발길의 끝을 물어도 대답치 않으니, 이 어찌 올곧은 무사마저 화가 나지 않을 수 있을까?

"왜 그리 화를 내고 그러나. 간만에 나들이라도 나왔다 생각하게. 어찌, 바람이 참으로 좋지 않아?"

진원은 한 손으로 바람을 매만지며 부드러운 미소를 내지었다.

다소 찬기를 머금은 바람이 하늘을 매어 감으며 우수수 떨어졌다. 짙푸른 녹음이 넘실거린다. 조각조각 흩어져 있는 하얀 구름이 그들의 머리 위를 둥둥 떠다녔다. 그 아래,

"호(皓)의 바람이구나."

햇살을 갈아 넣은 듯 반짝반짝 빛이 나는 머리칼을 흩날리는 진원. 양의 아들임에도 불구하고 음에 있었던 것처럼 백옥같이 고운 피부, 움푹 들어간 눈매엔 붉은색의 눈동자가 자리 잡고 있었으며, 콧대는 서산처럼 우뚝 서 있었다. 태양을 닮은 이. 그리고 하늘을 품은 이.

우뚝 서 있는 소나무와도 같아 보이는 그 모습이 같은 남정네가 보아도 참으로 멋들어져 기찬은 애꿎은 기침만을 하며 고개를 내두를

수밖에 없었다.

"저는 누구처럼 천하태평하지가 않아서 말입니다. 전하, 저는 더 이상 못 갑니다. 황실을 뛰쳐나온 연유를 말씀해 주시지 않는다면, 저는 이제 한 발자국도 움직이지 않을 것입니다."

"기찬아."

"그리 부르셔도 안 됩니다."

"나쁜 놈, 어찌 그리 매정하더냐?"

"전하께서 이리 만드신 것 아닙니까?"

진원은 하하 실소를 터뜨리며 머리칼을 쓸어 넘겼다.

"도망을 치는 것이라네."

"도망이라뇨?"

설핏한 실소를 내짓는다.

"원치 않는 혼례에 대한 반항이랄까?"

"호나라 옹주자가와의 혼례를 말씀하시는 겁니까?"

기찬의 확언한 말에 진원은 고개를 끄덕이며 말을 이었다.

"내가 이리 밖에 나와 있으면 혼례는커녕 공표도 하지 못할 터인데, 그리하면 옹주도 제풀에 지쳐 돌아갈 것이 아니냐? 내 그를 노리고 있는 게지. 황제 폐하께서 이런 내 마음을 알아주셔야 할 텐데 말이야."

"폐하께도 고하지 아니하고 궐을 떠난 것이란 말씀이십니까?"

뜨끔, 정곡을 찔렸다는 듯 진원은 어깨를 움츠리며 눈길을 피했다.

"전하! 대체 어쩌자고 일을 벌이신…… 아아, 됐습니다. 전하께서 알아서 하시겠지요. 저는 더 이상 말 않겠습니다."

"내 마음을 이해해 주는 것이냐?"

"이해를 하는 것으로 보이십니까?"

"……아마도?"

"전하!"

기찬은 고개를 절레절레 흔들며 한 손으로 얼굴을 쓸어내렸다. 말이 되는 소리더냐. 혼례가 하기 싫어 도망을 치는 신랑이라니. 세간 어디에서도 이런 말을 들어본 적이 없었다.

기찬은 인상을 찌푸리며 입술을 달싹였다.

"정녕 한울 아씨와 혼례를 치를 생각이십니까?"

"이제 와 어찌하겠나, 돌이킬 수 없거늘. 힘이 없는 것을 탓해야지. 그렇지 아니한가?"

기찬은 진원의 말씨 안에 거대한 뜻이 담겨 있다는 것을 알아챘다.

"……한울 아씨를 연모하십니까?"

우뚝. 진원이 탄 말이 멈춤과 동시에 고삐를 잡은 손에 퍼런 핏줄이 올라왔다. 순간의 침묵. 그 침묵의 무게는 기찬이 쉬이 받아낼 수 없는 것이라.

"감히…… 내가 그 계집을 연모한다 말하는 것이더냐?"

순간, 호(皓)의 눈발이 담긴 시린 바람이 급작스럽게 휘몰아쳤다. 그 바람은 바닥에 떨어져 있던 낙엽들을 들어 올려 허공 높이 날려 보내다, 이내 훅, 바닥으로 떨어뜨리기에 이르렀다.

적막해진 공기, 황량한 대기, 무서울 정도로 무거워진 분위기에 기찬은 허리춤에 힘을 줄 수밖에 없었다.

이 모든 상황은 진원의 저 싸늘한 눈빛에서부터 우러나온 것이라고 기찬은 마음속으로 생각했다.

"하, 하하! 하하하!"

진원은 분노의 빛을 번뜩이며 웃음소리를 내기에 이르렀다. 그러나 그것은 진정으로 우러나는 웃음이 아니매, 눈은 웃고 있지 않으니 그 모습이 더욱 싸늘해 보일 지경이었다.

단향 色을 탐하다

뚝 끊긴 웃음소리. 그와 동시에,

"하나뿐인 혈육을 죽인 이의 딸을 어찌 받아들일 수 있단 말이냐?"

겨울날의 냉기를 품고 있는 말길.

"그 계집이건 아비인 태위건 권력에 취한 것이라곤 매한가지지. 나는 그것을 잡아 이용하려는 것뿐일세. 한데 그런 내가 그년을 연모한다? 애정한다? 꿈에도 이루어지지 않을 소리야! 한 번만 더 그런 허튼소리를 한다면! 내 너를⋯⋯!"

진원은 뒷말을 잇지 않은 채 후, 짤막한 한숨을 내뱉었다.

쐐아아, 또다시 바람이 불어온다. 이는 호(皓)의 눈발이 아닌 적(赤)의 양기를 담은 바람이었다.

"제가 허튼 말을 했습니다."

"연정 따위의 어설픈 감정이 아니라네."

"알겠습니다."

진원은 더욱 깊은 한숨을 내쉬며 기찬을 힐끗 쳐다보았다. 기찬의 얼굴에 담겨 있던 장난스러운 미소는 사라진 지 오래. 묵직한 시름이 묻어 있는 성싶었다.

후우, 관자놀이를 꾹꾹 누르며 눈을 수차례 깜빡인다.

"이 안경 말일세, 참으로 좋아. 이리 하면 내가 누군지도 못 알아보겠지?"

그리 기찬이 깊은 시름에 잠겨 인상을 찌푸리고 있을 즈음, 진원은 부러 말을 돌리겠다는 듯 빙긋이 웃으며 말을 건넸다. 동시에 검게 칠이 되어 있는 안경을 품속에서 꺼내 들고 콧잔등에 올린다.

본래 면포로 입을 가리고 있는 터라, 검은 안경을 쓰고 나니 그가 진원인지 누구인지 분간이 안 될 정도였다. 기찬은 이런 상반된 행동이 익숙하다는 듯 비식 실소를 뱉으며,

"애초에 이곳엔 전하를 알아볼 이들도 없을 것 같습니다만."

첩첩산중 횅한 산길을 둘러보았다.

"왜 없겠나, 바로 저기에 있는데."

기찬은 진원의 손끝이 가리키는 곳으로 시선을 던졌다. 나무 사이로 교군꾼 여럿과 가마 한 채가 보이는 것이 아닌가. 기찬은 눈을 가늘게 뜨며 초점을 맞추려 애를 썼다. 저것은 분명⋯⋯.

"호나라의 문양 아닙니까?"

"가까이 가보지."

잘 보이지 않아 뻑뻑한 눈을 비비고 있던 진원이 기찬의 말을 듣자마자 고삐를 잡아끌었다. 안경을 치켜 올리는 것 또한 잊지 않고.

"길을 멈춰라!"

기찬의 우람찬 목소리에 놀란 교군꾼들이 우뚝 걸음을 멈추고 몸을 돌렸다.

"우린 적나라 소성의 보초요. 보아하니 호에서 넘어온 것 같은데, 우리는 아직 그런 명을 들은 적이 없소. 가마 안에 누가 있는지 살펴보아야 하겠소."

말에서 내린 기찬이 교군꾼의 앞을 막아서며 말했다. 그에 어처구니가 없다는 듯 장정들은 가마를 땅에 내리고 기찬에게 다가가 어깨를 뻣뻣하게 세웠다.

"이분이 누군 줄 알고 무례를 부리는 게냐! 썩 물러나지 못할까!"

"누군지 내 알 바 아니고, 허락지 않는다면 보내줄 수 없다네."

가마를 이리저리 살피던 진원의 말이었다.

호나라 왕실의 문양인 호랑이 박힌 가마. 그러나 그에 장식된 주렴은 녹이 슬었고, 하얀 벽지는 낡디낡아 금방이라도 떨어질 것 같으매 면포 역시 색이 바랬으니, 이 어찌 왕실의 물품이라 할 수 있을까?

진원은 혀를 차며 숙였던 허리를 들어 올렸다.

"이, 이놈들이……!"

"됐어요."

순간, 유리그릇에 옥구슬이 굴러가는 듯 맑고 청아한 목소리가 흘러나왔다.

진원의 눈이 휘둥그레 떠진다. 익숙한 목소리, 아니. 알고 있는 목소리. 설마, 설마……

허리춤을 따라 소름이 우드드 돋았다. 그와 동시에 가마의 창이 드르륵 위로 올려졌다.

✻

"어히야—."

교군꾼이 메는 소리를 내며 채를 들었다. 덜컹 움직이는 가마 덕에 향은 기우뚱해진 몸을 한 번 더 고쳐 앉았다. 금방이라도 내려앉을 것 같은 얇은 바닥은 행동반경을 좁히기만 했다.

대국(大國) 태자비의 가마치고는 너무도 허름하다.

향은 금방이라도 욕지거리가 튀어나오려는 것을 겨우 내려 삼키고 다리를 움직여 등판에 몸을 기대었다.

태자비? 자신의 직책에 붙여진 이름에 향은 자신도 모르게 웃음을 터뜨렸다. 태자비라니. 아직 혼례도 치르지 않았건만, 자만심이 하늘을 찌르고 있구나. 적에 당도하자마자 내쳐질 수도 있는데 말이야.

향은 씁쓸한 숨을 내쉬며 바깥을 힐끗 내다보았다. 벌게진 눈가로 가마를 바라보는 아비와, 그런 아비를 바라보며 배죽 비웃음을 짓고 있는 중전과, 이제야 속이 시원하다는 듯 입술을 비틀며 허리춤에 꽂

꽂이 힘을 주고 있는 대신들이 보였다. 아, 정녕.

'찢어 죽여도 시원찮을 자식들.'

순간, 향에게 내다꽂히는 첨예한 시선. 향은 번뜩 눈길을 돌렸다.

'중전.'

주먹을 바르쥔다. 중전의 눈에 담겨 있는 것은, 꼿꼿하게 허리를 세우고 단아한 미소를 짓고 있는 향이 아니었다. 목줄에 얽매여 질질 끌려가는 것과 같이 비참하고 참담한 향의 모습이었다.

"빌어먹을 년."

향은 제 스스로도 막지 못한 분을 내비치며 입술을 꾹 깨물었다.

썩은 내. 고약한 내. 더러운,

'절대 지지 않아.'

계집.

향은 속눈썹을 바르르 떨며 중얼거렸다. 부르튼 입술을 손가락 끝으로 쓸어 훑는다.

영의정의 하나뿐인 딸이라는 이유로 후궁으로 들여진 저년이 괘씸했다. 중궁으로 향하는 아비의 발걸음을 꾀어 낸 것만으로도 애통했다. 중전 자리를 호시탐탐 노리고 있는 것을 알았지만, 가만히 있던 어미의 모가지까지 탐할 줄은 알지 못했다. 신귀(神鬼)조차 얼씬거리지 못하는 곳에 무당을 불러대며 짚신인형에 대바늘을 꽂을 적부터 알아채야 했다. 어미가 몇날 며칠 밤을 지새우며 만들던 아비의 탕약에 독을 타다니! 제가 한 짓이 아닌 척 부러 먹어 놓고 피를 토하던 그 가증스러운 모습이란……!

죽여 버릴 테다. 능지처참도 모자라지. 몇 날 굶긴 범 우리에 가둬 네년 오장육부를 뜯어 먹게 하리라!

향은 거친 숨을 내뱉었다. '그날'의 뜨거운 불길이 느껴진다는 듯,

손가락을 오므리며 두 눈을 질끈 내려 감았다. 엄지손가락을 이용해 관자놀이를 세게 누른다. 바짝 마른 침을 가까스로 삼켜냈다. 움직여지지 않는 다리를 겨우 다잡아 둔부에 힘을 주었다.

어느덧 점처럼 작아진 그들의 모습을 뒤로 하고 향은 창에서 얼굴을 떼어 냈다. 펄럭, 가마의 가장자리에 걸려 있던 휘장이 나풀거린다.

호나라의 문양, 하얀 늑대. 이런 늑대가 한낱 잡조에게 머리를 조아리다니. 하하, 웃음이 나올 지경이었다. 향은 고개를 뻣뻣하게 세우며 두 눈에 힘을 주었다.

적나라. 태초에 천주의 가장 큰 사랑을 받은 환조의 나라였으매 용의 나라인 벽나라와 쌍벽을 이루고 있는 대륙의 주인인 국가.

호나라. 연중무휴 눈발이 흩날리는 북쪽 산기슭에 처박혀 있는 소국. 호랑의 자손이나 어느 순간 하얀 눈발 너머로 사라져 버린 그 터에 버려진 민족이라 일컬어지는 야만인들의 나라.

이런 호나라가 적나라의 청 아닌 명을 받아들이는 것은 어쩔 수 없는 일이었으니. 때문에 천 리 먼 길을 잔말 않고 달려가는 것일 테지. 어쩔 수 없는 것이니. 어찌할 수 있는 것이 아니었으니. 하지만, 나는.

'잊지 못하는 정인이 있건만……'

오년 전, 아릿한 향수의 내음을 맡으며 향은 제 몸을 감싸 안았다.

살아 있는지 죽어 있는지조차 알 수 없는 그. 봄바람처럼 다가와 마음을 쥐어뜯고 홀연히 자취를 감춰 버린 그. 찾을 수조차 없는 사람, 잊지 못하는 사람.

향은 찐득찐득한 침을 모아 삼키며 턱 끝을 되똑하게 들었다. 과거는 과거일 뿐이다. 나는, 나는…….

'어머니의 복수를 해야 한다.'

향은 주먹을 바르쥐었다. 그 순간, 어딘가에서 훅, 피 내음이 밀려왔다. 근원을 모를 짙고 비린 피 냄새가 급작스럽게 몰려왔다. 이러한 향은 필시 단향에게서 흘러나오는 것이리라.

어머니가 죽은 그날은, 비가 오는 날이었다.

핏물은 세월의 빗방울에 모두 다 지워졌지만, 살결에 배인 피 내음만큼은 쉽사리 지워지지 않는 것이었다. 그렇기에 향은, 기억한다. 아니, 결코 잊을 수 없다.

팽팽하게 당겨지던 활시위의 끝이 어미를 향했던 그날을, 억 소리를 내며 향의 앞으로 고꾸라지던 어미의 눈물 젖은 낯빛을, 칼을 맞고 피를 내뿜으며 향의 앞에서 처참하게 죽어갔던 어미의 모습을. 시뻘건 화염이 올라오고 그 속에서도 향을 향한 눈만큼은 감고 있지 않던 어미의 그, 마지막 순간을.

어느 누가 인간은 망각의 동물이라 하였는가. 과거의 편린을 지우고자 정신을 올곧게 차릴수록 더욱 또렷해지는 기억. 잊고자 치부하기에는 너무도 큰 자리를 차지하고 있는 끔찍한 기억. 때문에, 이 모든 것을 바로 세우기 위해서는, 반드시 힘이 필요했다.

제 것이 아닌 호나라 왕실을 손바닥에 올려놓기 위해서, 어미를 죽인 원수인 중전을 갈가리 찢기 위해서, 그의 뒤를 따르고 있는 대신들의 몸뚱이를 금수의 먹이통에 집어 처넣기 위해서, 옹주라는 허울뿐인 직책을 내려준 힘없는 아비의 앞에서 이것이 당신이 자초한 것이라 고래고래 소리를 지르기 위해서!

반드시 힘이 필요했고, 힘을 얻기 위해서는 왕실에서 도태된 옹주라는 칭호보다 대륙의 황실인 적나라의 황후라는 칭호가 적합했다.

그러나, 뻔할 게다. 적나라 황태자의 눈에 들지 못한다면.

그가 황제가 될 적에 내쳐져 소박맞은 채로 고국에 돌아오든지, 혹은 세간의 시선을 두려워해 황후의 탈을 쓴 목각인형 신세로 황실 구석에 처박히든지.

아니, 아니. 그리될 수는 없지. 반드시 적나라의 황후가 되어 금의
환향하리라. 그래. 태자의 사랑까진 바라지 않는다. 하나 그의 힘을
원한다. 그의 힘을 뒤에 엎고 처절한 복수를 해보리라. 그리될 때까지
아등바등 살아남아 보리라!

향은 저려오는 다리를 손으로 꾹꾹 누르며 자신의 낡은 복색을 내
려다보았다.

약소국이라 하였는가. 나라의 재정이 부족해 끼니마저 굶는다 하였
는가. 그를 증명하듯 군데군데 실밥이 터져 꿰맨 자국이 적나라하게
보인다. 왕국의 옹주이거늘, 태생부터 고귀한 왕실의 핏줄이거늘!

향은 거친 숨을 뱉으며 두 눈을 내려 감았다.

반드시, 반드시. 기필코.

'황후가 되어야 한다.'

향은 그리 생각하며 바깥, 수선스런 소리에 가마의 창을 벌컥 열어
재꼈다.

❊

창을 열자마자 보이는 것은 면포로 입을 가린 채 요상한 안경을 쓰
고 있는 사내 한 명이었다. 향은 어쩐지 낯설지 않은 인상에 잠시 고
개를 갸웃거렸다.

"적나라의 황태자비가 되실 분일세! 어서 인사를 올리지 못할까!"

교군꾼의 외침에도 사내는 가만히 서서 향을 내려다보고 있을 뿐,
아무런 대답이 없다. 코를 찌르는 익숙한 향. 향은 사내의 눈을 바라
보고자 애를 썼으나 거뭇한 안경 너머로는 아무것도 보이지 않는 터,

향은 한숨을 내쉬며 고개를 절레절레 흔들었다.

"이제 되었는가?"

사내를 바라보며 재차 말을 했지만 돌아오는 것은 묵직한 시선과 짧막한 숨소리뿐. 향은 가마에서 내려 사내의 얼굴을 감싸고 있는 면포와 안경을 벗어보라 말을 하고 싶었으나, 더 이상 시간을 지체할 수는 없었다. 그에 열었던 창을 내려닫으며,

"출발하지."

다소 가라앉은 목소리를 내뱉었다. 그에 장정들은 사내들을 내치며 다시금 채를 들쳐 메고 걸음을 재촉한다.

멀어지는 가마, 그리고 그런 가마를 가만히 바라보고 있는, 진원.

"전하?"

진원은 마치 고목나무가 우뚝하게 서 있는 것처럼, 두 다리를 곧추 펴고 멀어져 가는 가마를 바라보고만 있었다. 숨을 쉬는 것처럼 보이지도 않았고, 눈을 깜빡이는 것조차 보이지 않았다. 그저, 향이 타고 있던 가마만을 우뚝하게 바라볼 뿐.

"기찬아."

얼마나 지났을까. 단향이 타고 있는 가마가 작은 점으로 변해갈 때쯤, 진원은 여전히 넋을 놓은 얼굴로, 말씨로 기찬을 불렀다.

"왜 부르십니까."

"호나라 옹주의…… 이름이 어떻게 되더냐?"

"붉을 단에 향기 향. 단향(丹香)이라 들었습니다."

아, 진원은 짧막한 탄식을 내뱉으며 두 손에 얼굴을 묻었다.

"전하!"

튼튼한 나무가 순간의 충격으로 우직끈 부러지는 것처럼, 원은 그렇게 주저앉았다. 달려온 기찬이 진원의 겨드랑이에 손을 넣어 일으

키려 했지만, 힘이 들어가지 않은 원의 몸은 물을 먹은 면포처럼 축 처져 있을 뿐이었다.

"정녕…… 저이가…… 적으로 건너와 내 비가 될 이가 맞던가? 정녕, 옹주의 이름이 단향이 맞던가?"

기찬은 대답하지 않는다. 하지만 그 침묵이 곧 긍정의 뜻이란 것을 알고 있는 진원은,

"아니야, 아니야……. 그럴 리가 없네. 정녕 그럴 리가 없어."

기찬의 손을 뿌리치고 주저앉아 고개를 하늘로 쳐들었다. 그 목소리에 깊은 설움과 눈물이 담겨 있다 하면, 그것은 착각일까?

"하, 하하…… 하하하……."

진원은 뜻 모를 웃음을 허탈하게 흘리며 고개를 절레절레 저었다.

단향, 단향……. 주먹을 바르쥔다.

정녕으로 네가 '그' 단향이 맞다면…… 너는 여전히 곱구나. 여전히 어여쁘구나. 여전히…… 그때의 그날과 같은 모습이구나, 너는…….

진원은 이미 보이지 않는 가마의 흔적을 좇으며 시선을 멀리 던졌다. 소성, 너와 처음 마주한 곳. 그리고,

다시 너와 마주하게 된 곳.

"기찬아."

내리 풀리는 눈에 곧추 힘을 준다. 원은 애써 선웃음을 지으며 몸을 겨우 일으켰다.

"돌아가자."

"어디로…… 돌아간다는 말씀이십니까?"

"어디긴 어디겠느냐."

다시금 고개를 쳐든다. 내리쬐는 태양의 빛이 어쩐지 더 따갑게 느껴졌다. 왈칵 눈물이 날 성싶었다.

돌아가야지. 온갖 암투와 적의가 그득한 황실, 그곳이 아니라,

"비가 있을 그곳으로 가야지."

향이 있을 그곳으로.

✳

　산을 넘고 물을 건너 나흘 밤낮을 꼬박 달려서야 적나라 황실 대문 근처에 당도할 수 있었다. 약조한 시간을 맞추기 위해 쉴 새 없이 달려온 터에, 교군꾼은 물론이요, 향 역시 지치기는 매한가지였다.

　새벽 이슬이 메마르기 전임에도 불구하고 황궁 앞은 사람들의 말소리로 북적거렸다. 황태자의 비가 드디어 정해졌음에 일어난 호기심으로 밀려 온 사람들이 분명했다.

　그들의 앞을 찬찬히 지나가는 향의 가마.

　"픕."

　창 너머로 비웃음 소리가 들려왔다. 웃음의 원인은 묻지 않아도 알고 있었다. 십여 년은 쓴 듯 낡아 삐걱거리는 가마, 몇 번을 기운 누더기 휘장, 색이 바래다 못해 거뭇해진 호나라 왕실의 문양. 그래. 이렇기에 비웃는 걸 테지. 허름한 걸음에 걸맞지 않은 왕실의 징표이니.

　향은 열이 올라온 얼굴에 손부채질을 하며 이를 바득 갈았다. 비웃음소리가 더욱 크게 울리는 듯싶었다.

　덜컹.

　이는 황실의 대문 앞에 당도한 가마꾼이 가마를 내려놓는 소리였다. 향은 저리는 발끝을 오므리며 침을 꿀꺽 삼켜냈다.

　문이 열린다. 그리고 향의 손이 허공을 휘저었다.

　그 순간, 정적.

향이 마차 바깥으로 얼굴을 내밂과 동시에 사람들의 얼굴에 배어 있던 웃음기가 사라진다. 그녀는 뻐근한 허리를 꼿꼿하게 세우며 턱을 들고 주위를 빠르게 훑어냈다. 모여 있는 사람들 하나하나와 시선을 마주한다. 그리고 입꼬리를 들어 올리며 작은 비소를 내비친다.

옅은 바람이 불어왔다. 향의 얼굴을 덮고 있는 면사가 작게 휘날린다. 그리고 향의 향이 사람들의 코끝을 살랑이며 간질였다.

"곱다……."

주인을 찾을 수 없는 작은 중얼거림이 바람결을 타고 넘실넘실 퍼졌다. 그래, 향은.

참으로 아름다웠다.

별빛이 영롱한 밤하늘을 그대로 옮겨온 듯 검디검은 머리칼이 수수하면서도 또한 화려했다. 오목조목 박힌 짙은 눈썹과 또렷한 눈이 마치 빗어 만든 듯 정교해 보였다. 흑옥을 집어넣은 듯 보석 같은 검은 눈동자가 빛났다. 복숭아처럼 분홍빛을 가득 머금은 뺨이 사랑스러웠다. 틈 하나 없이 매끄럽게 펴진 입술에서 진한 향이 나는 듯싶었다.

삽시간에 퍼진 아름다움은 바람에 얹혀가 사람들의 뺨을 세게 후려쳤다. 소문은 믿을 것이 못 된다고. 대체 어느 누가 호나라 옹주를 박색이라 하였는가? 비록 가라앉은 바람에 다시금 내려간 면사지만, 그 뒤에 숨겨진 비밀스러운 아름다움을 본 남정네들은 허리를 곧추 뜨며 두 다리 사이에 힘을 주기에 바빴다.

시중을 받아 대문의 문턱까지 걸어가는 그 모습 또한 나긋하고 우아했다. 나풀거리는 옷자락이 향을 더욱 요나하게 만들었다. 꿀꺽, 침 삼키는 소리가 들린다. 그에 비식 비틀리는 향의 입술. 그러나 그때.

"낯짝도 좋지."

어디선가 들려온 앙칼진 목소리에 향은 멈춰 섰다. 소리의 근원지는 뭉텅이로 모여 있던 사람들 중 하나. 향은 흐릿한 초점을 맞추려 두 눈을 얇게 떴다.

"야만인의 자손이 감히 적나라 황실에 발을 디뎌? 제 주제도 모르고 빳빳이 서 있는 꼬락서니 하고는. 치욕이라는 말도 모르는 근본 없는 계집."

앙칼진 목소리가 공명하듯 울리었다. 향은 바르르 떨리는 손바닥을 바르쥐며 그들과 시선을 마주했다.

"어쩐지 쾌쾌한 냄새가 난다 했더니. 어디서 나는지 알 것 같네요. 더러워라."

킥킥대는 웃음소리가 들린다. 향은 화끈거리는 얼굴을 가려주는 면사가 있음에 다행이라 생각했다. 더불어 당장 저년들을 찢어 죽이고 싶은 마음이 가득 담겨 나왔다. 애써 들끓는 가슴을 억눌렀다. 그리고 모여 있는 앳된 소녀들에게로 천천히 걸음을 옮겼다.

그들은 서로 마주 섰다. 향은 그들을 내려다보고, 그들은 향을 올려다보았다. 그러나 그 어떠한 말도 주고받지 않는다. 팽팽하다 못해 끊어질 것 같이 느껴지는 기류가 그들의 사이를 메우듯 쏟아졌다.

"왜."

여타한 묵언의 흐름을 깨뜨린 향의 말이었다.

"말이 없는가. 방금까지만 해도 뚫린 입이라 잘 지껄이지 않았나."

"뭐, 뭐라 하셨습니까?"

향은 두 눈을 동그랗게 뜨고 자신을 올려다보는 한 여식과 눈을 마주했다. 그의 눈엔 조롱과 우월에 가득 찬 빛이 담겨 있었지만, 향의 눈에는 오롯이 그것만이 보이는 게 아니었다.

두려움. 그리고 공포.

늑대의 울부짖음을 감당할 수 없는 그릇. 향은 분이 올라와 소용돌이치던 자신의 마음이 어느새 가라앉은 것을 깨달았다. 이깟 것들에게 힘을 뺄 필요는 없다는 생각이 들었다.

"착각하고 계신 것 같은데, 옹주께서는 아직 혼례를 치르지 않으셨습니다. 아직은 이방인인 터, 저희에게 허튼 말을 하실 수는……!"

"여인이라면 응당 가져야 할 마음가짐이 무엇인 줄 아는가?"

향은 손을 뻗어 여식의 뺨을 부드러이 매만졌다.

"남 눈의 티끌을 보기보다 제 눈의 들보를 깨닫는 것이란다. 그러나 그대들은 아직 깨닫지 못한 것 같아."

"하, 들보라니요? 제가 틀린 말을 했습니까? 야만인에게 야만인이라, 근본 없는 이에게 근본이 없다고 한 것뿐인데. 옹주의 눈에 낀 것이 정녕 티끌이라 생각하십니까?"

"내가 야만인의 자손이라면, 그대들은 누구의 자손인가? 새의 자손? 날개를 펴는 것 말고는 볼 것이 없는 하찮은 잡조의 자손?"

여식은 이를 바득 간다. 지금 네가 어디에 발을 딛고 있는지 깨닫지 못하는 게로구나. 감히 적나라 황실 앞에서……!

여인의 꽉 깨문 입술이 탁 열리려 할 때,

"천주의 보살핌을 받는 환조라 할지언정, 늑대의 발길질에 굴러 떨어지는 것이, 바로 그대들이 믿고 있는 잡조라네. 그래. 환조의 자손이라 하면 더욱 수월하겠군. 내가……."

여인의 뺨을 매만지던 향의 손길이 금수의 날카로운 발톱으로 변해 버린 것은 순식간이었다.

"그대들의 모가지를 꺾어버리는 것이."

여식의 뒷목을 거세게 짓누른다. 억, 뿌리칠 생각도 하지 못한 채 그네는 허리를 굽히었다.

"내가 황후가 되는 날."

향은 고개를 숙여 여식의 귓가에 얼굴을 붙였다. 그리고 나지막하게, 그러나 모여 있는 모두에게 들릴 만큼의 목소리로,

"그대들의 목을 첫 번째로 칠 것이야."

몸을 일으킨다. 그리고 서 있는 다른 여식들을 차례대로 바라본다. 호랑의 눈길로, 그들을 집어삼킬 듯 번쩍이고 서늘한 눈빛으로.

그리고 향은 빠르게 걸음을 옮기었다. 그들에게 멀어지기 위해서? 아니, 자신이 타고 온 낡은 마차에서 멀어지기 위하여. 향의 근원인 호나라에서 멀어지기 위하여.

고약한 내음이 아닌, 꽃 내음을 닮은 향이 그녀의 발걸음에 그득 묻어 있었다.

✻

"전하는 어디에 계신답니까."

"행선지를 말씀하지 않으시고 나간 터라, 저희도 알 수 없⋯⋯."

"쯧, 대체 하는 일이 무업니까?"

다소 건방진 사내의 말씨에도 불구하고 내관들은 그를 향해 거듭 고개를 조아렸다.

비서승(秘書丞), 도겸.

문서와 책을 관리하는 관직으로, 본래 종5품의 낮은 관직이었건만 그는 황태자 진원의 가장 가까운 친우였으매 삼공 중 사공의 아들이 었으니. 내관들은 그의 앞에 머리를 내리 숙일 수밖에 없었다. 또한 그는 본래 기도위(騎都尉)에까지 올라섰다 피치 못할 부상으로 비서승 직으로 좌강된 것을 알고 있었기 때문이다.

"전하의 처소에 들어가 보겠습니다."

"하, 하오나……."

"허락한 것으로 알고, 그럼."

권력의 맛을 아는 이. 그리고 그 권력을 어떻게 휘둘러야 맛이 나는지도 아는 이. 그렇기에 굽실거리는 이들을 구태여 바로잡을 필요가 없을 터. 도겸은 주춤거리는 내관들을 뒤로 하고 콧노래를 부르며 동주궁 안으로 발을 디뎠다.

황태자에게서 항시 풍겨져 나오는 분위기와 마찬가지로, 청명하고 맑은 내음이 궁 안에 그득했다. 한겨울 날의 따갑고 차가운 기운이, 한여름 날의 뜨겁고 아린 기운이 흩날린다. 이를 처음 마주하는 이는 위세에 억눌려 어깨를 움츠리겠지만, 도겸은 이에 익숙하다는 듯 역시 콧노래를 부르며 휘적휘적 갈 길을 걷는다.

그는 진원의 방문을 익숙한 손길로 열어젖혔다. 터벅터벅 방 안으로 들어가 이곳저곳을 훑어보는 그. 곧이어 의자에 몸을 맡기고 기지개를 쭉 켜며 웅얼거리듯 입술을 달싹였다.

"대체 어딜 간 거야, 이놈의 전하는. 동에 번쩍 서에 번쩍이니 알 수가 있나."

입을 비죽이며 왼손에 턱을 괸다. 그리고 두 눈을 깜빡이며 방 안 곳곳으로 시선을 옮기었다.

"차암 공부도 많이 하시는구면."

침상 옆쪽에 제 키만큼 쌓여 있는 서책들을 바라보며 중얼거렸다.

'그 철딱서니 없었던 한량이 말이야.'

설핏하게 웃으며 생각한다.

그때, 구석에 구겨진 종잇조각이 하나 눈에 들어왔다. 그에 도겸은 무언가에 끌린 듯 그쪽으로 다가가 종이를 주워 들었다. 호나라 문양이 찍혀 있는 서신. 구깃해져 중간중간 먹물이 흐려지긴 했지만, 내용을 얼추 파악하는 데에는 무리가 없었다. 호나라, 동맹, 그리고……

"혼례?"

실눈을 뜨며 더욱 집중해서 본다. 혼인 동맹이라니? 그간 너무도 두문불출했던 탓인가. 처음 들어보는 말이었다.

이 무슨……. 호나라라면 공주 혜령을 말하는 것인가? 아니, 아니.

"서, 설마……."

서신을 낱낱이 훑어내던 눈에 경악의 빛이 물들기 시작했다.

"하, 하하…… 하하……."

도겸의 손에서 힘이 풀린다. 바닥으로 곤두박질치는 종이. 그는 허탈한 실소를 내뱉으며 천장으로 고개를 젖혀냈다.

대체, 이게 무슨…….

"단향."

두 눈을 질끈 내려 감는다. 과거 어릿한 기억의 향취가 떠오른다는 듯, 그 향에 취하던 나날이 그려진다는 듯, 몸을 바들바들 떨며 가쁜 숨만을 내쉴 뿐이었다.

"빌어먹을!"

애써 정신을 차린 도겸은 간신히 고개를 가누며 걸어왔던 길을 달음박질하기 시작했다. 방금 전 우아하고 나긋했던 걸음걸이와는 달리 오른 다리를 절뚝이며 뛰는 그의 모습은 참으로 안타깝기만 하다.

벌컥 문을 열고 나간 도겸의 눈에 들어온 것은 방금 전 보았던 내관 몇 명. 도겸은 자신을 의아하게 보는 그들에게 끓어오르는 숨을 간신히 내려앉으며 말문을 열었다.

그리고 그리워 마음속으로만 그렸던 그녀,

"호나라 옹주는 어디 있습니까?"

이는 이제 친우의 비가 되는 여인이었다.

✳

따갑게 내리쬐는 태양이 온 대지를 붉게 물들인다. 숨을 들이마시는 것조차도 힘겨울 정도로 공기 중엔 뜨거운 기운만이 가득했다.

태양이 하늘 가장 가운데에 올라갈 때에, 하나둘씩 모인 대신들이 바쁜 걸음으로 내궁했다. 이는 금일 치러질, 혼례식 때문이렷다.

본디 이렇게도 급박하게 진행시킬 일이 아니건만. 아직 정찰을 나간 황태자가 돌아오지 않고 있건만. 신랑 없는 혼례라니, 이 어찌 말도 안 되는 일이던가. 그러나 식은 단걸음에 진척되기 이르렀다. 내명부를 휘어잡고 있는 황후의 입김이 작용한 것이 분명하였다.

터벅, 터벅. 대신들의 발길이 멈춘 곳은 본궁 앞 황도의 끝. 제단을 기점으로 왼편에는 황태자를 지지하는, 오른편에는 황후와 이황자를 지지하는 이들이 서 있다. 그들은 침묵했다. 그리고 서로를 견제하듯 바라본다. 본디 산수화란 보이는 그대로를 그린 것이 아니렷다.

높은 온도와, 척척한 습도와, 감사나운 기운에 눌려 땀이 방울씩 흘러 나왔다. 뜨거운 열기처럼 팔팔 끓는 상제의 시선들. 이를 점멸시킨 것은, 나긋나긋하게 들리는 발걸음 소리였다.

뜨거운 지면을 훑는 아지랑이가 가라앉았다. 희뿌연 모래바람이 황도의 공기 사이를 내리 훑었다. 하늘을 휘감는 서늘한 기운. 순식간에 내려앉은 대기에 모여 있는 사람 모두가 어깨를 움츠렸다.

"한울."

누군가의 중얼거림. 그와 동시에 모두가 고개를 숙인다.

한울. 황제의 눈과 귀와 다름없는 태위의 여식. 그리고,

"왜들 그러십니까. 고개를 드세요."

내정된, 아니. 내정되었던 황태자비.

대신들은 허리를 올리었다. 왼편에 서 있는 대신들의 얼굴은 참으로 어둡다. 본디 태위의 여식과 황태자를 결합시켜 그네들의 세력을 공고히 하고자 하였으나, 늙은 구렁이의 수에 휘말려 금일 이러한 혼례식을 치르게 된 것이었으니. 이 어찌 원통하지 아니한가? 이는 한울 역시 마찬가지일 것이었다.

그러나 그녀의 얼굴은 평온하다. 이 서늘한 기운과는 달리 녹녹함이 묻어 있는 얼굴에는 그 어떠한 분노도 담겨 있지 아니했다. 그녀는 제단의 왼편, 가장 끝자락에 줄을 맞춰 섰다.

가라앉은 공기가 다시금 올라오기 시작했다. 한울의 매끈한 뺨을 어루만지며 솟구치는 뜨거운 바람이 태양빛을 교란시켰다.

식이 치러질 시간이 다 되었다. 그러나 태자비, 호나라 옹주는 모습을 나타내지 않았다.

이 얼마나 중요한 일인지 인지하고 있음에도 불구하고 시간조차 지키지 못하다니. 적나라 황실을 우습게 보는 것인가? 개중에는 이를 바득 갈며 가감 없는 불쾌함을 내비치는 이들도 있었다.

이런 때에, 향은 과연 어디에 있는 것인가. 작금의 그녀는,

황실에서 마련해준 동궁의 작은 방 안에서 나갈 채비를 하는 중이었다. 조급해 보이지 않는 손길, 느긋한 발걸음. 이에 향의 옆에 서 있는 애기 나인은 발을 동동 굴리고 있을 수밖에 없었다.

"마, 마마, 시, 시각이 다 되었습니다."

"……창을 열어주게나."

꼿꼿하게 앉아 있던 몸을 일으킨 향이 말했다. 말이 끝나기도 전에 김 나인은 서둘러 창으로 달려가 문을 벌컥 열었다.

순식간에 몸을 휘감는 뜨겁고 습한 기운에 향은 지끈거리는 머리를

부여잡으며 어금니를 꽉 깨물었다. 시원하게 쏟아지는 바람을 기대했건만, 마주하는 것이라곤 잡초 한 가닥 굽어 눕히는 뜨거운 샛바람뿐. 일 년 내내 눈보라가 휘몰아치는 추운 나라에서 몸을 꽁꽁 싸매고 다녔던 날과는 사뭇 다르다. 방울방울 맺혀 있던 식은땀이 등을 따라 줄기가 되어 흘러내린다. 콧등에 맺힌 땀방울을 소매로 닦아냈다.

'가야 할 때가 되었구나.'

제 스스로 환조의 아가리에 대가리를 집어넣는 우매한 짓. 그러나 이를 피할 수는 없기에, 필연적일 수밖에 없는 일. 향은 주먹을 바르쥐며 창 너머 하늘에 높이 걸려 있는 해를 바라보았다.

향은 눈을 내리 찌르는 날카로운 빛이 꽂혔음에도 불구하고, 눈썹 하나 찡그리지 않은 채 그를 곧게 바라보았다. 그 모습이 너무도 꼿꼿하고 견고해 보여 나인은 자신도 모르게 고개를 조아릴 수밖에 없었다. 푸름을 잃지 않는 소나무, 기개를 숨기지 못하는 매화처럼 향은 고고한 사람이었다.

"안내해 주시게."

나인은 기다리고 있었다는 듯 뛰어가 문을 발칵 열었다. 향은 그에 선웃음을 지으며 자박자박 걸음을 옮겼다.

향은 자신의 품에 넣어두었던 하얀 비녀를 꺼내 그 결을 매만졌다.

견뎌내야지. 할 수 있겠지. 어머니가,

'하셨던 것처럼.'

비녀를 제 머리에 쿡 꽂으며 찬찬히 발걸음을 떼는 향. 그의 뒤에는 붉은 태양이 높게 걸려 있었다.

뜨겁게 내리쬐는 태양은 온 대지를 거칠게 휘감는다. 바싹 말라 누렇게 뜬 솔의 잎사귀가 온 바닥에 흩뿌려져 있다.

제단 위, 암사슴의 찢겨진 고깃덩어리에서 흘러나오는 검붉은 피가 제단을 그득 물들인다. 맵고 퀴퀴한 향이 코를 찌른다.

"태자비 전하 납시오!"

옹기종기 모여 이야기를 나누고 있던 대신들은 이내 자신의 뒤편에서 들려오는 큰 소리에 열을 맞춰 좌우로 늘어섰다.

복색(服色)을 갖춘 신부가 걸어온다. 그러나 그의 신랑은 없다. 넓디넓은 황도를 홀로 걷는 향의 주먹은 펴질 생각을 하지 않았으매, 꾹 다물어진 입술은 열릴 생각을 하지 않았다.

참으로 매섭다. 참으로 원통했고, 또한 참으로 분하다.

향은 두 눈을 질끈 내리감았다. 참아야 한다. 그래, 태자비가 된다면, 황후가 될 수 있다면 이보다도 더 오욕스러운 짓도 하리라……!

파르라니 부르튼 향의 입술에 발간 핏방울이 묻었다.

"다들 예를 갖추게."

황제의 명이 떨어지기 무섭게 대신 모두가 향의 앞에 머리를 조아렸다. 뜨거운 모랫바닥에 이마를 쾅쾅대며,

"감축드리옵니다!"

라는 속에도 없는 말을 뱉는다. 저것이 정녕 감축에서 비롯된 말일까? 향은 비식 쓴웃음을 지었다.

그러나 그 웃음은 매혹적이고도 미혹적인 것이라, 향의 입술이 달싹일 적마다 달큼하고 씁쓸한 향이 그득 퍼졌다. 바람결에 얹어진 그 향은 황도를 채우고 후원을 채워 궐 곳곳으로 날아가기에 이르렀다.

향은 제단을 향해 두 번 절을 올렸다. 그리고 신랑의 빈자리를 바라본다. 스산한 느낌이 가득한 곳. 그러나 향은 이를 꽉 깨물며 텅 비어 있는 자리에 세 번 절을 올렸다. 포개어 올린 향의 손이 덜덜 떨린다. 마지막 절을 올릴 적 아찔하게 찾아오는 두통에 향은 두 눈을 세

게 감고 겨우 몸을 일으켰다.

향은 황제와 황후를 향해 허리를 숙였다. 마당에 가득한 모든 이들이 향의 모습을 숨죽여 바라본다.

대지의 공기는 고요하였고, 마당을 낮게 훑는 태양의 뜨거운 빛만 쨍쨍거리며 내리쬘 뿐이었다.

'끝이다.'

황제의 하명하는 말씨가 그 침묵을 깨뜨리려 할 때,

"태, 태자 전하 납시오!"

황도의 끝에서 내관의 외침이 들려왔다.

태자라 하였나? 향은 번쩍 고개를 든다. 그리고 저 멀리서 위세 등등하게 걸어오는 한 인영을 바라본다. 태양빛에 시야가 뿌예 실눈을 뜨며 초점을 맞추고자 애를 쓴다. 아니, 설마…… 저자는 분명…….

"태자……?"

향은 제 스스로도 믿기지 않는다는 듯 눈을 수차례 비비며 숨을 헐떡거렸다. 서, 설마…….

"평안하셨나이까, 황제 폐하, 황후 폐하. 예식이 있으면 있다 말을 해주셔야지요. 하면 제가 보다 일찍 황궁에 돌아왔을 것 아닙니까."

황제는 하하 쓴웃음을 지었지만 황후는 대답하지 않는다. 그저 마뜩찮다는 표정으로 진원을 바라볼 뿐.

"제 비는 어디 있습니까?"

구태여 문을 던지는 그. 그에 모두의 눈이 향에게 내리꽂혔다.

찬찬히 몸을 돌리는 원. 그리고 향과 눈을 마주한다. 얽히고설키는 눈빛. 향의 눈은 바들바들 떨리고 있었고, 그 검은 눈동자 안에는 급작스럽게 밀려온 깊은 설움이 담겨 있었다.

향은 그를 향해 손을 뻗는다. 아니, 다시 되돌린다. 손을 뻗는다.

다시 되돌린다. 손가락을 오므리며 입술을 달싹인다. 어깨가 오르락 내리락 숨을 가쁘게 몰아쉰다. 태자, 태자. 이는 분명.

"진…… 원."

오 년 전 향의 정인, 진원이었다.

✾

"진정으로 이 어미를 따라나설 생각이십니까?"

향은 일말의 망설임도 없이 고개를 끄덕였다. 그리고 어미의 손을 부여잡았다. 너덜너덜해진 종잇조각처럼 너절한 손이었다. 향은 그것을 더욱 꼭 붙들었다. 바람결에 날려 어느 순간 사라질 성싶어서였다.

눈을 담은 바람은 어느 때보다도 차가웠다. 그러나 이 찬기는 하루아침에 폐비가 된 향의 어미의 얼어붙은 가슴보다 냉한 것이 아니었다.

향의 어미, 중전 윤 씨는 본래 곱디고운 성품으로 이름을 떨치던 여인이었다. 경국지색, 그 고운 얼굴엔 항시 인자한 웃음이 배어 있으매 사람들은 중전을 모란이라 칭송하며 그보다도 아름다운 여인이라 입을 모았다.

말을 하는 꽃이라, 또한 말을 듣는 꽃이라, 궁궐의 그 누구보다 세간 일에 귀를 기울여 백성들의 편의를 도모코자 하였고, 좌와 우에 상관없이 대신 모두의 의견을 깊이 아로새겨 대왕께 아뢰었으니, 한 나라의 어미라는 자리에 더없이 충분한 이였고 과분한 여인이었다.

그러나 이런 중전을 시기하고 투기하는 이가 있었으니, 영의정의 독녀 후궁 한 씨였더란다.

타고난 품성 자체가 곱지 못해 내리 독기만 서려 있던 한 씨는 중전의 자리를 탐하고자 일을 벌였으니,

"저희는 이제 어디로 가야 하나요?"

결국 중전을 폐비의 신분으로 떨어뜨리기에 이르렀다.

거듭된 흉년으로 마음의 병이 생겨 드러누운 대왕을 위해, 중전이 사흘 밤낮 잠을 자지 않고 고아낸 흑염소에서 독이 발견되었다는 것을 알린 것은 한 씨였다. 한 씨는 약의 색이 이상하다는 핑계로 부러 꿀꺽꿀꺽 삼켜낸 후 우웩, 토악질을 하며 까무룩 혼절해 버렸더란다.

대왕의 약에 독이 있다. 그리고 그 약을 지은 것은 중전 윤 씨라 한다. 대신 모두가 이것은 한 씨의 짓이라 확신하였지만 그 누구도 입 밖으로 꺼낼 수 없었다. 한 씨의 뒤에는 영의정 대감이 있었기 때문이다.

졸지에 대역 죄인이 된 중전 윤 씨. 본디 그 목을 쳐 갈기갈기 찢은 후 금수들의 먹이로 던져야 할 만큼의 중죄였으나, 다행히도 윤 씨는 대신들의 간청으로 인해 목숨만은 부지할 수 있었다.

하나 살아 있으면 무엇 하나, 숨을 쉬고 있으면 무엇 하나. 폐비가 되어 궁에서 질질 끌려 나와 하루아침에 천민 나부랭이로 몰락했고, 그토록 연모하던 대왕을 다시는 볼 수 없게 되니, 이 어찌 살아도 산 것이라 할 수 있겠는가.

그러나 윤 씨는 그 누구도 원망치 않았다. 다 제 덕이 부족한 탓이라 여기며 험한 말 한마디 내뱉지 않았다. 나라의 국모 자리엔 이렇다 할 세력이나 권력을 쥐고 있지 않은 자신보다 영의정을 뒤에 업고 있는 한 씨가 적합할 것이라 스스로를 위로했다. 훗날 때가 되면 대왕을 마주할 수 있겠지. 지금은 목숨만이라도 부지한 것이 어디더냐. 이참에 바깥세상을 구경하는 것도 나쁘지 않다 우스운 생각까지도 했다.

그렇기에 하늘도 원망하지 않았으며, 한 씨도 원망하지 않았다. 윤 씨의 타고난 성품이 그리 반듯했으매 고운 탓이었다.

"소둔으로 가보지 않겠습니까? 좌의정 대감께 작은 땅을 받았으니,

그곳에서 농사나 지으며 입에 풀칠이라도 하지요.”

향은 짤막한 숨을 내쉬며 고개를 푹 숙였다.

어찌해야 할까. 왜 우리가 이렇게 된 것일까.

향은 엊저녁 혜령이 쏟은 뜨거운 물 덕에 붉은 껍질이 올라온 자신의 손등을 바라보았다. 매번 이런 식이었다. 윤 씨를 괴롭히다 말이 나오지 않으면 향에게까지 마수를 뻗치고…….

향의 얼굴에 담긴 검은 그림자는 필시 혜령과 한 씨 때문이었다.

훅, 화기가 올라왔다. 배꼽 언저리에서 근질근질 머물던 그 감정은 순간의 격분으로 튀어 올라와 향의 목구멍에 다다랐다. 꿀꺽. 침을 모아 삼킨다.

아니야, 괜찮아. 다시 돌아올 수 있을 게야.

‘화를 내어도 달라지는 것 없을 테니.’

향은 긴 한숨을 내쉬며 고개를 쳐들었다. 향의 눈에는 반짝이는 보슬이(보슬비처럼 뽀얗게 눈자위에 어린 눈물)가 맺혀 있었고, 윤 씨는 그런 향을 바라보며 설핏한 미소를 지었다.

괜찮다, 아가. 괜찮아. 향의 머리칼을 부드럽게 쓰다듬던 윤 씨는 이내 궐을 향해 꾸벅 절을 올렸다.

한 번, 두 번, 세 번…….

절을 마치고 허리를 세운 윤 씨는 향의 손을 잡고 떨어지지 않는 발걸음을 천천히 내디뎠다.

멀어지는 궐, 작은 점으로 변해 버리는 그들.

바람이 더욱 차가워졌다. 눈보라가 밀려와 윤 씨와 향의 등을 떠밀었다. 그들이 서 있던 자리에는 묵직한 꽃의 향이 남아 있었다.

호나라, 이백삼십오년 물오름달 열여드레날.

"여기가 대체 어디란 말이냐……."

허탈한 웃음을 내뱉으며 중얼거리던 소년은 단도로 자신의 어깨춤까지 솟은 덤불을 힘껏 잘라냈다. 힘이 빠진 발을 겨우 끌어당기며 터벅터벅 걸음을 옮긴다. 그러나 이내 지쳤다는 듯 긴 한숨을 내뱉으며 덤불 사이로 벌러덩 누워버렸다.

"망할. 이럴 줄 알았으면 가만히 방에 있는 건데!"

자신의 붉은 머리칼을 쥐어뜯을 듯 머리를 헝클이던 소년은 이내 눕혔던 몸을 벌떡 일으키고,

"이러다 해가 지면 어떡하지?"

사방을 빠른 눈길로 훑었다. 이름 모를 울창한 산속. 사방이 나무요, 발에 닿는 것은 풀이라, 날이 어두워져 금수들이 이를 갈 때가 되면 꼼짝 않고 목을 내주어야 할 판국이었다.

"빌어먹을!"

소년은 가까스로 다리에 힘을 주어 몸을 완전히 일으킨 후, 길이 없는 곳을 길로 만들며 덤불 속으로 몸을 숨겼다.

그렇게 한참의 시간이 지난 후, 붉은 태양이 그 모습을 완전히 감추어갈 때 즈음.

"이, 인가다! 살았다!"

어렴풋하게 보이는 불빛의 잔영에 소년은 환호를 내지르며 그를 향해 달음박질하기 시작했다. 그리고 그에 가까워졌을 때, 소년은 자신의 눈앞에 펼쳐진 광경에 입을 벌리고 억 소리를 절로 내뱉었다.

그도 그럴 것이, 소년이 발견한 작은 움막은 사람은 물론이요, 쥐새

끼 한 마리라도 숨을 붙이고 있다 하면 신기할 정도로 낡고 허름한 곳이었기 때문이다. 집을 간신히 떠받들고 있는 대들보는 그 뼈대가 보일 만큼 다 썩어 있었고, 검은 곰팡이는 집 전체를 뒤덮고 있었으며, 어디서인지 모르겠지만 코를 찌르는 악취가 펄펄 풍기고 있었다. 귀신이 산다 하여도 믿을 정도로 너절한 집이었다.

당장에라도 대문을 박차고 들어갈 것처럼 패기에 찼던 모습은 어디로 간 것인지, 소년은 머뭇거리며 입술을 자근자근 깨물었다.

이런 집에 사람이 사는 게 놀라울까, 귀신이 있다는 게 더 놀라울까? 어느 쪽이든 범상치 않을 것이야. 소년은 그리 생각하며 대문 안쪽을 내다보았다. 그리고 뒤를 돌아 어느덧 껌껌해진 하늘과 산속을 바라본다. 금수들의 울음소리가 나지막하게 들려왔다.

"이, 이보시오. 아, 아무도 없소?"

소년은 왠지 모를 한기에 몸을 부르르 떨며 찬찬히 대문 안쪽으로 발을 내디뎠다. 도저히 집 안으로 들어갈 용기는 없었던지, 고개만 빼꼼 내밀며 컴컴한 집 안을 눈으로 훑어냈다. 그때,

"누구십니까."

"악!"

갑작스런 목소리에 소년은 소리를 지르며 털썩 주저앉아 버렸다.

"사, 사람이면 물러가고 귀신이면 이리 와라!"

두 눈을 질끈 감고 마지막 남은 악을 끌어내 뱉은 말이었지만, 어라? 무언가 이상했다. '풉' 하는 비웃음 소리가 들리는 것 같았다.

소년은 발개진 얼굴을 두 손에 묻으며 입술을 깨물었다. 창피함과 낯간지러운 기운이 온몸에 가득했다. 또한 바들바들 떨리는 몸뚱이를 쉽사리 진정시킬 수 없었다. 와락 눈물이 나올 지경이었다.

"길을 잃으신 겝니까?"

그 순간, 앳된 목소리가 들려왔다. 그에 소년은 간신히 고개를 들어 힐끗 눈길을 올렸다. 그때까지도 몸의 떨림은 멎지 않고 있었다.

"저희 집 말고는 근방에 인가라곤 하나 없습니다. 혹여 잘 곳을 찾고 있는 것이라면 이곳에서 묵으시지요."

"으, 으……."

소년은 어둠에 어렴풋이 가려진 소녀의 형상을 바라보며 주춤 뒷걸음질을 쳤다. 소녀는 그 모습이 우습다는 양 풋, 실소를 뱉으며 제 입을 가렸다.

"귀신이 아니니 염려치 마시지요. 향, 단향이라 합니다."

향은 널브러져 있는 소년을 향해 손을 뻗었다. 소년의 어깨에 닿은 향의 손은 따뜻하다 못해 뜨거운 것이었다.

순간적으로, 소년은 자신의 피부에 가깝게 와 닿았던 서늘한 공기와 차가운 바람의 끝자락이 사라진 것을 알 수 있었다. 부드럽게 변한 바람이 소년의 머리칼을 매만졌다. 봄날의 아지랑이처럼 작고 따뜻한 감촉이 소년의 가슴팍을 빙글빙글 맴돌았다.

소년은 번뜩 고개를 들어 향과 눈을 마주한다. 어둑한 기운에 얼굴이 오롯이 보이지 않았지만, 그래도 알 수 있었다. 이 향은, 이 목소리는……. 달빛을 담고 있는 것이라는 걸. 달님의 빛이 부드럽게 흘러내렸다. 향의 쪽빛 머리칼을, 백옥의 얼굴을, 붉은 매화의 입술을…….

몸뚱이를 휘젓던 떨림은 멎은 지 오래, 떨림이 사라진 곳을 채우는 것은 짜릿한 전율과 심장을 옭아매는 듯한 고통 아닌 감정이었다.

소년은 몸을 일으켰다. 그리고 자신의 어깨에 닿아 있던 향의 손을 와락 붙잡아 깍지를 꼈다. 세 치 정도 작은 향의 얼굴을 내려다본다.

검은 눈동자, 검은 머리칼……. 어쩐지 밤과 같다는 생각이 들었다. 헝클어진 소년의 붉은 머리칼이 그의 눈을 콕콕 찔렀다. 자신은 항시 태양과 같다는 말을 들어왔던 이였다.

태양과 밤, 빛과 어둠. 향의 눈을 마주함과 동시에 머릿속에서 떠나지 않는 생각이었다.

소년의 얼굴에 반듯한 미소가 서렸다. 어둠이 무서워 벌벌 떨던 아이의 모습은 사라진 지 오래였다.

킁킁, 콧구멍을 열어 냄새를 맡았다. 코를 찌르던 악취는 사라졌고, 그 빈자리에는, 꽃과 같지만 또 꽃과는 다른 향이 차지하고 있었다.

굳게 닫혀 있던 소년의 입이 살포시 열렸다.

"원, 진원이라 하오."

향이 더욱 짙어졌다. 그리고 산 너머로 자취를 감춘 태양의 마지막 끝자락이 더욱 붉어졌다.

적나라 태자 진원과 호나라 공주 단향의 첫 만남이었다.

❋

적나라, 이백사십년 푸른달 초이튿날.

"진…… 원."

향은 제 눈앞에 서 있는 이가 믿기지 않는다는 듯, 숨을 달싹이며 그에게 반걸음 가까이 다가갔다. 금방이라도 쓰러질 것 같이 위태로운 몸짓, 당장에라도 왈칵 정신을 놓을 것같이 안타까운 말씨. 모든 이들이 그런 향을 바라보며 애처로운 눈길을 보냈지만,

"단향이라 하였나? 이리 고운 얼굴이 호의 눈밭에 묻혀 있었다니, 그것참 야속한 일이었구나. 하나 이제는 묻혀 있지 않아도 될 터. 적에서 그대의 용모를 마음껏 뽐내도 된다네."

진원은 그런 향의 너절한 몸짓을 깡그리 무시한 채 저의 말길을 내뱉었다.

향은 금방이라도 눈물을 떨어뜨릴 것 같은 눈망울로 그를 바라본다. 곧이어 그를 부여잡으려 손을 내밀었지만, 원은 그를 탁 내치며,

"왜 말이 없는가, 나의 비여?"

생전 처음 보는 이를 마주하는 것처럼, 차가운 말을 내뱉는다.

향은 대답하지 못한 채 두 눈을 수차례 깜빡였다. 내가 착각을 하고 있는 것일까? 내가 정녕으로…… 헛것을 보는 것일까? 아니, 아니.

"웃어야지. 웃어야 날이 살지 않겠나."

저 모습은 분명 진원이다. 오 년 전 내게 사랑을 속삭였던 진원이다. 오 년 전 나를 그러안던 진원이다. 향은 꿈속의 환영을 붙잡고 있는 듯 허망하고도 그 속이 꽉 찬 눈동자로 원을 주시했다.

"저, 전하…… 저, 정녕……."

손을 뻗는다. 그러나 그 손에 닿는 것은 아무것도 없다.

"자자, 그대들도 얼굴을 피시지요. 뜻깊은 날이 아닙니까. 호와 적이 하나가 되는 날인데, 웃어도 모자랄 판국에 그리 우중충한 모습으로 있으면 아니 되지 않습니까."

원은 향을 자신의 뒤쪽으로 밀며 대신들을 향해 손을 내밀었다. 그에 들려오는 대답은 없다. 예상치 못한 태자의 등장에 적잖이 당황한 것이다. 원은 그럴 줄 알았다는 듯 웃음을 지으며 고개를 까닥였다.

"제 말뜻을 못 알아들으신 겁니까?"

순식간에 가라앉은 목소리. 그에 대신들은 그런 원을 향해 억지웃음을 꾸며내기 시작했다.

"하, 하하…… 하하하……! 하하!"

씨익 입꼬리를 올리는 그. 그러나 이내 발로 땅바닥을 쾅 내리치며,

"물론."

그들을 향해 고개를 까닥인다.

"저 역시 모르는 일이었지만 말입니다."

짙게 찾아온 침묵. 그것의 무게는 쉬이 받아내기 힘든 것이라, 대신 모두가 침을 삼키며 고개를 조아릴 수밖에 없었다.

태자 진원. 제 뒤를 받쳐주는 이가 없어 힘이 약한 허수아비 신세라 말이 많아도 엄연한 환조의 아들일 터. 또한 총명하고 슬기로워 황제의 사랑을 듬뿍 받고 있는 이기에 허튼 행동을 보일 수는 없었다.

대신 몇은 힐끗 눈을 돌려 이황자 정현을 바라보았다. 바들바들 몸을 떨며 원을 올려다보고 있는 정현. 마치 원의 눈길이 자신에게만 내리꽂히는 양 이를 바득바득 갈며 눈에 번뜩 힘을 주고 있었다.

"신랑도 모르는 혼례라. 신부 역시 몰랐던 혼례라……. 이 어찌 우스운 일이 아니겠습니까. 환조의 얼굴에 먹을 칠하는 짓이요, 동시에 호랑의 털에 기름을 붓는 지경이니, 벌을 받지 않을까 두렵습니다."

"어찌 그런 말씀을 하시는 겝니까. 태자의 말마따나 적과 호가 하나가 되는 것인데, 어찌 환조와 호랑의 분을 산단 말씀이십니까."

잠자코 입을 다물고 있던 황후의 말이었다. 황후는 턱을 빳빳하게 들며 팽팽한 눈빛을 가감 없이 보였다. 그를 마주하는 진원의 검은 눈동자에 번뜩 분이 담겼다.

"하하, 맞지요. 황후 폐하의 말씀이 맞습니다. 적과 호가 하나가 되었으니, 천주께서도 기뻐하시겠지요. 암요, 그렇고말고요."

"비께서도 그리 생각하시지요?"

황후의 언사는 진원의 뒤에 서서 넋을 놓고 있는 향에게로 날아갔으니, 그에 쉬이 대답하지 못한 것은 당연한 일이었다.

인상을 찌푸린 황후가 다시금 입을 열려 할 때,

"이 혼례는 마마께서 구안한 일이라지요. 참으로 잘하셨습니다. 마마의 뜻을 받들어 나라의 바깥에도 힘을 얻게 되었으니, 이제 대륙을 통일할 날도 멀지 않았습니다."

향의 손을 냉큼 쥐어 감싼 진원이 답을 이어받았다.

두근, 두근. 가슴이 떨린다. 그와 동시에 심장이 쥐어뜯기는 듯 아린 통증이 느껴졌다. 이 손길이, 정녕 참일까? 이 따뜻한 온기가, 정녕 깊숙이 받아들여도 되는 것일까? 향은 아랫입술을 꾹 깨물며 붉어진 눈가를 가다듬었다.

"하나."

진원은 향의 손을 잡고 있는 손에서 힘을 풀었다. 그러나 향은 그를 놓치지 않을 터. 원의 손에 깍지를 껴 그를 부여잡는다. 혹여나 또 다시 사라질 성싶어서였다.

"바깥과 안은 다른 것이라, 내수를 튼튼히 해야 바깥에서 바가지가 새는 일이 없지 않겠습니까?"

"그것은 전하께서 마음을 쓰실 일이 아니지 않습니까?"

"왜 제가 마음을 쓰지 않아야 합니까. 저는 황제 폐하의 뜻을 이어받을 태자가 아니더이까?"

그에 들리는 대답은 없다. 모두가 숨을 죽이며 태자의 다음 말을 기다릴 뿐.

"해서, 저는."

바스락 움직이는 소리가 들렸다. 타박타박 걷는 소리가 들린다. 시선이 한곳으로 모아진다. 그 시선이 모이는 곳은,

"태위의 독녀, 한울을 양제(태자궁 정3품 후궁)로 들이려 합니다."

태자의 오래된 정인, 한울이었다.

"호의 비를 군말 않고 받아들였으니, 이쯤은 허락해 주시겠지요.

황제 폐하, 그리고 황후 폐하."

탁, 향의 손을 놓는다. 그 손은 갈 곳을 잃어 허공을 맴돌았고, 동시에 허공을 맴도는 것은 이미 잃어버린 오 년 전 과거의 편린이었다.

"전하, 전하!"

흩어진 인파 속, 향은 빠른 걸음으로 계단을 내려가는 진원의 뒤를 쫓으며 소리를 내질렀다. 그에 걸음을 멈추고 반쯤 몸을 돌리는 원.

햇빛이 황도를 그득 채운다. 그 햇빛을 가감 없이 받고 있는 것은 진원이었으나 그의 앞에 서 있는 향에게는 어둑한 그늘이 드리웠다.

정녕, 정녕…….

"왜 부르는가, 나의 비여?"

진원이 맞던가.

향은 비집고 나오려는 눈물을 겨우 삼키며 입술을 달싹였다.

"진…… 원."

손을 뻗는다. 그러나 잡히는 것은 아무것도 없는 터. 그의 그림자라도 붙잡으려 했건만 뒷걸음질을 치는 원의 행은 야속하기만 하다.

"저를……."

잊으신 겁니까……. 향은 차마 내뱉지 못한 말을 입안으로 집어삼키며 울대를 달싹였다. 코끝이 뜨거워졌다. 눈물이 와락 터질 성싶어 부러 고개를 푹 내리 숙였다. 치마폭에 감춰져 있던 주먹을 바르쥔다.

"할 말이 있던가?"

"……전하."

향은 고개를 들어 진원과 눈을 마주했다. 꿈속의 환영을 붙잡고 있는 듯 허망하고도 그 속이 꽉 찬 눈동자로 원을 응시한다.

향은 끈적끈적한 침을 모아 삼켰다. 당장에라도 바지 자락을 붙잡고 눈물자국을 찍고 싶었지만, 왜 나를 알아봐 주지 못하느냐 울분을 토하고 싶었지만, 차마 그리할 수 없었다. 황도 한복판에 올곧게 서 있는 원과 향을 주시하는 눈이 많았기 때문이다. 개중엔 황후도 있었고, 이황자 정현도 있었으매 한울과 도겸 역시 존재했다.

향은 두 눈을 질끈 내리감았다.

"동궁 후원에서 기다리겠나이다."

턱을 되똑하게 든다. 눈물이 그렁그렁 맺혀 있는 눈가였지만, 원을 주시하고 있는 그 눈동자는 흔들림이 없었다.

"그대가 왜 나를 기다리는가?"

원은 맞은편에서 자신을 바라보고 있는 한울을 힐끗 쳐다보며 대답했다.

"할 말이 있습니다. 나눠야 할 대화가 많지 않습니까. 그러니……."

향은 간헐적인 숨을 내뱉으며 말을 이었다.

"부디…… 찾아와 주십시오."

향의 향이 보다 짙어졌으니, 그 안에 들어 있는 것은 은혜롭지만 또한 괴괴함이 묻어 있는 것이렷다. 원의 눈가가 바르르 떨린다. 가쁜 숨을 내뱉으며 고개를 돌려냈다.

"기다릴 필요 없네. 시간이 날 것 같지 않으니 오늘은 처소에서 쉬고 있……."

"기다리겠습니다."

향은 덜덜 떨리는 마음을 간신히 삼켜내며 입술을 달싹였다. 그에 들려오는 대답은 없다. 저 역시 마음을 집어삼키며 어깨를 달싹이는 진원이 있을 뿐.

소소리바람이 불어온다. 마치 바람에 흔들리는 느낌이었다. 너절한 숨결과 하느작거리는 눈빛이 그를 반증해 주었으나,

"전하!"

곧이어 들려온 외침에 침묵이라는 판은 와장창 깨져,

"울아, 왜 이제야 오는 것이냐."

조각조각 나뉘어 향에게 날아갔으니.

"아버지께 가 있었지요. 어쩜, 제게 말씀도 않고 이런 일을 벌이셨어요. 황후 폐하께서 단단히 화가 나신 것 같던데……."

"네가 바라던 일이 아니었더냐. 내 너의 마음을 뻔히 하는데 어찌 지켜만 본단 말이냐."

"전하…… 참으로 감사하여요."

이는 곧 향의 눈을 뚫고 모가지를 틀어막아 눈길 하나, 말길 하나 내뿜지 못하게 하였더란다.

향은 가빠오는 숨에 어깨를 달싹였다. 한울의 어깨를 감싸는 원. 그를 세상 가장 사랑받는 여인으로 만드는 원의 눈빛. 원을 바라보며 행복한 미소를 짓고 있는 한울……. 하하, 향은 선웃음을 저도 모르게 내뱉었다.

"옹주자가, 평안하셨나이까. 이가의 한울이라 하옵니다."

'옹주'라 일컫는 그 언사에는 비릿한 비소가 담겨 있었으니. 필시 향의 기운을 억누르고자 하는 언사와 행동임에 분명했다. 향의 거뭇한 눈알에 형형한 빛이 스쳐 지나갔다.

"아아."

향은 제 마음을 감추려는 듯 부러 날 선 목소리로 말문을 틔웠다.

"이제야 알겠습니다. 전하의 마음도, 그리고…… 네년의 검은 속내도."

"자, 자가. 어, 어찌 그런 속된 말을 하시옵니까……."

한울은 진원의 팔을 와락 부여잡으며 말끝을 흐렸다. 그 모습은 진

단향 色을 탐하다

정 겁에 질려 하는 행동이 아니었으니, 향의 얼굴에 시커먼 그림자가 드리워졌다.

"내 아무리 속된 말을 하여도 마음은 속된 것이 아니니, 너보다 나은 것이 아니겠느냐? 어찌, 얼굴이 좋아. 더러울 정도로."

"오, 옹주자가!"

"비, 그만하시게."

원은 한울의 앞을 가로막으며 향을 바라보았다. 흔들림이 없는 향의 눈빛. 그러나 그것을 그대로 받아내기엔 보는 눈이 많으리라. 원은 부러 인상을 찌푸린다.

"무얼 그만하라는 말씀이십니까?"

향의 되물음에 원은 입을 꾹 다물었다. 그 목소리에는 울음이 묻어 있었기에, 달달 떨리는 몸에는 분이 담겨 있었기에, 저 흔들리는 눈동자에는 설움과 그리움의 감정이 스쳐 지나갔기에…… 원은 제 팔에 매달리듯 붙어 있는 한울을 힐끗 내려다보았다.

"더 할 말이 없군."

들려오는 차분한 어조에 향은 깊은 한숨을 내쉬었다. 그러나 부러 허리춤에 힘을 빳빳하게 주었다. 다리 힘이 와락 풀려 주저앉고 싶었지만 차마 그리할 수는 없었다. 당당해야 한다. 나는, 나는.

"저는 옹주가 아니라 비(妃)입니다. 적나라의 하나뿐인 황태자비요."

이는 향을 '옹주'라 일컬었던 한울에게 하는 말이었으니, 그를 알아챈 한울의 눈에 시퍼런 빛이 스쳐 지나갔다.

"몰려 있는 사람들이 많으니 여기서 약조 하나 올리지요."

향은 턱 끝을 들며 어깨를 쭉 폈다. 그 모습은 마치 환조가 세상을 향해 발돋움하는 모습과도 같아 보여 향을 지켜보던 모든 이들이 숨을 죽일 수밖에 없었다.

"호랑은 본디 한 번 먹잇감을 물면 놓지 않는 금수라, 제 눈에 들어온 것은 절대로 빼앗기지 않는다 하지요. 호의 자손인 저 역시도 마찬가지입니다. 해서, 저는."

삐뚜름하게 고개를 들고 진원과 한울을 바라본다.

"적의 태자비로서, 본분을 다하도록 한 몸 바쳐 노력하겠나이다."

그에 대답은 없다. 그저, 열이 담긴 숨소리만 간간이 들릴 뿐.

향은 헛웃음을 지었다.

"이만 물러나 보겠습니다."

절대로 떠나지 않을 것입니다. 제 스스로 암시를 하듯 입술을 달싹이던 향은, 이내 몸을 완전히 돌리고 찬찬히 걸음을 옮겼다.

향의 걸음엔 끝이 없는 깊은 그리움이 담겨 있었고, 그런 향을 바라보는 진원의 눈에는 역시 끝이 없는 그리움이 담겨 있으리라.

그림자가 더욱 짙어졌다. 이 그림자가 누구의 것인지는 정녕 모를 일이었다.

진원은 한울의 손을 이끌고 갈 길 없는 걸음을 계속했다. 바람은 끊임없이 불었으매 태양의 빛은 더욱 날카로워졌으니, 이는 곧 원의 마음에 내리꽂혀 실금이 조각조각 나게 만들었더란다.

원은 제 손에 더욱 힘을 주었다. 향, 단향. 그 체취가 아직도 폐부에 남아 있다는 듯, 쉴 새 없이 코를 찡긋거리며 제 마음을 갈무리하려 노력했다. 하지만,

"저, 전하, 소, 손이……."

한울의 처연한 모습에 더욱 방방 뛰는 것은 가슴이라. 머리라. 웅웅 울리는 이명이라. 원은 한울의 손을 탁 놓으며 한숨을 내뱉었다.

"미안하네. 어디 좀 봐봐. 아프진 않아?"

"괜찮습니다. 저보다 전하께서……."

한울은 붉어진 손목을 어루만지며 진원의 눈치를 살폈다. 평소의 진원과는 다르다. 이유를 명확히 알 수는 없었지만 짐작이 가는 것이기도 했다.

'단향.'

한울은 말을 속으로 삼키며 치마폭에 감춰진 손을 바르쥐었다.

정녕…… 단향 때문일까? 단향 때문에 저리 넋을 놓은 얼굴을 하고 있는 것일까? 저리 몸뚱이에 힘이 없는 것일까? 저리…… 애달픈 표정을 짓는 것일까?

한울은 침을 끌어 모아 삼켰다. 화기라는 서툰 감정이 마음에 배어나왔다. 묻고 싶다. 묻고 물어서 확실한 답을 듣고 싶다. 그리 생각한 한울의 입이 반쯤 열릴 때였다.

"어이고, 이게 누구십니까. 위대하신 황태자 전하 아니십니까."

익숙한 목소리가 들려왔다. 진원의 손에 더욱 힘이 들어간다. 한울의 목이 빳빳하게 굳어 들어갔다.

'정현.'

진원은 입술을 달싹이며 소리의 근원을 따라 고개를 돌렸다.

"어찌, 죽지 않고 돌아오셨나이까. 낙마라도 해 콱 죽어버리라 환조께 기도를 올렸는데, 아직 이루어지지 않은 모양입니다."

진원은 바짝 굳은 울대를 달싹이며 그를 향해 시선을 내던졌다.

"천륜을 어긴 이의 기도를 환조께서 들어주실 리 있겠는가. 바랄 걸 바라야지."

"누가 천륜을 어겼다는 말씀이십니까? 제가요? 제가 환조의 말씀을 어겼다는 말씀이십니까? 하하!"

정현은 무어가 우스운지 배를 잡고 낄낄대며 입꼬리를 배죽 찢었다. 그 모습이 참으로 괴상해 보여 혀를 내두를 수밖에 없었다.

"한 번 어긴 인륜, 두 번 어기지 못할 법은 없습니다."

쿵. 가슴이 가라앉는다. 오 년 전 그날의 악몽이 떠오르는 듯, 재민의 마지막 숨결이 와 닿는 듯, 도겸의 비명 소리가 귓가에 내리꽂히는 듯, 진원은 애써 두 눈을 질끈 감으며 고개를 절레절레 흔들었다.

"울아, 오늘은 이만 돌아가겠느냐? 내 배웅을 해주고 싶다만……."

"괜찮습니다, 전하. 내일 다시 찾아오지요."

한울은 짤막하게 답하며 턱을 들었다. 그러곤 정현을 바라본다. 두 개의 시선이 얽히고, 그를 받는 정현의 입꼬리가 더욱 찢겨 올라갔다.

"돌아가시거든 태위께 말씀 자알 전해주시길 부탁드립니다. 이황자가 이를 갈고 있다. 계속해 등을 보이시다간 정녕 칼을 내리꽂을 수 있다……. 어찌, 하실 수 있겠지요?"

"정현!"

"말씀 전해 올리지요. 하나 그것의 대가는 톡톡히 치러야 할 것입니다."

한울은 사나운 눈길로 정현을 응시했으나 정현은 더욱 괴괴한 비소를 내지을 뿐이었다.

후, 한울은 짤막한 숨을 내쉬며 진원을 바라보았다. 진원, 진원. 나의 정인. 아물지 못한 상처에 마음이 갈기갈기 찢긴 이. 불쌍한 나의 지아비……. 내 반드시, 당신을 황제로 만들어, 지우지 못한 과거의 설욕을 갚게 해주리라. 한울은 구슬픈 미소를 지으며 고개를 숙였다.

그렇게 한울의 발걸음 소리가 아득한 곳으로 멀어져 갈 때.

"멍청한 짓도 정도껏이니, 그 입 때문에 언젠간 곤욕을 치를 것이야."

"곤욕을 치른다 하여도 황후 폐하께서 자알 봐주시겠지요. 누구처럼 고고한 척하며 콧대를 세우고 있지는 않아서 말입니다."

황후, 황후⋯⋯. 원이 아랫입술을 자근 깨물며 정현을 노려보았다.

정현의 어미, 황후. 본래 자신의 아들이 태자가 될 것임을 확신하고 있었지만, 귀비(貴妃)를 너무도 사랑한 황제의 어명에 꿔다 놓은 보릿자루가 되어버린 터. 그렇기에 더욱 이를 갈며 정현을 황제의 자리에 올리려 하는 것이라. 정현을 싸고도는 것이라. 때문에 우매한 정현은 제 처지를 알지 못하고 더욱더 어깨에 힘을 주고 다니는 것이고.

"그 자리, 자알 보존하고 있으시지요. 조만간 제가 관을 넘겨받을 터이니."

한낱 새끼 여우 주제에 범에게 덤벼드는 우둔한 짓을 하는 걸 테지. 진원은 그런 정현의 말이 같잖다는 듯,

"어찌, 지금이라도 괜찮지 않아? 왜 빼앗지 못하는 것이더냐. 이 관을 받은 지 십 년이 넘었는데도 말이야."

어깨를 으쓱 올리며 비아냥거림을 내뱉었다.

"지금까지 손가락 하나 가져다 대지 못한 것이라면, 이 관은 애초에 네놈의 것이 아니라는 말이라네."

정현은 진원의 빈정거림에 왈칵 성이 났던지 이를 바득 갈며 더욱더 눈에 힘을 주었다.

"때를 기다리고 있는 게지요. 그 기고만장한 콧대를 짓누를 그때를."

"그러다 늙어 죽지는 않을까 참으로 걱정이 돼. 행은 빨리할수록 좋은 법. 시간은 그대를 기다려 주지 않는다네."

"그 빌어먹을 입도 잘릴 때가 올 것입니다."

"얼마든지."

진원은 비죽 선웃음을 내지었다.

그에 더욱 울화통이 터져 새빨간 분이 올라온 정현의 얼굴. 정현은 주먹을 쥐락펴락하며 분을 삼키다. 이내 재미있는 일이 떠올랐다는 듯 입꼬리를 배죽 올리며 입술을 열었다.

"그러고 보니 한울 아씨를 태자비에 앉히지 못해서 어떡합니까. 양제라니, 그 자리에 만족할 한울 아씨가 아닐 텐데 말입니다. 태위께서 단단히 화가 나셨다지요? 어찌합니까. 그나마 전하의 뒤에 있어주는 이인데 그마저도 등을 돌리게 되면."

진원의 어깨에 손을 턱 올린다. 고개를 삐뚜름하게 돌리며 형형한 빛을 뿜는다.

"전하는 허수아비가 되는 것이 아니겠습니까? 아아, 물론 지금도 마찬가지지만요."

이에 진원은 어처구니가 없다는 듯 고개를 절레절레 흔들었다.

뚫린 입이라 자알 지껄이는구나. 아아, 당장에라도.

"정현, 네가 아직 잘 모르는 것 같은데."

너에게 달려가 칼을 꽂아버리고 싶구나. 네게서 뿜어져 나오는 피를 맞으며 하늘에 있을 재민에게 사죄를 표하고 싶구나. 네 시체를 갈기갈기 찢어 재민의 묘 옆에 뿌려주고 싶구나.

"황후 폐하께서도 태자궁에 있을 적은 양제보다 두 품 낮은 승휘(承徽)였다네. 그러다 무슨 술수를 쓴 것인지 황제 폐하께서 즉위하실 적 황후 폐하로 봉작이 된 것이고. 아아, 맞아. 술수가 아니라 패악이었지. 다른 후궁들의 얼굴을 난도질했다던가? 그 피 냄새가 퍼지고 퍼져 열두 달을 갔다 하던데. 그대, 들어본 적이 없던가?"

"이, 이……!"

"제 어미의 제 아들이라고. 피를 탐하는 것은 매한가지로군. 하나 똑똑히 알아야 할 것이야."

그러나 아직은 때가 아니기에. 아직은, 이를 까집어 보여줄 수 없는 법. 원은 비소를 지으며 고개를 까딱였다.

"피를 탐하거든 제 피를 내줄 생각을 하여야 한다는 것을."

타오르는 노을빛이 산을 넘어 하늘을 가득 채웠다. 빛을 받아 산란하는 공기가 그들의 주변을 갉아낸다.

"말씀이, 심하십니다, 전하."

정현은 이를 바득바득 갈며 한 글자씩 운을 띄워 말했다. 이는 분명 분에 그득한 말이라, 이를 모를 리 없는 진원은 더욱 비죽 실소를 뱉으며 입술을 열었다.

"나는 무슨 일이 있어도."

황제를 속이고 태위를 속이고 대신들을 속여 모두를 나의 그림자 안에 넣은 후, 네놈과 태위의 모가지를 찢어버릴 것이야. 그때까지는,

"황제가 될 것이네."

모든 것을 감추고 살아야 할 테지. 숨기고, 가리고, 파묻으며…….

설핏한 비소를 내짓는다.

태양의 빛이 더욱 날카로워진다. 빛은 진원을 비추고 정현을 비추지만 그 빛을 올곧게 받는 이는 하나뿐이 없었다.

"그때에, 내게 매달려 제발 죽여 달라 울부짖게 해주겠네. 하니 몸조리 자알 하고 있게나, 나의 동생이여."

빛은 사라졌으나 또한 빛은 존재했다. 그러나 그것이 떠오르는 것인지 지고 있는 것인지는 아무도 모를 일이었다.

 늦은 저녁. 향은 나인의 만류를 뿌리치고 홀로 후원을 거닐기에 이르렀다. 혹, 뜨거운 바람이 불어왔다. 그 속에 담긴 것은 열기뿐 아니라 축축한 비의 내음이었으니.

고개를 쳐들어 하늘을 바라보았다. 멀지 않은 곳에서 거뭇한 매지구름이 몰려오고 있는 것이 보였다. 비가 오려나. 고개를 되돌리며 다시금 발을 내디뎠다.

그렇게 한참의 시간이 지나고, 향의 발끝은 호수 한복판에 있는 누각의 앞에 다다르게 되었다.

향은 삐걱거리는 계단을 한 걸음씩 걸어 올라갔다. 하나, 둘, 셋, 넷⋯⋯. 그렇게 정상에 다다를 때.

"참으로 크구나⋯⋯."

눈을 찌르는 노을의 붉은 빛을 손으로 가로막으며 중얼거렸다. 호수는 뉘엿뉘엿 태양의 붉은 기운과 밀려오는 어둠의 감청색 빛을 머금고 있었고, 하늘을 노니는 백로가 지나간 자리엔 물이랑이 곱게 퍼져 있어 찬란한 정경을 만들어내고 있었다.

향은 신고 있던 신을 벗어 한 손에 들고 누각 안으로 걸어 들어갔다. 난간에 몸을 기대고 널찍한 풍경을 제 눈에 그득 담는다. 그러나 그 눈에 들어 있는 것이 정녕 산수일지는 모를 일이었다.

"아아⋯⋯."

향은 마치 고목나무가 거센 풍파에 쓰러지는 것처럼 그렇게 주저앉았다. 이제야 눈물의 물꼬가 터진 것처럼, 주룩주룩 하염없이 흘러내리는 눈물줄기가 애처롭기만 하다.

원. 진원. 그는 정녕⋯⋯.

'나를 잊은 것일까.'

왜 나를 처음 마주하는 이처럼, 그토록 차갑디차가운 말을 내뱉었던 것일까. 왜 나를 바라보지 않는 것일까. 왜, 왜, 왜⋯⋯.

끝이 없는 의문은 꼬리에 꼬리를 물어 태산만큼 커져 갔으니, 이는 곧 향의 몸뚱이를 잠식해 마음을 야금야금 깎아 내렸더란다.

향은 두 손에 얼굴을 묻었다. 손가락 틈을 따라 뚝뚝 떨어지는 눈물에 옷자락이 축축이 젖어 들어갔다. 소매, 치맛자락, 버선…… 그렇게 물기가 옷자락에 배어들 때, 향은 주먹을 바르쥐며 질끈 감았던 눈을 반쯤 치켜 올렸다.

"하하……."

향은 낡디낡아 보푸라기가 잔뜩 올라온 자신의 버선을 내려다보며 선웃음을 내지었다. 화려한 가체와는 어울리지 않는, 금실의 수가 놓인 찬란한 의복과는 걸맞지 않은, 낡고 낡은 호의 물건. 이 낡은 물건과도 같은 처연한 웃음이 향의 입술 끝에 걸렸다.

버선발. 그곳에 멈춘 기억. 그리하여 향은 제 발을 응시하며 원과의 첫 만남을 떠올려냈다.

✼

호나라, 이백삼십오년 물오름달 열여드레날.

타닥타닥 모닥불이 타는 소리가 들렸다. 짙은 갈색 빛을 띠던 나무장작이 거뭇한 숯으로 변해가고 있었다. 진원은 붉은 화염을 지그시 응시하다 이내 맞은편에 오도카니 앉아 있는 향을 바라보았다.

"이리 두면 불이 나지 않나?"

"탈 것도 없는데요, 무얼."

향은 무릎을 끌어 모으며 대답했다. 그에 진원은 피식 웃음을 내뱉었다. 그리고 바깥에서 보았던 집의 정경과 똑 닮은 내부의 낡은 모습을 눈으로 훑는다. 간단한 살림살이조차 없는 휑한 열 평 남짓의 방, 언제 무너져도 이상치 않을 정도로 쩍쩍 금이 가 있는 벽, 쥐의 찍찍

대는 울음소리와 벌레들의 사부작거리는 소리만이 가득한 곳. 폐가라 불리어도 모자랄 곳이었다.

그러나 이런 집 한가운데에 앉아 있는 향의 모습만큼은, 허름한 것이 아니었고 너절한 것이 아니었다.

어딘가 기품이 서려 있는 몸짓, 말 한마디 한마디에 담겨 있는 품격과 권위. 이 변방에서 몸을 굴리며 살아온 것 같지 않은 하얗고 고운 얼굴. 대체 이이는 누구일까? 궁금증과 호기심으로 가득한 원의 입술이 반쯤 열릴 때였다.

꼬르륵.

이 소리는 분명 주린 배에서 나오는 것이렷다.

향은 비어져 나오려는 웃음을 겨우 삼켰다. 그리고 자신이 무엇을 했는지 채 받아들이지 못하고 굳어 있는 진원을 바라보며 말했다.

"배가 고프세요?"

진원은 대답하지 않았다. '으⋯⋯' 하는 소리를 내며 무릎에 얼굴을 파묻을 뿐. 이는 화끈 열이 올라와 새빨개진 얼굴을 향에게 보이고 싶지 않은 마음에서 나온 행동이었다. 벌써 꼴사나운 모습만 두 번을 보였다. 이 망할 놈의 배때기. 빌어먹을, 빌어먹을!

"요기할 게 있나 찾아볼게요."

"⋯⋯고, 고맙소."

진원은 거절하지 않았다. 꼴에 적의 태자라고. 머리로는 괜찮으니 두어라 말을 하고 싶었지만, 이 요동치는 뱃가죽은 물 한 모금이라도 넣어달라 외치고 있었기 때문이다. '먹어야 일도 한다'는 친우 도겸의 말을 비웃었던 과거의 자신이 한심해 보이는 때였다.

향은 고개를 끄덕이고 사박사박 방을 나섰다. 그와 동시에 원은,

"으, 으으⋯⋯! 이 바보자식!"

데굴데굴 방 안을 구르며 작은 악을 내질렀다. 창피함이 물밀 듯 밀려와 원의 온몸을 휘감았다. 겁에 질려 뜨악한 모습을 보이지 않나, 지나가는 개가 비웃을 정도로 요상한 말을 하질 않나, 그것도 모자라 생리 현상까지 낱낱이 들켜버리니 이 얼마나 창피하고 낯부끄러운 일이냔 말이다! 원은 입술을 자근자근 깨물며 열이 올라온 얼굴을 향해 손부채질을 했다.

감찰. 호나라와의 국경에 위치한 소둔이라는 작은 마을을 살피고 오라는 황제의 명. 그는 곧 호의 태세를 살피고 오라는 뜻과도 같은 것이었다.

하늘같은 황명을 어찌 거절하겠는가. 원은 사람 몇을 꾸려 길을 나설 수밖에 없었고, 사흘 밤낮을 꼬박 달려 소성에 겨우 당도할 수 있었다. 그러나 소성에 당도함과 동시에 신하들은 긴 여정의 노곤으로 단잠에 곯아떨어지는 탓에, 아직 기운이 남은 원은 몸이 간지러워 죽을 맛이었다.

원은 제 스스로 자비로운 태자라 여겼기에 고단한 이들을 깨워 황제의 명을 당장에 행할 생각이 없었다. 그리하여 홀로 박차고 나온 숙소. 홀로 휘적휘적 길을 떠나기 시작하였고, 그런 원이 산길에 발을 딛음과 동시에 깨달은 것은……, 자신이 지독한 길치라는 것이었다.

그렇게 길을 헤매고 헤매다 당도한 곳이 바로 이곳이었고, 불쌍한 중생을 맞이해 준 고마운 이에게 두 번이나 추태를 보인 것이었다.

"접시 물에 코라도 박아버릴까……."

뒤로 벌러덩 누워 천장을 바라보던 원의 나지막한 중얼거림이었다. 창피했다. 그래, 정말로 창피했다. 위엄 높은 적의 태자가 이 무슨 꼴이란 말이냐. 도겸이 보았다면 배를 잡고 깔깔댔을 정도의 일이었다.

꼬르륵.

그럼에도 배는 고프다. 빌어먹을.

진원은 벌떡 몸을 일으켰다. 한 손으로 얼굴을 쓸어내리며 깊은 한숨을 내뱉었다. 이미 엎질러진 물, 돌이켜 후회한다 한들 어찌하겠느냐. 이렇게 된 참에 더 뒹굴어보자. 원은 방긋이 웃으며 문을 열고 들어오는 향에게 시선을 고정했다.

"차린 것은 없습니다만…… 요기라도 하시지요."

"진수성찬이구려. 잘 먹겠소."

거짓. 향은 눈썹을 찡그리며 생각했다. 행색이 초라하긴 하다만 입은 옷을 보아하니 본디 거리를 떠도는 사람이 아닐 것이라. 어디 높으신 분 자제께서 밀행이라도 떠난 것이라. 때문에 허투루 대접했다간 후에 무슨 말이 나올지 걱정되어 부엌 곳곳을 뒤져 나온 것이, 원이 먹고 있는 삼첩도 되지 못한 저 초라한 밥상이었다. 향 자신 역시 저녁을 굶어 배가 고프긴 하였지만 차마 원과 함께 수저를 들 순 없었다. 혹여 원의 심기를 거슬러 후에 역정을 듣고 싶지 않았기 때문이다. 누구에게? 누구겠어, 높으신…….

향은 바득 입술을 깨물었다. 자신 역시 '높으신 분'의 자제였음에, 하늘을 호령하는 대왕의 자제였음에. 향의 행동은 궁에서 나온 지 이 년이 되었다 하여 스스로의 핏줄을 까무룩 잊은 자신에 대한 분노였다. 주먹을 바르쥔다. 순간적으로 격동하는 숨결과 가슴팍은 쉽사리 가라앉질 않았다.

"참으로 맛있구려. 솜씨가 매우 좋으오."

까끌까끌한 보리밥을 우적우적 입에 구겨 넣으며 원이 말했다. 향은 그에 슬며시 고개를 들어 그와 눈을 마주했다.

거짓이, 아니구나.

또렷하게 빛나는 원의 눈동자를 바라보며 생각했다. 그의 입가에

단향 色을 탐하다

묻은 밥풀이 향의 얼굴에 작은 웃음꽃이 피게 만들었다. 어쩌면 나쁘지 않은 사람이란 생각이 들었다. 물론 저 초라한 행색만 제외하면.

향은 설핏하게 웃으며 고개를 돌렸다. 창밖에는 시커먼 어둠이 땅을 매몰차게 갉아내고 있었다.

"한 가지 묻고 싶은 게 있는데, 답하여 줄 수 있소?"

"물으시지요."

"이곳은 어디요?"

어처구니없는 원의 말에 향은 '하' 하는 힘 빠진 소리를 냈다. 눈을 동그랗게 뜨고 의아해하는 것이 농으로 물은 것이 아니란 생각이 들었다. 어딘가 모자란 것이 아닌가, 향은 관자놀이를 꾹꾹 누르며 생각했다.

"소둔이라 합니다."

"소둔, 소둔……. 호의 마을이 아니오?"

향은 고개를 끄덕였다. 원은 들고 있던 숟가락을 내려놓은 채 넋이 나간 얼굴로 입을 쩍 벌렸다.

호까지 왔단 말인가. 내 분명 적의 소성에 있었는데. 하하, 허탈한 웃음이 절로 나왔다. 적의 태자가 전언도 없이 타국에 함부로 넘어왔다는 것을 호의 왕실과 적의 황실에서 알게 된다면……. 원은 두 눈을 꾹 내리감았다.

등신 같은 놈. 산을 넘다 못해 국경까지 넘어 버리다니. 병신이 따로 없구나. 손끝을 말아 감으며 생각했다.

자신이 적의 태자임을 향이 알게 된다면 그것만큼 큰일은 없었다. 그러기에 향이 누군지를 아는 것이 보다 중요했다. 이이가 누군지 명백히 알아야 후에 적으로 돌아간 후에도 마음을 놓을 수 있을 테니. 원은 그리 생각하며 다시금 입술을 열었다.

"그대, 호의 어느 여식이오?"

향은 실눈을 가만히 떴다. 어느 여식? 자신은 호의 대왕이 금지옥엽 아끼던 공주가 아니었던가. 하나 그것은,

"천민 나부랭이가 듣기엔 무거운 말이옵니다."

일장춘몽이라. 궐에서 쫓겨난 지 이 년이 넘어간 때에 향은 더 이상 공주가 아니었으니 길거리에 굴러다니는 돌멩이만도 못한 신세였다. 그러나 원은 넘어갈 생각이 없는 것인지.

"거짓을 말하고 있구려. 그대의 용모가 어찌 천민이라 할 수 있겠으며, 그 어조가 어찌 예도를 모르는 이라 할 수 있겠소?"

"진실을 말하고 있는 겁니다."

원의 눈이 가늘어졌다. 부러 눈길을 피하며 휙, 답을 하는 향의 모습이 참으로 고깝기만 하다.

"거짓이오."

향의 눈 역시 가늘어졌다. 아니라 하면 아니라 들을 것이지, 무어라고 이리 캐묻누? 궐의 생각에 요동치는 가슴이 가라앉지도 않는데, 마치 비밀을 밝혀내려는 어린아이처럼 호기심이 그득 담긴 원의 눈매에 짜증이 밀려왔다.

"참입니다."

"거짓이오."

"참입니다."

"거짓이라 하지 않았소."

"예, 거짓입니다."

"참이오."

자신이 한 말이 이상하다는 걸 깨달은 것은 순간이었다. 하여 원은 서둘러 손사래를 하며, '아니, 아니! 거짓이오' 하고 뒤늦은 말을 하였

지만, 향은 배죽 그 꼴을 비웃을 뿐이었다.

"됐습니다. 발 닦고 잠이나 주무시지요."

빌어먹을. 원은 손바닥으로 얼굴을 쓸어내리며 낮게 중얼거렸다. 여기서 물러날 수는 없는 법. 진원은 절절한 어조로 애원하듯이,

"이보게나. 내 궁금한 것이 있어 이리 묻는 것이니 부디 참을 고해 주시게."

하나 이미 작은 성이 나 있는 향에게는 먹힐 것이 아니라.

"알고 있다 하여도 공자께 답해 드릴 것은 없습니다."

"너무하구려."

"알고 있습니다."

향은 비죽이 웃었다. 승리의 기쁨이 담겨 있는 미소였다. 그러나 원은 쉽사리 물러갈 생각이 없었던지,

"그럼 내 하나만 더 묻지. 그대, 나이가 어찌 되오?"

이제는 향의 옷자락까지 쥐어 잡고 문을 던진다.

"다 큰 계집의 나이가 왜 궁금하십니까?"

"큰 것 같진 않은데……."

"저와 농을 하자는 겁니까?"

원은 어깨를 으쓱 올리며 대답했다.

"옷깃만 스쳐도 인연이라던데, 이리 말까지 섞고 상까지 함께하니 어찌 인연이 아니라 할 수 있겠는가. 이러니 그대에 대해 소상히 알고 싶어 묻는 것이니 성낼 일은 아니라 생각하오만."

일장연설이로구먼. 향은 인상을 찌푸리며 생각했다. 분명 처음 마주할 때까지만 해도 이리 아니꼽지는 않았건만. 왜 이리 짜증이 밀려오는지 모를 지경이었다. 궁궐의 생각이 나서?

아니, 원의 옷자락에 매달려 있는 장신구들 중 하나를 팔면 한 달

생활비 정도는 나올 것이란 비참한 생각이 든 자신에게, 주린 배에 원이 먹고 있는 밥그릇을 뺏고 싶다는 마음이 든 참담한 자신에게……
화가 나기 때문이었다.

아, 향은 짧은 탄식을 내뱉으며 머리를 쥐어 감쌌다. 말동무는 무슨. 한시라도 빨리 침상에 누워 발을 뻗고 싶은 심정이었다. 그래서 부러 더욱 날카로운 어조로,

"이름 석 자만 알면 되었지 무엇을 묻는 것입니까."

"참으로 매몰차구려."

"알고 있습니다."

원을 밀어냈다. 그리고 무언가 더 할 말이 있다는 듯 입술을 달싹이는 원을 바라보며,

"발을 닦으라 하지 않았습니까? 그리 구멍이 뻥 뚫린 버선을 내리신고 계실 겁니까?"

원은 자신의 발을 내려다보았다. 곧 억 소리를 내며 엄지발가락에 훤한 구멍이 나 있는 버선을 서둘러 벗어 던졌다.

발갛다 못해 찌르면 터질 것 같은 원의 얼굴이 눈에 들어왔다. 향은 벌떡 몸을 일으켰다.

"으, 으……! 왜 진즉에……!"

"먼저 자겠습니다."

"이, 이보시오, 향!"

원의 외침에도 불구하고 향은 그를 듣지 못했다는 듯 터벅터벅 걸음을 옮겨 문으로 다가갔다. 여유로운 발걸음이었다.

"우물가는 뒷문에 있습니다."

탁, 문이 닫히는 소리. '악!' 머리통을 쥐어 감싸고 깊은 숨을 토로하는 원, 그런 원의 비명을 들으며 나지막하게 웃는 향.

밤이 깊어지고 있었다. 금수들의 울음소리가 짙어진 만큼, 원의 한숨 소리도 더욱 커졌으며, 향의 얼굴에 배긴 미소는 더욱 농후해졌다. 그렇게, 하루가 지나가고 있었다.

✿

향은 설핏하게 웃으며 고개를 쳐들었다. 얇고 긴 실금이 갈기갈기 터진 얼굴이었다.

그랬었지, 그런 일이 있었지. 그때…… 원을 처음 만났었지.

향은 불현듯 찾아온 과거의 아릿한 향수에 제 몸을 그러안으며 얼굴을 묻었다. 한번 터진 눈물은 좀처럼 멎을 생각을 하지 않는다. 끊임없이 쏟아지는 눈물방울에 숨조차 제대로 쉬어지지 않았다.

향은 간헐적인 숨을 내뱉으며 고개를 쳐들었다. 그리고 누각의 계단을 바라본다. 혹시라도 원이 올 성싶어서였지만,

"오지 않는구나."

대기는 적막하였으니, 그 무엇의 소리도 들리지 않는 터였다. 두 눈을 질끈 내리감는다.

묻고 싶은 것이 많았다. 알고 싶은 것 또한 많았다. 왜 네가 이곳에 있느냐고. 왜 네가 적의 태자냐고. 왜 네가 내 지아비가 될 사람이냐고……. 그의 옷자락을 잡고 매달리며 모든 것을 토해내고 싶었지만.

세상은 공허하였으니, 사부작거리는 발걸음 소리도 들리지 않으니. 향은 허탈한 웃음을 내뱉으며 다시금 눈을 올려 떴다.

일어나야지. 일어나서 돌아가야 하지 않겠느냐. 힘을 내자꾸나.

향은 제 스스로 암시를 걸듯 입술을 끊임없이 달싹이며 몸을 움직였다. 그러나 제 뜻대로 움직여지지 않는 몸. 몇 번이고 일어나려 애

를 썼지만 힘이 풀려 버린 다리는 올곧게 서질 못했다. 아아, 뜻대로 되는 것이 하등 없구나. 그리 생각한 향이 다시금 와락 눈물보를 터뜨리려 할 때.

"……향."

익숙한 목소리가 들려왔다. 또한 익숙한 체취가 훅 밀려왔다. 향은 천천히 고개를 돌렸다. 그곳엔,

"왜 아직도 이곳에 있는 것이냐……."

진심으로 그리고 그리던 정인, 진원이 있었다.

향은 믿기지 않는다는 듯, 그러나 믿을 수밖에 없다는 듯 짤막한 탄식을 내뱉으며 몸을 일으켰다. 엉거주춤 그에게로 다가간다. 그러나 진원은 움직이지 않는다.

믿지 못했다. 아니, 믿을 수 없었다. 그래. 어찌 믿겠느냐. 죽었다 생각한 정인이 오 년 만에 제 눈앞에 서 있는데, 제 비(妃)가 된다 말을 하는데. 보고 있음에 결코 믿지 못할 만큼 놀라운 일이었다.

그러나 원은 반가움을 나타낼 수 없었다. 제가 뜻한 바가 있었기에, 지독히도 길었던 시간 동안 자신의 가슴 속에 품었던 독을 녹일 수 없었기에.

그렇기에 오지 않으려 하였다. 그러나 자신도 모르게 발이 후원으로 향하였다. 돌아갈까 생각하여 자신이 걸어온 길을 몇 번이고 돌아보았다. 그러나 돌아가지 못했다. 오지 않을 수 없었다. 이유는.

"……향아."

자신 역시 그리고 그리던 여인이었기에. 애타게 찾고 찾았던 향이었기에.

원의 말끝에는 눈물이 배어 있었으니. 그가 숨을 삼킬 때마다 설움의 감정이 더욱 짙어졌다. 원은 부러 주먹을 꽉 쥐며 목을 빳빳하게

세웠다. 뜨거워지는 숨결을 가다듬으려 한 행동이었다.

"전하……."

향은 원을 향해 시선을 고정한 채 입술을 달싹였다. 그 모습이 참으로 애처로워 보여 마음 한구석이 쓰라렸으나, 달려가 와락 그 품을 끌어안을 수는 없는 노릇이었다.

"왜 이제야 오십니까. 오래 기다렸습니다."

오래 기다렸습니다. 오래…….

향은 제 눈물을 참으며 고개를 푹 숙였다. 그러나 이내 다시 고개를 쳐드니, 이는 진원의 모습을 제 눈에 담기 위한 행동이었다. 이를 진원이 알아채지 못할 리 없을 터. 그는 더욱 뜨거운 숨결을 뱉으며 입술을 꾹 깨물었다.

"오 년이 지났습니다. 잘 지내셨지요, 전하."

향은 원을 향해 한 걸음 발을 내디뎠다. 조심스러운 발길이었고, 또한 떨림이 묻어 있는 몸짓이었다.

"보고 싶었습니다. 정말, 정말…… 보고 싶었어요."

향은 원을 향해 손을 뻗었다. 하지만 역시 잡히는 것은 아무것도 없어……. 향은 예상을 하고 있었다는 듯 설핏하게 웃음을 지으며 손을 되돌렸다.

"전하는…… 아니었나 봅니다. 저 홀로 기억을 하고 있었나 봅니다. 저 홀로 전하를 연모하고 있었나 봅니다. 저 홀로 전하를 그리고 있었나 봅니다. 저 홀로…… 전하는…… 저를."

고개를 쳐든다. 그 깊은 감정에서 우러나온 것처럼, 붉어진 눈가와 코끝이 너무도 확연하게 보였다. 원은 두 눈을 질끈 감으며 고개를 절레절레 흔들었다. 이는 향의 환영에서 벗어나기 위한 행동이었지만.

"저를…… 잊으셨나 봅니다."

이 슬프디슬픈 감정은 가깝게 다가오는 것이라, 원은 자신의 눈가가 축축이 젖어들었다는 것을 깨달았다. 아아, 향아. 향아.

"하나 괜찮습니다. 괜찮아요. 아니, 아니…… 실은 괜찮지 않습니다."

내 너를 어찌해야 할까.

"괜찮지 않아도 어찌하겠습니까. 전하의 용안을 다시 뵌 것만으로도 감사하다 여겨야지요. 아니, 아니…… 제가 욕심이 많은가 봅니다. 전하. 정녕, 정녕 저를……."

내 너를 어찌 밀어낼까. 어찌 연모하지 않는다 말을 할 수 있을까. 어찌 그립지 않았다 말을 할 수 있을까.

"정녕 저를 잊으셨습니까……."

"향아."

원은 튀어나온 감정을 참지 못하고 입술을 열었다.

당장에라도 달려가 너를 안고 싶다. 왜 이제야 나타났느냐 경을 치고 싶다. 그토록 그리고 그리웠다고 말하고 싶다. 네 목덜미에 얼굴을 묻고 네 향을 가득 마시고 싶다. 그러나, 그러나…….

"돌아가거라."

이를 드러낼 수 없다. 감히 나타낼 수 없다. 그렇기에 기억의 아지랑이가 피어오르는 것을 애써 억누를 뿐이었다.

"나는 적의 황태자일 뿐이다. 너를 받아들일 수 없어. 하니 돌아가거라. 네 나라로 돌아가. 네가 있을 곳이 아니다."

원은 부러 바람 빠진 소리를 내며 고개를 돌렸다. 향의 모습을 보지 않기 위한 행동이었지만, 그의 눈동자에 남아 있는 것은 향의 흔적이었다.

"제가 묻지 않았습니까, 전하."

향의 파르라니 부르튼 입술이 파르르 떨렸다.

"전하는…… 저를 잊으셨습니까."

다시 한 번 손을 뻗는다. 그 손을 잡고 입을 맞추며 향의 체온을 가깝게 느끼고 싶었지만,

"대답해 주세요. 들어야 합니다. 그러니 전하……."

어찌하겠는가. 얄궂은 운명의 장난이거늘. 원은 간헐적인 숨을 뱉으며 향을 응시했다.

"돌아가거라. 난 너를 받아들일 수 없어."

이것은 향을 위한 것이었으매 곧 진원 자신을 위한 것이기도 하였다. 향을 가까이 두게 된다면 분명 세워왔던 계획에 큰 차질이 생길 것이었기에……. 예상치 못한 변수가 도사리고 있는 이상, 앞일이 어찌 될지 모르는 터였다.

이런 진원의 마음을 알 수가 없을 터. 향은 더욱이 애처로운 음성을 내뱉었다.

"그이를 비로 맞을 생각이십니까?"

"향아."

"은애하십니까? 연모하시나요? 정녕…… 전하의 비로 둘 생각이십니까?"

"단향."

"아니요, 아니요. 대답하지 말아주세요. 정녕 전하의 마음을 듣게 된다면……."

향은 반쯤 고개를 들었다.

"제가 정말 슬퍼질 것 같아요."

그 허망한 눈동자에는 빛이 없었으나, 담겨 있는 것은 과거의 진원이라. 구멍 난 버선을 보며 창피해하던 아해라. 꼬르륵 소리를 내며

귀여운 웃음을 지었던 나의 정인, 진원이라. 향은 제 눈앞에 있는 진원을 올곧게 바라보며 다시 입술을 열었다.

"저는 돌아가지 않을 겁니다. 전하의 옆에 있을 것이어요. 더 이상 저를…… 저를……."

뚝, 뚝, 눈물방울이 떨어진다. 한겨울 날의 시린 빗줄기처럼 차갑디차가운 눈물 줄기였다.

향은 두 걸음 발을 옮겨 원의 앞으로 다가섰다. 손을 뻗는다. 진원의 뺨을 매만진다. 이 역시 차가운 살결이었지만, 향의 열기가 맞닿은 탓에 그마저도 뜨거워지고 있었다.

"밀어내지 말아주십시오."

원은 자신도 모르게 튀어나올 것 같은 눈물을 겨우 삼켜냈다. 붉어진 눈가가 도드라진다. 저릿한 마음에 숨조차 가빠졌다.

내 머릿속에 있던 너는 분명 웃고 있는데, 내 뇌리에 박혀 있던 너는 그 누구보다도 해맑은 아이였는데, 왜, 왜…….

"부탁입니다……."

너는 왜 울고 있는 것인가. 아아, 향아. 향아.

원의 손이 바들바들 떨린다. 그러나.

"그대가 돌아가지 않는다면."

저 눈물을 닦아줄 수 없었기에, 저 품을 감히 안아줄 수 없었기에.

원은 고개를 가로저으며 입술을 꾹 깨물었다. 탁, 향의 손을 쳐낸다. 뒷걸음질을 쳐 향에게서 애써 멀어진다.

"돌아갈 수밖에 없도록 만들어주겠네."

주먹을 꼭 쥔 그의 손이 바들 떨리었다. 고개를 돌린다. 그리고 걸어온 길을 되짚어 걸어간다.

"어, 어딜 가시는 겁니까."

아직 말을 나누지 못했습니다. 아직 '그날'의 이야기를 하지 못했습니다. 차마 내뱉지 못한 말을 꾹꾹 삼키며 향은 고개를 들었다. 그러나 원은 대답이 없다. 타박타박 발걸음만을 내디딜 뿐.

"전하! 어딜, 어딜 가시는 겁니까!"

어느새 하늘 가득히 채운 비구름에서 뚝, 뚝, 빗방울이 떨어지기 시작했다.

"전하!"

쏴아아, 빗줄기가 쏟아진다. 향의 울부짖음도, 원의 발걸음 소리도 빗소리에 파묻혀 버렸다.

❋

"마마, 기침하셨나이까."

들려오는 소리에 파뜩 정신을 차린 향은, 시야가 잡히지 않아 아직 희뿌연 눈을 깜빡이며 몸을 일으켰다. 차가운 기운이 온몸에 가득했다. 어깨가 달달 떨리매 손목이 욱신거렸으니, 이는 고뿔의 기운이렷다. 그러나 향은 부러 어깨를 곧게 세우며 콜록 짧은 숨을 토해냈다.

향의 대답은 없었지만, 바스락거리는 소리를 들은 김 나인이 드르륵 문을 열고 안으로 들어왔다.

"마마, 몸은 어떠신지요. 혹 열이 오르지는 않으십니까?"

"괜찮네."

김 나인의 말에 향은 제 몸을 어루만지며 고개를 끄덕였다.

미열이 오르고 있었으나 그것이 대수더냐. 괜찮다 눈짓하며 창 쪽으로 고개를 돌렸다. 그를 알아챈 김 나인이 서둘러 몸을 움직여 창을 벌컥 열어젖혔다.

"아직 비가 오는구나."

향은 창 너머 어둑한 세상을 바라보며 중얼거렸다. 후두둑 떨어지는 빗줄기 사이로 근근이 태양의 빛이 내려오고 있었다. 그러나 하늘에 둥둥 떠 있는 것은 비를 품은 매지구름이었으니, 이는 분명 향의 마음과도 같은 것이리라.

"괜찮으신지요, 마마."

김 나인의 걱정스러운 목소리가 재차 들려왔다. 이는 분명 어젯밤 눈물방울을 뚝뚝 흘리며 처소에 돌아온 향에 대한 근심에서 비롯된 말이었다. 향은 설핏한 웃음을 지으며 재차 고개를 끄덕였다.

하룻저녁 지나면 마음이 가라앉을 줄 알았다. 잠을 자고 일어나면 언제 그런 일이 있었냐는 듯 괜찮아질 줄 알았다. 진원의 첨예하고 사나웠던 눈빛을 잊을 줄 알았고, 무정한 그 목소리를 잊을 줄 알았다.

그러나 머릿속에 둥둥 떠다니는 것은 마치 하늘의 매지구름처럼 시커먼 진원의 모습이었고, 귓가에 맴도는 것은 까막새 소리처럼 날카로운 진원의 목소리였다.

향은 창 바깥으로 손을 내밀었다. 기와에서 뚝뚝 떨어지는 빗방울들이 향의 손에 오목하게 담겼다.

차갑다. 무엇이? ……내 마음이. 향은 서툰 웃음을 지으며 다시 손을 되돌려냈다.

"괜찮아야지. 안 괜찮으면 어찌하누."

무엇을 해야 할까. 무엇을 해야 진원이 본래대로 돌아올 수 있을까. 아니, 아니…… 애초에 진원은 왜 나를 밀어내는 것일까.

향은 두 눈을 꾹 내리감았다. 아직 사라지지 않은 원의 체취를 좇는 듯, 손끝을 바들바들 떨며 입술을 꾹 다물 뿐이었다.

김 나인은 그런 향의 모습을 오롯이 응시했다.

이 얼마나 안타까운 일이더냐. 축복을 받아도 모자랄 혼례식에 다른 이를 후궁으로 들이겠다는 공표를 하는 터이니. 제아무리 강심장을 갖고 있다 하여도 견디지 못할 치욕이며 비통한 일임이 틀림없었다. 그렇기에 향의 이러한 모습을 백번 이해하는 것이리라. 엊저녁 눈물방울을 뚝뚝 흘리며 처소로 돌아온 향의 모습을 받아들이는 것이리라. 까무룩 혼절하여도 그 눈물 줄기는 멎지 않았던 애통한 모습을 마음에 품는 것이리라.

김 나인의 속눈썹이 파르르 떨렸다. 침을 꿀꺽 삼켜낸다. 그리고 뿌예진 머리통을 가다듬고자 고개를 가로지르며 향의 요를 잡아끌었다.

"황후 폐하께서 곤녕궁으로 들라는 명이 있으셨나이다. 서둘러 채비를 하셔야 할 것 같습니다."

"알았네."

"예, 마마. 욕탕 물을 덥혀놓겠습니다."

탁, 문을 닫고 나서는 김 나인을 뒤로하고 향은 고개를 들어 허공을 가만히 응시했다. 호나라 왕실에서 날아왔던 서신에 찍힌 황후의 인장을 떠올린다. 서신에 날인된 것은 황후의 흔적이나 진원은 이 혼례를 알지 못한다 하였다.

그것은 곧, 이황자 정현의 어미인 황후가 진원을 막아서기 위해 수를 쓴 것이란 말이지.

향은 설핏하게 웃으며 고개를 떨어뜨렸다.

무슨 말을 듣게 될지 뻔하였지만, 그래도 황후의 명을 거역할 수는 없었다. 아직은 태자비의 신분. 내명부의 수장인 황후의 말을 듣지 않을 수 없었다. 그래, 일단은 일어나야 했다. 홀로 방 안에 처박혀 있다간 끝없는 상념에 사로잡혀 제 스스로 몸을 갉아낼 것 같았기에.

향은 몸을 일으켰다. 그리고 창 너머 짙게 깔려 있는 검은 구름을 바라보며 설핏하게 실소를 내지었다.

향은 무거운 가체에 몸을 가누기 힘들다는 듯 비틀거리는 걸음을
내디뎠다. 정녕 고뿔이라도 걸린 것인가. 다리에 힘이 들어가지 않았
다. 금방이라도 와락 힘이 풀려 주저앉을 것 같았지만, 이 흙바닥에
널브러질 수는 없는 터. 향은 저를 보고 있는 궁인들의 시선을 가감
없이 받아내며 허리춤에 힘을 빳빳하게 주었다.

쏴아아, 빗줄기는 쉴 새 없이 지속됐다. 하늘에 구멍이라도 난 듯
끊임없이 쏟아지는 빗발에 절로 인상이 찌푸려졌다. 우산을 넘어 비
가 들어온다. 김 나인은 '어머나!' 소리를 내며 향의 쪽으로 그를 기울
였다. 그러나 향은 되었다는 듯 김 나인의 손을 되밀며,

"그대도 비를 맞지 않나. 괜찮으니 이대로 가게."

걸음을 재촉했다. 김 나인은 고개를 푹 숙이며 향의 뒤를 졸졸 쫓
았다.

향의 입에서 숨이 나올 때마다 향이 짙어졌으며, 그녀의 옷자락이
바람결에 실릴 때마다 향이 하늘을 향해 날아갔다.

저 먼 곳에서, 숨을 죽인 채 향을 보고 있는 궁인들. 그들의 얼굴
엔 뜨악함이 묻어 있었으매, 한편으로는 동경과 두려움이 묻어 있었
다. 향은 익숙한 눈길이라는 듯 더욱 턱 끝을 들어 올리며 걸음을 재
촉했다.

"자가! 옹주자가!"

그때에 들리는 다급한 목소리. 향은 걸음을 우뚝 멈추고 빙그르르
몸을 돌렸다. 멀지 않은 곳에서 향이 있는 곳으로 뛰어오고 있는 남정
네가 보였다.

"옹주…… 자가."

향과 마주서게 된 그는 말끝을 흐리며 입술을 달싹였다. 오르락내리락하는 울대가 또렷하게 보인다.

나무껍질 속과 같이 밝은 갈색 머리가 비바람에 얽어져 사부작 흩날렸다. 마치 계집의 분을 바른 양 하얗디하얀 얼굴, 그 아래 밤색의 눈동자가 들어 있는 긴 눈, 작지만 높은 코. 어쩐지 낯설지 않은 인상에 향은 고개를 갸웃거리며 그와 눈을 마주했다.

"비서승직의…… 도겸이라 하옵니다."

도겸은 허리를 굽혀 예를 갖추었다.

비서승 도겸. 그는 삼공 중 사공의 아들이었고, 또한 기도위에까지 올라섰다 오 년 전 피치 못할 부상으로 비서승직으로 좌강된 이였다. 더불어 황태자 진원의 가장 가까운 친우였다. 그렇기에 친우의 비인 단향을 찾아온 것인가? 그녀가 어떤 여인인지 알기 위하여? ……단순히 그 이유만은 아닌 것 같았다.

향은 잠시 머뭇거리다 이내 손을 들어,

"고개를 들라."

"황공합니다, 마마."

그는 말을 마치며 향의 오른편으로 몸을 틀었다. 그럼에도 고개는 향을 향하고 있으니, 그 모습이 참으로 의아하기만 하다. 그는 잠시 헛기침을 몇 번 내뱉더니, 이내 빙그레 웃으며,

"다소 늦었으나, 감축 드리옵니다. 이제 옹주자가 아니라 태자비 마마가 되셨군요."

그러나 그의 말씨는 정녕 '감축'의 뜻을 담고 있는 것이 아니란 생각이 들었다. 무슨 꿍꿍이일까. 향은 그의 말끝을 더듬으며 침묵했다.

"궁인들의 시선이 참으로 날카롭습니다."

향은 그의 시선을 따라 고개를 돌렸다. 향을 찢어 죽일 듯 노려보

던 궁인들의 눈초리가 흩어지는 것이 보였다. 제깟 것들이 해봤자지, 무얼. 선웃음을 내짓는다.

"하나 하해의 마음으로 용서해 주셔야지요. 황실의 여인이 될 수 있다는 헛된 기대로 궐에 들어온 이들일 텐데, 저들이 탐내던 태자 전하가 사취(詐取)되니 분을 참지 못하고 저러는 게 아니겠습니까?"

"사취…… 라 하였나?"

"아이고, 말을 잘못했습니다. 정정하지요."

향은 아랫입술을 꾹 깨물며 고개를 되돌렸다. 이는 실수가 아니라 분명한 말장난이었다.

"조심하셔야겠습니다. 마마께 해코지를 하는 이가 있을 수도 있으니까요."

"어느 누가 감히 내게 해를 끼친단 말인가? 말도 안 되는 소리."

"있을 수도 있지요."

순간적으로, 그들에게 내리 쏟아지던 비의 소리가 끊어졌다. 향의 눈동자에 시린 빗발이 담긴다. 그러나 도겸의 눈동자에는 축축한 빗발이 담겨 있었다.

"여인의 투기는 무서운 것이라, 여인이 한을 품으면 오뉴월에도 서리가 내린다……. 어찌, 재미있는 격언이 아니겠습니까?"

향은 짧은 숨을 몰아쉬었다. 급작스레 뜀박질을 하는 심장을 가라앉히고자 한 행동이었지만 그마저도 소용없는 듯싶었다.

"태자 전하가 삼 년 전부터 정을 나누던 이가 있으니, 성은 이요, 이름은 한울. 적의 두 번째 하늘인 태위의 딸이라 하더이다. 마마께서도 아시지 않습니까. 어제, 옹주자가께서 태자비마마가 된 날. 함께 양제자가 된 그 여인을요."

한울. 향은 기억을 되짚으며 입술을 달싹였다.

참담한 기운이 향의 모가지를 옭아맸다. 냉기를 머금은 바람이 땅을 갉아낸다. 모래가 사라진 땅바닥은 축축한 진흙으로 뒤엉켜 있을 뿐이었다.

"본래 저가 비가 될 줄 철석같이 믿고 있다 황후 폐하의 뜻으로 자리를 빼앗기게 되니 그 어찌 원통한 일이 아니겠습니까? 해서 염려되는 마음으로 말씀을 올린 것이오니 분개하지 마시지요."

그는 부러 거짓웃음을 비치며 바람 빠진 소리를 뱉었다. 이 역시 짓궂음이 묻어 있는 것이니. 향의 입술에 핏방울이 그렁그렁 맺히었다.

"하, 하하……"

향은 흐트러진 머리칼을 다듬으며 숨을 고르게 뱉었다. 웃음소리임은 분명했지만 그것에 담긴 뜻이 무엇인지는 모를 일이었다.

"그대가."

순식간에 찾아온 침묵. 이에 담긴 것은 향의 분노에 그득 찬 마음이었지만.

"내게 이런 말을 하는 연유가 참으로 궁금하네."

"저 역시 궁금합니다. 호에서 적까지, 그 먼 길을 무슨 생각으로 오신 것인지."

"내가 그것에 답해야 하는 이유가 있던가?"

"……아니요. 없습니다. 없어요. 있을 리가요."

동시에 도겸의 감춰진 마음도 담겨 있는 것이라. 도겸은 고개를 절레절레 흔들며 주먹을 꽉 쥐었다.

"투기를 부리는 계집이건 사귀(邪鬼)가 된 혼령이건 나는 그 무엇도 두렵지 않네. 바람님이 일러주지 않았더냐? 호의 여식은 만만찮은 계집이라, 그네의 앞을 막아서는 이는."

향은 입꼬리를 비죽 올렸다.

"살아남은 적이 없다는 것을."

쏴아아, 차가운 비와 뜨거운 공기를 품은 바람이 그들 사이를 스쳐 지나간다. 그를 여과 없이 받아내던 향의 입술이 재차 열렸다. 이 역시 열을 품고 있는 말씨였다.

"하니 염려치 말게나. 아니, 그대의 모가지가 날아갈 수도 있으니 그는 걱정해도 되겠군."

"……참으로 많이 변하셨습니다."

도겸의 말씨 역시 열이 있었으나 그 안에 때 묻지 않은 순애의 마음이 들어 있다 하면, 그것은 정녕 착각일까.

향은 잠시 숨을 삼켰다. 처음 도겸을 마주했을 때부터 익숙한 향기가 가깝게 다가왔었으니, 이는 분명,

"그대, 나와 마주한 적이 있지?"

처음 마주한 이의 내음이 아닐 것이었다. 향은 턱을 올리며 그와 눈을 마주했다.

"글쎄요."

그러나 어깨를 으쓱 올리며 대답하는 그의 모습엔 장난기가 그득 담겨 있었다.

"마마께서 기억해 내셔야 할 일이 아니겠습니까?"

얼굴에 가득 차 있던 설움과 그리움이라는 감정은 사라진 지 오래. 그는 향의 앞에 손을 뻗으며 다시금 걸음을 재촉했다.

"곤녕궁으로 가시던 길이 아니었나이까? 가시지요. 늦으셨다간 황후 폐하께 혼이 나실 겁니다."

향은 잠시 말을 멈추었다. 그를 올려다본다. 순애의 빛이 담겨 있는 그의 눈동자가 미약하게 흔들린다. 고개를 돌려 저 먼 황도를 바라본다. 분주하게 움직이는 궁인들의 발걸음에 뿌연 모래바람이 흩날리고

있었다.

"후에 다시 말을 나누지."

향은 말을 마치며 몸을 빙그르르 돌렸다. 발을 동동 구르고 있던 나인의 뒤를 따라 걸음을 내디딘다.

그런 향을 가만히 응시하는 도겸. 장난스러웠던 기운은 사라지고, 슬픔과 애통의 빛이 그득 담긴 눈길이었다.

"부디…… 몸조심하시길 바랍니다."

그는 그리 말하며 황도 뒤쪽으로 걸음을 옮겼다. 칠 년 전 과거의 편린을 꺼내 들며, 그를 가슴속에 깊이 안으며.

"황후 폐하. 태자비마마께서 내방을 청하셨나이다."

"들라 하라."

문이 열림과 동시에 향은 문지방을 밟으며 방 안으로 걸어 들어갔다. 그리고 삐뚜름하게 앉아 자신을 낱낱이 직시하고 있는 황후에게로 허리를 굽힌다.

"평안하셨나이까, 황후 폐하. 소녀, 부르심에 내방하였나이다."

앉으시지요. 황후는 자신의 맞은편을 가리키며 향을 안내했다. 그에 자세를 바로잡으며 앉는 향. 마주 앉은 그녀의 허리는 언제 굽혀졌냐는 듯 꼿꼿하게 펴져 있었다.

"어찌, 얼굴이 좋지 않아요."

고뿔이 든 것을 알아챈 것일까. 아니면 다른 뜻이 있는 것일까. 향은 대답 대신 시선을 떨어뜨렸다.

"눈도 붙이지 못한 것처럼 보입니다만. 자, 드시지요. 피로에 좋은 차랍니다."

"송구하옵니다."

황후는 다상 위에 놓여 있는 찻잔에 손짓을 하며 부드러이 말했다. 꽤나 살가운 언사라 느낄 수 있을 법하였으나, 향은 그렇게 받아들이지 않았다. 아니, 받아들일 수 없었다.

부드러움 속에 칼이 있다 하였는가. 그러하여 가슴에 칼이 있다 하였는가. 황후가 입을 열 때마다 풍기는 지독한 썩은 내에 코가 마비될 지경이었다. 그렇기에 향은 찻잔을 세게 움켜쥐었다.

"태위의 여식 때문이겠지요. 비의 안색이 이리 좋지 않은 까닭은요."

혹시나가 역시나. 향은 일렁이는 찻물을 응시했다.

"하, 같잖지도 않지요. 제깟 것들이 발악을 해보았자 제 손바닥 안일 텐데요. 피라미 둘이 합쳐보았자 잉어가 될 수 없는 법. 조무래기들이 아무리 덤벼들고 덤벼들어 봤자."

황후는 잠시 말을 멈추었다. 그리고 딱딱하게 굳어 있는 향을 지그시 응시한다.

"황제가 될 아이는 따로 있는데 말이죠. 그렇지 않나요, 비?"

향이 들고 있는 찻잔이 사붓 떨린다. 미약한 떨림이었으나 이로 인한 파동은 파도처럼 밀려왔으니.

"폐하."

그녀의 입술이 번듯하게 열리었다.

"송구하오나, 이 미천한 계집은 귀가 먼 귀머거리라. 폐하의 의중을 헤아릴 수 없겠나이다."

그리고 시선을 올려 황후와 눈을 마주한다. 분명 두 여자의 눈은 방긋 웃고 있건만. 그들 사이에 팽팽하게 흐르는 기류를 보아하면 마냥 녹록한 상황이 아님을 알 수 있었다.

"단도직입적으로 말하지요."

황후는 다상에 손을 올리며 입술을 비틀었다.

"태위의 여식을 내치세요. 그 계집이 무어라 하든, 그 계집의 아비가 무얼 하든. 제가 비호해줄 수 있습니다."

"……폐하."

"더불어, 황태자의 일거수일투족을 제게 말하세요. 무얼 하는지, 어떤 말을 하는지만 알려주면 됩니다. 이를 잘 이행해준다면."

탁, 다상을 내려치며 눈을 번뜩 올려 뜬다.

"호(皓)에 지원을 하지요. 비가 무엇을 상상하든, 그 이상으로 아낌없는 지원을 하겠어요. 내 약조하지요."

잠시의 침묵. 묵언의 시간을 깨뜨린 것은 향의 입술을 비집고 나온 비웃음소리였다.

"소녀뿐 아니라 폐하 역시 귀머거리이셨나 봅니다."

예상치 못한 말. 이에 황후의 눈매에 당혹스러움이 서리는 것은 당연한 일이었다.

"호의 옹주는 만만찮은 계집이라. 아니, 단단히 미친 계집이더라. 중전은 물론이요 대왕 역시 손을 쓰지 못할 만큼 기가 억세고 사나워 궐에서는 감당할 이가 없다더라, 하는 풍문을 듣지 못하셨나 봅니다."

향은 찻물을 한 모금 들이키며 눈을 깜빡였다.

"하여, 저는 이 성질을 억누르고 살 생각은 없나이다. 그러니 폐하의 요구도."

탁, 찻잔을 내려놓는다. 반동에 의해 넘쳐 나온 찻물이 향의 손끝을 적시었다.

"들어드릴 수 없지요."

이렇듯 도발적인 말에, 반듯하였던 황후의 얼굴이 구겨진 것은 바로 그 순간이었다.

"이, 이……!"

바드득, 바드득, 퍼런 핏줄이 올라온 손으로 다상을 세게 잡아챈다. 삽시간에 뒤틀린 그녀의 얼굴. 이에 담긴 것은 제 말을 거역한 단향에 대한 분노뿐이리라.

"참으로 발칙한 계집이로구나. 어느 안전이라 망발을 함부로 뱉는가? 하! 게 아무도 없느냐! 당장 이 계집을 끌고 가……!"

"그러시면 아니 되지요."

향은 두 손을 가지런히 모으며 고개를 까딱였다.

"저야 궐에서 천덕꾸러기인 신세라, 어떤 평판이 난다 하여도 별반 상관이 없습니다만. 폐하는 아니시지 않사옵니까? 태위의 여식을 견제한다는 이유만으로 그 머나먼 나라에서 저를 부르신 것인데, 고작 한나절 만에 내친다……. 꽤나 좋은 추문이 될 것 같은데, 폐하께선 어떻게 생각하시는지?"

그리고는 빙긋 웃음을 내비친다. 반으로 접힌 그녀의 두 눈에는 오직 경멸. 그것만이 담겨 있으리라.

빠드득, 빠드득, 다상을 손톱으로 긁는 소리가 방 안을 공명하듯 울리었다. 구김살이 잡힌 황후의 얼굴에는 채 막지 못한 경련이 그득 올라와 있었다.

"……되바라진 계집년."

"그런 말은 숱하게 들었나이다."

"비."

"예, 저는 적나라의 태자비입니다."

향은 단 한 마디도 질 수 없다는 듯, 두 눈을 번뜩 올려 뜨며 입술을 비틀었다.

"그러하여, 제 낭군님을 배신할 생각은 추호도 없나이다."

이는 분명히도 황후의 계획상에 없던 일이렷다. 그녀의 얼굴에 해 참한 빛이 스치듯 지나갔다. 그리하여 황후의 메마른 입술이 비틀려 열리려 할 때.

"황후 폐하, 황태자 전하께서 내방을 청하셨나이다."

전혀 예상치 못했던, 복병이 등장하였더란다.

드르륵.

황후의 윤허가 떨어지지 않았음에도, 창호지문은 벌컥 열리기에 이르렀다. 때 아닌 불청객에 당황한 것은 비단 황후뿐만이 아니렷다.

"평안, 하셨나이까. 황후 폐하."

마디씩 운을 띄워 인사를 건네는 원. 그에 숨을 들이마시는 황후. 그녀는 간신히 마음을 가라앉히고 턱 끝을 들며 대답했다.

"태자께서 어인 일이십니까? 기별도 않고요."

"제 비를 찾았다 하시기에 내방하였지요. 식을 치른바, 비와 소인은 한 몸이 아니겠나이까? 왜, 제가 온 것이 고까우신가 봅니다."

"어찌 그런 흉한 말을……!"

"그런 것이 아니라면 되었습니다. 아니, 다과는 내오지 말게나. 곧 나갈 것이니."

원은 다상을 내오는 상궁을 뒤로 물리며 답했다. 그리고 놀란 눈으로 자신을 응시하는 향을 바라보며 털썩 내려앉는다. 빳빳하게 들린 목과 꼿꼿하게 세운 허리에서 감히 넘볼 수 없는 위세가 흘러나왔다.

그렇지 않아도 황후를 찾아올 생각이었다. 문후를 핑계로 들러 더 이상 일을 벌이지 말라 경고하고자 하였다. 그 와중 단향이 곤녕궁에 내방하였다는 소식을 듣게 되었으니, 혹여라도 황후께 험한 일이라도 당할까 걱정되어 단걸음에 달려온 것이었다. 하여 살펴보건대 자신의 기우가 확신이 되는 데에는 오랜 시간이 걸리지 않았다.

픽, 입술을 뒤튼다.

"어찌, 하룻저녁 사이에 얼굴이 팍 죽으셨습니다. 근심거리라도 있으신가 봅니다. 약이라도 지어 올려야 하는 것이 아닌지."

"하, 태자께서 약을요? 제게?"

"반응을 보아하니 제가 지어 올린다 할지언정 폐하께서 드시지는 않을 것 같군요. 그래. 사지 멀쩡한 정현이 있으니 그에게 부탁을 하시지요."

"말씀이 심하십니다, 태자. 언사에 신중을 기하시지요."

황후는 제 분을 간신히 끌어내리며 눈을 번뜩였다. 그 형형한 빛은 비단 원에게만 향하는 것이 아니었으니, 여전히도 놀란 기색을 감추지 못하고 있는 향에게 또한 날아갔다. 그 순간.

"왜 애먼 비를 노려보고 그러십니까."

원은 향을 비호하듯 재빨리 말을 내뱉었다. 그에 다시금 원에게로 향하는 시선.

"궁금한 것이 많습니다."

"무얼 말씀하시는 겁니까?"

"호에서 적까지 천 리 먼 길을 달려온 제 비를, 하룻밤도 채 쉬지 못하고 혼례까지 치르게 하신 그 깊은 속내요."

마치 준비해 온 양 단호한 원의 말에 황후는 잠시 숨을 삼키었다. 눈동자를 데굴데굴 굴린다. 분이 났으리라 예상을 했건만 이리 독대를 하여 면박을 줄지는 상상치 못했다. 무슨 속셈으로? 두 눈이 가늘어진다. 부러 턱 끝을 되똑하게 세운다.

"의중이라니요. 먼 길 오신 비께서 홀로 궁가에 박혀 있는 것이 적적해 보여 시간을 앞당긴 것뿐입니다. 대신들 또한 모두 찬성을 한 일인데, 어찌 분을 내시옵니까?"

"분은 제가 아니라 폐하께서 내고 계시는 것 같습니다만."

원은 빙그레 웃으며 대답했다.

"그럼!"

이렇듯 자신을 기만하는 말에, 황후는 치마폭에 가려져 있던 손을 바르쥐며 이를 바득 갈았다.

"화가 나는 게지요. 이 사람은 비의 안위를 염려하여 일을 추진한 것이온데, 이에 흉한 생각으로 모략하려 하시니 어찌 분이 나지 않을 수 있겠습니까?"

"흉한 생각이라니요. 제가 무슨 생각을 한 줄 알고 그런 말씀을 하십니까?"

황후는 말문이 막힌 듯 입술을 다물었다. 팽팽하게 얽히는 눈빛. 감히 범접할 수 없는 분위기에 향은 자신도 모르게 어깨를 움츠렸다.

"청산유수라, 현하구변(懸河口辯)이라. 제가 그에 옳다구나 하고 넘어갈 줄 아십니까."

짙은 침묵을 깨뜨린 것은 진원이었다.

"제 뜻을 묻지도 않고 행하신 일. 그에 따른 업보를 받을 각오는 되어 있으시겠지요."

"업보라니요. 태자를 생각하여 벌인 일인데, 어찌 그런 망발을 하신단 말씀이십니까?"

'일'이라 한다면 단향과의 혼례, 하등 도움도 되지 않을 호나라와의 동맹을 뜻하는 것이라. 여까지 생각이 미친 향은 입술을 꾹 깨물었다.

"존엄하신 황후 폐하, 제가 이 자리에서 반드시 약조하건대."

녹녹하지 않은 미소가 그의 입술에 걸려 올라갔다.

"저는 황제 폐하의 자리를 넘겨받을 것입니다. 그리하여."

진원은 붙잡고 있던 향의 손을 치켜들었다. 허공으로 올라간 그들의 손. 그리고.

"비를 내치고, 태위 이치원의 딸 이한울을 폐하의 자리에 앉히겠습니다. 폐하께서 그토록 두려워하고 질색하시는 여인을요."

탁, 향의 손을 뿌리치는 원. 털썩 내려앉은 향의 손. 아니, 마음.

"그러니 그때까지, 부디 오늘처럼 평안하시길 바랍니다."

몸을 일으킨다. 뿌리쳐진 자신의 손을 내려다보고 있는 향을 두고. 타박타박 걸음을 옮겨 문 쪽으로 걸어간 진원은,

"제가 폐하께 왜 이런 전언을 올리는지 아십니까?"

드르륵, 문을 연다.

"폐하가 무얼 하시든지 저는 두렵지 않다는 뜻입니다."

한 걸음 발을 내딛는다. 그리고 반쯤 몸을 돌려 바르르 어깨를 떨고 있는 황후를 내려다보고, 허공을 응시하고 있는 향을 바라본다.

홀로 방을 나서려 했지만, 저리 파르란 얼굴을 보니 그리할 수는 없었다. 쿡, 쿡, 마음이 저려왔다. 배꼽 언저리에서 간질간질한 느낌이 기어 올라왔다. 때문에 짤막한 한숨을 내쉬며 입을 열었다.

"친애하는 나의 비여, 무엇을 하고 있는가? 어서 그 못된 망령에게서 벗어나지 않고."

향에게로 손을 뻗는다. 향은 그런 원의 손을 가만히 바라보다, 이내 꼿꼿하게 몸을 일으켜 원에게로 다가갔다.

"그럼 이만 물러가 보겠습니다."

탁, 문을 닫는다. 그리고 다시금 기나긴 복도를 걸어간다. 반시 전의 걸음보다 다소 가벼운 발길로.

❀

도겸은 허공으로 손을 뻗었다. 그리고 주먹을 바르쥐며 사라져 버린 향의 향을 쫓는다. 허탈한 실소를 내뱉으며 한 손으로 얼굴을 쓸어내린다. 그의 진한 감색 머리칼이 노을색을 받아 찬란하게 빛을 냈다.

"빌어먹을!"

음성은 멀리 가지 못했다. 쏟아지는 빗발 소리에 묻혀 사라졌기 때문이었다.

그는 분노에 가득 찬 것처럼, 아니. 그리움이라는 애환에 사로잡혀 있는 것처럼 보였다.

칠 년 전, 인연이 닿은 여인이 있었다. 길지 않은 시간이었지만, 그럼에도 그는 그 여인을 잊지 못하였다. 눈을 감아도 떠도 그녀의 환영이 앞을 맴돌았다. 그 향을 잊지 못해 수없이 코를 킁킁댔던 그였다.

그러나 그는 여인을 찾아가지 못하였다. 그녀에게 감히 다다갈 수 없었다. 자신은 이미…….

오른 다리에 통증이 느껴졌다. 우아하고 나긋했던 걸음걸이는 거짓이었다는 듯, 그는 오른 다리를 사붓 굽히었다. 지익, 지익, 움직이지 않는 발을 간신히 끌어당긴다. 이러한 통증은 분명 과거의 편린에서 비롯된 것이리라.

후, 도겸은 어쩔 수 없다는 듯 짧은 숨을 내쉬며 부르튼 입술에 침을 묻혔다. 그때.

"여기서 무얼 하고 계십니까, 나으리?"

익숙한 목소리였다. 이는 분명.

"이 개자식, 마침 잘 만났다. 왜 이제야 나타나는고?"

바깥에 있던 진원의 행보를 가장 잘 알고 있는 기찬이었다. 도겸은 반색하며 고개를 쳐들었다. 그리고 우산을 내팽개치며 기찬에게로 달려가듯 다가가 그의 어깨를 부여잡았다. 후두둑 빗방울이 그의 옷자락에 흠뻑 묻었다.

"개자식이라뇨. 간만에 마주하게 되었는데 이리 욕을 하는 경우는 무업니까."

"너, 어디에 있었냐."

기찬은 도겸의 시선이 부담스럽다는 듯 그의 팔을 잡아 **빼며** 대답했다.

"어디에 있긴요, 황궁 근처 여객에 있었습니다만."

"여객에? 거긴 왜? 사찰을 나간다 하지 않았더냐?"

"예, 그랬는데…… 뭐, 전하의 심중을 제가 어찌 알겠습니까. 가자니 가고 오자니 왔지요."

"무슨 이유가 있을 것 아니야!"

"어이고, 왜 소리를 지르십니까?"

기찬은 미간을 짙게 좁히며 반걸음 뒤로 물러났다. 도겸은 자신이 흥분을 감추지 못했다는 사실을 깨닫고 찬찬히 숨을 몰아쉬었다. 주먹을 쥐락펴락하며 마음을 가다듬는다.

"뭐…… 정처 없이 돌아다니다가 소성까지 내려갔지요. 그때 호나라 옹주자가를 만나고……."

"옹주? 비마마를 말하는 게냐? 마마를 어디에서 만났단 말이냐?"

"말하지 않았습니까, 소성에서 만났다고요. 가마에 타고 계신 걸 저와 전하가 보았습니다."

"그래서. 어찌 되었느냐?"

"뭘 어찌 됩니까. 얼굴만 확인하고 그대로 보냈지요. 아, 그러고 보니 옹주자가 뵌 직후 전하가 좀 이상하긴 했지요. 자가의 존함을 물으시더니 실성한 사람처럼 실실 웃고……. 그러다 갑자기 마음이 바뀌었다며 돌아가자 하셨지요."

"더 말을 들은 것은 없고?"

"예, 없습니다."

도겸은 선웃음을 내뱉으며 고개를 가로저었다. 기찬을 닦달해 보았자 얻을 수 있는 것은 하등 없었다. 진원과 독대를 하여 물어야 하는 것인가.

도겸은 긴 숨을 우악스레 뱉으며 머리를 쓸어 넘겼다.

"아아, 참, 전하께서 이상한 말씀을 하시긴 했습니다."

기찬이 손뼉을 짝 치며 말을 이었다. 쿵, 쿵. 가슴이 요동치기 시작했다. 불안한 느낌, 위태한 느낌. 이는 마치 깎아지르는 절벽에서,

"옹주자가 정인이라니 뭐라니, 자세히 듣지는 못했습니다만…… 그런 말씀을 하신 것 같긴 합니다."

콱 떨어져 마주하게 되는 두려움이라, 누군가가 심장을 잡고 쥐어뜯는 것처럼 아파왔다. 숨이 쉬어지지 않는다. 울대가 달싹거렸다. 침이 삼켜지질 않아 입가에 물기가 그득하다.

"분명…… 정인이라 하였더냐?"

"예, 그리 말씀하셨나이다."

아, 도겸은 탄식을 내뱉으며 두 손에 얼굴을 묻었다. 이제야 모든 것이 꿰맞춰진 기분이다.

진원의 그러한 눈빛도, 그러한 말도. 단향의 그러한 눈빛도, 그러한 말도. 모든 것이……

젖은 옷자락처럼 마음도 축축하게 젖어 들어갔다. 오른 다리가 더욱 아프다. 동시에 마음 역시 쓰라리게 아파왔다.

✳

"전하, 전하!"

향은 앞서 걸어가는 원에게로 달음박질을 하며 그를 부르짖었다. 쏴아아, 빗줄기는 더욱더 거세지고, 가림막 하나 없이 맨몸으로 그것을 맞고 있는 향의 옷자락에 물기가 새어들었다. 그러나 걸음 한 번 멈춰주지 않는, 눈길 한 번 돌려주지 않는 그. 향은 거친 숨을 헐떡이며 더욱더 걸음을 빨리했다.

"전하!"

"대체! 왜!"

향의 울부짖음을 듣다 듣다 더는 참지 못하겠다는 양, 원은 발을 우뚝 멈추고 주먹을 바르쥐며 목청을 높였다.

"왜 나를 그리 부르는 게냐. 왜, 왜!"

한 뼘 떨어진 그들 사이로 첨예한 바람이 스쳐 지나갔다. 쏴아아, 바람이 스친 자리에 비를 머금은 녹음이 흩날리고, 끼룩끼룩 우는 까막새 소리가 배어들었다.

"진정으로…… 모르시기에 물으시는 겁니까."

향의 양 뺨을 따라 빗방울이 뚝뚝 흘러내렸다. 이것이 정녕 빗방울일까? 혹, 눈물방울이 아닐까? 정녕으로 빗줄기라면, 이것이 이토록 뜨거울 수 있을까?

"꿈인 줄…… 알았습니다. 작금 전하를 뵙게 된 것이. 아니, 오 년 전 전하를 처음 마주했던 것이…… 그 모두가 꿈인 줄 알았습니다."

굽이치는 바람이 배어든 양, 향의 음성은 그보다도 더욱 떨리었다.

"정녕 꿈이옵니까. 전하께서 제게 해주셨던 모든 말들이, 전하께서 저를 안아주었던 그 순간이, 전하께서 저를……. 이것들이 모두 꿈이옵니까. 하룻밤 꿈으로 치부하여 잊어야 하는 것입니까."

원은 낙루가 뚝뚝 떨어지는 향의 붉은 눈가를 바라보았다. 울대가 달싹인다. 당장에라도 손을 뻗어 저 눈물을 닦아주고 싶었지만…….

"돌아가거라."

차가운 바람과는 상이한 뜨거운 숨결이 우악스럽게 튀어나왔다.

"돌아가 다신 내 눈앞에 나타나지 말아! 이곳에서 그대를 반길 사람은 아무도 없어!"

가슴을 후벼 파는 말. 이에 향은 두 눈을 질끈 내려 감았다.

"정녕 저를 잊으셨습니까."

"비."

"정녕 저를 지우시려는 것입니까."

"그런 말이 아니지 않나!"

"그럼 말을 해주십시오. 왜 제가 돌아가야 하는지, 왜 제가 전하의 옆을 다시 떠나야 하는지. 말해주십시오. 타당한 연유라면 이 마음 고이 접고 돌아가겠나이다. 하나 그것이 아니라면……."

원에게 다가간다.

"부디 저를 밀어내지 말아주십시오……."

그의 옷자락을 부여잡는다. 그의 가슴팍에 얼굴을 묻는다. 뚝뚝 떨어지는 물방울이 원의 가슴을 퍼렇게 물들였다.

"나는……."

원은 어금니를 꽉 깨물었다. 요동치는 가슴을 혹여라도 들킬까. 이 설움이 가득한 마음을 혹여라도 알아챌까. 애써 반걸음 뒤로 물러나며 향에게서 멀어진다.

"그대를 비로 맞을 수 없어."

제 옷자락을 붙들고 있는 향의 손을 쳐낸다. 갈 길을 잃은 향의 손.

그것은 허공으로 날아가,

"이것은 그대를 위한 일이야."

빗방울에 곤두박질친 나비처럼 툭 떨어졌더란다.

향은 고개를 푹 숙였다. 저 깊은 곳에 있던 슬픔과 분노의 감정이 한꺼번에 솟구친다. 목구멍이 뜨거웠다. 아니, 온몸이 뜨거웠다. 다시 고개를 든다. 진원의 흔들리는 눈동자와 눈을 마주한다.

"내 어제 말했지. 그대가 돌아가지 않는다면 돌아갈 수밖에 없게 만들어주겠다고. 오늘이 그 말의 시발점이 되는 날이다. 나는 그대에게 이보다 더한 짓을 할 수도 있어. 내 어떻게 해서든 그대를……."

"싫습니다."

축축했던 향의 눈동자에 문득 건조함이 서렸다.

"저 역시 뜻한 바가 있어 천 리 먼 길을 건너온 바. 전하께서 응당한 까닭을 말씀해 주시지 않는다면 저도 물러설 수 없나이다."

"돌아가라 하지 않았……!"

"저는, 호나라의 옹주, 단향입니다."

향은 제 허리춤에 힘을 빳빳하게 주며 목을 바로 세웠다. 목소리에 힘이 들어간다.

"풍문을 들어보지 못하셨나이까? 요사스러운 귀신이 옹주의 등에 붙어 패악을 부린다더라, 그 귀신이 악독하고 또 악독하여 일 년 열두 달 궐에서 피 냄새가 마를 날이 없었다더라. 피를 탐하고 색을 탐하니 이는 궐의 수치라!"

"단향!"

"차라리 그때가 편하였지요. 제 뜻을 거스르는 이는 아무도 없었으니까요."

입꼬리를 배죽 틀어 올린다. 그 모습은 놀라울 정도로 괴괴한 것이었으나 동시에 처연해 보이기도 한 것이었다.

"전하께서 정히 그러하시다면 저도 뜻이 있습니다."

이번엔 향, 저 스스로 원에게서 뒷걸음질 친다.

"호에서처럼, 마음껏 날뛰어 보겠나이다. 감히 저를 넘볼 생각조차 못하게 해드리겠나이다. 그리하면 전하께서도 별반 없으신 게지요."

"하, 그대. 제정신인가? 이곳은 그대의 본국이 아니니라!"

"본국이 아니기에 미친 척하는 게지요. 그러니 전하, 똑똑히 알고 계셔야 합니다."

빗줄기는 쏟아졌으나 향의 양 뺨에 흐르던 물줄기는 사라졌다. 껍질처럼 남아 있는 그것의 흔적을 소매로 슥슥 닦아냈다.

부디, 알고 계십시오. 부디 알아주십시오.

"전하께서 저를 밀어내면 밀어낼수록, 저는 더욱더 미쳐 날뛸 것이라는 걸."

미친 것이 아니라 미친 척하는 것임. 향은 제 스스로의 다짐을 입안 그득하게 머금었다.

"저는 물러서지 않을 것입니다."

돌아갈 수 없다. 돌아가기엔 너무도 멀리 왔다. 적에 오기 전에 다짐을 하지 않았더냐. 적의 황후가 되어 어머니의 복수를 하겠노라고.

원을 떠나지 않는 것이, 원의 옆을 지키는 것이, 원의 비로 남는 것이, 나의 사랑과 어머니의 복수를 동시에 행할 수 있는 것이었기에.

몸을 돌린다. 당장에라도 풀썩 쓰러질 것 같은 몸뚱이였지만, 와락 눈물보가 터질 것 같은 마음이었지만, 향은 이것을 나타내지 않았다.

약해질 수 없다. 약한 모습을 보일 수 없어. 나는, 나는…….

"그럼, 추후에 찾아뵙겠습니다."

적나라의 하나뿐인 태자비다.

그리 생각한 향은 쏟아지는 빗발을 헤치며 걸음을 옮겼다. 한탄의 숨을 내뱉고 있는 진원을 두고서.

쏴아아, 빗줄기가 더욱 굵어졌다. 그간 쏟지 않고 모아두었던 물줄기들을 모두 다 흘려보낸다는 듯, 가뭇한 하늘에선 끊임없이 빗방울이 떨어졌다.

만약 하늘에서 떨어지는 이 빗방울들 하나하나에도 생명이 있다면, 바닥으로 떨어지는 순간 제 생의 끝을 맞게 된다는 것일까. 시체의 강을 이룬다는 것일까. 만약 그러하다면.

'나는 시체를 온몸에 뒤덮고 있는 것일까.'

근원을 모를 피 냄새가 역하게 올라왔다. 향은 제 몸을 감싸 안으며 입술을 꾹 깨물었다.

향은 그런 빗발을 가감 없이 맞으며 길을 걷고 있다. 비를 피할 생각도 없이, 몸을 눕힐 생각도 없이, 그렇게 정처 없는 길을 걷고 있다. 그러다 문득, 차가운 대기와도 같은 서늘한 웃음을 내지었다.

원의 체취가 남아 있는 손을 내려다본다. 그 손에 얼굴을 파묻는다. 코를 열어 희미한 흔적을 제 폐부 깊숙한 곳으로 집어넣는다. 힐끗 뒤를 돌아본다. 혹시라도 원이 저를 쫓아오진 않았을까 하는 생각에서 비롯된 행동이었지만.

세상은 적막하고 또한 고요하였으니, 향은 다시 한 번 농도 짙은 웃음을 내뱉었다. 그때,

"그게 무슨 말이야? 한울 아씨가 양제가 된다니?"

적막을 깨뜨리는 목소리가 멀지 않은 곳에서 들려왔다. 말을 뱉고 있는 이는 물을 긷고 있던 나인 두 명. 빗소리가 거셈에도 불구하고 그들의 말만큼은 또렷하게 들렸다.

"너 못 들었니? 어제 태자비마마 혼례식에서 태자 전하가 공표하셨잖아. 그것 때문에 지금 궐이 난리가 났어!"

"어머, 어머, 그게 무슨 일이래. 그럼 너는 혼례식에 참가했다는 거야? 태자 전하를 봤어?"

"그럼, 당연히 봤지. 역시나 멋있으시더라. 그 늠름한 자태란!"

"아아, 나도 갈걸. 정말 부럽다."

그들 중 하나가 두 손을 마주 잡으며 황홀한 감탄사를 내뱉었다.

"뭐, 옆에 있는 야만인 한 명 때문에 초를 치긴 했다만."

"옹주를 말하는 거야? 뭐, 한울 아씨가 양제가 되셨다며. 그럼 옹주도 내박쳐진 바가지 신세가 되는 것 아니겠어?"

향의 눈가가 움틀거렸다. 이를 꽉 깨물며 분을 가라앉히고자 노력한다. 그러나 향의 이런 행동을 비웃기라도 하듯,

"혹 모르지. 양제면 후궁이니, 옹주가 나가지 않겠다 으름장을 놓으면 어쩔 수 없지 않겠어?"

"설마, 그렇게 뻔뻔할 리 있겠어?"

"뻔뻔하니까 여기까지 온 게 아니고?"

그들은 무어가 즐거운지 꺄르르 소리를 내며 배를 잡고 웃어젖혔다. 향의 손이 바들 떨린다. 가빠진 숨에 정신마저 아득하다.

"태위 어르신이 단단히 뿔이 나셨다더라. 한울 아씨가 비가 되리라 철석같이 믿고 있었는데, 양제 따위가 무어냐 하면서 말이야. 뭐, 어쩌겠어. 황후 폐하께서 직접 호나라 옹주를 불러들이신 거니 말도 못 하는 게지."

"황후 폐하께서 직접? 왜?"

"나야 모르지. 높으신 분들의 의중을 어찌 알겠느냐만, 지금 태자비마마는 정말 아니지 않아? 어떻게 더러운 호의 핏줄이 황실에 발을

디뎌?"

향은 손가락을 바르쥐었다. 그들에게로 발걸음을 한 발짝 옮긴다.

"맞아. 듣자 하니 옹주는 원래 공주였다 하대. 한데 제 어미가 왕을 죽이려 했다나 뭐라나. 원래 같으면 능지처참을 당해야 하는데, 왕이 금지옥엽 아끼는 첫딸이라 목숨만은 살려줬대. 정말 끔찍한 일이야. 어떻게 천륜을 어기는 짓을 해? 살아 있는 걸로도 용한 거지, 무얼."

"어머, 그럼 더더욱 비가 되면 안 되는 거 아니야? 혹시 몰라, 그 어미에 그 딸이라고. 태자 전하를 해하려 할지 누가 알아?"

"그러게 말이야. 누가 야만인의 후손 아니랄까 봐. 그런 일이 있었으면 쥐 죽은 듯 살아야지, 여기가 어디라고 기어 들어와? 뻔뻔도 하여라."

"한울 아씨가 계신데 말이야. 당장에라도 옹주를 폐위시키고 아씨가 비마마가 되시면 참 좋겠다. 고운 성정으로 이름이 높으신 분이잖어."

심장을 옥죄듯 찌릿한 통증이 가슴부터 시작해 온몸으로 퍼져 나갔다. 온몸의 털 하나하나가 솟구치는 듯했다. 손끝이 파르르 떨린다. 입이 다물어지지 않는다. 아, 아, 제 스스로도 알아듣기 힘든 말이 열린 입을 통해 튀어나왔다. 치솟아 올라온 분이 향의 목구멍을 턱 막히게 만들었다.

네, 네 이년들을⋯⋯!

"뭐, 곧 쫓겨나겠지. 제아무리 애를 써봤자 꿔다 놓은 보릿자루 신세 아니겠어?"

"맞는 말이야. 으, 야만인이 궁에 있다는 것만으로도 소름 끼치는 거 있지. 어휴, 더러워라. 빨리 가자. 괜히 마주칠라."

하, 하하⋯⋯. 향은 헛웃음을 내뱉었다. 싸늘하게 식은 향의 눈동자가 제 주변의 공기마저 얼어붙게 만드는 듯했다. 순간의 침묵. 그를 깨뜨린 것은 나인들에게 뛰어가는 향의 발소리였다.

"무얼 그리 속닥이고 있느냐?"

"마, 마마!"

향은 저를 보고 기겁하는 나인을 바라보며 비식 실소를 내지었다. 이 굽이치는 분을 감추고자 부드러운 말씨를 내뱉었으나,

"비가 오면 소리가 더욱 크게 퍼진다 하거늘. 알고 있었는가?"

돌아오는 것은 침묵일 뿐. 나인들은 저들끼리 눈치를 보며 고개를 푹 숙였다. 향의 몸이 바르르 떨리기 시작했다.

"왜 대답하지 않는 게냐."

재차 뱉어진 말씨에 나인들은 향의 앞에 절을 하며 머리를 쾅쾅 바닥에 찧고,

"마, 마마, 토, 통촉하여 주시옵소서!"

"통촉하여 주시옵소서!"

방금 전, 향을 욕되게 했던 그 입으로 용서를 바랐더란다. 그들이 쥐고 있던 우산이 툭 떨어졌다. 쏴아아, 내리붓는 빗발……. 향은 허탈한 웃음을 내뱉으며 머리를 쓸어 넘겼다. 침묵, 그 후에.

"꺄악!"

"감히…… 네깟 것들이 내 어머니를 거론하느냐?"

그중 한 명의 머리채를 휘어잡았다. 그네가 무어라 말을 하기도 전에 향의 거친 손이 나인의 뺨을 휘갈겼다. 한 번, 두 번, 세 번…… 셀 수 없을 정도로 수차례 뺨을 휘갈기는 향.

"마, 마마! 악!"

머리칼을 쥐고 있는 향의 손에 더욱 힘이 들어간다. 향은 바들바들 떨리는 몸을 주체하지 못하겠다는 듯 숨을 거칠게 내뱉었다.

"감히 그 더러운 입에 내 어머니를 담아? 감히, 감히……!"

향은 나인의 얼굴을 자신의 치마폭에 처박으며 소맷자락에서 단도를 꺼내 들었다. 바들바들 떨리는 몸을 주체하지 못하겠다는 듯 숨을 거차게 내뱉었다.

"소, 송구하옵니다, 마마! 하, 한 번만 자비를……!"

"야만인에게 자비를 바라는 것이더냐?"

향은 자신의 발밑에 쓰러져 있는 나인의 머리채를 다시 잡았다. 거센 빗줄기에 시야가 먹먹했지만 그들의 얼굴만은 너무나도 또렷하게 보였다.

"마, 마마! 부, 부디 살려주시옵소서!"

"죄를 지었으면 응당한 벌을 받는 것이 섭리이거늘, 어찌 구질게 목숨을 애원할까?"

"마, 마마! 살려주시옵소서! 마마!"

"어찌하면 좋아. 나는 아량이 넓지 않다네. 하니 함부로 입을 놀린 대가는 받아야 할 테지?"

"마마!"

그 순간. 번쩍, 번개가 치고, 동시에 거대한 천둥소리가 대지를 뒤흔들었다. 쏴아아, 더욱더 세차게 내리는 빗발.

"제, 제발…… 사, 살려주시옵소서, 마마."

향은 제 앞에 무릎을 꿇고 비는 나인을 바라보며 헛웃음을 지었다. 바들바들 떨리는 손을 떨어뜨린다. 주먹을 바르쥔다. 분을 가라앉히기 위한 행동이었으나 그마저도 쉽사리 되지 않았다. 아, 아아……. 두 눈을 질끈 감는다. 가쁜 숨을 몰아쉰다. 입술을 꾹 깨물며 눈에 번뜩 힘을 준다.

"고개를 들라."

자신의 앞에 널브러져 있는 나인들의 몸뚱이를 발로 툭툭 건드리며 말했다.

　"토, 통촉하여 주시옵소서! 주, 죽을죄를 지었나이다."

　"죽기는 싫다 하지 않았나, 그대?"

　향은 나인 한 명의 머리채를 재차 잡아 올리며 그와 눈을 마주했다. 나인의 눈은 초점이 맞지 않았으니, 그는 곧 가깝게 다가온 죽음의 향 때문이라.

　"태자 전하를 뵙고 싶다 하였지. 그는 곧 전하의 사랑을 바란다는 말이렷다."

　"어, 어찌 그런 말씀을 하시옵니까. 저, 저는 단지……!"

　"그 입, 닥쳐라."

　"악!"

　단도의 검집을 벗긴 향이 나인의 얼굴을 향해 칼날을 쳐들었다. 한 치의 망설임도 없는 몸짓이었다.

　"꺄악!"

　"마마!"

　아아, 더러워라. 눈물방울로 얼룩진 그들의 얼굴을 보며 향은 생각했다. 이미 단도의 날은 피로 물들었다. 향은 혼절한 듯 쓰러진 나인의 몸에 발을 올리고, 그의 옷자락에 단도를 닦아냈다. 눈가부터 시작해 인중까지 우악스럽게 찢긴 그네의 얼굴엔 고운 빛이 사라진 지 오래. 얼굴에서 흘러나온 새빨간 피가 바닥을 흥건하게 적시었다.

　"마, 마마, 부, 부디 살려주시옵소서. 마마……."

　"네년은 어찌하면 좋을까?"

　나인의 거뭇한 뺨에 칼날을 가져다 댄다. 날이 선 칼이었기에 그를 대자마자 살이 베여 핏방울이 흘러나오는 것은 당연한 일이었다.

"가짓부렁을 나불댄 네 입을 잘라줄까, 아니면 저년처럼 머리채를 잘라 버릴까. 네가 택해 보거라."

"마, 마마…… 제, 제발……."

"전자가 좋겠구나."

"꺄악!"

비명소리와 더불어 피가 튀기는 소리가 질척하게 울려 퍼졌다. 향은 그때까지도 표정의 변화가 없었으니. 칼로 찢긴 뺨을 부여잡으며 조알만 한 숨을 내뱉고 있는 나인에게로 한 걸음 더 다가갔다.

"어, 어, 억……."

그녀는 찢긴 인중 틈으로 쇳소리만을 내며 눈알을 뒤집어 까고 까무룩 혼절해 버렸다.

아아, 정말. 향은 짤막한 한숨을 내쉬며 그녀의 옷깃에 단도를 닦아냈다. 비릿한 피 냄새가 풍긴다. 절로 인상이 찌푸려졌다.

"빌어먹을 년들."

향은 손을 되돌리며 후, 긴 한숨을 내쉰다. 그리고 진흙 범벅이 된 자신의 치맛자락을 내려다보며 허탈한 실소를 내뱉었다.

"내 눈에 다시 띄게 된다면, 그때는 목숨을 부지할 수 없을 게야."

널브러져 있는 나인들을 밟고 지나간다. 분명 질척한 흙바닥을 걷는 것임에도 향이 걷는 걸음마다 핏자국이 그림처럼 남겨졌다.

한 걸음, 두 걸음, 세 걸음…….

그리고 더 이상 핏빛 걸음이 남지 않게 되었을 때.

"아, 아아……."

향은 두 손에 얼굴을 묻으며 스르르 주저앉았다. 하얀색 치맛단에 진흙의 검은 물이 들기 시작했다. 향은 제 몸을 가눌 수 없다는 듯, 한쪽 무릎을 꿇었다. 땅을 손으로 짚으며 더욱더 짙은 신음을 내뱉는다. 거센 빗줄기가 향의 몸을 사납게 휘갈겼다.

"어머니, 어머니……."

제 가슴팍에 품고 있던 하얀 비녀를 꺼내 들었다.

'어머니……'

향은 올라오는 울음을 간신히 삼키며 입술을 바르르 떨었다.

지독하다. 피 냄새가, 피를 담고 있는 자신이, 피를 탐하는 자신이. 그리고 피를 볼 수밖에 없는 자신의 운명이.

본디 이리 악독한 성정은 아니었기에, 본디 사람을 탐하는 이가 아니었기에. 그렇기에 급작스레 밀려온 분노의 기운을 쉽사리 받아낼 수 없는 것이었다.

"제가 어찌하면 좋을까요, 어찌……."

향은 더욱더 크게 울부짖었다. 그것은 금수의 울음소리와도 같은 것이었다. 향의 향이 사라진다. 지독히도 질척한 피가 섞인 물 내음만이 가득했다.

비가 그친다. 순식간에 사라진 검은 구름 너머로 하얀 빛이 쏜살같이 새어 들어온다. 그 빛을 받고 있는 것은 향이었으나 곧 향이 아니었으니.

피칠갑을 한 듯 시뻘건 색의 궁보다도 더, 환조의 동상보다도 더, 향의 검은 눈동자가 붉게 물들었다.

쥐고 있던 하얀 비녀에 붉은 핏물이 들었다.

❀

궐에는 흉흉한 소문이 퍼졌다. 호의 악귀가 적에까지 넘어와 피를 탐한다더라, 매일같이 궁인들을 후려 패는 것은 물론이요, 새벽녘이면 몰래 가축 우리에 들어가 그 간을 파먹는다 하니, 이 어찌 무서운 귀신이 아닐 수 있을까? 여타한 소문 때문에 궐의 모두가 골머리를 썩고 있는 터였다. 그러나 이런 소문의 주인공은,

"곤하구나. 깨우지 말거라."

제 궁에 틀어박혀 요에 얼굴을 묻고 있을 뿐이니, 그 풍문이 정녕 사실이라 할 수 있을까.

김 나인은 그런 향을 바라보며 짙은 시름이 담긴 한숨을 내쉬었다.

궐에 온 지 열흘이 채 되지도 않았건만. 감히 입에도 담기 힘든 소문이 널리 퍼졌다. 향을 오랫동안 마주하지는 않았지만, 김 나인은 확신할 수 있었다. 그 풍문은 날조된 것이라는 것을. 향은 절대 그럴 이가 아니라는 것을. 김 나인 자신을 대할 때 비치는 부드러운 미소와 다정한 언사가 그것의 방증이라. 향의 몸에서 뿜어져 나오는 올곧은 기세가 입증이라.

김 나인은 저릿저릿한 손끝을 감으며 고개를 푹 숙였다.

드르륵, 문이 열리는 소리가 들린 지 얼마 지나지 않아 탁 닫히는 소리가 들렸다. 이는 김 나인이 방을 나선 소리였다. 이 소리가 차츰 가라앉음과 동시에 향은 부스스 몸을 일으켰다. 제대로 된 약도 먹지 못한 터에 몸뚱이엔 찬기가 그득했다. 훌쩍 코를 들이마신다. 그리고 두 손에 얼굴을 묻으며 검은 숨을 토해냈다.

내 어미와 나를 욕되게 한 나인 두 명의 버릇을 고쳐준 것뿐이다. 본디 그것은 형벌을 받을 만큼의 중죄였기에, 이를 내 알아서 처사한 것뿐이다. 한데 요사스러운 귀신이라, 악한 귀신이라. 어찌 그런 흉한 말들을 함부로 내뱉을까. 향은 선웃음을 내지었다. 그때.

탁.

창에서 요상한 소리가 들려왔다. 그에 어깨를 움츠린 향이 귀를 기

울이자, 탁. 탁. 두 번의 소리가 더 들려왔다.

창밖에 뭐가 있나? 그리 생각한 향이 창을 왈칵 열자,

"잘 지내셨습니까, 태자비마마."

빙그레 웃음을 짓고 있는 도겸이 있었다.

"……엄연히 출입을 하라 만든 문이 있는데 말이야."

"가끔은 이리 보아도 좋지 않습니까."

도겸은 어깨를 으쓱 올리며 창틀에 몸을 기댔다.

거뭇했던 세상은 그 어디로 갔는지 대기엔 환한 빛이 반짝이며 산란하고 있었고, 짙푸른 녹음이 바람결에 요나하게 흩날리고 있었다. 코를 열어 향을 맡는다. 청명하고도 고혹적인 내음이었다.

"이리 다시 보니 귀신은 아닌 것 같은데…… 동궁에 다른 귀신이 있나 봅니다."

"그대도 그런 풍문을 들었던 겐가?"

도겸은 고개를 끄덕이며 재차 입을 열었다.

"비서감에 처박혀 있는 제게까지 들려온 것이라면 뭐, 궐 안의 모두가 알고 있다는 게지요. 어찌합니까, 졸지에 악귀가 되어버리셔서."

"……예상한 일이지 않나."

"저는 지금 귀신과 대화를 하고 있는 것입니까? 어찌, 돼지의 간은 맛있으셨습니까?"

"나와 농을 하자는 게야?"

"그럼 농을 하지 무얼 합니까. 저와 있을 때만이라도 웃으시지요."

향은 헛웃음을 내뱉으며 고개를 가로저었다. 얼굴을 마주한 게 이제 두 번이건만, 가깝게 다가오는 익숙한 향기에 마음이 스르르 풀려버릴 지경이었다.

방금 전까지만 해도 방방 뛰던 가슴은 가라앉은 지 오래. 새삼 두

텁게 와 닿는 평안함에 힘이 풀릴 수밖에 없었다.

평온하다. 향은 구슬픈 미소를 입가에 띠며 숨을 들이마셨다.

"선물입니다."

도겸은 붉은 양귀비를 한 송이 건네주며 말했다. 엉거주춤 그것을 받은 향이 놀란 표정으로 꽃과 도겸을 번갈아 바라본다. 쑥스러운 듯 부러 고개를 돌리는 그. 그에 향은 허탈한 웃음을 지으며 침상 옆에 꽃을 내려놓았다.

"이러다 태자 전하께 무슨 말을 들으려고?"

"하나도 안 무섭습니다. 그 한량을 업어 키운 것이 저거든요."

"하하, 태자 전하가 한량? 그대가 더 그렇게 보이는데 말이야."

"어이고, 저는 아닙니다. 저처럼 맑고 순수한 이가 어디 있다고."

"그 역시 농이지?"

"……이번엔 농이 아닌데 말입니다."

도겸은 입을 배죽 내밀며 답했다. 그에 향은 기분 좋은 미소를 입에 걸었다.

"그렇지 않아도 그대를 보면 묻고 싶은 것이 있었어."

"어떤 것이요?"

"황위를 위하여 태위의 여식을 맞이해야 한다는 소문이 돌던데. 정녕 사실인가?"

도겸의 숨이 문득 멈춘다. 그걸 어찌? ……하고 잠깐 생각하였으나, 이 궐을 채우고 있는 여러 가지 풍문들을 생각하건대 향이 모를 리 없을 것이란 생각이 들었다.

도겸은 대답 대신 고개를 끄덕였다. 그에 그럴 줄 알았다는 듯 선웃음을 내짓는 향. 다시금 황량해진 빛이 그녀의 얼굴에 맴돈다.

"전하는 단지 그 이유만으로 양제를 들인 것인가. 아니면…… 정히 마음에 품고 있어 그네를 들인 것인가."

말끝이 떨리었다. 이것만큼은 정히 사실이 아님을 바라는 것만 같았다. 도겸은 당연히도 후자로 답하려 하였다.

그러나, 진원은 완고할 테다. 진원은 계획을 되돌리지 않을 테다. 진원은, 진원은……

하여, 진원이 한울을 오롯이 연모하는 것이 아니라 답을 한다면, 향에게 헛된 희망을 심어주는 것일 수도 있다는 생각이 들었다.

"그건 제가 알려드릴 수 있는 부분이 아닙니다, 마마."

"……그러한가."

향은 손끝을 오므리며 대답했다. 손가락 마디마디가 저리다.

"어찌…… 하실 생각이십니까?"

"무얼?"

"전하의 말씀대로, 아니, 명대로 태자비 자리를 두고 떠날 생각이시냐는 말입니다."

도겸의 눈을 바라본다. 굳건한 '무언가'가 담겨 있는 그 뚜렷한 눈동자를 응시한다.

향은 대답 대신 침묵을 택했다. 그러나 어느 때나 그렇듯, 침묵은 긍정과 상통하기 마련. 도겸은 서늘한 미소를 지었다.

"돌아가지 않으실 것이라면, 단단히 마음을 다잡으시길 바랍니다. 이곳은 소리 없는 전쟁터이니까요."

"말하지 않아도 알고 있다네."

"모르실걸요?"

향의 손을 잡으려 손을 뻗었으나, 그것은 차마 해서는 안 되는 일이라, 다시금 팔을 되돌린다. 아아, 날은 맑고 맑지만 요상하게도 오른 다리가 시큰거린다. 마치 내 마음처럼. 도겸은 향에게 보이지 않는 서글픈 웃음을 툭 내뱉었다.

"제가 도와드리겠나이다. 마마께서 무사히 생을 마칠 수 있도록, 마마께서 부디 행복하실 수 있도록."

말은 곧 금이라. 짐작해 보건대 이런 말을 허투루 하는 이는 아닐 터. 향은 어쩐지 어깨에 힘이 들어갔지만, 이를 나타내고 싶지는 않아 부러 날 선 목소리로 대답했다.

"전하께 그 말을 그대로 전하면 그대는 어찌 되나?"

"죽기 직전까지 맞지 않을까요?"

하하, 웃음을 짓는다. 평안하구나. 안온하구나. 불현듯 찾아온 낯선 기운에 몸이 들뜰 때였다.

"무튼, 저는 돌아가 보겠습니다. 자꾸 시선이 느껴져서요."

"시선?"

도겸은 향의 뒤편을 손으로 가리켰다. 그에 천천히 고개를 돌리는 향. 그곳엔,

"전하."

그간 그림자 한 번 보지 못했던 진원이 있었다. 그의 얼굴에 묻은 것은 새카만 시름이라, 어둠이라.

휘이잉, 첨예한 바람이 불어왔다. 그는 하늘을 거닐고 후원을 채운 후 창을 넘어 방에까지 밀려들어오니, 모두의 머리칼이 바람결에 흩날리는 것은 당연한 일이었다.

"전하의 침소와 비서감은 엎어지면 코 닿을 곳인데, 어찌 저는 찾지 않으시고 마마만 찾으시는지, 이것 참, 애통한 일입니다그려."

도겸은 부러 분위기를 바꾸겠다는 양 농을 던졌지만, 그에 답해 돌아오는 것은 번뜩이는 눈빛이었다. 도겸은 어쩔 수 없다는 듯 머리를 긁적였다.

"뭐, 농을 할 분위기가 아닌 듯싶으니, 돌아가겠습니다."

도겸은 서글픈 미소를 띠며 입술을 달싹였다. 그리고 향에게 가볍게 고개를 숙인 후 서둘러 자리를 벗어났다. 움직이지 않는 오른 다리를 애써 끌어당기며.

도겸의 형상이 작은 점으로 변모할 때 즈음, 진원은 의자를 빼낸 후 앉았다. 그의 얼굴은 딱딱하다. 부드러움이라고는 결코 찾아볼 수 없을 정도로 빳빳하다.

"자리에 앉지그래."

얼마 만에 마주하는 것일까. 열흘? 보름? 아니, 그것보다 더 오랜 시간이 지나지 않았던가. 시간의 흐름이 아니라, 내 마음의 흐름에 있어서. 향은 허전함이 담겨 있던 눈동자를 거두고 그 자리에 오롯한 반가움을 집어넣었지만,

"어찌, 악귀가 된 기분은 어떠한가?"

들려오는 원의 말길은 무섭도록 가라앉은 것이었다. 향은 침을 끌어 모아 삼켰다. 가벼운 걸음이었으나 힘이 들어간 몸짓으로 움직여 원의 맞은편에 자리를 잡는다. 속눈썹이 파리하게 떨렸다.

"전하도…… 정녕 그리 생각하십니까?"

원은 향의 목소리에 물기가 있다는 것을 알아챘다. 관자놀이를 꾹꾹 누른다. 후, 제 분을 가라앉히려는 듯 간헐적인 숨을 내뱉는다.

"나인 하나는 뺨에 손가락만 한 상처가 생겨, 다른 하나는 입술이 잘려. 제정신을 못 차리고 매일 밤을 눈물로 지새운다 하던데, 그대는 들어본 적이 없나?"

"……이렇다 할 이유가 있었나이다."

"이유가 있었다면, 네 멋대로 행을 해도 된다는 말이냐?"

"이유가…… 있었나이다."

향은 입술을 꾹 깨물며 간신히 대답하기에 이르렀다. 원은 그런 향의 모습을 오롯이 바라보았다. 마음속 질척하게 묻은 얼룩을 닦아내려 하는데, 더욱 짙어지고 있다는 느낌이 들었다. 근원을 알 수 없는 감정이 밀려왔다. 명치 부근에 일렁이던 응어리가 솟구쳐 올라와 울대에 턱 맺혀 버렸다. 왜일까? 이리도, 화가 나는 이유는.

"그대가 말한 것이 이것이었나? 미친 척 날뛰어본다는 것이 이런 것이었어? 고작 나인들을 후려 궐 안에 흉흉한 소문을 퍼뜨리는 것이 그대의 뜻이었나?"

원의 말이 향의 귓가에서 이명처럼 윙윙 울렸다. 그 울림이 멎어들지 않았음에도, 향의 입술에 서늘한 선웃음이 걸리었다.

"흉흉한 소문이란 본디 떠돌고 있던 것이었습니다. 하여 소문이 단지 소문만은 아니라는 것을 일깨워준 것뿐인데, 어찌하여 저를 탓하시옵나이까?"

차가운 말이었다. 이는 자신의 행을 탓하기 전 까닭을 묻지 않은 원에 대한 원망이 담겨 있는 것이었다.

"이번 일과 같은 일이 또다시 생긴다면, 나는 그대를 더더욱 돌려보낼 수밖에 없다네."

원의 단언한 말길에, 향은 애써 눈을 돌렸다. 도겸이 놓고 간 양귀비에 시선을 고정한다. 불현듯 자신의 폐부에 양귀비의 향이 그득 담긴 것이 느껴졌다.

"야만인의 피라, 무일푼 가진 것도 없어 빌빌대는 꼴이라, 옹주 따위가 감히 적의 태자비가 되었다. 이런 말들 때문에 제가 입방아에 오르락내리락하는 것이겠지요."

눈을 감는다. 나인들에게 들었던 치욕스러운 말을 끄집어내 제 머릿속에 톡톡히 박는다.

내가 힘이 없다면 어머니가 모욕을 당하는 것이고, 내가 서 있지 않는다면 이 궐에서 쫓겨나게 되는 것이다.

눈을 번쩍 뜬다. 제 앞에 있는 진원과 시선을 마주한다.

나의 정인, 사랑하는 나의 정인. 그러나 이는,

"그리하여 저는, 더욱더 미친 척을 해보겠나이다. 감히 저, 단향을 건드릴 생각조차 못 하게."

나 홀로 그렇다 여기고 있는 것일까. 향은 서글픈 웃음을 머금었다.

"지금이라도 전하의 명을 거두어주신다면, 저는 잠자코 박혀 살아갈 수 있나이다."

"내 뜻은 변함없다네."

"저 역시 마찬가지입니다."

단호한 향의 말에 원은 보이지 않게 고개를 떨어뜨렸다. 주먹을 쥐락펴락하며 허연 손에 퍼런 핏줄이 돋게 만든다.

"황위 때문입니까."

원은 슬쩍 고개를 들었다.

"태위의 힘을 얻어 황위에 오르고자, 그 대가로 태위의 여식을 품기로 약조하여. 그리하여 저를 내치시려는 것입니까."

향의 입술은 멎을 생각을 하지 않는다. 그 새빨간 입술 너머로 흘러나오는 음성은 깊은 수렁을 만들 뿐.

"고작 그런 까닭이라면, 저는 더더욱 나갈 수 없습니다."

"그대가 고귀한 화초로 살아 이 험한 곳을 알지 못하는 것 같아. 내가 행하는 일은 고작이 아니라!"

"전하께서는 제가 정녕 양지에 핀 꽃이라 생각하시는 겁니까."

향은 원의 말허리를 뚝 끊으며 말했다. 형형한 빛이 원의 눈동자에 선연하다. 이와 같은 것이 향의 눈동자에 반영되었다.

"황위를 위해서 그리 행하시는 것이라면."

치마폭을 쥐어 잡는다. 바들바들 떨리는 손등이 참으로 처연하다.

"저를 이용하십시오. 아니, 호(祜)를 이용하십시오. 전하를 위해서라면 잠자코 내어드릴 수 있나이다."

침묵. 후에, 원의 잇새에서 헛웃음이 튀어나왔다.

"재미있는 소리를 하는군."

제 속을 뒤흔들던 분의 감정은 더욱더 거대해져 파도를 만들었고, 곧이어 그는 원의 마음을 쩍 하고 갈라놓았다.

"과거에 그대와 나의 관계가 어찌했던 간에. 이미 모든 것은 시작된 바."

그는 벌떡 몸을 일으켰다. 가쁜 숨을 내뱉으며 창가로 걸어간다.

"나는 그대를 맞이할 수 없어."

창을 등지고 서 향을 바라보는 원. 내리쬐는 볕에 의해 후광이 일었다. 번쩍이는 그의 붉은 머리카락. 그와 같은 색을 품고 있는 한 송이의 양귀비. 원은 그 꽃을 집어 들며 조소를 자아냈다.

"해어화(解語花)라 하였지."

따사로운 빛과 같은 따가운 말이었다.

"말을 하는 꽃이라, 말을 듣는 꽃이라. 그래서 남자를 꾀어내는 창기 같은 꽃이라. 하하, 그때에는 그것이 아니라 단언했건만. 지금은 네 말이 맞다 할 수 있겠어."

제 속에 있는 말이 아니었다. 원은 말을 하면 할수록 노기가 훅 가라앉고 있다는 사실을 깨달았다.

아아, 이제야 알 것 같다. 내가 화가 난 연유는, 향이 나인들을 후려 팬 것 때문이 아니요, 궐 안에 흉흉하게 퍼진 풍문 때문이 아니었으니. 이러한 화기는,

"도겸은 어떻게 꾀어낸 것인가? 치마폭을 들쳐 올렸나? 옷고름을 빼어 그의 앞에 던져 놨어?"

도겸에게 보여준, 자신에게 하등 보여준 적 없던 향의 옅은 미소 때문이었다. 주먹을 바르쥔다.

"계집이라곤 하등 눈길도 주지 않던 이에게 무슨 사주를 한 것인지 몰라도, 그것참 요망한 재주야. 어디, 궁인들에게 일러주지 그러나? 내 말대로 하면 비서승을 꾈 수 있다. 아니, 더 높은 이들까지 꾀어낼 수 있다……."

"전하, 그만하시지요."

단호한 말에는 애달픈 눈물이 담겨 있었고 그렇기에 서러웠다.

순식간에 코를 찌르는 악취가 향의 주변을 맴돌았다. 콜록, 콜록. 향은 검은 비를 토해내듯 연거푸 기침을 내뱉었다. 원은 그런 향을 애써 외면했다. 뜨거운 열기가 올라온다. 배에서, 목에서, 머리에서, 숨결에서.

도겸이 어떠한 생각으로 이를 꺾어 왔는지 짐작이 되었다. 그러나 이는,

"이 꽃은 양귀비일 뿐."

그 꽃말처럼 한낱 몽상일 뿐, 이루어질 수 없다는 것을.

"그대가 바라는 것, 생각하는 것 모두가 이와 같다는 말이다."

그 가냘픈 꽃송이는 원의 주먹에 갇혀 모가지가 뚝 끊기기에 이르렀다. 어쩐지 피 냄새가 나는 것만 같다. 원의 눈에 허전한 감정이 스쳐 지나갔다.

"이만 들어가지."

그는 비칠거리는 걸음으로 방을 나섰다. 두 손에 얼굴을 묻은 채 검은 숨을 토하고 있는 향을 두고, 하늘과도 같이 맑은 눈동자에서

빗발을 흘리고 있는 향을 두고.

그렇게 원은 향을 두고 제 마음을 감췄으며, 향은 그런 원을 오롯이 응시하며 그에 얽힌 과거의 기억을 천천히 끄집어냈다.

✳

호나라, 이백삼십오년 물오름달 열아홉날.

"하아…… 하…….."

진원은 가쁜 숨을 몰아쉬며 뺨을 따라 흐르는 땀을 닦아냈다. 그리고 앞서 걸어가는 향을 곱지 않은 눈길로 바라본다.

동이 트기도 전에 자고 있던 진원을 깨우던 향. 소성에서 왔다 하자 한숨을 내쉬며 근방까지 데려다 준다는 친절 아닌 친절에 진원은 잠의 기운에서 벗어나지도 못한 채 향을 따라나설 수밖에 없었다. 하나 이렇게 험준한 산길인 줄은 꿈에도 몰랐다. 엊저녁, 자신이 이렇게 비탈진 벼랑을 기어올랐단 말인가? 진원은 힘이 다 풀려 버린 다리를 질질 끌며 향에게 소리치듯 외쳤다.

"이, 이보시오! 조금만 천천히 갈 수 없소?"

향은 슬쩍 뒤를 돌아봤다. 오뉴월의 개처럼 숨을 헐떡이며 어깨를 들썩이고 있는 원의 모습이 반갑게 다가오지 않았다.

다 큰 사내놈이 엄살은……. 향은 걸음을 멈추고 다가오는 진원을 향해 손을 뻗었다.

"조금만 더 가면 평지가 나올 것이니, 힘을 내시지요."

"그 말만 벌써 네 번째요. 나는 도저히 못 가오. 조금만 쉬다 가지."

"……백면서생 같으니라고."

"뭐라 하였소?"

"아무것도 아닙니다."

향은 어깨를 으쓱이며 대답한 후 커다란 바위 위에 털썩 엉덩이를 붙였다. 그 모습을 진원이 다소 고깝게 보긴 했지만, 어찌할 것이냐. 길을 알고 있는 것은 나인데. 콧방귀를 뀌며 부러 시선을 돌렸다.

본래 정오쯤 집에서 나와 산을 오르려 했건만, 어머니가 집에 돌아오시기 전에 출발하는 것이 나을 거란 생각이 들었다. 엊저녁 원을 보며 향 스스로 느꼈던 자괴감과 회의감을 어머니가 고스란히 느끼게 할 수는 없었기 때문이다. 해가 지기 전에 집으로 돌아가 어머니를 맞이하는 것이 나을 테지. 향은 그리 생각하며 고개를 하늘로 쳐들었다. 아, 정말.

"날이 좋다……."

끔찍하게도 좋은 날씨였다. 소둔. 이곳은 연중무휴 맑은 날만이 지속되는 평화로운 마을이자 조용하고 정겨운 곳이기도 했다. 그러나 향에게는 오롯이 좋게만 받아들여지는 것이 아니었다.

궐을 떠날 적, 향은 자신의 발끝이 닿는 곳이 연중 내내 폭풍우라도 몰아치는 곳이기를 바랐다. 향의 마음처럼 회오리가 휘감았기를 바랐고, 매일 새벽녘 동쪽 궁을 바라보며 흘리던 윤 씨의 눈물처럼 빗줄기가 주룩주룩 내리기를 바랐다. 그러나 향과 윤 씨의 깊은 아픔은 모른 체하고 눈이 부시도록 햇빛만 쨍쨍 내리쬐는 이 날씨가, 하늘이, 무심히도 싫었다.

"쏘다니는 게 무척 익숙해 보이는구려. 이곳에서 얼마나 지냈는가?"

"……무엇이 알고 싶으신 겁니까?"

향의 날카로운 답이었다. 그러나 진원은 하루저녁 사이 익숙해졌다

는 듯, 눈썹을 추켜올리며 빙긋이 웃고는,

"그대가 숨기려 하는 것들 모두를 알고 싶다 하면, 허해주겠는가?"

"아니요."

향의 대답에 그럴 줄 알았다는 듯 원은 짧은 숨을 내뱉었다.

"너무하구려."

그러나 향은 대답하지 않았다. 진원 역시 대답을 들을 생각이 없었다. 분명 '알고 있습니다'라는 말을 할 것이 뻔했으므로. 분명 처음 마주할 때 자신의 이름을 똑똑히 말하던 향의 어조는 이런 것이 아니었는데…… 원은 손끝을 오므라뜨리며 눈을 깜빡였다.

향은 올리고 있던 고개를 떨어뜨렸다. 내가 너무했나……. 힐끗 눈길을 돌려 축 처져 있는 원의 어깨를 바라본다.

'자업자득이지, 무얼.'

부러 고개를 흔들며 바위 아래로 시선을 던졌다. 바위 틈으로 보랏빛 선명한 색이 보였다. 폴짝 뛰어내려 틈 사이로 손을 집어넣었다.

"비단향……."

보랏빛과 분홍빛이 섞여 오묘한 색을 내는 꽃. 꽃잎이 셀 수 없이 많아 그를 만질 때마다 보드라움이 느껴지는 꽃. 향이 가장 좋아하는 꽃. 자신의 이름과 같기 때문이었고, 그 향이 짙었기 때문이다.

줄기에서 꽃봉오리를 꺾어냄과 동시에 농후한 향기가 풍겨져 왔다. 새벽녘 침침할 적에 포근한 요 속에 틀어박혀 꽃밭을 내다보고 있을 때의 내음과 같은 것이었다. 향은 자그마한 미소를 지었다. 언짢음이 가득했던 마음이 다소 가라앉는 것이 느껴졌다.

원은 그런 향을 가만히 바라본다. 저리 웃으니 얼마나 예쁘더냐. 마치 반짝이는 별님과도 같구나. 밤하늘을 그대로 옮겨온 듯한 향의 쪽빛 머리칼과 너무나도 잘 어울리는 눈동자를 바라보며 생각했다.

"그대는 꽃 같구려."

원 자신도 모르게 내뱉은 말이었다. 그에 향은 대답이 없다. 꽃에게 주었던 눈길을 그대로 고정한 채 어깨를 움츠릴 뿐이었다.

"……꽃보다 곱다 해야 되는 것이었나?"

"픕."

향은 작은 웃음을 내뱉었다. 진원의 넋이 나간 듯 보이는 표정이 참으로 곰살맞게 보였다. 향의 입가에 부드럽게 걸리는 미소, 그리고 그를 바라보는 원의 눈에 오롯이 담긴 향의 모습. 잠시의 침묵, 후에 향은 붙어 있던 입술을 열고,

"많이 들었던 말이지요."

꽃잎을 쓰다듬으며 말을 이었다.

"해어화라 하였으니 말을 하는 꽃이라 하였고, 그것이 곧 기생이라 하였으니 나라 녹을 빼먹는 통발이라 하였습니다. 꽃은 꽃이되 다른 꽃들을 잡아먹는……."

'더러운 계집이라 하였습니다.'

차마 잇지 못한 향의 말속에는 뼈저리게 시린 아픔이 담겨 있었다. 굳어진 입술을 꾹 깨물었다. 그런 모습은 급작스레 서늘해진 공기처럼 쓸쓸해 보이는 행동이었다. 원은 반걸음 앞으로 다가갔다.

"어허, 꽃이라 하면 그것이 꽃이지 어찌 다른 것들을 집어삼킬 수 있겠느냐?"

"그런 일이 실재하오니 말을 올리는 게지요."

향은 원에게 시선을 돌리지 않고 먼 산을 내다보며 대답했다. 향의 시선의 끝은 서쪽, 호의 궁궐이 있는 곳이었다.

"모가지가 떨어진 꽃은 아무런 쓸모가 없습니다. 빛이 나지 않고, 향도 나지 않는…… 찌꺼기일 뿐이지요."

향의 말은 청량하게 들렸지만, 어쩐지 울음이 배어 있는 말끝이었다. 원은 향의 마음 깊은 곳에서 외롭게 꿈틀거리고 있는 '흔적'을 알아챌 수 있었다. 반걸음 더욱 가까이 다가간다.

"목이 떨어졌다 하여도, 꽃잎은 변함이 없네. 꽃이었다는 사실만큼은 불변한다는 말일세. 그리고 그대는⋯⋯."

원은 향에게 손을 뻗어 그의 비단 같은 머리칼을 쓰다듬었다. 그것은 마치 어미가 딸을 보듬는 듯 부드러운 손길이었다.

"이렇게 좋은 향을 내뿜지 않나."

향은 대답하지 않았다. 어쩐지 왈칵 눈물이 날 듯싶었다. 신물이 올라왔다. 부러 고개를 푹 숙이며 입술을 자근자근 깨물었다.

"그대는 아직 죽은 꽃이 아닐세."

아, 향이 듣고 싶었던 말이자 다시는 듣고 싶지 않았던 말이었다. 향은 슬며시 웃음을 내비쳤다. 투명한 막이 한 꺼풀 덮여 있는 것이었다. 그 미소는 마치⋯⋯ 마치 바람에 흔들리는 느낌이었다. 살랑대는 봄바람이 향의 주변을 맴돌아 치맛자락을 넘실거리게 만들었다.

"이만 일어나지요."

향은 먼 산으로 내던졌던 시선을 거두며 원을 바라보았다. 소용돌이치듯 감정이 갈무리되지 않는 눈동자였지만, 향의 말씨만큼은 분명한 것이었다. 원은 대답하지 않는다. 그리고 앞서 걸어가는 향을 따라 발을 내디뎠다. 아직도 손바닥에 남아 있는 향의 감촉을 되새기며.

❋

향은 원이 나간 문을 바라보며 애달픈 웃음을 내뱉었다. 살아 있는 꽃이라 하였으니 그것은 향을 뿜는 꽃이었고, 향을 품고 있는 꽃이니

결국 향은 살아 있는 이라 하였다. 그리 말하던 이가, 이제는, 나를,

"밀어내려 하는구나……."

향은 두 손에 얼굴을 묻으며 신음 섞인 한탄을 토해냈다. 딱지가 생기기 전의 상처를 긁으면 긁을수록 그는 더욱 깊어지는 법. 흉이 진 마음에 들어앉은 것은 아무것도 없었다.

힘들다.

무얼 했다고, 아니, 무얼 하지도 않았는데 왜 이리 지치고 힘이 풀리는 것인지. 차라리 호의 궁에 처박혀 있는 것이 나았다. 그리 처박혀 살며 죽을 날만 기다리는……. 향은 헛웃음을 내뱉는다.

아니, 아니, 그리할 수는 없지. 그리될 수는 없지. 향은 두 눈을 번뜩 들어 올렸다.

돌아가지 않을 것이야. 어떻게 해서든 원의 옆에 붙어 과거의 영광을 찾을 것이다. 원의 옆에 있어 어미의 복수를 하여. 다시금, 다시금 행복하게 살 것이다. 향은 그리 생각하며 입꼬리에 추악하고 해참한 빛을 걸어 올렸다. 오랫동안, 원의 향이 사라질 때까지.

진원은 동궁을 나서자마자 다리 힘이 풀린 듯 벽을 잡고 몸을 비틀거렸다. 한 손으로 얼굴을 쓸어내린다. 방방 뛰는 심장은 가라앉을 생각을 하지 않는다. 후, 짤막한 숨을 내쉰다. 제 손에 아직도 꽃의 향이 남아 있는 양 공기를 폐부 깊숙한 곳으로 집어넣는다.

그는 목 부근의 고름을 풀어내며 고개를 가로질렀다.

빌어먹을, 빌어먹을! 쉴 새 없이 입술을 달싹이며 인상을 찌푸린다. 문득 고개를 올린다. 내리쬐는 태양빛을 가감 없이 두 눈에 내리 담는다. 격렬한 열기에 너울거리는 세상. 이 기운이 단향과 닮았다는 생각이 들었다. 데이지 않을 정도로 뜨겁고, 뜨겁지만 날카롭지 않은.

그는 한 손으로 얼굴을 쓸어내리며 나지막한 한숨을 내질렀다. 고개를 돌린다. 동궁 안쪽을 바라본다. 망령들이 휩쓸고 지나간 듯 지리고 비린 향기가 코를 우악스럽게 찔렀다.

눈물방울이 그렁그렁 맺혀 있던 향의 눈가가 떠오른다. 다 쉬어버린 목구멍으로 한 글자씩 떼어 말하던 모습이 생각난다. 그 작고 작은 입술이 달싹거리던 모습이 내리박힌다. 아아.

'내가 무슨 말을 했던가.'

제 스스로 내뱉은 말임에도 불구하고 또렷하게 떠오르지 않았다. 분이라는 감정에서 비롯된 말이었기에, 저가 생각해도 말도 안 되는 헛소리이자 망발이었기에. 헛웃음을 내뱉는다.

우매한 인간. 멍청하디멍청한 인간. 뜨내기 주제에 제 감정을 어설프게 감추려 하는 병신 같은 놈. 원은 고개를 절레절레 흔들며 벽에 기댔던 손을 떼어냈다.

아니, 이리 할 수밖에 없다. 이리 해야만 향이, 향이…….

"빌어먹을!"

향이 어떻게 되길 바라는 것인가. 정녕 향이 이 궐을 나가면, 내 마음이 편해질까? 향을 볼 수 없게 된다면, 내가 행복할까?

꽃이 생각난다. 과거 단향을 닮았다 칭했던 비단향꽃이 떠오른다. 영원한 사랑…… 이런 꽃말처럼, 향과 나의 시간은 지속될 수는 없었던 것일까. 원은 그리 생각하며 서글픈 웃음을 입가에 머금었다.

"태자 전하를 뵙습니다."

원의 발걸음이 한 발짝 떼어질 때, 뒤쪽에서 불현듯 낯선 목소리가 들려왔다. 그에 고개를 돌려 소리의 근원을 바라보는 원. 이는…….

"곤녕궁의 내관이 아니던가? 그대가 동궁엔 무슨 일로?"

황후의 궁에 있는 내관 중 한 명이었다. 그는 두 손을 모아 진원에게 허리를 숙이며 다소 날이 선 어조로 답했다.

"황후 폐하의 전언을 하달하러 찾아왔나이다."

"황후…… 폐하의?"

내관의 손에 들린 연통을 힐끗 쳐다본다.

"내가 전해주겠네."

"그리할 수는 없습니다, 전하. 불충한 소인을 용서하여 주시옵소서."

"내가, 전해준다 하지 않았는가?"

"저, 전하!"

원은 연통을 휙 낚아채 턱 하고 펼치기에 이르렀다. 이는 분명 규율에 어긋난 것이긴 하였지만, 다름 아닌 황후가 보낸 것이었으니 이는 심상치 않은 것일 거란 생각이 들었기 때문이었다.

─ 세상 하늘은 넓디넓으매 태산은 높고 높으니, 한낱 여우 새끼가 뛰다닐 곳이 아니거늘. 태양의 힘을 얻었다 하나 그것은 그대의 힘으로써 얻은 것이 아니요, 태양의 곁에 있다 하나 그것은 그대의 역량이 아니니, 그대를 불러준 은모(恩母)께 머리를 처박아야 하는 것이 아니더냐? 한시라도 빨리 달려와 대가리를 처박아야 할 것이니, 그래야 그대의 죄를 사하여 줄 수 있지 않겠더냐.

아니나 다를까.

예감은 틀린 적이 없었다. 원은 비죽 입꼬리를 올린다.

"그대들……."

바스락, 구김살이 잡힌 진원의 얼굴처럼 연통이 구깃구깃 구겨졌다.

"미친 게로구나."

"전하!"

연통을 잡고 북북 찢는 원. 원의 손길에 의해 갈기갈기 찢긴 종잇조각은 땅으로 곤두박질치고, 그와 동시에 원의 눈은 더욱더 치켜 올라가기에 이르렀다.

"내 비가 무엇을 그리 잘못했나?"

"전하."

"말해 보거라. 내 비가 무엇을 잘못했나?"

내관은 침을 삼킨다. 훅, 가라앉은 공기. 이는 분명 태자에게서 흘러나오는 것이라. 조알만 한 땀이 줄줄 새나왔다. 입술이 바짝바짝 말라 숨을 쉬기도 어려우나 원의 말에 대답을 하여야만 했다.

"……황실의 규율을 깨뜨리고 궐 안에서 칼부림을 한 죄, 나라에서 정한 형벌을 집행하지 아니하고 나인들을 멋대로 벌한 죄, 그로 인해 황실의 기강이 바닥으로 떨어졌으니, 이에 대한 마땅한 벌을 받아야 할 줄 아옵니다."

"이미 바닥끝까지 떨어진 기강, 더 곤두박질칠 것이 있던가?"

원의 청신한 눈빛에 검은 빛이 새어들었다. 주먹을 바르쥔다. 달싹거리는 입술에서 화기가 묻어 나오는 성싶다.

"궁인들을 관리하는 것은 내명부의 일이요, 그들의 입을 막는 것 또한 그대들의 일이니, 비가 죄를 지었다면 그리하게 만든 궁인들도 죄를 진 것이요, 그들을 통괄하는 그대들도 죄를 진 것이 아니겠는가?"

내관에게 반걸음 다가간다. 제 감정이 듬뿍 담겨 있는 걸음이었으니 이는 누구보다 당당한 위세라.

"내명부의 수장이 누구더냐?"

내관은 대답하지 않았다. 아니, 대답할 수 없었다. 이는……

"황후 폐하 아니신가?"

황후를 욕되게 하는 것이었기에. 침을 꿀꺽 삼킨다. 급작스럽게 휘몰아친 검은 기운은 내관의 양어깨를 짓누르기에 충분했다. 다리가 바들바들 떨린다.

"내 비를 벌하고 싶다면, 황후 폐하 또한 톡톡히 벌을 치러야 할 것이니, 황후 폐하를 벌할 수 있는 것은 존엄하신 황제 폐하일 뿐이요, 이는 폐하께 고해야 하는 일이 아니더냐?"

원은 입꼬리를 배죽 올렸다. 황후, 황후, 되바라진 계집년. 울대를 달싹이며 화기를 억누른다. 향, 단향에게 말을 할 수 있는 이는,

"폐하께 똑똑히 내 말을 전하거라. 다시 한 번만 더. 내 비에게 헛소리를 했다간, 그때엔 폐하의 면전에서 그대로 되갚아주겠노라고."

오직 나뿐이다.

청신한 바람이 불어왔다. 그러나 그 바람에 묻은 것은 아롱다롱한 무지갯빛 과거가 아니었으매 검고 짙은 현재의 빛이 담겨 있었다.

원은 내관과 헤어진 직후 휘적휘적 제 갈 길을 걸었다. 궐내에 있던 궁인들뿐 아니라 여러 대신들은 원의 모습을 보자마자 솔개 본 풋병아리처럼 흩어지기에 이르렀다. 이렇듯 길을 거니는 사람들이 없어질 때, 원의 어깨에 힘이 떨어진다. 청신했던 눈빛은 어느덧 검고 또 거뭇해져 넋을 잃은 사람처럼 공허하게 변해 버렸다.

"날이 좋구나."

원은 후원 뒤편 작은 언덕에 올라 바위에 몸을 기대고 감청색 빛이 그득한 하늘을 바라보며 운을 띄웠다.

'지독하리만큼……'

고개를 힘없이 떨어뜨린다. 손가락 사이사이를 휘감는 바람결의 감촉이 오롯이 기쁘게 와 닿지 않았다.

노을빛이 내려온다. 그에 사뭇 흩날리는 원의 붉은 머리칼. 시야를 어둑하게 가리는 터에 원은 다소 거친 손길로 머리칼을 쓸어내렸다.

붉은색, 적(赤)의 상징, 황실 핏줄의 상징⋯⋯. 이 때문에 얼마나 많은 피를 흘렸던가.

"형님."

원은 짤막한 말을 허공에 띄우며 눈가를 바르르 떨었다.

재민, 재민⋯⋯. 아무리 부르고 불러도 마주할 수 없는, 나의 '하나뿐인' 핏줄이여.

눈물이 와락 날 성싶었다. 고개를 든다. 서산 너머로 사라진 태양의 빛을 눈으로 좇는다. 그리고 하얀 벚꽃이 붉은색을 담아가던 그때를 떠올려 냈다.

❋

적나라, 이백삼십오년 물오름달 열아흡날.

"전하!"

객사의 문을 열고 들어가자마자 튀어나온 도겸의 외침이었다. 그 외침에 오롯이 반가움만이 담겨 있지 않다는 걸 알아챈 원은 어깨를 움츠리며 주춤 뒷걸음질을 쳤다. 그러나 이를 가만히 둘 도겸이 아니었으니. 원에게로 뛰어가 부러 그의 어깨를 붙잡고 흔들기 시작했다.

"대체, 어디서, 무엇을! 했는지 소상히 말해주셔야겠습니다, 전하."

이를 바득 갈며 한 자씩 힘을 주어 말하는 도겸의 눈빛이 예사롭지 않았다. 그에 원은 부러 눈길을 돌리며,

"하, 하하⋯⋯ 밀행을 즐기다 왔네만."

도겸은 원의 뻔뻔한 면모에 입을 뚝 다물었다. 빌어 처먹을 자식, 네놈 때문에 하루저녁 간 얼마나 애를 태웠는지 알면 이러진 못할 게

다. 신분으로 말미암아 차마 입 밖으로 꺼내지 못한 말을 곱씹으며 손끝에 힘을 주었다.

"대체 어디에 계셨던 겁니까? 저희가 엊저녁 산길을 돌아다니느라 얼마나 고생을……!"

"소둔에 있었네."

도겸은 잠시 말을 멈추었다. 소둔, 소둔…… 설마!

경악한 표정으로 입을 벌린 채 진원을 바라보았다.

"소, 소, 소둔이요? 소둔? 호(祜)의 소둔을 말씀하시는 겁니까?"

진원은 빙긋이 웃으며 고개를 끄덕였다.

"저, 저, 전하!"

"쉿. 폐하께는 비밀일세."

"하, 하하……하하하……."

도겸은 넋이 나간 표정으로 헛웃음만을 내지었다. 나라의 국경을 넘나들고 왔음에도 불구하고 저리 뻔뻔하게 앉아 있는 진원이 어처구니가 없어서, 그것이 대수냐는 듯 고개를 갸웃거리는 진원에게 참을 수 없는 분이 밀려와서!

"폐하께는 전언을 올리지 않겠습니다만, 황후 폐하께는 반드시 연통을 넣도록 하지요."

"도, 도겸!"

휘둥그레진 눈으로 도겸을 바라보는 원. 도겸은 그런 원의 시선을 부러 피하며 발을 옮겨 의자에 털썩 몸을 내맡겼다. 힘이 다 빠진 듯 온몸에 허한 기운이 가득했다. 지끈지끈 아파오는 머리통을 쥐어 감쌌다. 빌어먹을 자식. 눈을 흘리며 원을 노려본다.

"제 속을 태운 대가는 톡톡히 치르셔야지요. 암요, 그렇고말고요."

"이, 이보게나, 도겸. 우린 친우이지 않나? 어찌 친우를 곤경에 빠뜨리려……."

"곤욕을 당한 저로서는 이게 최선입니다만."

도겸의 단언한 말에 원은 고개를 떨어뜨렸다. 분명 황후께 말이 들어가면 호된 경이 튀어나올 것이다. 제 아들만을 감싸고도는 계모이자 적의 실세였기에, 태자가 허튼 행동 하나라도 했다간 몇 날 며칠 불러들여 경 아닌 욕설을 내뱉는 계집이었다.

원은 힐끗 시선을 올려 콧방귀를 뀌고 있는 도겸을 바라보았다. 아무리 애원해 보았자 눈 하나 깜짝하지 않을 것이라 장담하는 성싶었다. 이걸 어찌한다……. 눈동자를 데굴데굴 굴리며 눈치를 살폈다.

"전하, 살아 돌아오셨습니까?"

그때, 익숙한 목소리가 들려왔다. 원과 도겸은 고개를 들어 객사 계단을 찬찬히 내려오고 있는 재민을 올려다보았다. 그의 움직임에 따라 원과 마찬가지의 붉디붉은 머리칼이 사부작 흔들렸다.

"어디 저 먼 변방에서 죽어 오기를 바랐는데, 이리 마주하게 되니 참으로 안타깝습니다."

원과 도겸에게 가까워진 재민은 비죽 웃으며 말을 이었다.

재민. 귀비의 아들. 적의 첫 번째 황자. 본디 원의 자리에 앉아 있어야 했건만, 황제가 진원을 감싸고도는 탓에 판도에서 밀려 데구루루 굴러 황자의 신분에 사로잡혀 있는 이. 제자리를 진원에게 뺏긴 터에 황태자의 자리를 호시탐탐 노릴 것 같았지만,

"저거, 저거, 황후 폐하께 혼이 날 것이라 생각하는 이가 나뿐이 아닌 것 같은데. 도겸, 어찌 생각하느냐?"

"이 역시 연통을 넣어야겠군요."

"노, 농인 걸 알고 계시지 않습니까!"

나랏일에는 도통 관심이 없는 백면서생에 불과하였고, 진원을 졸졸

쫓아다니는 어수룩한 애호가에 불과했다.

"못된 말을 했으니 혼이 나야지요. 그렇지 않습니까, 형님?"

진원은 재민에게 의자를 내어주며 장난스레 말했다. 재민은 떠름하다는 듯 팔짱을 끼고 의자에 앉아 눈을 게슴츠레하게 뜨며,

"하루저녁 동안 사람 혼을 쏙 빼놓은 전하께서 하실 말씀은 아니신 것 같습니다만?"

"내 길을 잃은 걸 어찌합니까. 그러기에 누가 낮잠을 자라 하였습니까?"

"가마에 가만히 앉아서 삼천 리 편히 넘어온 전하께서 하실 말씀 또한 아닌 것 같습니다만."

빈정거리는 말을 내뱉었다. 재민의 얼굴과 손등을 자세히 보아하니 나뭇가지에 긁힌 듯 보이는 생채기가 곳곳에 나 있었다. 아마도 원을 찾아다니느라 그런 것이리라.

원은 멋쩍게 웃으며 맞은편 의자에 엉덩이를 비스듬히 걸쳤다. 그 때를 놓치지 않고 도겸이 재민에게 일러바치듯이 속사포 같은 말로,

"호에까지 다녀오셨다 하더이다."

"뭐, 뭐라? 전하, 국경을 넘으셨단 말입니까?"

재민은 두 눈을 휘둥그레 뜨며 원을 바라보았다. 어찌나 눈을 크게 뜨는지 눈알이 빠질 지경이었다. 전하, 참으로……

"부럽습니다, 저도 가보지 못한 호를!"

"그런 답이 아니지 않습니까!"

도겸은 머리를 쥐어 감싸며 소리를 내질렀다. 아아, 이 병신 같은 놈들. 이놈이나 저놈이나 모자란 것은 매한가지로구나. 문득 적의 앞날이 소상히 걱정되기 시작하였다. 물론 입 밖으로는 낼 수 없는 무거운 생각이었다.

"이보게, 도겸. 부디 화를 풀게나. 응? 별것도 아닌 일……."

"별것도 아닌 일이요? 아아, 전하께서는 저를 별것도 아닌 일에 화를 내는 좀생으로 생각하셨나 봅니다. 예, 어련하시겠나이까."

애원하듯 매달리는 진원의 눈길을 뿌리치며 대답했다. 그런 도겸을 가만히 바라보던 재민은 다시금 비죽이 웃으며,

"좀스러운 건 맞지 않은가?"

"저하!"

농 아닌 농을 던졌다. 그에 도겸은 번뜩 고개를 들며 더욱 열을 내질렀다. 하나 재민은 어깨를 으쓱이며 그의 눈길을 피할 뿐이었다. 이런 그의 행동에 도겸은 더욱 붉으락푸르락한 얼굴로 씩씩대었다.

"그, 그렇지. 내 바깥에서 무엇을 보았는지 아는가?"

원은 부러 화제를 돌리려 손뼉을 치며 말했다.

"그다지 궁금하지는 않습니다만."

도겸의 단언한 대답에도 원은 소리를 크게 높이며 말을 이었다.

"꽃을 보았다네."

"꽃이라면 객사 바깥에도 많습니다. 호에서만 나는 특별한 꽃이 있단 말씀이십니까?"

"바, 바로 그것이네. 호에서만 볼 수 있는 꽃이지. 말을 할 수 있고, 말을 들을 수 있는 꽃."

"……계집을 만나고 온 게로군요."

도겸의 눈이 가늘어졌다. 제멋대로 객사를 뛰쳐나가 위험천만하게 국경을 넘은 것도 모자라 호에서 계집까지 만나고 왔다는 말이렷다. 손끝이 바르르 떨렸다. 머리통이 터질 것처럼 열이 올라오기 시작했다. 하나 재민은 이런 도겸의 마음을 아는지 모르는지,

"전하, 그렇게 안 봤는데 실망입니다. 어찌 저를 두고 홀로 여색을

즐기다 오실 수 있습니까!"

"저하! 그걸로 화를 내면 안 되지요!"

"무얼 어때서. 태자 전하도 혼례를 치를 나이 아닌가. 남정네를 만나고 온 것보다 차라리 계집을 만나는 게 낫지 않겠느냐?"

"저하!"

도겸은 고개를 젖히며 짤막한 한숨을 내질렀다. '풉' 진원은 삐져나오려는 웃음을 겨우 틀어막은 채 어깨를 들썩였다.

"전하, 그래서요, 꽃이 무어라 말을 하더이까?"

도겸의 말을 무시한 재민의 문이었다.

"별말은 나누지 못했다네. 내일 날이 밝는 대로 다시 찾아가 볼 생각이야."

"안 됩니다. 내일은 산에 올라 호를 살피고 와야……."

"그러니 더더욱 내가 가야지! 그 꽃은 호에만 피는 꽃이니, 호의 말을 더 잘 들을 수 있지 아니한가?"

"……말은 참으로 잘하십니다."

도겸은 모든 것을 놓은 듯한 어조로 허탈하게 대답했다. 이런들 어떠하고 저런들 어떠하리. 내 아무리 애를 써보았자 이 철없는 황자들을 막을 수 없지 않겠는가? 고개를 젖히고 벌건 천장을 바라보며 생각했다.

"그러고 보니 도겸, 자네도 호에 간 적이 있지 않은가?"

재민이 눈길을 돌리며 물었다. 도겸은 시선을 돌리지 않은 채 웅얼이는 목소리로 대답했다.

"그랬었지요."

"그대도 꽃을 보았나?"

도겸은 어쩐지 숨이 턱 막힌 듯한 느낌을 받았다. 꽃, 꽃……. 이

년 전, 호나라 왕실에 사절단으로 방문했을 때의 그날을 떠올린다. 비죽 선웃음이 나왔다.

"저는 꽃이 아니라 나비를 보았습니다. 꽃을 탐하나…… 탐하지 못하는 나비요."

"그게 무어냐. 꽃을 취할 수 없는 나비도 있나?"

"호에는 있다 하더이다."

도겸의 알 수 없는 말에 재민은 어깨를 으쓱 올렸다.

"허허, 이것 참. 전하는 꽃을 보았다 하시고 너는 나비를 보았다 하니, 나는 무엇을 보아야 할꼬?"

"벌에나 콱 쏘이시지요."

"빌어먹을 자식."

"알고 있습니다."

한마디도 지지 않고 바득바득 말대답을 하는 도겸의 모습이 여간 고까운 것이 아니었다. 제아무리 사공의 아들이라 하여도 황자에게 이럴 수 있는가? '전하' 입을 배죽이며 진원에게로 시선을 돌릴 참이었다.

"도겸, 내 물을 것이 있는데……."

어쩐지 말이 없었던 진원이 나지막하게 입을 열었다. 그에 한 곳으로 모이는 시선들.

"계집은 무엇을 좋아하나?"

'미친놈.'

두 눈을 내감은 도겸의 작은 속삭임이었다.

✳

하하, 원은 작은 실소를 내뱉으며 손으로 얼굴을 쓸어내렸다. 그런 일이 있었지. 불현듯 찾아온 과거의 뼈아픈 편린에 원은 가슴을 움켜 잡았다. 쥐어뜯긴 심장은 쉽사리 붙을 생각을 하지 않는다. 그 너덜너 덜해진 살점의 핏줄을 더욱 가감 없이 보일 뿐. 하아, 숨이 가빠진다. 재민의 웃는 얼굴과, 고통에 일그러져 있던 그 얼굴과, 죽음을 마주 한 이의 마지막 얼굴이…… 눈앞에 중첩되어 펼쳐지기에 이르렀다.

'형님……'

그는 사붓 고개를 떨어뜨렸다. 어느덧, 향과 도검에게 올라왔던 분 은 삽시간에 가라앉았다. 그 빈자리에는 재민의 죽음에 대한 분이 그 득 차오른다.

허튼 감정으로 일을 그르칠 수 없다. 오 년간 기다리고 기다렸던 일 이다. 그래. 고작 여인 하나 때문에…… 재민을 잊을 수 없어. 원은 그 리 생각하며 거뭇한 손가락을 오므라뜨렸다.

나는 오직, 복수를 해야 하니.

원은 벌떡 몸을 일으켰다. 돌아가야지. 내 처소로. 비가 있는 곳이 아니라, 온갖 암투와 적의가 가득한 곳으로.

노을이 지고 있었다. 어느덧, 밤의 기운이 하늘 그득히 넘실거렸다.

✳

한울은 아침 해가 떠오름과 동시에 시종을 한 명 끌고 황실의 문을 벌컥 열기에 이르렀다. 황도를 걷는 한울의 발걸음은 가벼웠으니 이는 곧 한울에게 머리를 숙이는 궁인 여럿 때문이라.

아비를 따라왔을 때엔 아비와 눈을 마주하고 예를 갖추던 이들이, 이제는 나 홀로 길을 걸어도 허리를 굽히는구나. 후에 양제가 되어 가 체를 올리고 붉은 의복을 입으면 대신들까지도 고개를 조아리겠지.

더 먼 후에 황후가 된다면……. 한울은 빙그레 웃음을 지었다.

제 어깨에 힘이 들어간 것이 느껴졌다. 허리춤이 빳빳하게 섰다. 꼿꼿하게 들린 턱 끝이 더욱 날이 서 보였다. 보폭을 넓게 한다. 빠른 걸음으로 원의 처소를 향해 걷는다.

그때에 원은, 차를 훌쩍 마시며 창밖을 내다보고 있었다. 삼삼오오 짝을 지어 걸어 다니는 궁인들을 바라보며 설핏한 미소를 내짓는다. 하얀 빛을 받고 있는 맑은 세상, 청명한 바람, 향긋한 꽃 내음…….

"좋구나……."

그러나 그 말에는 첨예한 가시가 담겨 있었다. 본디 이런 것들은 하루의 시작에 있어 원에게 활력을 주는 기폭제와도 같은 것이었으나, 마음 한구석이 깊게 가라앉아 있는 원에게는 오롯이 다가오는 것이 아니었기 때문이다.

멀지 않은 곳에서 무수리 여럿이 우물가로 다가오는 것이 보였다. 무엇이 그리 좋은지 함박웃음을 한껏 담고 걸어오는 이들. 이내 두레박을 우물에 떨어뜨렸는지 풍덩 소리가 들렸다.

원은 그 모습을 바라보며, 이 깊이 가라앉은 마음의 근원이 되는 '그때'를 떠올려 냈다.

※

적나라, 이백삼십오년 물오름달 스무날.

때늦은 소소리바람이 분다. 겨울의 끝자락을 품고 있는 날카로운 바람이 대지를 사납게 갉아내고 있었다.

휘이잉, 사귀들의 울부짖음처럼 요상스러운 바람 소리가 세상을 가득히 메운다. 누런빛을 띤 마른 잎사귀들이 데구루루 굴러갔다.

향의 집 지붕, 비를 막기 위해 올려놓았던 커다란 천이 펄럭펄럭 바람결에 나풀거렸다. 작지 않은 소리. 그에 집 근처 소나무 기둥 뒤에 숨어 있던 진원의 어깨가 자못 움츠려졌다.

"큼, 크흠."

원은 헛기침을 수차례 내뱉었다. 그리고 작은 면경을 소매에서 꺼낸 후 얼굴을 이리저리 살핀다.

머리는 헝클어지지 않았는지, 눈곱이라도 낀 것이 아닌지, 이 사이에 이물질이라도 있는 것은 아닌지…….

그렇게 한참을 면경만 들여다보던 원은, 이내 헛기침을 내뱉으며 허리춤에 힘을 곧추 주었다. 그리고 휘적휘적 향의 집 앞으로 걸어가,

"게 아무도 없는가!"

위풍당당한 말을 내뱉었지만, 돌아오는 것은 스산한 바람 소리뿐이었다. 원은 다시 한 번 배에 힘을 주고,

"이보시오!"

소리를 내질렀지만 이 역시 돌아오는 답은 없다. 집에 없는 것은 아닐까? 순간 찾아온 불안감에 원의 눈가가 바들 떨렸다. 마음의 준비를 단단히 하고 온 것이라, 향을 만나야 하는데……. 바구니를 들고 있는 손 역시 파르르 떨림이 찾아왔다.

원은 슬며시 발을 들었다. 그리고 작은 발걸음으로 대문까지 걸어가, 목을 움츠리며 집 안으로 고개를 들이밀었다.

고요하다. 쥐새끼의 울음소리조차 들리지 않는 적막뿐이었다. 휘이잉, 다시 한 번 거찬 바람이 불어왔다. 바람은 원의 등을 떠밀다시피 밀어붙였고, 원의 조심스러운 발을 향의 집 안으로 내딛게 만들었다.

"이, 이보시오, 햐, 향……."

조알만 한 소름이 척추를 따라 우두두 돋았다. 분명 해가 중천에 걸려 있는 시간임에도 불구하고 느껴지는 기운은 스산하고 또한 을씨 년스러웠다. 이 허름한 폐가가 그 분위기를 한층 더 짙게 만드는 것이 라고 원은 생각했다.

후우, 원은 짤막한 한숨을 내뱉었다. 그리고 다시금 큰 숨을 들이 마시고, 어깨를 쭉 편 후 집의 정경을 빠르게 훑어 내리기 시작했다. 향의 흔적을 찾으려는 행동이었다.

그때, 어디선가 콧노래 소리가 들려왔다. 이름 모를 노래를 흥얼거 리는 소리였다. 그 음색이 참으로 듣기 좋아 원은 넋을 놓고 그를 가 만히 감상하다.

"향?"

이내 그 소리의 주인공이 향임을 깨닫고 소리의 근원지로 빠르게 걸음을 옮겼다.

노랫소리의 근원은 집 뒤편의 작은 우물가. 향의 집에 묵게 되었던 날, 원이 눈물을 머금고 발을 박박 닦았던 그곳. 아차 하고 떠오른 기 억에 원은 낯부끄럽다는 듯 입을 틀어막으며 작은 탄식을 내뱉었다. 그리고 낑낑대며 물을 긷고 있는 향에게 시선을 던졌다.

흑단같이 검은 머리칼을 귀 뒤로 넘겨 대충 묶은 후, 매화를 올려 놓은 듯 그 붉은 입술을 옹알거리며 콧노래를 부르고 있는 향. 고사 리같이 작고 고운 손으로 두레박 밧줄을 들어 올리고 있는 향. 어찌 어제보다 오늘 더 고와 보이는 살결로 환한 빛을 내뿜고 있는,

"단향……."

진원은 침을 꿀꺽 삼켰다. 소맷자락을 걷어붙인 향의 하얀 살결이, 헐거운 저고리 틈으로 보이는 향의 가슴팍이, 콧노래를 부를 때마다 오르락내리락하는 작은 울대가.

정신이 아찔했다. 두 눈을 끔뻑여도 캄캄해진 시야는 돌아올 생각을 하지 않았다. 오롯이 단향만이 환한 빛을 냈다. 그 빛은 원의 두 눈을 후벼파 그의 몸 깊숙이 들어왔으며, 이내 빛은 원의 가슴을 옭아매듯 쥐어짜 짧은 신음을 내게 만들었다.

아, 참으로,

"곱구나."

궐내에 있는 경국지색의 미인들을 보았을 때에도, 제 옷자락을 풀어 헤치며 몸으로 다가오던 기녀들을 숱하게 마주했을 때에도 이런 느낌을 받아본 적이 없었다.

두근두근 떨리는 가슴에서 흘러나온 핏줄기는 원의 온몸을 휘감으며 빨간 열기를 내뿜었다. 어쩐지 두 발로 서 있기가 힘들어졌다. 온몸의 힘이 와락 풀리는 듯싶었다. 이유를 알 수 없는 감정이었고, 또한 이유를 알고 싶지 않은 감각이었다.

왜일까? 얼굴을 마주한 지 하루밖에 되지 않았음에도, 별다른 말을 섞어본 적이 없었음에도. 대체 왜일까. 왜……. 향, 향…… 그대는 대체.

원은 슬며시 미소를 지었다. 수련의 고고함이, 백합의 순결함이, 목련의 긍지가 담겨 있는,

"……진원?"

저 청초한 자태. 원은 벅차오르는 감정을 주체할 수 없다는 듯, 가벼운 발걸음으로 향에게 뛰어갔다.

"여긴 어쩐 일이십니까."

자신의 가벼운 발걸음과는 달리 묵직하게 다가오는 향의 목소리에 원은 순간 입이 턱 막히는 성싶었다. 어, 그, 그것이……

"바, 밥은 먹고 다니오?"

"……예?"

"피죽도 못 얻어먹은 것처럼 피골이 상접해 보이는데."

향은 어처구니가 없다는 눈길로 원을 바라보았다.

첨벙, 두레박이 우물로 곤두박질치는 소리였다. 원은 마치 자신의 가슴마저 땅 끝으로 곤두박질치는 느낌이 들어,

"가, 가, 가, 같이 조반이라도 하지 않겠소?"

픕, 향의 웃음 담긴 소리가 바람결을 타고 넘실넘실 울려 퍼졌다.

❀

원은 피식 실소를 뱉으며 창가에 몸을 기댔다. 저려오는 발끝, 손끝, 그리고 이 마음. 오 년 전 그날을 아해의 치기라 치부하기엔 그 마음이 너무도 컸으며, 다가오는 감정이 뜨거운 것이었기에. 원은 제 옆에 있지만 제 손에 잡히지 않는 향을 머릿속에 떠올려 냈다. 힐끗 눈을 돌려 향이 있는 동궁을 바라본다. 저곳에, 저 허름한 곳에, 저 낡디낡은 곳에……

"단향……."

원은 저 스스로도 모르게 낮은 중얼거림을 내뱉었다. 그 말씨는 바람결에 올라타 굽이굽이 원의 방을 돌아다니다 이내,

"……전하."

한울의 귓가에 내리꽂혔더란다.

그녀의 손이 바들바들 떨린다. 방금 전까지만 하더라도 힘이 곧추들어가 있던 어깨는 떨어진 지 오래. 파르라니 굳은 입술을 꾹 깨물며 원에게 한 걸음 다가선다.

"아아, 울아. 오늘은 일찍 왔구나. 어찌, 조반은 들고 왔어?"

원의 다정한 말길. 그러나 그 속에 담긴 것은 같은 감정이 아닐 것이라. 한울의 떨림은 잦아들 생각을 하지 않았다.

단향, 단향……. 이를 바득바득 갈며 손가락을 바르쥔다. 단향의 이름은 왜? 왜 그리 그리움이 그득한 눈동자로, 목소리로, 왜? 마음을 뺏겨 버린 것인가? 그 짧은 시간 사이에? 그, 미천한 호의 계집에게? 가팔라진 뜨거운 숨이 목구멍을 휘어 감쌌다. 정신이 아찔하다. 마른 침을 모아 삼킨다. 금방이라도 힘이 풀려 주저앉을 것만 같았다.

"울아?"

"청을 올릴 것이 있나이다."

"청?"

원은 보이지 않게 이를 바득 갈았다. 내 중얼거림을 들은 것인가. 내 시선의 끝을 보았던 것인가. 침을 끌어 모아 삼킨다. 그리고 거짓의 말길과 거짓의 손길로 한울의 손을 내리 잡았다.

"예식의 일시를 앞당겨 주시옵소서."

"……일시를?"

"아직 예식도 치르지 않은 처녀이온데, 홀로 궐을 다니는 것에 좋지 않은 말이 나돌고 있나이다. 또한 스스럽긴 하옵니다만…… 소녀 역시 전하의 곁에 함께 있고 싶은 심정이 그득하옵니다. 이리하여 청을 올리는 것이니 부디 윤허하여 주시옵소서."

원은 대답하지 않는다. 작금 황후와 정현의 신경을 거슬린 것이 마음에 걸려, 달포해포(매우 오랜 동안)의 기간을 두고 찬찬히 일을 진행시키려 했건만. 갑작스런 한울의 청 아닌 요구에 머리가 지끈지끈 아파 오기 시작했다.

"더불어."

입을 꾹 다물고 있는 원을 바라보던 한울의 목청이 재차 트였다.

"아버지께서도 이를 바라고 계시옵니다."

아, 원은 들리지 않는 탄식을 뱉으며 주먹을 바르쥐었다. 감히 내게 겁박을 하는 것이냐? 날이 선 눈동자로 한울을 쳐다본다. 그러나 한울의 낯빛은 변함이 없다. 원은 슬며시 웃음을 지었다. 그래, 행은 빨리할수록 좋은 법. 어디 한번 밀어붙여보자꾸나. 원은 그리 생각하며 전에 없던 손길로 한울의 손을 꽉 잡아끌었다.

"어디, 네 마음대로 하려무나. 하나 울아."

녹녹한 손길이었으나 그 말씨는 사뭇 날카로웠으니.

"네가 택한 일이니 그 일에 따라오는 대가는, 네가 책임져야 할 것이야."

꿀꺽. 한울은 침을 모아 삼켰다. 요원한 일이었지만, 그것에 따른 결과는 저도 알 수 없는 것이었다. 잡혀 있던 손을 뺀다.

"……돌아가겠습니다."

목소리가 작게 떨렸다. 비칠거리며 몸을 일으킨다. 저를 곰살맞은 눈빛으로 바라보는 원을 애써 무시한다. 제 악취에 둘러싸인 모습이었다.

저 다정한 눈빛, 저 녹녹한 미소, 저 부드러운 손길……. 어제와 그제와 삼 년 전과 변한 것이 없다만.

왜일까? 이리도 마음이 방방 뛰는 것은.

왜일까? 이리도 눈물이 날 성싶은 것은.

한울은 몸을 돌려 한 걸음 발을 내디뎠다. 탁, 문이 닫힌다. 그에 문 앞에서 한울을 기다리고 있던 시종이 퍼뜩 눈을 들어 그녀의 앞에 다다랐다. 본디 두 식경은 지나야 나오는 터인데, 오늘은 왜 이리 일찍? 의아함에 머리를 숙이며 말을 건넸다.

"아씨, 무슨 일이 있으셨습니까. 안색이 좋지 않으십니다."

"일, 일……. 그래, 일이야 있었지, 아주 많이."

한울은 헛웃음을 내뱉으며 답했다. 그리고 태자의 방문을 응시한다.

"내 이때껏……."

떨림이 그득한 목소리.

"전하의 저런 표정을 본 적이 없다네."

휙 발을 돌려 동주궁을 나선다. 그녀의 발길이 향하는 곳은 동궁, 향의 처소였다.

"마마는 좀 어떠셔?"

동궁, 향의 처소. 그에 배속된 김 나인 외 몇 명이 모여 머리를 맞대고 저들끼리 말을 속삭이고 있었다. 그들은 하나같이 아슬아슬한 표정으로 어깨를 움츠리며 숨을 죽이고 있었다. 그 대화의 내용인즉,

"어떠냐니?"

"이번에 내명부가 발칵 뒤집어졌다잖아. 황후 폐하께서는 노발대발 화를 내시고…… 내관들은 전전긍긍하고…… 우리에게까지 불똥이 튀길까 무서워 죽겠어."

"그래, 알아. 그런데 그게 뭐?"

"아니…… 그러니까…… 너를 때리거나 하진 않으시냐구. 풍문으로는 가축 우리에 몰래 들어가신다는 말도 있던데……."

"무슨 일이 있으면 말해. 내명부에 바로 언질을 올릴 테……."

"그게 무슨 말이야!"

김 나인은 인상을 찌푸리며 말을 건넨 그녀에게 소리를 쳤다.

"마마께서 정녕 그러셨을 것 같아? 궐 안의 풍문들이 얼마나 요상 한 말들인지 너희들이 더 잘 알 거 아니야! 어디서 이상한 말만 주워

듣고 와서는, 다시는 그런 말하지 마!"

"아니면 말지 왜 화를 내고 그래? 도둑이 제 발 저린다더니……."

"말 다 했어? 우리 마마가 그런 짓을 왜 해! 마마는, 마마는……!"

김 나인은 입술을 자근 깨물며 고개를 떨어뜨렸다. 마마는, 향은, 단향은. 그럴 사람이 아니란 말이야…….

향의 눈가에 항시 맺혀 있던 보슬이를 떠올린다. 항시 설움에 그득했던 숨을 떠올린다. 그에 저 스스로도 울분이 올라왔던지 애써 고개를 흔들며 상념을 지우려 했건만, 다른 이들은 이를 그만둘 생각이 없던지,

"호에서는 마마의 눈도 쳐다보지 못했다면서. 눈이 마주치면 죽는다나 뭐라나. 매일같이 손찌검을 하는 것은 물론이요, 칼부림까지 했대. 제 버릇 남 못 준다고, 여기에서까지 이제 마수를 뻗치는 거잖어. 너…… 몸조심해. 혹시라도 마마의 눈밖에 나면……."

"이게 진짜!"

김 나인은 팔뚝을 걷어붙이며 말을 건넨 나인의 머리채를 향해 손을 뻗었다. 그때.

"마, 마마 오신다!"

다른 나인의 외침에 모두 행을 멈추고 고개를 조아렸다. 발소리가 들리는 쪽으로 몸을 튼다. 그곳엔 향, 단향이 있었으니. 모두가 숨을 죽인다. 채 튀어 나갈 생각도 하지 못한 채 걸어오는 향을 바라본다.

향은 넋을 잃은 표정으로, 아니, 모든 것을 놓아버린 표정으로 타박타박 힘겹게 발걸음을 하고 있었다. 이는 엊저녁 제 몸을 휩쓸고 간 과거의 기억 때문이라, 원의 달큰했던 말들이 잊히지 않기 때문이라. 향의 표정, 몸짓에서 내비쳐진 설움과 애탄이라는 감정이 널리널리 흩뿌려져 나인들에게까지 날아갔지만,

"와……."

그 슬픈 감정이 그들에게 오롯이 비춰지는 것이 아니라, 감탄 어린 말씨가 누군가의 입에서 튀어나왔다. 공허의 빛이 담겨 있는 눈동자는 향의 모든 것을 애처롭게 만들었지만, 그는 향의 본래 아름다움을 감출 수 없다는 듯, 은가루를 갈아 넣은 듯 반짝반짝 빛을 내는 그 모습이 마치 선녀와도 같아 보여 입을 쩍 벌릴 수밖에 없었다.

"마마!"

김 나인이 향의 앞으로 튀어 나가 허리를 내리 숙이며 입술을 열었다.

"날이 찹니다. 아직 몸도 좋지 않으신데 어찌 바깥을……."

"더워서 땀이 날 지경인데 차긴 무얼. 되었네."

"하, 하오나 마마……."

향은 걱정스레 말을 뱉는 김 나인을 지나치고 자신에게로 냉큼 튀어와 고개를 숙이는 다른 나인들을 바라보았다.

"펴, 평안하셨나이까, 마마."

"가, 감축드리옵나이다."

"감축드리옵나이다!"

그들은 몸을 바들바들 떨며 향의 앞에 대가리를 처박기에 이르렀다. 향은 비식 헛웃음을 내뱉는다.

"무엇을 감축한다는 말이더냐?"

그에 들리는 대답은 없다. 눈동자를 데굴데굴 굴리며 이 괴괴한 향을 스스로 맡을 뿐.

꿀꺽. 침을 삼킨다. 바스락거리는 발소리만이 그득했다.

"고개를 들게."

"예, 예, 마마."

향의 언사에 나인들은 모두 고개를 들었지만 그 눈만은 향을 향하고 있지 않았으니, 향은 그런 그들을 가만히 바라보다,

"눈을 보라는 말일세."

키가 작은 나인 한 명의 턱 끝을 손가락으로 잡아끌며 눈을 마주한다. 바르르 떨리는 나인의 속눈썹, 눈망울, 입술, 울대, 어깨……. 향은 고개를 절레절레 흔들며 손을 거두었다.

"상처가 있구나."

나인은 자신의 뺨에 손을 가져다 댔다. 아침녘 후원을 정돈하던 중 넝쿨에 얽혀 긁힌 상처. 깊은 것이 아니라 제 스스로조차 신경을 쓰지 않고 있었던 것이다. 나인은 재빨리 고개를 숙이며 향에게 거듭 머리를 조아렸다.

"소, 송구하옵나이다."

"무엇이 송구하단 말이더냐."

"그, 그, 그것이……."

입술을 달싹인다. 급작스레 서늘해진 공기가 나인의 양어깨를 짓눌렀다. 여기서 죽는 것인가? 내, 눈을 마주했으니 죽는 것이야? 달달 몸이 떨린다. 금방이라도 눈물이 튀어나올 성싶다.

"아직 풀지 않은 짐 보따리가 남아 있지?"

향은 김 나인을 향해 눈을 돌렸다.

"예, 마마."

"그 안에 상처에 좋은 약초가 있네. 잘 찧어서 바르면 흉은 남지 않을 게야. 계집 얼굴에 상처가 있으면 어째."

"예, 예……? 마마?"

"두 번 말하게 할 심산이냐."

"소, 송구하옵나이다."

"많이도 송구하는구나."

향은 실소를 뱉으며 고개를 돌렸다. 그 미소는 흉흉하게 보였으나 그 속에는 분명 안온함과 은혜가 있는 것이라.

김 나인은 다른 이들을 바라보며 우월에 그득 찬 미소를 지었다. 보아라, 내 마마님이 어떤 분인지. 그에 나인들이 놀란 기색을 감추지 못하고 눈을 휘둥그레 뜨고 있을 때였다.

"여기 계셨군요, 마마."

익숙한 목소리가 들려왔다. 바싹 마른 누런 잎처럼 죽어 있는 소리였다. 향은 그 근원을 따라 천천히 몸을 돌린다. 그곳엔,

"평안하셨나이까."

독기에 그득 찬 발걸음을 하고 있는, 한울이 있었다.

그녀의 목구멍에서 튀어나온 음성은 차마 형용할 수 없는 감정이 꿈틀거리고 있는 듯싶었다. 향은 삐뚜름하게 몸을 돌려 그런 한울을 바라보았다.

"어찌, 낯빛이 더욱 고와지셨습니다."

제 시퍼런 빛을 가감 없이 내뿜으며 다가온 한울은 향의 앞에 되똑하게 서 눈을 마주치기에 이르렀다.

"그대는 낯빛이 좋지 않아. 아아, 좋지 않을 수밖에 없겠군. 내 괜한 곳을 건드린 겐가?"

향은 비죽 웃으며 대답했다. 떨리는 한울의 손. 그를 지켜보는 나인들은 숨을 죽이고 눈동자만을 데굴데굴 굴릴 수밖에 없었다.

"어찌, 인사가 늦었다 생각하지 않는가?"

짧은 숨을 들이마시는 한울. 하얀 얼굴에 푸른 핏줄이 올라왔다.

"그럴 생각이었습니다만, 그리 하게 된다면 마마께서 더욱 해참해지지 않을까 염려가 된 터에 채 찾아뵙지 아니하였나이다."

입꼬리를 비죽 올린다. 혼례를 치르던 그날 향의 일그러진 얼굴이 떠오른다는 듯, 제 속으로 킥킥 웃음을 참아냈다.

한울은 무언가 말을 뱉으려다 이내 힐끗 눈길을 돌려 나인들을 바라보았다. 저들이 있으면 채 말을 이을 수 없다는 양 눈을 흘기며 그들을 훑는다.

이를 알아챈 향이 그들에게 돌아가라 손짓을 건넸다. 그에 솔개 본 풋병아리처럼 우수수 흩어지는 그들. 그러나 한울을 쫓아온 시종은 고개를 숙이고 자리를 뜨지 않고 한울의 뒤를 지킬 뿐이었다.

"전 마마께서 동궁에 계실 줄 몰랐습니다."

향은 고개를 까딱이며 한울을 바라보았다.

"황후 폐하께 불려가 계실 줄 알았지요. 나인들을 그리 후려 팼다는데, 이리 멀쩡히 앉아 있는 것이 참으로 신기해 말씀을 올리는 것이오니 너무 분노치 마시지요."

하하, 향은 헛웃음을 내뱉었다. 그리고 제 앞에 고운 의복을 입고 다소곳이 서 있는 여인을 응시한다.

"어찌, 그대가 그 나인들이 되지 않는다는 보장은 없을 텐데 말이야."

피식, 냉정한 웃음이 향의 입가에 배어들었다. 그러나 한울은 그에 쉽게 물러서지 않을 터. 부러 퍼런 기운을 뿜으며 입술을 열었다.

"열흘. 열흘이 남았습니다."

"무얼 말하는 겐가?"

"저의 양제 즉위식이자, 태자 전하와의 혼례식이요."

향의 숨이 멎는다. 순간의 격동으로 파들 떨리는 눈동자가 또렷하게 보였다.

"작금 궐이 수선스러운 터라 다른 날을 잡자 말을 올렸지만…… 태자 전하께서 하루라도 빨리 저를 들이고 싶다 그리 말씀하시지 뭡니까. 하늘 아래 가장 행복한 이는 사랑받는 여인이라 하던데, 제가 딱 그 모습이지요."

격동의 숨을 뿜어내는 향. 혼례라……. 향과 치른 예식이 끝난 지 달포도 채 되지 않았다. 그런데 벌써 혼례를? 이, 이, 나를 두고?

향은 이를 바득 갈았다. 끝이 보이지 않는 분노가 마음속에서 소용돌이치듯 휘몰아쳤다.

"그날엔 마마께서도 참석하셔야 합니다. 저는 그 누구보다 마마의 축복을 받고 싶으니."

하! 향은 헛웃음을 내뱉었다. 그러나 그 속에 담긴 것은 오롯한 웃음이 아닐 것이라. 분노. 혹은 눈물방울이 그득 넘치고 있는 것이라. 이를 지그시 보고 있던 한울의 입가에 승리에 도취된 미소가 담겼다.

"수모를 겪고 싶지 않다면, 이제라도 돌아가시지요."

길지 않은 침묵을 깬 한울의 말이었다.

"굴러 들어온 돌이 박힌 돌을 빼낸다. 하나 박힌 돌이 너무도 단단해 굴러 들어온 돌이 힘을 못 쓰더라. 때문에 박힌 돌은 영원히 그 자리에서 벗어나질 않는다…… 라는 말들이 궐에 돌지 뭡니까. 마치."

한울의 입가에 비릿한 비소가 스쳐 지나간다.

"마마를 뜻하는 것 같지 않습니까?"

향은 물꼬가 트인 듯 술술 말을 뱉고 있는 한울을 지그시 응시했다. 손끝이 바들바들 떨렸다. 가팔라진 숨이 목구멍을 거세게 자극했다. 일렁이는 분이 향의 눈동자에 그득하다.

"황실은 마마께서 감히 발을 디딜 수 있는 곳이 아니옵나이다."

이 굽이치는 노기는 곧 온몸으로 퍼져 나가,

"악!"

순간의 몸짓으로 변모해 향의 팔을 움직이게 했더란다.

"정녕 미친 게야."

향은 한울의 머리채를 한 손으로 잡으며 입꼬리를 배죽 틀어 올렸다. 한울은 순식간에 밀려온 거센 기운에 저항조차 하지 못한 채 향의 손목을 쥐어 감쌀 수밖에 없었다.

제 아비조차 자신에게 손을 대지 못했거늘, 야만인 주제에 감히! 악을 지르며 그 손길에서 벗어나려 했지만,

"아가씨!"

향의 우악스러운 손엔 힘이 빠질 생각을 하지 않았으니.

"호나라는 본래 가파른 산에서 나온 나라이니, 궐을 쏘다녀도 저잣거리를 쏘다녀도 발에 걸리는 것은 돌이요 자갈이요 집채만 한 바위라지. 해서, 내 그것들을 어떻게 했을 것 같나?"

금수(禽獸)의 눈동자처럼 섬뜩한 눈빛. 향의 모습은 처참하리만큼 괴괴하다.

"산산조각 가루로 만들어 으깨 버렸다네."

향은 탁 손을 놓으며 고개를 까딱였다.

헉, 헉……. 숨을 몰아쉬며 널브러진 한울. 그런 그녀를 부축하는 시종. 향은 그런 모습을 바라보며 해참한 비소를 내뱉었다. 반걸음 발을 옮긴다. 뒷걸음질을 치는 한울에게 다가간다.

"하면, 내가 목하 어찌하면 좋겠느냐. 이 자리에서 네년을 갈기갈기 찢어버릴까, 아니면 여타 나인들처럼 얼굴을 만신창이로 만들어줄까. 어디, 네가 택해 보거라."

한울의 목덜미를 세게 움켜쥔다. 본디 호랑의 피를 타고난 계집이라, 그 힘은 여타할 여인들보다는 거셀 터. 한울은 꺾인 나뭇가지처럼 향의 손에 매달려 숨을 캑캑댈 수밖에 없었다.

"컥, 컥……."

"마, 마마! 무, 무얼 하시는 겁니까! 아씨!"

시종이 달려와 향의 허리춤을 감싸 안았다. 한울은 발버둥을 치며 향의 손등을 손톱으로 긁기에 이르렀다. 점점 힘이 빠져나갈 때 즈음. 향의 손짓이 불현듯 뚝 멈췄다. 향의 시선이 닿는 곳은,

"이 가락지."

한울의 목을 움켜쥐던 손에 힘을 빼고 그녀의 오른손을 부여잡는다. 그 손엔 옥으로 만들어져 환조의 형상이 금으로 장식되어 있는 가락지가 끼워져 있었다. 그에 시선이 고정된 향은 순식간에 가라앉은 목소리로 재차 입을 열었다.

"어디에서 난 것이냐."

"콜록, 콜록……. 제가 마마께 답해 드릴 까닭은 없지 않…… 악!"

"어디에서, 난 것이냐."

제 목을 감싸고 기침을 연거푸 내뱉던 한울은, 향에게 머리칼을 재차 잡히고 나서야 제 입술을 열기에 이르렀다.

"전하께서 주신 것입니다. 태자 전하께서요! 이 손을 놔주십……!"

"태자…… 께서 주셨다고?"

"악!"

향은 한울을 바닥에 내팽개치며 손을 바들바들 떨었다. 이는 분에 찬 몸짓이 아니었으매 경기를 일으킬 정도의 떨림이었다.

"하, 하하…… 하하하!"

향은 가슴팍을 달싹거리며 쉰소리를 내뱉었다. 가락지, 옥가락지. 저것은 정녕……. 향은 비틀거리는 몸을 간신히 가누고,

오 년 전 진원의, 마지막, 모습을 떠올려 냈다.

✳

호나라, 이백삼십오년 물오름달 스무사흘.

시간은 인연의 흐름을 안은 채 흘러갔다.

휘이, 휘이잉. 날이 선 바람이 향과 원이 앉아 있는 언덕의 흙을 갉아내듯 휘몰아쳤다. 이 역시 때늦은 소소리바람이라는 듯, 냉기를 그득 담고 있는 바람결에 향은 옷자락을 거듭 움켜쥐었다.

석자를 깔고 앉아 있는 그들. 그들의 사이엔 빛이 좋아 보이는 다과상과 옥색 찻주전자가 놓여 있다. 향은 익숙한 손길로 찻잔에 차를 따라내며 자신의 맞은편에 앉아 있는 진원을 오도카니 응시했다.

'나흘.'

입술을 달싹이며 짧은 숨을 내뱉는다.

나흘. 처음 진원을 마주한 날로부터 어느새 나흘이 지나갔다. 나흘 내내 원은 하루도 빠짐없이 향의 집 대문을 두드렸고, 매일 들고 오는 바구니에서 나오는 것은 다과, 혹은 진미라 불리는 오첩 반찬들이었다. 이런 것을 왜 가지고 오느냐 경 아닌 경을 쳐도 돌아오는 것이라곤, '그대와 함께 수저를 들고 싶어서 말이네'라는 이상스러운 말뿐.

오늘 역시 마찬가지. 원이 가져온 반찬에 밥 한 공기를 뚝딱 하고 나니 펼쳐지는 것은 색색의 다과요, 맛이 깊은 차였다.

향은 혹 원이 자신을 동정의 눈길로 봄에 연민을 비추는 것이 아닌가 하는 의혹을 품기도 했지만,

"이것도 좀 들어보게나."

바보같이 헤실헤실 웃으며 몸을 달싹이는 저 모습이 어찌 연민이란 말이냐. 그러기에 향은 긴장을 풀고 원의 친절을 맘껏 만끽할 수 있었

다. 물론 원이 가져오는 먹을거리들이 맛이 좋기도 하였고.

"이런 걸 대체 어디서 가져오시는 겁니까?"

향은 원에게 찻잔을 건네며 말했다. 그를 받아 든 원은 잔에 담긴 옥색의 찻물을 내려다보며, 나흘 전 도겸이 해주었던 말을 떠올렸다.

"여인이란 본디 청각의 동물이라, 말만 부드럽게 내비쳐 준다면 반은 먹고 들어가는 게 아니겠습니까. 하니 허튼 선물보다야 함께 시간을 많이 보내는 것이 좋을 성싶습니다. 물론, 호의 이야기도 캐내야 합니다. 아시겠지요?"

원의 입가에 낮은 미소가 걸렸다.

'도겸, 고맙네.'

피부에 와 닿을 정도로 다정한 향의 몸짓과 손길을 느끼며 생각한다.

"비밀이오. 그걸 알려주면 재미가 있겠는가?"

"숨기는 것도 많습니다."

"그대가 그런 말을 할 처지는 아닌 것 같으오."

"……드시지요."

향은 차를 홀짝 넘겨 마셨다. 찻잔을 쥘 때엔 새끼손가락을 드는구나. 차를 마시기 전엔 호호 입김을 부는구나. 차를 입에 담고 한참을 있는구나. 진원은 힐끗한 눈길로 향을 바라보며 향의 몸짓 하나하나를 머리에 새겼다.

나이는 몇이고, 어디에 살았으며, 무엇을 하고 살았을까. 향을 만날 적마다 스멀스멀 올라오는 궁금증은 원의 머릿속을 가득 채웠다. 하나 원은 입을 열지 않았다. 첫째는 향이 말을 하고 싶지 않아 하는 것 같았기 때문이고, 둘째는 향의 대답을 들으면 원 역시 자신이 적의 태자임을 밝혀야 할 것 같았기 때문이다. 애초에 비밀로써 만들어진 관계이니.

하나 이럼에도, 향을 알고 싶었다. 향의 마음속 깊숙이 살피고 살펴 그를 더 이해하고 싶었다. 그리고 그가 꽃임을, 꽃일 수밖에 없음을 일러주고 싶었다. 이런 내 마음을 알까? 원은 비죽 선웃음을 지으며 턱 끝을 바로 세웠다.

"그대는 참 묘하구려. 요모조모 따져 보면 고운 곳이 하나 없는 용모인데, 모아놓고 보니 어찌 이리 꽃 같단 말이오?"

원의 장난스런 말에 향은 다소곳한 미소를 지었다. 어찌 저리 상냥한 말들만 할까. 도겸이 일러준 말임을 꿈에도 모르는 향은 전에 없던 다정한 어조로 차분히 대답했다.

"공자의 눈이 꽃과 같이 고와서 저 또한 꽃으로 보이시나 봅니다."

어쩐지 향 스스로를 둘러싸고 있는 향이 짙어진 느낌이었다. 원은 슬며시 웃음을 내짓는다.

'도겸, 재차 고맙네.'

멀리 떨어져 있는 도겸에게는 들리지 않을 말을 속으로 삼키며 향을 향해 시선을 내던졌다.

"내 이렇게 오는 것도 오늘이 마지막이오."

향은 번뜩 고개를 들었다. 향의 질끈 묶었던 머리칼이 움직임으로 인해 사부작 흐트러진다.

"집을 오래 비울 수 없어서 말이오."

"……그러시군요."

"그대는 아무렇지 않은가 보오. 아쉬움이라도 내비칠 줄 알았건만."

실망이 묻어 있는 원의 말에 향은 눈을 내리깔며 입술을 꾹 깨물었다. 물론 원에게는 보이지 않는 몸짓이었다. 바르르 떨리는 손가락을 모아 쥐고 탁자 밑으로 손을 숨겨냈다. 왜,

'벌써?'

불쑥 튀어나온 생각에 향은 짧은 숨을 들이켰다. 벌써라니, 나흘이나 지났지 아니한가. 하나…….

"때가 되면 다시 만나겠지요."

너무도 짧은 시간이었기에. 그러나 원의 다정함과 살가운 행동에 익숙해지기엔 충분한 시간이었기에. 원의 저…… 산을 감싸고 굽이치는 강호를 품은 듯 깊고 푸른 눈동자를 받아들이기엔 넘치고 넘친 시간이었기에.

왜, 일까. 원을 붙잡고 싶은 것이. 왜, 이제 가면 언제 오느냐 되묻고 싶은 것이. 왜, 가지 않으면 안 되느냐 응석을 부리고 싶은 것이. 대체 왜…….

"나와 다시 만날 생각이 있었던 거요? 하하, 그렇다면 참으로 다행이구려. 나도 그대와 같은 생각을 했지 않소. 때가 되면 만날 터이니, 만날 때를 정하면 되지 않소?"

나를 감싸 안는 포근함 때문일 게다. 향은 나붓이 웃으며 고개를 더욱 숙였다. 어미와 아비를 제외한 타인에게 처음으로 받는, 애정 담긴 몸짓이기에. 연민이 아니라 연모가 담긴 눈빛이기에.

향은 떨리는 것이 비단 손끝이 아닐 거란 생각이 들었다. 마음이 떨리기에 손마저 떨리는 것인가. 나지막하게 웃으며 고개를 올렸다.

"그대의 손과 몸은 뜨겁기만 한데, 어찌 그리 추위에 약한 게요?"

덜덜 떨리는 향의 어깨춤을 바라보며 원이 내뱉은 말이었다. 향은 그에 더욱 옷자락을 여민다. 원은 그런 향을 오롯이 응시하다, 이내 자신의 도포를 벗어 향에게로 건네주며 다시 입을 열었다.

"내 잘못 생각했나 보오. 처소 안에 있는 것보다 바깥에 있는 것이 좋을 줄 알았건만…… 이리 추위를 탈지 몰랐지. 미안하오."

"공자께서 미안해하실 필요 없습니다. 제가…… 뺏겨서 그런 게지요."

"뺏기다니?"

향은 원의 반문에 서늘한 웃음을 내비쳤다. 항시 몸엔 열이 가득한지라, 입술 한 번 파르라니 떨린 적이 없었고 손끝 한 번 냉기가 돈 적이 없었는데. 이것은 필시,

"이 먼 변방까지 흘러온 터에 기가 빠지니 열 또한 빠지는 게지요."

궐을 나옴과 동시에 생긴 몸의 변화였다. 향은 건네받은 도포를 무릎에 덮으며 청량하게 웃었다. 그때,

"모자란 열을 내가 채워주면 되지 않는가."

향의 손을 덥석 부여잡은 원의 말이었다.

에그머니, 향은 갑작스런 손길에 놀라 황급히 손을 빼려 했지만, 깍지를 끼고 꽉 부여잡고 있는 원의 손을 뿌리칠 수 없었다. 아니, 뿌리치기 싫었던 것일지도 몰랐다. 부여잡고 있는 오른손을 따라 뜨거운 열기가 흘러 들어오기 시작했다. 향의 것? 아니, 원의 것.

"이름은 붉은 향기에, 몸은 붉은 열기고, 향은 붉은 향이라. 내 그대의 붉은색(色)에 휩쓸렸나 보오."

진실일까? 진심일까? 뻣뻣해진 입술로 진원을 가만히 주시했다.

"서로의 이름뿐이 모른다 해도 좋소. 다른 것들은 더 알아가면 되는 것이 아니냐. 나는 그대가……."

원은 잠시 숨을 멈췄다. 향의 또렷하지만 깊은 시름이 담겨 있는 눈동자와 마주한다. 원은 빙긋이, 그러나 어쩐지 서늘함이 묻어 있는 미소를 비쳤다. 그리고 몸을 기울여 향의 귓가에 살며시,

"그대를 마음에 품었나 보오."

미혹이 담긴 말을 내뱉었다. 향은 아무런 대답을 하지 않는다. 아니, 대답할 수 없었다.

생전 처음 듣는 말. 그러기에 심장을 옭아매는 듯 빠르게 찾아온 질척한 감정을 뿌리칠 수 없었기 때문이다. 두근, 두근. 마치 귓구멍에서 가슴 뛰는 소리가 나는 듯, 심박 소리가 쿵쿵 크게 들리기 시작했다. 관자놀이에서 뛰는 맥박이 느껴진다.

누구의, 소리일까.

서로 손을 마주 잡고 있었기에, 코가 닿을 듯 가까운 거리에 있었기에, 숨결이 맞닿는…….

"어쩜 좋아. 이리 예쁜걸."

자신의 콧방울로 향의 콧등을 부비며 장난스레 말을 하는 원이었다. 향은 몇 시 전부터 내리 불어오던 바람결이 멈췄다는 것을 깨달았다. 바람이 멈춘 것인가, 내가 바람을 느끼지 못하는 것인가. 알 수 없는 묘한 기분에 작은 웃음이 나왔다.

"딱 보름만 기다려 줄 수 있겠소? 내 보름 후에 이곳에 다시 오지."

적으로 돌아가 황제의 하명을 받고…… 너를 적으로 데리고 가야지. 이런 변방에서, 이런 처소에서, 이런 옷을 입고 살게 하지 않아야지. 원은 감정을 채 갈무리하지 못한 눈길로 향을 응시했다.

향은 어쩐지 모를 벅차오르는 감정에 와락 눈물이 날 것 같았다. 원의 눈동자에 오롯이 비치는 자신의 모습을 바라보며, 난생처음 느끼고, 들어보는…….

"내 정인이 되어줄 수 있겠소?"

원은 향의 콧방울에 슬며시 입을 맞췄다.

너는, 내가 난생처음 한눈에 반한 여인이니. 그래, 어쩌면…… 너를 마음에 품은 것이, 그때부터일지 모른다.

너를 처음 만났을 때. 어둠 속 두려움에 사로잡혀 있을 때, 밝게 빛나던 너의 얼굴을 마주하던 때부터.

원은 부드러운 미소를 한껏 내비치며 향의 손을 더욱 세게 부여잡았다. 이리 예쁜 걸, 이리 고운 걸 왜 이제야 봤을꼬. 싱긋 웃으며 향의 뺨을 어루만진다.

"어머니께서 돌아가시기 전, 훗날 정인이 생길 때에 건네주라며 이것을 남겨주셨소."

"이건……."

진원의 품속에서 나온 것은 청록색 옥가락지라, 딱 보아도 그간 소중히 간직한 티가 나매 번쩍번쩍 빛이 나는 것이었다.

"받아줄 수 있겠소?"

향은 가락지와 진원을 번갈아가며 쳐다본다.

감히, 이것을, 받을 수 있을까? 아직 궐에 채 발을 딛지 못하는 천민 나부랭이일 뿐인데. 훗날, 궐에 들어가 다시 공주의 자리를 꿰차게 될 때에 받아도 되지 않을까. 그때에…… 나 역시 사랑을 고해도 되지 않을까.

향은 손바닥에 가락지를 올려놓고 있는 원의 손을 슬쩍 밀며 입을 반쯤 열었다.

"공자의 마음만을 받을 테니, 훗날 다시 만나게 될 때에 주십시오. 그때에…… 저도, 공자도 더욱 허심탄회하게 말을 할 수 있지 않겠습니까."

"뜻이 있는 말이구려."

"그렇게 들리십니까?"

장난스러운 말길이었다. 그에 원은 더욱 빙긋이 미소를 지으며 향의 어깨를 끌어당겼다. 품속에 포옥 넣어지는 몸, 목덜미에 느껴지는 숨결. 원과 향은 같은 생각을 하고 있는 것일까. 서로의 옷자락을 쥐고 있는 손에 차차 힘이 들어간다.

"참으로 연모하오, 그대."

얼음장을 쓸고 온 듯 차갑디차가웠던 바람이, 깊은 바다의 내음을 듬뿍 담은 채 밀려왔다. 원의 마음처럼, 향의 마음처럼 깊은 곳에서 불어오는 청량한 바람이었다.

❊

맹렬한 날씨였다. 펄펄 끓는 태양의 빛이 뜨거운 공기를 교란시키며 땅으로, 그리고 더 깊은 땅으로 들어가고 있었다. 뜨겁디뜨거운 바닥에서 새로운 아지랑이가 넘실거리며 피어올랐다. 여름의 가닥이 하늘을 굽이치며 형세를 뻗친다.

진원은 한울이 나간 직후 허참한 마음을 다스릴 수 없어 바깥으로 나오기에 이르렀다. 바람을 맞고 있자니 가슴이 조금은 가라앉는 듯싶었지만…… 그럼에도 이 지끈거리는 머리통은 가라앉질 않는다.

원은 맥박이 뛰는 관자놀이를 꾹꾹 누르며 발을 내디뎠다.

그리 황도를 지나쳐 동궁 부근에 다다를 때, 원의 눈동자에 익숙한 인영이 하나 들어왔다. 저이는…….

'도겸.'

코흘리개 아해일 적부터 생사를 같이 해왔던, 친우 도겸이었다.

그는 내리쬐는 태양빛을 손으로 가리며 어딘가를 응시하고 있었는데, 그 시선의 도착점은 동궁, 향이 있는 곳이었다. 어쩐지 의아함을 느끼며 원은 입을 꾹 다물었다. 그리고 빠른 걸음으로 도겸에게 다가가 그의 어깨에 손을 올렸다.

"이곳에서 무얼 하는가?"

"깜짝이야! 전하! 소리 소문도 없이 오시면 어찌합니까. 없는 애도 떨어지겠습니다."

도겸은 놀란 듯 제 가슴을 쓸어내리며 짧은 숨을 내쉬었다. 가재미 눈을 하며 원을 바라본다. 그에 피식 실소를 짓는 원. 그리고 이내 도겸의 어깨에 팔을 기대며,

"이 먼 길까지 어인 일인가? 비서감에 쌓여 있는 서책이 한둘이 아닐 텐데 말이야. 농땡이를 피우고 있는 겐가? 폐하께 전언을 올려야 정신을 차리지?"

"농땡이라면 전하도 피우고 있는 것이 아니십니까? 무겁습니다. 내려주시지요."

"무어가 무겁다고 하는 게냐. 네 몸뚱이가 더 무거울 텐데."

원은 비죽거리며 말하는 도겸의 어깨를 더욱 짓누르며 장난스런 말을 건넸다. 그에 하하, 웃음을 뱉는 도겸. 안온한 기류가 그들 사이를 스쳐 지나간다.

도겸은 통증이 느껴지는 오른 다리를 꾹꾹 눌렀다. 자신조차 인식하지 못할 정도로 자연스러운 행동이었으나, 이는 진원의 시야에 들어오는 터. 순식간에 멋은 미소에 씁쓸한 빛이 스쳐지나갔다.

"한울이 왔다 갔다네."

"그 아가씨야 뭐, 황실을 제집 안방처럼 쏘다니는 여인 아니었습니까?"

"혼례식을 치러달라더군."

"예…… 뭐, 치러야지요. 뭐, 약조를 한 것이니 어찌하겠습니까?"

"당장."

"예?"

도겸의 얼빠진 저 표정을 예상한 양, 진원은 빙그레 웃으며 말을 이었다.

"하루라도 빨리 식을 올리고 싶다, 자신도 그러하고 태위도 그리 생각한다. 하니 청을 들어줄 수 있겠느냐…… 고 하던데. 도겸, 네 생각은 어떠한가?"

"……참으로 되바라진 계집입니다."

진원은 고개를 끄덕이며 실소를 내뱉었다. 참으로 요망한 계집이지. 어찌 그럼 남세스러운 말을 함부로 내뱉을까. 눈을 찡그리며 애써 그를 떨쳐 내려 애를 쓴다.

그럼에도 또렷하게 떠오르는 것은, 제 중얼거림을 들은 직후 한울의 표정과 말길.

가라앉아 있던 가슴이 방방 뛰기 시작했다. 어쩐지 좋지 않은 예감이 들었다. 고개를 반쯤 돌려 향이 있을 동궁을 바라본다.

"마마께서 참으로 애통해 하시겠습니다."

그 마음을 잡아 뜯는 도겸의 말이었다.

"일이 이렇게 된 것을, 어찌하겠는가?"

원은 헛웃음을 내뱉으며 팔을 거두었다. 비틀거리는 걸음을 내딛는 도겸을 부축한다. 그러나 도겸은 그 손길을 애써 뿌리치며 고개를 더욱 빳빳하게 치켜세웠다.

"전하. 혹, 오 년 전의 전하께서 말씀하신 그 '정인'이……"

찐득한 침을 모아 삼킨다.

"태자비마마를 뜻하는 것이었습니까?"

순간의 침묵. 넘실거리던 아지랑이가 우뚝 멈춰 선 게 느껴졌다. 도겸의 입에서 단향의 존재가 튀어나올 줄은 상상도 못 하였다.

그것을 왜? 의아함에 잠시 말을 삼키다, 이내 고개를 끄덕였다.

하하, 도겸은 보이지 않는 헛웃음을 내뱉었다. 그의 눈가에 엷고 미지근한 물기가 올라온 성싶었다.

"혹시나 했건만, 제 예상은 항시 틀리는 법이 없군요. 이것 참, 얄궂은 운명입니다."

어쩐지 설움이 담겨 있는 음성이었다.

"그리 애정하고 연모했던 이를 다시 만나게 되니 기쁘지 않으십니까. 행복하지 않으신가요. 한데 왜 그리 밀어내지 못해 안달이 나신 겁니까. 눈물이…… 그득 담긴 마마의 눈을 보지 못하였습니까."

진원의 울대가 달싹인다. 파르라니 굳은 입술에 침을 적시며 짤막한 숨을 내쉬었다.

"내 단향. 아니, 비를 보았을 때 얼마나 놀랐는지 그대는 모를걸세. 오 년 전, 죽었던 이가 아니던가. 뼛가루조차 남기지 않고 바스러졌던 이가 아니던가. 그래. 그렇게 생각하였는데……."

원은 말끝을 흐리며 고개를 떨어뜨렸다.

"마음 같아선 잔치라도 열고 싶다네. 죽은 줄로만 알았던 정인이 나타났다. 이 정인이 이제는 내 비라 하더라. 이 어찌 좋은 일이 아니겠는가. 하지만, 하지만……."

내가 어찌 기뻐할 수 있겠나.

진원은 주먹을 바르쥐었다. 오 년 전 향을 마주했던 때를 생각하면 참으로 기쁜 기억이라. 참으로 행복한 기억이라. 그러나 이것들을 오롯이 받아들이지 못하는 것은.

"저하 때문이십니까?"

일황자 재민 때문이라, 이미 백골로 바스러진 재민 때문이라. 부르고 불러도 볼 수가 없는 재민 때문이라! 진원은 차오르려는 눈물을 애써 집어삼키며 이를 바득 깨물었다.

"이제 잊을 때도 되지 않았습니까. 오 년이나 지난 일, 이제는 고이 접어 내리고 전하의 삶을……."

"이미 때는 늦었다네."

진원은 도겸의 오른 다리를 바라보며 말허리를 잘랐다.

"작금, 내가 할 수 있는 일은."

한 손으로 얼굴을 쓸어내린다. 관자놀이에서 쾅쾅 뛰고 있는 맥박은 가라앉을 생각을 하지 않았다.

"한울의 아비인 태위를 붙잡아두는 수밖에 없네. 그리하여 황위를 얻을 수밖에 없어."

원은 자신의 팔뚝을 감싸 안았다. 한울의 흔적을 떨쳐내려는 듯 그를 탈탈 털어냈다.

도겸은 그런 진원을 바라본다. 동궁의 전경이 담겨 있는 눈동자로, 향의 모습이 담겨 있는 눈동자로, 향의 향이 남아 있는 눈동자로…….

"비마마를 연모하십니까?"

진실을 캐내고자 하였더란다. 그러나 원은 애써 시선을 피하며 눈길을 하늘 높은 곳으로 내던졌다.

"내 마음이 중요한 것이 아니지 않나."

"그럼 무어가 중한 것입니까?"

도겸은 주먹을 바르쥐었다. 대답하지 않는 원을 향해 재차 소리를 내지른다.

"복수요? 설욕이요? 전하, 그러신다고 하늘에 계신 저하께서 콧방귀라도 뀌실 줄 아십니까. 그깟 황제 자리가, 그깟 복수가 무어랍니까. 부디 그만하시지요. 이제는 오랜 시간이 지나지 않았습니까."

"늦었다 하지 않는가. 이미 나는."

진원은 허공을 응시했다. 보이지 않는 길이 존재하는 양, 머나먼 곳을 바라보며 애탄한 숨을 뱉을 뿐이었다.

"나는 그 복수를 위해 한울을 택했고, 그녀를 버리지 못한다네. 그대가 더 잘 알고 있지 않은가?"

더, 잘, 알, 있을까……. 도겸은 눈을 내리깔며 뻣뻣해진 입술을 들어 올렸다.

"하면 비마마는, 단향 옹주는……."

"돌려보내야지. 이는 어쩔 수 없는 일이라네."

"또 소중한 이를 잃을 수도 있습니다."

"내게 소중한 이는 너뿐이야. 너를 제외한 그 누구도 내게 들어올 수 없어."

"하면 단향 옹주는!"

도겸의 입가에 배었던 가뭇한 웃음이 사라진다. 그 자리에 일그러진 빛살이 새어들었다.

"아해의 치기에 스쳐 지나간 인연일 뿐이었습니까?"

물기가 담겨 있는 목소리였다. 자신 마음 안의 꿈틀거리는 '무언가'를 느낀 순간, 도겸은 입을 다물 수밖에 없었다.

원은 그런 도겸을 가만히 바라본다. 놀랍도록 황량하고 허전해 보이는 감정이 피부에 생생히 느껴졌다. 원의 입술이 반쯤 열린다.

"단향은."

비는, 단향은, 향은. 원은 엊저녁 제 방에서 눈물방울을 그렁그렁 맺고 있던 향의 눈을 떠올렸다. 그리고 오 년 전, 꽃밭에 앉아 자신과 얼굴을 마주하던 향의 눈을 떠올렸다. 말간 세상에 얼룩덜룩한 향기가 새어드는 성싶었다.

"지워야만 하는 인연일 뿐이네."

단언의 말. 도겸은 입술을 꾹, 어금니를 꽉 깨물었다. 참으로 우매하십니다. 참으로 멍청하십니다. 왜 잡은 인연을 다시 놓으려 하십니까, 전하⋯⋯.

도겸의 마지막 말이 막 튀어나오려 할 때에.

"꺄악!"

급작스런 비명 소리가 들렸다. 소리의 근원지는 동궁임이 틀림없었다. 무슨 일인가 싶어 서로의 얼굴만 빤히 바라보던 그들은, 이내 누가 먼저라 할 새도 없이 그곳으로 뛰어가기 시작했다.

말갛고 퍼렇게 올라온 아지랑이가 그들이 서 있던 자리에 그득 담겨 있었다. 감청색의 짙은 향 또한.

"정녕 태자께서 주신 것이냐"

바람이 분다. 초록빛 나뭇잎들이 우수수 소리를 내며 흔들렸다. 연둣빛 세상에 발간빛이 내려앉아 형용할 수 없는 갖가지 색을 뽐내고 있었다.

그런 세상에, 그리 밝은 세상에, 짙고 짙은 꽃향기가 그득한 세상에, 흉흉한 향이 자리를 채웠다.

순식간에 가라앉은 공기가 급작스럽게 요동쳤다. 그와 동시에 한울의 등 언저리에 식은땀이 송골 맺히기 시작하였다.

"내 묻지 않느냐! 정녕 태자께서 주신 것이냐!"

한울은 주저앉은 채 뒷걸음질을 쳤다. 어깨가 바르르 떨렸다. 이, 굽이치는 감정은 무엇일까. 이, 소용돌이치는 감정은 무엇일까.

아, 아⋯⋯ 이것은 정녕, 공포였다.

한울은 향의 번뜩이는 눈동자를 바라보았다. 도망이라도 치고 싶었지만 몸이 움직이지 않았다. 소리라도 지르고 싶었지만 목구멍이 트이지 않았다. 무섭다, 무서워. 생전 처음 겪는 공포라는 감정이 한울의 발목을 옭아맨 것이라.

"내 것인데…… 감히, 감히 네가……!"

향은 눈물 섞인 외침을 내지르며 한울에게 뛰듯이 다가갔다. 그녀의 손목을 움켜쥔다. 손질을 하지 않아 긴 손톱이 한울의 여린 살을 파고들었다.

"악!"

"아씨! 마, 마마! 당장 그 손 놓지 못하시겠습니까! 변방 약소국 옹주 따위가 어디 하늘 같은 아가씨의 옥체에 상처를……! 이를 태위 어르신께서 아신다면 가만히 있지 않으실 겁니다!"

한울의 시종이 향의 옷자락을 움켜쥐며 외쳤다. 흙바닥에 짙게 깔려 있던 공기가 덜컹 요동치기 시작하였다.

탁, 한울의 손을 놓는 소리. 향은 아주 느릿하게 고개를 돌리며 세 치 정도 작은 시종과 눈을 마주했다.

"변방…… 약소국 옹주라?"

같은 종족을 잡아먹고 영장인 사람까지 아가리에 삼켜 버린다는 금수, 호랑(皓狼)의 눈빛.

가감 없이 표해지는 살기에 시종은 끈적이는 침을 모아 삼켰다. 손바닥에 송골송골 땀이 맺히기 시작하였다.

"하늘이 내려준 피를 받고 태어난 내가, 호랑의 피를 이어받은 내가. 평민과도 다름없는 년에게 허리를 숙이란 말인가?"

"이제 곧 양제가 되실 몸입니다! 태자 전하의 사랑을 받고 계신 몸입니다! 마마께서 이리 하대를 할 수 있는 아가씨가 아니란 말입니다!"

시종은 덜덜 말끝을 떨었지만, 되똑하게 올린 턱 끝을 내리지 않고 있었다. 그것은 제게 남은 일말의 자존심이라. 향은 고개를 한쪽으로

기울이며 그런 시종의 모습을 지그시 응시했다. 비죽 올라간 입꼬리. 그리고 반쯤 벌어진 입술에서,

"하, 하하! 하하하!"

쉿소리가 담긴 웃음이 흘러나왔다.

하하, 하하하, 하하…… 처절한 웃음을 내지르던 향은,

"꺅!"

시종의 머리끄덩이를 휘어잡아 돌 벽으로 내동댕이치기에 이르렀다. 순식간에 일어난 일이라, 한울은 입을 쩍 벌린 채 향의 우악스러운 손끝을 바라볼 수밖에 없었다. 향은 성큼성큼 시종에게로 다가가,

"누가 사랑을 받는단 말이냐? 내 물건을 탐내는 것으로 모자라, 이제는 내 사람까지 넘본다?"

"꺄악! 마마!"

시종의 머리채를 다시 한 번 거머쥔다. 그리고 그를 쫙 끌어당기며,

"정신머리 자알 잡고 있는 게 좋을 게야. 예부터 이르지 않았더냐, 미친 것들에게는 매가 약이라고."

"마, 마마! 그, 그만하시어요! 제, 제가 잘못했나이다, 마마!"

시종의 뺨을 후려치던 향의 손이 우뚝 멈췄다. 한울의 애원하는 말 때문에? 눈물범벅이 된 얼굴로 숨을 쌕쌕이는 시종이 안쓰러워 보여서? 아니, 아니.

엊저녁 진원이 했던 첨예한 말들이 떠올랐기 때문에.

향은 입술을 꾹 깨물며 눈을 흘겼다. 그 모습이 마치 제 눈앞에 있는 먹잇감을 바라보며 입맛을 다시는 것과도 같아 보여 한울은 오금이 저렸다.

향은 시종을 땅으로 내던지며 한울에게로 다가갔다.

"전하께서…… 주셨다 했지."

"악!"

향은 더욱 날이 선 몸짓으로 한울의 손목을 거머잡는다.

하, 하아……. 울음 섞인 신음을 내뱉는 한울. 그도 그럴 테지. 이런 광경은, 이런 수모는 평생 겪어보지 못한 것이 아니더냐?

향은 거뭇한 웃음을 흘렸다. 그리고 우악스러운 손길로 한울의 네 번째 손가락에 끼워져 있던 가락지를 빼어 들고,

"본래 내게 있어야 마땅한 물건이나, 더러운 때가 묻었으니 가까이 하기도 싫구나."

첨벙.

바로 옆에 있던 못에 던져 버린다.

수심이 깊은 곳. 바닥에는 짙은 진흙이 깔려 있어 발을 뻗어도 쑥쑥 빠지는 곳. 제아무리 용을 써도 찾지 못할 테지. 향은 비릿함이 담겨 있는 미소를 내보였다. 그리고 더욱더 세게 한울의 손을 바르쥐며,

"또다시 주제도 모르고 날뛰다가는……."

탁, 손을 놓는다.

"저 가락지를 네년 손가락에 다시 끼워주마."

눈 하나 깜짝하지 않고 저리 잔혹한 말을 내뱉을 수 있는 이는 세상 그 어디에도 없을 게다. 한울은 떨리는 몸을 가누지 못하고 결국 눈물을 뚝뚝 떨어뜨리기에 이르렀다.

무서웠다. 저 포악한 눈이, 악독한 손이. 당장에라도 모가지를 옭아맬 것 같아서 두려웠다. 당장에라도 내 몸을 찢어버릴 성싶어 무섭다. 되똑하게 턱을 들고 술술 말을 풀던 모습은 사라진 지 오래. 해참한 모습만이 남아 있을 뿐이었다.

한울은 흙을 바르쥐며 더욱더 굵은 눈물방울을 떨어뜨렸다. 그때.

"한울!"

익숙한 목소리가 들려왔다. 이는 필시,

"저, 전하……."

진원의 목소리였기에. 아, 한울은 짤막한 신음을 내뱉으며 두 손을 모아 잡았다. 힘이 들어가지 않는 다리 때문에 몸을 일으킬 수 없었다. 고꾸라진 몸을 간신히 가누어 뛰어오는 원을 바라보았다.

"이게 대체 무슨……!"

이마에서 피를 흘린 채 널브러져 있는 시종, 고꾸라져 앉아 있는 한울.

그리고 이 모든 것들의 사이를 격렬하게 흔들고 있는, 향의 향기.

원은 주먹을 바르쥐며 두 눈에 힘을 주었다. 가빠지는 숨통에 정신마저 아득했다.

"대체, 어찌된 일인지, 설명해 보아라."

"……무슨 일이겠습니까. 한 남자를 사이에 둔 여인들이 부리는 투기일 뿐이지요. 좋으시겠습니다, 두 명의 여인께 사랑을 받으시니."

향을 향한 물음이었으나 그것을 받아낸 것은 도겸이었으니, 원은 미간을 짙게 찌푸리며 향을 지나쳐 한울에게로 뛰듯이 다가갔다.

"다친 곳은 없소? 울, 일어날 수 있겠소?"

"전하……."

한울은 진원의 가슴팍에 얼굴을 묻으며 눈물방울을 뚝뚝 흘리기에 이르렀다. 붉어진 목, 긁힌 상처가 배어 있는 손등. 원은 저만치 서 있는 향에게 시선을 내던졌다.

내 그렇게 말을 했는데 또 사달을 벌인 것이냐. 그것도, 다름 아닌 한울을 상대로? 태위의 딸인 한울을? 입술을 꾹 깨문다.

내 여서 화를 내지 않는다면, 분을 내지 않는다면 분명 태위에게 말이 들어갈 것이라. 눈도 많고 귀도 많으니 이는 분명 많은 입을 통해 퍼다해질 것이라. 때문에 여기서 가만히 있을 수는 없는 노릇이라, 그리 생각한 원은 한층 날이 선 목소리를 향에게 날려 보냈다.

"비, 어찌된 일인지 한 치의 거짓도 없이, 고하라, 당장."

향은 자신의 몸을 잠식했던 떨림이 사그라진 것을 느꼈다. 분은 가라앉았으매 그 자리엔 이름 모를 감정이 있는 것이었다.

제 옷자락이 더럽혀짐에도 털썩 내려앉아 한울의 어깨를 감싸 안고 있는 저 모습이, 한울의 손을 잡고 있는 저 모습이, 사실 예상하고 있던 광경이었다 하면…… 그것은 스스로의 위로일 뿐일까? 향은 삐뚜름한 실소를 내뱉었다.

"돌려받을 것이 있었습니다."

"하, 그래서 이리 패악을 부렸다? 비라는 자가, 체면도 생각지 않고 궁인들이 다 있는 이곳에서 악을 쓴 것도 모자라 흉악을 피웠다?"

"……연유가 있었나이다."

원은 향의 눈을 바라보았다. 벌건 빛이 넘실거렸던 향의 눈동자가 시커멓게 변하고 있었다. 망령이 지나간 듯, 순식간에 굳어버린 공기는 쓸쓸하고 또한 스산했다. 비를 품고 있는 매지구름이 몰려와 순식간에 세상을 어둑하게 물들이기에 이른다.

"연유가 있었다 하더라도! 이리 흉악을 부릴 순 없는 것이네. 비, 그대의 위치를 잊은 것인가? 그대가 앉아 있는 그 자리가 어떤 것인지 알기나 하는 게야? 정녕, 정녕 너는……!"

원의 목소리가 바르르 떨렸다. 그러나 그 속에 진실이 아닌 거짓의 감정이 묻어 있다 하면 그것은……

"갱생의 여지를 주어도 받아먹질 못하는 계집 같으니라고."

착각이라는 듯, 원은 향의 마음을 후벼파는 말을 내뱉었다. 향은 낮은 신음을 내며 몸을 비틀거렸다.

갱생이라 하였느냐. 네 정녕 갱생이라 하는 것이냐. 옳은 생활로 돌아가라 하는 것이냐. 하나 어찌하면 좋더냐. 네게 옳은 것은 내게 그른 것이니, 내게 옳은 것은 네게 그른 것이 되는 터이니. 내 모든 것을 버리고 네가 원하는 대로 갱생을 하여 새로운 껍데기를 뒤집어쓴다 하면, 너는 나를 받아줄 것이냐.

향은 해참한 웃음을 내뱉었다. 그 숨은 그 누가 보아도 애탄하고 쓸쓸한 것이었으니, 물기가 담겨 있는 숨이었으매 눈물이 숨어 있는 탄식이었다.

"저는."

길지 않은 침묵을 깬 향의 목소리였다.

"잘못이 없습니다."

향은 말을 내뱉은 후 입술을 꾹 깨물었다. 애써 눈을 감는다. 제 눈앞에 보이는 것들을 지우고자 한 행동이었지만, 제 귀에 내리박히는 말들을 지우고자 한 행동이었지만.

원의 첨예한 모습이 눈앞에서 사라지질 않으니, 원의 분에 찬 모습이 머리에서 떠나질 않으니.

내 정녕 잘못을 한 것인가. 나를 짓누르고 내 나라를 욕되게 한 저 계집을, 내 가만히 두어야 했던 것인가.

"내 분명히 말했지, 네가 발악을 하면 할수록 더욱 밀어낼 것이라고. 네가 백번 일을 벌여봤자 내 비가 될 성싶으냐? 내 정인이 될 성싶으냐? 돌아가 면경이라도 들여다보게! 네 모습이 얼마나 추악한……!"

"추악한 것은 제가 아니라!"

향은 두 눈을 번뜩 올려 떴다. 가감 없는 살기를 표하며 한울을 바라본다. 한울의 네 번째 손가락을 바라본다.

"제자리인지 남의 자리인지도 모르는 빌어먹을 계집입니다."

내 잘못이 아니다. 나의 자리를 탐한 저 계집이 잘못한 것이라. 나의 정인을 앗아간 저 계집이 잘못한 것이라! 향은 당장에라도 한울에게 달려갈 기세로 눈을 번뜩였다. 그러나 원은 한울의 앞을 막아서며,

"그건 그대에게 할 말이 아니더냐? 네 자신에게 물어보거라. 분수를 모르는 것은 대체 누구인지! 격에도 맞지 않는 자리를 탐내는 것이 누구인지!"

향의 마음을 갈기갈기 찢어내는 말들을 했더란다. 그의 목소리는 커져 외침이 되었으니, 그 외침은 쩌렁쩌렁하게 울려 뜰 안을 그득 채웠고, 이는 제 분을 눈물 속에 숨기고 있는 한울에게, 제 눈물을 분으로 가리고 있는 진원 자신에게까지 내리꽂혔더란다. 또한 그 소리는 바람결에 얹어져 널리널리 퍼져, 가까이 있던 궁인들에게까지 날아가 모두를 삼삼오오 모이게 했더란다.

"……전하께 말씀드리지 않았습니까."

향은 일렁이는 눈빛으로 원을 응시했다. 입술을 꾹 깨물며 축축한 눈을 수차례 깜빡였다.

"제 정녕 미친 척을 해보이겠다고. 그에 응한 것은 전하가 아니십니까?"

"비!"

원은 반걸음 앞으로 다가섰다. 그러나 그 앞을 막아서는 것은 도겸이었으니 그의 몸짓에는 처연함이 담겨 있는 것이라.

"그만하십시오."

물기가 담겨 있는 목소리였다. 향? 아니, 도겸. 이 모든 것을 잠자코 지켜보고 있던 도겸이 튀어나와 향과 진원의 사이를 가로막은 것이었다.

"겸, 비켜라."

"······보는 눈이 많습니다. 그만하시지요."

"비키라 하지 않았더냐."

"그만하시라 말씀드렸습니다."

도겸은 향의 팔을 낚아채며 단언한 말을 내뱉었다. 그 속에는 짙은 낙루가 담겨 있는 것이었으니. 투둑, 거뭇한 비구름에서 빗방울이 하나둘씩 떨어지기 시작했다.

"마마."

투두둑, 떨어지는 빗방울처럼 축 가라앉은 목소리였다. 이유를 모를 악이 담겨 있는 소리. 향은 부러 눈길을 피하며 허공으로 시선을 내던졌다.

"가시지요."

도겸은 향의 팔을 훅 잡아끌었다. 그리고 원을 한 번 바라본다. 그의 몸은 한울에게 가 있었으나 눈은 향에게 향해 있는 것이라. 그 뜻을 모를 리 없는 도겸은 제 속으로 비죽 실소를 흘렸더란다.

"이곳에서, 비마마의 후원에서, 모두가 지켜보는 앞에서. 마마께 이리 할 수는 없다고 봅니다. 전하. 부디 제 불충을 너그러이 용서하여 주시옵소서."

날이 서 있는 도겸의 목소리에 원은 몸에 힘을 탁 풀었다. 주위를 둘러보니 방금 전보다 더 많은 이들이 옹기종기 모여 있는 것이 보였다. 미간을 짙게 찌푸린다.

"하면, 내 행을 멈출 터이니 너는 내명부에 이 일을 고하라, 당장."

"······숱한 궁인들은 뭐서 뭐에 쓰려 그러십니까? 싫습니다."

"뭐, 뭐라?"

"저도 이제 지쳤습니다. 전하의 뜻에 따르는 것이요. 이제는 제 뜻대로 행해도 되겠지요."

반쯤 몸을 돌려 진원을 바라본다. 진원의 눈빛엔 당혹스러운 감정이 묻어 있었으나 단번에 튀어올 수 없다는 것을 누구보다도 잘 아는 도겸이었다.

"도겸!"

이러한 원의 고함에, 방금과는 다른 감정이 묻어 있다는 것을 모를 리 없는 한울이었다. 진원을 비스듬하게 올려다본다.

그의 눈은 자신을 향하고 있을 줄 알았건만 그것이 아니었으매. 그의 손이 자신의 품에 닿아 있을 줄 알았건만 그것 역시 아니었으매, 저 역시 시선을 내던졌다. 그리고 꼿꼿하게, 그러나 금방이라도 쓰러질 것같이 서 있는 향을 바라본다. 노려본다.

"전하. 이제 너도 혼기가 찼다 하여 미인도라는 미인도는 죄 그러모아 건네주시더니, 왜 이제 와 말을 바꾸십니까?"

"……그것이 무슨 뜻이더냐?"

"칠 년 전, 한눈에 마음을 훔쳐 간 여인네를 다시 만났는데 어찌 그런 잔심부름 따위를 할 수 있겠나이까. 전하는 전하의 정인이나 잘 모셔 가시지요. 저는 마마를 모시고 갈 터이니."

아, 모두의 탄식이 한곳으로 뭉쳤다. 그를 가감 없이 받게 되는 것은 도겸이었으나 그는 개의치 않는다는 듯 향의 손을 더욱 세게 움켜잡았다. 그에 향은 잡힌 손을 빼내려 했지만,

"가시지요."

팔뚝을 잡고 억지로 몸을 이끄는 도겸 덕에 그리 할 수 없었다. 도겸은 얼이 빠져 있는 향을 지그시 응시하다, 이내 원을 향해,

"부디, 한울 아가씨나 잘 보살피시지요."

뒤도 돌아보지 않고 뜰을 떠난다. 향의 어깨를 감싼 채로.

"도겸!"

원은 따라올 생각은 하지 않은 채 도겸의 이름만을 내리 부를 뿐이었다. 향은 두 눈을 질끈 내리감았다. 원, 진원……. 그러나.

허리춤에 힘을 빳빳하게 준다. 목을 꼿꼿하게 세운다. 그리고 도겸을 따라 천천히 길을 걸었다.

쏴아아—

내리던 빗방울이 줄기가 되어 세상을 그득 적셨다. 그 비를 가감 없이 맞고 있는 것은 빗발에 눈물을 숨긴 향이었으매, 그 뒷모습만을 지켜볼 수밖에 없는 진원. 그 둘뿐이었다.

쏴아아, 차차 굵어지는 빗줄기가 후원의 공기를 거뭇한 빛으로 물들였다. 본디 비가 자주 내리지 않는 곳이거늘. 어찌 이리 비가 숱하게 온단 말이냐. 이에 의아함을 품는 것도 잠시, 마치, 시린 날의 겨울비처럼 차갑디차가운 빗발에 모여 있던 모두가 각자의 곳으로 돌아가기에 이르렀다. 그리고 그런 한기를 가감 없이 맞고 있는 것은,

"전하……."

정녕 눈물인지 무엇인지 근원을 모를 것을 뚝뚝 흘리고 있는 한울.

"울아."

그리고 뜻을 알 수 없는 감정을 제 얼굴에 그득 담고 있는 진원이었다. 그는 비에 얼룩진 얼굴을 한 손으로 쓸어내리며 고개를 절레절레 흔들었다.

"비, 비가 옵니다. 어, 어서 안으로 들어가시는 것이……."

"어찌된 일이냐."

한울의 걱정스러운 말길을 깡그리 무시한 진원의 문이었다.

"무…… 엇을 말씀하시는 겁니까?"

"무엇을 묻는 것 같으냐."

이 빗줄기처럼, 시리디시린 한기가 진원의 목소리에 묻어 있다는 것을 모를 리 없었다. 쏴아아, 빗발은 더욱더 굵어지고…… 한울의 마음에 꿈틀거리는 무언가가 생겨나기 시작했다.

"전하께서 직접 보시지 않으셨습니까? 비마마의 패악에 머리통이 깨져 버린 시종과, 이 꼴이 된 제 몸을요. 한데 어찌된 일이냐니요. 다 설명이 된 것이 아니옵니까?"

한울의 말길은 사나운 것이었으니, 이를 받아치는 진원은 지끈거리는 두통에 미간을 좁게 찌푸렸다.

"비가 왜 네게 분을 낸 것이냐. 소상한 까닭이 있는 것이 아니냐."

"까닭이라니요! 그런 것은 없습니다. 저를 보자마자 갑자기 달려오더니 저를 후려패질 않나, 전하께서 주신 가락지를 제 것이라 우기지 않나, 그를 내던져 버리질 않나. 이런 미친 행동에 연유가 있다고 생각하십니까?"

"가락지를…… 내버렸다?"

한울은 고개를 끄덕였다. 그에 더욱 거센 두통이 찾아온 것은 더 말할 일이 없는 것이었다.

가락지라, 가락지……. 원은 오 년 전, 향의 몸을 제 품에 넣었던 그 때를 떠올려 냈다. 주고자 하였으나 주지 못했던, 안고자 하였으나 안지 못했던…….

그런 것이었더냐? 그 가락지 때문에 이런 패악을 부렸던 것이더냐? 원은 입술을 자근 깨물며 향이 사라진 자리를 오롯이 응시했다. 빗물에 얼룩이 진 시야였지만 눕혀 있는 풀들은 또렷하게 보였다.

"전하께서도 아시지 않습니까? 비마마께서는 인간의 탈을 뒤집어쓴 금수요, 정녕으로 미친 작자임을……!"

"한울."

제아무리 영악함을 숨기려 발버둥을 쳐도, 여우는 그저 여우일 뿐 범이 되지 못하는 법. 고스란히 보이는 한울의 시커먼 속내에 원은 단언한 말길을 내뱉었다.

"이곳이 어디라 생각하는가?"

"……."

"이곳은 황실이요, 황궁이요, 환조의 자손인 황족이 기거하는 곳이다. 비 역시 환조의 자손이 된 지 오래지. 그런 비를 욕하는 것은 곧 환조를 욕보이는 것이요, 이는 또한 황실을 모욕하고 나를 낮잡는 것인데. 작금 너의 말길을 받아내야 하는 것이냐."

한울은 자근 입술을 깨물었다. 저 부드러웠던 눈동자가, 저 곰살맞았던 말길이 왜 이리 변한 것일까? 왜, 내게 차디찬 기운을 뿜는 것일까……. 흠뻑 젖어버린 몸뚱이가 바들바들 떨리기 시작했다.

"비에 대한 문책은 내명부에서 할 일이니, 오늘은 그만 돌아가게나. 아니, 당분간은 찾아오지 말거라."

"저, 전하!"

"혼례도 치르지 않은 처녀가 궐을 다니는 것에 대해 말들이 많다. 네가 한 말이 아니더냐. 내 그것에 만만찮은 신경을 기울이고 있었거늘. 더불어 오늘 같은 일도 벌어졌으매 당분간 네 출입을 금할 터이니 돌아가 몸을 눕히도록 하거라."

그녀는 대답치 않았다. 들킨 것일까? 비에게 망발한 것을? 비를 투기한 것을? 원의 눈치를 살핀다. 그러나 원은 아무 말 없이 허공을 응시할 뿐, 그의 눈동자는 자신을 향해 있지 않기에,

"비마마를…… 연모하는 것입니까?"

제 질투에 그득한 말을 내뱉기에 이르렀다. 한울의 떨리는 음성에 원은 눈썹을 까딱였다.

"네가 상처 받지 않았을까 하는 염려에서 우러난 말일세. 그를 걱정하는 것뿐, 다른 것이 있을 수 있겠는가. 내 연모하는 이는."

연모라, 연모라…… 그것은.

"울, 그대뿐이야."

적어도 네게는 해당되지 않는 말일 터니. 원은 보이지 않는 비소를 내지었다.

"내 정리되는 대로 날을 잡아 연통을 보낼 터이니, 돌아가 마음부터 추스르거라. 적잖이 놀랐을 테야."

원은 부드러운 손길로 한울의 뺨을 매만졌다. 빗물에 젖었기 때문일까. 차가운 감촉에 한울은 어깨를 움츠렸다.

"……기다리겠습니다."

반걸음 뒤로 물러선다. 그리고 원에게 고개를 숙인 후, 서둘러 그곳을 벗어났다. 붉어진 목덜미를 두고, 상처로 뒤덮인 손등을 두고. 그런 한울을 보던 원의 입술이 반쯤 열려,

"돌아가, 다시는 오지 않았으면."

그러나 이 말길은 한울에게 닿는 것이 아니었기에. 허공을 맴돌아 다시금 원의 귓가에 내리꽂힐 뿐이었다.

오늘의 일에 필시 내명부에서 사달이 날 터. 한울이 궐내에 있다면 일이 보다 커질 것임이 분명했다. 한울의 발을 묶어두어야 했다.

차라리 여우보다, 제 꾀에 빠지는 여우보다, 갖고 있는 것에 대한 두려움이 큰 여우보다, 범을 마주하는 것이 나았기에.

원은 씁쓸한 실소를 뱉으며 고개를 들었다. 그리고 사라져 버린 향의 향을 뒤쫓는다. 아주 오랫동안.

"놓으라 하지 않았어!"

향은 도겸이 꽉 붙잡고 있는 왼쪽 어깻죽지를 흔들며 악을 내질렀다. 도통 머릿속이 정돈되지 않았다. 칠 년 전? 연인? 누가? 도겸이? 이게 대체 무슨 망발이란 말인가! 향은 고개를 가로저으며 아직도 제 팔에 힘을 주고 있는 도겸을 뚫어져라 노려봤다.

"가만히 있으시지요. 이리 몸이 불덩이인데 어딜 가시려 합니까."

"도겸!"

"예, 예, 알겠습니다."

향의 우악스런 외침에 도겸은 향을 붙잡고 있는 손에 힘을 풀었다. 순간의 반동으로 휘청거리는 향의 몸. 이에 도겸은 재빠른 손길로 향의 어깨를 휘어 감싸며 입을 비죽이기에 이르렀다.

"이봐요. 제가 무어라 했습니까?"

쏴아아, 빗발은 더욱 거세졌고. 향이 비를 맞지 않도록 손으로 그를 가려주는 도겸의 모습이 퍽이나 다정해 보여 향은 아무런 답을 할 수가 없었다.

마음의 떨림은 점차 가라앉았지만, 이제는 몸뚱이가 바들바들 떨리기 시작했다. 팔팔 끓는 열이 올라왔다. 이것은 노기에서 우러나온 것임과 동시에 고뿔의 기운이기도 하였다. 맥이 풀려 한 걸음 발을 내딛기도 힘들었다.

"제 몸조차도 가눌 힘이 없는 분이 어찌 시종은 개 패듯 후려팼습니까?"

"나를 놀리는 게냐?"

"설마요. 저 역시 맞을 일 있습니까."

도겸은 몸을 움츠리는 척하며 배실 웃음을 지었다. 그에 눈을 흘기는 향. 그 꼴이 꽤나 귀여워 보였던지 도겸은 향을 감싼 손에 더욱 힘을 주며 재차 입을 열었다.

"한울 아씨께는 왜 그러신 겁니까?"

향의 숨이 멈춘다. 순간의 침묵, 후에 찬찬히 내뱉어지는 숨. 바르르 떨리는 눈가가 참으로 애처롭다.

"……말하지 않았던가, 돌려받을 것이 있다고."

"무엇을요? 설마 전하의 정인이라는 그 자리를 빼앗고자 하셨던 겁니까? 그리하면 하실수록 태자 전하는 점점 더 마마를 미워하게 될 텐데요."

진원의 날카로운 눈이 떠오른다. 이제는 네년에게 질려 버렸다는 듯 고개를 절레 흔들던 모습이 떠오른다. 살이 베일 듯 날카로웠던 어조로 내뱉던 말 역시 귓가에서 빙빙 맴돌았다.

향의 눈가에서 머물던 떨림은 이내 몸을 타고 내려가 입술을, 손을, 몸뚱이를 덜덜 떨리게 만들었다.

향은 두 눈을 질끈 내리감았다. 고개를 미약하게 가로지르며 낮은 숨을 내쉰다. 파르라니 질린 입술을 자근 씹는다.

"본래부터 내 것이었어. 내 자리였고, 내 물건이었다네."

"좋게 해결할 수도 있지 않았습니까."

"타고난 천성이 못돼먹은 것을 어찌하나. 까무룩 눈이 뒤집히는 것을 어찌하나. 분을 참지 못해 손부터 올라가는 이 몸뚱이를 어찌하나. 차라리, 차라리……."

'다른 계집들처럼 교태라도 부릴 수 있으면 좋으련만.'

향은 차마 내뱉지 못한 말을 속으로 삼키며 검은 숨을 토해냈다.

"타고난 천성이라니요. 제가 아는 공주마마는 악독한 분이 아니셨습니다만."

"공…… 주?"

향은 칠 년 전…… 아니, 그 이전의 '공주' 시절을 떠올려 냈다. 자애로운 어머니의 슬하에서 아낌없는 사랑을 받았던 그때. 구김 없는 얼굴로 모든 이들의 동경을 자아냈던 그때. 아무것도 바라지 않고 제 가진 것에 만족하며 살던 그때……

고개를 세차게 흔든다. 그것은 과거의 편린일 뿐이거늘. 나는, 지금의 나는.

공주도 아니매 옹주도 아니었으니, 나는 적의 태자비일 뿐이다.

그리 생각한 향은 비를 내리 맞고 있는 도겸을 향해 힐끗 눈길을 돌렸다.

"그대, 칠 년 전 나를 보았다 하였지."

"예. 저를 잊으실 줄은 상상도 못 했습니다. 그런 엄청난 일이 있었는데…… 놀랐지요. 암요, 놀라고말고요."

도겸은 이제야 말을 꺼내느냐는 듯 토라진 목소리로 답했다. 입을 비죽이는 그. 내딛는 발걸음은 바쁘기만 하다.

"스스로 기억해 내길 바라는가, 그대의 입으로 털어놓고 싶은가."

"……전자가 좋겠군요. 제 스스로 말하기엔 너무 남세스러운 일이라서요."

"마음대로 하게나."

향은 입을 다물었다. 그에 '하하' 실소를 뱉는 도겸. 짧지 않은 침묵 끝에 도겸의 입술이 재차 열렸다.

"이래서 마마가 좋습니다."

도겸은 다정한 말길을 내뱉으며 향의 머리칼을 쓰다듬었다. 빗줄기에 물이 들어 엉켜 있는 것이었지만, 그 향은 더욱 뿜을 내었으매 부드럽기까지 해 절로 손이 갈 수밖에 없었다.

그에 비해 향은, 이게 무슨 짓이냐 뿌리치고 싶은 마음이 굴뚝같은 참이었다. 그러나 신열로 인해 쇠약해질 대로 쇠약해진 몸뚱이는 말을 듣지 않았기에, 도겸의 숨결을 들으며 잠자코 있을 수밖에 없었다.

하아, 한숨에 신음이 섞였다. 식은땀이 줄줄 흘러 빗발보다 제 옷을 적시기에 이르렀다. 눈에 백태가 낀 듯 초점이 맞지 않았다. 뿌연 시야에 두 눈을 질끈 감고 도겸의 어깨에 얼굴을 기댄다.

"세월이 약인 줄로만 알았는데 그것이 독이 되더랍디다. 독이 독이 되고 또 독이 되고 독이 되어…… 이때까지 왔나 봅니다."

향은 대답하지 않았다. 가물가물한 걸음조차 내딛기 힘든 듯 도겸에게 몸을 완전히 기대며 비칠비칠 몸을 움직인다.

"태양 아래 우연한 것은 없다 하였지요. 암요. 그렇고말고요. 하니, 다 괜찮아질 겁니다. 모두 다요."

도겸의 마지막 말은 향의 귓속에 꽂히지 않았다. 선잠에 빠진 듯, 아니면 신열에 까무룩 정신을 잃은 듯 향의 입은 더 이상 열리지 않았다.

이렇게 비칠거리는 몸뚱이임에도, 이렇게 요동치는 숨결을 뱉고 있음에도 끝까지 아프다 소리 한 번 않는구나. 도겸은 서늘하여 희미한 미소를 지었다. 향의 허리를 휘어 감싼 채 빠르게 걸음을 옮긴다. 지익, 지익…… 발 끄는 소리가 황량한 뜰 안을 그득 메웠다.

✿

엊저녁 내렸던 빗발은 소낙비였다는 양 하늘은 쾌청했으니, 맑은 공기 위에 태양이 번듯하게 오르기에 이르렀다. 쨍쨍 내리쬐는 태양빛 아래, 궁인들이 옹기종기 모여 입을 나불대고 있었으니, 이는 곧,

"왜들 그리 모여 있는 게냐."

입소문의 주인공 중 하나인 진원이 나타남과 동시에 뚝 멈춰 버린

것이라. 궁인들은 서둘러 고개를 조아리며 뒷걸음질을 쳤다.

"송구하옵나이다."

"쯧, 송구하기는."

원은 그런 궁인들을 불쾌한 눈으로 쳐다보매 말씨 역시 같은 감정이었으니, 만만찮은 노기를 느낀 궁인들은 삽시간에 흩어지기 시작했다.

빌어먹을. 원은 욕설을 낮게 읊조리며 입술을 자근 깨물었다.

다툼이 일어났다 하더라. 그것은 그렇게 우애가 깊고 깊었던 황태자 진원과 비서승 도겸의 이야기였으니, 이는 여인네 한 명 때문이라더라. 그 여인은 한울도 아니매 다름 아닌 태자비 단향이었으니. 비서승은 제 위치를 망각하고 태자비를 마음에 품었다 망발을 뱉었더란다.

이는 하룻저녁 만에 궐내에 파다하게 퍼진 낭설이었으니, 입방아는 찧으면 찧을수록 더욱 커지는 것이었으매 널리널리 퍼져 나가는 것이었다. 이는 여기에서 그치지 않았다.

태자비가 얼마나 요망한 년인지 알 수 있는 것이렷다. 황후를 꾀어 적에 넘어온 것으로도 모자라 그 청렴한 비서승을 꾀어냈으니. 요상한 술수를 부려 모두를 미혹시키고자 함이 분명하였다. 때문에 한시라도 빨리 태자비를 몰아내는 것이 옳은 일이라.

이같이 말도 안 되는 가짓부렁까지 퍼다하게 퍼졌으니 이를 어찌해야 할꼬. 도겸은 대체 무슨 생각으로 말을 뱉었던 것인가?

"빌어먹을."

원은 입술을 자근 깨물었다. 왜 이리 분이 나는 것일까? 반나절이 지났음에도 이 방방 뛰는 가슴은 가라앉을 생각을 하지 않는다. 연유를 알 수 없는 감정이었기에……

빠르게 걸음을 옮긴다. 그의 발끝은 도겸이 있는, 비서감(秘書監)이었다.

벌컥, 문을 연다. 하나 보이는 것은 다른 낭관들이요, 도겸은 그 어디에도 없으니. 진원은 훅 끓은 분을 내려 삼키며 서 있는 낭관 중 한 명에게 말을 건넸다.

"비서승은 어디에 있는가?"

"황공하옵니다, 전하. 비서승께서는 안쪽에……."

"고맙네."

낭관의 말이 끝나기도 전에 말허리를 끊은 원은 재빠른 발길로 비서감 깊숙한 곳으로 들어갔다. 안으로 들어가면 들어갈수록 바닥에 널브러져 있는 서책들이 원의 걸음을 막아섰다. 분명 나라의 귀중한 자료일 터인데 이렇게 함부로 다루다니……! 원은 뿌연 먼지를 들이마시며 다시금 분을 삼켜냈다.

"도겸."

마지막 문을 열자마자 보이는 것은, 햇살이 잘 드는 곳에 앉아 서책 여러 권을 펴고 경필을 쥐고 있는 도겸이었다. 목소리를 들었을 것이 분명하건대 그는 원을 보지도 않은 채 오직 서책에만 시선을 고정하고 있었다.

"내, 말은, 들리지, 않는, 겐가?"

주먹을 바르쥐며 간신히 운을 띄워 말하는 원. 그에 안경 너머로 힐긋 눈을 올린 도겸은 과장스러울 정도로 반가운 목소리로,

"이게 누구십니까. 일편단심 한울 아가씨만 바라보시는 태자 전하 아니십니까. 어찌 이리 누추한 곳까지 귀한 발걸음을 하셨나이까? 다시 뵙게 되어 참으로 황송하옵나이다."

"이, 이……!"

두 팔을 벌리며 원에게 달려가 그의 몸을 꼭 껴안았다. 온몸을 바들바들 떨며 쌕쌕 거친 숨을 내뱉는 원.

"미친 자식아! 대체 무슨 생각으로!"

탁, 도겸의 팔을 뿌리치며 원은 소리를 내질렀다. 도겸은 이런 원의 모습이 의아하다는 듯 부러 더욱 크게 고개를 갸웃거렸다.

"무얼요? 아니, 전하. 왜 그리 화가 나신 겁니까? 저는 도통 이해를 못하겠습니다."

"무얼? 무얼? 무엇 때문에 화를 내느냐 묻는 것이더냐? 네가? 전일, 그토록 나를 약 올리던, 네가?"

"약이라니요. 제가 어찌 하늘같은 태자 전하의 신경을 건드릴 수 있겠나이까. 통촉하여 주시옵소서."

"이……! 개자식아!"

"개라니요. 땅에 계신 선조(先祖)께서 들으시면 피눈물을 흘리실 말씀을 하시는군요. 참으로 애달픈 말이옵니다."

"하, 하하…… 하하하……."

원은 넋이 나간 표정으로 허공을 바라보며 헛웃음을 내질렀다. 그에 빙그르르 돌아 등을 돌리고 본래의 자리로 돌아가는 도겸. 왼 다리를 꼰 채 차를 한 모금 넘겨 마시는 저 꼬락서니가 참으로 고깝기만 하다. 적어도 진원에겐 그러했다.

"내 너와 농을 하러 온 것이 아니다. 내 너를 왜 찾아온 것인지 정녕 모르기에 그러는 것인가?"

"모를 리 있겠습니까. 알지요, 다 압니다."

진원의 훅 가라앉아 있는 목소리에 도겸은 원을 토닥이는 어조로 말을 이었다.

"어찌, 풍문이 났다지요. 제가 전하께 반기를 들었다……. 그것은 태자비에 관한 것이었으나 이는 곧 태자비가 요술을 부렸기 때문이렷다. 그렇기에 비를 하루라도 빨리 내보내야 한다……. 어찌, 누가 말을 흘렸는지 너무도 잘 알 수 있지 않겠습니까."

태위의 수하들일 테지. 원은 저 역시도 짐작하고 있는 것이었다는 듯, 비식 실소를 내뱉었다.

"잘 알고 있으면서 묻는구나, 빌어먹을 놈."

"뭐, 어찌 되었든 비마마의 이야기는 퍼지지 않아서 다행 아닙니까. 모두 제 이름이 구설에 올랐다는 것에만 집중하지, 마마께서 패악을 부리신 건 모르는 것 같던데요."

"해서 부러 그런 말을 했던 것이냐?"

도겸은 잠시 숨을 멈추었다. 애초에 그 말을 뱉을 때는 향의 모습을 안타까워한 것이었고, 이런 생각을 염두한 것은 아니었다만……

"뭐, 그렇다고 치지요."

일이 이렇게 되었으니 좋은 것이 아니더냐. 어깨를 으쓱이며 장난스러운 미소를 머금었다. 이를 알아채지 못할 리 없을 터. 원은 고개를 절레절레 흔들며 인상을 찌푸렸다.

"대책 없는 놈."

"칭찬 감사합니다, 전하."

"한 번은 그저 근거 없는 낭설이라 치부하여 넘길 수 있을 테지만, 두 번은 넘어갈 수 없을 테야. 후에 다시 이런 일이 생긴다면, 나는 그대를 비호해 줄 수 없다는 말일세."

"예, 예, 알고 있습니다. 하해와도 같은 마음씨에 성은이 망극하옵나이다."

"그 주둥이를 자르든가 해야지, 원."

원은 마련된 의자에 몸을 앉히며 말했다. 뻐근한 목을 돌리며 눈을 깜빡인다. 도겸을 마주하자니 치밀었던 분은 내려갔지만, 그럼에도 다른 분이 올라오는 것이 참 요상한 일이었다.

"그래서 화를 내신 겁니까?"

"······화라니?"

"작금 제게 화를 내지 않으셨습니까."

"화를 낸 것은 아니다."

"아아, 개자식이라는 욕이 평소에도 나올 수 있는 것이었군요. 미천한 소인은 알지 못했나이다."

그 비아냥거리는 말에 원은 눈을 가늘게 치켜떴다.

"화를 내셨습니다, 분명. 제가 비마마를 그리 뫼시고 간 것에 대해 화가 난 것일 테지요."

원은 대답치 않았다. 아니, 대답할 수 없었다. 도겸의 말이 끝나기도 전에 솟구쳐 올라온 노기를 쉽사리 다스릴 수 없었기 때문이다.

아, 아아······. 이것 때문이었나? 내가 화가 났던 것. 내가 분이 났던 것. 마음 한구석이 답답했던 것. 이것이······ 도겸 때문이었나? 향을 안고 간 도겸 때문이었어?

하하, 원은 헛웃음을 내지었다. 아니, 그럴 리 없어. 그럴 수는 없다. 원은 입술을 꾹 깨물었다. 그리고 부러 가벼운 목소리로 도겸에게 다정스레 말을 건넸다.

"그것 때문이 아니다. 단지 궁인들 앞에서 좋지 않은 모습을 보인 것에 대해 불쾌했을 뿐."

"정녕······ 그러하십니까?"

도겸은 눈을 가늘게 뜨며 원을 바라보았다. 내 너를 하루 이틀 본 것이 아니거늘, 어찌 거짓을 고하려 하느냐는 뜻에서 나온 말이었지만.

"정녕 그러하다네."

원의 말씨는 무심히도 단호한 것이었으니, 아직 인정하고 싶지 않은 것이렷다. 아직 받아들이고 싶지 않은 것이렷다. 그러니······ 도겸은 어쩔 수 없다는 듯 어깨를 으쓱 들어 올렸다.

"그나저나…… 한울 아씨는 어찌 되셨습니까?"

"돌려보냈지. 당분간 찾아오지 말라 하였다네."

"잘하셨습니다. 이렇게 흉흉할 때에 한울 아씨까지 궐을 돌아다닌
다면……. 상상도 하기 싫군요."

만약 한울이 궐에 있었다면, 이리저리 말을 떠들고 다녔을 것이 분
명했다. 그리하게 된다면 향의 패악이 궐내에 파다하게 돌 것이 분명
하였고……. 그래서 한울을 돌려보낸 것이다. 당분간 궐에 발을 딛지
말라 말을 한 것이다. 원은 왼손에 턱을 괴며 재차 눈을 깜빡였다.

"한데, 마마께는 너무하셨습니다. 어찌 그런 못된 말들만 하신단
말씀이십니까."

근원을 알 수 있는 분이 묻은 말길이었다. 이를 알아채지 못할 리
는 없을 터. 원은 제 관자놀이를 꾹꾹 누르며 울대를 달싹였다.

"만약 내가 그 자리에서 향을 두둔했더라면, 한울이 어찌하였을 것
같나? 돌아가란 내 말을 들었을 것 같아? 돌아가기는커녕 궐을 들썩
이며 울분을 토했을 테지. 어쩔 수 없는 일이었네."

"마마께서 상처를 받으신 것은 생각지 않으십니까?"

"되었네. 생각하고 싶지 않아."

말은 그리 하였으나 머리는 다른 것이었으니. 엊저녁 향의 애달픈
모습이 눈앞에 생생하게 그려지기에 이르렀다.

눈물을 담고 있었지만 방울을 떨어뜨리지 않는, 탄식을 뱉고 있었
지만 원망의 화살이 아닌 저를 이해해 달라 외치던 그 모습을…….

'내 어찌 잊을 수 있겠더냐.'

원은 서글픈 미소를 머금으며 재차 입술을 열었다.

"여우는 내보냈으니 이젠 범이 올 때가 되었느니."

그 뜻을 가만히 곱씹던 도겸이 제 무릎을 탁 치며 대답했다.

"태위를 말씀하시는 것입니까?"

"그 미친 노인네를 불러들이려면 이 수밖에 없지 않겠더냐?"

"비마께 감사하다 절이라도 해야겠군요."

태위. 원의 뒤에 서 있으나 제 손해 보는 것을 싫어하는 이. 괜스레 얼굴을 비추었다간 저에게 피해가 갈까 처소에 칩거하고 있는 영악한 노인. 그간 한울이 궐을 오가며 말들을 전해왔던 것 같았지만. 어찌하겠느냐? 이제는 한울이 들어올 수 없게 되었거늘. 그렇기에…….

"전하, 태위 이치원이 알현을 청하옵니다."

이리 모습을 드러내는 걸 테지. 원은 비죽 웃음을 내지었다. 벌떡 몸을 일으킨다. 목소리가 들려온 문을 지그시 응시한다.

"호랑이도 제 말 하면 온다더니. 어찌합니까. 홀로 고군분투를 해 보시길. 힘내십시오, 전하."

"한 마디만 더 뱉는다면, 그대의 주둥이를 잘라 버릴 것이야."

"어이고, 제가 무서워할 줄 아십…… 예, 예, 입을 다물지요."

도겸은 원의 첨예한 눈빛에 부러 어깨를 움츠리며 입을 비죽거렸다. 원은 그런 도겸을 바라보며 실소를 자아냈다.

도겸. 그대는, 너는, 예나 지금이나 너는 변한 것이 없구나. 너는 한결같은 이였으니……. 나는 왜 이리된 것일까.

씁쓸함이 그득한 숨을 뱉는다.

걸음을 옮긴다. 문에까지 다다라 손잡이를 잡았지만, 이내 다른 것이 생각났던지 도겸을 향해 몸을 반쯤 돌리고,

"내 묻고 싶은 것이 있다."

떨림이 묻어 있는 말길을 뱉었더란다.

"네가 말했던, '나비'가 단향을 뜻하는 것이더냐?"

도겸은 잠시 숨을 삼켰다. 눈을 가늘게 뜬다. 불현듯 찾아온 과거의 편린에 다리에 힘이 와락 풀릴 성싶었다.

"내 바깥에서 무엇을 보았는지 아는가? 꽃을 보았다네. 말을 할 수 있고, 말을 들을 수 있는 꽃."
"그러고 보니 도겸, 자네도 호에 간 적이 있지 않은가? 그대도 꽃을 보았나?"
"저는……."

'꽃이 아니라 나비를 보았습니다. 꽃을 탐하나…… 탐하지 못하는 나비요.'
도겸은 그날의 자신의 말을 떠올리며, 원을 향해 고개를 작게 끄덕였다. 그에 쓸쓸하고도 허전한 웃음을 내짓는 원.
탁, 이내 다시 몸을 돌려 방을 나서기에 이르렀다.
콜록, 도겸은 마른기침을 내뱉으며 옥안(玉案, 책상)에 손을 짚었다. 바들바들 떨리는 몸뚱이가 안쓰럽기만 하다.
"단향은……."
진원의 흔적은 남아 있지 않았으나 동시에 그 목소리는 남아 있던 곳을 바라보았다. 문을 뚫어져라 바라보며 애탄의 숨을 내뱉는다. 장난스러웠던 미소는 사라진 지 오래. 사라진 자리에 채워진 것은 그리움이었으매 또한 고통인 것이었다.
"꽃이 아니라 나비였으니. 꽃은 자리에 붙어 개화를 하여 향을 뿜는 것뿐이거늘. 나비는 세상을 누비는 유랑객의 모습이 아닙니까? 향은 그리되어야 하느니……."
애써 고통의 빛을 씹어 삼키며 사붓 미소를 짓는다.

"나비가 나는 것을 도울 수 있는 이가 누가 있을까요."

아마도 저는 아닐 것입니다.

열려 있는 창으로 검고 하얀 나비가 들어온다. 그는 바람을 타고 넘실넘실 날아가 도겸의 옷자락에 살포시 내려앉았더란다.

태위 이치원은 본디 개국공신의 자손이었다. 때문에 그 세력이 탄탄하여 쉬이 넘볼 수 없었고, 삼공 중 하나라 황제의 어여쁨까지 받았었으니 감히 누가 그 자리를 탐낼까.

그러나 이런 이에게도 크나큰 골칫거리가 있었으니.

"태자……!"

그는 이를 바득 갈며 읊조렸다. 황태자 진원, 그리고 이황자 정현.

본디 태위는 정현의 뒤에 붙어 그를 태자로 추대한 후 황제의 자리에 즉위시킬 계획을 갖고 있었지만, 오 년 전 그 '사달'이 난 후로 정현을 뒤도 돌아보지 않게 되었다. 그런 그에게 먼저 도움을 청한 것은 황태자 진원이었으매, 본래의 태위 같으면 진원 역시 받아들이지 않는 것이 옳았지만.

"대체 황실에서 무슨 일이 있었기에 한울이 병이 난 것이냐!"

제 독녀, 금지옥엽 아끼는 딸이 연모하는 정인이 진원이었기에.

진원은 태위를 찾아와 한울을 제 비로 맞을 터이니 자신의 배경이 되어 달라 청 아닌 명을 했더란다. 그를 승낙하지 않았다간 진원은 당장에 한울을 내칠 것이 분명했기에, 모든 아비가 그러하듯 태위는 제 딸의 행우를 위해 힘을 쓸 수밖에 없었다.

"나, 나으리, 동궁 궁인에게 말을 들었습니다만……."

"그래, 무어라 하더냐?"

"비마마께 손찌검을 당했다 하더이다."

"무, 무어라? 비에게? 그, 호나라 옹주를 말하는 것이더냐?"

들리는 대답은 없었지만 그 침묵의 뜻은 곧 긍정일 터. 태위는 쾅! 찻잔을 다상에 내던지며 손끝을 바들바들 떨었다.

비, 호나라 단향 옹주……. 빌어먹을 계집.

애초에 그네만 없었더라면 제 딸이 태자비가 되었을 터였다. 그리하여 황제께 말을 넣고 대신들을 압박해 진원을 황제 자리로 추대한 후 제 딸이 황후가 될 수 있게 할 터였다. 그러나 이 계획은 단향, 그 계집 때문에 와르르 무너진 것이었으니.

황후께서 계획한 일이라, 황후께서 불러들인 계집이라 하여 가만히 두고 있었다만, 손찌검을 해? 감히, 야만인 주제에 이, 나의 딸을? 태위는 거친 숨을 내뱉으며 눈을 번뜩였다.

"안내하여라."

골치 아픈 것이 싫어, 오 년 전 그 사달을 같이 목격한 정현과 괜스레 부딪치기 싫어 칩거 생활을 계속했건만. 더 이상 참을 수 없다.

"황실로 가자꾸나."

태위는 벌떡 몸을 일으켰다. 그리고 바깥을 향해 성큼성큼 걸음을 옮겼다.

"그간 잘 지내셨습니까."

푸르른 바람이 분다. 그 바람은 넘실넘실 날고 날아 원의 처소에까지 흘러 들어왔으니, 창을 넘어 고개를 내민 바람은 그 팔을 활짝 벌려 원에게로, 그리고 원의 앞에 앉아 있는 태위에게 다가갔다.

"전하께서 염려해 주신 덕에 아주 자알 지냈나이다."

그가 들고 있는 찻잔의 찻물이 요동치는 것으로 보아 그의 말길처럼 '잘 지낸 것'이 아님을 알 수 있었다. 원은 비식 실소를 흘렸다.

"태위께 숱하게 보낸 명패가 있는데, 어찌 그간 답 한 번 없으시다 이제야 저를 찾아오신 겁니까. 참으로 의뭉스럽습니다."

"······전하, 이 늙은이의 속을 떠보시는 겁니까?"

"하하, 그럴 리 있겠습니까."

원은 안온한 미소를 비추며 몸을 낮췄다. 마치 먹잇감이 다가오길 기다리는 범처럼 때를 기다리고 있는 것이었다. 태위의 다른 손을 부여잡는다. 주름살이 자글자글 잡혀 있는 늘어진 살결을 어루만진다.

"늙은이라니요. 태위께선 만수무강을 하셔야 하지 않겠습니까. 저와 한울이 최고위 자리를 꿰찰 때까지, 손자를 보아 아이가 최고위 자리에 오를 때까지. 그때까지 함께하셔야지요. 그래야 녹상서사직이라도 맡기지 않겠습니까."

제아무리 적이라 느껴도 제가 바라던 것을 면전에서 읊어주면 분이 가라앉을 수밖에 없을 터. 원은 태위가 바라는 미래의 모습을 생생하게 말한 것이었다.

원의 부드러운 손길에 태위가 쥐고 있던 찻잔에서 일어났던 소용돌이가 차차 잦아듦이 보였다.

"무슨 연유로 찾아오신 건지는 잘 알고 있습니다."

"······하면, 전하. 구태여 말을 끌 필요가 없는 것 같사옵니다. 불충한 신하의 청이 있사오니 이를 하명하여 주시옵소서."

"말씀하시지요."

태위는 잠시 숨을 삼켰다. 원에게 잡힌 손을 빼어 제 무릎에 가지런하게 올린다.

"태자비마마를 어찌할 생각이십니까."

그리고 제가 황실에까지 발을 디딘 까닭을 말했더란다. 원은 예상하고 있었다는 양 빙그레 웃으며 태위의 다음 말을 기다렸다.

"제가 궐에 있지 않아 풍문으로 들었지만, 들은 바로는 죄 없는 궁인들을 고초하여 큰 흉을 남겼으며 이상한 술수를 부려 궐의 사람들을 홀릴 뿐더러……."

"또한 죄 없는 한울에게까지 마수를 뻗쳤다더라."

눈을 마주한다. 얽히고설키는 눈빛. 그것은 형형한 것처럼 보였으나 동시에 봄날의 아지랑이와도 같은 것이라. 원은 저 역시 화가 났다는 듯 부러 큰 소리로 말을 이었다.

"저도 들었습니다. 아니, 들은 것이 아니라 제 눈으로 똑똑히 봤지요. 어찌, 사람의 탈을 쓰고 그리할 수 있는지. 쯧."

"딸아이가 많이 힘들어하고 있나이다. 열이 펄펄 끓어 정신을 차리지 못하고 사경을 헤매고 있나이다."

"해서, 태위께서 바라는 것은 무엇입니까."

태위, 이치원은 고개를 빳빳하게 들었다. 네가 더 잘 알고 있지 않느냐. 내가 바라는 것은, 내가 원하는 것은,

호의 후손을 내치고 그 자리에 한울을 앉혀 부귀영화를 누리는 것이다.

"태위께서 바라는 것은, 비를 내쫓는 것일 테지요."

태위의 이런 마음을 너무도 잘 알고 있는 진원은 비스듬하게 웃으며 답을 던졌다.

단향은 저에게 있어서, 한울에게 있어서, 그리고 태위의 편에 서 있는 이들에게 있어서 불청객과 다름없는 터. 이는 곧 빠른 시일 내에 단향을 내쫓아야만 진원의 위치가 확고해질 수 있다는 뜻이었다. 진원이 이를 모를 리가 없었기에. 그는 고개를 절레절레 흔들며 재차 입술을 열었다.

"저 역시 그것에 힘을 쓰고 있습니다만, 황후 폐하께서 이를 반대

하시니 어찌할 방도가 없나이다."

단향을 부른 이는 황후이매 그는 곧 단향의 뒤에 있는 것이 황후렷다. 황후는 곧 이황자 정현의 어미였으니, 단향을 이용해 한울과 태위가 힘을 쓰지 못하게 만들려는 속셈이었다.

"해서, 부원군."

"어찌 말씀을 높이옵나이까. 편하게 말씀해 주시옵소서."

원은 태위의 손을 다시금 끌어당겼다. 그리고 그를 부드럽게 쓰다듬는다. 그 손길에 근원 모를 날카로움이 담겨 있다 하면 그것은 착각일까?

"저를 도와주셔야겠습니다."

"황실은 전하의 것. 소인의 힘이 필요한 곳이 있겠나이까."

"제 말씀드리지 않았습니까, 황후 폐하의 입김에 저 역시 힘을 쓸 수 없다고."

방 안에는 범 두 마리가 있었으니, 하나는 막 태어난 범이요, 하나는 털이 빠지고 수염이 빠진 늙은 범일 뿐이니. 둘의 싸움에서 누가 이길지는,

"태위께서 황후 폐하를 막아주십사 합니다."

보지 않아도 확신할 수 있는 것이었다.

태위는 아차, 소리를 내며 입을 다물었다. 이를 원했던 것이냐? 내 힘이 필요해 나를 끌어내려 했던 것이야? 제 꾀에 제가 넘어간 것을 이제야 알아챈 듯, 태위는 이를 바득 갈며 옷자락을 세게 움켜쥐었다.

"이 늙은이가 무슨 힘이 있겠습니까."

"그래야 한울이 원하는 것을, 그리고 제가 원하는 것을 보다 빨리 얻을 수 있지 않겠습니까."

원의 청에 대한 답은 나와 있었다.

제 스스로 궐에까지 발을 디뎌 제 스스로 뜻을 내보였으니, 제 청에 대해 답을 내놓은 원의 말을 거절할 수는 없는 노릇이었다. 태위는 끈적끈적한 침을 끌어 삼키며 울대를 달싹였다.

"소신…… 미천한 힘이지만 전하께 보태도록 하겠나이다."

"고맙습니다."

원의 말길은 감사의 뜻이 담겨 있는 것이었으나 오롯이 그것만이 있는 것이 아니라. 태위는 가쁜 숨을 몰아쉬며 어금니를 꽉 깨물었다.

'능구렁이 같은 놈.'

하나 이를 나타낼 수는 없는 것이기에, 어쩔 수 없이 원에게 고개를 숙이는 것이라. 원은 태위를 잡고 있던 손을 되돌리며 옷매무새를 정돈했다.

"비의 체벌은, 염려치 마시지요. 태위께서 섭섭지 않게 벌을 내리도록 하겠습니다."

모든 일이 정돈되었다. 이제는 향, 단향을 처사하는 일만 남았다.

향은 침상 위에 오롯하게 누워 있었다. 그러나 그 꼴은 정돈된 모양이 아니었으니. 식은땀을 줄줄 흘리며 가쁜 숨을 토해내는 것이, 독한 고뿔에 걸린 것이라.

"마마…… 정신을 차려보셔요. 약이라도 드셔야지요."

아니, 정녕 고뿔이 맞던가. 마음의 병이 몸의 병으로 나타난 것이 아니던가. 향의 애달픈 모습을 지켜보는 김 나인의 눈가에 반짝이는 보슬이가 맺혔다.

향은 엊저녁 도겸의 품에 안겨 들어왔더란다. 그때에도 이리 열이 팔팔 끓었으매 몸을 바들바들 떨고 있었으니, 태의를 불러 진찰을 하려 했지만, 극구 말리는 단향 때문에 그리 할 수도 없었다. 헉, 헉, 뜨거운 숨을 내뱉는 향. 김 나인은 그런 향의 이마에 젖은 면포를 올려주며 요를 꼭꼭 덮어주었다. 그때.

"황후 폐하께서 찾아 계시옵니다. 곤녕궁으로 어서 납시라 명을 내리셨나이다."

문을 벌컥 열고 뛰어 들어온 나인 한 명이 말을 전하기에 이르렀다. 그에 화들짝 놀란 김 나인이 쉿, 검지를 입술에 대며 향을 두어 내리려 했지만,

"마마께서 사경을 헤매고 있다 전해주세요. 이 몸으로는 잠시도 나가지 못합…… 마마!"

벌떡 몸을 일으킨 향의 몸짓 때문에 가로막혀 버렸다. 향은 깨어나 있었던 것인지, 몸을 단번에 일으켜 소식을 가져온 나인을 향해 가쁜 말길을 내뱉었다.

"무슨…… 일로 나를 찾는 것이냐."

"그건 가보셔야 아시겠지요."

이는 곤녕궁의 궁인이라. 황후의 오만함을 그대로 답습한 궁인들의 모습이라. 허리를 빳빳하게 세우고 향을 향해 비웃음 섞인 목소리를 뱉는 것이, 참으로 타끈해 보여 실소가 튀어나올 수밖에 없었다.

"채비를 마치고 가겠다 전하라."

"예."

그네는 고개도 숙이지 않고 훌훌 방을 떠나기에 이르렀다.

하, 향은 지끈거리는 머리통을 부여잡으며 고개를 가로저었다. 시야가 뿌옇다. 이 열기에 숨이 하얗게 보이기까지 했다. 그러나 여기서 드러누워 있을 수는 없을 터. 이를 악물며 바닥에 발을 디뎠다. 세상이 빙빙 돌아 풀썩 쓰러질 것 같아 탁자에 손을 짚었다.

"마마, 이 몸으로 어딜 나가시려 하시옵니까. 간곡하건대 오늘은 편

히 몸을 눕히시옵소서."

"……황후 폐하의 명을 어기란 말이냐."

"하오나……."

"되었네. 야장이나 건네주게나."

향은 입술을 꾹 깨물며 다시금 몸을 일으켰다. 부른다면 가야지. 그네가 할 말이 무엇인지 알아야 하지 않겠더냐. 그리 생각한 향은 나인이 건네준 야장을 걸쳐 입고 빠른 걸음으로 방을 나섰다.

엊저녁 뒤숭숭했던 날씨는 어디로 간 것인지, 저녁 기운이 어슴푸레하게 남은 세상은 참으로 맑았다. 청명한 바람이 불어온다. 그는 향의 흐트러진 머리칼을 쓸어 넘기고 향의 옷자락을 흩날리게 하기에 이르렀다. 그러나 이쯤은 상관없다는 듯 바삐 걸음을 하는 향.

그의 얼굴은 하얗게 질려 있으나 눈가만이 시뻘건 색을 띠고 있었으니, 향을 본 이들은 마치 귀신을 보았다는 듯 모두 경악한 표정으로 고개를 돌리기에 이르렀다.

향의 발걸음은 곧 멈추었으니, 그 끝은 곤녕궁이라. 황후의 궁이라. 숨을 크게 들이마신다. 그러나 답답한 폐부 때문에 숨이 끝까지 들어오지 않아 막막함을 느낄 참이었다.

향은 안내를 받으며 처소 안으로 들어섰다. 복도가 오늘따라 왜 이리 길어 보이는지. 몇 번이고 고꾸라질 뻔도 하였으나 향은 이를 악물며 꿋꿋이 참아냈다.

태자비께서 당도하였다 고해지고, 문이 열림과 동시에 보이는,

"비, 오랜만입니다. 잘 지내셨는지요."

황후가 있었다. 그네의 두꺼운 가체머리에 꽂힌 장신구에서 형형한 빛이 흘러나와 향은 절로 눈살을 찌푸릴 수밖에 없었다.

"평안하셨나이까, 황후 폐하."

"평안하지는 못하였지요."

자리를 내주는 부드러운 손길과는 다르게 날이 선 목소리였다. 향은 어깨를 움츠렸다. 눈을 힐끗 들어 황후를 바라보았으나 그녀의 얼굴엔 어두운 기색이 없었으니, 저가 잘못 들었는가 싶어 어깨에 힘을 풀 적이었다.

"미친 계집."

비죽 입꼬리를 틀어 올리는 황후.

"이라 불린다더군요. 어찌, 그런 풍문은 들어보셨습니까?"

향은 입술을 꾹 깨물었다.

저를 여기까지 부른 연유는 먼젓번 진원 때문에 당했던 설욕을 되갚고자 하는 것과, 엊저녁 있었던 한울과의 일에 대해 문책을 하고자 하는 것이라 예상은 했지만…….

이리 모욕 섞인 말씨를 받아낼 줄은 몰랐다. 저를 부른 것은 황후였고, 저를 태자비에 앉힌 것 또한 황후였기 때문이다.

"……두문불출한 터에 아직 제 귀에까지 들어오지 않았나이다."

"바깥으로 나돌지 아니하고 처소에만 박혀 계셨단 말씀이십니까? 어찌, 제가 알고 있는 것과는 참으로 다른 것 같은데요."

피식, 바람 빠지는 소리. 이는 황후의 입에 걸려 있는 비소에서 비롯된 것이라. 향의 입술에 벌건 핏방울이 맺혔다.

"본디 들어서 아는 것과 보아서 아는 것은 다른 법이지요."

황후의 얼굴이 바짝 굳었다. 더욱 온화한 미소를 얼굴에 띠며 재차 입술을 열었다.

"몸이 좋지 않은가 봅니다. 고뿔이라도 걸린 게지요. 이리 아프실 줄 알았다면 내 비를 부르지 않았을 터인데……. 뭐, 제게 말이 들리지 않은 것을 보니, 오늘에서야 고뿔을 앓게 되신 건가 봅니다."

향의 눈이 번뜩였다. 오늘에서야? 저 말의 뜻은 향의 몸뚱이가 열을 내는 것이 꾀병이라 하는 것과 같은 것이었으니.

"궐에 돌았던 풍문에 미친 계집이 비를 맞고 돌아다니더라는 말은 없었나 봅니다."

두 개의 눈빛이 맞붙었다. 향의 머리통은 빙빙 돌아 시야마저 흐릿하였지만 그 또렷한 빛은 가감 없이 흩뿌려졌기에. 황후는 입에 걸려 있던 비소를 거두어내고 눈을 번뜩 올려 떴다.

"그는 없었지만 그 미친 계집이 사내를 홀리고 다닌다는 말은 있었지요."

향은 대답하지 않았다. 사내를 홀리고 다닌다? 그 어처구니없는 망발에 구태여 말을 이을 필요가 없다 생각되었기 때문이다. 그러나 이런 향의 침묵에 돌아온 것은 황후의 비웃음이었으니.

"부정하지 않으시는 겁니까?"

저 스스로 확신하고 있는 말길을 뱉었더란다. 향은 하하, 허탈하게 웃으며 고개를 빳빳하게 세웠다.

"부정할 것이 무어가 있겠습니까. 저는 태자 전하의 하나뿐인 비인데요."

"……그것 참 말씀 잘하셨습니다."

황후는 찻잔을 바르쥐며 입술을 열었다. 손길이 참으로 차분해 보였으나 눈길은, 말씨는 차분함이 아닌 것이라. 곧이어 날아오는 것은,

"그 자리에, 누가 앉혀주었다 생각하십니까?"

황후가 단향을 부른 이유에서 비롯된 말이었다. 이 역시 차분한 말씨였으나 속을 뒤틀리게 만드는 어조였다. 향은 비죽 선웃음을 내지었다.

"먼젓번 하시던 말씀의 연장이라면, 소녀 분명히 간청 드리지 않았

나이까."

눈을 번뜩 뜬다.

"폐하의 명에 따를 수 없노라고."

이리 말을 하면 분명 황후의 얼굴에 노기가 돌 법도 한데. 그녀의 얼굴은 지극히도 평온하다. 턱을 되똑 올리며 배죽 입꼬리를 올린다.

"듣자하니 태자께서는 태위의 여식만 감싸고돈다지요? 그래. 험한 말을 들었다 하던데…… 그런 수모를 겪고도 태자를 두둔할 마음이 있는 것입니까?"

황후의 말이 끝마쳐짐과 동시에, 향의 뇌리에 진원이 했던 마지막 말이 새기듯 박혀졌다.

"비, 그대가 내 이름을 부를 자격이 있던가? 그대가 내게 청을 할 자격이 있어?"

애써 침착함을 유지한다. 아니, 유지하고자 노력한다. 그러나 곧이어 들리는 황후의 말이란.

"배알이 없어서야, 원."

이렇게도 향의 마음을 후벼파는 것이었으니.

탁, 그녀는 다상에 종이 뭉치를 내던지듯 올려놓았다. 검은 먹으로 빼곡하게 써져 있는 글씨는 어중 보아도 그 내용을 알 수 있었다. 호에 관한 이야기. 아니, 호의 증전. 향의 어미에 관한 내용이었다.

"비가 왜 그리 자리에 집착하는지. 까닭을 알게 되었습니다."

향의 주먹 안에 바로 잡혀 있는 치맛자락이 바들바들 떨린다. 역시나 경련을 일으키는 그녀의 눈동자에는 오직 황후가 내던진 종이뭉치밖에 담겨 있지 아니했다.

"하면, 다시 제안하지요."

황후는 느긋하게 말을 이으며 차를 한 모금 삼켰다. 씁쓸한 향이 코를 찌른다. 그러나 이는 제 앞에 앉아 있는 향의 향보다 짙은 것은 아니었다.

"죽은 중전의 복수를 대신 해드리겠습니다."

탁, 잔을 내려놓는다. 삐뚜름하게 젖혀진 황후의 얼굴에는 오직 승리감. 그에 도취된 비소밖에 없는 터였다.

"어떻습니까?"

……침묵. 향은 잠시 동안 숨을 찬찬히 골랐다. 그 묵언의 시간 끝에, 고개를 숙인 향의 목에 빳빳한 힘이 들어감과 동시에,

"폐하. 어찌하면 좋나이까. 소녀, 어릴 적부터 더럽디더러운 흙탕물에서 굴러 살아온 바."

황후의 온화했던 얼굴이 조각조각 금이 가기 시작했으니.

"제 스스로 해결하는 힘만큼은 뒤지지 않지 무업니까."

깨지고 깨져 한 줌의 모래가 되어 훅 하고 날아가 버렸더란다. 향은 삐뚜름하게 고개를 들었다. 깨지다 못해 바스러진 황후의 어색한 미소를 바라본다.

"정히, 제가 폐하의 뜻에 따르기를 원한다면. 폐하의 명을 받아들이길 원하신다면."

입꼬리를 틀어 올린다. 이는 황후를 업신여긴다는 마음이 그득 담겨 있는 것이었으니, 이를 황후가 모를 리 없는 터였다.

"제가 백골이 된 후에 다시 말씀 내려주시길 간곡히 간청드리옵나이다."

"네 이년!"

결국 제 노기를 이기지 못한 황후가 벌떡 몸을 일으켰기에, 얇은

창호지문 밖에 서 있던 궁인 여럿이 문을 열고 들어오기에 이르렀다.

"끌고 가거라."

"이게 무슨…… 악!"

그들은 우악스러운 손길로 향의 양어깨를 짓눌렀으니, 향은 급작스러운 힘에 정신을 차리지 못하고 그를 받아내는 수밖에 없었다. 억 소리가 흘러나왔다. 이마를 바닥에 쾅 찧게 되니, 목은 가누지 못한 채 간신히 눈만 추어올려 자신 앞에 서 있는 황후를 쳐다보았다.

"말장난은 끝이거늘. 엊저녁 벌였던 일에 대해 소상한 벌은 받아야 하지 않겠더냐?"

향은 비명이라도 지르고 싶었지만 그리 하지 못했다. 면포에 입이 틀어 막혔기 때문이다. 발버둥을 치고 싶었지만 그리 하지 못했다. 끓어오르는 신열에 힘이 빠져 버렸음은 물론이요, 저를 잡고 있는 궁인들의 힘이 만만찮았기 때문이다.

처음 겪어보는, 처음 마주하는, 공포.

그들은 향을 질질 끌어 바깥으로 나가려 했으니, 여기서 끌려 나간다면 주리라도 틀릴 것이라. 도모지라도 당하게 되는 것은 아닐까. 애써 팔을 뿌리치려 했건만 향의 팔을 잡고 있는 그녀들의 손길은 거세기만 하였다. 도살장의 개가 된 듯 널브러진 향의 모습은 애처롭기만 하였고, 이내 향의 손과 발에 차차 힘이 풀어질 때.

"폐, 폐하! 전하께서……!"

복도를 후다닥 달려오는 나인 한 명이 황후의 밑에 머리를 조아리며 말을 뱉었다. 그와 동시에,

"……무얼 하시는 겁니까."

궁인들의 앞을 막아서는, 원. 진원이 나타났다.

무거움이 담겨 있는 말씨였으니, 그를 들은 궁인들은 서둘러 향을

팽개치며 우수수 흩어지기에 이르렀다.

"콜록, 콜록……."

저를 붙잡던 궁인들이 사라진 터. 그에 향은 바닥에 그대로 널브러져 목을 감싸고 기침을 수차례 내뱉었다. 콜록, 콜록……. 따끔거리는 목구멍이 조금 가라앉을 즈음, 향은 원을 향해 시선을 내던졌다.

향을 바라보는 원의 그 시선이 쓸쓸하기도, 형형하기도 하였으나, 무심한 것처럼 보이기도 하였다. 제 비가 궁인들의 앞에서 고초를 당했음에도, 이리 흉한 꼴을 보였음에도 동정 한 번, 측은함 한 번 보이지 않는 것인가.

향은 흘러내린 야장을 끌어 올리며 선웃음을 내지었다.

"묻지 않았습니까, 폐하. 제 비에게 무얼 하시는 겁니까."

원의 목소리는 지극히도 나긋했으니, 그 안에는 분기도 없었으매 의구심도 없었으니, 정녕 무심하고 무정한 것처럼 들리기도 하였다.

"무얼 하긴요. 아직 황실의 예도를 모르는 이에게 예법을 가르치려 한 것뿐입니다. 이는 내명부의 일이니 태자께서 관여할 일이 아닙니다."

"……관여할 일이 아니다."

순간의 침묵. 그것은 무섭도록 황량한 것이었기에 궁인들은 물론이요, 황후, 더불어 향까지 제 숨을 멈출 수밖에 없었다.

성큼성큼 걸음을 해 향에게 다가오는 그. 그리고 흐트러진 향의 팔을 끌어당기며 그네를 일으켰다.

"황실의 예법을 모르는 이는 비가 아니라 폐하이신 것 같습니다만."

"여인들을 관리하는 것은 내명부가 할 일. 내명부의 수장은 저인 것이요, 이는 곧 비의 행을 고칠 수 있다는 말과 상통하는 것인데, 어찌 그런 망발을 하십니까?"

"망발이라……."

제 턱을 쓰다듬으며 고개를 까딱인다.

"참으로 우습습니다."

향을 들어 올려 자신의 뒤편으로 숨긴다. 이는 황후의 눈초리를 자신이 받겠다는 뜻과 상통하는 것이었다.

"해서, 포악스러운 궁인들을 불러 모아 비를 끌어 내치는 것이 옳은 처사라 생각하신 겁니까? 끌고 가 무엇을 하려 했습니까? 주리라도 틀려 하셨습니까, 인두라도 지질 생각이셨습니까?"

"글쎄요. 비께서 하셨던 행동을 그대로 답습해야 하는 것이 아니겠습니까?"

"비가 무얼 하였다고요?"

"정녕 모르셔서 물으시는 겝니까. 비키시지요. 이는 내명부의 일입니다."

황후는 허리를 빳빳하게 세우며 말을 뱉었다. 궁인들을 힐끗 쳐다본다. 당장 달려가 향을 끌고 오라는 뜻이었지만, 그들은 감히 움직일 수 없었다. 진원이 내뿜는 흉흉한 분위기에 숨마저 턱턱 막혔기 때문이다.

"이는, 제 하나뿐인 비가 아닙니까? 비를 벌하시려면 제게 작게나마 언질을 하셨어야 했습니다."

"비와 태자가 언제 그렇게 정을 통한 것인지 참으로 궁금합니다."

황후는 헛웃음을 내뱉으며 대답했다. 기억하지 못하는 것이냐? 네 분명 옹주를 내치고 한울 그 계집을 비로 맞이하겠다 내 앞에서 호언장담하던 것을. 정녕 기억하지 못하는 것이냐? 황후는 그날의 기억을 끄집어내며 재차 입을 열었다.

"태자, 태위께서 이 일을 알게 되신다면 어찌하실 것 같습니까?"

단향을 비호하는 것을 태위가 알게 된다면, 한울이 알게 된다면 어찌할 것 같으냐는 뜻. 그러나 진원은 개의치 않겠다는 듯.

"그것이야말로 폐하께서 관여할 일이 아닙니다."

어깨에 더욱 힘을 주며 황후를 내려다보기에 이르렀다. 맞부딪치는 두 개의 눈동자. 하나는 분이 담겨 있는 누르스름한 눈동자였으나 다른 하나는 그 어떤 감정도 묻어 있지 않은 시뻘건 눈동자라.

공기는 안온하였으나 그 속에 있는 것은 요동치는 기류였으니, 원의 뒤에 숨어 있는 향의 헐떡이는 숨결이 가감 없이 흩뿌려졌다.

"한 번만 더 이런 일이 벌어졌다간, 저는 가만히 있지 않을 것입니다."

원은 으름장을 놓겠다는 듯 거침없는 말씨를 내뱉었다. 그에 비식 실소를 뱉는 황후. 고개를 반쯤 들어 원을 바라본다. 원의 뒤에 있는 향을 바라본다.

"가만히 있지 않는다면 어찌하시려고요?"

"글쎄요, 만만한 아우나 족쳐야 하지 않겠습니까. 그의 행을 가장 잘 알고 있는 이는 저일 테니까요."

"태자!"

예상치 못한 답변에 황후는 당황함을 감추지 못하고 눈을 희번덕 떴다.

"말씀드리지 않았습니까, 저는 황후 폐하가 두렵지 아니하다고."

본디 태자란 황후의 아래에 있는 이라, 황후의 말에 명에 따르는 것이 관례요, 예법이지만,

"그 잘난 콧대도 꺾일 날이 올 것입니다."

"정현과 똑같은 말을 하시는군요. 어디, 해보시지요. 하나 폐하도

아실 겁니다. 이미 행을 하기엔 너무 늦었다는 것을."

원은 그 예법마저 깡그리 무시할 수 있을 만큼의 대범함을 지녔으니, 비죽 입꼬리를 올리며 황후를 바라보았다. 승리감이 걸려 있는 미소였다.

"비께서 제게 무슨 망발을 하신 줄 아십니까? 이를 아신다면 황상께도 가만히 있지 않으실 터요, 다른 신료들도 가만히 있지 않을 것이니, 일이 커지는 것을 원치 않으신다면 잠자코 비를 넘겨주시지요."

원은 힐끔 뒤를 돌아 향을 바라보았다. 향의 몸뚱이는 발발 떨리고 있었으매 그 신열의 열기는 원에게까지 미치는 것이었으니, 원은 고개를 절레절레 흔들며 다시금 황후와 눈을 마주했다. 역시, 무정과 무심의 눈빛이었다.

"일이 커지는 것을 원한다면요? 저는 이미 각오를 하고 있습니다."

"태자!"

"두 시 전, 제가 누구를 만나고 왔는지 궁금치 않으십니까."

원은 제 손에 아직도 태위의 꺼끌한 손등의 감촉이 남아 있다는 양, 태위와의 대화를 하나씩 곱씹으며 재차 입을 열었다.

"태위를 만나고 왔나이다. 태위께서 말씀하시길, 이제 칩거 생활은 그만할 것이요, 궐을 출입하며 황제 폐하의 곁을 지키겠다 하셨나이다. 어찌, 참으로 잘된 일이 아닙니까."

침묵. 그 깊은 수렁에 훅 빠진 황후의 몸이 간질에 걸린 듯 부들부들 떨렸으니. 태위가 온단 말이더냐? 태위가 황상의 옆에 있단 말이야? 떨림이 잦아들지 않았다. 감히 예상치 못한, 아니, 상상조차 하기 싫었던……

"염소가 사라지면 양이 왕이 된다더니, 왜 이런 격언이 생각나는지 모르겠습니다."

모두의 모가지를 물어뜯을 범의 등장. 황후는 자신의 몸뚱이에 치장된 장신구들이 불현듯 무겁게 느껴진다는 것을 깨달았다.

"어디 한번, 일을 벌여 보시지요. 하나 그 일이, 제가 만족할 만큼 커지지 않는다면."

원은 황후의 이런 반응을 예상했다는 양 기분 좋은 미소를 입에 걸며 말을 이었다.

"그때는 폐하께서 각오를 하셔야 할 것입니다."

황후는 입술을 꾹 깨물었다. 제 콧대가 높은 줄 알았건만 그것은 하늘 아래 뫼일 뿐. 범이 나타나면 혼비백산하여 도망치는 새끼 짐승 밖에 되지 않는 것이었다.

눈알을 데굴데굴 굴린다. 여기서 물러날 순 없다. 다른 방도를 찾아야 해……! 그리 황후가 제 속을 갉아내고 있을 때쯤.

"하나 이리 제가 두둔한다 하여도 비의 잘못이 덮어지는 것은 아닐 터. 전일 일어난 사달에 대해선 입이 열 개라도 할 말이 없나이다. 그렇지, 비?"

원은 한 발 물러서겠다는 양 다시금 부드러운 말씨를 내뱉었다. 제 뒤에 서 있던 향의 팔을 잡아끈다. 향은 비틀, 몸을 움직이며 황후와 눈을 마주했다.

펄펄 끓는 열에 시야마저 보이지 않는 처지였지만 그래도 머리통이 굴러갈 힘이 남아 있었던지 향은 가쁜 숨을 몰아쉬며 입술을 반쯤 열었다. 제 여기서 할 수 있는 말은 단 하나.

"……송구스럽나이다. 죽을죄를 지었나이다."

황후께, 내명부의 수장께 머리를 처박는 것이었다.

"해서 저는."

원은 다시금 향을 제 몸뚱이 뒤로 가렸다. 숨겼다.

"비에게 금족령을 내리는 것이 옳은 처사라 사료됩니다."

원은 빙그레 웃으며 말했다. 그 미소에는 시리도록 쌀쌀한 무정이 담겨 있었으니, 황후는 간신히 입을 열어 대답하기에 이르렀다.

"무슨 속셈이십니까."

"속셈이라니요. 이는 바깥에 나와 패악을 부린 비에게 합당한 벌이라 생각하거늘. 혹, 퀴퀴한 옥에 가두어 피죽이라도 먹일 심상이셨습니까?"

정녕 그리할 생각이었다. 쥐새끼가 진을 치고 있는 옥에 몇 날 며칠을 가두려 했었다. 너를 구제해 줄 이는 오직 나뿐이니 너는 내게 충을 다해야 한다, 그를 똑똑히 각인시키려 하였다. 그렇게 저 오만한 호나라 계집의 콧대를 억누르려 했지만⋯⋯!

"그럴 리, 있겠습니까."

태자가 나타난 이상 그리 할 수는 없는 법. 황후는 끓어오르는 분을 겨우 내리며 숨을 가쁘게 몰아쉬었다.

"사람을 시켜 후려 패는 것은 바깥 천민들이나 하는 짓이 아니겠습니까. 그렇지요, 폐하?"

원의 비아냥거림에도 황후는 아무런 대답을 할 수 없었다. 구구절절 맞는 말이기에. 구구절절 옳은 말이기에. 때문에 대답치 못하고 입술만 바득바득 깨물 뿐이라.

원은 그런 황후를 바라보며 실소를 내뱉었다. 빙그르르 몸을 돌린다. 그리고 향의 팔을 콱 부여잡고,

"그럼, 물러가겠습니다. 부디 고운 얼굴에 흉함이 깃들지 않기를."

빠른 걸음으로 곤녕궁을 나선다. 긴 복도가 아닌, 짧은 길을.

"콜록, 콜록⋯⋯."

향은 곤녕궁을 나서자마자 마른기침을 내뱉으며 몸을 고꾸라뜨리기에 이르렀다. 세상은 빙빙 돌았으매 숨조차 제대로 쉬어지지 않으니, 당장에라도 풀썩 쓰러져 정신을 잃어도 무방한 몸뚱이였다.

"콜록……."

재차 기침을 내뱉는 향. 순간, 우악스러운 손길로 향의 어깨를 쥐어잡는 이가 있었으니.

"이리 몸이 안 좋으면 나오질 말았어야지! 무어가 좋다고 기어 나와 이런 추태를 부린단 말이냐!"

그는 진원이었으매 그의 손은 발발 떨리고 있었으며, 금일 보였던 무정과 무심의 감정은 사라지고,

"네 몸뚱이가 무슨 강철이라도 되는 줄 아느냐? 비를 맞기가 수 날이요, 잠을 자지 못한 것이 수 날일 텐데, 네 몸뚱이가 그것을 버텨줄 줄 알았어? 대체 너는……!"

걱정과 괴로움이 그득한 말씨로 향을 꽉 잡아 뜯었더란다.

"저, 전하."

"이게 무어냐. 맞은 게냐? 황후께 손찌검이라도 당했어?"

향의 목덜미에 난 붉은 상흔을 보며 말했다. 궁인들이 우악스러운 손길로 향을 억눌렀을 때 생긴 것. 향은 제 목덜미를 손으로 감싸며 원을 바라보았다.

원의 가슴이 달달 요동치기 시작했다. 황후의 앞이라, 다른 이들의 앞이라 부러 이 마음을 오롯이 드러내지 않았건만. 이를 보니 분의 기운이 다시금 솟구쳐 올라왔다.

"내 말을 했지, 네가 이곳에 있는 것을 바라는 이는 아무도 없다고! 모두 다 너를 내쫓으려 눈에 불을 켜고 다닌단 말이다!"

오랜 시간 참은 것이라는 듯. 제 진실이 담긴, 제 걱정이 담긴, 제

괴로움이 담긴 말길을 빠르게 토해내기 시작했다.

"오늘보다 더 심한 일이 분명 있을 게야. 네 느끼지 않았느냐? 너의 무력함을, 너의 나약함을!"

원은 향의 어깨를 마구잡이로 흔들었다. 흔들리는 것은 향의 몸이었으나 또한 흔들리는 것은 원의 마음이었기에.

"⋯⋯전하."

향의 파르라니 부르튼 입술이 반쯤 열렸다. 파리한 얼굴에 붉은 눈가가 마음에 콕콕 내리박혔다. 그 고운 입술을 열어 하는 것이라곤,

"죄송⋯⋯ 합니다. 전하께 피해를 드려 죄송합니다."

원의 마음을 후벼파는, 깊은 상흔을 남기는 애절한 말씨뿐. 향은 고개를 푹 내리 숙였다.

황후와 진원의 대화에서 우위는 진원으로 보였으나, 황후는 어엿한 적(赤)의 어미였으니. 이는 곧 훗날 원에게 해로 돌아올 수도 있다는 뜻이었다.

내 만약 엊저녁 한울과 그런 일이 없었더라면, 내 만약 얼마 전 나인들과 그런 일이 없었더라면 진원이 이런 곤욕을 치르지 않았을 터. 이리 제 몸을 가누지 못할 일도 없었을 터.

진원의 말마따나, 향 자신의 잘못인 것만 같았다. 저는 잘못을 하지 않았다 우기고 우김에도, 모든 이들의 화살은 자신을 향하고 있었으니, 이 모든 것은⋯⋯.

"왜, 왜 이제야 그런 말을 하는 게야! 애초에, 애초에 네가 내 말만 들었더라도⋯⋯!"

내가 이곳에 옴과 동시에 벌어진 것들이라. 그러니 나의 잘못이라.

향은 선웃음을 지었다. 어찌할까. 내 여기서 돌아간다 말을 할까. 여기서 그만하겠다 말을 할까. 아니, 아니, 나는 그리 할 수 없으니.

"하나."

나는 어머니의 복수를, 호에 대한 복수를 해야 한다. 그러니 떠나 갈 수 없다. 향은 간신히 목청을 틔워 띄엄띄엄한 말씨를 하나씩 내뱉었다.

"제아무리 수모를 겪어도, 이보다 더한 날이 매일 온다 하여도 저는 돌아가지 않을 것입니다. 전하의 옆에 있을 것이에요. 전하를…… 떠날 수 없습니다."

"비."

"저는 절대 가지 못합니다. 나가지 못해요. 저는 이곳에 남아……."

"단향."

"전하께서 아무리 저를 밀어내시더라도, 저는 떠나지 않을 것입니다. 아니, 떠나지 못합니다."

"향아!"

이러한 외침에도 불구하고, 향은 제 주먹을 바르쥐며 열기가 묻어 있는 붉은 숨을 토해냈다. 원은…… 그런 향을 오롯이 응시했다. 향의 눈에 순애의 감정과 다른 것이 묻어 있는 것 같다 하면, 그것은 착각일까. 원은 향의 어깨에서 손을 떼어냈다.

"정녕 나를 은애하느냐."

향은 대답하지 않았다. 그러나 그 침묵의 뜻이 긍정이라는 것을 원이 모를 리가 없을 터. 원은 반걸음 물러섰다.

나를 은애하느냐. 나 역시 너를 은애한다. 그러나, 그러나 나는,

"……나는, 너를 내칠 수밖에 없구나."

아, 짙은 탄식 소리가 원의 귓가에 내리박혔다. 향의 주변 흙이 진 갈색으로 변모하기 시작했다. 하늘은 맑고 청명하건대 향이 서 있는 곳에만 마치 비가 오는 듯싶었다.

"정녕…… 저를 내칠 생각이셨다면, 왜 저를 구해주셨습니까. 왜 저를 도와주셨습니까."

향은 다시금 고개를 쳐들었다. 방금 전보다 더욱 붉어진 눈가였다.

"차라리 가만두지 그러셨습니까. 차라리 찾아오지 말지, 차라리 바라보지나…… 말지……."

향의 붉은 입술이 쉴 새 없이 달싹였다. 그 입술 사이로 흘러나오는 것은 원망이요, 애증이었으니.

"제가 끌려가 혹한 고초를 받게 두셨어야 합니다……. 전하께 미운 마음이 생기게 두셨어야 합니다……. 그저…… 그럴 수 있도록…… 그렇게 되도록……."

그대가 아니 찾아왔더라면 뜨거웠던 제 마음이 변할 수도 있었지 않았겠냐고. 그대가 아니 왔더라면 제 마음이 돌아설 수도 있었지 않았겠냐고.

"저를 밀어내실 것이면 확실히 밀어내 주십시오. 저를 증오하실 것이라면 확실히 해주십시오. 그렇게 해야, 그렇게 해야……."

향은 말했다. 울며 말했다. 제 가슴을 치며 말했다. 굵디굵은 눈물방울이 뺨을 따라, 턱을 따라 뚝뚝 흘러내렸다.

"그렇게 해야 저도 전하를 잊을 수 있지 않겠습니까."

울음이 담겨 있는 말이었다. 그것엔 서글픔도, 애절함도, 애통함도 담겨 있는 것이라……. 향은 두 손에 얼굴을 묻었다. 손가락 사이를 따라 흘러내리는 낙루가 애처롭기만 하다. 번져드는 그 눈물에 원은 더 이상 거짓을 말하기가 어려웠다.

"……들었다."

향이 곤녕궁에 불려갔다 하였을 때 느낀 것은 예견이요, 곤녕궁에 들어가 널브러져 있는 향을 보았을 때 느낀 것은 황후를 향한 분노요, 향을 향한 애탄이었으니.

"내가 너의 이야기를 들었단 말이다."

이를 감추고자 무심의 눈동자로 덮은 것이라.

"네 열이 펄펄 끓는데 혈혈단신으로 궁을 나섰다, 황후의 부름을 받고 뛰듯이 나갔더라 하는데, 내가 그를 듣고."

원은 저도 모르게 향에게 손을 뻗었다. 제 얼굴을 가리고 있는 향의 손을 떼어내고 그 뺨을 어루만진다.

무심하나 성심이 있었다. 그러하였으나 또한 무정하였다. 그렇지만 단 하나 진실된 것인즉, 이 순간 원의 눈빛에 담긴, 향. 오롯이 그것이었으니.

"내 어찌 그것을 알고도 가만히 있을 수 있단 말이냐……."

그의 거뭇한 손끝에 눈물방울이 배어들었다. 향의 눈가를 매만진다. 그럼에도 붉어진 눈가가 가라앉질 않아 마음이 더욱 해참해졌다.

"……향아."

서글픈 임의 목소리. 향은 제 이름이 이다지도 서글프게 불릴 줄 몰랐기에 고개를 들 수 없었다. 눈을 마주할 수 없었다.

"……향아."

간신히 고개를 끄덕이는 향을 향하여, 해줄 수 있는 것이라곤 부는 바람을 막아주는 일뿐인 지금, 원은 말했다.

"다치지 말아라."

네가 아프면 내 가슴이 찢긴 듯 아파오고, 네가 다치면 내 머리가 텅 비어버린다.

"아프지도 말아."

너의 불안한 안위에 아무것도 생각할 수 없고, 아무것도 느낄 수가 없어. 그러니 부디, 부디…….

향은 멈추지 않고 울었다. 역시나 할 수 있는 일이 그것뿐이다.

이 마음을 어찌해야 할까. 너를 생각하면 화가 났으나, 머리로는 너를 밀어내야 한다는 것을 알고 있으나, 너를 마주하면 은애의 감정이 피어나는 것을. 너를 만나게 되면 이리 안고 싶어지는 것을…….

원은 향을 꼭 끌어안았다. 제 품에 향을 안은 채 가쁜 숨결을 토해낸다.

나란들…… 어찌해야 하니.

원은 미간을 좁혔다. 끝은 늘 이토록 허무하기만 한 것이다.

"하나 이 황실에서 네가 다치지 않기를, 아프지 않기를 바라는 것은 욕심일 터. 내 정녕 네게 바라는 것은…….."

그러나 너를 감싸 안는 것은 오늘이 마지막일 터이니. 너를 은애하나, 너를 연모하나, 너를 사랑하나.

"네가 돌아가는 것뿐이야."

돌아가라고. 부디 살아달라고. 이 길만이 살길인 너를 위해서. 그리고.

"미안하다. 내가…… 내가…….."

네가 살아야 살아갈 수 있는 나를 위해서.

까막새 울음소리가 멀리서 들려왔다. 그림자가 길게 드리워졌다. 합쳐졌던 그림자가 이내 두 개로 나뉘어 하나가 사라져 버렸다.

3장.

하얀 하늘에 노을빛을 찍어
나를 그려주기를

　도겸은 하늘을 향해 손을 뻗었다. 푸르른 하늘엔 새하얀 구름이 걸려 있었고, 그 위를 노니는 새들의 울음소리가 기분 좋게 들려올 참이었다. 도겸은 손가락을 하나씩 접어내리며 입술을 달싹였다.

　하루, 이틀, 사흘, 나흘…… 대체, 얼마의…….

　"시간이 지난 걸까."

　도겸은 저 스스로도 답을 낼 수 없는 중얼거림을 내뱉었다.

　한울이 궐을 출입하지 않은 지, 그 대신 태위가 궐을 들락날락하며 집정에 간섭을 시작한 지, 그리고…….

　'단향이 금족령에 묶여 있은 지.'

　얼마나 지난 것일까. 가늠할 수 없는 시간의 흐름에 머리통이 올바로 굴러가지 않았다.

　이 오랜, 아니, 짧은 시간이 지나며 궐내에 파다했던 풍문은 게 눈 감추듯 사라졌고, 궐을 들썩일 줄 알았던 황후는 쥐 죽은 듯 가만히 있으매, 이것은 밀려오는 불안감의 방증이기도 하였다.

후, 도겸은 짤막한 숨을 내쉬었다. 그리고 바삐 걸음을 해 원이 있을 동주궁으로 발을 옮겼다.

"부원군, 제 잔을 받으시지요."

"황은이 망극하옵나이다."

그러나 진원은 태위와 마주 앉아 술잔을 기울이고 있었으니, 창 너머로 그를 바라본 도겸의 얼굴엔 사뭇 씁쓸한 실소가 스쳐 지나갔다.

사실, 단향이 한울에게 패악을 부렸을 적, 도겸은 단향이 꼼짝없는 죽은 목숨이라 생각했었다. 황후를, 한울을, 그리고 태위를 등지게 된 단향. 제 목숨만을 부지하면 다행이라 그리 생각했건만.

단향에 대한 구설은 삽시간에 쏙 들어갔으매 이는 말도 나오지 않으니, 진원이 발 빠르게 움직인 것이 이에 큰 도움이 되었으리라. 더불어 향을 비호하는 것뿐 아니라 이를 이용해 숨어 있던 태위를 끌어내기에 이르렀으니 이 어찌 명석한 계략이 아니더냐.

총명하고 명민한 이. 위기를 기회로 바꾸어 삽시간에 판세를 뒤집은 이. 황제의 그릇에 더할 나위 없는 이…….

그러나 이 사실은 진원, 그도 알고 있으나 남 또한 알고 있는 것이기에. 그는 더욱 황제가 되고 싶어 발버둥을 치는 것이고, 다른 이들은 진원을 끌어내리기 위해 발버둥을 치는 것이었다.

"……이런들 어떠하고 저런들 어떠하겠느냐."

도겸은 고개를 가로저으며 발을 돌렸다. 이번에는 동궁, 향이 있는 곳이었다.

✻

"그대는 꽃 같구려."

비단향의 향긋한 냄새가 풍겼다. 더불어 원의 다정한 말에서 새큼 달큼한 내음이 묻어 나왔다. 향은 다소곳한 미소를 짓는다. 그리고 애정이 그득 담긴 원의 두 눈 속의 자신을 찾아낸다. 예쁘고 아리따운, 분홍빛 향기가 세상을 채운다. 화사한 웃음과 꽃을 번갈아 바라보던 원은 그 붉은 입술을 반쯤 열어, 나긋한 목소리로 천천히 말했다.

"나는 너를 잊었느니."

시간이 멈춘다.

급작스럽게 휘몰아치는 바람은 분홍빛 세상을 뒤흔들며 대지를 갈라내기 시작했다. 순식간에 사라지는 꽃 냄새, 말에 담겨 있던 향기, 미소…… 그리고, 조각조각 금이 나 수십 개의 파편으로 깨져 버리는 원, 진원.

사라지는, 모든 것들.

일순간 황량해진 세상을 바라보며 향은 서툰 웃음을 내뱉었다. 하, 하하…….

그 웃음 위에 덧대어지는, 붉은 불길.

집채만큼 거대해진 화염이 대지를 집어삼킬 듯 아가리를 뻐끔거리며 향이 있는 곳으로 밀려오기 시작했다. 주춤, 뒷걸음질을 치는 향. 시커먼 연기가 솟구친다. 매캐한 냄새가 그득했다. 향은 손에 쥐고 있던 비단향을 더욱 바르쥐며 어깨를 움츠렸다. 원, 원……. 이름을 부르며 사방을 훑어냈지만.

보이는 것이라곤, 활활 타고 있는 집. 그리고 그 속에 향을 향해 손을 뻗고 있는…… 어머니.

향은 어미를 보자마자 억 소리를 내며 집으로 뛰어가기 시작했다. 하나 향의 앞을 가로막는 거대한 불길. 어머니, 어머니! 향은 제 어미를 소리쳐 불러보았지만.

순식간에 검은 잿더미로 사라져 버린 집과, 어디에도 보이지 않는 어머니, 나의 어머니…….

향은 검은 연기를 헤치고 헤치며 발을 내디뎠다. 한 걸음, 한 걸음마다 찍히는 검은 발자국과 그 위에 피어나는 지독한, 검은 꽃.

아, 아아……. 향은 두 손에 얼굴을 묻으며 털썩 주저앉는다. 그 어디에도 보이지 않는 어미와 원, 그리고 향의 주변을 갉아내는 불길. 턱턱 숨이 막혀 금방이라도 정신을 잃을 것 같았다. 이미 다른 세상으로 사라져 버린 향기를 쫓으며 향은 끅끅 눈물을 삼켜냈다.

"나는 너를 정녕 내칠 것이야."

"아가, 사랑한단다."

중첩되어 들리는 두 개의 목소리가, 너무도 모순되어. 그러나 또한 너무도 청명하여, 모든 것이 불길에 삼켜져 형체도 없이 바스러져 버렸더란다.

향은 두 팔로 허공을 가로저었다.

"악!"

자신의 목소리에 놀라 벌떡 일어난 향은 요동치는 가슴을 내려앉히며 가쁜 숨을 몰아쉬었다. 아, 아아……. 짤막한 신음을 내며, 모은 무릎 사이로 얼굴을 묻는다.

"꿈……."

꿈이었구나, 꿈이었어. 향은 마지못한 웃음을 비치며 이마에 송골송골 맺힌 땀방울을 닦아냈다. 아직 고뿔의 기운이 채 사라지지 않은 탓에, 온몸에 으슬으슬 한기가 돌았다. 그럼에도 등과 손과 얼굴에 땀이 맺힌 걸 보니 잠든 사이에 열이 올라온 성싶었다.

향은 방 안의 답답한 공기가 싫다는 듯, 부산스러운 손길로 창을 활짝 열어젖혔다. 그와 동시에 갖가지 꽃 내음이 흘러들어 왔다. 분명 후원은 황량하여 풀 한 포기도 없을 터인데, 어디서 들어오는 것인지 이 달큼한 내음은 끊이질 않는다. 그러나,

향은 이 모든 것들을 오롯이 받아들이지 못했었기에. 힘을 주지 않은 눈을 떠 허공만을 지그시 응시했다. 그 안에 담긴 것은…… 과연 무엇일까. 알 수 없는 감정의 소용돌이가 넘실거리고 있었다.

"진원……."

향은 저도 모르게 손을 들어 제 뺨을 어루만졌다. 아직 진원의 온기가 남은 양, 아직 진원의 뼈아픈 말길들이 남은 양…….

아프지 말라 하였다. 다치지 말라 하였다. 그 말을 할 때에 진원의 눈은 저가 아픈 것 같았으며 진원의 입은 저가 다친 것 같았다.

그러니 돌아가라 하였다. 아프지 않고 다치지 않기 위해서 돌아가라 하였다. 그 말을 할 때에 제 심장이 쥐어뜯긴 양 슬픈디슬픈 표정을 지었더란다.

"돌아가야……."

향은 불현듯 찾아온 슬픔에 몸을 감싸 안았다. 아니, 아니, 돌아갈 수는 없어. 돌아가지 못해. 내 여기서 돌아간다면…… 어머니는? 어머니의 넋을 어떻게 기릴까. 어머니의…… 아픔을 어찌 감싸 안을까.

돌아갈 수 없다. 떠날 수 없었다. 적에 남아, 원의 비가 되어. 훗날 황후의 자리를 꿰차. 과거의 질기고 질긴 인연의 끈을 싹둑 잘라내야만 한다. 그리하여 돌아갈 수 없었다. 절대로, 절대로…….

어찌해야 할까. 어찌, 어찌…….

"내가 어찌해야 할까……."

"무엇을요?"

"꺄악!"

향은 급작스레 나타난 도겸에 기겁하며 뒤로 자빠져 쾅 엉덩방아를 찧기에 이르렀다. 그에 배시시 웃음을 짓는 그.

"이게 무슨 짓이야! 내 말했지. 출입을 하라 만든 문이 있노라고!"

향은 그런 도겸을 향해 가감 없는 화기를 뱉었지만 돌아오는 것이라곤 그 역시 장난이 담겨 있는 미소뿐. 향은 고개를 절레절레 흔들며 몸을 일으켰다.

"여긴 무슨 일이더냐?"

"마마를 뵈러 왔지요. 왜, 그간 제가 찾아오지 않아 섭섭하셨던 겁니까."

"말이 되는 소리를 하게."

"안 될 것이 무어라구요."

도겸은 어깨를 으쓱 올리며 농을 건넸다. 허탈한 웃음을 내뱉으며 도겸을 바라보는 향. 향은 쯧, 혀를 차며 자리에 다시 앉았다.

순간, 바닥 깊숙한 곳으로 가라앉아 있던 공기가 다시금 둥둥 뜨는 것이 느껴졌다. 이는 분명 도겸 때문일 것이리라. 도겸 때문에 이리 마음이 풀리고 이리 머리통이 깨끗해진 것이리라. 참으로 요상한 자야. 향은 그리 생각하며 설핏하게 미소를 내지었다.

"어디, 바깥 얘기 좀 떠들어보게나."

"뭐, 별다를 게 있었겠습니까. 매일 똑같지요."

'똑같진 아니하였다만.'

손가락을 바르쥐며 중얼거렸다. 방금 전 얼핏 보고 왔던 진원의 모습이 떠오른다. 태위와 술잔을 기울이고 있던…… 정녕 친밀해 보였던 그 모습을 애써 지우려 노력한다.

"아아, 참. 한울 아가씨의 혼례 날짜가 잡혔다 하더이다. 사흘 후에 한다지요."

그때부터 다시 한울이 궐에 들어올 터. 태위와 한울이 작당하여 일을 벌인다면…… 향에게도 분명 피해가 갈 것이라. 지금쯤 이를 바득바득 갈고 있을 터이니. 차라리 금족령에 향이 바깥 생활을 못하는 것이 백번 나은 게지. 이는 진원의 계략이었으니.

이를 노린 것인가? 향을 비호하고자?

도겸은 불현듯 웃음을 짓는다. 그리고 대답 없는 향을 향해 다시 말을 내던졌다.

"어찌합니까. 그리된다면 매일 얼굴을 마주하며 살아야 할 터인데."

"어차피 다른 처소로 배속될 것이 아닌가."

"문후를 가실 때 마주하지 않겠습니까?"

향은, 순간적으로 자신의 등허리에 우드드 소름이 돋은 것을 느낄 수 있었다.

문후라. 그것은 황후를 찾아가는 것이렷다. 황후, 황후……. 어금니를 꽉 깨물었다. 그날의 잔상이 남은 양, 제 목을 옭아매던 그 힘을 기억하는 양, 제 몸을 잠식했던 공포의 순간이 떠나지 않는다는 양 주먹을 세게 쥐었다. 어깨가 바르르 떨렸다.

"……내 폐하는 마주하고 싶지 않으니."

도겸은 그런 향을 오롯이 응시했다. 대충 이야기를 들었다만, 정녕으로……

"힘드셨겠습니다."

힘들었겠구나. 네 홀로, 혈혈단신 이곳까지 와, 기댈 곳도 없이 네 홀로…… 얼마나 무서웠느냐. 얼마나 괴로웠어. 얼마나 힘들었어. 도겸은 향의 그런 마음을 다 이해한다는 듯 부드러운 미소를 지으며 향에게 얼굴을 가까이 가져다 댔다.

"돌아가실 생각이십니까?"

향은 침묵했다. 그 붉은 입술을 꾹 깨물며 시름의 탄식을 내뱉었다. 발간 눈가에 옅은 경련이 일어났다.

"그럴 생각은 추후에도 없다네."

"태자 전하 때문이십니까."

눈을 찬찬히 올려 뜬다. 도겸의 흔들리는 눈동자를 바라본다.

"태자 전하는…… 마마를 은애하지 않지 않습니까. 마마를 밀어내려 하지 않습니까."

"거짓일 게야."

"……확신하십니까."

"거짓이어야만 하네."

도겸은 대답하지 않았다. 아니, 대답할 수 없었던 것일지도 몰랐다. 어찌 견딜 수 있겠는가. 다른 이를 연모한다는 말을 내뱉는, 제 혼자만의 정인의 말씨를…….

'어찌 받아낼 수 있을까.'

씁쓸한 미소를 내짓는다. 알고 있는 것이었지만, 알고 있었기에 인내하려 한 것이었지만, 이리 확언한 뜻이 내비쳐질 때마다 가슴이 저릿저릿하게 아파왔다.

'나는 아직도 아해일 뿐이던가.'

도겸은 향을 향했던 눈길을 되돌리며 입술을 달싹였다.

"그대, 하나뿐인 혈육이 죽는 모습을 눈앞에서 본 적 있던가."

길지 않은 침묵을 깬 향의 말씨였다.

"나는 보았다네. 보지 않으려 했건만 보지 않을 수 없었어. 잊으려 했건만 잊을 수 없었다네. 하기야, 그 모습을 어찌 잊을 수 있을까."

향의 눈동자엔 타오르는 불길이 담겨 있었으니, 그 불길 안에 있는 것은 어린 단향이라. 죽어버린 윤 씨의 시체라.

"내 어머니가 죽은 날을."

향은 눈을 내리깔며 주먹을 바르쥐었다. 급작스레 찾아온 격분의 감정은 채 다스리기 힘든 것. 아직도 꿈의 흔적이 남아 있다는 양 한쪽 눈을 찡그리며 말을 이었다.

"어미를 죽인 것은 호의 현 중전 한 씨이니, 내 그년의 모가지에 칼을 내리꽂기 전에는, 절대로 돌아갈 수 없다네. 적의 힘을 이용해 호를 집어삼키기 전에는, 절대로 돌아갈 수 없다네."

그렇게 제 스스로의 다짐을 내뱉었다. 향은 신물이 올라오는 목구멍을 꾹꾹 누르며 두 눈에 힘을 주었다.

"이것이 내가 적의 황후가 되려 하는 목적이요, 전하의 옆에 있으려는 연유이니. 그대, 이제는 나를 이해할 수 있겠는가."

그러니 나는 돌아가지 않을 것이야. 향은 도겸을 향해 설핏한 미소를 내지어 보였다. 아, 탄식을 내뱉으며 눈을 질끈 내리감는 그.

무슨 일이 있었던 것이더냐. 칠 년의 그 긴 시간 동안, 대체 무슨 일이 있었던 게야.

아랫입술을 꾹 깨문다. 향의 깊고도 웅장한 서글픔이 가까이 와 닿아서일까. 저의 눈에 축축함이 배어들었다.

"……제가 먼젓번, 마마께 약조를 올린 것이 있었지요."

도겸이 양귀비를 들고 찾아왔을 적. 그때 그가 했던 말이라면…….

"마마가 적나라를 탐할 수 있도록 도와드리겠노라고."

향의 생이 행복할 수 있도록 도와주겠노라고. 제 한 몸을 바쳐 향을 구제해 주겠노라고. 향의 행우를 위해 매진하겠노라고. 어렴풋한 기억이 향의 귓가에 내려앉았다.

"이제 행을 할 때가 온 것 같습니다."

"……비서승 따위가 무얼."

향은 고개를 절레절레 흔들며 말했다. 그러나 도겸은 큰 결심을 했다는 듯, 숨을 깊이 들이마시며 입을 탁 열었다.

"돕겠습니다."

이제 더 이상 가만히 있을 수 없습니다. 마마, 그리고 전하.

"태자 전하가…… 또다시 잘못된 선택을 하지 않도록."

전하가 재차 후회하는 것을 보고 싶지 않습니다. 사라져 버린 환영을 쫓으며 실재의 인영을 놓치는 것을 보고 싶지 않습니다. 또한.

"그리고 마마가 행복해질 수 있도록."

마마가 우는 것을 보고 싶지 않습니다. 마마가 슬퍼하는 것을 보고 싶지 않습니다. 그러니, 제가 움직여야 할 테지요.

"그러니…… 그때까지만, 저를 생각해 주시옵소서."

머리칼을 쓰다듬고 싶구나. 뺨을 어루만지고 싶구나. 입술을 매만지고 싶구나. 그러나 이는, 절대로 해서는 아니 될 것을.

도겸은 다시금 허리를 빳빳하게 세웠다. 그리고 입술을 자근 깨물고 있는 향을 향해 마지막 말을 내뱉었다.

"저를 그려주시옵소서."

꽃 내음이 더욱 짙어졌다. 이는 도겸에게서 나오는 것인지, 향에게서 나오는 것인지 모를 일이었다.

"이만 돌아가 보겠습니다."

도겸은 그리 말하며 창틀에 기대었던 몸을 떼어냈다. 향은 대답하지 않았다. 그려달라는 것일까, 그리워해 달라는 것일까. 그의 말뜻을 짐작치 못하여 혼란스러울 뿐이다.

향은 점차적으로 멀어지는 도겸의 뒷모습을 바라보며 짧은 한숨을 내뱉었다. 불현듯 고개를 돌려 침상 옆의 작은 탁자를 바라본다. 보름

전, 도겸이 주고 갔던 작은 꽃, 양귀비.

진원의 손에 의해 바스러진 지 오래였고, 시간의 흐름에 의하여 색을 잃고 빛을 잃어 본래의 모습이 아니었다. 그래. 마치 죽어버린 것처럼 바싹 메말라 있는 모습을 띠고 있었다.

어쩐지 마음이 불안했다. 저 모습이 마치 도겸과 같아 보여서일까. 양귀비의 꽃말처럼, 몽상을 품고 있는 것 같아 마음이 불안했다.

향은 문득 몸을 일으켰다. 그리고 문밖, 가만히 앉아 있는 김 나인에게 넌지시 말을 건네었다.

"후원이라도 나가보자꾸나. 안에만 있으니 답답해."

"네, 마마. 채비를 하겠나이다."

만개한 꽃의 내음이든, 이미 죽어 빛을 잃은 꽃의 내음이든. 그 무엇이라도 폐부에 집어넣어야 할 것 같다.

그래야, 이 들끓는 마음이 가라앉을 것 같으니.

하얀 바람에 감청색이 물들었다. 티 없이 맑은 하늘 위의 망월이 어두운 대지를 밝히고 있는 때였다.

자박자박 풀을 밟는 소리가 들리었다.

비가 언제 왔냐는 듯, 누렇게 메마른 대지의 푸름이 퍽이나 기꺼웠다. 마치 자신의 황량한 마음과도 같아 보였기 때문일까. 향은 숨을 더욱 크게 들이마시며 느릿하게 걸음을 옮겼다.

후원에 모여 있던 궁인들이 향의 등장과 동시에 흩어진다. 그들의 시선은 여간 날카로운 것이 아니다. 곁눈질로 향을 바라보며, 노려보며 비죽배죽 비소를 짓는다.

향은 그 시선을 애써 무시했다. 아니, 무시하고자 노력했다. 발걸음에 더욱 박차를 가한다.

저들이 저리 쳐다보는 이유는 분명했다. 근본도 모르는 야만인 주제에 적의 어미를 노리고 다른 남자까지 꾀었다 생각할 터이니.

픽, 향은 입술을 비틀었다.

조금 더 걸음을 걸어 동궁 대문 쪽으로 다가갔다. 그러나 이 대문을 감히 넘을 수는 없다. 제 발에는 보이지 않는 족쇄가 묶여 있기 때문이었다.

대문은 활짝 열려 있다. 닫혀 있는 제 마음과는 상이하게도 그렇게 활짝. 향은 열린 대문 앞에 가만히 서 보이는 바깥 풍경을 관망했다.

지나가는 궁인들. 모두가 향을 쳐다본 후 비소를 내짓는다.

지나가는 내관들. 모두가 향을 쳐다본 후 쯧쯧 혀를 찬다.

누구도 반겨주지 않는 공간. 누구도 나를 알아주지 않는 공간.

설욕을 목적으로 적에 온 것에 대한 벌일까. 향은 쓸쓸한 미소를 내지으며 생각했다. 그 때, 뿌연 시야에 들어오는 것이 있었다.

'진원……?'

향은 여전히 동궁 안에 있지만, 조금 더 앞으로 움직였다. 꽤나 오랜 시간 보지 못했던 그였기에, 이리도 애틋한 마음이 드는 것인데.

순간, 원의 몸이 향에게로 틀어졌다. 그의 우직한 몸뚱이가 향을 향해 있으니, 분명 그녀를 보고 있는 것이 틀림없었다.

"하나 이 황실에서 네가 다치지 않기를, 아프지 않기를 바라는 것은 욕심일 터. 내 정녕 네게 바라는 것은……."

문득, 진원의 마지막 말길이 떠오른다. 그의 무심하나 뜨거움이 담겨 있던 그 음성이 떠오른다. 향은 자신도 모르게 손을 뻗었다. 진원 역시 향에게 시선을 내던진다. 그러나.

"네가 돌아가는 것뿐이야."

이내 거두어지는 시선. 애초에 시선이 닿은 적도 없다는 듯, 그렇게 사라진 눈빛이여.

원은 그대로 황도를 걸어갔다. 오직, 무심한 표정을 얼굴에 품은 채 그렇게 향의 시야에서 사라졌다.

세상이 하얗게 변모한다. 하얗고 흐리게 변모한다.

향은 뻗었던 손을 천, 천, 히 떨어뜨렸다. 바닥으로 떨어진 손에서 냉기가 피어올랐다.

분명 빗방울 한 점 떨어지지 않는 날씨건만, 왜 이리도 축축한 것이냐. 왜 이리도 먹먹한 것이야.

향은 자신도 모르게 눈을 내려 감았다. 오롯이 눈을 뜨고 있다간 정말 빗줄기를 내리 흘릴 것 같았기 때문이다.

속눈썹이 파들파들 떨리운다. 저 끝에 담겨 있는 것은 오직 먹먹함과 설움이라. 적에 온 후로 이렇게까지 애달픈 적이 없었다. 진원을 다시 마주했을 때에도, 그에게 모진 말길을 들었을 때에도, 업신여김을 당했을 때에도 이렇게까지 스러지는 마음이 아니었건만.

"아……."

그녀는 결국 무너졌다. 저리도 차가운 눈빛에는 애정을 찾을 수가 없다. 저리도 확연한 무심함에는 그리움을 찾을 수가 없다. 저리도, 저리도…….

궁인들의 비웃음소리가 더욱 크게 들린다. 귓바퀴를 떠나지 못하고 머무는 그 소리에, 향은 다시 한 번 더 무너졌다.

낙화하는 꽃송이처럼, 그녀의 마음 역시 곤두박질쳐져 산산조각이 났더란다.

향은 비칠거리는 걸음으로 처소에 돌아왔다. 방문을 열자마자 뛰듯이 들어가 침상에 눕는다. 아니, 널브러지듯 눕는다.

신열이 올라오는 것처럼 온몸이 뜨거웠다. 손끝에 힘이 들어가지 않아 무엇조차 제대로 할 수가 없었다.

요에 얼굴을 묻는다. 코끝이 뜨거워졌으나 애써 숨을 참으며 감정을 갈무리한다. 만약 이 이상 슬퍼지게 된다면 정히 무너져 일어날 수 없을 것 같았기에. 그리하여 향은 마음을 억누르고 억누르는 것이리라.

그렇게, 향이 제 스스로 감정의 분출을 내리고 있을 때에.

"마마, 이황자 저하께서 알현을 청하옵니다."

문득 김 나인의 목소리가 들려왔다. 다소 떨림이 묻어 있는 음성. 침묵, 그 끝에, 향은 문을 향해 천천히 고개를 돌렸다.

허리춤에 바득 힘을 주어 몸을 일으킨다. 다시금 비칠거리는 걸음으로 다상 앞에 앉았다.

심호흡을 한 번, 두 번, 세 번…… 그 후에.

"들라 하라."

드르륵.

문이 열렸다. 큰 걸음으로 발을 내디뎌 방으로 들어오는 그. 그의 턱은 되똑하게 들려 있었으매 눈에 담긴 것은 흉흉한…… 아주 괴괴한 빛이라.

그의 붉은 머리칼이 사부작 흔들렸다. 그는 자신을 바라보는 향과 눈을 마주하며 사붓 고개를 숙였다.

"처음 뵙지요, 마마. 황자 정현이라 합니다."

"……반갑습니다."

예상치 못한 방문이었으나, 향은 그에게 부드러운 손길로 자리를 내어주며 말했다. 그러나 목소리엔 다소 날이 서 있었으니, 그것 참 모순된 일이었다.

"풍문으로 듣던 것과는 많이 다르시군요. 제 오해를 했었나 봅니다."

풍문이라 하면 동궁에 사귀가 산다는 시답잖은 말들일 테지. 향은 애써 차분한 미소를 입가에 걸며 말을 받았다.

"본디 아는 것과 듣는 것은 다른 법이지요. 듣는 것을 아는 것으로 착각하는 것이 제일 우매한 짓이라 하지 않습니까."

"어찌, 제가 온 것이 달갑지 않으신가 봅니다."

"그럴 리가요. 태자 전하의 하나뿐인 혈육인데, 제 어찌 저하를 달갑잖게 맞이할 수 있겠습니까."

녹녹한 미소가 담겨 있는 향의 말에, 정현은 실소를 내뱉으며 눈썹을 치켜 올렸다. 그리고 재빨리 눈알을 굴려 향의 모습을 담는다.

창을 넘어 밀려오는 부드러운 바람에 향의 머리칼이 요나하게 흔들렸다. 등잔 하나뿐인 방이라 어둑함이 그득했지만, 그 얼굴만은 하얀 빛을 띠고 있었으매 그 붉은 입술엔 매끄러운 향이 담겨 있는 것이라.

달을 등에 지고 있는 탓일까. 별님을 갈아 넣은 듯 반짝이는 그 모습에 감탄마저 흘러나올 지경이었다.

그런 향의 눈에, 번뜩이는 광이 담겼다.

"궁인을 내보내는 것이 좋을까요?"

그에 더욱 입꼬리를 찢으며 괴괴한 웃음을 내비치는 정현. 눈을 느릿하게 깜빡이며 고개를 끄덕인다.

"나가 있게나."

향의 말에 차를 따르던 궁인들은 몸을 일으켜 방을 나섰다. 찾아온 침묵. 이를 깨뜨린 것은 재차 이어진 향의 말씨였다.

"이제, 무슨 말씀을 하실 겁니까."

정현의 눈을 응시한다. 흔들림이 없는 그 눈동자는 굽힘이 없다. 그에 정현은 바닥을 손으로 쾅쾅 내리치며,

"하, 하하! 하하하!"

배를 잡고 웃기에 이르렀다. 그렇게 웃음이 잦아질 때 즈음.

"어마마마는 마마께서 이런 기세를 품고 있는지 모르셨겠지요."

양 입꼬리를 비죽 찢으며 눈을 번뜩였더란다.

그 모습이 마치, 뱀. 뱀과 같아 보여 향은 입술을 파르르 떨 수밖에 없었다.

"하루가 멀다 하고 패악을 저지르는 이라 하였고, 낮밤을 가리지 않고 통곡 소리가 울려 퍼지는 곳에서 크고 자란 이라 하였으니, 마마가 사리분별을 하지 못하는 우매한 이라 생각하셨나 봅니다. 이번엔 어마마마가 크게 당했다지요. 참으로 재미있습니다, 참으로요."

입을 크게 벌리며 혀를 나불대니, 그 모습이 마치 뱀의 혓바닥처럼 보였고 울긋 튀어나온 송곳니가 뱀의 독니처럼 보였다.

"이리 보니 궐내에 있는 그 어떤 계집보다 총명한 분이시거늘, 어찌 이 원석을 알아채지 못하고 다른 이에게 퍼다 주었을까?"

그는 왼손에 턱을 괴며 향을 아래위로 훑어냈다. 진득한 눈빛이 향의 몸을 휘어 감싼다. 향은 마치 더러운 것을 마주했다는 양,

"농을 듣고자 알현을 허한 것이 아닙니다."

부러 고개를 돌리며 말을 피하고자 하였다.

피식, 정현의 입에서 쇳소리가 흘러나왔다. 그는 찻잔을 들어 차를 한 모금 훌쩍 삼켜냈다. 그 차의 향이 입안에서 차차 사라질 때,

"화가 나시지요?"

"무얼 말씀하시는 겁니까."

"화가 나실 겁니다. 참지 못하시겠지요."

"무슨 말씀을 하시는 것인지 모르겠습니다."

"모르는 척을 하시는 겁니까?"

향은 입술을 꾹 깨물었다. 제 속을 훤히 알고 있다는 양 저리 거드름을 피우는 모습이 볼썽사나웠다. 손이 바들 떨린다. 숨이 가팔라지기 시작했다.

"참으로 재미있습니다. 어찌 그 고운 얼굴로 패악을 부리실 수 있단 말입니까?"

이는 한울과 있었던 일을 이야기하는 것이라. 왼손 네 번째 손가락이 욱신거리는 것이 느껴졌다. 손을 마주 잡는다. 꽉 깨문 입술에 핏방울이 그렁그렁 맺히기 시작하였다.

"하기야, 저 같아도 그리 하였을 테지요. 물론 저는, 그 누구에게도 절대 들키지 않았을 테지만요."

정현은, 오 년 전 그날의 기억을 꺼내 들며 고약한 비소를 내지었다. 아직도 피 내음이 제 폐부에 담겨 있는 양, 첨예한 비명 소리가 제 귀에 머물고 있는 양, 정현은 눈을 감고 코를 열고 귀를 쫑긋 세워 그날의 흔적을 만끽했다. 침묵. 후에,

"태자의 정인은 태위의 딸 한울이니, 태자비가 될 이는 한울이라 하였고, 국모의 자리에 있을 것도 한울이라 하였다."

물꼬가 트였으니, 향은 자신의 가슴이 방방 요동치고 있다는 것을 깨달았다. 이를 바득 깨문다. 다시금 밀려온 격분의 감정이 향의 온몸을 내리감았다.

"하나 호에서 온 야만인이 태자를 가로챘으니, 한울은 물론이요, 태자까지 격분했다 하더라."

"……그만하시지요."

"때문에 태자는 호의 야만인을 쫓을 것을 다짐했고, 호의 여인은 가냘픈 눈물만 흘렸다 하더라."

"그만…… 하라 하였습니다."

"폐비가 되어 내쫓길 운명의 여인. 앞으로의 행보가 어찌 될까?"

정현은 비아냥거림을 내뱉으며 향 쪽으로 몸을 숙였다. 허벅지에 팔꿈치를 얹은 채 향을 바라본다. 파리해진 향의 낯빛이 저에게는 꽤 나 우습게 보였다.

"내쫓기실 겁니까, 자리를 보전하실 겁니까."

향은 입술을 자근자근 씹으며 치맛자락을 바르쥐었다.

"아니, 아니, 다시 말을 올리지요. 그대로 태자만 믿고 있다 내쫓기 게 되실 겁니까, 저를 도와 그 자리를 보전하실 겁니까."

향은 대답하지 않는다. 선택을 하기엔 선택지가 너무도 협소했으며, 그를 내는 질문자의 의중도 의뭉스러운 것이기 때문이었다.

"마마께서 저를 돕는다 하시면, 저는 마마께서 내쫓기지 않고 태자 전하의 옆에 머무를 수 있게 도와드릴 수 있나이다."

그러나 제 말 끝에 들리는 것은 없었으니, 이어진 침묵에 짜증이 난 모양. 정현은 다시 몸을 되돌리며 다리를 꼬았다.

"내키지 않으신가 봅니다?"

향은 짤막한 숨을 내뱉었다. 힐끗 눈을 올려 정현을 바라본다. 제 스스로의 악취에 둘러싸인 모습. 뱀처럼 영악해 보이기도, 포악해 보 이기도 하였으나.

"우습습니다."

제아무리 날뛰어보았자 뱀은 뱀일 뿐. 머리를 짓눌리면 사족을 못 쓰는 미물이 아니더냐. 향은 숨을 찬찬히 내쉬며 허리를 꼿꼿하게 세 웠다. 짓밟힌 자존심. 이제 일으켜야 할 때가 된 것이다.

"태자의 가장 큰 적은 황자라. 제아무리 혈육이라 할지라도 권력 앞에선 무용지물이거늘. 여우와 같은 황후와 작당해 꾀를 내어 태자를 갉아내는 황자를 어찌해야 할까?"

향의 말씨 안에서 노기라는 감정이 외롭게 꿈틀거렸다. 정현의 입매가 딱딱하게 굳어 들어간다.

"라는 풍문이 호에까지 실려 왔었지요."

향은 턱을 되똑하게 들며 정현을 바라보았다. 씨익, 정현의 찢어진 눈꼬리가 말려 올라간다.

"뭐, 궐내의 사람들이라면 모두 다 아는 일이니 구태여 숨길 필요는 없을 테지요. 맞는 말입니다. 저는 태자 전하의 자리를 탐내고 있지요. 더불어 적의 주인 자리도."

정현은 힘을 주어 손가락을 오므라뜨렸다. 퍼런 핏줄이 그의 손등에 오도도 올라왔다.

"저는 무슨 일이 있어도 태자 전하의 자리를 넘겨받을 것입니다. 그때에, 전하의 옆에 있는 이들은 모조리, 죽임을 당하게 되겠지요."

턱을 내리고 눈만 올려 향을 바라본다. 노려본다. 이 뜻은 곧, 향역시 무사하지 않으리라는 경고를 담고 있는 것. 이를 알아채지 못할 리 없는 향은 보이지 않는 실소를 픽 내뱉었다.

"만약, 마마께서 저를 도와주신다면 험한 짓은 하지 않겠습니다. 변두리 변방으로 보내 함께 살게 해드리지요. 마마께서 그토록 바라는 태자 전하와."

"돕는다는 것이 무엇을 뜻하는 것입니까? 저하를 태자 전하의 자리에 올린다는, 즉슨 태자 전하를 폐위시킨다는 뜻 아닙니까?"

"바로 그것입니다."

"제가 그럴 성싶으십니까."

향은 단호하게 말했다. 그 모습이 마치 소소리바람에도 지지 않는 소나무와도 같아 보였으니. 정녕 그 기개를 꺾을 수 없는 것일까? 정현은 손을 마주 잡으며 입을 열었다.

"마마, 잘 생각하시지요. 여기서 제 제안을 거절하신다면……."

그는 꼬았던 다리를 풀고 몸을 앞으로 숙였다. 정적. 그리고 그 짧은 시간이 지난 후,

"마마를 죽일 수밖에 없습니다."

제가 바라고 원했던 말길을 내뱉었더란다. 정현은 향을 겁박하겠다는 기세로 눈에 형형한 빛을 담으며 입술을 달싹였다.

향은 아무런 대답이 없다. 분명 겁에 질린 것이리라. 이렇게까지 말하였으니 어머니께 복종을 하고 내 뜻을 따를 것이리라. 정현은 승리에 도취된 미소를 입에 걸으며 낄낄 웃음을 내지었지만.

"죽이시지요."

침묵을 깨뜨린 향의 말씨. 정현은 제가 잘못 들은 성싶어 재빨리 향을 바라보았다.

"아무리 나라에서 버린 옹주라 하여도, 제 태생은 왕족입니다. 그런 제가, 이 머나먼 타국에서 싸늘한 주검이 된다면, 또한 그것이 황실 내에서 일어난 일이라면, 호에서 가만히 있을 성싶으십니까."

"하, 호 따위가 무엇을 한다고요?"

"벽나라가 있지 않습니까. 호와 벽은 가까이 있는 터. 마음먹고 동맹을 맺는다면 가만히 있지 않을 수 있지요."

향은 손을 뻗어 찻잔을 들어 올렸다. 이미 식어버린 차를 마치 물처럼 꼴깍 마셔냈다.

돌아갈 수 없다. 돌아가지 아니하고 내 여기서 뜻을 행해야 한다.

"그러니."

탁, 잔을 다상에 내려놓는 소리. 동시에 향은 슬며시 웃음을 내지
으며 정현을 바라보았다.

"죽여보시지요."

현명하게 행동해야 한다.

열기는 식었으매, 식은 물은 차가웠다. 그 물은 붉은빛이었으나 곧
석양이 되어 검게 변해 버렸더란다.

한여름의 초야. 그러나 그 명색과는 다른, 냉기를 품은 바람이 우
수수 밀려왔다. 살을 에는 듯한 첨예한 바람, 허공을 갉아내고 대지
를 갉아내 검은 세상이 보이게 하는 무거운 바람.

동궁. 벽에 기대어 무언가의 사색에 빠져 있는 진원의 얼굴은 이 밤
처럼 또한 어두웠다.

지겨웠다. 그래. 지겨웠다.

태위와의 술상을 끝낸 후에 든 생각이었고, 홀로 밤의 기운을 맞게
되었을 때 느꼈던 감정이었다.

언제까지 이를 계속해야 할까. 언제까지 이 가면을 뒤집어쓴 채 가
짓부렁을 말해야 하는 것일까. 내가 황제가 될 때까지? 황후를 척출
시키고 정현의 목을 자르고 태위의 희망을 짓밟을 그때까지?

빌어먹을.

그렇게 저 홀로 끝없는 수렁에 빠져들 때, 문득 향을 마주했다. 동
궁 안에 우두커니 서 있던 향을 마주했다.

빛이 사라진, 이미 망자의 기운을 품고 있는 향의 검은 눈동자를
본 순간, 원은 그 시선을 피할 수밖에 없었다. 자신이 향을 저리 만든
것 같아, 자신이 향을 죽인 것 같아. 죄책감에, 그러나 이럼에도 향에
게 다가갈 수 없는 자신에 대한 한탄 때문에. 그렇기에 원은 그 자리

를 벗어난 것이리라.

그러나 또한 향이 보고 싶었다. 아직도 제 손에 온기가 남아 있는 것 같았고, 아직도 향의 향이 남아 있는 것 같아…… 그러하여 자신도 모르게 이 동궁으로 뛰어온 것이리라.

그러나 그를 반긴 것은 향긋한 향이 아닌 질척한 썩은 내였으니.

"기찬아."

원은 벽에 기대었던 몸을 떼어낸 후 짤막하게 말했다.

"예, 전하."

수풀 속, 어둑한 공기를 밀치고 나온 기찬이 대답했다.

"들었느냐."

"……예."

단향과 정현의 대화를 들었냐는 뜻. 원은 분이 숨겨진 숨을 내뱉었다. 정현, 정현……. 이를 바득 갈며 주먹을 바르쥔다.

"어찌 생각하느냐."

"생각했던 것보다 황자 저하께서."

"우매한 이라는 것을 알겠더냐."

기찬은 대답하지 않았다. 그러나 이는 필시 긍정일 터. 진원의 입가에 희미하여 알아챌 수 없는 비소가 걸리었다.

"저리 멍청하고 아둔하니 폐하께서 받아들이지 않는 수밖에."

적나라 어미의 금지옥엽 독자이지만, 황제의 총애를 받지 못한다면 꿔다 놓은 보릿자루 신세일 뿐이니. 정현이 황후의 힘을 뒤에 업고 대신들을 제 편으로 만들었다 할지언정 황제의 총애를 받는 것은 원, 자신일 터. 아직은 승산이 있는 것이리라.

원은 설핏하게 웃었다. 그리고 향의 처소 쪽으로 시선을 내던지며 재차 입을 열었다.

"말뿐일 게야. 입만 살아 있는 놈이라 말이지."

"하나 이 일을 잠자코 넘어갈 수는 없습니다. 어찌 비마마의 앞에서 저런 흉한 말을 할 수 있단 말입니까."

"누가 잠자코 넘어간다 하였더냐?"

다시 고개를 돌려 기찬과 눈을 마주한다. 그러나 그의 눈동자에는 아직도 향의 처소의 모습이 담겨 있었으니. 얼핏 분의 기운이 스쳐 지나갔다.

"당한 대로 되갚아주어야 하지 않겠느냐."

바삭 틀어 올린 입꼬리에 비릿한 미소가 묻었다. 기찬은 고개를 작게 끄덕이며 눈을 아래로 깔아 내렸다.

"지체할 시간이 없느니."

진원은 눈을 찬찬히 감아 내리며 입술을 열었다. 그리고 향의 단호한 말길을 떠올렸다.

진원과 마주할 적마다 오롯하게 비추던 서글픔과 처량함이 존재치 않았다. 그 차분하지만 격동적인 감정이 사라진 자리에, 오만함과 꼿꼿함이 그득 차 있었으니. 그렇기에 놀람을 감출 수 없었던 것이리라.

원은 과거의 향을 떠올렸다. 붉은빛이 넘실거렸던 그때, 애정과 그리움이 함께 공존하던 그때, 청량하게 맑았던, 순수했던 그때……. 그때의 향과 지금의 향이 정녕 같은 사람이던가?

"호나라에 다녀오너라."

같은 사람이나 정녕 같은 것이 아니거늘, 향이 변하게 된 까닭을 알아야 했으니. 이는 필시 연유가 있는 것이라.

휘이잉, 예리한 바람이 다시금 불어왔다. 그것은 진원의 옷자락과 머리칼을 허공에 펄럭이게 만들었고…… 더불어 진원, 그조차도 흔들리게 만들었다.

"호(皓)에 가, 비에 대해서 알아오너라. 하나도 빠짐없이, 낱낱이."

"……알겠습니다."

기찬은 짤막하게 대답했다. 그리고 서늘해진 공기처럼 쓸쓸해 보이는 진원을 바라보았다.

애탄이 그득 차 있는 눈동자, 흔들리는 몸, 저도 모르게 탄식을 내뱉고 있는 입술……. 진원의 저 모습이, 어쩐지 소성에서 호나라 옹주를 마주했을 때의 모습과 같다는 생각이 들었다. 단단했던 고목나무가 삽시간에 우지끈 부러지던, 그 모습과도 같은.

기찬은 침을 끌어모아 삼켰다. 그때.

"에구머니!"

쨍그랑! 물동이 깨지는 소리가 들렸다. 기찬과 진원은 동시에 소리의 근원지로 눈을 돌렸다. 멀지 않은 곳에서 나인 하나가 깨진 항아리 조각을 그러안으며 그들을 바라보고 있었다.

귀찮게 됐군. 원은 고개를 절레절레 흔들며 나인에게로 다가갔다.

"태, 태, 태자 전하를 뵙습니다."

김 나인은 고개를 푹 처박으며 달달 덜리는 말을 내뱉었다.

"이 늦은 시각에 무슨 연유로 밖을 쏘다니는 것이냐."

"마, 마마께서 몸이 좋지 않으시어…… 덥힌 물로 몸을 닦아드리고자……. 아침에 길어놓는 것보다 저녁에 일을 해두는 것이 좋을 것 같아서……. 소, 송구하옵니다."

"몸이 좋지 않다?"

"예, 예. 아직 마마께선 고뿔의 기운이 역력하신지라……."

진원은 눈썹을 까딱이며 향의 처소를 재차 바라보았다. 등잔불이 꺼져 어두컴컴한 방. 그 어둠이 저에게까지 밀려온다는 듯, 원은 주춤 뒷걸음질을 치며 고개를 절레절레 흔들었다.

"태의(太醫)를 부르지 않았더냐?"

"마, 마마께서 괜찮다 말씀을 하셨나이다."

"괜찮다 하여도 괜찮지 아니한 것을 그대가 알고 있기에 시중을 들려 했던 것이 아닌가? 비가 괜찮다 하여도 태의를 끌고 왔었어야지. 비를 지키는 것이 그대가 마땅히 하여야 할 본분이 아니더냐?"

"소, 송구하옵나이다."

"쯧."

원은 미간을 짙게 좁히며 김 나인을 쏘아보았다. 그에 김 나인은 더욱더 고개를 조아리며 짧은 신음을 내뱉기에 이르렀다. 혹여라도 원의 그림자를 밟을까, 발끝을 모으며 어깨를 달달 떠는 저 모습이 애잔하기만 하다.

"전하."

진원의 옆에 우두커니 서 있던 기찬의 말이었다.

"이곳은 제가 정리할 터이니 염려 말고 비마마를 찾아뵈시지요."

그는 김 나인의 앞을 반쯤 막아서며 짤막하게 말을 이었다. 그에 놀란 것은 김 나인이요, 빙그레 웃음을 짓는 것은 기찬이었으니. 쯧, 진원은 혀 차는 소리를 내며 김 나인을 다시금 응시했다.

"혹여라도, 나를 만났다, 내가 이곳에 왔다 말을 한다면."

"저, 절대 그런 일은 없을 것이옵니다. 토, 통촉하여 주시옵소서."

"내가 잡아먹는다 하였나?"

"소, 송구하옵니다."

"비에게 말이 들어가는 일이 없어야 하네."

깊이 머리를 조아리는 나인의 모습에, 진원은 그제야 마음이 놓인다는 듯 숨을 크게 들이마시며 어깨를 꼿꼿하게 폈다. 그러곤 천천히 발을 옮겼다. 향의 처소로.

검은 하늘을 더욱 검게 만들고 있는 두꺼운 구름이 걷힘과 동시에, 환한 보름달이 서서히 모습을 드러내고 있었다.

귀뚜라미 우는 소리, 푸르른 잎사귀를 스치는 바람 소리, 저 멀리 까막새 우는 소리만이 가득하여…… 고요의 공간이라.

바람이 분다. 우수수, 녹음을 한차례 흔든 바람은 창문을 넘어 향의 방으로 굽이굽이 들어왔으니. 곤한 잠에 빠져 있는 향의 뺨을 부드럽게 매만졌다. 그러곤 다시금 솟아올라, 그런 향을 바라보는…… 진원의 머리칼을 사부작 흔들리게 만들었다.

원은 바람에 흔들리는 느낌, 아니, 바람에 흔들리고 있었다. 그의 몸이, 그의 마음이, 그의 모든 것이.

원은 숨을 크게 들이마셨다. 향을 향해 손을 뻗는다. 되돌린다. 다시 손을 뻗는다. 그러나 다시 되돌린다……

'후.'

원은 짤막한 숨을 내쉬며 한 손으로 얼굴을 쓸어내렸다. 그러곤 침상 쪽으로 조금 더 가까이 다가가 향의 모습을 제 눈에 그득 담는다.

"마마를 죽일 수밖에 없습니다."

불현듯 떠오른 정현의 말길. 그의 어조엔 단호함이 묻어 있었으니, 그는 곧 허튼 말이 아니었으리라.

"죽여보시지요."

더불어 떠오른 향의 말길. 향의 어조엔 희미한 웃음이 묻어 있었으니, 그는 곧 모든 것을 받아들이겠다는 뜻이 있는 것이리라.

원은 재차 손을 뻗었다. 덜덜 떨리는 손끝으로 향의 흐트러진 머리 칼을 쓰다듬는다.

"향아."

한참의 침묵 끝에 나온 말이거늘, 돌아오는 답은 없다.

"향아."

이 역시 돌아오는 답은 없었느니.

"왜 이제야 나타났느냐…… 물으면 너는 무어라 할 것이냐. 그간, 왜, 생사조차 말해주지 않았냐 하면, 너는 내게 무어라 할 것이냐"

손대면 사라질까, 원은 조심스러운 손짓으로 향의 뺨을 쓰다듬었다. 제 손끝에 만져지는 이 감촉이, 제 폐부에 그득 들어차는 이 향이, 너무도 반가워서. 그러나 동시에 너무도 서글퍼서. 원은 재차 향의 뺨을 어루만지며 눈가를 바르르 떨었더란다.

"원망을 할 것이냐, 아니면 미안하다 눈물을 보일 것이냐"

왈칵 눈물이 날 성싶었다. 뜨거워진 숨결이 코끝에까지 다다른다.

"네 탓이 아니거늘. 자리를 보전하지 못한 내 탓이야. 네가 늦은 것이 아니라, 내가 늦은 것이다. 하니 내 탓이다, 내 탓이야."

원은 고개를 쳐들고 두 눈을 질끈 내려감았다. 그리고 오 년 전, 과거의 편린을 꺼내들어 그때의 자신을 떠올렸다.

제 위치를 망각하고 궐 이곳저곳을 쑤시며 철없는 행동을 일삼았던 그때. 제가 앉아 있는 자리가 언제 무너질지 모르는 낡은 나무판자와 같았음에도 그것을 깨닫지 못했던, 어리고 어리석었던 그때.

그때에 향을 만났고, 그때에 재민이 죽었고, 그때에 이 지독히도 얽힌 악연의 끈이 생기게 된 것이었다.

"이제는 내가 올곧이 서 있게 되어 너를 다시 만나게 되었으나, 이 발판이 나의 것이 아니니……. 향아, 어찌하느냐. 내가, 내가……."

이 발판은 나의 것이 아니니, 이것은 태위의 것이매 역시 언제 어느 때 무너질지 모르는 낡은 나무판자와 같은 것이니……. 원은 쳐들었던 고개를 내리고 재차 향을 바라보았다.

"내가 또다시 늦을 것 같구나."

원의 눈자위에 뽀얗게 어린 눈물이 은은한 달빛에 반사되었다. 그것은 붉은색으로 보이기도, 검은색으로 보이기도 하였으니 필시 미묘한 감정이 얽혀 있는 것이었다.

"기다려 달라 하지 않겠다. 용서해 달라 하지도 않을 것이야. 내가 어찌 네게 욕심을 부릴 수 있겠느냐."

향을 향했던 매몰찬 말길을 떠올리며, 첨예한 화살촉이 되어 향의 마음을 꿰뚫었던 말씨를 떠올리며. 그 동시에 제 마음마저 쥐어뜯기게 만들었던 언사를 떠올리며. 원은 입술을 꾹 깨물고 한참 동안 향을 바라보았다. 길고 길어 끝이 보이지 않던 침묵, 끝에.

"아프지 말라 하지 않았더냐. 다치지 말라고도 하지 않았어. 한데 왜 이리 수척해진 것이야. 왜 이리 병색이 만연한 것이야."

원은 신열이 오른 향의 이마에 손을 올렸다. 뜨거운 열기. 그러나 그 속에는 시리도록 차가운 기운이 담겨 있는 것이었으니. 원은 천천히 손을 내려 향의 뺨을 어루만졌다. 움푹 들어가 있는 볼을 매만지며, 깊은 한이 담겨 있는 탄식을 내뱉는다. 곧이어 손을 떼어내,

"나 때문일 테지. 못난 나 때문일 테지. 내가 왜 모르겠느냐."

땀에 젖어 있는 향의 머리칼을 쓸어 넘겨주었다. 달빛에 영롱하게 빛나는 향의 모습이 너무도 어여뻐, 그리하여 그것이 너무도 두려워서. 원은 재차 탄식을 뱉을 수밖에 없었다.

"향아."

원은 향의 축 처진 손을 잡았다. 깍지를 껴보기도 하고, 손등을 어루만져 부드러운 살결을 느끼기도 한다.

"향아, 은애하는 향아."

향의 손목에 입을 맞춘다. 간헐적으로 뛰는 맥박이 원에게 오롯이 다가왔다.

"너를 또다시 잃을 수 없구나. 너마저 잃을 수 없어."

재민이 죽던 그날이 생생히 그려졌다. 화살을 맞아 제 앞으로 고꾸라지던 그 모습이, 피를 쿨렁쿨렁 토하면서도 제 손을 어루만져 주던 그 모습이, '전하, 전하'를 마지막으로 빛을 잃었던…… 그 모습이. 그날이. 원은 고개를 가로지르며 눈물이 고여 있는 눈을 수차례 깜빡였다.

"마마를 죽일 수밖에 없습니다."

정현의 말이 이명처럼 윙윙 울렸다. 귀를 틀어막아도 그 소리는 사라지지 않으니. 원은 서글픈 미소를 입가에 걸며 향의 손등을 제 뺨에 가져다 댔다.

"차라리 미워해 주길 바란다. 나를 사무치게 미워해 주길 바란다. 나를 미워해…… 다시는 돌아보지 않길 바란다."

어쩐지 울음이 배어 있는 말끝이었다. 그것은 거짓이 담겨 있는 말길이었기에, 더욱 서글프고도 애틋한 감정이 묻어나는 것이었다.

"내가, 힘이 없구나. 아니, 자신이 없어. 너를 지킬. 너를 안을……."

이불자락을 바르쥔다. 시퍼렇게 올라온 핏줄이 원의 손등을, 팔뚝을, 그리고 가슴을 옭아맸으니. 원은 달달 떨리는 손길로 향의 뺨을 재차 어루만지며 입술을 열었다.

향아, 향아. 너는.

"죽지 마라. 다시는 이 세상에서 사라지지 마."

부디 죽지 말아라. 부디 사라지지 마.

"내가 품고 있는 이 세상에서, 절대로 사라지지 마라. 나는 너를 평생 그릴 것이니…‥. 네게 속죄하며 살 것이니…‥."

오 년 전, 불길에 바스러져 형체도 찾을 수 없는 네 집을 찾아갔을 때, 그때의 내 심정이 어땠는지 아느냐. 그 거뭇한 세상에서 유일하게 빛나던, 네 노리개 조각을 발견했을 때의…‥ 내 마음을 아느냐.

아니, 알지 마라. 간곡히 바라건대 제발 알지 마. 너는, 너는…‥.

"너는 행복하게 살아야 하지 않겠더냐."

너는 그 누구보다 행복하게 살아야 할 터이니.

"절대 너를 잃지 않을 것이다."

원은 몸을 일으켰다. 그리고 향의 흐트러진 머리칼을 제 손에 담아낸다.

"미안하구나."

눈시울이 붉어진다. 금방이라도 눈물이 뚝 떨어질 것같이 축축한 눈가가 애처롭기만 하다.

원은 향에게 더욱 가까이 다가가 그 뺨에 손을 얹는다. 그리고 이마에 입을 맞추고, 감긴 눈꺼풀 위에 입을 맞추고, 콧등에 입을 맞추고.

"연모하였다. 그리고 지금도 연모한다."

향의 입술에 입을 맞추며. 그립고 그리웠던 사랑의 되돌아온 숨결을 탐닉하며. 그러나 이제는 곧 사라져 아련한 향수가 될 그 향을 끌어 마시며. 그렇게 향의 품에 얼굴을 묻었다.

보름달이 구름 뒤로 숨은 시간이었다.

❋

"빌어먹을!"

도겸은 제 머리칼을 헝클며 빠른 걸음으로 길을 나아갔다. 빌어먹을, 빌어먹을. 재차 입술을 달싹이며 욕설을 읊조린다.

비서감 문을 박차고 들어온 기찬이 우다다 쏟아냈던, 정현이 단향을 찾아갔다는 소식. 그리고 단향에게 무슨 말을 했는지 또한…….

정녕 미친 것이 아니더냐. 어찌 적의 하나뿐인 비에게 그런 험한 말을 할 수 있다는 말이냐. 그 자식이 미친 것을 진즉에 알고는 있었다만……! 빌어먹을.

도겸은 걸음에 더욱 박차를 가했다. 오른 다리의 통증이 더욱 첨예하게 다가왔다.

"어딜 그리 바쁘게 가는 게냐."

"전하!"

불쑥 튀어나온 진원이 도겸의 앞을 가로막았다. 빙그레 웃음을 짓는 그. 도겸은 급작스런 원의 등장에 잠시 어깨춤을 들다, 이내 허탈한 한숨을 내뱉으며 어깨를 떨어뜨렸다.

"어딜 가긴 어딜 가겠습니까. 동궁으로 가는 길이었지요."

"동궁은 왜?"

"정녕 모르셔서 묻는 것입니까?"

"글쎄."

진원은 입꼬리를 틀어 올리며 고개를 까딱였다.

도겸의 눈이 가늘어진다. 진원의 저 의뭉스러운 모습에 왈칵 분이 올라왔지만, 티를 낼 수 없는 법. 훅 올라온 마음을 겨우겨우 끌어 내리며 짤막한 숨을 내뱉었다.

"이황자 저하가 비마마를 독대하였다 들었습니다."

"그래서?"

"전하!"

그러나 도겸은 분을 참을 수 없게 되었으니. 도겸은 입술을 꾹 깨물며 진원을 향해 다소 날카로운 눈빛을 쏘아냈다.

"이황자 저하께서 마마께 어떤 말을 했는지 알고 계시지 않습니까? 전하도 그 자리에 기찬과 함께 있었다 들었습니다. 한데 왜 그리 모르는 척을 하시는 겁니까?"

또다시 떠오른 정현의 신랄했던 말길에, 진원은 잠시 눈을 내리감았다. 도겸에게는 보이지 않는 손길로 옷자락을 바르쥔다. 격동의 감정으로 가팔라진 숨을 고르게 만들고자 노력한다.

"모르는 척이라……."

바르쥔 손가락을 하나씩 펴내며 찬찬히 운을 뗀다. 그리고 자신을 응시하는 도겸과 시선을 마주했다.

"그래서, 네가 동궁으로 가면 해결될 일이더냐?"

도겸은 대답하지 않았다. 저가 동궁으로 가면, 저가 동궁으로 가 향을 마주하면 해결되는 일이었던가? 혼란스런 감정 때문에 미처 생각지 못했던 부분. 도겸은 목을 뒤로 빼며 진원의 시선을 피해냈다.

"동궁으로 가서 무얼 할 생각이었느냐? 비를 달래주려 하였어? 정현은 원래 그런 놈이니 괜찮다, 두어라 말을 하려 하였어?"

원은 고개를 절레절레 흔들며 말을 이었다.

"아마 지금쯤 비는, 엊저녁 있었던 일들을 생각조차 하지 않고 있을 게다. 개의치 않고 있을 테지. 네가 생각하는 것보다, 비는."

도겸, 네가 생각하는 것보다. 그리고 내가 생각했던 것보다 단향은.

"강인한 여자일세."

굳건한 솔과 같은 이이니. 원은 제 스스로에게 확신을 뱉는 말로 도겸을 옭아매기에 이르렀다.

도겸은 아무런 말이 없었다. 아득하게 느껴졌던 침묵은 어느새 밀려와 그들 사이의 기류를 훅 떨어지게 만들었다.

도겸은 입술을 자근자근 씹었다. 핏방울이 맺힐 정도로, 더욱 붉게 물들 정도로. 그렇게 제 눈앞을 붉은빛으로 뒤덮을 때.

"그래서."

안온했던, 그러나 격동의 움직임을 보이던 흐름을 깨뜨린 도겸의 말이었다.

"이대로 마마를 홀로 두잔 말씀이십니까? 또한, 하늘 같은 비마마의 앞에서 망발을 내뱉은 황자 저하를 가만히 두잔 말씀이십니까?"

도겸은 제 눈에 힘을 번뜩 주며 강단 있는 말을 내뱉었다. 주먹을 바르쥔다. 끊임없이 토해내는 뜨거운 숨결이 도겸의 분에 찬 마음을 대변해 주는 듯싶었다.

"내가 언제 그를 가만히 둔다 하였나?"

그러나 원의 마음은 이미 가라앉아 있는 것이었으니.

정현……. 내 어찌 그를 가만 둘 수 있겠느냐? 비를 기만하고 나를 기만하여 기고만장 콧대를 올리는, 그를 어찌 가만 둘 수 있겠느냐?

원은 파르라니 마른 입술에 침을 묻혔다. 그리고 턱 끝을 치켜 올려 도겸을 내려다본다.

"그래서 내가 이 자리에 나온 것이 아니겠느냐."

가만히 둘 수 없으니. 그러나 내가 움직일 수는 없으니. 놈이 제 무덤을 파게 만들어야 하지 않겠더냐?

원은 멀지 않은 곳, 연무장을 내다보았다.

"함께 가지, 네가 있어야 할 자리이니."

원은 발끝을 돌리며 도겸에게 손을 뻗었다. 그러나 그를 따르지 않는 도겸. 도겸은 짧막한 숨을 재차 내뱉으며 눈길을 올렸다.

"비마마를…… 뵙지 않으실 겁니까? 정녕 비마마가 아무렇지도 않을 것이라 생각하시는 겁니까?"

진원은 미간을 짙게 찌푸리며 도겸을 바라보았다. 건방진 놈. 어찌 지아비 앞에서 안부인을 연모하는 마음을 비춘단 말이냐? 하지만 이를 오롯이 드러낼 수 없는 터.

진원, 자신이 도겸에게 내뱉었던 말들이 있었으니. 단향을 보살피라는 말을 내뱉던 때가 있었으니. 그렇기에…….

"내 너보다 비를 더 잘 알 것 같다만."

이리 작은 투기밖에 할 수 없을 테지. 진원은 번듯한 실소를 내뱉었다. 이것은 제 마음을 갈무리하려는 뜻이 담겨 있는 행동이었지만.

'절대 그럴 일은 없을 겁니다.'

도겸은 고개를 가로저으며 입술을 달싹였다. 절대, 절대. 네가 나보다 단향을 잘 아는 일은 없을 것이다. 너는, 너는…….

'과거의 향수에 휩쓸려 있는 이가 아니더냐.'

도겸은 눈가에 힘을 풀었다. 그리고 차분해진 낯빛과 더불어 차분한 미소를 입에 걸고 진원을 향해 발을 디뎠다.

"가시지요. 전하께서, 원하는 곳으로."

단향이 강인한 여인이라 하였느냐. 굳건한 여인이라 하였느냐.

그것은 너의 착각이요, 오만함이니.

그 굳건함의 껍데기를 벗겨내면, 안에 담긴 것은 깊은 슬픔이요, 아픔이요, 상처니.

단향은, 단향은…….

'절대 강인한 이가 아니란다.'

도겸은 앞서 걸어가는 진원을 향해 애탄의 눈빛을 내보였다. 다시금 걸음을 재촉한다. 어쩐지 오른 다리에서 시큰한 통증이 느껴졌다.

푸르른 하늘에서 태양빛이 쨍쨍하게 내리쬘 때, 그 청명한 하늘을 두 갈래로 가르는 것이 있었으니.

활시위가 팽팽하게 당겨지는 소리가 들렸다.

피융! 살이 날아감과 동시에 대기를 찢어발기는 소리 또한 들렸다.

도겸은 잠시 걸음을 멈추고 인상을 찌푸렸다. 멀지 않은 곳에서 습사(習射, 활쏘기 연습)를 하고 있는 정현이 보였다. 이곳엔 왜? 도겸은 의문스러운 마음에 진원을 올려다보았지만, 재빠른 걸음으로 앞서 걸어가는 터에 그에게 차마 되묻지 못하였다.

발걸음을 재촉해 진원을 쫓는다.

"대륙에서 제일가는 명궁수라는 칭송이 허튼 것이 아니군. 어찌, 지난밤은 평안하였느냐?"

정현은 겨누고 있던 활을 내리고 목소리가 들리는 쪽으로 고개를 틀었다. 불쾌함이 가감 없이 묻어 있는 얼굴. 그는 눈꼬리를 더욱 찢으며 첨예한 말씨로 대답하기에 이르렀다.

"이곳엔 어쩐 일이십니까?"

"어쩐 일이냐니. 하나뿐인 아우가 습사를 하는 것을 보고 싶어 찾아온 것인데, 왜. 내가 온 것이 고깝더냐?"

"고깝다 하면 돌아가실 겁니까?"

정현은 이를 바득 갈며 대답했다. 그러나 진원은 그런 신랄한 말씨를 개의치 않는다는 듯 비죽 입꼬리를 올리며,

"지난밤은 평안하였느냐 물었다."

정현의 어깨에 손을 턱 올리며 말을 이었다.

지난밤, 지난밤. 비를 찾아간 것을 알고 있단 말인가? 정현의 눈이

가늘어진다. 그러나 이를 드러낼 수 없는 법. 정현은 진원의 손을 탁 쳐내며 비릿한 비소를 입술에 그득 머금었다.

"하하! 매우 평안하였지요. 저를 재미있게 해주신 누구 덕분에 말이죠."

단향을 말하는 것일 테지. 원의 눈동자에 형형한 분노의 기운이 스쳐 지나갔다.

"그러했다면 참으로 다행일세. 혹여 잠자리라도 불편할까 걱정이 돼서 말이야."

"걱정이요? 퍽이나 그러셨겠습니다."

"퍽이나 그러했지. 잠자리가 평안하였다면 그것으로 되었네. 혹여 겁에 질려 소피라도 질질 쏟을까 염려가 되었거든."

"……제게 무슨 말을 하고 싶어 찾아온 것입니까?"

"무슨 말을 할 것 같나?"

날이 선 말씨. 그리고 뒤이어 찾아온 침묵. 철근을 매단 듯 고요해진 기류에 정현은 물론이요, 진원의 뒤쪽에 서 있던 도겸까지도 침을 꿀꺽 삼킬 수밖에 없었다.

"도겸, 왜 그리 멀리 있는 게냐. 가까이 오거라."

그러나 이 무거운 기류의 시발점인 진원은 아무렇지도 않다는 듯, 도겸을 향해 손을 뻗으며 환한 미소를 내지었다. 그에 떨떠름한 표정으로 진원에게 걸어가는 도겸. 그때.

"이게 누구야, 그 유명한 다리병신 아니신가? 어찌, 그 꼴로 죽지 않고 자알 살아 있구나. 콱 자결이라도 해 구천을 떠돌 줄 알았는데 말이야."

팍 튀어나온 정현이 도겸의 앞을 가로막으며 비소 섞인 말을 내뱉었다. 순간적으로, 도겸의 안온했던 눈동자에 흉흉한 빛이 스쳤다.

이 다리가, 누구 때문에 이리 되었는지 알고 있지 않더냐? 이 몸뚱이가, 누구 때문에 이리 병신이 되었는지 알고 있지 않더냐?

도겸은 끈적끈적한 침을 모아 삼켰다. 애써 입가에 미소를 머금는다. 그리고 부러 가벼운 말길로,

"아아, 평안하셨나이까, 황자 저하. 좋은 말씀, 참으로 감사하옵나이다."

정현을 향해 허리를 숙인다. 그리고 그 허리에 빳빳하게 힘이 들어감과 동시에,

"제 비록 다리는 병신이지만 누구처럼 머리통까지 병신이 아니라서말입니다. 아직까지는 잘 살고 있으니 염려치 마시지요."

비아냥거림을 내뱉으며 고개를 까딱였더란다. 그에 풉, 실소를 뱉는 진원. 더불어 시뻘게진 얼굴로 화기를 내뿜는 정현.

"네 다른 다리도 병신으로 만들고 싶은 게냐?"

"하하, 어디 한번 해보시지요. 하나, 이번엔 쉬이 되지는 않을 것입니다."

도겸은 어깨를 으쓱이며 진원의 옆에 바짝 붙어 섰다. 다시금 찾아온 침묵. 그 침묵 안에는 씩씩거리는 콧바람을 내뱉는 정현이 있었고, 부러 그의 눈길을 피하고자 먼 산을 내다보고 있는 도겸이 있었으매 그들 사이를 가만히 관망하고 있는 진원이 존재했다.

진원의 입꼬리가 슬며시 올라간다.

"비서승이 과거 기도위였던 것은 알고 있을 테지. 이자 역시 활이라 하면 따라올 수 없는 명궁수이니. 그대와 비서승 중 누가 더 활을 잘쏘는지 궁금하지 않더냐?"

"전하."

"이 다리병신과 제가 경합을요? 말이 되는 소리를 하십시오, 전하."

도겸과 정현은 눈을 휘둥그레 뜨며 진원을 바라보았다.

"무서워서 피하는 게냐?"

"전하!"

진원은 예상한 반응이라는 듯 빙그레 웃으며 말을 더할 뿐, 쉬이 물러설 생각이 없어 보였다. 정현은 고개를 절레절레 흔들며 뻐근한 손목을 어루만졌다. 그런 그에게 진원이 다가가,

"그것이 아니라면 어디 한번 해보자꾸나. 그리 한다면 내 어제의 일은 묵과하여 줄 터이니."

어제의 일. 즉, 단향을 찾아가 망발을 했던 죄를 묵과하여 준다는 뜻. 정현은 이를 바득 갈며 진원을 노려보았다.

"제장맞을."

욕설을 작게 읊조린다. 무슨 꿍꿍이인지는 모르겠지만, 저리 단언하게 말을 하는 진원의 뜻을 거역할 수 없는 일이었다.

정현은 내려놓았던 활을 들었다. 깍지를 제 엄지손가락에 끼고 화살을 민다. 그렇게 활을 들고 과녁을 향해 조준을 할 때.

"과녁만 맞히는 것은 재미가 없지 않겠느냐? 활은 힘이 중요한 터. 누가 가장 멀리 날릴 수 있는지 보는 것도 좋지 않겠느냐."

정현의 어깨를 부여잡으며 진원이 말했다. 과녁을 맞히지 않는다? 정현은 활을 내리고 진원을 바라보았다. 씨익, 입꼬리를 올리는 원. 곧이어 저 머나먼 곳을 손가락으로 가리키며,

"발길이 끊긴 예경전 쪽이니, 저곳으로 쏘는 것이 좋지 않겠느냐?"

정현의 어깨에서 손을 떼어냈다.

빌어먹을. 다시금 욕설을 읊조리는 그. 진원이 만든 판에서 뛰노는 느낌이 들긴 했지만, 어쩔 수 없는 일이었다. 설마 무슨 일이 있겠느냐. 그렇게 생각하며 활시위를 팽팽하게 만들고, 화살을 제 뺨에서 스

쳐 지나가게 할 때.

"꺄악!"

익숙한 목소리의 비명이 들려왔다. 설마, 설마.

"저하!"

튀어나온 도겸이 정현을 뒤로 젖히며 진원을 바라보았다. 진원의 입가엔 설핏한 미소가 묻어 있었으니. 설마, 그럴 린 없겠지. 어찌 그럴수 있겠느냐. 도겸이 저 스스로 마음을 갈무리하려 노력하였지만.

"마마!"

곧이어 들려오는 궁인의 목소리. 이는 필시, 진원이 정현을 조종하여,

"전하! 대체, 대체 무슨 짓을 하신 겁니까!"

단향. 그녀가 있는 곳을 쏘게 한 것이었다.

단향은 이른 새벽에 눈을 떠, 조반도 물린 채 창틀에 얼굴을 괴고 머나먼 곳을 관망하고 있었다. 흩날리고 흩날리는 녹음의 기운, 그 사이를 짹짹이며 노니는 새들, 녹음에 반사되어 더욱 푸르고 높은 하늘…… 이 어찌 아름다운 풍경이 아니겠느냐. 하지만.

향은 슬쩍 눈길을 돌려 제 발을 바라보았다. 보이지 않지만 제 눈에만 보이는 족쇄가 달려 있는 성싶어, 비리고 지린 실소를 내뱉으며 한참을 바라보았더란다.

"아아……."

향은 제 어깨를 그러안으며 짤막한 신음을 내뱉었다. 엊저녁부터 허리춤과 목덜미에 돈 소름이 가라앉질 않는다. 손끝이 바들바들 떨렸다. 아니, 몸뚱이 전체가 바들바들 떨리는 성싶었다. 두 눈을 질끈 내리감는다. 거듭 신음을 내뱉으며 고개를 떨어뜨린다.

무서웠다. 정현의 그 괴괴한 눈빛이, 당장에라도 자신을 잡아먹을 듯싶었던 그 섬뜩한 눈빛이, 말씨가, 행동이, 너무도 무서웠다. 그래서 두려웠다. 황후의 궁인들에게 붙잡혔던 그때가 떠올라서.

너무도, 너무도, 겁이 났다.

그래서 부러 사나운 말길을 뱉은 것이리라. 그래서 부러 아무렇지 않은 척 콧대를 들었던 것이리라. 그래서, 그래서……

향의 속눈썹이 파르르 떨렸다. 물기가 담겨 있는 듯 축축한 그 눈가가 애잔하기만 하다. 그때.

"마마, 기침하셨나이까."

얇은 창호지 너머로 김 나인의 목소리가 들려왔다. 향은 대답하지 않았지만, 김 나인은 익숙하다는 듯 문을 드르륵 열고 방 안으로 들어와 고개를 조아렸다.

"태자 전하께서 서신을 보내셨나이다."

김 나인은 향에게 조심스레 다가와 돌돌 말린 연통을 건네주었다.

"태자…… 전하께서?"

향의 입에서 나온 것은 조심스러운 말길이었지만, 그 손놀림은 그렇지 않은 터. 부산스러운 손짓으로 연통을 쫙 펼치니,

─사시(巳時)까지, 예경전 후원으로

정갈한 필체가 짤막하게 그려져 있었다. 향은 제 눈이 잘못되었나 싶어 눈을 몇 번이고 비비며 그것을 바라보았다. 그러나 보이는 것은 같은 터. 향은 연통을 다시 돌돌 말아 침상 옆 문갑에 집어넣었다.

"……예경전이 어디에 있는 것이냐."

말끝은 덜덜 떨리고 있었으니, 필시 기대감과 희망이 담겨 있는 것

이리라. 김 나인은 그런 향을 보며 빙그레 미소를 내지었다.

"제가 모시겠습니다, 마마."

"전하께서…… 나를 그곳으로 부른 것이라면……."

향은 떨리는 두 손을 부여잡으며 입술을 열었다.

"내 발에 묶여 있는 이 금족령도 철회한다는 뜻과 같은 것일 테지? 그런 것일 테지?"

"소인 역시 그리 생각하옵나이다."

"아……."

향은 짙은 신음, 아니, 희열에 그득 찬 숨을 뱉으며 두 손에 얼굴을 묻었다. 끊임없이 입술을 달싹인다. 그 고운 입술에서 흘러나온 것은,

"다행이구나, 다행이야."

안도와 오롯한 기쁨이 담긴 말씨였기에. 김 나인은 따뜻한 미소를 내지었다. 그리고 어젯밤 단향을 찾아왔던 진원의 모습을 떠올렸다.

향의 처소를 내다볼 때 언뜻 비춰졌던 그 흔들리던 눈빛. 불안함과 애틋함이 섞여 있던 그 얼굴. 걱정스러움이 묻어 있던 그 말씨.

아아, 마마. 정녕 잘되었습니다, 정녕 잘되었어요. 김 나인은 빙그레 웃으며 몸을 일으키는 향의 손을 잡으며 부축했다.

"빨리 가자꾸나. 빨리, 한시라도 빨리……."

향은 김 나인에게 기대어 몸을 움직였다. 그러다 문득 시선을 내려 제 발목을 다시 바라보았다.

살을 꽉 조여매고 있던 족쇄가 사라졌다. 족쇄가 사라진 자리에, 꽃으로 만든 고리가 얼핏 비춰지는 성싶었다.

향은 김 나인을 따라 황도를 거닐었다. 동궁에서 나온 지 한참이 지난 것 같았지만, 김 나인은 멈출 생각을 하질 않았다. 대체 어디까지 가야 하는 것일까. 향은 어쩐지 으슥해진 길을 둘러보며 생각했다.

탁, 김 나인의 발걸음이 멈췄다. 그에 저 역시 걸음을 멈추는 향. 이게, 대체…….

"전(殿)이라 하지 않았더냐."

향은 누렇게 말라 버린 잎사귀들을 자근 밟으며 입술을 열었다. 관리를 전혀 하지 않는 듯, 높게 자란 잡초와 찐득하게 묻어 있는 새똥들. 그리고 언제 쓰러져도 이상할 것이 없이 허름한 건물……. 기괴할 정도로 으스스한 분위기에 향은 어깨를 움츠릴 수밖에 없었다.

"예, 맞습니다. 지금은 운하신 귀비께서 사시던 곳입니다."

향은 건물에 가까이 다가가 쩍쩍 금이 갈라진 벽을 어루만졌다. 향의 손길에 따라 떨어지는 나무판자들. 손바닥을 펼쳐 보니 거뭇한 그을음이 묻어 있는 것이 아닌가. 화마(火魔)에라도 휩쓸렸던 것인가. 이런 향의 생각이 들어맞았다는 듯, 김 나인은 향의 손을 면포로 닦아 주며 말을 이었다.

"불이 난 적이 있는 곳인지라 많이 허름합니다. 중건을 해야 하지만, 폐하께서 말씀이 없으셨던지라……."

"폐하라니? 황제 폐하를 말하는 것인가, 황후 폐하를 말하는 것인가?"

김 나인은 대답하지 않았다. 그러나 향은 제 물음에 대한 답을 스스로 알겠다는 듯.

"황후 폐하로군."

고개를 절레 흔들며 말문을 틔웠다.

"여인의 질투는 오뉴월에 서리도 내리게 한다지. 그래. 이번만큼은 폐하가 이해가 되는구나."

향은 우수수 불어오는 바람을 제 손에 휘감으며 입술을 달싹였다.

그때, 뜨거운 기운이 훅 밀려왔다. 향은 번뜩 고개를 들고 기운의 근원지를 찾았지만, 보이는 것은 없는 터. 뻗었던 손을 내리며 숨을 들이마셨다.

불이 났다 하여도 오랜 시간이 지났을 터인데, 어찌 이리 퀴퀴한 냄새가 그득할까. 어찌 이리 스산한 기운이 그득할까. 소맷자락으로 제 코를 틀어막으며 생각했다.

"뒤쪽으로 나가 있자꾸나."

향은 예경전 뒤쪽에 있는 정원으로 발끝을 돌리며 말했다.

제 눈에만 보이는 화마의 기운이 가깝게 와 닿았기 때문일까. 그에 비롯되어 오 년 전 '그날'이 떠올랐기 때문일까. 급작스레 올라온 근원 모를 감정에 정신마저 아찔해졌다.

그때 어딘가에서 이상한 소리가 들리기 시작했다. 이것은 분명…….

"꺄악!"

피융! 날아온 화살이 향의 뺨을 스치고 지나갔다. 삽시간에 일어난 일. 향은 숨도 쉬지 못한 채 그 자리 그대로 서 있을 뿐이었다. 주르륵, 향의 뺨을 따라 붉은 핏방울이 뚝뚝 떨어지기 시작했다.

"마마!"

황급히 뛰어온 김 나인이 향의 몸뚱이를 세게 부여잡았다. 그러나 향은 움직이지 않았다. 아니, 움직일 수 없었다.

코를 찌르는 비릿한 피 내음, 제 시야를 아득하게 만드는 불의 매캐한 기운. 제 몸을 감싸는 그날의 흔적에, 기억에…….

"마마!"

향은 우지끈 주저앉았다. 우욱, 토악질이 절로 올라왔다. 웩, 웩. 속에 있는 것을 모조리 게워내고 나서야 숨을 오롯하게 쉴 수 있었다. 아니, 그럼에도 제 코를 어릿하게 찌르는 이 빌어먹을 냄새는 없어지질 않았다.

향의 눈앞에 오 년 전 그날이 그려진다. 불길이 삽시간에 퍼져 집을 집어삼킬 때. 아니, 불길이 피어오르기 전에 그 불길만큼 뜨겁고 시뻘건 피를 내뿜었던…….

"어머니……."

어머니의 모습이 생생하게 그려졌다. 향의 시야가 차차 흐려진다. 어머니, 어머니. 향은 제 눈에만 보이는 시뻘건 화마를 마지막으로 정신을 잃었다.

그 화마 속에 있는 것은, 진원의 모습이었다.

❋

호나라, 이백삼십오년 잎새달 초하루날.

지지배배 우는 종달새 소리가 경쾌하게 들렸다. 중천에 걸린 태양은 끊임없이 붉은 빛만을 내뿜으며 그 열기를 대지 전체에 쏘아내리고 있었다.

지독히도,

"좋은 날이구나."

향은 나지막하게 중얼거리며 고개를 들었다. 머리를 치켜 올리자마자 뜨거운 열기가 눈알을 도려내려는 듯 날카롭게 내리쬐었다.

새삼 느껴지는 더운 열기. 향은 옷자락을 펄럭이며 짧은 숨을 들이마셨다. 끔찍하리만큼 뜨겁고 또한 질척한 날씨였지만, 이것이 오롯이 나쁘게만 다가오지 않는 날이었다.

"하루."

원이 소둔을 떠난 지 십사 일째가 되는 날이었다. 하루만, 하루만

있으면.

"딱 보름만 기다려 줄 수 있겠소? 내 보름 후에 이곳에 다시 오지."

원이 약조한 보름이 채워지는 날이었다. 향은 끌어 모은 무릎에 얼굴을 묻으며 작게 미소 지었다.

본디 모든 이들에게 어여쁨을 받았던 향이었지만 한 씨의 배에서 혜령이 나옴과 동시에 그 모든 것들은 사라진 몽상이 되었으니. 매 받는 것은 동정 어린 시선과 독기에 그득 차 있는 욁아맴뿐이었으나.

원은 달랐다.

처음이었다. 조심스러움이 묻어 있는 손길로 매만져 주었던 것이, 따뜻한 눈빛으로 바라봐 주었던 것이, 그리고 그런 따사로운 눈동자 안에 향 자신을 오롯이 담아주었던 것이.

머리가 클 적부터, 어머니를 제외하고는 사랑을 제대로 받아보지 못했던 향이, 자신을 있는 그대로 보아주는 원에게 마음을 빼긴 것은 어쩔 수 없는 일이리라.

향은 웅크리고 있던 몸을 쭉 펴며 다시금 하늘로 고개를 쳐들었다.

한 씨가 중전이 된다는 소식을 들었다. 내 그럴 줄 알았지. 어마마마를 내쫓고 제가 그 자리를 차지하기 위하여 모략을 꾸몄다는 것을 알고 있었지. 그러니 아바마마 역시 이 계략을 알 때가 되었으니. 이제는 어머니를 부를 때가 온 것이리라.

"돌아가면……."

궐로만 돌아가면, 원을 내 지아비로 맞고, 내 관례를 치를 때까지 원자가 나지 않는다면, 훗날 대왕 자리에 원을 앉힐 수 있을 테지.

향은 지나치게도 먼 미래를 생각하며 머리칼을 배배 꼬았다.

지아비, 지아비. 픽 소리를 내며 옅은 미소를 짓는다.

이름만 알면 뭔들 어쩌겠느냐. 나이를 몰라도, 사는 곳을 몰라도, 가문을 몰라도 그것이 무슨 상관이더냐. 내 아무리 한 씨와 혜령에게 구박을 받아 도태된 공주라는 오명을 쓰고 있다 하지만, 나는 하늘을 호령하는 대왕과 땅을 감싸 안는 중전의 하나뿐인 딸이렷다. 그러니 괜찮다, 괜찮아.

향은 두 눈을 끔뻑이며 퍼런 하늘을 둥둥 떠다니는 구름의 하얀빛을 좇았다.

하나 이런 마음은, 치기로 똘똘 감싸진 어린아이의 허튼 투정일 수도 있다는 것을, 향은 미처 알지 못했다. 아니, 알고 있으매 알려 하지 않는 것일지도 몰랐다. 향의 마음은 떠나간 원에 대한 그리움과 애정으로 그득 차 있었으니.

안온하지만 어딘가 비틀어져 있는 기류가 향의 주변을 내리 훑었다. 그때였다.

"오늘도 이곳에 있는 것입니까."

윤 씨의 목소리가 들려왔다.

"어머니!"

향은 그를 듣기가 무섭게 벌떡 일어나 윤 씨에게로 다가갔다. 와락 허리춤을 끌어안으며 배시시 웃음을 짓는다.

"공주께서 들으면 기뻐할 소식이 있어서……."

"기뻐해요? 제가요? 설마……! 아바마마께 연통이 온 것이어요?"

윤 씨는 나붓이 웃으며 고개를 끄덕였다.

아, 아아……. 향은 감격에 겨워 말을 할 수 없다는 듯, 작은 신음을 뱉으며 윤 씨의 옷자락을 꼭 움켜쥐었다. 향의 눈동자에 비친 기쁨의 빛을 본 윤 씨는 자신 역시 미소를 지으며 향을 꼭 그러안았다.

"이젠 되었습니다. 이젠 다 되었어요. 이젠…… 다시 예전으로 돌아갈 수 있는 것입니다."

"어머니……."

물론 중전의 자리가 아니라 내명부 중 가장 품계가 낮은 숙원(淑媛)의 자리이지만.

그러나 윤 씨는 차라리 다행이란 생각이 들었다. 누명이라고 하나, 하늘 같은 대왕의 약에 독을 타 넣었다는 죄목을 짊어지고 있는 죄인이 궁으로 복귀한다는 것만으로도 감읍했기에.

윤 씨는 자신을 물끄러미 보고 있는 향의 목을 더욱 세게 그러안았다. 이제는, 이제는……. 향이 입고 있는 낡은 의복을 바라보며 보이지 않는 눈물을 닦아낸다.

"전하께서 내일 날이 밝는 대로 입궁하라 명 하였습니다."

"……내일요?"

향의 눈망울이 사뭇 흔들렸다. 그 눈에는 온전히 기쁨만이 담겨 있는 것이 아니라, 이를 놓칠 리 없는 윤 씨가 고개를 갸웃거리며 향에게 되물었다.

"다른 일이 있는 것입니까?"

"아니, 아니, 그것이 아니오라……."

향은 주춤거리며 입을 오물거렸다. 내일이면 진원이 약속한 날이었다. 하나 시간까지 약조하지 않은 터. 내일이라 하여도 언제 어느 때에 올지 모르는 일이었다.

그러기에 향은 쉽사리 답을 할 수 없었다. 원을 만나야 하였고, 원에게 자신이 호의 공주라 말을 해야 했기 때문에.

이를 어쩐다……. 향은 눈동자를 데굴데굴 굴리며 깊은 고민에 빠졌다. 궁으로 돌아가는 것만큼 바라고 바랐던 일은 없었지만, 그와 동시에 진원과의 재회 또한, 바라는 일이었으니.

"혹 일이 있다면, 날을 미룰까요?"

어느새 자신의 마음속 널찍하게 자리 잡은 원의 환영에 향은 새삼 놀랐다는 듯, 손가락을 오므리며 입술을 꾹 깨물었다.

향의 머뭇거리는 모습에 윤 씨는 선웃음을 지으며 향의 뺨을 보드랍게 쓰다듬었다.

"괜찮습니다. 전하께 연통을 올리지요."

"어머니……"

괜찮아요. 윤 씨는 향의 뺨에 자신의 뺨을 부비며 재차 대답했다.

"혹, 정인을 기다리고 있는 것입니까?"

향은 전혀 예상치도 못한 윤 씨의 말에 숨을 들이마시며 고개를 숙였다. 너무도 뻔하게 보이는 향의 모습에 윤 씨는 밝은 미소를 지으며 향의 머리칼을 쓰다듬었다.

그래. 윤 씨는 어렴풋이 짐작하고 있었다. 바깥 내음을 맡기 싫어하던 향이 달 내내 처소를 뛰쳐나와 이 둔덕에서 날을 보내는 모습에서, 무언가를 좇는 듯 먼 산을 바라보며 희미한 웃음을 내지었던 것에서, 항시 날이 서 날카롭기만 했던 눈동자가 어느새 꿀을 머금은 듯 보드라운 기쁨을 담고 있는 것에서.

정인이 생긴 것이라, 내 손이 닿는 곳이 아닌 다른 곳을 마음에 품은 것이라. 윤 씨는 짐작하고 있었고 또한 오늘 향의 행동에 확신하고 있었다.

"마마께서 어른이 되고 있나 봅니다."

윤 씨는 자신이 보듬지 못한 새에 어느덧 훌쩍 커버린 딸을 지그시 응시했다.

본디 눈에 넣어도 아프지 않은 딸이라, 어느 곳 하나 미운 곳 없는 어여쁜 딸이라. 사랑으로 감싸매 그 모습 자체를 고귀하게 여겨 하대조차 하지 못했던 나의 딸이라. 그런 나의 딸이, 이제 저의 품을 떠날 때가 온 것이었다. 윤 씨는 향의 바르쥔 손끝을 부여잡았다.

가체를 올리고 뺨에 곤지를 찍은 향의 모습을 머릿속으로 그린다. 참으로 곱겠구나. 꽃이 되겠구나. 봄을 맞아 만발하는 꽃이.

기쁨을 감출 수 없었다. 자꾸만 나오려는 웃음을 막을 수 없었다.

향아, 향아. 내 딸아, 너는······.

"새로운 향을 품을 때가 되었지요."

윤 씨는 향의 손을 더욱 세게 부여잡았다. 마른 꽃 두 송이에 향이 묻어 들었다. 지독히도 짙은 향이.

호나라, 이백삼십오년 잎새달 초이튿날.

'춥다.'

향은 부르튼 입술을 달싹이며 중얼거렸다. 해는 사라진 지 오래. 멀리서 들리는 까마귀 울음소리와 어슴푸레한 밤기운만이 향이 앉아 있는 둔덕 주변을 내리 훑었다. 한 치 앞도 보이지 않는 어둠 속에서 유일하게 빛을 내고 있는 향과, 그런 향의 마음속에 가득 담겨 있는,

"원?"

향은 저 멀리 흐릿한 그림자를 바라보며 말했다.

퍼뜩 몸을 일으켜 둔덕 아래로 달려갔지만, 보이는 것은 금수에게 물려 뜯긴 듯 벌건 내장을 드러내며 얕은 숨만을 간신히 내뱉고 있는 까마귀 한 마리.

향은 자신이 서 있는 부근까지 날아온 까마귀의 검은 깃털을 주워 들며 마지못한 웃음을 내뱉었다.

원과 약조한 후로 딱 보름이 된 날이었다.

수탉의 울음소리가 들릴 때에, 아니, 어쩌면 그보다도 더 이른 새벽부터. 향은 원과 헤어졌던 이 둔덕에 가만히 앉아 떠나간 그의 흔적을 좇고 있었다.

그러나 원은 오지 않았다. 그 붉은 머리칼과도 같은 태양이 떠오를 때에도, 그 빛이 사라져 세상이 어둡게 물들어가는 지금까지도. 오지 않았다.

혹, 오지 못한 것이 아닐까? 향은 애써 태연하게 웃으며 주먹을 바르쥐었다. 무슨 일이 있는 것이 아닐까. 혹 몸이 아프다든지, 집안에 일이 생겼다든지……. 분노와 울화보다 향의 마음속을 채우고 있는 것은 걱정, 그것 하나뿐이었다.

"돌아갈까……."

향은 저 멀리 보이는 자신의 집을 바라보며 중얼거렸다. 집으로, 궐로, 아비의 품으로……. 내일이라도 원이 오게 되면 어찌하지? 텅텅 빈 집을 보며 애탄해하면 어찌하지? 다시는, 다시는 만나지 못하게 되는 것이 아닐까? 향은 입술을 자근자근 뜯으며 두 눈을 질끈 감았다.

까무룩 눈을 까뒤집은 까마귀 시체에서 죽음이라는 짙은 향이 풍겨왔다.

검디검은 까마귀의 깃털 몇 개가 바람결에 휘날려 하늘 높이 올라간다. 커다랗게 떠 있는 신월 위를 굽이치듯 지나간다. 하얀빛이 검은 빛으로 보일 때, 거멓다 못해 투명해 보일 정도로 어두워질 때,

"향아, 향아!"

윤 씨의 목소리가 들렸다. 다급함이 담겨 있는 목소리였다.

향? 윤 씨가 온전히 이름만을 부른 것은 처음이기에, 향은 자신도 모르게 어깨를 움츠렸다.

심장이 거세게 뛰기 시작했다. 이름 모를 불안감이 물밀 듯 쏟아졌다. 딱딱하게 굳어진 손끝이 이를 증명하는 듯싶어 향은 집 쪽으로 빠르게 달음박질을 하기 시작했다.

"어머니!"

집 근처에 다다르자 대문을 열어놓고 발을 동동 구르며 짐을 싸고 있는 윤 씨가 보였다. 바르르 떨리다 못해 물건 하나 채 집지 못할 정도로 경기를 일으키고 있는 그녀. 향은 윤 씨에게로 달려가 그의 팔을 부여잡았다.

"어머니, 대체 무슨……!"

"대체 어디에 있었던 겁니까! 빨리 가야 합니다, 빨리……."

윤 씨는 초점을 잃어버린 눈으로 더듬더듬 향을 매만지며 말했다.

어머니? 귓가에 들릴 만큼 거세진 심장 소리가 향의 목구멍을 턱 틀어막았다.

그때, 적막함만이 가득했던 검은 세상에 작은 균열이 생기기 시작하였다. 이름 모를 소리가 들렸다. 이것은 분명.

"가야 해. 빨리, 가야……."

이 첩첩산중 산골에 어울리지 않는 묵직한 발소리였다.

윤 씨는 제 손에 쥐고 있던 서신을 바르쥐며 입술을 꾹 깨물었다. 좌의정의 급한 연통. 한 씨가 일을 벌이고 있으니 한시라도 빨리 그곳에서 도망치라는 전갈. 윤 씨는 향의 옷자락을 잡아당기며 문 쪽으로 빠르게 걸어갔다. 그때.

"악!"

창을 넘어 들어온 것은 허공을 가르고 날아온 날카로운 화살촉이었으니.

"어머니!"

윤 씨는 어깻죽지를 부여잡으며 털썩 주저앉았다. 바르르 떨리는 손으로 화살이 꽂혀 있는 어깨를 감싼다.

이게, 대체, 무슨……! 향은 아직도 이 상황이 받아들여지지 않아, 어안이 벙벙한 채로 고꾸라지는 윤 씨를 바라볼 수밖에 없었다. 어머니, 어머니. 입술을 열어 말을 뱉으려 했지만 나오는 것은 거친 숨소리뿐이었으니.

윤 씨는 남은 힘을 쥐어짜 내 향의 손을 끌어당기며 그를 내려앉혔다. 헉, 허억……. 불규칙적인 숨소리가 향의 귓가에 오롯이 박혔다.

"햐, 향아……! 악!"

휘익. 바람 가르는 소리가 또다시 들려왔다. 영문도 모른 채 어미의 품에 안긴 향은, 곧 어미의 팔뚝을 관통해 튀어나온 화살촉을 보며 깎아 지르는 비명을 내질렀다.

"어, 어머니. 대체, 이게……. 어머니!"

"아가. 빠, 빨리 숨어라. 빨리……! 저, 절대로 소리를 내지 말아야 할 것이야. 절대로……!"

윤 씨는 침상 아래로 향의 머리를 집어넣으며 작게 입술을 달싹였다. 피가 뚝뚝 떨어지는 윤 씨의 팔, 그런 핏물을 묻힌 채 침상 아래로 기어들어 가는 향.

윤 씨는 비칠비칠 몸을 일으켰다. 침상 부근에 고꾸라져 있다면 향이 있는 것을 들킬 것이라. 말로 표현 못 할 통증으로 가득한 오른쪽 어깨를 부여잡으며 있는 힘을 다해 허리를 세웠다.

향은 그런 어미를 바라본다. 그 처연한 눈동자에서 흘러나온 눈물이 뚝뚝 떨어져 마룻바닥을 적시고 있었다. 분명 어미의 어깨와 팔뚝에 박혀 있는 저 화살은,

호(皓)의 것이었다.

그제야 이해가 갔다. 어미와 자신을 사지로 몰아넣고 있는 것은, 타닥이는 발걸음 소리의 근원은.

한 씨. 되바라진 계집. 향은 이를 으득 갈았다.

그러나 향은 아무것도 할 수가 없었다. 그저 닭똥 같은 눈물만을 뚝뚝 흘리며 어미의 뒷모습을 바라볼 뿐. 무력감과 나약함이 온몸을 휘감았다. 손끝이 바르르 떨렸다. 눈물의 잔영에 시야마저 흐릿해질 지경이었다.

하나, 그러나. 향은 이 안전한 침상 아래에서 나가 어미에게로 달려갈 수 없었다. 살아야 했기에, 살고 싶었기에, 이 짧은 생을 여기서 마감하고 싶지 않았기에. 죽고 싶지,

"네놈들! 여기가 어디라고 들어오는 게냐!"

않았기에.

향은 문을 박차고 들어온 인영 둘의 발을 바라보았다. 윤 씨는 꼿꼿하게 편 허리를 더욱 빳빳하게 세우며 턱 끝을 들어 올렸다.

"한 씨가 보낸 것이더냐? 하늘 같은 대왕의 지어미에게 이 무슨 무례한 짓이란 말이냐!"

"하하! 이제 곧 죽을 계집이 말이 많구나."

차갑도록 날이 선 음성이었다. 향은 자신도 모르게 억 비명이 나올 것 같아 입을 틀어막았다. 어머니, 어머니……. 끅끅 울음을 간신히 참으며 더욱 몸을 웅크렸다. 그때.

"대왕 전하께서 가만히 계실 줄 아는…… 악!"

촤악, 검이 빠르게 허공을 가르는 소리? 아니, 윤 씨의 몸에서 튀긴 피가 흩뿌려지는 소리였다.

"어, 어, 억……."

윤 씨는 비명조차 내지 못한 채, 벌어진 살과 그 틈에서 뚝뚝 떨어

지는 핏방울을 틀어막으며 털썩 주저앉았다. 인두로 지진 듯 뜨거운 열이 밀려옴과 동시에 표현 못 할 고통이 찾아왔다. 아, 아, 아…….
짧은 신음을 내며 몸을 웅크린다.

"다른 계집은 어디 있느냐."

웅크리고 있는 윤 씨의 가슴팍을 발로 차며 사내가 말했다. 끄윽, 끅, 소리를 내며 윤 씨가 시뻘건 피를 토해냈다.

향아, 향아……. 윤 씨는 향의 모습을 두 눈에 담고 싶었지만, 부러 향이 있는 쪽으로 눈을 돌리지 않았다. 자칫하다간 이자들이 향이 있는 곳을 알아채 칼부림을 할 것 같았기 때문이다. 가파른 숨을 내뱉는다. 어느덧 찾아온 짙은 죽음의 향. 이 향기는,

"내가…… 네 녀석들에게, 네깟 것들에게, 알려줄 것 같으냐?"

지워지지 않는 것이었다.

윤 씨는 자신의 턱을 붙잡은 사내에게 피가래를 퉤 뱉으며 비릿하게 웃었다. 네놈들이, 네놈들이 감히 호의 공주에게 해를 가할 수 있을 것 같으냐. 꿀렁꿀렁 피를 토하며 윤 씨는 두 눈을 질끈 감았다.

"내 딸은, 향은, 네들이 찾는 공주는! 이미 지금쯤 대왕께 달려가고 있을 게다. 네놈들의 사지를 찢어버리려! 내 이대로 가만히 있지는 않을 것이야. 반드시 네놈들의 모가지를……!"

좌악! 사내는 윤 씨의 뺨을 홧홧하게 후려쳤다. 얼굴이 돌아감과 동시에 비틀 엎어진 윤 씨의 몸. 하하, 하하……. 윤 씨는 선웃음을 내뱉었다. 질긴 명줄도 오늘로써 끝이구나. 죽음이라는 무거운 기운은 알아채려 애를 쓰지 않아도 알게 되는 법이었다. 주먹을 바르쥔다.

"건방진 계집."

억, 윤 씨는 자신의 가슴팍에 내리꽂힌 검과 그를 쥐고 비릿하게 웃고 있는 사내의 얼굴을 바라보았다. 이번엔 고통조차 느껴지지 않

았다. 몸이 붕붕 뜨고 있다는 듯, 허탈한 웃음만이 흘러나왔다.

이젠,

'끝이구나.'

윤 씨는 빙그르르 고개를 돌렸다. 그리고 침상 아래에 숨어 있는 자신의 딸과 눈을 마주했다.

아가, 아가. 제 얼굴을 알아볼 수 없을 정도로 눈물줄기를 죽죽 흘리고 있는 향을 바라본다. 왜 그리 울고 있어. 왜, 왜…….

당장에라도 손을 뻗어 향의 두 뺨을 닦아주고 싶었지만, 윤 씨에게는 그럴 만한 힘이 남아 있지 않은 것이라. 이미 죽음이라는 기운에 몸을 맡긴 것이라.

"아가……."

윤 씨의 눈동자에 서렸던 빛이 사라진다. 차차 굳어가 초점이 맞지 않는 윤 씨의 눈을 응시한다.

'어, 어머니……'

어머니, 어머니. 제발……. 향은 입을 틀어막으며 더욱더 굵은 눈물을 흘려냈다. 당장에라도 어미에게 달려가 몸을 흔들며 고래고래 소리를 치고 싶었지만, 고운 얼굴에 묻은 핏자국을 닦아주며 제발 눈을 떠라 애원하고 싶었지만.

향은 그리 할 수 없었다. 이곳을 나갈 수가 없었다. 무서웠기에, 어미의 뒤를 쫓아 사라지는 것이 두려웠기에. 바르르 떨리는 눈으로 윤 씨의 얼굴을 바라본다.

"에이, 피가 다 튀었잖아."

"끌끌. 그러니까 한 번에 죽였어야지. 으, 더러워라."

향은 두 눈을 질끈 내리감았다. 그리고 귀를 틀어막는다.

"참 다행이지. 이년이 하루를 미루지 않으면 어찌될 뻔했어?"

"꼼짝 않고 궁에 들어왔겠지. 그때는 마마도 어찌할 수 없었을 테니까."

하루? 향은 순간 숨을 멈춘 채 귀를 쫑긋 세웠다. 설마, 설마…….

"미련한 계집. 대왕이 말을 할 때 바로 튀어왔어야지, 무어라고 제 깟 게 날을 미룬대?"

"그러니까 이렇게 돼지는 거지. 자업자득 아니겠나? 하하!"

어머니. 향은 바르르 손을 떨며 입을 벌렸다. 제가, 제가 청을 드려서. 날을 미루자 말을 해서. 욕심을 부려서. 되도 않은 연정을 바라서, 그래서…… 이리 된 것입니까? 그래서, 그래서 어머니가…….

향은 하, 하, 숨 트는 소리를 내며 어깨를 들썩였다. 와르르 쏟아지는 눈물을 막을 수 없었다. 어머니, 어머니……. 이미 세상의 것이 아닌 듯, 빛이 퇴색된 윤 씨의 눈동자를 바라본다.

"이러고 있을 때가 아니지. 쫓아가야 하지 않겠나?"

"누굴? 아아, 공주 그 계집 말하는 겐가? 쫓아갈 필요까진 없지 않겠나. 마마께서 명하신 건 요, 되도 않은 계집이니."

사내는 윤 씨의 얼굴을 발로 툭툭 차며 낄낄댔다. 그때, 바깥 멀지 않은 곳에서 말소리가 들리기 시작했다. 사람 여럿의 말소리와 다닥다닥 발굽 소리.

"빌어먹을. 벌써 도착하다니. 빨리 나가세나."

사내는 윤 씨의 몸에 꽂혀 있던 검을 아무렇지 않은 손길로 쑥 빼어 들었다. 그리고 뒷문을 이용해 바쁜 발걸음을 한다. 그때에 향은,

"어, 어머니……."

사내들이 나간 것을 확인함과 동시에 침상 아래에서 엉금엉금 기어 나와 윤 씨의 손을 부여잡았다. 차갑다. 뜨거운 열기가 돌았던 것이 언제였던가? 얼음장처럼 차가워진 손을 계속해 매만진다.

"죄송해요. 죄송해요. 정말 죄송해요……."

윤 씨의 몸뚱이에 얼굴을 묻으며 울부짖는다. 아, 대체 내가 무슨 짓을 한 걸까. 어머니, 어머니. 들리지 않을 말을 끊임없이 속삭였다.

차가운 손과 몸뚱이 그리고 얼굴을 쓰다듬는다. 감지 못한 눈은 향을 바라보고 있지 않았다. 그저, 그저…… 세상의 것이 아닌 허공을 바라볼 뿐. 향은 아랫입술을 꾹 깨물며 더듬더듬 어미의 눈을 매만졌다.

그때, 갑작스레 뜨거운 기운이 솟구쳐 올라오기 시작했다. 향은 퍼뜩 고개를 들고 바깥을 내다보았다. 빨간, 시뻘건…….

"불……?"

붉디붉은 화염이 처소 벽을 타고 오르고 있었다. 순식간에 검은 연기가 물밀 듯 들어왔다. 본래 나무로 만든 집이라 막을 새도 없이 화르륵 치솟은 불길은 모든 것을 집어삼킬 듯 아가리를 벌리고 있었다. 향은 잡고 있던 어미의 손을 더욱 세게 부여잡았다. 아니, 난, 나가지 못해. 차라리 여기서…… 어머니와 함께…….

"마마! 공주마마!"

타닥타닥 불이 타는 소리 너머로 들려온 말소리였다. 향은 다소 느린 고갯짓으로 창 너머를 바라보았다.

"……뉜?"

마지막 바람. 하나 이런 향의 마음을 짓이기는 듯, 창밖에 서 발을 동동 구르고 있는 것은.

"마마! 제가 왔습니다, 마마!"

좌의정. 그리고 그의 수하 여럿.

향은 하하 헛웃음을 내뱉었다. 원을 기다리다 이리 된 것인데, 되도 않은 연정을 갈구하다 어미의 목숨을 빼앗은 것인데, 어찌 생각나는 것은 또다시 원일까.

못된 계집. 버러지 같은 계집. 향은 어미의 차가운 몸뚱이에 더욱 고개를 처박으며 아랫입술을 깨물었다. 붉어진 콧등이 향이 울음을 참고 있다는 것을 알렸다. 화르륵 올라온 불길이 향이 앉아 있는 주변으로 다가오기 시작했다.

"공주마마!"

저들도 알고 있는 것일까? 이미 어미가 죽어버렸다는 것을. 그러기에 내 이름만 부르는 것일까? 향은 손가락을 움틀거리며 어미의 뺨을 매만졌다. 어찌할까요, 어머니. 어찌할까요.

"늦었는데, 늦어버렸는데······."

향은 울음이 배어 있는 말길로 대답 아닌 대답을 내뱉었다. 대신들은 당장 그곳을 나오라는 듯 다급한 손짓을 하기 시작했다.

하나 향은 두 눈을 꾹 내리감은 채 고개를 흔들었다. 우지끈, 소리가 나며 향의 주변에 불에 탄 기둥이 떨어졌다. 화르륵 올라온 불더미가 금방이라도 향을 집어삼킬 듯 손길을 뻗쳤다.

그러나 나갈 수 없었다. 나가고 싶지 않았다. 나는, 어미를 죽인······.

"마마!"

어느 틈에 대문을 박차고 들어온 이가 어깨를 끌어안으며 향의 몸을 일으켰다. 더욱더 거세지는 불길. 금방이라도 쓰러질 것 같은 집.

"놔라! 나는 나가지 않을 것이야. 놔라! 놔!"

그리고 향.

향은 그 손길을 뿌리치려 있는 힘을 다해 발버둥을 쳤다. 하나 거센 힘으로 자신을 부여잡고 있는 사내의 손길에서 벗어날 순 없었다. 어머니, 어머니! 향은 손을 뻗어 윤 씨의 얼굴 한 번이라도 더 만져 보려 했지만······.

"마마!"

"의원, 의원을 불러오게! 당장!"

내동댕이쳐지다시피 해 바깥으로 꺼내진 향은 그리 할 수 없었다.

"콜록, 콜록……."

맑은 공기를 마심과 동시에 마른기침이 튀어나왔다. 기침 때문일까. 눈물이 쉴 새 없이 흘러나왔다. 향은 자신을 부여잡고 울부짖는 대신들을 뒤로한 채 고개를 쳐들었다. 그리고 화염의 아가리에 삼켜진 집을, 그 속에 갇힌 윤 씨를.

"하, 하하…… 하하……."

넋을 잃은 눈동자. 그 속에 울음과 한이 담겨 있는 웃음을 내뱉으며 무너지고 있는 집을 바라본다. 이게 정녕,

"어머니는?"

실재일까. 꿈이 아닐까. 향은 거뭇한 미소를 지으며 대신들을 올려다보았다. 하나 그들은 아무런 말도 하지 못한 채 머뭇거리며 향의 주변을 서성일 뿐이었다. 하, 하하……. 향은 몸을 벌떡 일으켰다.

"마마!"

"놔라, 놔!"

이미 형체가 사라진 집으로 뛰어가려 했지만, 그런 향을 막아서 팔을 부여잡는 대신들 때문에 그리 할 수가 없었다.

"놔! 놓으라고! 어머니가, 어머니가 저기 안에 계시단 말이야!"

향은 붙잡힌 팔을 뿌리치려 안간힘을 써보았지만, 그들은 향을 놓아주지 않았다. 이미 죽은 이가 아닙니까. 차마 내뱉지 못한 말을 속으로 삼키며 향을 더욱 세게 부여잡을 뿐이었다.

"제발, 제발…… 제발 놓아줘. 제발……."

향은 흐느끼듯 애원하며 눈물을 뚝뚝 흘려냈다. 차마 형용할 수 없

는 큰 슬픔에 빠져 있는 향을, 대체 누가 위로할 수 있을까. 대신들은 아무 말도 하지 못했다. 그저 향이 움직이지 못하게 막고 있을 뿐.

"제발…… 제발……. 어머니……."

향의 울음 섞인 외침이, 흐느낌이, 이미 거뭇하게 타버린 집 주변을 끊임없이 맴돌았다.

쏴아아—

겨울날의 한기가 느껴지는 빗줄기가 떨어진다. 그와 마찬가지로, 향의 양 뺨에서도 그와 같은 것이 뚝뚝 떨어졌다. 눈물인지 빗물인지 구분할 수 없는 것. 그 빗줄기는 활활 타오르고 있던 작은 초가집의 불길을 가라앉혔고, 그와 동시에.

향의 소맷자락에서 흘러나온 비단향 꽃송이가.

영원한 사랑이라는 꽃말을 품고 있는 꽃 한 송이가.

어딘가로 날아가 형체도 없이 사라졌다. 태초부터 존재하지 않았다는 듯, 그렇게.

오직, 향만이 그날에 머무른 채로. 세월은 세상의 아픔을 끌어안은 채 흘러갔다.

❋

"마마!"

황급히 뛰어온 도겸이 쓰러져 있는 단향을 향해 소리를 내질렀다. 오른 다리를 절뚝이며 향에게 다가가는 그. 널브러져 있는 향을 일으켜 재빠른 눈짓으로 몸을 살핀다.

"거기 서서 무얼 하는 게냐! 당장 태의를 부르지 않고!"

"소, 송구하옵니다."

그의 호된 경에 김 나인은 재빨리 걸음을 해 본궁 쪽으로 뛰어갔다. 그 모습을 바라보던 도겸은 다시 고개를 돌려 향을 끌어안으며 코에 귀를 대고 숨결을 더듬었다. 간헐적으로 들리는 숨소리……

다행히 크게 다친 곳은 없나 보구나. 도겸은 향의 뺨에 나 있는 생채기를 어루만지며 깊은 한숨을 내쉬었다.

그리고 곧이어 걸어오는 진원과 정현을 바라보며,

"이게 무슨 짓입니까, 전하."

"짓이라니? 내게 말하는 겐가?"

"전하!"

무슨 수를 쓴지는 모르겠지만, 향을 이곳 예경전으로 부른 것은 진원이 틀림없었다. 정현의 활시위를 이곳으로 향하게 한 것 또한 진원이었으니……

네가 말했던 '가만두지 않겠다'는 말의 뜻과 행이 겨우 이것이었더냐? 빌어먹을, 빌어먹을!

도겸은 이를 바득 갈며 진원을 바라보았다. 그러나 진원의 눈동자에 담긴 것은 분에 차 있는 도겸의 모습이 아니었으니.

도겸의 품에 안겨 있는 향을 바라본다. 왜, 네가, 향을……

아니, 아니. 원은 제 마음을 억지로 가다듬으며 고개를 가로저었다. 이미 행을 저질렀으니 서툰 투기를 부릴 수 없을 터. 주먹을 바르쥐며 애써 눈길을 돌린다.

"정현, 이게 무슨 짓이더냐. 어찌 하늘 같은 비의 옥체에 상을 낼 수 있단 말이더냐?"

"그, 그게 무슨 말씀이십니까? 전하께서 이쪽으로 활을 겨누라 하지 않으셨습니까?"

"활을 겨누라 한 것은 맞지만, 비를 과녁으로 쓰란 말은 아니었네.

단향 色을 탐하다

그대, 이곳에 비가 있다는 것을 알고 있었던 게지?"

"전하!"

정현은 시뻘게진 얼굴로 소리를 내질렀다. 저가 아무리 우매하다 하여도, 이리 눈에 훤히 보이는 속셈을 알아채지 못할 리는 없을 터. 안일했던 탓일까. 진원의 얕은 계략에 꼼짝없이 묶이고 만 것이었다.

"그것이!"

도겸의 외침이 조각조각 퍼져 나가 정현의 귓가를 후벼팠으매 진원의 눈가를 달싹이게 만들었다. 도겸은 향의 어깨를 더욱 세게 그러안으며 마디씩 운을 띄워 말을 내뱉었다.

"그것이 중요한 것이 아니지 않습니까? 지금…… 비마마가 보이지 않으십니까?"

도겸의 띄엄띄엄한 말씨. 그러나 진원은 그에게 눈을 돌리지 않았다. 제 시야에 향을 담게 된다면 당장에라도 향에게 뛰어가 그를 끌어안을 것 같았기 때문이다.

"……비를 동궁으로 옮기게. 추후 따라가지."

"전하!"

도겸은 말끝을 높였으나, 이내 제 숨을 억지로 가다듬으며 입술을 자근 깨물었다.

"분부를 받들겠나이다. 하나 전하."

몸을 일으킨다. 그리고 저를 가만히 응시하고 있는, 아니, 저가 아닌 단향을 응시하고 있는 진원을 바라본다.

이 무슨 짓이냐 다시 화를 내고 싶기도, 대체 왜 이러는 것이냐 애원을 하고 싶기도 하였으나 그리 할 수는 없었다. 저를 바라보고 있는 정현이 있었으니, 말 하나도 조심하여 내뱉어야 했기 때문이다.

'부디 저를…… 실망시키는 일은, 더 이상 없어야 합니다.'

부러 진원이 보라는 듯, 도겸은 향의 어깨를 더욱 세게 끌어안았다.

"아닙니다. 그럼 먼저 들어가 보겠습니다, 저하. 그리고 전하."

차분히 걸음을 옮긴다. 그러나 그와는 다르게 질질 끌리는 오른 다리가 애처롭기만 하다. 그런 도겸의 뒷모습을 오롯이 응시하던 진원의 눈빛이 날카로워진 것은 순간이었다.

"어젯밤 비를 찾아갔다지."

정현을 향해 다시금 고개를 돌린다.

"비에게 무슨 말을 하였는가? 내 상세한 내막을 알고 있으니 가짓부렁은 없어야 할 것이야."

정현은 대답하지 않았다. 아니, 대답할 수 없는 것일지도 몰랐다. 괴(고양이)? 아니, 범. 범에게 몰려 구석으로 몰린 쥐새끼. 저가 지금 딱 그런 심정과 같았기 때문이었다.

"비를 죽이려 하였나? 네 뜻을 어기니 심보가 뒤틀렸어? 그래서, 습사를 한다는 핑계를 대고 비에게 활을 겨눈 것인가?"

"……빌어먹을."

정현은 농도 짙은 욕지거리를 내뱉으며 머리를 쓸어 넘겼다.

그런 정현을 바라보고 있는 진원의 입가엔 승리에 도취된 미소가 걸려 있었으니, 이것 참 분격할 일이렷다.

"제가, 무슨 말을 해도, 도망칠 구석은 없는 것, 아닙니까?"

"오늘은 꽤나 똑똑하구나."

진원은 정현의 흐트러진 머리칼을 정돈해 주며 비소를 내지었다.

이황자 정현이 태자비에게 활을 겨누었다. 그에 비는 살을 맞게 되었으매 더불어 기절까지 하였다고 한다. 이는 황태자 진원에게 반기를 드는 것과 같은 맥락이었기에, 행여 실수라 할지라도 이를 묵과하여 넘길 수는 없는 법이었다.

추후 궐내의 시선이 정현에게 돌린 틈을 타, 진원은 향의 발을 묶고 있는 금족령을 철회하고, 정치 싸움에 낀 '불쌍한 여인'이라는 이름을 향에게 붙여주고자 했던 것이었다.

짧은 시간 내에 세운 계획이라 하지만 아귀는 잘 맞아떨어졌으니. 이제 남은 일은,

"폐하께 전언을 올려야지. 네놈이 또다시 일을 벌이려 했다고 말이야. 이번엔 쉬이 넘어가지 않을 것이야."

황제께 말을 올려 정현의 발을 묶어두는 것뿐. 진원은 고개를 까딱이며 입꼬리를 죽 찢어 올렸다.

탁, 진원의 손을 내치는 정현.

"저를 우매하다 하였습니까. 세상 그 어디에도 없는 등신이라 하셨습니까. 하나 어찌합니까, 전하. 전하께서 생각하고 있는 모든 것들을, 제가 짐작할 수 있다 하면요."

정현은 가만히 숨을 고르며 진원의 형형한 눈빛을 마주했다. 보이지 않는 손길로 옷자락을 바르쥔다.

"그것 아십니까?"

반걸음 뒤로 물러선다.

"전하께서 지키려 하는 것을 빼앗아 짓밟는 것이 제 유일한 낙이었다는 것을."

그 첨예한 시선만은 진원을 향하고 있으니. 정현은 비죽 입꼬리를 올리며 해참한 비소를 내지었다.

"태자 자리를 지키고 싶으십니까? 그러하다면 제가 그 자리를 빼앗아 드리지요."

네가 짊어지고 있는 금관을 핏물로 물들여 주리라.

"한울 아씨를 비로 맞이하고 싶으십니까? 그러하다면 제가 그 계집

년을 짓밟아 드리지요."

너만을 바라보고 있는 멍청한 계집의 사지를 찢어 죽이리라.

"비마마를 비호하고 싶으십니까? 궐에서 쥐 죽은 듯 살아 지내길 바라십니까? 그러하다면."

제 주제도 모르는 미개한 계집을,

"제가 마마를 수면 위로 끄집어내 짓뭉개 드리지요."

끌어내 혹독한 고초를 맛보게 하리라.

지키려 하는 것은 곧 네게 있어 가장 큰 약점일 터. 때문에 나는,

"그때까지, 부디 원하는 바를 이루시길 간절히 바라겠나이다."

그 약점을 건드려 너를 무너지게 만들 것이다.

정현은 휙 몸을 돌려 걸어온 길을 되돌아 걸어갔다.

순식간에 황량해진 뜰. 그 공허의 공간에 남아 있는 것은, 진원. 그 밖에 존재치 않았다.

"태의는 아직인가?"

"예, 예, 곧장 오신다 하였으니……."

"두툼한 요를 가져오게."

도겸은 향을 침상에 조심스레 눕히며 말했다.

식은땀이 줄줄 흐르고 있는 향의 얼굴, 파르르 떨리는 짙은 속눈썹, 새하얗게 질려 있는 입술…….

젖은 면포로 향의 얼굴을 닦으며 뺨을 어루만졌지만, 향은 정신을 차릴 기색이 보이지 않았다. 후우, 도겸은 깊은 신음을 내뱉으며 고개를 쳐들었다.

"어찌된 일인가?"

"소, 송구하오나 너무도 급작스레 일어난 일이라……. 화살이 날아

오고, 갑자기 마마께서 쓰러지시는 바람에……."

"마마께서 쓰러진 것에 여타할 연유가 없었다는 말인가?"

"그, 그러하옵나이다."

김 나인은 고개를 내리 처박으며 간신히 대답을 했다. 도겸의 홧홧한 시선이 무서웠기 때문이었으매 정신을 차리지 않는 향의 모습이 두려웠기 때문이다.

도겸은 향을 바라보았다. 뼈마디만 남아 있는 가녀린 손을 응시한다. 손을 잡을까. 손을 뻗었지만, 아니. 손을 되돌린다. 아니. 재차 손을 뻗는다. 그러나…… 닿는 것은 아무것도 없는 터. 도겸은 씁쓸한 실소를 내뱉으며 고개를 떨어뜨렸다.

그때.

"아……."

향의 반쯤 열린 입술에서 나지막한 신음 소리가 들려왔다.

"마마!"

황급히 정신을 차린 도겸이 향의 어깻죽지를 부여잡았지만, 향은 그 꼭 감은 눈을 뜨지 않고,

"어머니……."

바싹 메른마 목소리만을 내뱉을 뿐이었다. 떠지지 않는 눈. 그 후로 이어지는 말은 없다. 간헐적으로 내뱉는 숨결 소리뿐.

도겸은 향의 어깨에 올리고 있던 손을 천천히 내렸다. 팔을 따라, 손목을 따라, 그리고…… 손을 부여잡는다. 제 뒤에 서 있는 김 나인에게 보이지 않는 몸짓으로 향의 손에 깍지를 껴 손등을 어루만진다.

"강인…… 하다 하였습니까."

그 누구도 답을 해줄 수 없는 문을 허공에 던진다. 그 목소리는 너무도 작은 것이었기에, 김 나인은 물론이요, 도겸 저 스스로조차 들

지 못하는 것이었다.

"대체…… 어느 누가 마마를 강인하다 하는 것입니까."

어쩐지, 매캐한 불의 향이 제 코에 와 닿는 성싶었다.

날카로운 화살의 촉이 제 마음을 꿰뚫고 지나간 성싶었다.

"마마께서는, 굳건한 솔이 아니라 한 줄기 바람에도 눕고 마는 들
꽃 같은 존재이거늘."

진원의 행동이 이해가 되지 않는 것은 아니었다. 그래, 정현을 몰아
넣으려면 이 방법이 최상의 선택이었을 것이다. 그러나, 그러나.

"부디…… 아프지 마십시오. 부디 상처 받지 마십시오."

진원은 알지 못했다. 향이 얼마나 나약한 존재인지, 향이 얼마나
아프고 아픈 존재인지.

"저를 택하지 않으셔도 좋습니다. 저를 바라보지 않으셔도 좋습니
다. 그러나, 그러나…… 전하만은, 전하만은."

그렇기에 아무것도 모르는 것이리라. 그렇기에 향의 깊고 깊은 애탄
의 마음을 이해하지 못하는 것이라.

"마마께서 안온하게 삶을 살아가시려면, 전하를 연모하지 않아야
합니다. 그러니."

도겸은 향의 손을 더욱 세게 부여잡았다. 처음으로 잡은 향의 손.
이 손을 다시는 놓고 싶지 않았다.

"제가 욕심을 부려도 되겠습니까……."

고개를 떨어뜨린다. 분홍빛 이불에 굵은 물방울이 뚝뚝 떨어지고
있었다. 그 깊은 설움과 슬픔이 담겨 있는 눈물방울에 요가 축축하게
젖어들어, 이내 붉은색으로 변모해 버렸더란다.

진원은 바쁜 걸음을 하여 동궁으로 뛰듯이 다가갔다. 그와 동시에

쾅쾅 뛰는 심장이 어릿하게 아파왔고, 더불어 한 시 전부터 아찔하게 찾아왔던 두통이 더욱 심해지는 듯싶었다.

원은 동궁의 문을 열고 성큼 발을 내디뎠다. 그러나 그를 맞이하는 궁인은 존재치 않았다. 원은 의아할 정도로 가깝게 다가오는 스산함을 느끼며 복도를 뛰듯이 걸어가 향의 방문을 발칵 열기에 이르렀다.

어슴푸레한 노을빛이 들어오는 방 안에는, 침상에 쥐 죽은 듯 누워 있는 향과 그런 향을 바라보고 있는……

"도겸."

도겸뿐이 없었으니. 원은 가쁜 숨을 몰아쉬며 방 안으로 천천히 발을 내디뎠다.

"오실 줄 몰랐습니다, 전하. 바쁘신 줄 알았지요."

도겸은 진원에게 눈을 돌리지 않은 채, 향의 옆에 앉아 오직 향만을 바라보며 입술을 달싹였다.

대답하지 않는 원. 그는 재차 걸음을 해 향의 침상 옆에 저 역시 자리를 잡고 앉았다.

"어찌, 일은 잘 마무리하고 오셨습니까. 아쉽습니다. 황자 저하의 똥 씹은 표정을 제가 봤었어야 했는데 말입니다."

도겸은 빙그레 웃으며 말을 이었다. 그러나 그 웃음에 담긴 것은 깊은 처연함이었으니. 진원은 얕은 숨을 내뱉으며 고개를 가로질렀다.

"……비는 좀 어떠한가."

"기력이 쇠해지셨다 합디다."

그 띄엄띄엄한 말씨에, 참을 수 없는 분노가 그득 담겨 있다 느껴진다면…… 그것은 착각일까.

"찬기가 그득하여 병마가 손을 뻗기에 좋은 몸이라 하였으니, 언제 어느 때 쓰러져도 이상치 않을 몸이라 하였습니다."

도겸은 이내 시선을 돌려 원과 눈을 마주했다. 맞부딪치는 두 쌍의 눈동자. 한쪽은 형형한 빛을 머금고 있었으나 다른 한쪽은 거센 감정의 소용돌이가 담겨 있는 것이었으니. 어느 것이 누구의 것인지 도통 모를 일이었다.

"이래도 비마마가 강인한 여인입니까."

"도겸."

"이럼에도 비마마가 모든 것을 인내하고 감내할 여인으로 보이는 것입니까."

도겸의 속눈썹이 파르르 떨렸다. 그와 동시에 그의 눈가가, 양 뺨이, 입술이 파르르 떨리기 시작했다. 이는 곧 격동의 감정으로 변모하여,

"마마께서! 궐에 오신 직후! 하루라도 맘 편히 잠을 자본 적이 있을 것 같습니까? 하루가 멀다 하고 속을 박박 긁는 한울 아씨와 황후 폐하가 있는데! 몸이 성할 줄 아십니까? 아프지 않을 줄 아십니까?"

거세진 외침이 되었으니. 진원은 도겸의 가감 없는 분노의 말길을 받아내며 짤막한 숨을 내쉴 뿐이었다.

"전쟁터인 이곳에서, 오직 믿을 것이라곤 전하뿐이 없는 사람인데! 전하마저…… 마마를 밀어내시면, 마마를 이용하시면……."

도겸은 진원의 쪽으로 완전하게 몸을 돌렸다. 그에게 절을 하듯 양손을 바닥에 대고 고개를 푹 숙인다.

그 모습이 마치 모가지가 꺾인 처연한 꽃 한 송이와도 같아 보여, 진원은 저 역시 북받쳐 올라오는 감정이 담긴 숨을 토해낼 수밖에 없었다.

"전하마저 그러시면, 비마마가…… 비마마가 너무도 불쌍하지 않습니까……."

원은 대답하지 않았다. 침상에 누워 있는 단향에게 시선을 내던졌

다. 숨은 쉬고 있는 것일까. 행여 죽은 것이 아닐까. 산송장처럼 혈색
이 돌지 않는 향의 몸. 원은 쩍쩍 갈라진 입술을 꾹 깨물었다.

"도겸."

다시 시선을 되돌려 도겸을 바라본다.

"네가 상관할 일이 아니야. 나 역시 생각하고 있는 일이 있으니……."

"그 빌어먹을 생각 좀 그만하시면 안 됩니까!"

진원의 달래는 언사에도 불구하고 도겸은 소리를 내질렀으니,

"일황자 저하의 복수를 하신다 하셨지요. 그 복수는 누굴 위한 것
입니까? 저요? 하늘에 계실 저하요? 저하께서 전하의 이런 모습을
보고도 좋아할 줄 아십니까!"

"도겸!"

결국 이 모든 것을 받아들이고 인내하고 있던 진원의 화기를 북돋
게 만들었더란다. 진원은 이러한 외침에 제 스스로도 놀랐던지, 이내
두 눈을 질끈 감으며 아주 느릿하게 말을 내뱉었다.

"나 역시…… 이러고 싶지 않았어. 나 역시 향을 보듬고 보듬어 사
랑을 속삭이고 싶었어. 나 역시, 모든 것을 포기하고 향을…… 은애하
고 싶었어. 하나…… 내 여기서 황제 위를 포기하고 물러났다간……."

눈을 뜬다. 그리고 저를 바라보고 있는 도겸의 굽이치는 눈동자를
바라보고, 가쁜 숨만을 쌕쌕이고 있는 향을 바라본다.

"나뿐 아니라 향까지도 죽음에 이르게 된다는 사실을 정녕 모르는
것인가?"

도겸은 주먹을 바르쥐었다. 아무것도 들리지 않았다. 아무것도 느
껴지지 않았다. 진원의 입에서 나오는 모든 것이 가짓부렁인 것만 같
았다.

"그래서, 마마를 이용하시는 겁니까? 마마를 이용하여 전하의 사

욕을 채우려 하셨습니까?"

"왜, 왜 그리 생각하는 게야!"

"제가 이리 생각할 수밖에 없게 만들지 않으셨습니까."

"향을 살리고자 한 일이었어. 향을 지키고자 한 일이었어!"

"거짓말하지 마십시오."

아주 짧은 침묵. 그사이에 밀려들어 온 바람의 지리고 비린 내음.

"마마를 살리고자 했던 것이 아니라, 전하 자신이 살고자 했던 일이었고, 마마를 지키려 했던 것이 아니라, 전하 자신을 지키고자 했던 일이었습니다."

도겸은 제 코를 틀어막으며 단언한 말씨를 내뱉었다.

진원의 품에서 항시 풍겼던 청명하고 맑은 기운은 사라졌다. 그 사라진 자리에 채워진 것은,

정현과 똑같은. 황후와 똑같은. 아주 지리고, 아주 비린…… 고약한 내음뿐.

도겸은 허탈하게 웃으며 고개를 쳐들었다.

"정녕 마마를 아끼시는 것이라면, 마마를 옆에 두고 지켜야 하는 것입니다."

이는 진원을 질타하는 말씨라. 진원의 행을 원망하는 말씨라. 이를 모를 리 없는 진원의 작은 울대가 격동의 감정으로 달싹이기에 이르렀다.

"말씀드렸지요. 비마마를 연모했던 것은 전하뿐 아니라, 저도 있노라고."

도겸은 비칠비칠 몸을 일으켰다. 걸음을 떼어 제 맞은편에 앉아 있던 진원을 넘어 문지방 쪽으로 걸어간다. 탁, 문에 손을 대는 그. 그리고 반쯤 몸을 돌려,

"이제는 전하를 위하지 않을 것입니다. 그러니 부디, 하해의 마음으로 못난 소인을 용서하여 주시길."

그동안 참고 참아왔던, 끝끝내 하지 말아야 할 말을 내뱉으며 방을 나서기에 이르렀다.

붉었던 세상이 검어지고, 이 검은 세상 안에 누가 남을지 짐작조차 되지 않는다.

그래. 이 어둑함만이 담겨 있는 세상. 진원은 아주 오랜 시간 동안 자리에서 일어나지 않고 있었다. 어느덧 하늘은 감청색으로 물들었고, 다소 거센 바람이 밀려 들어와 진원의 머리칼을 흩날리게 만들고, 그의 눈을 떨리게 만들고, 그의 입술을 굳게 만들었다.

진원은 향을 보고 있지도, 향을 품고 있지도 않았다. 그저, 그저 허공을 바라보며 자신조차 이유를 모를 쓸쓸한 미소를 내지을 뿐.

"정녕…… 내가 잘못을 한 것이냐."

입술을 달싹인다. 그 목소리는 우악스러운 숨과 함께 나온 검은 소리였지만, 그를 들을 수 있는 것은 방 안에 그 누구도 존재치 않았다.

"답해 보거라. 정녕 내가 잘못을 한 것이야."

향의 꾹 감겨 있던 눈꺼풀이 자못 흔들렸다. 우수수, 부는 바람에 향의 모든 것이 또다시 흩날리고……. 원은 불현듯 시선을 돌려 향을 바라보았다.

"어쩔 수 없는 일이었다고…… 치부할 순 없는 게냐."

향의 손을 잡는다. 얼음장처럼 차가운 감촉. 손을 더듬어 향의 손목, 팔뚝을 어루만져 보았지만 느껴지는 것은 시리디시린 냉기뿐. 원은 허탈한 웃음을 지으며 고개를 쳐들었다.

"또다시 빼앗긴 것이냐. 네 안에 담겨 있던 열을, 네 안에 그득했던 온기를……."

향에게서 손을 뗀다. 그리고 오 년 전 그날의 기억을 조심스레 꺼내 들기에 이르렀다.

네 모자란 열을 내가 채워준다 약조를 하였는데, 네가 아픈 것을 내가 보듬어주겠다 약조를 하였는데, 네가 힘든 것을 내가 받아들이겠다 하였는데…….

"이름은 붉은 향기에, 몸은 붉은 열기고, 향은 붉은 향이라……. 나는, 그대의……."

원은 두 눈을 질끈 내리감았다. 내 어찌 그날을 잊을 수 있겠느냐. 내 어찌 그날의 말들을 지울 수 있겠어. 나는, 나는,

"그대의 붉은색(色)에 휩쓸렸나…… 보오."

향아, 향아.

진원은 차마 제 입 밖으로 나오지 못한 말소리를 주워 담으며 고개를 떨어뜨렸다.

"힘이 없는 나를……. 너를 옆에 두고 지킬 수 없어 너를 밀어낼 수밖에 없는 나를……."

향의 손을 재차 잡는다. 그리고 눈을 질끈 내리감는다. 차마 향을 제 눈에 담지 못하겠다는 듯, 차마 향을 안지 못하겠다는 듯.

"용서해 다오."

그렇게 들리지 않을 말을, 그러나 들어야만 했던 말을 아무도 모르게 내뱉은 채,

시간은 각자의 마음을 끌어안고 무심하게 흘러갔다.

4장.

꽃잎처럼 흐르는 그대를 떠나보내오

푸르지만, 어쩐지 거뭇한 기운이 담겨 있는 바람이 불어왔다. 그 바람은 궐의 흙바닥을 거침없이 훑어내 그를 쩍쩍 갈라지게 만들었으매, 사람들의 뺨을 후려쳐 너도나도 고개를 숙이게 만들었다.

이황자가 금족령에 묶였다 하더라. 이유는 태자비를 시해하려 하였기 때문이었고, 태자비는 그날로 앓아누워 사경을 헤매고 있다 하더라. 이에 화가 난 지엄하신 황제 폐하께서 이황자를 호되게 경을 쳤으니, 황자 주변에 있던 대신들은 혹여 제 목이 달아날까 무서워 줄행랑을 친 상태라 하더라.

태자비의 궁에는 대신들이 보낸 갖가지 선물이 가득하였고, 태자비에게 내려졌던 금족령은 철회되었지만, 태자비 단향은 아직도 눈을 뜨지 못했다고 하더라.

이 중 몇은 진원의 계획에 부합하는 것이었으나 몇은 진원조차 예상하지 못한 것이었으니.

"열흘……."

단향이 드러누워 일어나지 못하는 것은 전혀 예상치 못한 일이라. 진원은 하늘을 향해 뻗었던 손을 되돌리며 입술을 달싹였다.

열흘. 열흘.

향이 드러누워 눈을 뜨지 않은 지 어언 열흘.

하루, 이틀, 사흘, 나흘…… 시간이 지남과 동시에 원의 마음에 담긴 묵직함은 더욱더 무거워졌으매 저릿함은 더욱더 거세졌으니, 금방이라도 와락 눈물이 터질 것같이 처연하고도 애참한 것이었다.

침을 삼킨다. 그러나 오롯하게 넘어가지 않는 터. 턱 막힌 목구멍이 마치 제 마음과도 같아 허탈함이 밀려올 참이었다.

"전하!"

멀지 않은 곳에서 내관의 목소리가 들려왔다. 흙바람을 뚫고 황급히 뛰어오는 그.

"비, 태자비마마께서 정신을 차리셨다 합니다!"

아, 진원은 짤막한 숨을 내쉬며 동궁을 향해 발끝을 틀었다. 겨우 가라앉혔던 마음이 또다시 방방 뛰기 시작했다. 서둘러 걸음을 옮긴다. 흙바람을 뚫고, 흙바닥을 지나서……. 그렇게 원은 동궁을 향해 뜀박질을 하였다.

"마마. 한 술이라도 들어보셔요. 열흘 내 아무것도 드시지 않으셨잖아요."

"되었대도. 혼자 있고 싶어. 나가 있게나."

"하오나 마마……."

"나가 있으라 하지 않았어!"

향은 밥상을 들고 있는 김 나인에게 거찬 말길을 내뱉었다. 그에 김 나인은 어깨를 움츠리며 떨어지지 않는 발걸음으로 방을 나섰다.

탁, 문이 닫히는 소리와 동시에 황량해진, 공허해진 방 안. 낯설기만 한 기류가 방을 그득 메웠으니, 이는 필시 향에게서 흘러나오는 것이었다.

'어머니……'

향은 애써 눈물을 참겠다는 듯 고개를 천장으로 쳐들고 두 눈을 질끈 내려감았다.

또다시 꿈을 꾸었다. 어머니의 환영이 남아 있는, 이제는 불에 타 시체조차 남아 있지 않은 어머니의 환영이 남아 있는, 그러한 꿈을.

이불자락을 바르쥔다. 힘이 들어가지 않는 손이었지만 그 손길만큼은 매서운 것이리라.

어머니의 애환을 풀어주고 싶었다. 한이 묻힌 뼈조차 찾을 길이 없는 어머니의 설욕을 풀고 싶었다. 한 씨, 빌어먹을 중전의 목을 잘라 저잣거리에 내걸고 싶었다. 혜령, 건방진 계집의 살점을 발라내 돼지우리에 내던지고 싶었다.

그러하여 이곳에 온 것이다. 그러하여 적(赤)에 온 것이다. 적의 황태자비가 되기 위하여, 적을 다스리는 황후가 되기 위하여. 그러하여 호나라를 집어 삼키기 위하여.

한데, 이제껏 한 것이 무엇 있던가. 한 것이 있기야 하던가.

설웁다. 너무도 섧고 너무도 분하다.

하나, 할 수 있는 것이 무엇 있겠는가. 그저, 그저……

향은 가쁜 숨을 내뱉었다. 이부자락을 더욱더 바르쥐며 바짝 메마른 입술을 자근자근 깨문다.

그렇게 공허의 시간은 잠시. 들려오는 내관의 목소리에 침묵은 와장창 깨졌으니.

"태자 전하 납시오!"

향은 들었던 고개를 내리며 천천히 눈을 올려 떴다. 그리고 제 방문을 발칵 여는 원을 향해 시선을 내던졌다.

황도를 뛰어온 것을 방증하듯 가쁜 숨을 몰아쉬고 있는 원. 허억, 허억, 진원은 가쁜 숨을 내뱉으며 오도카니 앉아 있는 향을 응시했다. 향의 모습은…… 우는 것은 아니었으나 그렇다고 '아무렇지 않아' 보이는 것 또한 아니었다.

"……비."

원은 숨을 들이마셨다.

'비.'

재차 입술을 달싹이며 향을 부르지만, 향은 대답하지 않았다.

"몸은 좀 어떠한가? 어디, 아픈 곳은 없는가?"

원의 걱정스러움이 담긴 말. 그러나 향은 역시 대답하지 않았다. 진원을 오롯하게 보던 시선을 되돌려 벽에 걸린 면경(거울)을 응시할 뿐.

면경에 비춰진 향의 모습은 그야말로 처량했다. 손질이 되지 않은 머리칼, 병상을 드러내는 움푹 들어간 눈, 거뭇하고 꺼칠한 피부…….

픽, 향은 실소를 내지었다.

"제가."

그녀의 입술이 비틀려 열리었다.

"그리도 못났습니까."

세상은, 사람들을 못살게 구는 못된 심술쟁이라 하였다. 그러나 대담한 사람이 이 심술쟁이에게 대들어 그 수염을 움켜잡으면 놀랍게도 수염은 힘없이 뽑힌다 하였다. 그 수염은 겁쟁이들을 쫓아버리려고 붙여놓은 가짜 수염이기 때문이다.

향은 지금, 원의 마음속에 자라 있는 수염을 뽑으려 하고 있었다.

"왜…… 오지 않으셨습니까."

원은 대답하지 않았다. 걸음을 옮겨 향에게로 가까이 다가간다.

"제가 못났기에, 저를 찾지 않으셨던 것입니까."

울음이 담겨 있는 말씨였고, 물기가 그득 섞여 있는 말씨였다. 그러나 그 안에 담긴 것은, 무정과 무심. 그뿐이리라.

어쩐지 달라진 기류에, 원은 얼굴을 쓸어내리며 가슴을 진정시키고자 애를 썼다.

"전하를 기다렸습니다. 아니, 진원을 기다렸습니다. 제게 사랑을 말해주던 그 진원을, 저를 따뜻이 아껴주던 그 진원을, 저를 안아주었던 그 진원을……."

진원을 올려다본다.

"전하를 기다렸기에, 저는……."

요를 바르쥔 손에 더욱 힘을 준다.

"어머니를 잃었습니다."

두 눈을 질끈 감으며 제 속에 담겨 있던 말을 내뱉었다. 화마가 몰려오는 듯, 향은 제 어깨를 감싸며 고개를 그 속에 파묻었다.

"하나 저는 전하를 원망치 않았습니다. 원망은커녕 혹여라도 전하께 무슨 변고가 있는 것이 아니었을까, 걱정을 하였습니다."

새어 나오는 목소리. 흐느끼다 못해 꺼져드는 그 목소리에…… 원은 저 역시 서글퍼져 부러 눈길을 돌릴 수밖에 없었다.

"그렇게 오 년을 기다렸습니다. 오 년 동안 전하를 그리며 살아왔습니다. 열흘도 안 되는 짧은 시간이었다 할지라도, 저는 전하를 마음에 품고 전하를 연모하였으니, 그 절개를 지키는 것이 옳은 것이라 생각하였습니다."

향은 다시금 고개를 쳐들었다.

"그러나 전하는 변했지요. 전하의 마음은 저와 같지 않으셨나 봅니다."

말을 끝냄과 동시에 한겨울 날의 빗줄기처럼 후드득 떨어지는 눈물방울이 향의 뺨을 따라 흘러내렸다.

그러나 그 눈물방울에 비춰지는 것은 바싹 메마른 감정이었으니. 진원은 빛을 잃어 허공을 바라보고 있는 향의 눈동자를 응시하며 입술을 열었다.

"나는."

향의 옷자락에 배어든 물기. 짙은 고동색으로 변모한 향의 야장. 그렇게 물이 든 것은 옷뿐이 아니라 제 마음 역시 마찬가지일 것이라. 원은 숨을 크게 들이마셨다. 나는, 나는.

"네가 죽은 줄 알았다."

원은 제 목에 걸어두었던 노리개 조각을 손으로 움켜쥐며 대답했다. 손끝은 발발 떨리고 있었으니, 그의 애참한 마음의 방증이었다.

"네가 세상에서 사라진 줄 알았어. 다시는 만날 수 없게 된 줄 알았어. 다시는, 다시는……."

"그래서!"

향은 소리를 내질렀다. 병색이 만연한 허연 얼굴에 흘러내리는 눈물방울이 애처롭기만 하다.

"다시 만난 저를 그리도 매정하게 내치셨습니까!"

아, 원은 짧은 신음을 뱉으며 숨을 들이마셨다. 저 말에 대한 어떠한 대답도 할 수 없다. 모든 것은 변명일 터이니. 향의 상처 받은 마음을 치료해줄 수 없을 터이니.

"……여쭙겠습니다."

향은 애써 제 마음을 가다듬며 소맷자락으로 눈을 슥슥 닦아냈다. 벌게진 눈으로 원을 바라본다.

"저를 만난 그날을…… 지우고 싶으십니까. 다시는 기억하고 싶지 않은…… 과거가 되신 겁니까."

눈물은 멎었지만 말갛기만 한 그 얼굴이 참으로 안쓰러워, 원은 부러 눈길을 피해 허공으로 시선을 돌렸다.

"내가 그날을 후회한다 하면, 너는 무어라 할 것이냐."

"……사라져 드리지요."

향의 대답에 원은 잠시 숨을 멈추고 향의 눈을 응시했다. 허전하고 쓸쓸한 감정이 묻어 있는 눈동자가 이유 모를 빛으로 일렁였다.

"이제는 제가 너무도 지치지 않았습니까."

가뭇한 흑이 묻어 있는 얼굴. 향은 와락 물꼬가 트인 제 마음을 끌어 담으며 차가운 숨을 재차 내뱉었다.

순간적으로 분이 치밀어 올라왔다. 또다시, 그때와 마찬가지로. 주먹을 바르쥔다.

"나는."

원의 손등에 퍼런 핏줄이 올라와 있었다. 나는, 나는. 아직도 너를 기억하고 있으니. 너를 마음에 담고 있으니.

"……널 만난 날을 후회한 적이 없다."

그 처연한 모습을 가만히 바라보던 향은 이내 다시금 입을 열어,

"저를…… 연모하긴 하셨습니까."

원은 고개를 돌려 향을 바라보았다. 그 모습은 울고 있는 것처럼 보이기도 하였으나 쓸쓸해 보이기도, 허전해 보이기도 하여…… 무정함이 그득한 모습이라. 이 냉한 기류가 낯설게 느껴져 사뭇 가깝게 와 닿지 아니하였다.

"그때에는."

짤막한 숨을 내쉰다. 그럼에도 가슴은 쉴 새 없이 요동친다.

"그대를 사무치도록 연모하였네."

향은 설핏하게 웃음을 내지었다.

저 역시 전하를 사무치도록 연모하였습니다. 그때에도, 지금도. 그렇다면, 전하.

"지금은…… 저를 연모하십니까."

꺼끌꺼끌한 턱수염 아래에 매끈한 살이 존재하듯, 원의 마음속에 존재하는 진실을 캐내려 하였지만 들리는 것은 아무것도 없는 터.

"……왜 대답이 없으십니까."

원은 대답을 회피하며 고개를 떨어뜨렸다. 대답을 하고 싶었지만 대답할 수 없었다. 말을 잇고 싶었지만 차마 그리할 수 없었다.

애써 향의 시선을 피한다. 그 모습이 향을 외면하는 것 같기도, 향을 밀어내는 것 같기도 하여 향은 허탈한 웃음을 내지을 수밖에 없었더란다. 요를 바르쥔 손끝이 거뭇하게 물든다.

"돌아가 주십시오, 전하."

향의 얼굴 위로 새로운 눈물자국이 그려졌다. 우지끈 무너져 내린 향의 얼굴 위로 투명한 빗방울이 투둑 떨어지기 시작했다.

"돌아가서, 저를 찾지 말아주십시오."

향은 눈물을 닦을 생각도, 숨을 가다듬을 생각도 하지 않는 듯 보였다. 그저, 그저 초점이 맞지 않는 시선을 내던지며 메말라 부서질 것 같은 목소리만을 내뱉을 뿐.

원에게 있는 것은 가짜 수염이라, 그것을 뽑으면 향 자신이 원하는 것을 알 수 있게 되리라 생각했지만.

"저 역시…… 전하를 찾지 않겠습니다."

그것은 제 착각이라는 듯, 원에게 있는 것은 정녕 진짜 수염이었다.

⁂

　끼룩끼룩, 노니는 물새들의 울음소리가 멀지 않은 곳에서 들려왔다. 첨벙, 그리고 찰박. 호수의 물결이 바람결에 흔들려 흙바닥을 긁어내는 소리도 들려왔다. 쏴아아, 서로 같은 곳으로 머리를 눕히는 푸르른 녹음들의 스치는 소리 또한 들려왔다.

　이렇게 서로 다른 소리들이 그득한 곳에, 유일한 적막이 있었으니.

　'향아.'

　허공으로 손을 뻗어 흘러내리는 별빛을 주워 담고 있는 진원이 있었다.

　그의 눈빛은 청신한 것처럼 보였으나 공허한 것처럼도 보였으니, 누각에 가득 차 있는 이 쓸쓸함이 원에게서 나오는 것이 아닐까 하는 착각을 불러일으키기에 충분하였다.

　원은 떨리는 눈가를 갈무리하며 손을 되돌렸다.

　"저 역시…… 전하를 찾지 않겠습니다."

　향의 마지막 말이 제 머릿속에서 떠나지 않았다. 그 말씨가 제 귓가에서 떠나지 않았다. 그 모습이 제 눈에서 떠나지 않았다.

　다시 허공으로 손을 뻗는다. 별빛을, 그리고 밤을 매만지려 손가락을 움직였지만, 닿는 것이라곤 차갑디차가운 밤의 기류일 뿐.

　원은 설핏하게 실소를 내지었다. 바라던 일이 아니었던가. 원하던 일이 아니었어. 하나 왜 이리…… 마음이 찢기듯 아파오는 것인지. 정녕 모를 일이었다.

"전하."

어둠을 헤치고 나온 길쭉한 인영에 원은 황급히 손을 되돌리고 몸을 틀었다. 기찬. 반가운 얼굴에 빙긋 웃음을 짓는다.

"왔느냐. 어찌, 길은 잃지 않고 잘 찾아 다녔어?"

"하하! 제가 아직도 아해로 보이십니까."

"그렇다 말을 하면 어찌할 것이냐?"

"하하, 만약 그러신다면 호에서 들고 온 말들을 들려 드리지 않을 것입니다."

"아해라 하진 말아야겠군."

기찬은 진원의 농에 빙그레 웃음을 지으며 그의 곁으로 걸어왔다. 진원의 명에 따라 열흘간 호나라에서 갖가지 풍문들을 주워들어 온 이. 그는 진원에게 다시금 문을 틔워 말을 건넸다.

"비마마께서 본디 공주마마였던 것은 알고 계시지요?"

원은 기다리고 있었다는 듯 고개를 끄덕였다.

"칠 년 전 비마마의 어머니께선 현재 호나라 중전마마의 모략을 받아 궐에서 내쫓기셨다고 풍문이 일러주었습니다."

"……그렇게 궐에서 나와 소둔에 있던 것이고?"

"예."

소둔. 단향과 진원이 처음 만났던 곳. 처음이자 마지막으로 시간을 함께했던 곳. 원은 어릿하게 다가오는 과거의 향수에 입술을 꾹 깨물었다.

"어찌 되었든 옹주의 직책을 받은 것을 보니 다시 봉작된 것이 아니던가?"

"그것이…… 비마마께서만 옹주의 직책을 받으시었고……"

후, 기찬은 짧은 숨을 내뱉으며 진원의 눈치를 살폈다. 바싹 메마른 입술에 침을 묻힌다.

"폐비께선 궐에 들어오기 전날 자객의 습격을 받아……."

"죽었다는 말이냐."

"예."

원은 두 눈을 질끈 내리감았다. 배꼽 언저리에서 근원 모를 감정이 소용돌이처럼 굽이쳤다.

"그 자객을 부린 이는 현 중전일 테고?"

"맞습니다."

기찬은 저가 들었던 풍문의 끝자락을 더듬으며 대답했다.

"시신을 수습한 이들의 말을 들어보니…… 신원을 도저히 알 수 없을 정도로 엉망진창이었다 하였습니다. 칼부림은 물론이요, 화살에 살이 관통되어……."

"화살?"

"예. 그리고 죽은 후에 불이 붙었는지 뼈가 바스러져 쓸어 담아야만 하였다고……."

"불……."

며칠 전, 저가 했던 짓이 얼마나 큰 잘못이었는지 깨닫는 데에는 오랜 시간이 걸리지 않았다.

예경전은 아직도 거뭇한 재와 매캐한 내음이 남아 있어 화마의 흔적을 가장 가까이 느낄 수 있는 곳이었다. 그런 데에다가 향을 불러놓고 활까지 쏘게 만들다니. 결과는 만족스러운 것이었으나 그 결과는 향이 원한 것이 아니었으니…….

원은 고개를 절레절레 흔들었다.

"이것 참 통탄할 일이로구나."

무엇이 통탄한 일이던가. 향의 어미가 죽은 것이 안타까운 일이던가, 아니면 저가 했던 행동이 사무치도록 후회되는 일이던가. 뜻을 알 수 없는 말에 원 자신도 모르게 헛웃음을 내지을 수밖에 없었다.

"그 후로…… 호나라 대왕이 폐비 윤 씨를 숙의에 봉작하여, 비마마께서도 겨우 옹주의 칭호를 받을 수 있었다 하였습니다. 그러나……"

"궐에서는 천더기 신세가 되었던 게로구나."

"그렇습니다."

"그리하여 비가 저리 성정이 변한 것이고?"

기찬은 대답하지 않았다. 그러나 침묵은 긍정일 터. 원은 파르라니 굳은 얼굴을 손으로 쓸어내렸다.

"더욱 통탄할 일이로구나."

더욱 가슴이 아파왔다. 쥐어뜯긴 심장에 벌레들이 우글대는 듯싶었다. 저릿하고 아릿한 통증. 이러한 감각은 곧 온몸으로 퍼져 나가 원 자신을 가뭇없이 사라진 존재가 되게 만들었다.

원은 향을 다시 마주하였을 때의 형형했던 눈빛을 떠올렸다. 한울을 바라볼 때의 괴괴했던 숨결을 떠올렸다. 황후를 독대할 때의 그 뻣뻣했던 기운을 떠올렸다.

그 모든 것들이,

'복수를 위한 것이었던가.'

원은 손가락을 하나씩 접어 내리며 입술을 달싹였다.

"혈육을 죽인 이에게 복수의 칼날을 갈고 있다는 점에서, 나와 비는 많이 닮지 않았더냐."

"전하."

"그 칼날이 나에게 올 수도 있는 것인데 말이다."

기찬은 원의 무거운 말길을 받아내며 고개를 떨어뜨렸다. 원이 마치 높은 곳에서 위태롭게 외줄타기를 하는 듯 보였기 때문이다.

"슬프구나."

원은 옥여 죄는 목구멍을 간신히 틔우며 말을 내뱉었다. 그 말씨 안에 담긴 것은 정녕의 슬픔이었고 애통이었으니.

"참으로 슬퍼."

다시금 찾아온 소리가 그들 사이를 헤집었다.

끼룩끼룩, 첨벙, 쏴아아─

그 소란스러운 소리 가운데에 올곧게 서 있을 수 있는 것은 아무도 없었다.

❉

향은 열린 창문 바깥으로 손을 내밀었다. 손가락 사이를 감싸는 따뜻한 기운이 나쁘지 않다는 듯, 한참 동안 허공을 손으로 휘저으며 뜨거운 열기를 그득 담았다.

그렇게 향의 입가에 새록새록 웃음이 배어들 때.

"마마, 한울 아씨의 양제 책봉의가 곧 시작된다 하옵나이다."

김 나인의 가라앉은 목소리가 들려왔다. 언뜻, 향의 얼굴에 말간 빛이 새어든다.

"내가…… 가야 하는 자리더냐."

"마마."

김 나인은 고개를 푹 숙였다.

말하고 싶지 않았다. 향에게 이를 알리고 싶지 않았다. 매일 밤 눈물자국을 찍고 있는 향에게 이 달갑지 않은 소식을 전하고 싶지 않았단 말이다. 그러나 황후의 거듭된 전갈이 향의 참석을 재촉하고 있었으니. 김 나인은 어쩔 수 없이 향에게 이를 고한 것이리라.

향은 손을 되돌렸다. 손끝엔 발간 열이 남아 있었으나 제 몸뚱이엔 퍼런 기운이 그득하여 한기마저 들 지경이었다.

"내가 가서, 무얼 해야 하는 것이냐. 감축의 인사를 전해야 하는 것이냐, 아니면 먼젓번처럼 머리채를 끌어당겨야 하는 것이냐. 말해보거라. 내가 가서 무얼 해야 하는 것이냐."

"……통촉하여 주시옵소서."

"네 말대로 통촉하고 싶구나. 정녕 통촉하고 싶어."

향은 설핏하게 웃으며 요를 젖혔다.

"보고만 오겠다."

몸을 일으켜 구겨진 야장을 탈탈 털어낸다. 비칠거리는 몸짓이었지만 그 누구보다 고고한 자태였으니, 김 나인은 더욱 고개를 조아리며 문지방을 밟는 향의 뒤를 쫓으려 하였다.

"따라오지 말거라."

김 나인의 발걸음을 멈추게 한 향의 말이었다.

"홀로 갈 것이니."

김 나인은 조심스레 고개를 들어 향과 눈을 마주했다.

웃고 있는 것처럼 보이기도, 울고 있는 것처럼 보이기도, 또는 무정한 것처럼 보이기도 하는 향의 얼굴. 그 얼굴엔 이미 휘발되어 사라진 서글픔이 있었으리라.

김 나인은 고개를 끄덕이며 뒤로 한 걸음 물러섰다.

"한 시가 지나기 전에 오겠다."

향은 말을 마치고 재빨리 걸음을 옮겼다. 멀리서만 보고 올 것이다. 멀리서만, 아주 멀리서만…….

한울을 보는 것이 아니라, 그를 보고 있을 진원을 보고 올 것이다.

그리 생각하며 향은 더욱더 걸음에 박차를 가했다.

황도는 뜨거운 열기로 일렁이고 있었다. 굽이치는 아지랑이에 대지가 흔들리는 것처럼 보이기도 하였고, 내리쬐는 태양빛에 세상이 발갛게 보이기도 하였다. 그러한 곳, 한가운데에 있는 이는.

"고개를 들라."

고운 복색을 갖추고 허리춤을 빳빳하게 세운 한울, 그녀였다.

한울은 고개를 똑바로 들며 황제와 시선을 마주했다. 마냥 여리게만 보이던 여인이었지만 오늘만큼은 다를 터. 그녀의 하얀 옷자락이 바람결에 요나하게 흔들렸다.

한울은 황제를 향해 세 번 절을 올렸다. 그를 보고 있는 모두의 움직임이 멈춘다.

양제. 태자궁의 후궁. 그러나 아직은 힘이 없는 황태자의 여인이기에 이름만을 갖고 있을 뿐 아무런 재량권이 없는 허수아비 신세.

무르익는 가을 밭 한가운데를 지킬 허수아비는 하나면 충분했으나, 욕심 많은 농부는 후궁과 태자비, 두 개의 허수아비를 세웠더란다. 하나의 허수아비는 까마귀들을 내쫓는 역할을 하고, 다른 하나의 허수아비는 까마귀들을 부르는 역할을 한다 했다. 이 두 번째 허수아비가 어느 여인이 될지는 아무도 모르는 일이었다.

한울은 세 번 절을 마치고 몸을 일으켰다. 그리고 제단 위에 있는 대접을 집어 올렸다.

암사슴의 피가 담겨 있는 그릇. 한울은 침을 꿀꺽 삼켰다. 적(赤)의 어미에게 복종한다는 의미의 관례라 하였지만 날짐승의 피를 그대로 마실 자신이 없었다. 발발 떨리는 손으로 대접을 쥐어 잡는다. 그리고 한 손으로 코를 틀어막으며 꿀꺽꿀꺽 새빨간 피를 삼켰지만.

"우욱!"

사람의 향보다도 더욱 지리고 비린 피의 내음에 한울은 구역질을 하며 속에 있는 모든 것을 게워냈다. 한울의 하얀 의복에 벌건 핏방울이 후두둑 떨어졌다. 우욱, 욱, 노란 신물을 끊임없이 내뱉는다. 그를 바라보고 있는 모든 이들의 시선이 곱지만은 않다.

"하아, 하아……."

한울의 거친 숨소리가 침묵을 깨뜨리며 멀리멀리 퍼져 나갔다.

그 밀려온 숨소리는, 황도의 끝에서 나무 뒤에 몸을 숨기고 있는 향에게까지 날아갔으니.

향은 고개를 쳐들었다. 그리고 곧이어 밀려온 비릿한 피 냄새에 인상을 얕게 찌푸렸다. 역겨운 냄새. 죄 없는 사슴을 잡아 피를 빼고 내장을 긁어내고 살까지 뜯으니. 그것이 어찌 환조의 뜻이란 말이더냐?

그러나 향은, 제단 위에 널브러진 암사슴이 어쩐지 자신과 같다는 생각을 하였다. 권력 다툼에 밀려 이곳까지 오게 되었으니, 저 버러지 같은 것들이 내 내장을 다 긁어낸다면, 나 역시 제단 위에 올라 살점이 뜯기게 되는 것이 아니겠느냐.

피식, 설핏한 웃음을 내짓는다.

"망극하옵나이다……."

제 목에 진주목걸이를 걸어주는 황후에게 건네는 한울의 인사치레를 마지막으로, 길게만 느껴졌던 책봉의가 끝이 났다.

향은 불현듯 실소를 내지었다. 이것이 정녕 '혼례'이던가. 한울의 뒷모습을 바라본다. 자신이 혼례를 치르던 그날 느꼈을 그 감정을 한울도 똑같이 느끼고 있을 성싶어서였다.

그때. 시선을 느낀 것일까? 한울이 휙 몸을 틀었다. 그리고 한 치의 망설임도 없이 향이 있는 곳으로 시선을 내던졌다.

맞부딪히는 두 개의 눈동자.

하나는 살아나는 퍼런 기운을 담고 있는 것이었고, 다른 하나는 죽어가는 붉은 기운을 담고 있는 것이었다.

비식, 실소를 짓는…… 한울. 그 모습이 마치, '네 자리를 빼앗아주겠다'고 으름장을 놓는 것과 같아 보여 향은 허탈한 웃음을 내뱉을 수밖에, 힘을 잃어가고 있는 여린 빛을 내뿜을 수밖에 없었다.

끝이다, 하명하는 황제의 말에 모여 있던 모두가 우수수 흩어지기 시작했다. 제단의 계단을 하나씩 걸어 내려오는 한울. 위태로운 걸음걸이였으나 시선만은 향을 향하고 있는 그녀였다. 그 참에,

"그것 하나 참지 못했던 것입니까, 양제자가."

태위의 날카로운 말씨가 들려왔다. 천천히 고개를 돌리는 한울. 방금까지 서슬 퍼렇게 비추었던 형형한 빛이 사라졌으매 그 자리에 축축한 눈물이 그득 담겨 있었다.

"송구…… 하옵니다."

"이제 자가께선 엄연히 태자 전하의 안부인이 되신 것입니다. 황실의 식솔이 된 것이란 말입니다. 위엄을 보이셔야지요. 약해지면 아니 되옵니다."

"……명심하겠습니다."

한울은 고개를 숙이며 재차 입술을 달싹였다. 오늘 같이 좋은 날, 뜻 깊은 날. 호통을 쳐야 하는 것이었습니까……. 입술을 꾹 깨문다.

그리고 힐끗 눈길을 돌려 향이 있었던 나무 쪽을 바라보았지만.

'없구나.'

짙은 향만을 남긴 채 사라진 향. 한울은 애써 눈알을 굴려 그녀를 찾지 않았다. 마주했던 향의 얼굴에서 애통의 감정이 묻어 있던 것을 보았기 때문이다.

"여기 계셨군요."

한울은 재빨리 고개를 들었다. 그리고 익숙한 목소리⋯⋯. 자신에게 다가오는 진원을 바라보며 오롯한 기쁨의 미소를 내짓는다.

"잘 지냈느냐. 어찌, 얼굴이 더욱 고와졌어."

"전하⋯⋯."

와락 눈물이 날 것만 같았다. 얼마 만에 마주하는 정인이던가. 열흘? 달포? 아니, 아니, 그보다도 더욱 오래된 듯싶었다. 한울은 진원의 소맷자락을 부여잡았다. 그에 진원은 빙그레 웃음을 지으며,

"이 좋은 날 왜 눈물을 흘리려 해. 이리 예쁘게 치장한 것이 아깝지 않더냐."

"소, 송구하옵니다⋯⋯."

"송구하기는 무얼. 나 역시 보고 싶었느니. 이리 와보거라. 한 번 안아보자꾸나."

"저, 전하!"

진원은 한울의 허리춤을 끌어당기며 목덜미에 얼굴을 파묻었다. 하아, 격동의 숨소리가 뜨겁게 달아올랐다. 그에 얼굴이 새빨개진 것은 한울이요, 그 모습을 보고 있는 태위의 얼굴엔 헛헛한 웃음이 피었으니. 이것조차 진원이 계획했던 것일까.

"참으로 어여쁘구나."

"소, 송구하옵니다."

원은 부끄러운 듯 고개를 숙이고 있는 한울의 머리칼을 부드럽게 쓰다듬어 주었다. 그래, 어여쁘구나. 참으로 어여뻐. 그 목을 졸라 빛을 잃게 하고 싶을 정도로. 비식, 선웃음을 짓는다.

"전하, 혹⋯⋯ 비마마를 보지 못하셨는지요."

조심스레 운을 띄우는 한울의 말씨에 원은 고개를 까딱였다.

"방금 전까지 저곳에 비마마가 계신 듯하여⋯⋯."

"비를 봤단 말이냐."

훅 밀려온 먹구름 때문에 훅 가라앉은 아지랑이처럼 낮게 드리워진 진원의 목소리. 이는 한울만이 알아챌 수 있는 것이었으니. 한울은 입술을 꾹 깨물었다.

"예, 저와 눈을 마주하였습니다."

"그러하더냐. 감축을 하러 온 것일 게야. 걱정하지 말거라."

"걱정이 되는 것은……!"

한울은 고개를 쳐들며 진원의 옷자락을 부여잡았지만.

"아닙…… 니다, 아니어요."

그 올곧은 눈동자를 앞에 두고 차마 부릴 수 없는 투기였기에. 한울은 다시금 고개를 떨어뜨리며 손가락에 더욱 힘을 주었다. 그런 한울의 손을 꼬옥 잡아주는 원. 그녀의 허리춤을 더욱 끌어당기며 태위에게로 말을 건넸다.

"한울이 궐에 있으니, 태위께선 이제 황실 문턱이 닳도록 다니시겠군요."

"그걸 원하신 것은 전하가 아니셨습니까?"

"하하! 맞지요. 맞습니다."

원은 입꼬리를 배죽 찢으며 해참하게 대답했다. 그리고 태위의 손을 덥석 잡으며,

"궐의 주인이 되셔야지요."

태위가 여태껏 염원하고 바라왔던 말을 내뱉었더란다. 태위는 그 특유의 걸쭉한 웃음소리를 내며 원의 손을 쓰다듬었다.

"부디 이 늙은이를 농락하지 마시길 간청드리옵나이다."

"그럴 리 있겠습니까. 태위를 배신하는 것은 곧 한울을 떠나야 한다는 것인데, 제 어찌 이 어여쁜 정인을 떠날 수 있겠습니까."

"이 늙은이의 마음이 한결 편해지옵나이다. 바라옵건대, 부디 마음이 변치 않기를……."

"물론입니다, 부원군."

태위의 얼굴에 웃음이 배어들었다. 한울의 얼굴에 붉은 빛이 배어들었다. 그들의 모습은 마치 쌍둥처럼 같은 것이었으니, 권력에 취한 것일까? 아니면 욕심에 취한 것일까. 아니, 아니, 그 무엇이든.

'마음은 변치 아니할 것이다.'

복수를 하겠다는 마음. 힘을 키우겠다는 마음. 그리고 네놈의 모가지를 잘라주겠다는 그 마음. 이 마음만은 변치 아니할 것이다.

원은 저 역시 얼굴에 웃음을 내려 담았다. 하하, 하하하! 그 웃음소리는 커지고 커져…… 곧 허공으로 굽이쳐 올라가, 시퍼런 물이 든 하늘을 뒤덮어 버렸다.

나름의 시간이 지났음에도 불구하고, 황도를 떠나는 이는 없다. 저마다 태자의 눈에, 태위의 눈에 얼굴을 비추고자 뒷짐을 지고 서성이고 있었기 때문이다. 그러나 바로 이때에, 묵직한 목소리가 들려왔다.

"태자."

그와 동시에 몰려 있던 이들이 갈래로 갈라졌으니. 내리쬐는 태양빛에 금관이 번쩍였다. 그 빛을 가감 없이 표하고 있는 이는 분명…….

"참으로 오랜만에 얼굴을 보는 것 같구나. 잘 지냈느냐."

"아…… 바마마."

황제렷다.

작금 옥체가 미령하여 예식만 얼추 마치고 돌아갈 줄로만 알고 있었기에, 예상치 못한 황제의 등장에 당황한 것은 진원이요, 태위요, 몰려 있던 모두였다.

"성후(聖侯) 평안하셨나이까. 소자 바쁜 일이 있다는 핑계로 문후를 뒤로 미뤘으니, 면구하여 얼굴을 들 수가 없습니다. 통촉하여 주시옵소서."

재빨리 정신을 차린 진원이 한울의 손을 뿌리치듯 놓으며 황제에게 허리를 숙였다.

겉치레가 그득한 말씨와는 다르게 진원의 얼굴에는 유연한 미소가 담겨 있었다. 이는, 황제가 제 아비임과 동시에 이 적의와 암투가 가득한 곳에서 유일하게 믿을 수 있는 사람이었기 때문이다.

"껄껄. 얼굴이 좋아 보이는구나. 참으로 늠름해 보여."

"감읍하옵나이다."

진원은 고개를 들며 황제와 눈을 마주했다. 두 개의 눈에 담긴 것은 평안함과 친밀함이었으니, 보는 이들마저 그 부드러운 물결에 녹아내릴 지경이었다. 그러나.

"두 달도 되지 않은 사이에 여인을 두 명이나 들이셨으니, 좋을 수밖에요."

이내 들리는 목소리에 취연함은 굳어갔으니.

"태자, 저는 보이지 않으신가 봅니다?"

황후. 내명부의 수장이자 황실을 쥐락펴락하고 있는 실세. 모두가 입을 모으며 고개를 숙인다.

"……옥체 평안하셨나이까, 황후 폐하."

"평안하지 못하였지요. 아주 미령하였습니다."

그에 진원이 애써 목소리를 가다듬어 답하였지만 돌아오는 것은 비아냥거림이니. 진원의 좁혀진 미간이 더욱 좁혀졌다. 이를 황제가 알아채지 못할 리 없을 터. 그에 황후를 향해 고개를 돌리고.

"몸이 좋지 않다면 이만 물러나는 것은 어떠오, 황후? 내명부에 여인 둘이 더해졌는데, 이제 일선에서 떠날 때가 된 것 같지 않으오?"

"폐, 폐하!"

"껄껄. 농이오, 농."

하나 그것은 정녕 농담이 아니었기에.

작금 황후에게 황실 안의 질서를 맡겨 뒷짐을 지고 있는 황제였지만, 적(赤)의 주인은 황제요, 그의 말은 곧 금이었느니.

그의 말은 태자비를 내명부의 수장으로 올리자는 뜻이었다. 이는 태자가 황제로 즉위할 때가 얼마 남지 않았다는 뜻과 상통하는 것. 이를 지켜보고 있는 모두의 입이 바싹 마르는 것 같았다.

"그나저나 비가 보이지 않는구나."

"몸이 좋지 않아 먼저 돌아갔다 들었습니다."

"그러하더냐. 아쉽구나, 그 어여쁜 용모를 보지 못하다니."

쯧, 황제는 혀를 차며 고개를 내둘렀다. 그때 제 눈에 잡히는 것은 눈가를 바르르 떨고 있는 양제였으매, 이를 바득 깨물고 있는 태위였으니, 황제의 입가에 비죽 웃음이 걸린다.

"아아, 물론 태위의 여식도 참으로 어여쁘오. 미모가 셋째가라면 서러웁지."

"황…… 공하옵니다, 폐하."

억지로 입을 열며 답하는 태위. 그러나 한울은 말이 없다. 구겨진 자존심에 맥을 추리지 못하고 있는 것이리라. 그리 생각한 황제의 입꼬리가 더욱 찢어졌다.

"호에서 공문이 왔다 하던데. 태자, 비에게 전해 들은 것이 있느냐?"

"금시초문입니다."

"듣질 못했다니. 내관, 이리 와 읊어보거라."

그는 내관을 향해 시선을 돌렸다.

"태자비마마께서 내명부의 수장이 되신다면, 벽나라와의 화친을 끊고 적나라에 충성을 다할 것이란 내용이 들어 있었나이다.”

훅, 삽시간에 가라앉은 공기. 모두가 침을 꿀꺽 삼켰다. 이는 태자 진원을 호나라에서 지지하겠다는 뜻과 같은 것이었으니, 너무도 명명백백한 의의에 황후의 얼굴이 바슥 구겨진 것은 당연한 일이었다.

“태자, 무슨 뜻인지 알겠느냐.”

“……예, 아바마마.”

“껄껄. 하나를 말하면 열을 아니 어찌 기쁘지 아니할 수 있겠느냐. 그렇지, 황후?”

제게 던져지는 웃음과 문에 황후는 마뜩잖은 미소를 머금으며 고개를 끄덕였다. 그러나 진원에게만 들리는 목소리로,

“하나를 말해야만 비로소 알 수 있다는 뜻이기도 하지요.”

진원을 비웃는다.

피식, 헛웃음을 내뱉는 원. 그 모습이 마치 범이 나타난 자리에 꼬리를 감싸 안고 있는 늙은 여우와도 같아 보였기 때문일까.

그는 더욱더 고개를 빳빳하게 들었다. 그리고 황도에 모여 있는 모두에게 들리는 목소리로, 우렁차고 크게.

“아바마마의 기대를 저버리지 않도록, 소자 더욱 정진하여 국무에 힘을 쏟겠습니다.”

저가 품고 있던 위대한 꿈의 시발점에 발을 내디뎠더란다.

“아바마마의 힘을 받아 적을 태평성대로 이끌도록 노력하겠나이다.”

그렇게 맑았던 하늘이 매지구름으로 뒤덮이고, 하얀빛이 사라지고 거뭇한 빛이 세상에 남았다. 아주 오랫동안.

�֎

향의 처소. 동궁 후원의 연못 앞. 그곳에 발을 담그고 물장구를 치는 여인이 있었으니,

"하, 하하……."

터져 나온 실소를 막지 않고 내뱉는 향이 있었다. 향은 제 손에 물을 담아보기도, 그 물을 허공으로 내던지기도, 발로 물장구를 치며 물을 튀기기도 하며 아이 같은 웃음을 내짓고 있었다. 그러나 그 모습이 어쩐지 애처로워 보여 금방이라도 꺼질 것같이 보였으니.

향은 한울의 비릿한 비소를 떠올려 냈다. '이제 너는 끝이다' 하고 외치는 듯한 그 눈빛을 떠올려 냈다. 그리고 그러했던 한울을 부드럽게 감싸 안아주던,

'원…….'

원을 떠올려 냈다.

제가 다른 대신들에게 들킬까, 바삐 걸음을 할 때에 마지막으로 보았던 진원의 모습이렷다.

향 자신에게는 단 한 번도 보여주지 않았던 미소, 단 한 번도 보여주지 않았던 몸짓…….

하하, 향은 재차 울음 섞인 실소를 터뜨렸다.

머나먼 길에 진원을 두고 왔으니, 진원과 한울을 함께 두고 왔으니, 이 마음이 도무지 진정되지 않는구나. 하여 마음이라도 식힐까 물에 몸을 담갔으나, 이 물도 나와 같고, 나도 물과 같으니. 내 어찌 마음을 가라앉힐 수 있을까…….

향은 허공으로 고개를 들었다. 제 얼굴에 한 꺼풀 씌인 투명한 막처럼, 세상에도 그 막이 씌워진 듯싶었다.

아무것도 들리지 않았으며, 아무것도 보이지 않았다. 컴컴한 세상.

적막의 세상. 아, 아아……

'나는 정녕 허수아비일 뿐이던가.'

두 손에 얼굴을 묻는다. 젖어버린 소맷자락은 마를 생각을 하지 않는다.

오지 말라 하였다. 찾지 말라 하였다. 다시는, 나를 찾지 말고 나역시 너를 찾지 않는다 하였다.

그러나 이것은 절대로 지킬 수 없는 말이었기에. 하루에도 몇 십 번씩 원이 떠올랐으매 몇 번씩 동주궁으로 달려가 원의 바지 자락을 붙잡고 싶었으니…….

'내가 바라는 것은 무엇이던가.'

힘을 원하는 것인가? 어머니의 복수를 위하여?

사랑을 원하는 것인가? 오 년 전 그날의 마음을 위하여?

아니, 아니.

'모르겠다, 모르겠어.'

향은 문득, 연못을 응시한다. 관리가 제대로 되지 않아 이끼가 껴탁하기만 한 연못.

이 더러운 구정물에 묻힌 기억이란, 향은 서늘하게 웃었다.

이곳 아래에는 가락지가 숨겨져 있을 것이다. 오년 전 내가 지닐 수있었던 그러한 가락지, 그러나 지금은 한울의 손에 끼워져 있던 그러한 가락지가.

만약, 오년 전. 진원에게 모든 것을 고하고 모든 것을 밝혔더라면작금의 상황이 벌어지지 않을 수도 있지 않았을까. 향은 결코 이루어지지 않을 희원을 조심스럽게 피워 올렸다.

참방, 물소리가 들리었다. 담갔던 발을 빼는 소리이다.

이렇듯, 행동이란 본디 쉬운 것이다. 이 살에 묻은 물기만 닦으면 언제 연못에 발을 담갔냐는 듯 모른 체를 할 수 있게 되겠지.

마음 역시 같은 것이리라. 마음에 이는 축축한 설움만 닦으면 언제 그러한 감정을 겪었냐는 듯 모른 체를 할 수 있게…… 될 것이다. 그렇게 희원한다.

향은 두 손에 얼굴을 묻었다. 울고 있지는 않았지만, 그것은 울고 있는 것과도 같아 보였기에. 마치 꺼져 가는 촛불을 든 채 껌껌한 길에 서 있는 것처럼, 그렇게 위태로운 모습이었다.

"마마."

그때, 컴컴한 세상을 밝게 물들여 주는 이가 있었으니.

"왜…… 그리 참고만 계십니까."

향의 눈을 가리는 손길. 바르르 떨리는 목소리와 마찬가지로 달달 떨리고 있는 손의 주인은, 보지 않아도 알 수 있었다.

"우셔도 됩니다. 괜찮아요."

아, 도겸의 말이 끝나기가 무섭게 향의 눈에 채 담기지 못한 눈물방울이 뚝뚝 떨어지기 시작했다. 거뭇한 눈물이 떨어진다. 스스로의 감정과 악취에 둘러싸인, 그 눈물이 떨어진다. 심장이 쥐어뜯긴 듯, 아프고 아파 참을 수가 없었다.

향의 흐느낌 소리가 커짐과 동시에, 도겸의 떨림 또한 더욱 커졌다.

얼마의 시간이 지났을까. 향과 도겸의 머리 위에 있던 구름들이 몇 번이고 흘러간 후에야, 향의 어깨의 들썩거림이 차차 잦아들기 시작했다.

뚝뚝 떨어지던 눈물방울이 차차 멎어든다. 코를 훌쩍이던 소리도 희미해진다. 탁, 토해내던 뜨거운 숨결에 고른 규칙성이 생긴다.

감정의 분출은 순간적인 것이라, 활화산이 되어 폭발했던 감정의 용암은 시간의 흐름과 함께 차갑게 식어갔으니……. 뜨거웠던 감정은 이내 딱딱하게 굳어 무거운 돌이 되었더란다.

이 얼마나 부끄러운 일이더냐. 아무리 힘들다, 괴롭다 하여도 어찌 다른 남정네의 앞에서 낙루를 뚝뚝 떨어뜨릴 수 있단 말이냐. 못난 계집.

향은 입술을 작게 열어 깊은 한숨을 내지었다. 서글픔이 덧대어져 있었으나 그 안에는 창피스러움이 숨어 있는 것이었다.

향은 제 눈을 가리고 있던 도겸의 손을 천천히 떼어내며 낮은 목소리로 말을 띄웠다.

"……흉한 꼴을 보였네."

"괜찮지 아니하여도 괜찮다 말을 해야 하는 게지요? 뭐, 괜찮습니다. 암요. 괜찮고말고요."

그러나 도겸은 이런 향의 마음을 아는지 모르는지. 아니, 알고 있음에도 장난을 치는 것인지. 더욱 장난스러움이 그득한 얼굴로 향을 대하는 그였다. 그에 향이 부끄러웠던지 소맷자락으로 얼굴을 가리자, 부러 더 농을 치며 얼굴을 들이댄다.

"왜 얼굴을 가리시는 겁니까? 이미 다 보았는데요. 이제 와 가려보았자 아무 소용이 없…… 예, 예, 알겠습니다. 입을 다물지요. 예."

그러나 향의 쭉 째진 눈에 어깨를 움츠리며 꼬리를 내리는 그. 하하, 그 모습이 참으로 우스워 보여 향은 웃음을 내지을 수밖에 없었다. 부드럽게 말려 올라가는 입꼬리가 참으로 어여쁘다. 도겸은 그런 향의 모습을 한참 바라보다, 이내 정신이 들었다는 듯.

"크흠, 큼."

헛기침을 내뱉으며 몸을 일으킨다.

"이제 돌아가 볼까요? 마마는 처소로, 저는 전하께. 자리를 오래 비운 것 같아서 말입니다."

향은 도겸의 손을 잡고 저 역시 몸을 일으켰다. 구겨진 옷자락을 탈탈 털며 고개를 빳빳하게 가눈다. 언제 눈물을 흘렸냐는 듯, 언제 애처로운 한탄의 숨을 내뱉었냐는 듯, 삽시간에 고고한 모습을 보이는 것이 참으로 신기하다.

"저는…… 마마의 이런 모습이 참으로 좋습니다."

어깨를 마주하고 걸어가던 와중 말문을 틔우는 도겸이었다. '좋다'라는 말이 익숙하다는 듯 눈 하나 깜빡하지 않는 향. 그에 도겸은 더더욱 미소를 지었다.

"정확히 말하면 마마의 눈빛이 좋습니다. 마마의 눈빛에 내리꽂혀지는 이 기분이 너무도 좋습니다. 이 빛을 받고 싶어서 마마께 더 찾아온 것이라 하면, 무어라 하실 겁니까."

"……괴상한 취미로군."

"하하! 취미가 아니라 연정이라 해주시면 아니 되는 것입니까."

"그대."

향은 부러 소리를 낮췄다. 목청을 좁게 만들어 가라앉은 목소리를 내뱉는다.

"내 위치를 망각하고 있는 것 같아."

도겸을 올곧게 마주하는 향의 눈. 도겸은 그런 향의 눈을 오롯하게 바라보았다.

마치, 함께 걷고 있지만 다른 곳을 걷고 있는 것과 같은.

함께 말을 나누고 있지만 그네의 목소리의 끝은 허공일 것만 같은.

함께 같은 것을 보고 있지만 실상은 그것이 아닐 것만 같은.

낯설고 녹록하지 않은 기운.

도겸은 설핏하게 실소를 내뱉었다.

어쩐지 시야가 아득해졌다. 울음을 내뱉었던 것은 단향임에도 불구하고 마치 자신이 울음을 터뜨린 것같이 코끝이 찡하게 아파왔다.

"……알지요. 잘 알고 있습니다. 마마는 다름 아닌 '태자비'마마이시고, 제 친우이자 하늘의 아들인 태자 전하의 안부인이라는 것을요."

동궁의 처마 끝이 보였다. 이는 헤어질 때가 되었다는 뜻이기도 하였기에, 도겸은 부러 걸음을 느릿하게 내디뎠다.

"그러나 어찌합니까, 이 마음을 갈무리할 수 없는 것을."

향은 대답하지 않았다. 알고 있었는지도, 아니, 알고 있었기 때문이다. 자신을…… 아니, 아니. 인정하고 싶지 않았다. 받아들이고 싶지 않았다.

향은 두 눈을 질끈 내리감았다. 방방 뛰는 가슴을, 그리고 윙윙 울고 있는 머리통을 가라앉히기 위한 행동이었다.

"마마."

그러나 향의 이런 마음을 모두 알고 있다는 듯, 향의 걸음 앞에 멈춰 서 그네를 내려다보는 도겸. 그의 눈동자가 걷잡을 수 없이 흔들렸다.

"무너지지 마십시오."

향의 어깨에 손을 올린다. 무너지지 마십시오. 무너지지 마십시오. 계속해 같은 말을 되뇌는 그. 향에게 하는 말일까, 아니면 제 스스로에게 하는 말일까.

"마마는, 그 누구보다 강인해져야 하는 사람입니다. 그래야 행복하실 수 있습니다."

도겸은 애써 웃음을 지으며 눈을 수차례 깜빡였다. 울컥 눈물이 밀려 나올 성싶어 한 행동이었고, 희뿌예지는 시야를 가다듬기 위한 행동이었다.

손에 더욱 힘을 준다. 파르르 떨리는 그의 손끝이 애처롭기만 하다.

"울지 마십시오."

급속도로 가라앉은 기운을 채 받아내지 못하여 얼어붙어 있는 향의 어깨를, 아주 조심스럽게 끌어안는다. 찬찬히 숨을 몰아쉬는 그. 그 깊은 숨통에 범접할 수 없는 처연함이 담겨 있는 것이었으니…….

향은 움직이지 않았다. 그를 뿌리치지 않았다. 어찌 뿌리칠 수 있을까. 어찌 이렇게…… 웃고 있지만 울고 있는 이를 뿌리칠 수 있을까.

향은 입술을 꾹 깨물며 두 눈을 질끈 내리감았다. 알고 있었으나 인정하고 싶지 않았던 것. 이제는 받아들여야 할 때가 온 것이었다. 도겸이…… 자신을 지독히도 연모하고 있다는 것을.

어슴푸레해진 밤하늘 아래에 두 개의 그림자가 하나로 겹쳐졌다, 다시 두 개로 흩어져 하나가 사라지게 되었으니. 그 남은 그림자는 제 손에 얼굴을 묻고 한참을 그리 가만히 서 있었더란다.

그리고 그 그림자의 뒤에서 그를 바라보고 있는, 진원의 인영이 길쭉하게 그려졌다, 아주 길게.

✻

대지를 밝히던 밝은 빛이, 밀려온 매지구름에 가려져 거뭇하고 축축하게 변모하고 있을 때였다. 서늘해진 대기. 황량함이 가득해진 시야에 원은 설핏 실소를 뱉으며 한 손으로 얼굴을 쓸어내렸다.

'대체 무슨 생각이십니까, 아바마마.'

원은 정리되지 않는 머릿속을 간신히 가다듬으며 긴 숨을 내뱉었다. 추후 황제를 찾아가야 할 터였다. 무슨 뜻으로 대신들 앞에서 그런 언사를 뱉은 것이냐 물어야 할 터였다. 그리 생각하며 더욱 긴 한숨을 뱉고 있을 때.

"전하."

태위의 다소 떨리는 목소리가 나지막하게 들려왔다.

"긴히 드릴 말씀이 있습니다."

"예, 말씀하시지요."

황제의 때 아닌 언사에 놀란 것은 비단 진원만이 아니었으리라. 태위는 미간을 얕게 찌푸리며 생각의 물꼬를 트고 말을 이었다.

"불충한 소인의 생각으로는, 황제 폐하께서 제 여식을 탐탁찮아 하시는 것 같……."

"그것은 폐하의 생각이시지요."

태위의 말허리를 뚝 끊은 진원의 말이었다. 태위의 얼굴이 바스락 구겨진다. 그러나 원은 그를 보고도 애써 모른 척하며 부러 실소를 내지었다.

그래, 황제가 태위를 탐탁찮게 생각하는 것은 당연한 이치였다.

첫째는 태위가 권력욕에 눈이 멀어 정현의 뒤를 봐주었던 것이요, 둘째는 저가 한 짓에 합당한 벌을 받지 않고 도망친 비열한 처사요, 셋째로 탐욕을 버리지 못하고 다시금 궐내에 발을 디딘 것이 그 이유였다. 때문에 태위의 딸인 한울 역시 받아들이지 않는 것이라.

원은 반걸음 태위에게 다가가며 고개를 까딱였다.

"한울의 지아비는 저요, 한울을 연모하는 것 역시 저인데 어찌 다른 이의 의견이 중요하겠습니까."

"하오나."

"태위께서는 걱정치 않으셔도 됩니다. 대신들의 손만 잡아주시면 그것만으로 충분하지요."

한울의 위치는 자신이 알아서 할 터이니 너는 대신들을 휘어잡아 자신의 위치를 확고히 해달라는, 청 아닌 명. 이를 알아채지 못할 태위가 아니었으니.

"……전하만 믿겠습니다."

어쩔 수 없이 고개를 숙여야 하는 것이었다. 젠장맞을. 태위는 제 스스로의 무력함에 이를 바득 갈았다.

아니다. 이때만 지나면, 이때만 참고 넘긴다면…… 자신은 황제의 장인이 될 터이다. 더 먼 훗날엔 녹상서사직이라도 얻을 수 있으리라.

그러니 지금은 고개를 숙여야 했다. 몸을 숨기고 목소리를 낮춰 은 밀하게 행동해야만 했다. 그리 생각한 태위는 애써 어깨춤에 힘을 풀 며 가까스로 숨을 가다듬었다.

"울아, 왜 거기에 있느냐. 이리로 오지 않고."

그런 태위를 가만히 보고 있던 원은, 이내 멀찍이 서 있는 한울에 게 손을 뻗으며 부드러운 미소를 내지었다.

종종걸음으로 다가와 원의 손을 맞붙잡는 한울. 매번 따뜻하기만 했던 원의 손이, 오늘따라 거칠게 느껴진다면 그것은 착각일까. 한울 은 애써 상념을 떨쳐 내겠다는 듯, 고개를 가로저으며 저 역시 빙그레 웃음을 내지었다.

"곤한가 보구나."

"아, 아닙니다. 단지…… 신경 쓰이는 것이 있어서……."

원은 눈썹을 까딱이며 눈을 가늘게 올려 떴다.

분명 아바마마의 말을 생각하고 있는 것일 테지. 더 나아가 단향 을, 제 위치를 생각하고 있는 것일 테지.

그 속내가 너무도 뻔하게 보이는 한울이 조금은 귀엽기도, 그러나 더불어 우습기도 해 진원은 선웃음을 삼킬 수밖에 없었다.

"처소에 가 있거라. 곧 따라가지."

"바쁘실 터인데, 어찌 금쪽같은 시간을……."

"하하! 새신부가 그런 말을 해서야 되겠느냐. 초야(初夜)는 함께 보내야 하거늘."

"저, 전하."

한울은 양 뺨을 붉히며 고개를 푹 내리 숙였다. 맞대고 있는 손바닥에서 뜨거운 열기가 올라왔다. 식은땀이 송골 맺힌다. 이것은 오롯한 기쁨에서 비롯된 것이라고 한울은 생각했으나 그것은 기쁨일 수도, 긴장과 불안함일 수도 있을 터였다.

"돌아가 눈이라도 붙이고 있거라. 정리만 하고 따라갈 터이니."

녹녹한 언사에 한울은 고개를 끄덕였다. 그네의 입가에 희열에 그득 찬 미소가 걸려 있었다. 그것이 마치 부끄러운 새색시처럼 보이기도, 그러나 동시에 남정네를 꾀어내는 기녀와도 같이 보였으니, 이것 참 우스운 일이렷다.

진원은 태위에게로 재차 시선을 옮겨 그의 자글자글한 주름이 그득한 눈가를 바라보았다. 비식, 입꼬리를 올리는 그.

"태위께서도 이만 돌아가시지요."

"전하."

"걱정치 않으셔도 됩니다."

태위는 숨을 크게 들이마셨다. 그리고 곧,

"그럼, 이 늙은이는 이만 돌아가 보겠습니다. 부디 평온한 밤이 되시길……"

고개를 숙인 후 종종걸음으로 황도를 벗어난다. 한울 역시 동시에 고개를 숙인 후 궁인을 따라 제 처소로 걸어갔다.

"빌어먹을."

욕을 읊조리며 머리칼을 헝크는 진원. 한 손으로 얼굴을 쓸어내린다. 맥박이 뛰는 관자놀이를 꾹꾹 누르며 인상을 얕게 찌푸린다.

황제는 대체 무슨 생각인 건지. 대신들이 모조리 모여 있는 곳에서 어찌 단향의 이야기를……!

황제가 단향을 지지하고 나설 줄은 꿈에도 몰랐다. 본디 나랏일에서 한 걸음 물러나 늘그막의 여유를 즐기고 있던 이가 아니었던가. 태자비 책봉의 이후로 얼굴도 드러내지 않던 황제가, 갑작스레 단향을 찾는다니?

혼란스러워진 머릿속에 인상을 찌푸렸다. 어릿어릿한 머리통을 데굴데굴 굴리며 황제의 말뜻을 짐작하려 애를 쓴다.

하지만 그의 머릿속을 그득 채우고 있는 것은 황제도 아니요, 저에게 모욕적인 말을 내뱉었던 황후도 아니요, 태위도 한울도 아니었으니.

'단향……'

지금쯤 처소에 틀어박혀 있을 단향이었다. 그네가 이곳에 찾아왔더라는 한울의 말은 거짓이 아니었으리라.

며칠 동안 향을 지우려, 생각하지 않으려 무던히도 애를 썼건만. 향의 이름이 거론된 순간 깊게 빠져 버린 향에 대한 상념에 원은 맥을 추릴 수가 없었다. 아아, 정말.

'보고 싶구나.'

원은 입술을 달싹이며 주먹을 바르쥐었다. 보고 싶다. 보고 싶어.

향은 원에게 다시는 자신을 찾아오지 말라 하였고, 자신 역시 원을 찾지 않는다 하였다.

그리하여 향은 금족령이 풀렸음에도 제 스스로 외출을 하지 아니하였고, 그 누구도 찾지도 만나지도 아니하였다.

내 이것을 원했던 것인가? 이것을…… 정녕 바라 향에게 돌아가라 말을 했던 것인가.

원은 씁쓸한 비소를 머금었다.

정녕으로, 보고 싶구나.

원은 시선을 돌려 멀지 않은 동궁 쪽을 올려다보았다. 찾아가도 될 테지. 얼굴을 마주해도 될 테지. 그리 생각한 원은 재빨리 걸음을 옮겼다. 동궁 쪽으로, 향이 있을.

매지구름이 한층 더 두껍게 밀려오고 있었다. 하늘은 금방이라도 빗방울을 떨어뜨릴 것처럼 시커멓고 또한 무거웠다.

축축해진 공기는 소리를 더욱 널리 퍼뜨려,

"······무너지지 마십시오."

가벼웠던 원의 발길을 순식간에 무겁게 만들었더란다.

"마마는, 그 누구보다 강인해져야 하는 사람입니다. 그래야 행복하실 수 있습니다."

도겸? 원은 재차 들려오는 목소리에 몸을 돌려 후원 쪽으로 걸어갔다.

그곳엔 서로를 마주 보고 있는 도겸과 단향이 있었으니. 도겸은 우는 것처럼, 또는 웃는 것처럼 보이기도 하였기에······ 애처로움이 그득 묻어 있는 모습이라.

반면에 단향은······ 울고 있었다.

눈물을 흘리는 것도, 애처로운 목소리를 내뱉는 것도 아니었지만, 향은 분명 울고 있었다.

심연에 빠진 눈동자가 그러했으며, 꾹 다문 입술에서 흘러나오는 지독히도 애절한 향이 그것의 방증이었기에······.

원은 그들에게 가까이 다가갔다. 짙은 습기가 스멀스멀 밀려오기 시작했다.

"울지 마십시오."

그때에, 도겸이 향을 꼭 끌어안았다.

진원이 알던 향이라면 당장에 그 품을 뿌리치고 화를 내야 하는데, 향은 아무런 움직임이 없다. 말도 하지 않았고 몸짓, 손짓 그 무엇조차 없다. 그저, 그저 애탄의 숨을 내뱉으며 눈을 질끈 감을 뿐.

순간적으로, 형용할 수 없는 감정이 솟구쳤다. 명치를 맴도는 뜨겁고도 질척한 감정에 원은 숨을 헐떡였다. 끈적한 기운이 목구멍에까지 올라왔다.

곧이어 그것이 탁 터져, 원의 눈가를 붉어지게 만들었다.

얼굴에 새빨간 열이 올라왔다. 손끝이 바들바들 떨리매 숨결마저 고르지 않으니. 어쩐지, 어쩐지…… 눈물이 와락 쏟아질 것만 같았다. 아, 아아…… 이제야 깨달았다. 이제야 받아들일 수 있었다.

이 지독히도 아픈 감정은, 바로 투기라는 것을.

자신은 사랑하는 여인의 행복을 위해, 그녀를 다른 이에게 넘겨줄 만큼의 대인배적 소양을 가지고 있지 않다는 것을.

향이 보고 싶다. 제 눈앞에 있었지만, 향이 보고 싶었다.

"……여기서."

희미한 음성이었으나 그것의 주인이 확연하게 드러나는 터. 도겸과 향은 원 쪽으로 시선을 돌리었다.

"무얼 하고 있는 게냐."

원은 화가 난 것처럼 보이기도 하였다. 아니, 그러기에는 너무도 섧게 보이기도 하였다.

그는 향과 도겸에게로 천천히 걸어갔다. 걸음걸음마다 물기가 묻어 있으니, 그가 밟은 땅은 모두 다 진갈색으로 변모하였더라.

"몰래 정을 통하기에는 장소가 적절치 않은 것 같은데 말이야. 보는 눈들이 많아. 그리고 내 눈도 있고."

"……전하."

도겸은 향의 앞을 가로막으며 진원과 마주섰다. 팽팽한 눈빛이 얽힌다.

"네놈에 대한 문책은 따로 하겠다. 돌아가거라."

"하오나 이건."

"돌아가라 하지 않았어!"

원의 고함이 퍼져나갔다. 기류를 탄 그 음성은 목이 꺾인 꽃송이를 스치고 고목나무를 스치고 초록 잎사귀를 스친 후 땅으로 곤두박질 쳤으니. 향의 축축했던 눈가가 사뭇 건조해지기에 이르렀다.

"왜 애먼 비서승에게 소리를 치십니까, 전하."

향의 입술이 어그러졌다. 동시에 진원의 얼굴 역시 뒤틀린다.

"돌아가 주십시오. 이곳은 제 처소입니다."

"……비."

"저 역시 후에 문책해 주시지요. 달게 받겠나이다."

"비!"

"돌아가십시오."

분명 음성의 끝은 가라앉아 있었다. 그러나 왜일까. 왜 이리도 날카로운 화살이 되어 가슴을 관통하는 것만 같을까. 촉 끝에 독이 묻어 있던 듯, 가슴이 저릿하게 아파왔다.

원은 제 머릿속이 희뿌예지는 것을 느낄 수 있었다. 후, 숨을 내쉰다. 후, 다시 한 번 숨을 가다듬는다. 후, 거센 소용돌이가 굽이치는 가슴을 내려앉힌다.

"도겸. 돌아가 있거라."

도겸은 대답 대신 몸을 돌렸다. 그리고 자신을 가만히 응시하는 향의 시선을 애써 무시하며 발걸음을 옮겼다. 무슨 대화를 할까. 무슨 말을 나눌까 궁금하고 또한 불안하여 미칠 지경이었으나 이를 나타내지 않았다. 가라앉히고 억누르며 걸음을 옮긴다. 이, 욕망으로 어그러진 마음을 드러낼 순 없으므로.

그렇게 도겸이 점차적으로 멀어진 후에, 원은 향을 향해 시선을 돌렸다.

"······내가 정녕 돌아가길 바라느냐."

노을빛이 드리워져 원의 얼굴을 비추었다. 그의 얼굴에 담겨 있는 것은 뜻을 짐작할 수 없는 흐름이었으니······. 상실감에서 비롯된 애달픔일까, 아니면 불현듯 달라진 단향의 태도에 후회를 비추고 있는 것일까.

"왜 그런 표정을 지으십니까. 전하께서 바라던 바가 아니셨습니까."

"비."

"저는."

향은 애써 어깨를 세웠다. 파르르 떨리는 눈가를 가다듬으며 눈을 올려 뜬다.

"비가 아니라 단향으로 불러주시길 바랐습니다. 단향이 되어, 진원이 되어 과거의 잇지 못했던 나날을 다시금 잇기를 바랐습니다."

향은 지난날 원의 언사를 되새기며 목청을 틔웠다. 지난날 원의 행동을 되뇌며 눈가를 바들 떨었다.

"그러나 전하는 잊으셨지요. 잊지 않으셨지요."

원을 애써 잡고 있던 것이겠지. 지나간 환영을 애써 붙잡고 있던 것이겠지. 그러니, 이제는.

"잊었으니, 잊지도 못하겠지요."

애써 발버둥치지 않으련다.

향은 쓸쓸한 웃음을 머금으며 고개를 들었다. 원과 시선을 마주한다. 그의 허망하듯 깊고 침침한 눈동자를 바라본다.

"너를 잊은 것이 아니라!"

길지 않은 침묵을 깨뜨린 원의 외침. 원은 더욱 빠르게 눈을 깜빡였다. 뜨거운 열기가 탁, 목구멍을 틀어막고 있다.

말을 하고 싶다. 너를 잊은 것이 아니었노라고. 나는 너를 아직도 연모하고 있노라고.

그러나, 이를 드러낸다면 여태껏 공들인 탑이 와르르 무너지게 될 것만 같아,

"이렇다 할…… 이유가 있었다."

역시나 마음을 숨길 수밖에 없는 것이다. 역시나 이 마음을 드러내 향을 안을 수 없는 것이다.

하, 향은 헛웃음을 내지으며 눈을 내리감았다. 달달 떨리는 손끝을 옷으로 감추며 애써 허리를 세운다.

"알지요. 전하께서 한울을 연모하는 그 까닭에, 전하께서 한울의 아비인 태위의 힘을 얻으려는 까닭에, 저를 잊으신 것 아닙니까."

"단향!"

"이제야 저를 불러주시는군요."

향은 다시금 눈을 올려 떴다. 그리고 노을빛이 비쳐 붉게, 검게 보이는 원을 지그시 응시했다.

"저는…… 아니, 소첩은 도리를 다한 것 같습니다."

꺼져가는 붉은 불꽃이 향의 눈에 존재했다. 깊은 바다에 빠진 나비 한 마리가 향의 눈에 박혀 있었다. 날갯짓을 하지 못하여 불길과 물길에 사로잡힌 그네가…….

"오갈 데 없는 이 궁에서, 오로지 믿을 수 있었던 것은 전하였음을, 오롯이 찾을 수 있었던 것은 전하였음을 정히 모르셨던 것입니까."

서서히 죽어가고 있었다.

이를 몰랐을까. 아니, 원은 알고 있었다. 향이 죽어가는 것을, 삶의 빛을 잃어가고 있는 것을.

원은 허망한 실소를 뱉으며 고개를 흔들었다.

"그리하여."

그는 잠시 말을 멈췄다.

"돌아갈 생각이더냐."

"……그것이야 말로 전하께서 바라시는 것일 테지요."

향은 부정하지 않는 원을 바라보며 눈물을 씹었다.

"하나, 소첩은 그리할 생각이 없나이다. 단지."

전하. 저는, 궐을 떠날 생각이 없나이다. 제 가슴에 맺힌 한은 풀고 떠나야 하지 않겠습니까. 소첩은 어머니의 복수를 끝마칠 때까지 궐을 떠나지 않을 것입니다. 그러나, 소첩은.

"전하를 떠날 생각입니다."

전하를 잊을 생각입니다. 전하께서 그러하셨던 것처럼, 전하를 잊어볼 생각입니다.

향은 애써 웃음을 지었다. 그것은 자신을 제외한 모든 것을 불완전하게 만드는…… 원의 얽매인 가슴을 더욱 옥여 죄게 만들었더란다.

"소첩 역시 그때에는 전하를 연모하였고, 작금도 전하를 연모하였다 생각하였습니다. 하오나, 이제는."

'향아, 향아.'

원은 입술을 달싹이며 손을 허공에 뻗었다. 그러나 닿는 것은 아무것도 없다. 잡게 되는 것은 아무것도 없었다.

항시 손에 닿는 곳에 있을 줄 알았는데, 항시 이곳에 있을 줄로만 알았는데.

"전하를 연모치 않으려 합니다."

그것은 자신의 오만이요, 착각이었다.

"부디, 돌아가 주십시오."

향은, 이제 자신의 손에 잡혀 있는 이가 아니었다.

빗방울이 땅으로 내던져지는 소리가 웅장하게 들려왔다. 쏴아아, 쏴아아— 하늘에 구멍이 난 듯, 너무도 거차게 보이는 빗발. 뿌옇다 못해 하얗게 보이는 세상에 원은 쉽사리 바깥으로 발을 내디딜 수 없었다.

원은 처마 바깥으로 손을 내밀었다. 쏟아지는 빗줄기에 금세 손이 차갑게 젖는다. 뼈가 시릴 정도의 한기. 여름이라는 계절과는 맞지 않는 냉랭하고 매서운 기운.

그러나 이 모든 것들은, 원의 마음처럼 차갑지 아니하였으니. 원의 무거운 마음처럼 매섭지 아니하였으니.

피식, 무겁고도 허탈한 마음에서 우러나온 실소를 뱉으며 손을 되돌렸다.

"전하를 떠날 생각입니다."

향의 목소리가 귓가에서 떠나질 않았다.

"전하를 연모치 않으려 합니다."

그 가슴을 쥐어뜯던 말길이 잊혀지지 않는다.

아, 아아……. 원은 두 손에 얼굴을 묻었다. 격동의 감정에서 비롯된 가파른 숨결을 막을 수 없었다.

자신은 이태껏, 향의 그러한 눈을 본 적이 없었다. 향의 그러한 목소리를 들은 적이 없었다. 향의 그러한⋯⋯ 냉랭한 모습을 마주한 적이 없었다.

원은 고개를 쳐들었다. 그리고 뒤를 돌아 동궁의 복도를 바라본다.

"향아."

이름을 불러보았지만, 들리는 것은 아무것도 없다.

"향⋯⋯ 아."

재차 이름을 불러보았지만, 돌아오는 것은 제 목소리의 메아리뿐.

발끝을 돌리려 했지만, 돌릴 수 없었다. 당장에라도 다시 뛰어 들어가 향을 안고 모든 것을 고하고 싶었지만, 차마 그리할 수 없었다.

격양되어 요동치고 있는 복수라는 감정에서 비롯된 욕심과 탐욕이, 원의 발을 묶고 손을 잡고 목을 옭아매고 있는 것이리라.

아아, 원은 애써 눈을 질끈 내리감았다.

내 잘못을 하고 있었던 것인가. 내 죄를 짓고 있던 것이었어.

원은 지금껏 자신이 향에게 했던 말들을, 행동을 하나씩 떠올렸다.

돌아가라, 너를 밀어낼 것이다, 너를 연모하지 않는다, 사랑하지 않는다⋯⋯.

왜 몰랐을까. 이 모든 것들이 향에게 크나큰 상처가 되리란 것을. 딱지가 앉기도 전에 상처를 긁어내 더욱 깊고 큰 흉터를 만들어냈다는 것을.

왜⋯⋯.

"몰랐을까."

모를 수밖에 없었다.

향이 강인한 줄로만 알았다. 소나무와 같이 올곧게 서 있는 이인 줄로만 알았다. 풍파에도 쓰러지지 않는 그런, 굳센 이인 줄로만 알았다. 그렇게 착각을 했기 때문이라. 그렇게 착각에 빠져 향을…… 이용했기 때문이라.

하나 이제야 깨닫게 되었다.

향은 절대로 강한 이가 아니라는 것을. 소소리바람에도 눕고 마는 풀꽃과도 같은 이라는 것을. 보듬어줄 때에만 오롯이 그 빛을 뽐내는 꽃이라는 것을.

'……왜 이제야 알게 되었을까.'

원은 길고 긴 한숨을 내뱉었다. 후회…… 하고 있는 것일까. 다시, 되돌릴 수 있을까. 무정과 무심이 담긴 눈이 아니라, 연모의 빛이 담긴 눈을, 애정의 뜻이 담긴 눈을…… 다시 볼 수 있을까.

감았던 눈을 뜬다. 끊임없이 비를 쏟고 있는 머나먼 하늘을 바라보며 비릿한 비소를 내비친다.

우매한 이는 자신의 욕심이 화를 부르는 것을 모르고, 그 화가 자신을 갉아먹고 있다는 것을 모른다더니.

'내가 딱 그 꼴이로구나.'

부귀를 좇다가, 영화를 좇다가, 복수의 나날을 좇다가, 저가 진정으로 연모한 이를 잃게 되었구나.

"부디, 돌아가 주십시오."

돌아가겠다. 돌아갈 수밖에 없지 않겠느냐. 그러나 돌아갈지언정,

'다시는 너를 상처 입히지 않겠다.'

황제를 찾아가야 했다. 저가 해왔던 일들을 진척시키기 위하여. 그리고…… 향을 저의 옆에 두기 위하여.

원은 빗줄기를 뚫고 뛰어가기 시작했다. 불현듯 돌린 시야에 빗발

에 갇혀 죽어가고 있는 검은 나비가 담겼다. 마치 자신처럼, 검고 검은 나비가.

쏴아아—

거친 빗발이 떨어진다. 건조했던 대지를 적시며 그 슬픔을 흩뿌렸더란다.

✻

"하늘님이 노하셨나 보구나."

향은 한 치 앞도 보이지 않는 세상을 눈에 담으며 입술을 달싹였다. 우산을 탈탈 털어 향에게 씌워주는 김 나인 너머로, 뿌옇기만 한 대지가 보였다.

"본디 이렇게 비가 오는 곳이 아닌데……. 금년 들어서 유독 비가 많이 오는 것 같아요."

"하늘도 우나 보지, 무얼."

향은 땅으로 발을 내디디며 말했다. 축축하며 질척한 흙의 감촉이 마냥 좋게 다가오지 않았다.

그들의 발이 닿는 곳은 곤녕궁이요, 황후의 궁이니. 황후께 문후를 가는, 가고 싶지 않지만 정히 가야만 하는 곳이었다. 그렇기에 이리도 발이 떨어지지 않는 것이리라.

"……나 역시 울고 싶구나."

향은 우산 바깥으로 손을 내밀었다. 우묵한 손바닥에 빗물이 담기다 못해 흘러내려, 향의 소맷자락을 젖게 만들었다. 마치 향의 마음처럼, 축축하게.

"마마, 하온데…… 이리 조촐하게 가셔도 되겠나이까."

"되었대도."

향은 김 나인의 걱정은 기우라는 듯, 손사래를 하며 말을 끊었다. 그러나 김 나인은 마음이 가라앉질 않는지, 향의 조촐한 행색을 이리 저리 살피며 끊임없이 한숨을 내쉬었다.

본디 태자비라면 궐 여인들 중 두 번째로 으뜸가는 자리인데, 가체 도 싫다 하고 장신구도 싫다 하매 색색의 의복도 싫다 말을 하니…… 결국 향의 행색은 길가 아낙네와도 같은 모습이라. 단지 그들과 다른 것은 환조의 형상이 그려져 있는 옥비녀뿐이니. 어찌 김 나인이 한숨 을 내쉬지 않을 수 있을까.

"그저, 누구에게도 눈에 띄지 않고, 살아 있는 듯 죽은 듯 모르게 지내고 싶구나. 그것이 내 바람이야. 내 설령……."

마음이 서글펐다. 서글프다는 말로밖에 설명이 되지 않을 정도로 쓸쓸하고 또한 허전했다. 그러나 이 감정은 오로지 마음에만 담겨 있 는 것이었으니, 이제는 더 이상, 눈물도 한탄도 나오지 않았다.

그저, 그저…….

"바깥으로 내쳐진다 하여도, 나를 기억할 이가 없을 정도로…… 그 렇게 조용히 지내고 싶구나."

모든 것을 내려놓고 싶은 마음뿐.

그리하여 치장도 하지 않는 것이고, 부러 궁인들의 눈에 띄지 않게 뒷길을 이용하는 것이었다.

"마마. 어, 어찌 그런 흉한 말씀을 하시옵나이까……."

"흉한 말이라니. 누군가에게는 흉한 말이 아닐지도 모를 텐데."

원을 떠올린다. 지난날 자신에게 돌아가라 소리를 치던 원의 모습 을 떠올린다. 자신을 밀어내고 밀어냈던 그 모습을 떠올린다.

그에게는 흉한 것이 아닐 테다. 쌍수를 들고 반길지도 모를 테야.

잔치라도 열지 않을까. 비식, 선웃음을 내짓는다.

"눈을 들어 하늘을 보는 이에게 오르지 못할 곳은 없다 하였는데."

쏴아아, 쏴아아—

빗발이 더욱 거세진다. 우산을 뚫고 나올 듯 내리꽂히는 빗줄기가 불현듯 무섭게 느껴졌다.

"오르지 못할 곳이 존재하더구나. 감히 닿을 수 없는 곳이 있긴 하더구나."

이 빗줄기를 내가 이길 수 있을 줄 알았는데, 이 비가 그치면 태양이 떠올라 나를 비춰줄 줄 알았는데.

"내 그것을 여태껏 모른 체하고 있었으니, 이제는 받아들여야 할 때가 되지 않았더냐……."

그것이 아니었더라.

나는 애초에 음지에 갇혀 빛을 받을 수 없는 사람이거늘.

"에구머니! 마마!"

결국 이 거친 빗줄기를 버티지 못한 우산에 구멍이 나기에 이르렀다. 빗줄기가 쏟아져 들어온다. 놀란 김 나인이 황급히 단향을 끌어당겼으나, 향은 그를 피하지 않았다.

마치 이 상황을 예상했다는 듯, 기다리고 있었다는 듯 눈을 감고 흘러내리는 빗줄기를 가감 없이 맞아낼 뿐.

비는 하늘에서 흘리는 눈물이라 하였다.

그렇다면 향의 뺨을 타고 흘러내리는 것은 과연 무엇일까. 정히 눈물일까, 아니면 가려진 빗방울일까.

그는 향 자신조차도 알 수 없는 것이었다.

"황후 폐하, 태자비마마께서……."

"들라 하라."

기다리고 있었다는 듯, 상궁의 말허리를 뚝 끊은 황후의 목소리가 들려왔다. 그와 함께 들리는 것은 바스락거리는 소리. 다른 이가 있는 것인가? 하는 의아함은,

"……태자비마마를 뵙습니다."

문이 열림과 동시에 해소되는 것이었다.

한울, 향은 입술을 달싹이며 그네를 지그시 응시했다.

모가지가 떨어질 정도로 두껍게 쌓아 올린 가체에 꽂힌 화려한 장신구들이 빛을 발하고 있었다. 그 빛이 너무도 형형하여, 그리고 날카로워 향은 미간을 짙게 좁힐 수밖에 없었다. 저의 모습과는 너무도 상이한 형상이었기 때문이다.

"평안하셨나이까, 황후 폐하."

"이른 아침부터 어인 일이십니까, 비?"

"문후를 드리려 왔지요. 어찌, 지난밤은 평온하셨나이까."

"비가 염려할 부분은 아니지요."

황후는 고깝다는 듯 눈썹을 치켜 올리며 답했다.

궐에서 마주하고 싶지 않은 여인은 단둘이요. 하나는 태자비 단향이고 또 다른 하나는 태위의 여식인 한울이라. 똥이 무서워 피하는 것이 아니라 더러워 피하는 것이거늘. 그네들을 보고 싶지 않았으나, 한울은 새벽녘 동이 트기가 무섭게 달려와 황후의 앞에 자리를 잡았고, 이제 돌아갈라 말을 할 찰나에 단향이 찾아오니. 이 어찌 울화통이 터지지 않을 수 있을까.

찻잔을 쥔 황후의 손이 바르르 떨린다. 으득, 이를 갈며 향과 한울을 번갈아 바라본다. 그러다 이내 재미있는 일이 떠올랐다는 듯.

"그러고 보니……"

탁, 잔을 다상에 올려놓는다.

"어젯밤, 태자께서는 처소에서 두문불출하셨다지요?"

침묵. 그에 대답하는 이는 아무도 없다.

한울은 푹 고개를 숙였다. 밀려온 비참함에 차마 얼굴을 들 수 없었다. 어제는 분명 초야였거늘, 진원과 함께 보내는 첫날밤이었거늘.

진원은 자신을 찾지 않았다. 아무리 기다리고 기다려도 자신을 찾아오지 않았다.

아아, 정녕. 처참하고 또한 참담했다. 번쩍이던 장신구들의 빛이 까무룩 죽은 성싶었다.

"이걸 어쩌하나. 초야에 소박맞은 새색시 꼴이라니. 하하, 참으로 재미있습니다. 재미있어요."

황후의 비웃음 섞인 말에, 한울은 더욱 더 세게 이를 깨물었다. 분통하고도 원통하였으나, 이를 그대로 드러낼 수는 없었다. 어찌 되었든 황후의 면전인지라, 제 성질을 나타낼 수 없었던 것인데. 그러나 향은 그렇지 아니하였으니.

"폐하께옵서."

향은 말씨의 물꼬를 트며 제 앞에 있는 찻잔을 지그시 응시했다.

흔들림이 없는 찻잔 안에 담겨 있는 것은 굽이굽이 소용돌이 치고 있는 찻물이니. 그 모양새가 마치 자신과도 똑 닮아 보여, 마음은 이토록 요동치는데 겉모양은 지독히도 평온하게 보인다는 것이 같아 보여…… 픽, 실소를 내짓는다.

"그건 어찌 아셨습니까? 동주궁에 사람을 붙여 놓으셨습니까, 양제의 처소에 궁인을 박아 두셨습니까."

고개를 든다. 당황한 빛이 역력한 황후를 바라본다.

"그런 것이 아니지요. 이미 궐 안에 소문이 퍼다한데, 비께서는 듣지 못하셨나봅니다?"

"바람이 들려주는 말을 곧이곧대로 믿으시는 겁니까, 폐하."

향은 눈가에 번뜩 힘을 주었다.

"설사 전하께서 양제를 찾지 아니하셨다 하여도, 그것은 큰 흉이 아니지요. 역시 소문이 퍼져 있지 않습니까? 태자 전하의 연정을 받고 있는 이는 양제자라고."

스스로 뱉는 말에 제 가슴이 쥐뜯기는 것 같다. 그러나 향은 참아 냈다. 이미 뜯기고 뜯겨 형체조차 남아 있지 않은 가슴이므로.

"하니, 폐하. 태자 전하께 더더욱 미운털 박히는 것이 싫으시다면, 양제에게 흉한 말을 하지 않는 것이 좋을 성싶사옵니다."

이는 단지 황후의 콧대를 누르기 위해서이다. 그렇기에 한울의 편을 드는 것이다. 여기서 쉬이 넘어간다면, 황후는 더욱 기고만장하여 한울을 그리고 나를 억누르려 할 테지. 황후께 어깨를 빳빳이 세우는 것은 마지막, 발악이었다.

"하! 흉한 말이라니요? 비, 어느 안전이라고 그리 망발을 하는 겁니까?"

"망발이란 본디 제가 한 것이 아닐 텐데요."

"비!"

황후와 단향의 기 싸움은 너무나도 팽팽했다. 탁 건들면 펑 터질 것만 같은 그들의 기류. 이에 한울은 숨을 삼키며 눈알을 데굴데굴 굴렸다. 자신이 감히 말을 꺼낼 수조차 없는 상황이었다.

"하늘은 높습니다. 높디높아 그곳에 무엇이 있는지, 그곳에 있는 이가 무엇을 하는지 아무도 모르지요. 적(赤)의 주인 자리도 그러한 것이 아니겠습니까. 높은 자리인 만큼."

향은 제 앞에 놓여 있는 찻잔을 들어 올렸다.

"언제 어느 때 누구를 숙청할지 모르는 일이지요."

비릿하게 웃으며 차를 꼴깍 넘겨 마신다. 김이 모락모락 올라오고 있었는데, 뜨겁지도 아니한지 콸콸 삼켜내는 모습이 참으로 괴괴하다.

쾅, 잔을 내려놓는 소리.

"그러니 황후 폐하. 부디 옥체 보존하여 평온한 노후를 보내시기를, 간곡히 바라옵나이다."

"이, 이……! 발칙한……!"

"먼저 일어나 보겠습니다."

향은 벌떡 몸을 일으켰다. 구겨진 의복을 탈탈 털며 황후께 고개를 숙인다.

"제 말을 부디 잊지 않으시기를."

드르륵, 열리는 문을 넘어 향은 방을 나섰다. 저의 괴괴하고도 흉흉한 향(香)을 그곳에 남긴 채로.

한울은 앞서 걸어가는 단향의 뒷모습을 응시했다. 처연하기도, 또한 꼿꼿해 보이기도 한 저 모습에 울컥 분이 올라온 것은 어쩔 수 없는 일이었다. 손가락이 덜덜 떨렸다.

대체, 무슨 생각으로 나를 비호한 것인가? 대체, 무슨 배짱으로 황후께 고개를 빳빳이 세운 것이야? 밀려오는 의문점은 꼬리에 꼬리를 물었고, 그는 곧 한마디의 말길로 변모하여,

"마마."

한울의 목청을 틔우게 만들었다. 그러나 향을 따라온 나인만이 힐끗 한울을 바라볼 뿐, 향의 굳건한 등은 앞을 내어주지 않았다.

벽에 걸려 있는 등불의 하얀 빛이 그대로 내리쬐어 향을 비추었다. 때문에, 향의 등에서 빛이 나는 성싶었다. 향의 옷자락이 나풀거릴 때

마다 붉은 빛이 번쩍이는 성싶었다. 왜인지 모를 위압감. 그에 한울의 어깨가 움츠러드는 것은 어쩔 수 없는 일이리라.

"마마."

한울은 재차 향을 불렀다. 역시나 돌아오는 답은 없었으니, 손이 달달 떨려왔다. 나를, 이 나를…… 무시하고 있는 것인가? 나를 경시하는 것이야? 훅, 분이 치밀어 올랐다.

"태자비마마!"

한울은 향의 팔목을 세게 잡아당겼다. 분이 담겨 있는 몸짓이었으매 그것을 알아차리지 못할 향이 아니었으니.

"……무슨 일이냐."

고개를 돌려 한울을 향해 시선을 쏘았다. 퍼렇게 질려 있는 한울의 낯빛이 좋지만은 않다. 허연 분을 아무리 처발라도 가릴 수 없는 것은 그 얼굴에 담겨 있는 욕망과 야욕이리라.

향은 비식 입꼬리를 틀어 올렸다. 한울의 저 모습이 마치 과거의 자신과 같아 보였기 때문일까. 눈을 가늘게 뜨며 달달 어깨를 떨고 있는 한울을 주시했다.

"정녕 무슨 일이냐고 묻는 것입니까? 그것은 제가 여쭙고 싶은 말입니다. 무슨 까닭으로 황후 폐하께 무엄한 언사를 올리신 것입니까? 대체 무슨 생각으로……!"

"물에 빠진 놈을 구해주었더니 보따리를 내놓으라 한다."

향은 얼굴을 삐딱하게 들며 허리를 세웠다.

"잘 어울리는 격언이 아닌가?"

들려오는 그 묵직한 말씨에 한울의 얼굴이 바삭 구겨졌다. 구겨지다 못해 갈가리 찢긴 그네의 얼굴에 거뭇한 빛이 서렸다.

"마마께 도움을 청한 적, 없습니다. 하니 마마께 그런 말을 들어야 할 이유도 없지요."

"하면 황후께 업신여김을 내리 당하든지. 마음대로 하게나."

향은 말을 마치며 몸을 틀었다. 걷던 발길을 다시금 내디디려 하였지만, 소맷자락을 움켜쥐는 한울 때문에 몸을 움직일 수 없었다.

"마마."

"또 무슨 일인가?"

"여쭐 것이 있습니다."

한울은 목청을 가다듬으며 속눈썹을 파르르 떨었다. 퍼런빛이 담겨 있는 눈알에 얼핏 투기의 감정이 스쳐 지나간다.

"어, 엊저녁 태자 전하는…… 어디에 계셨습니까?"

너와 함께 있었느냐, 나를 찾지 않고 네게 갔느냐 묻는 말. 이런 의중을 모를 리 없는 향이었기에, 그녀의 입술에 발간 웃음이 맺히는 것은 당연한 일이었다.

"그것은 나야 모르지. 바람이 일러주지 않았던가?"

"마마!"

한울은 소리를 내지르며 단향의 소매를 더욱 세게 끌어당겼다.

"호(皓)에 서신을 보내신 겁니까?"

"……뭐라?"

향은 정녕 모르는 일이기에 반문한 것이었으나, 한울은 그리 생각하지 않은 듯. 향이 젠체하며 턱 끝을 세우고 있다고 판단했다.

"모르는 척하지 마시지요! 호에서 전언이 왔습니다. 마마께서 내명부 수장 자리를 맡게 된다면 전폭적인 지원을 하겠노라고! 하, 이제 조국을 이용하시겠다? 그렇게 홀로 고고한 척을 다 하시더니만, 뒤에서 손을 많이 쓰셨나 봅니다?"

한울은 비아냥거리며 입술을 비죽였다. 멸시하는 표정이 그득 담겨 있는 얼굴이었으나, 그네의 손만큼은 경기를 일으키는 것만큼 달달 떨리고 있었다.

두려운 것일까, 아니면 그만큼 화가 난 것일까. 향은 한울의 얼굴과 그네의 몸을 번갈아 바라보며 생각했다.

"할 말이 그게 다인가."

분개해 마지않는 한울과는 달리, 향의 얼굴은 평온했다. 그 안온한 얼굴에서 나오는 음성은 조용하기까지 했다.

"나의 답은 네가 바라는 답이 아닐 것이니. 이제 돌아가는 것이 좋겠군."

그 말에, 한울의 흰자가 누르스름하게 변모했다. 뜨거워진 감정은 배꼽을 치고 올라와 기도를 거쳐 목구멍을 턱 틀어막았다.

아, 아, 아……

한울은 허공으로 내던져진 손을 되돌리며 향과 시선을 마주했다.

분칠 하나 하지 않았어도 빛이 나는 얼굴, 장신구 하나 걸치지 않았음에도 빛이 나는 자태. 받아들이고 싶지 않았지만, 저 모습이 참으로 아름다워, 어여뻐.

"왜!"

한울은 두 눈을 질끈 내려 감았다.

"왜 제게 이러시는 겁니까. 왜, 왜!"

가체가 무겁다. 옷에 달려 있는 장신구 또한 무겁다. 이 무거운 것들이 한울을 옭아매고 짓눌러, 단향의 앞에서 자신을 작아지게 만드는 것이었다.

"마마께선 무어가 그리 잘나셨습니까! 마마께선 무어가 그리 빼어나 저를 이토록 힘들게 하는 겁니까! 마마가 무어라고 대체 왜!"

한울의 눈가가 붉고 검게 물들었다. 와락 눈물이 쏟아질 것만 같았다. 물기가 가득한 울대를 간신히 움직였다.

"왜 저를 괴롭히시는 겁니까…… 대체 왜……."

단향은 본디 야만인의 자손이다. 출생이 미천하여 감히 황실에 발도 디딜 수 없는 계집이다.

그에 반하여 나는, 나는 태위 이치원의 여식이다. 개국공신의 자손이매 고귀한 핏줄이다. 저 계집이 감히 넘볼 수 없을 정도로 귀중한 피를 타고난 이란 말이다!

그렇기에 단향은 자신의 적수가 되지 않는 줄 알았다. 골방에 처박힌 곽독이 될 줄 알았다. 피가 다르기에, 태생이 다르기에.

그러나 이 모든 예상은 삽시간에 물거품이 되었으니.

"왜 제가 가진 것을 빼앗으려 하십니까! 왜, 왜 제 것을 빼앗으려 하십니까! 왜!"

한울은 무너지기 일보직전이었다. 간신히 버티고 있는 두 다리가 떨리는 것이 또렷하게 느껴졌다.

"부디…… 전하를 앗아가지 말아주십시오. 전하를 놓아주십시오. 저를 더 이상 괴롭히지 말아주십시오……."

빼앗지 말아주십시오……. 한울은 부르튼 입술을 달싹이고 달싹이며 쉴 새 없이 말을 읊조렸다. 두 손에 얼굴을 묻는다.

"자가."

안온한 어조의 말이 들려왔다. 손이 먼저 날아올 것이라 예상하여 어깨를 움츠리고 있었다만, 제 생각과는 다른 태도에 한울은 눈을 슬금 들어 올렸다.

"나는 정말로, 네가 싫구나."

차분한 어조와는 상반되는 내용. 문득 찾아온 섬뜩한 감정에 오금이 저렸다.

"무…… 슨 말씀을 하시는 것입니까."

한울은 주춤 뒷걸음질을 쳤다. 그것은 제 의지에서 비롯된 것이 아니요, 저의 몸이 반사적으로 움직인 것이었다. 아직도 몸은 기억하고 있었다. 단향에게 손찌검을 당했던 그날을.

"당장에라도 찢어 죽이고 싶을 정도로 네가 싫다. 당장에라도 불구덩이에 처박아 버리고 싶을 만큼 네가 싫다. 이리 얼굴을 마주하고 있는 것이 내게 얼마나 곤욕인지, 너는 모를 것이야."

한울은 훅 숨을 들이마셨다. 향의 기운을 천천히 더듬으며 눈알을 굴린다.

"내 본디 네년의 옷을 갈가리 찢어 저잣거리 바깥으로 내던지고 싶었으나."

향의 말뜻은 분명 노기로 가득 차 있지만, 다가오는 것은 무심하여 서늘한 감정일 뿐이다. 정히 노한 마음에서 우러난 말이 아닌 듯싶었다.

휘잉, 바람이 불어왔다. 향을 비추던 등불이 그 바람을 이기지 못하고 꺼져 어둠이 찾아오게 만들었다.

"이제는 내 그럴 힘이 없구나."

향은 더 이상 빛나지 않았다. 향의 옷자락은 더 이상 나풀거리지 않았다.

향은 한울에게 한 걸음 가까이 다가갔다. 떨리고 있는 한울의 어깨를 부여잡는다.

"두려우냐."

그네의 눈에 한울이 담긴다. 차츰차츰 또렷해지는 향의 시선에 한울은 눈을 내리깔 수밖에 없었다.

"네 말이 구구절절 맞구나. 내 무엇이 빼어났다고 모든 것을 가지려 했을까. 하하, 네 말이 맞구나, 네 말이 맞아."

향은 허탈한 웃음을 내지으며 고개를 절레절레 흔들었다. 한울의 어깨에 가 있던 손을 되돌리며 제 흐트러진 머리를 쓸어 넘긴다.

고요. 세상을 할퀴는 바람의 소리만이 들려올 때.

"하나."

향의 입술이 반쯤 열려 그 암묵의 시간을 깨뜨렸다.

"네가 바라는 것을 모두 네게 넘겨줄지언정, 나는 이 자리만큼은 줄 수 없다. 이 자리만큼은 네게 양보할 수 없으니, 너는 이때껏 해왔던 것처럼 전하와 연정을 통하거라. 전하께 사랑을 받아라. 그 대신."

향은 목을 빳빳하게 들고 눈을 내리깔아 한울을 내려다보았다. 저보다 두 치 작은 한울의 모습이 마치 궁지에 몰린 쥐새끼와도 같아 보여, 향은 실소를 픽 내뱉을 수밖에 없었다.

"그 대신, 나는 이 자리에 앉아 천하를 호령할 것이다."

그에 들려오는 대답은 없다. 다시금 찾아온 묵언의 시간. 그에 들리는 것은 바람 소리요, 빗소리요, 침을 꿀꺽 넘기는 소리일 뿐이었다.

그때.

"마마."

잠자코 입을 다물고 있던 한울의 목청이 트였다.

고개를 든다. 턱을 들어 향과 눈을 마주한다. 언제 눈물방울을 흘렸냐는 듯, 형형해진 눈알로 향을 응시한다.

"저는, 더 이상 이가의 여식이 아닙니다."

주먹을 쥔다. 부러 허리에 힘을 주며 눈을 크게 뜨려 애를 쓴다.

"저는 태자 전하의 하나뿐인 후궁입니다. 태자 전하의 하나뿐인 정인입니다. 때문에, 궐 안에서 저를 억누를 수 있는 이는."

한울은 숨을 잠시 멈추었다. 나는, 나는 태자 전하의 진정한 비(妃)

이다. 너보다 더 높게 올라갈 수 있는, 너보다 더 위에 있는, 태자의 하나뿐인 정인이다. 그렇기에 나를 막을 수 있는 이는,

"오직 황가의 식솔뿐입니다. 환조의 자손들뿐입니다."

오직 태자 전하. 그 한 분뿐이다.

한울은 꿀꺽 침을 모아 삼켰다. 무섭지 아니하다면 그것은 거짓일 테다. 떨리지 아니한다면 그것 또한 거짓이다. 그러나 쉬이 물러설 순 없었다. 평소의 단향과는 다르기에. 그 금수와도 같은 눈의 빛이 보이지 않았기에.

"그러니 마마께서는 제게 명령하실 수 없습니다."

그렇게 한울은 오만함을 내비쳤다. 지리고 비린 빛과 색을 제 얼굴에 그득 담으며 몸을 바로 세운다.

비죽 비릿한 비소를 비추는 울. 향은 그런 한울을 가만히, 아주 가만히 내려다보았다.

하, 입이 반쯤 벌어지고.

"하하! 하하하!"

곧이어, 터진 웃음소리. 너무도 괴괴한 그 소리에 오싹 소름이 끼칠 정도였다.

"악!"

"미친 게지. 정녕 미친 게야."

뚝, 멈춘 소리 끝에 한울의 뒷덜미를 잡는 향. 손질을 하지 않은 손톱이 그네의 여린 살을 파고들었다. 억 소리만을 낸 채 눈알을 데굴데굴 굴리는 한울. 참으로 같잖구나. 참으로 가소로워. 향은 그런 모습이 우습다는 듯 얼굴을 가까이해 한울과 숨결을 마주했다.

"사경을 헤맸다지. 오늘 내일 사네 마네 신열을 뻘뻘 흘렸다지. 일어날 날을 몰라 양제 책봉식을 차일피일 미뤘다지."

그 확고한 말에 아직 병마가 떠나지 않은 한울의 얼굴이 더욱 새하 얗게 질린 것은 당연한 일. 파리한 낯빛을 제 눈에 담으며 향은 비죽 비소를 내짓는다.

"작금, 내 그 일에 대해 벌을 받은 것으로 보이더냐?"

뒷덜미를 더욱 움켜쥔다. 숨이 턱 막히는 듯 콧김을 내뿜는 한울.

"가진 것도 없고 잘난 것 없는 계집에게 모가지를 잘리고 싶다면, 정녕 그럴 생각이라면. 어디 한번 네 마음껏 뛰놀아 보아라. 하나, 그 뛰노는 발길에 내가 벌려놓은 판이 걸린다면."

탁, 손을 놓는 향. 비틀거리는 한울을 뒤로하고 다시 등을 돌린다.

"그때에는 정히 사지를 찢어줄 것이야."

꺼진 줄로만 알았던 등의 불이 다시금 살아났다. 살아난 불씨는 더 욱더 몸집을 크게 키워 빛을 환하게 밝혔으니, 향이 다시금 빛이 났 다. 그 향과 빛이 더욱 짙어져 한울의 양어깨를 세게 짓눌렀다.

불은 꺼지지 아니하였다.

✻

싸아아, 끝없이 흘러내리는 빗줄기. 건청궁의 지붕을 세차게 때리 던 빗방울이 주르륵 흘러내려와 뚝뚝 떨어져, 하늘을 향해 손을 뻗고 있는 진원의 손바닥에 우묵하게 담겼다.

분명 공기는 축축하건대, 미지근한 대기가 흐르고 있건대, 왜 이리 도 빗줄기는 차가운 것이더냐. 왜 이리도 시린 것이야. 원은 깊은 한 숨을 내쉬며 손을 되돌렸다. 축축한 손바닥을 옷자락에 닦으며 요동 하는 마음을 갈무리한다.

진원. 그는 황제와 대담을 하고 건청궁을 나서는 와중이었다. 황제에게 청을, 간곡한 청을 올리고 나온 그.

"내 무엇을 도와주면 되겠느냐?"

황제의 말이 빗물에 얼룩져 귀를 아득하게 만든다. 마음 같아서는 당장 아바마마의 자리를 달라 말하고 싶었다. 이 컴컴한 마음으로는 당장 황제 즉위식을 이행해 달라 사정하고 싶었다.

그러나 아직 때가 아니거늘.

그간 금족령에 묶여 처소를 벗어나지 못했던 정현이 은밀히 황후를 만나 머리를 맞대고 있다는 풍문을 들었다. 대신들은 물론이요, 황후까지 황제께 청을 올리고 있으니 곧이어 금족령이 철회될 것이리라. 그렇게 된다면…….

"곧이어 있을 사달에, 비의 편을 들어주시옵소서. 저를 믿어주시옵소서."

진원은 번뜩 뜬 눈에 더욱 힘을 주었다. 그리고 고개를 찬찬히 돌려 옆에 있는 참나무를 바라본다. 우후죽순 자라난 연둣빛 나뭇잎엔 누런 애벌레가 그득하다. 금모충(金毛蟲). 독이 있는 털이 뾰족뾰족 솟은 것이 참으로 섬뜩해 보인다.

모름지기 일이란 시발점이 중요할 터. 정현은 제 야심을 위해서라면 인륜마저 버릴 수 있는 짐승이다. 때문에 내가 먼저 물꼬를 터 물을 흐르게 만든다면,

'그 물을 구정물로 만들겠지.'

원은 비죽 입꼬리를 찢었다. 다소 일정이 앞당겨지긴 했지만, 행은

빨리할수록 좋은 법. 차라리 이것이 잘된 일일 수도 있을 터였다.

모든 준비는 완벽하다. 이제 패를 움직이면 될 터. 원은 성큼 빗줄기 사이로 몸을 내밀었다. 후두둑 쏟아지는 빗줄기를 가감 없이 맞아내며 고개를 쳐들고 건청궁의 정경을 제 눈에 그득 담아낸다.

이까짓 것 받고 싶지 않다, 갖고 싶지 않다 외치던 것이 불과 엊그제 같은데, 오 년이라는 긴 시간이 흘렀다. 이 가늠할 수 없는 기나긴 시간 끝에 원은,

'반드시 천하를 호령하리라.'

복수라는 욕망에 사로잡혀, 그렇게 오 년 전 자신을 잊었더란다.

원은 가까운 미래에 대한 희망에서 비롯된 작은 미소를 내지었다.

그래. 해가 뜨고 있었다. 세상은 어두컴컴하여 빛이 보이지 않았지만, 분명 태양은 떠오르고 있었고 달은 지고 있었다.

그 떠오르는 태양은, 진원. 분명 그 자신이었다.

진원은 자신을 보자마자 호들갑을 떨며 우산을 건네는 내관 덕에 요행히 빗줄기는 피하여 길을 걷고 있었다. 질척질척한 흙을 짓밟고 짓밟으며 발을 내디딘다. 그렇게 건청궁을 지나, 건너편 곤녕궁의 대문을 지나고 있을 때.

"마마!"

익숙한 목소리가 들려왔다. 한울일 테지. 그 목소리가 귀에 내리꽂힘과 동시에 조알만 한 소름이 우드드 돋은 것이 느껴졌다.

하하, 목소리만으로도 이리 치가 떨리도록 싫은데. 내 여태껏 어찌 거짓 사랑을 고해왔던 것이냐. 새삼 느끼게 된 이질감에 원은 설핏한 실소를 뱉을 수밖에 없었다.

"태자비마마!"

그러나 한울이 찾는 이가 단향임을 알게 된 순간, 원의 목구멍이 바짝 굳었다. 재빨리 궁 안쪽으로 시선을 돌린다.

그곳엔 나인과 함께 걸어가고 있는 단향을 쫓아가는 한울이 있었으니. 순간적으로, 가슴이 깊숙하게 가라앉았다. 저릿한 전율이 가슴을 옭아매 사지가 떨리게 만들었다. 두 눈을 가늘게 뜨며 대문 쪽으로, 자신 쪽으로 걸어오는 향을 바라본다.

"향……."

그 묵직한 목소리에 단향은 숙였던 고개를 들고 시선을 올려 세웠다. 구멍이 난 우산에서 쏟아지는 빗줄기에 향은 축축하게 젖어 있었다. 그러나 젖은 것은 몸뿐만이 아니라, 정녕으로 젖어 있는 것은 다름 아닌 향의 얼굴이었다.

"……평안하셨나이까, 태자 전하."

그러나 들려오는 목소리는 지독히도 메마른 것이었으니. 원의 입술이 파르르 떨린다. 삽시간에 격동하는 심장 소리가 이명처럼 귓가를 계속해 맴돌았다.

"전…… 하?"

향을 뒤쫓아 오던 한울이 걸음을 천천히 멈추며 느릿한 중얼거림을 뱉었다. 그러나 그것이 원의 귀에 들릴 리 없을 터.

한울은 원에게 크게 말을 건네려 했지만, 차마 입이 떨어지지 않았다. 목청이 트이지 않았다. 향과 원의 사이에 흐르는 미묘한 기류를 느꼈기 때문일까. 바득, 이를 깨물며 눈에 힘을 준다.

"그럼, 돌아가 보겠습니다."

향은 넋을 놓은 눈동자로 허공을 바라보고 있는 진원을 지나치며 고개를 숙였다. 그러나 향의 몸은 탁 멈춰지게 되었으니. 향은 제 몸을 팔로 막고 있는 원을 힐끔 올려다보았다.

"그리 구멍이 뻥 뚫린 우산을 쓰고 어딜 가겠다는 게냐. 이것이라도 들고 가."

저가 쓰고 있던 우산을 접어 건네는 원. 때문에 내리 흐르고 있는 빗방울이 원의 몸뚱이를 적시는 것은 당연한 일이었다.

"⋯⋯괜찮습니다."

"들고 가래도. 동궁까지는 한참 남지 않았어."

"괜찮다 하였습니다."

"비."

메마르다 못해 쩍쩍 금이 가 있는 향의 목소리를 들으며 원은 미간을 좁혔다. 아찔해지는 정신을 부여잡으며 향을 바라본다. 향의 황폐한 얼굴을 바라본다.

항시 얼굴에 묻어 있던 연모의 빛은 사라졌다. 항시 눈가에 담겨 있던 애정의 기운은 사라졌다. 그 빈자리에 채워져 있는 것은 정녕으로 메마른 무정⋯⋯ 이었다.

"정녕⋯⋯ 나를 밀어내려는 것이냐."

원은 향에게 반걸음 다가가며 말했다. 그에 뒷걸음질을 치는 향. 후, 짧은 한숨을 내쉰다. 그리고 힐끗 눈길을 돌리며 뒤편을 가리켰다.

"⋯⋯양제가 전하를 보고 있습니다."

그에 퍼뜩 정신을 차린 원 역시 힐끗 눈길을 돌렸다. 저만치 뒤에서 한울이 자신들을 바라보고 있었으니, 쉬이 행동할 순 없었다. 향과 긴긴 이야기를 할 수 없다는 말이다. 원은 입술을 꾹 깨물었다. 좁혀진 미간에 시름이라는 크나큰 감정이 스며든다.

"그럼, 이만."

"비."

그럼에도 무심한 향. 원의 애달픈 표정을 보았음에도 정녕 무감하게 말을 하는 향. 그러나 그런 향의 얼굴에 슬픔의 기운이 얼룩덜룩 배어 있다 하면, 그것은 착각일까.

원은 향에게 재차 우산을 건네며 말을 내뱉었다.

이 비는 하늘에서 떨어지는 빗방울이 아니다. 이 비(悲)는 슬픔의 방증이요, 더불어 비(妃)의 비통에서 비롯된 것이니. 반드시 향에게 새 우산을 씌워 비를 맞지 않게 해야만 했다. 그래야만…… 이 갈가리 찢긴 마음을 간신히 갈무리할 수 있을 것 같았기에.

"물러나겠습니다."

향은 원이 건네는 우산을 받아 들었다. 그리고 툭 떨어지는 원의 손을 밀며 길을 걸어간다.

한 걸음, 두 걸음…… 향의 걸음걸이에 빗물이 그득 찰 때.

"보고 싶었다."

원의 작지만 큰 목소리가 들려왔다. 그러나 향은 걸음을 멈추지 않는다. 계속해 발을 내디디며 빗물 속으로 몸을 숨긴다.

'보고 싶었다.'

원의 목소리는 계속해 들린다. 귓가를 떠나지 않고 그 주변을 맴도며 끊임없이 메아리를 퍼뜨린다.

향은 입술을 꾹 깨물었다. 와락 힘이 풀릴 것 같은 다리를 빳빳하게 세우고 어깨를 반듯하게 펴 길을 걸었다.

원의 목소리가 희미하게 들릴 때까지, 공기 중으로 휘발되어 사라져, 제 마음에 들어앉게 될 때까지.

그렇게 비와 비(悲)는 끊임없이 흘러내렸다. 긴 시간 동안.

"하, 하하……."

원은 허탈한 웃음을 내비치며 한 손으로 얼굴을 쓸어내렸다. 얼룩덜룩 색이 바랜 얼굴에서 차가운 물기가 뚝뚝 묻어 나온다.

'정녕……'

불현듯 시선을 돌린다. 그리고 저 어둠 너머를 바라본다. 쏟아지는 빗발 너머 회색빛 세상을 바라본다. 그러나 보이는 것은 아무것도 없다. 그저 다가오는 것은 시리고 시린 냉기뿐.

'정녕 나를 떠날 생각이더냐.'

원은 두 눈을 질끈 내리감았다. 무언가가 목구멍에 걸린 듯싶은데 그것이 무엇인지 알 수 없었다. 가슴이 아리다. 울대에 물기가 가득하여 숨이 채 쉬어지지 않았다. 아, 아아…….

"전하를 연모치 않으려 합니다."

향의 냉소하듯 차가웠던 그 말이, 시선이 도저히 떠나지 않는다. 연모치 않으려 합니다. 연모치 않으려…… 연모치 않아……. 정녕 나를 지울 생각이더냐. 정녕 나를 떠날 생각이야.

원은 슬그머니 눈을 올려 떴다. 시야에 담기는 것은 이미 떠나간 향의 향에 대한 설핏한 기운뿐.

그때.

"전하."

한울의 목소리. 원은 자신의 옷자락에 더 이상 빗발이 닿지 않는다는 사실을 깨달으며 고개를 돌렸다.

"하룻밤 만에 보는 것인데, 어찌 이리 반가운지요. 보고 싶었습니다, 전하."

애정이 듬뿍 담겨 있는 말과는 달리 어조는 냉랭하였으니, 원은 아차, 숨을 뱉으며 입을 다물었다.

한울이 함께 있었다는 사실을 잊고 있었다. 곤녕궁을 지날 적, 한울의 목소리가 제일 먼저 들려왔다는 사실을 까맣게 잊고 있었다.

그렇다면…… 이 모든 것들을 보고 있었던 것인가. 빌어먹을.

원은 애써 웃음을 지으며 한울의 손을 마주 잡았다.

"문후를 왔던 것이더냐. 그렇지 않아도 저녁 즈음에 찾아가려 했거늘. 내 어제는 일이 많아 찾아가질 못했네. 미안하구나."

"……선관(무당)을 부르셔야겠습니다."

뜻을 알 수 없는 말에 원은 눈썹을 치켜 올렸다. 한울이 저에게 다가올 적부터 더욱 서늘해진 공기가 어쩐지 꺼림칙했다. 수없이 한울을 마주했던 지난날과는 다소 다르다. 허리춤에 힘을 준다.

"어젯밤 전하의 처소에는 등불 하나 켜 있지 않다 풍문이 파다한데, 전하께서는 일이 바빠 소첩을 찾지 못하셨다 말씀을 하시니, 궐 안에 전하가 둘이 있나 봅니다. 하니 이 어찌 요사스런 일이 아니겠습니까. 선관을 불러 푸닥거리라도 해야지요."

"……누가 그런 말도 안 되는 낭설을 냈단 말이냐? 하면, 내가 너에게 거짓을 말한다는 것이냐."

"그럼 황후 폐하께서 가짓부리를 고하셨다는 말씀이십니까."

짐짓 근엄한 어조로 말을 뱉었지만, 작정하고 온 것이라는 양 되받아치는 한울의 태도에 원은 쓴웃음을 내비칠 수밖에 없었다.

쏴아아, 비는 그칠 생각을 하지 않는다.

"내 입에서 나온 말이 설사 거짓이라 할지라도 그것을 내밀로 받아들이는 것이 안부인의 의무일세."

"……그러하시겠지요. 소첩은 전하를 믿나이다."

한울은 서늘하게 웃었다. 몸이 차가웠다. 손끝에 냉기가 돌아 손이 달달 떨릴 지경이었다. 이것이 향에게 들었던 모욕적인 언사에서 비롯된 것인지, 원의 거짓에서 비롯된 것인지는 모를 일이었다.

"소첩을 전하의 비로 맞이하여 주겠다는 약조를 기억하십니까."

한울의 얼굴에 시퍼런 빛이 역력하다. 울음이 차 있는 것일까, 아니면 빗물이 차 있는 것일까. 퍼런 기운이 축축하게 다가왔다.

"그 맹세에서 비롯된 산물인 가락지는 비록 없어졌지만, 이제는 소첩의 손에 다른 것이 끼워져 있습니다. 황제 폐하께서 하사하여 주신 것이오."

한울은 제 왼손 네 번째 손가락에 끼워져 있는 옥가락지를 매만지며 말을 이었다.

"이것이 빛이 날지, 죽어버려 꺼멓게 변해 버릴지는 전하께 달려 있는 것일 테지요."

침묵 끝에, 원은 헛웃음을 내뱉으며 고개를 절레절레 저었다.

본디 권력을 탐하는 것이 아니라 나를 탐하는 것으로 알고 있었건만. 제 주제를 알아 감히 하늘을 올려다보지 못한다 생각했건만.

낭도(囊刀, 주머니칼)였단 말인가. 주머니에 숨어 언제 어느 때 튀어나갈까 시기만을 엿보고 있는 날카로운 칼이었단 말인가.

어쩐지 그간 한울에게 홀려 있었단 생각이 들었다. 안일하게 생각했던 탓일까.

"울아, 말해 무얼 하느냐. 빛이 날 것이다. 그 누구보다 환하게 빛이 날 게야."

그러나, 이러한 불쾌한 감정에 빗대진 역정을 낼 수 없었다. 가감 없이 표할 수는 없었다. 구태여 한울의 심기를 거슬러 태위의 귀에 들어가게 만들 수는 없었기 때문이다. 그렇기에 한울에게 할 수 있는 것은 그네를 두둔하여 달래는 언사뿐.

그러나 한울은 물러설 생각이 없는지, 턱을 들고 파르라니 굳은 입술을 비틀어 올렸다.

"전하만을 바라보며 살았습니다. 전하만을 마음에 품으며 살았습니다. 해서 낯부끄러운 풍문이 파다하여도, 가문의 수치라 아버지께 매를 맞을 때에도, 저는 오직 전하만을 바라보며 그리 살았습니다."

턱을 든다. 눈을 들어 올려 원을 바라본다. 그의 모습을 하나하나 훑어 제 눈에 그득히 담는다.

전하, 전하, 알고…… 계십니까.

"인륜을 저버리지 말아주십시오."

제가 전하를 얼마나 연모하는지. 제가 전하를 얼마나 사랑하는지.

"부디…… 저버리지 말아주십시오."

그렇기에, 전하의 눈에 담겨 있는 이가 누군지는 말하지 않아도 알 수 있다는 것을. 전하는 알고 계신지요.

속눈썹을 파르르 떨며 눈을 내리깔았다.

"……그리 알고 물러나겠습니다."

한울은 몸을 반쯤 돌려 황도를 되돌아 걸어갔다. 다시금 쏴아아 내리 쏟아져 원에게 흘러내리는 빗발.

원은 희뿌연 시야를 가누고자 마른세수를 하며 두 눈에 힘을 곧추 주었다. 후, 여러 차례 깊은 숨을 내쉰다. 한울. 한울…….

"그대가 내게 인륜을 말할 자격이 되던가."

원은 한울의 작아진 뒷모습을 바라보며 입술을 달싹였다. 그러나 한울에게 닿지 못한 말이라, 메아리가 되어 원의 귓가에만 울려 퍼질 뿐…….

"하늘의 법도를 어기고 짐승만도 못한 짓을 한 이에게서 난 그대가, 감히 내게 인륜을 운운할 자격이 되던가. 감히…… 내게 마음의 짐을 고할 자격이 되던가."

내가 진심을 다해 사랑하였고, 나를 사랑해 주었던 재민은 사라졌다. 그런 재민을 세상에 존재치 않게 만든 것은 나를 사랑한다 말을 하는 여인의 아비렷다.

하면, 내가 그 여인을 사랑할 수 있을까? 그 여인을 마음에 품는 것이 곧 천륜을 어기는 짓이 아니던가.

원은 두 손에 얼굴을 묻으며 애통의 시름을 내뱉었다.

모를 일이다. 연모가 무엇인지, 애정이 무엇인지, 애증이 무엇인지 정녕 모를 일이었다.

하지만 확언할 수 있는 것은, 내가 진심으로 사랑하던 여인 역시 사라지고 있다는 것.

다시 고개를 든다. 그리고 사라진 향을 좇으며 저 멀리 있는 동궁을 내다본다. 아주 오랫동안.

✻

얼마의 시간이 지났을까. 동궁의 정경이 점점 가까워질 때 즈음.

"마마!"

향은 앞으로 몸을 고꾸라뜨리며 가쁜 숨을 내쉬었다. 철퍼덕, 사방으로 튄 빗발과 흙탕물이 향의 몸을 흠뻑 적시었다.

"괘, 괜찮으십니까, 마마."

김 나인은 향을 그러안으며 말했다. 걱정 어린 목소리였지만, 향에게 있어 오롯하게 다가오는 것은 아니었다. 그저, 그저……

"보고 싶었다."

내리는 빗줄기처럼 물기가 뚝뚝 담겨 있던 원의 목소리만이 맴돌 뿐.

아, 아아. 눈앞이 아득하다. 머릿속이 새하얘 그 무엇도 담기지 않았다. 이것은 비를 맞아 신열이 올라왔기 때문이 아니요, 온종일 기운을 빼 몸이 닳아진 것도 아니니.

향은 고개를 겨우 가누고 자신이 걸어온 길을 돌아보았다. 걸음걸음마다 비가 묻어 있으니 그 비가 정녕 빗물일지 비(悲)일지는 모를 일이었다.

향은 김 나인의 가슴팍에 얼굴을 묻으며 숨을 달싹였다.

물러서라 한 것은 그였다. 다가오지 말라 한 것 역시 그였다. 그리하여 정녕 떠나려 한 것인데, 마음을 지우려 한 것인데.

왜 그리 슬픈 표정을 하고 있던 것일까. 왜 그리 구슬픈 말을 내뱉었던 것일까. 왜, 대체 왜……

눈을 질끈 내리감는다. 바들바들 떨리는 손끝을 갈무리하며 애써 몸에 힘을 준다.

"마마……."

김 나인의 팔에 몸을 맡겨 다리를 세웠다. 와락 힘이 풀릴 것 같았지만, 향은 이를 바득 물며 간신히 몸을 일으켰다.

"어서…… 가자꾸나."

투두둑, 투두둑, 떨어지는 빗방울 소리가 달갑지 않아, 말 한마디에도 후두둑 떨어지는 내 마음과도 같아, 손끝 하나에도 후두둑 무너지는 내 마음과도 같아…… 저 소리를 듣고 싶지 않다.

"돌아가…… 쉬자꾸나. 아무것도 생각하지 말고, 아무것도 떠올리지 말고……."

진원의 애달팠던 그 모습을, 진원의 애처로웠던 그 말길을.

"돌아가자."

모두 다 잊자꾸나.

향은 간신히 발을 내디뎠다. 주룩주룩 흐르는 빗물이 향의 머리를 얼굴을 타고 내려와 턱 끝에 방울을 만들었다.

그것이 정히 빗방울일지 눈물방울일지는, 향 자신조차도 모르는 것이었다.

✳

"빌어먹을 년!"

황후는 인상을 짙게 찌푸리며 소리를 내질렀다. 이는 분명 단향을 뜻하는 것이리라.

빌어먹을 년, 빌어먹을 년……! 수차례 욕설을 읊조리며 이를 바득바득 간다.

"어마마마. 소리를 낮추시지요. 듣는 귀가 많습니다."

그런 황후와 마주 앉아 있던 정현이 낮은 목소리로 답했다.

아직은 금족령에 묶여 있는 몸. 황후가 자신을 찾아왔다는 사실이 알려지게 되면 꽤나 골치가 아플 것이라 예상되었기 때문이다.

"하, 귀가 많으면 어때서요? 이 어미가 틀린 말을 했습니까!"

그러나 황후는 목소리를 낮추지 않는다. 더욱 거센 콧김을 내뿜으며 다상을 쾅쾅 내려칠 뿐.

"하찮은 약소국 옹주 주제에 감히 나를 농락해? 하, 하늘이 노하실 일이야, 하늘이!"

"뭐, 그런 옹주를 불러들이신 건 어마마마가 아니셨습니까. 이제

와 그네를 탓하시면 어찌합니까. 일이 이렇게 된 것을."

"황자!"

구구절절 맞는 정현의 말이었지만, 황후는 인정하고 싶지 않다는 듯 부러 분을 비치며 허리를 세웠다.

"이대로 둘 순 없습니다. 이대로 넘어갈 순 없어요! 그 고약한 년의 심보를 고쳐놔야 이 어미가 제명을 살 수 있을 것 같습니다. 자다가도 그년 생각만 하면 번뜩번뜩 눈이 떠져……!"

"고정하소서. 작금 우리에게 중요한 것은 하찮은 옹주 따위가 아니지 않습니까."

왼손에 턱을 괴고 있던 정현의 눈이 불현듯 번뜩였다.

"양제. 이치원의 여식을 어떻게 쫓아내느냐가 중요한 것입니다. 하오니 어마마마, 부디 노여치 마시고 머리를 식히시옵소서. 옹주 따위는 언제 어느 때 내보내도 상관없는 계집이 아니겠습니까."

황후는 정현의 차분한 말길에 잠시 숨을 멈췄다. 천천히 호흡을 가다듬으며 어깨를 떨어뜨린다. 차가워진 손끝을 모은다.

"……하면, 양제는 어찌할 생각이십니까?"

그래. 정현의 말마따나, 작금 중요한 것은 호나라 옹주 따위가 아니었다. 가장 중한 것은 양제요, 꼬투리를 잡아 그네를 내쫓는 일이니. 이 일을 지체했다간 태위의 입김이 거세져 훗날 진원에게 이득이 될 것임이 분명하였기 때문이다.

황후는 눈알을 데굴데굴 굴리며 정현의 다음 말을 기다렸다.

"글쎄요. 따로 생각해 놓은 것이 있기야 하지만."

그러나 들리는 것은 아주 간략한 말뿐.

정현은 손을 뻗어 제 침상 뒤편에 있는 난초를 어루만졌다. 부드러운 손길로 이파리를 쓸어내린다.

"본디 안에서 피는 꽃은 약한 비바람에도 쉽게 무너진다 하지요. 꽃이 꺾이고 줄기가 꺾여 뿌리까지 뽑힐 정도로. 아주 약한 바람에도 그리 빛을 잃어간다 하지요."

파스락, 난초의 이파리를 쥐어 잡아뜯는 그. 흉괴스러운 빛이 정현의 얼굴을 스쳐 지나갔다.

"뿌리를 뽑아 다시는 피어나지 못하게, 짓밟아야 하지 않겠습니까."

그래, 그년을 짓밟고 짓밟아 다시는 일어나지 못하게 만들 것이다. 그 오만하고 고고한 년을 짓누를 때의 기분은 어떠할까. 그네의 파리한 낯짝을 볼 때의 기분은 어떠할까. 하하, 그리고 저의 딸이 사지에 내몰려 있을 때, 그때의 태위의 얼굴은 어떠할까. 아아, 생각만 해도 짜릿하다. 짜릿하여 황홀할 지경이야.

정현은 비죽 웃으며 제 어미에게 고개를 돌렸다. 그 모습이 두렵도록 섬뜩해 황후는 애써 시선을 피할 수밖에 없었다. 마른침이 모인다.

"야, 양제는 황자께서 알아서 하신다 치고, 하면 태자는 어찌하실 생각이십니까."

아주 짧은 침묵.

"⋯⋯죽여야지요."

"황자!"

정현은 눈을 까뒤집고 입꼬리를 찢어 올리며 웃음을 내지었다. 괴괴하여 무서운 웃음소리가 정현의 열린 입술 틈으로 흘러나왔다.

"살아 있었는지조차도 모르게 갈가리 찢어 강물 속에 처박아 버릴 것입니다. 왜 제가 진즉에 이를 행할 생각을 못 했는지⋯⋯!"

재민의 피를 보던 그날이 떠오른다는 듯, 붉고 붉은 피를 보며 희열에 그득 찬 떨림을 느꼈던 그날이 떠오른다는 듯 정현은 낄낄 비소를 내뱉었다.

"차라리 오 년 전 그날…… 태자도 죽여 버릴 것을 그랬습니다. 참으로 아쉽습니다. 참으로요."

입맛을 다시며 고개를 돌린다. 눈을 힐끗 내려 제 희멀건한 손을 바라본다. 이 손에 핏물이 들면 어떨까, 이 손에 뜨거워 살아 숨 쉬는 핏덩이가 담기면 어떨까. 멀지 않은 미래를 상상하며 정현은 낄낄 어깨를 달싹였다.

"화, 황자."

황후의 목소리가 사뭇 떨렸다. 제 배에서 나온 자식이 맞던가. 제가 열 달 동안 고이 품어 기른 자식이 맞던가. 너무도 흉악하여 이질적인 느낌이 훅 다가왔다. 꿀꺽. 침을 삼킨다.

"환조가 노하실까 두렵습니다. 더한 짓은 하지 않는 것이……."

"어마마마."

정현은 몸을 뻣뻣하게 세우며 황후와 눈을 마주했다.

"무엇이 두려웁단 말씀이십니까? 환조요? 하하, 그깟 새가 무어라고요. 그깟 불꽃이 무어라고요. 어마마마, 우리가 두려워해야 할 것은."

찻잔을 든다. 이미 식어 버려 서늘한 찻물을 꿀꺽꿀꺽 마신다.

"아무것도 없습니다."

쾅, 다상에 찻잔을 내던지는 그.

"죽일 것입니다. 제게 반기를 드는 이는 모두 다요."

쩍쩍 금이 간 찻잔은, 와르르 무너져 산산조각이 되었다.

✼

쨍그랑!

"비, 비서승 나리!"

"아아, 괜찮네, 괜찮아."

도겸은 깨진 찻잔의 파편으로 인해 찢어진 자신의 손바닥을 쥐어 감쌌다. 손가락을 따라 주르륵 흘러내리는 핏방울. 상처가 따끔따끔 아파왔다.

"괜찮으니 가서 일 보시게나, 내 알아서 할 터이니."

"하, 하오나……."

"괜찮대도."

도겸의 단호한 말에 낭관은 어쩔 수 없다는 듯 고개를 조아리며 방을 나섰다. 쯧, 혀를 차는 도겸. 벌어진 상처를 내려다보며 미간을 약하게 찌푸린다.

쏴아아, 창밖에는 비가 쉴 틈 없이 쏟아지고 있었다. 하늘에 구멍이라도 났나, 왜 이리 비가 많이 오누. 도겸은 짧은 말을 읊으며 창가 쪽으로 가까이 다가갔다.

빗발 속으로 손을 내민다. 주르륵 흐르는 빗줄기에 핏물마저 씻겨 흘러간다.

"……좋구나."

어릿한 통증이 느껴지긴 했지만, 손바닥에 오목하게 담기는 차가운 빗방울이 나쁘지 않았다.

도겸은 불어오는 바람을 따라 시선을 옮겼다. 푸르른 나무, 만개하여 빛나고 있는 꽃들, 더불어 빗발을 헤치고 날아가는…….

'나비?'

순백색의 작은 나비가 비틀거리며 허공을 헤엄치고 있었다. 생명의 빛을 잃어가는 듯, 불규칙적으로 파닥이는 날개가 안쓰럽기만 하다.

나비, 나비, 꽃을 쫓던 나비…….

픽 실소를 내짓는다. 저 모습이 자신과 같지 않을까 하는 생각이
들었다.

"청천(晴天) 아래 강토와 뫼는 한 가지거늘

붉은들 어떠하고 흰들 어떠하랴.

제 눈에 담는 것은 매일반이라 하건대

갈 길이 멀다 하니 풍의 야릇함만 담고 가누나.

이것이 평생의······."

꽃을 좇았더니 나비가 보였다. 그리하여 나비에게 반해 꽃이 좋았
더라.

"······평생의 통한이라 하겠네."

통한이 되었네.

도겸은 천천히 눈을 내리감았다.

그리고 칠 년 전, 연분홍빛 꽃잎이 세상을 가득 채우던, 그때를 떠
올려 냈다.

✤

호나라, 이백삼십삼년 타오름달 나흗날.

푸르른 바람이 분다. 푸르른 바람에 푸르른 들판이 흔들린다. 굽이
치고 굽이쳐 우수수 소리를 내는 연둣빛 세상. 그에 내려앉은 노오란
유채꽃. 꽃잎이 날리고 날려 푸르른 바람에 얹힐 때에, 세상은 개벽하
듯 밝게 빛났다.

그 세상 아래 도겸이 있었고, 그 역시 갈색 머리칼을 우수수 휘날
리며 빛을 내고 있었다.

풀밭에 드러누워 오른쪽 귀 뒤에 유채꽃 한 송이를 끼우고, 붉은 태양과 하얀 구름을 바라보며 즐거운 듯 콧노래를 흥얼거린다.

"청천(晴天) 아래 강토와 뫼는 한 가지거늘

붉은들 어떠하고 흰들 어떠하랴.

제 눈에 담는 것은 매일반이라 하건대

갈 길이 멀다 하니 풍의 야릇함만 담고 가누나.

이것이 평생의 통한이라 하겠네."

밝은 미소를 짓는다. 그리고 벌떡 몸을 일으키더니,

"되는대로 읊조린 시구가 이리도 훌륭하니, 도성의 뭇 여인네들이 두 발 걷고 뛰쳐나오는 것도 당연지사가 아닌가."

고개를 가로저으며 제 스스로 흐뭇한 미소를 짓는다.

"하……. 이 죄 많은 한 생을 어이할꼬?"

지학(志學) 열다섯이라. 학문에 뜻을 두어 낭관의 길에 오르다 검무가 뛰어나니 황제의 눈에 들어 기도위로 전이돼, 문과 무를 오고 가 제 뜻을 펼치니. 어찌 이자를 용의 기백을 닮고 환조의 정신을 내리받았다 하지 않을 수 있겠는가.

잡초 속에 피어 있는 꽃이라, 은전 사이에 있는 번쩍하는 금괴라. 황가의 식솔들 다음으로 계집들의 눈을 받는 하늘이니, 제 스스로 감탄을 금하지 않는 것 또한 당연하다 할 수 있겠다.

도겸은 바지 자락에 묻은 흙을 탈탈 털며 완전하게 몸을 일으켰다.

"하면, 이제 길을 재촉해야지."

말의 고삐를 풀고 안장을 정돈한다. 이랴, 메는 소리를 내며 말에 몸을 붙인 채 빠르게 달리기 시작한다. 머리를 헝클며 뺨을 지나는 부드러운 바람결이 듬쑥하게 다가왔다.

말의 발이 멈추는 곳은 도겸의 본국인 적(赤)이 아니라 외국 호(皓)

가 될 터였다.

본래 사절단으로 파견된 사공인 아비를 따라 엊그제 길을 떠나야 했건만, 기방에서 거하게 술을 먹은 터에 해가 뜰 때까지 단잠에 빠져 헤어나질 못했다.

내일 유시(酉時)가 될 때까지 오지 않으면 다리몽둥이를 부숴 버린다는 아비의 말에 서둘러 길을 떠난 도겸. 그의 눈에는 권태로움이 담겨 있었지만 또한 호기심의 빛이 번뜩이기도 하였다.

호나라. 호……. 생전 처음 본국 바깥으로 발을 내딛는 것이었으니, 그 기대감은 말로 표현할 수 없을 정도로 크고 너른 감정이었다.

더욱더 고삐를 세게 쥔다. 순간적으로 날카로워진 바람이 도겸의 오른 귀에 꽂혀 있던 유채꽃을 하늘 너머로 날려 버렸다. 넘실넘실, 더 넓은 세상으로.

도겸은 호의 궁궐 앞에 당도해 말에서 몸을 떼어냈다. 가까이 다가온 문지기에게 고삐를 넘겨준다. 그리고 고개를 가볍게 숙인 후, 호패를 보여주고 문이 열릴 때를 기다린다.

끼이익, 요란한 소리를 내며 웅장한 대문이 열리기 시작했다.

순간적으로 밝고 밝은 빛이 쏟아지듯 들어왔다. 그리고 그 빛이 거두어질 때, 호의 이름대로 순백의 색으로 둘러싸인 왕궁이 시야에 들어왔다.

찬찬히 걸음을 옮긴다. 왕도의 옆길을 따라 한 발짝씩 조심스레 발을 내디딘다. 참으로……,

'크구나…….'

약소국이라고 경시했던 지난날의 자신이 부끄러우리만큼 호의 궁궐은 거대하고 성대하였으며 또한 찬연하였다. 새롭게 맞게 되는 기백에 목구멍이 트였다. 제 스스로도 알 수 없는 오묘한 기분이 들었다.

그때, 도겸은 발을 멈추고 허공을 향해 눈길을 돌렸다. 급작스럽게 밀려온 향긋한 꽃 내음이 그의 발목을 잡아끌었기 때문이다.

진한 향을 담고 있는 꽃잎이, 코앞을 스쳐 지나갔다.

꽃잎은 은은한 잔향을 남긴 채 하늘 높이 날아갔다. 그것을 잡기 위해 도겸은 흔적을 따라 두리번거렸다. 날아간 꽃잎은 바람결에 몸을 둥둥 띄우다가, 도겸의 반대편에 있는 감나무 아래에 살포시 내려 앉았다.

그리고 바로 그때, 도겸은 나무 뒤에 숨어 자신을 응시하는 한 소녀의 시선과 마주했다.

새하얀 빛이 소녀의 주변을 맴돌았다. 햇살 때문일까, 세상이 그리고 소녀가 밝아 보였다. 눈이 부셨다. 손 가리개를 만들고 소녀를 주시했다.

짧은 순간, 서로의 시선이 강렬하게 뒤엉켰다. 여름의 태양처럼 뜨겁고도 촉촉한, 그러나 한겨울의 상고대처럼 날카로우리만큼 냉랭한 눈빛이었다.

얼굴에 열이 오르는 것이 느껴졌다. 눈가가 바르르 떨려 눈알이 따가웠지만, 차마 눈을 내리감을 수 없었다. 흩날린 꽃잎처럼 소녀 역시 사라져 버릴까 봐, 옅어지는 꽃 내음처럼 흐드러질까 봐.

소녀의 얼굴에 살포시 미소가 걸렸다. 그것은 마치 덜 익은 복숭아의 분홍빛과도 같은 것이었다. 달큼하고도 보드라운 향기가 도겸의 코를 간질였다. 도겸은 자신의 귀를 맴돌던 바람 소리가 들리지 않는 것을 깨달았다. 이 세상에 소녀와 자신, 단둘만 있는 것 같았다.

가슴이 무겁게 내려앉았다. 동시에 심장 고동 소리가 들리기 시작했다. 들숨과 날숨이 빠르게 오가며 울대가 달싹거렸다. 생전 처음 마주하는 감정과 시선에 빠르게 뛰는 가슴을 갈무리할 생각조차 하지 못했다.

'아……'

도겸은 자신도 모르게 작은 탄식을 하며 소녀를 향해 반걸음 발을 내디뎠다. 그의 향을 더욱 깊숙이 담고 싶다는 욕망에서 나온 몸짓이었지만, 소녀는 어깨를 움츠리며 나무 뒤로 몸을 감췄다.

도겸은 반걸음 발을 거두었다. 그러나 소녀는 다시 모습을 드러내지 않았다.

얼마나 지났을까. 저 멀리서 '마마!'라고 부르는 소리가 들렸다. 동시에 다홍빛 치마는 도겸의 시야에서 사라졌다.

도겸은 가팔라진 호흡을 가다듬으며 소녀의 싱그럽고도 향긋한 미소를 떠올렸다. 도겸의 입가에도 같은 미소가 걸린다.

'꽃잎을 좇았더니 고운 나비가 보이는구나.'

도겸은 아직도 자신의 주변에 머물고 있는 꽃의 잔향을 폐부 깊숙이 넣으며 걸음을 재우쳤다. 시선이 묻은 자신의 얼굴을 어루만지며, 싱그러웠던 분홍빛을 되뇌며.

※

그러하였던 분홍빛 꽃과 나비가 바로 제 눈앞에 있었다.

"마마."

도겸은 허공을 응시하는 향에게 말을 건넸다. 그러나 돌아오는 것은 지독히도 무거운 침묵뿐.

"……마마."

그럼에도 답은 없다. 도겸은 향의 시선을 따라 눈을 돌렸다.

"무슨 생각을 하십니까. 무얼 보고 계십니까."

향의 손가락이 살짝 움직였다. 파르르 떨리는 속눈썹에는 무겁고 무거운 시름이 담겨 있으리라. 도겸은 며칠 전보다 더욱더 짙어진 슬픔의 향을 쓸어 담으며 생각했다.

"……무슨 일로 찾아왔는가."

향은 고개를 반쯤 돌려 도겸을 바라보았다. 수척한 낯빛이지만 반짝 빛을 내는 그의 눈동자를 지그시 응시한다.

"꼭 이유가 있어야 찾아오나요. 마마가 보고 싶…… 아니, 그냥저냥 할 일이 없어 찾아왔습니다."

픽, 향은 실소를 뱉으며 오른손에 턱을 괴었다.

"왜 나는 그대를 기억하지 못할까. 이유를 알고 있는가?"

"하, 하하. 그, 글쎄요. 저, 저도 잘 모르겠습니다만. 하, 하하……."

도겸은 향의 시선을 피하며 어색한 웃음을 내지었다.

'그것을 어찌 말할 수 있습니까. 마마와 제가…… 철천지원수가 되었던 그날의 그 사건을요.'

마음속 말을 애써 감추며 눈을 데굴데굴 굴린다. 꿀꺽. 어쩐지 고약한 냄새가 코에 와 닿는 것 같다.

"그대가 나를 처음 보았을 때, 나는 어떠하였는가?"

향은 다시금 눈을 돌려 유리창에 비치는 자신의 모습을 응시했다. 몸에 맞지 않는 옷을 입은 듯 이 머리가, 의복이, 모두가 어색하다.

이것이 정녕 나의 모습이 맞던가?

적나라에까지 단걸음에 달려올 적의 내 모습은 어떠했는가. 호나라에서 무시와 핍박을 받아 이를 바득바득 갈던 그때의 내 모습은 어떠했는가.

진원을 연모하여 애를 태우던 그때의 내 모습은 어떠했는가. 진원을 잃고 어머니를 잃었던, 그때의 내 모습은 어떠했는가.

그때의…… 내 모습은.

"잘 기억이 나지 않아, 내가 어떠하였는지. 내가 어떻게 살았었는지. 내가 어떤…… 모습이었는지 기억이 나지 않아."

기억이 나지 않는다. 기억하고 싶지 않아 떠올리지 않는 것일 수도, 아니면 정녕으로 잊은 것일지도 모르겠지만.

"어제의 나 역시 기억이 나지 않아. 아무것도…… 기억이 나지 않아."

나를 감싸고 있는 모든 것들이 자연스럽지 아니하여 낯설다. 이질 감이 물밀 듯 밀려왔다. 그것이 얼굴에 얼룩덜룩 묻을 것만 같아 향은 애써 창에서 시선을 떼어냈다.

"마마는……"

향의 말을 가만히 듣고 있던 도겸의 입술이 열린다. 순간적으로, 연분홍빛 꽃잎의 환영이 보였다. 비가 꽃이 되어, 꽃비가 주르륵 내리는, 그런 환영.

"아름다운 분이셨습니다. 그리고 지금도 아름다운 분이십니다."

도겸의 손바닥에 꽃잎이 내려앉았다. 그의 상처를 어루만지는 듯, 겹겹이 쌓이는 꽃잎이.

"백일홍을 왜 백일홍이라 부르는지 아십니까. 짧게 피고 짧게 져 매일 피어 있는 것 같다 하여 백일홍이라 이른다 합니다. 죽지 않는 꽃이라 하지요. 때문에 그 향 역시 잊히지 않는다 합니다."

툭 터져 허공으로 흩날렸다. 순식간에 환영은 사라진다. 올곧게 보이는 것은 쏟아지는 빗발뿐. 그리고 그 빗발을 등지고 있는 단향뿐.

마마, 마마는 꽃입니다. 그리고 늘푸른 하늘을 노니는 나비입니다. 그렇기에 그때……

"잊지 마십시오. 마마께서 찬란하게 개화하였던 그때를."

제가 마마를 연모하였습니다. 그리고 지금도……

도겸은 설핏하게 웃으며 고개를 떨어뜨렸다. 단향이 안쓰럽다, 애처롭다 생각하였는데. 정녕으로 안쓰럽고 애처로운 것이 자신이 아닐까 하는 생각이 들었다.

다시금 고개를 든다. 그리고 향의 떨리는 시선을 가감 없이 받아낸다.

"오늘은…… 몸이 곤하구나. 돌아가는 것이 낫겠어."

"암요. 잠시 얼굴만 비추러 온 것입니다."

도겸은 몸을 일으켰다. 오랜 시간 앉아 있던 것이 아니었지만, 쥐가 난 듯 저릿저릿 아파오는 오른 다리를 꾹꾹 내리눌렀다.

"참, 궐에 금모충이 파다하다 합니다. 털에 독이 있어 찔리면 꽤나 곤욕을 치른다 하니, 마마께서도 조심하시길 바랍니다."

"그리하도록 하겠네."

도겸은 향의 대답이 만족스럽다는 듯, 빙그레 웃으며 고개를 끄덕였다. 그렇게 몸을 돌리려 할 때,

"마마, 비가 그치고 있습니다."

하늘에 뚫렸던 구멍이 막힌 듯 차차 빗발이 멈추고 있었다.

"햇빛이 들어오고 있어요."

흐릿해진 빗방울 너머로 환하고 밝은 빛이 들어온다. 그 빛은 창을 넘어 향에게 다가갔고, 향의 거뭇했던 얼굴을 하얗고 밝게 만들기에 이르렀다. 넘실넘실 흩뿌리는 저 모습이 참으로 어여쁘다.

빛이 들어오고 있습니다, 빛이. 그리고 그 빛은,

"마마의 얼굴에도 빛이 들 것입니다."

향을 밝혀줄 것이다. 그 누구보다 환하게 밝혀줄 것이다.

"물러나 보겠습니다."

양지가 있으면 음지가 있거늘. 이 마음 오롯이 드러내면 향을 죽은 꽃으로 만들 뿐이니. 나는 음지에 머물러 향을 비호해야 하지 않겠더냐. 나는 향을 잡지 못하였으니. 나는 향의 애정을 받지 못한 이였으니. 그렇기에……

'평생의 통한이라 하겠네.'

통한이 눈물이 되어 흘러나오는 것일 테지.

비가 그친 세상은 밝게 빛났다. 그러나 어딘가에서는 또다시 비가 내리기 시작하였으며, 또한 어딘가에서는 아직도 비가 그치지 아니하였다.

❋

어둑서니에 잡아먹힌 곳. 초롱불 하나만이 안을 밝혀주고 있는 작은 고방. 그 가운데에 놓여 있는 낡은 나무 장탁. 그곳에 앉아 있는 하나, 둘, 셋, 넷…… 열 명이 채 안 되는 관료들.

"다른 이들은 모두 어디 있습니까!"

그리고 그 가운데에 앉아, 주먹으로 장탁을 계속해 내려치고 있는, 정현.

쾅, 쾅, 쾅! 둔탁한 소리가 끊임없이 들려온다.

그의 얼굴엔 적잖은 노기가 묻어 있었고, 숨결은 가히 거칠었다. 때문에 그를 지켜보는 모든 이들은 침을 꿀꺽 삼키며 허리를 세울 수밖에 없었다.

"좌, 좌첨의중찬 대감은 상이 있다 하여 궐을 나가시었고, 판중추원사 대감은……."

"대감은?"

"고, 고뿔에 걸리셨다 하여……."

"그게 무슨 말입니까! 분명 두 식경 전까지만 하여도 대감을 봤거늘!"

"소, 송구하옵나이다."

그는 재빨리 입을 다물며 고개를 조아렸다. 그럼에도 정현은 화가 풀리지 않았는지,

"대책을 세워야 할 것 아닙니까, 대책을! 이 중요한 시기에 뒷짐만 지고 계실 것입니까!"

소리를 내지르며 앉아 있는 모두를 하나씩 바라본다. 저에게 시선이 닿을 때마다 콜록 헛기침을 하며 눈을 피하는 그들.

후, 이 쓸모없는 것들. 정현은 머리를 헝클며 의자에 몸을 깊숙이 묻었다.

"폐하께서 황태자 전하와 밀회하셨다는 이야기는 들으셨지요?"

"예, 저하."

"그럼, 그대들은 무엇을 해야 합니까?"

찻잔을 쥔 손이 바들바들 떨린다. 한껏 치켜 올라간 눈썹과 쭉 찢어진 눈에서는 흉흉하고도 괴괴한 기운이 흘러나왔다.

"가만히 있으면 아니 되는 것이 아닙니까! 대체 무얼 하시는 겁니까!"

"저, 저하, 하오나 작금 쉬이 움직일 수 없는……."

"핑계 아닙니까, 핑계!"

관료의 말대로, 이황자 정현은 작금 쉬이 움직일 수 있는 몸이 아니었다. 진원의 계략에 넘어가 금족령에 묶인 터라, 황제는커녕 제 어미인 황후마저 쉬이 만날 수 없기 때문이었다.

태위와 진원이 합세한 후, 황태자가 본격적으로 몸을 일으키기 시작하였다는 말이 돌 정도로 진원의 세력이 적잖게 커진 터. 이에 한시라도 빨리 사람을 모아 일을 도모해야 하거늘……!

정현은 빈자리를 바라보았다.

좌첨의중찬, 판중추원사……! 네놈들이 태위와 각별히 지내는 것을 알고 있었다만, 나를 감히 배신해? 손이 바들바들 떨렸다. 후, 후, 짧은 숨을 재차 내뱉어보지만 들끓는 가슴은 가라앉지 않는다.

"크흠!"

불현듯 싸늘해진 공기를 깨뜨린 것은 우첨의중찬의 헛기침 소리였다. 그는 장탁 위에 손을 얹고, 정현을 바라보며 부드러운 미소를 내비쳤다.

"저하, 조만간 황후 폐하께서 황제 폐하께 언질을 넣어주신다 하지 않으셨나이까. 조급해하지 마시옵소서. 훗날을 도모하시지요."

그의 말에 정현은 잠시 숨을 멈춘다. 입술을 까득 깨물며 눈을 가늘게 뜬다.

그래, 대감의 말이 맞다. 내 여기서 할 수 있는 것은 아무것도 없거늘. 이 발이 자유로워지면, 이 몸이 자유로워져 다시금 도약할 수 있게 되면……!

"그때에, 저를 이 지경으로 몰아넣은 고양이 새끼를 잡아 족칠 것입니다."

진원을 사지로 몰아, 그 몸뚱이를 갈가리 찢어주리라.

정현은 어깨에 힘을 빼고 턱을 되똑하게 들며 우첨의중찬과 눈을 마주했다.

"자리에 오지 않은 이들에게 말을 전해 주십시오."

태위에게 혹하여 넘어간 이들 역시.

"제아무리 날뛰는 괴라 할지라도, 범 앞에서는 하룻강아지가 될 것이라고."

모두 다 죽음을 맞이하게 될 것이라고.

훅, 호롱불이 꺼졌다. 캄캄한 어둠 속에서 정현은 낄낄 괴괴한 웃음을 흘렸다. 아주 오랫동안.

새벽녘 한기가 흙바닥을 날카롭게 쓸고 있었다. 이 한기는 스멀스멀 바닥을 기어 푸르른 수풀을 지나고 만개한 꽃을 지난 후 동궁의 대문을 넘어 들어왔으니. 곧이어 빛바랜 꽃잎을, 앙상한 가지만을 뽐내고 있는 나무를 스치기에 이르렀다.

황량함, 이 정경을 표현하는 데에 이보다 더 잘 어울리는 말이 있을까. 바닥에 깔린 흙조차도 메마른 곳.

이에 불현듯 낯선 발걸음소리가 들려왔다. 타박, 타박. 힘이 들어가지 않은, 그러나 꼿꼿하게 느껴지는 그 소리는 실내에까지 도달했으니. 동궁의 빈 복도에 소리의 메아리가 울려퍼졌다.

드르륵, 향의 방문이 열린다. 문지방을 밟는 하얀 버선이 또렷하게 보였다.

그는 아무런 말도 하지 않은 채 향에게로 조심스럽게 다가갔다. 그리고 침상에 눈을 감고 누워 있는 향의 앞에 무릎을 꿇고 앉는다.

"……향아."

어두움이 짙은 탓일까. 유난히도 그의 목소리가 처량하게 들려왔다. 까악, 까악, 구슬픈 까막새 소리만이 밤의 적막을 깨뜨린다.

그 찰나의 시간이 지난 후, 원은 다시금 입술을 열었다. 그러나 나오는 것은 오직 메마른 숨뿐이었으니…….

"나는……."

눈을 뜨면 네 모습이 아른거려 감을 수밖에 없었다.

"정녕…… 나는……."

눈을 감으면 네 잔영이 남아 뜰 수밖에 없었다.

그 어디를 보아도 네가 남아 있어, 그 어떤 생각을 하여도 네가 잔재하여. 그러하여 너를 보러 왔건만, 왜 너를 보고 있음에도 나는, 네가 보고 싶은 것일까.

원은 고개를 떨어뜨렸다.

차마 입 밖으로 꺼낼 수 없는 마음이 너무도 미웠다. 이마를 주먹 쥔 손에 얹으며 깊은 숨을 내뱉는다.

"우리가 처음 상면(相面)하였을 때를 기억하느냐."

그의 얼굴은 마치 밤공기에서 밀려온 어둑함이 얼룩덜룩 배어 있는 것 같았다.

"벚꽃이 만개하여 세상이 개벽하듯 빛났을 때. 그때를 기억하느냐."

너의 손을 잡고, 너의 향을 맡으며 함께 바람을 맞이했던 그 날을.

"……그대를 마음에 품었나 보오."

그 무엇도 보이지도 들리지도 느껴지지도 않던 그때. 오직 너와 나만이 존재하였던…… 짧고도 길었던 그 시간을.

"내 정인이 되어줄 수 있겠소?"

억지로 잊으려, 억지로 넣어두려, 억지로 가둬두려 하였거늘.

"참으로……."

말을 하여 이 감정을 모조리 토해내고 싶은데, 이 축축한 마음은 그마저도 허락해 주지 않는다.

감정이란 본디 억누르고 억누를수록 크게 터져 나옴을. 내 이제야 깨달았으니.

"아프게 해서 미안하다."

원은 향의 떨어진 손을 붙잡았다. 그 살갗을 어루만지며 차오르는 눈물을 애써 삼킨다. 꾹꾹 눌러 삼킨다.

"또한 내 마음을 받아 달라 하여 미안하다."

말을 뱉음과 동시에 목구멍이 뜨거워진 것을 느낄 수 있었다. 가슴에 불이 붙은 듯, 매캐한 연기가 올라와 그의 눈과 코와 입을 막는 듯하였다.

원은 내렸던 고개를 들고 향을 향해 손을 뻗었다. 떨림이 잔존하는 손끝으로 향의 뺨을 어루만진다. 푸석해진 살결이 마치 자신의 마음과도 같아 더욱 코끝이 뜨거워졌다.

손을 되돌린다. 아주 잠시, 아니 조금은 오랫동안. 향의 자는 얼굴을 가만히 응시하다, 이내 그는 몸을 일으켰다. 늦기 전에 동주궁으로 돌아가야 하였기 때문이다. 한 걸음, 한 걸음 향을 뒤로 하고 문으로 걸어가는 그. 바로 그때.

"……돌아가시는 길이."

부스럭거리는 소리와 함께 향의 목소리가 들려왔다. 원은 서둘러 뒤를 돌아 그녀를 바라보았다. 향은 아주 오래전부터 깨어 있었다는 듯, 또렷한 눈망울로 원을 응시하고 있었다. 그리고 그 얼굴에 담겨 있는 것은,

"부디 평온하시기를 바랍니다."

오직 무정(無情)이라.

원의 말간 얼굴과는 달리 향의 얼굴은 지극히도 딱딱하다. 그녀의

눈동자가 유달리 빛이 났다. 그 빛이 만개하듯 터져 나갈 때에.

"그리고, 돌아가 다신 저를 찾지 말아주십시오."

또다시, 향 스스로를 비참하게 만드는 말을 하며, 그녀는 그렇게 눈을 내려 감았다. 원의 무너진 얼굴을 보지 않은 채.

원의 손이 힘없이 떨어진다. 툭, 투둑, 투두둑, 떨어지는 것은 비단 손만이 아닐 것이라.

다시금 까막새 소리가 구슬프게 찾아왔다. 이는 떨어진 마음을 탐하는 슬픔의 방증이었다.

✻

새벽이슬이 채 마르기도 전의 시각. 아직 축축하여 젖은 느낌이 선연하건만, 동궁의 궁인들은 분주하기만 하다.

"곤하구나."

향은 의자에 몸을 반쯤 눕히며 고개를 젖혔다. 저를 내려다보며 생글생글 웃고 있는 김 나인의 얼굴이 눈에 들어온다.

"채비를 하셔야지요, 마마."

"곤해. 움직이고 싶지 않아."

"마마, 일어나시지요."

"싫어."

"마마."

단호한 김 나인의 말. 허리춤에 손을 얹고 눈에 힘을 번뜩 주고 있는 모습이 쉬이 물러날 것 같진 않다. 그에 향은 어쩔 수 없다는 듯 부스스 몸을 일으켜 허리를 세웠다.

"……봐주지를 않는구나."

"게으름은 아니 되지요, 마마."

쳇, 비죽이는 소리를 내며 고개를 든다. 그에 김 나인은 방긋이 웃으며 향의 머리를 부드럽게 매만졌다.

두껍지 않은 가체를 올리고 나비 모양 떨잠을 두 개, 붉은 꽃 모양 떨잠을 하나. 곱게 갈은 은가루를 뿌려 빛이 나게…….

"참으로 곱습니다, 마마. 경국지색(傾國之色). 그 누구도 마마를 그냥 지나치지 못할 거여요."

김 나인은 면경을 향 쪽으로 기울이며 말했다.

"……경국지색은 무슨. 골방에 처박혀 있는 신세인데."

"그런 흉한 말씀이 어디 있습니까. 태자 전하께옵서도 종종 찾으시지……."

"되었네. 일어나지."

향은 김 나인의 말허리를 뚝 끊으며 답했다. 내 잊으려 했거늘. 잊고자 머리를 비우고 있었거늘. 괜한 원망이 담긴 눈으로 김 나인을 쏘아본다. 그에 김 나인은 영문도 모른 채 고개를 조아린다.

"……오늘도 날이 좋겠구나."

창밖 희미하게 깔려 있는 안개 너머, 굵은 줄기로 쏘아 내려져 오는 햇빛을 바라보며 중얼거렸다.

그래, 날이 좋아야지. 지독히도 좋아, 어제의 눈물 자욱을 메마르게 만들어야지.

향은 더욱 허리를 세웠다. 그리고 뾰로통한 표정으로 앞서 걸어가는 김 나인의 뒤를 쫓았다.

"무슨 일인가?"

곤녕궁에 다다라 복도를 지나 황후의 방문 앞까지 온 향. 그러나 앞을 막아서는 궁인 때문에 발을 멈출 수밖에 없었다.

향은 제 앞에서 턱을 되똑하게 들고 있는 궁인을 바라보았다. 빳빳하고 꼿꼿하여 참으로 되바라진 모습이라. 하, 기가 찰 노릇이다.

"태자비마마, 황후 폐하께옵선 아직 기침하지 아니하셨나이다."

그러나 궁인의 말과는 다르게, 얇은 창호지 너머로 부산스레 움직이는 인영(人影)이 보였다. 바스락거리는 소리 또한 들린다. 그것은 황후의 움직임에서 비롯된 것임이 분명했다.

"그렇다면 내 눈에 보이는 것은 무엇이며 내 귀에 들리는 것은 무엇이더냐? 내가 헛것을 보고 헛것을 듣는단 말이냐?"

"그렇사옵니다."

하니 잔말 많고 돌아가라는 뜻.

향은 어처구니가 없다는 듯 하하 실소를 내뱉었다. 아주 짧은 침묵. 후에 향은 더욱 목소리를 높였다.

"그렇다면 저곳엔 쥐새끼가 있나 보구나. 괴가 무서워 숨어 있는 작은 쥐새끼가."

"마마!"

"근엄하신 황후 폐하를 이른 것이 아니지 않더냐. 정녕 쥐새끼가 있는 듯하여 말한 것인데, 어찌 그런 눈으로 나를 볼꼬?"

향은 당황한 기색이 역력한 궁인을 바라보며 입꼬리를 틀어 올렸다. 고개를 까딱이며 창호지 너머, 멈춘 인영을 바라본다.

"마마, 이곳은 곤녕궁이옵니다. 황후 폐하의 처소에서 어찌 그리 황망한 말씀을……."

"그리고 훗날 내가 들어와 다리를 뻗을 곳이기도 하지."

저 딴에는 심사숙고하여 내뱉은 말이었으리라. 그러나 이미 성이 난 향에게는 들리지 않을 터. 향은 숨을 크게 들이마셨다. 황후가 왜 나를 피하려 하는지는 몰라도, 내 여까지 온 이상 잠자코 돌아갈 수는 없지 않겠느냐? 그리 생각하며 비틀어진 입술을 반쯤 열었다.

"고하라, 당장."

"마마."

"고하라."

"……송구하옵나이다."

그러나 정히 송구하여 보이는 모습이 아니거늘. 향은 아주 느릿하게 눈을 올려 뜨며 궁인과 눈을 마주했다.

번뜩이는 빛이 역력하다. 괴괴하여 흉악하기까지 한 빛이 그득하다. 꿀꺽. 궁인은 침을 모아 삼키며 주춤 뒷걸음질을 쳤다.

"신 상궁…… 이라 하였지?"

"예, 마마."

"일개 상궁 주제에 하늘 같은 태자비를 욕되게 하는 것이냐?"

"마, 마마…… 그것이 아니옵고……."

"그 입, 닥쳐라."

향은 신 상궁이 물러선 만큼 가까이 다가갔다. 당장에라도 손을 올려 뺨을 내려치고 싶었지만, 당장에라도 단도를 꺼내 살을 파내고 싶었지만…… 그리함은 황후가 바라는 바가 아니더냐?

향은 어깨를 반듯하게 세웠다. 사선을 그려 올라가 있는 눈꼬리엔 적잖은 분노가 묻어 있었다.

"내 그간 네년의 건방짐을 참고 넘어가 주었지만, 오늘은 쉬이 돌아갈 수 없구나. 뭣들 하느냐! 당장 이년을 포박하지 않고!"

"마, 마마!"

순간의 움직임. 향은 신 상궁의 멱살을 잡는 듯싶더니 이내 그녀를 바닥으로 내팽개치기에 이르렀다.

쾅, 그리고 옅게 들려오는 흐느낌 소리. 향은 복도에 나란히 서 있는 궁인을 향해 악을 지르듯, 황후에게까지 들리게 소리를 내질렀다.

"내 말이 들리지 않느냐!"

"예, 예! 마마!"

향에게서 뿜어져 나온 흉흉한 기세를 느꼈던 탓일까. 궁인들은 빠르게 다가와 신 상궁의 양팔을 부여잡았다. 개중에는 과거, 향을 바닥으로 짓눌렀던 이들도 있으니, 이것 참 우스운 일이렷다.

향은 신음 소리를 내며 고개를 떨어뜨리고 있는 신 상궁에게 가까이 다가갔다. 손가락을 들이 그네의 턱을 들어 올린다. 눈을 마주한다. 마치 뚫어질 듯 날카로운 시선을 가감 없이 쏟아낸다.

"살아 돌아갈 생각은 하지 않는 것이 좋을 게다. 네년의 사지를 찢어발길 것이니."

향의 목소리는 빈 복도를 크게 울렸으니. 향은 탁, 손을 놓으며 신 상궁의 머리채를 세게 잡아 뜯었다.

"악!"

이 비명 소리 또한 들렸으리라. 하면 지금쯤 등장할 때가 되었는데 말이야. 향의 이런 생각과 동시에 방문이 벌컥 열렸다.

"뭣들 하는 짓이냐!"

의복도 제대로 갖춰 입지 않은 황후가 튀어나왔다. 발갛고 뜨거워 보이는 저 얼굴에 적잖은 화기가 담겨 있을 것이라는 생각이 들었다.

"시, 신 상궁!"

황후는 만신창이가 된 신 상궁을 보며 경악을 금치 못하였다는 듯, 그네의 옷자락을 움켜쥔다. 가까운 사이였던가. 향은 항시 황후를 볼 적 방 안에 우두커니 앉아 있었던 궁인이 신 상궁임을 깨달았다. 비식, 더욱 입꼬리를 틀어 올린다.

"이, 이 무슨 짓이오, 비!"

황후의 외침이 멎기도 전에 향은 머리채를 잡은 손에 더욱 힘을 주었다. 억 소리를 내며 향에게 끌려가는 그.

"그, 그만하지 못하겠나!"

그 외침은 아무 소용이 없었거늘. 향은 파리하게 굳어버린 황후의 얼굴을 바라보며 빙그레 미소를 내지었다.

"기침하셨나이까, 황후 폐하."

"악!"

신 상궁을 황후의 앞에 내동댕이치는 향. 그리고 더욱 입을 찢는다. 아주 환하게, 환한 웃음을 머금으며.

"풍요로운 아침입니다. 그렇지요?"

웃음은 여전하다. 그와 동시에 안개가 걷히고 햇살이 들어온다. 그 빛을 오롯하게 받는 것은 오직 단향뿐이었다.

향의 앞에서 향을 올려다보고 있는 신 상궁과 황후의 얼굴엔 어둑한 그림자만이 드리워져 있었다.

"이게 무슨 짓입니까, 비."

황후의 떨리는 목소리. 그에 더욱 섬뜩하게 찢어지는 향의 얼굴. 고개를 든다. 목에 힘을 빳빳하게 주어 눈을 치켜뜬다.

"무슨 짓이라니요? 어찌 그런 흉흉한 말씀을 하시옵나이까. 소첩은 내명부의 규율을 어긴 궁인을 벌하려 한 것뿐입니다."

"비!"

황후는 신 상궁을 제 뒤로 숨기며 향에게 발을 내디뎠다. 그러나 가까이 다가가지는 않으니, 이는 향에게서 흘러나오는 흉괴한 빛 때문임이 분명하였다.

"황후 폐하께옵서 이리 기침하여 계신데도 불구하고 이것이 제게

거짓을 고하지 무업니까. 하면 저를 업신겼다는 말이요, 이것은 저뿐
아니라 태자 전하까지도 싸잡아 욕되게 하는 것이니, 어찌 가만두어
넘길 수 있겠나이까?"

황후는 입술을 까득 깨물었다. 향을 마주하고 싶지 않아, 여까지
찾아온 향을 그대로 돌려보낸다면 그네의 자존심에 금이 갈 것이라
생각되어 신 상궁과 말을 맞춘 것이었다. 혹여 화가 나 패악을 부린다
하여도 본디 하였던 것처럼 신 상궁을 쥐어 팰 줄 알았지, 이리 약은
수를 쓸지는 몰랐다.

벌을 이용해 범을 부른다. 향은 순간의 기지를 이용해 꾀를 부린
것이리라. 황후는 노기로 인해 바들바들 떨리는 몸을 간신히 가누고
목청을 틔웠다.

"……무엇을 바라는 겁니까."

"바라다니요. 존엄하신 황후 폐하께 감히 저따위가 바라는 것이 있
기야 하겠나이까?"

"비!"

향은 황후에게 가까이 다가가 그네의 손을 덥석 잡았다. 손질을 하
지 않아 날이 선 손톱 때문에 황후의 손등이 긁힌 것은 당연한 일이
었다. 손에 더욱 힘을 준다.

"어쭙잖은 수로 저를 억누를 생각은 하지 마시라는 겁니다. 이깟 얄
팍한 수에 쉬이 넘어가진 않을 테니까요."

탁, 손을 내친다. 반동으로 휘청거리는 황후를 두고 향은 몸을 돌
렸다.

"그리 알고, 물러나 보겠나이다. 부디 평안하시옵소서."

※

"전하."

태위는 눈을 가늘게 뜨며 진원의 옆모습을 바라보았다. 말이 들리지 않는지, 허공을 바라보며 넋을 놓고 있는 모습이 꽤나 마뜩찮다.

"전하."

재차 진원을 불렀지만 돌아오는 것은 휘이잉 바람 소리뿐. 태위는 한숨을 뱉으며 원의 술잔을 탁 내려놓았다.

"아아, 미안하오. 내 잠시 생각을 하느라……."

원은 그에 화들짝 정신을 차리고 다시금 태위를 향해 시선을 돌렸다. 그에 더욱 눈을 가늘게 뜨는 태위였지만, 이내 인자한 미소를 머금으며 원의 잔에 술을 따라주었다.

"아닙니다. 곤하실 테지요. 소인은 괜찮습니다."

"하하, 마시지요."

잔을 들고 벌컥 술을 털어내는 그들. 노곤했던 탓일까. 몇 잔 마시지도 않았지만 슬슬 취기가 올라오는 것이 느껴졌다.

"어찌, 지난밤은 평안하셨나이까, 전하."

지난밤. 원은 순간 숨을 멈추고 태위를 바라보았다. 지난밤에는 제 딸을 찾아갔느냐 묻는 것일 테지. 속이 훤히 보이는 말에 원은 잠시 미간을 찌푸렸지만,

"밀린 집무 때문에 평안하지는 아니하였지요. 어찌, 태위께서는 평안하셨습니까."

다시금 미소를 지으며 태위의 잔에 술을 따라준다.

"좌첨의중찬 대감과 판중추원사 대감을 만났습니다."

그들이라 하면 황제 폐하의 수족으로, 고위급 관직에 있는 이들이라. 아니, 정확하게 말하자면 황후 폐하의 수족. 그들은 분명 정현의

뒤에서 그를 비호하고 있었을 텐데……. 원은 적잖이 놀랐지만, 그를 애써 티 내지 않으며 고개를 까딱였다.

"오호라, 태위께서 패를 보내신 겁니까?"

"아닙니다. 그들이 먼저 찾아와 청을 하였습니다."

"청을?"

"태자 전하와 힘을 합하고 싶다 하였습니다."

침묵, 후에.

"하, 하하……."

허탈한 웃음소리. 원은 한 손으로 얼굴을 가리며 입을 크게 찢어 올렸다.

"하, 하하! 참으로 재미있습니다. 참으로요! 하하!"

탁자를 쾅쾅 내려치며 배를 잡고 웃는다. 담겨 있던 술이 출렁여 잔 바깥으로 흘러나온다. 훅 올라오는 술 내음. 그러나 원은 개의치 않다는 듯 비죽이 웃으며,

"그들은 분명 정현의 팔이 되었던 빌어먹을 자식들이라 기억을 하 는데, 아닙니까?"

"전하의 말씀이 맞습니다."

"더욱 재미있어지는군요. 하하!"

더욱더 배를 잡고 웃는다. 하하, 하하하, 하하……. 웃음이 차차 가 라앉을 때 즈음.

"다 태위의 덕이지요. 아무것도 하지 않았는데, 절로 사람들이 모 이는 호사라! 하하. 참으로……."

쨍그랑!

원은 탁자 위에 있던 잔과 병을 팔로 쓸어내며 얼굴을 굳혔다. 그것 들은 그대로 벽에 부딪쳐 산산조각이 났으니. 원은 눈과 눈썹을 치켜

뜨며 왼손에 턱을 괴었다.

"우습지요."

언제 웃음을 내뱉었냐는 듯 순식간에 가라앉은 저 얼굴이 참으로 무섭다. 싸늘하게 굳은 얼굴에서 흘러나오는 것은 굳건한 결의, 그리고 적지 않은 노기. 이를 모를 리 없는 태위의 얼굴이 빳빳하게 식어 들어갔다.

"정현과 황후 폐하의 옆에 붙어 간신을 자처했던 이들 중에서, 살아남을 수 있는 사람은 그 아무도 없다는 것을 왜 모를까요. 하하, 우습지 않습니까?"

"……맞는 말씀이십니다."

"이를 정현이 알게 되면 어떨까……. 길길이 날뛰겠지요. 하하, 그 모습을 빨리 봐야 할 텐데 말입니다."

태위는 대답하지 않았다. 그저 원을 힐끗 올려다보며 꼬리를 내릴 뿐.

원의 얼굴에 정현의 얼굴이 중첩되어 지나갔다. 피는 속일 수 없는 것인가. 태위는 요동치는 마음을 애써 갈무리하며 시선을 정돈했다.

"그건 그렇고, 먼젓번 태위 댁의 시종은 어찌 되었습니까?"

궁인이 재차 내온 술잔에 술을 따르며 원이 말했다.

"금모충병에 걸린 시종을 말씀하시는 것이지요."

금모충. 그 털에 찔리면 온몸에 반점이 생겨 몇 날 며칠을 앓는다는 독충. 본디 적나라에는 살지 않는 벌레였지만, 호나라에서 몰래 가져와 궐에 뿌린 것이, 진원이었다.

"맞습니다. 바로 그 시종이요."

그리고 그 독을 시험하고자 수하에 있는 시종을 찔리게 만든 것은 태위였고.

태위는 부드러운 미소를 흘렸다. 그래, 진원을 믿어야 한다. 진원은 본디 총명하여 똑똑한 이니 실패는 없을 것이다. 그리 생각한 태위는 원이 넘겨준 술을 다시금 털어 넣으며 입을 열었다.

"의원의 말로는 오늘내일한다 합니다. 반점만 오르는 것이 아니라 신열까지 펄펄 끓는다 하니…… 꽤나 골치 아픈 병임은 확실합니다."

"그것참 듣던 중 반가운 소리입니다."

원은 빙그레 웃음을 지었다. 태위의 말은 금모충의 독이 만만찮다는 뜻이었으니, 이제 이를 사용할 때가 왔다는 것이다.

"시작을 끊어야겠지요."

정현. 너는 아무리 뛰어도 날고 있는 내 아래에 있거늘. 내 비록 시발점에 발을 디뎠다 해도, 종착에 도착하는 것은 내가 아닐 것이다. 너의 그 오만함이, 너의 그 탐욕이 결국 화를 부를 것이니.

어디, 내가 만든 판에서 뛰어 놀아볼 것이냐.

"우리의 성대한 앞날을, 위하여."

"성은이 망극하옵나이다."

원은 잔을 들어 올렸다. 순식간에 그를 삼켜낸 후, 쓴맛에 인상을 찌푸리고 있는 태위를 곁눈질로 바라보았다.

태위. 정현의 다음 주자. 이미 판 위에서 뛰노는 어리석은 말.

원은 설핏하게 실소를 내지었다. 그래. 모든 일은 계획대로 진행되고 있었다. 이대로만 간다면, 올해가 가기 전에 황제 자리를……!

'향?'

원은 끊임없던 상념을 멈추고 황급히 창밖을 내다보았다. 제 코를 감싸 안아 날카롭게 찌르는 이 향은…….

"마마! 왜 그리 바쁘게 가시는 겁니까!"

계획과는 맞지 않는, 예상과는 절대 맞지 않는. 단향이었다.

✳

　　길을 거니는 도겸의 발걸음은 매우 가볍다. 엇저녁은 그간 쌓여 있
던 일들을 모두 끝냈을 뿐더러, 오늘은 몸이 좋지 않은 낭관들이 골
골대는 틈을 타 비서감에서 빠져나올 수 있었기 때문이다.

　　발이 가볍다. 날아갈 지경이야. 사람이 어찌 일만 하고 사누? 그리
생각한 도겸이 거의 뜀박질로 길을 거닐 때.

　　저 멀리 익숙한 인영 하나가 보였다. 눈을 가늘게 뜨고 초점을 맞추
니, 단향이 아닌가. 도겸은 빙그레 웃으며 더욱 발을 빨리해 걸었다.
어쩐지 걸음이 더욱 가벼워진 듯싶다.

　　향에게 가까이 다가간 그는 크흠, 헛기침을 내뱉으며 향의 어깨에
손을 얹었다.

　　"무얼 하고 계십니까, 마마?"

　　"악!"

　　깜짝 놀란 듯 기겁하며 소스라치는 향. 휙 몸을 돌려 도겸을 쏘아
보는 그 눈빛이 곱지만은 않다.

　　"왜 이리 시도 때도 없이 나타나는 게야! 멀리서부터 불러주면 좀
좋지 않아!"

　　"왜, 왜 화를 내십니까? 간이 콩알만 한 것이 누군데?"

　　"도겸!"

　　"예, 예, 제가 잘못했지요. 예. 죽을죄를 지었나이다, 예."

　　도겸은 킥킥 올라오는 웃음을 참으며 사뭇 진중하게 답했다.

　　"화나셨습니까?"

　　"절대. 내가 이런 작은 일로 화를 낼 것처럼 보이는가?"

"그러하다면 화를 내실 겁니까?"

"도겸!"

향은 입술을 꾹 깨물며 눈을 찡그렸다. 그에 꺽꺽 웃음을 뱉는 도겸. 하하……. 웃음을 차차 멈추며 비죽 입을 내밀고 인상을 찌푸리고 있는 향을 바라본다. 붉어진 얼굴이 꽤나 귀엽다. 더 이상 놀리면 아니 되겠지. 그리 생각하며 향의 옆에 나란히 서 길을 함께 걷는다.

"여서 무얼 하고 계셨습니까?"

"황후 폐하를 뵙고 왔지. 돌아가는 길일세."

"황후 폐하와 무얼 하고 오셨습니까? 장기라도 두며 인생 이야기를 나누셨……."

"무엇이 그리 궁금한 게야."

향은 눈을 가늘게 뜨며 말했다. 황후와 있었던 일 때문에 가뜩이나 마음이 편치 않은데, 급작스레 나타난 도겸이 모든 것을 흩뜨리려 하고 있었다. 향은 눈꼬리를 치켜 올리며 도겸을 쏘아봤지만, 그는 개의치 않는다는 듯 어깨를 으쓱이며 향에게 더욱 몸을 붙일 뿐이었다.

"마마의 모든 것이요."

하, 이제는 화도 나지 않는다. 어처구니가 없을 뿐이야. 향은 고개를 절레절레 흔들며 한숨을 내쉬었다.

"……되었네. 말을 말지."

"말은 해주시면 아니 됩니까?"

"아니 된다면?"

"말할 때까지 말을 걸어야지요. 날이 좋지 않습니까? 이런 날엔 나들이라도…… 마마!"

그런 도겸을 무시하며 바삐 걸음을 하는 향. 도겸은 다리를 절뚝거리며 그런 향의 뒤를 열심히 쫓는다.

"마마! 왜 그리 바쁘게 가시는 겁니까!"

아차, 향은 도겸의 다리를 떠올림과 동시에 몸을 우뚝 세웠다. 내 생각이 짧았구나. 도겸이 오기까지 가만히 기다린다.

"헥, 헥…… 무슨 걸음이 그리 빠르십니까, 섭섭하게."

"그 주둥이만 없었다면 아주 느릿하게 걸었을 텐데 말이야."

"너무하십니다. 이 입이 살아야 제가 사는 것인데."

향은 자신이 졌다는 듯 픽 실소를 뱉었다. 정신을 차리고 주위를 둘러본다.

동주궁. 원이 있는 곳. 원, 진원…….

향은 순간적으로 밀려온 기억의 파편에 저도 모르게 어깨를 감싸 안았다.

"기분이 좋지 않아 보이십니다. 무슨 일이 있으셨습니까?"

급작스레 가라앉은 공기를 느꼈는지, 도겸의 목소리가 다소 낮아졌다.

"내 적에 온 후로, 일이 없던 날은 단 하루도 없었네만."

"그건 마마께서 자초한 것이……. 예, 죄송합니다."

도겸은 뒷머리를 긁적이며 향과 마주섰다.

"자, 앉으시고."

어깨를 부여잡고 놓여 있던 널찍한 의자에 향을 앉힌다.

"말씀해 보시지요, 무슨 일이 있었는지."

빙그레 웃음을 짓는 그. 그에 향이 혀를 내두르는 것은 당연한 일이렷다.

"그대는 정말 어쩔 수 없어."

"그런 말 좋아하시는 건 또 어찌 아시고. 하하."

며칠 전, 자신을 찾아왔을 적 애잔함이 뚝뚝 떨어졌던 그 모습은 어디로 갔는지. 평소와 다름없이 장난기가 그득한 도겸의 얼굴에 마음이 평안해졌다. 왜인지 모르게 왈칵 눈물이 날 것만 같다. 꾹꾹 참아놓았던 것이 이제야 터지는 모양이야.

이런 향의 마음을 알았던 것일까. 도겸은 향의 옆에 조심스레 앉아 다소 떨리는 목소리로 말을 이었다.

"말씀해 보시지요."

향은 두 눈을 질끈 내리감았다. 훅 밀려온 익숙한 체취에 정신이 아찔하다. 코를 찌르는 낯익은 향. 이는 분명 동주궁에서 흘러나온 것이리라.

나는, 나는…… 내 하고 싶은 말은…….

"나는 마음을 이미 돌렸다네. 전하에 대한 연정을 고이 접어 마음 깊은 곳에 꾹꾹 내려놓았어. 다시는 꺼내 들 생각이 없단 말이야. 한데, 한데……."

눈물이 묻어 있던 진원의 얼굴이 떠오른다. 애달픔이 뚝뚝 떨어지던 그의 모습이 떠오른다. 까막새 울음소리가 구슬프고 서글프게 들릴 만큼, 서늘하고 어둡기만 하였던 원이…….

"자꾸만 전하께옵서 찾아온다. 자꾸만 전하께옵서 내 마음을 휘젓는다. 자꾸만 전하께옵서……."

그 슬픔 그득한 목소리로,

"나를 은애한다 말을 하신다……."

내게 용서를 구했다. 용서를 구하여 본디 자신을 사랑해 달라 하더라. 하나, 하나 나는…….

"내가 어찌하면 좋겠느냐. 내가 어찌하면 좋겠어."

하나 나는 그리 할 수 없거늘……. 그리 하지 못하겠거늘……. 내 정히 전하를 연모하는 마음은 변치 않았으나, 나는 두렵거늘. 두려워

감히 드러내지 못하겠거늘.

향의 고개가 힘없이 떨어졌다. 적지 않은 떨림이 밀려와 도겸에게까지 닿는다. 침묵. 도겸은 애써 시선을 돌리며 흙바닥, 엉그름을 바라보았다.

"무엇이 두려우신 겁니까."

갈기갈기 금이 터져 있는 바닥. 그것이 마치 자신의 마음과도 같아 보여 도겸은 실소를 아니 지을 수 없었다.

"상처 받을 것이 두려우십니까. 다시 아플까 두려우십니까."

향은 대답하지 않았다. 도겸의 말이 맞는다는 것일 테지. 그 역시 말을 잇지 않았다. 무슨 말을 해야…… 내 마음이, 그리고 향의 마음이 정돈이 될까. 눈을 질끈 내리감는다. 묵언. 그 짧은 시각 후에.

"마마."

어쩐지 눈물이 묻어 있는 목소리였다. 아주 깊고, 무겁고, 어두운 감정이 담겨 있는 짤막한 말.

도겸은 고개를 돌려 다시금 향을 바라보았다. 그가 보고 있는 것은 현재의 향이었으나 그의 눈에 담겨 있는 것은 칠 년 전, 분홍빛을 머금고 있던 어린 향이었다.

이것을 고하면 마음이 편해질까. 내 진정 마마를 연모하여 애정한다는 것을 고하면 마마께옵서도 내게 더 기댈 수 있지 않을까. 이것은 내 욕심일까.

그렇게 도겸이 잠시 머뭇거리고 있을 때.

"단향."

단향이 그토록 그리고 그렸던, 그러나 이제는 그릴 수 없는 진원의 목소리가 들려왔다.

메마른 듯 쩍쩍 갈라진 목소리. 도겸은 아주 느릿하게 고개를 돌려 진원을 바라보았다.

붉으락푸르락 달아올라 있는 그의 얼굴. 그에 도겸은 들리지 않는 허탈한 숨을 뱉으며, 억지로 입가에 미소를 걸어 올렸다.

"저는 보이지 않으십니까, 전하?"

"아, 그대도 있었나."

"처음부터 있었습니다. 여긴 어쩐 일이십니까? 그간 눈코 뜰 새 없이 바쁘신 줄 알고 있었습니다."

"그건……."

원은 자신을 바라보기는커녕, 초점 없는 눈으로 허공을 훑고 있는 향을 응시하였다. 재차 향의 이름을 부르고자 목청을 틔웠지만,

"그리고, 돌아가 다신 저를 찾지 말아주십시오."

지난밤 향의 단호했던 말길이 떠올라서, 향의 차갑고도 축축했던 그 말길이 떠올라서, 세상 모든 아픔을 끌어안고 있는 것 같이 애처로웠던 향의 그 모습이 떠올라서…… 차마 말을 건넬 수 없었다. 차마 다가가 손을 부여잡을 수는 없었다.

"바람이라도 쐬러 나왔지. 좋은 날이 아니던가. 그대는 여기엔 어쩐 일인가?"

"저야 뭐…… 비마마의 발을 따라왔지요. 마마께서 자꾸 도망을 치시는 바람에 말입니다."

도망? 원은 왼쪽 눈썹을 까딱였다.

"그렇지요, 마마?"

도겸은 빙그레 웃음을 머금으며 향을 바라보았다. 그 모습이 마치, 마치 진원을 골리는 것처럼 보여 원은 저도 모르게 미간을 찌푸릴 수

밖에 없었다.

"……도망이라니. 말은 바로 해야지."

"어이고, 저를 따돌리려 걸음을 재촉하신 것이 누구인데요?"

"애초에 쫓아오지 않았으면……. 말을 말지, 말을."

향은 진원의 날카로운 시선을 느끼며 입을 다물었다. 그러나 도겸은 하하, 크게 웃음을 내뱉는다.

참으로 얄미운 모습. 때문에 그들을 바라보는 진원의 눈에는 적잖은 노기가 묻어 있었으니. 어슴푸레하여 컴컴한 빛이 그의 얼굴에 스며들었다. 후, 짤막한 숨을 내쉬며 한 손으로 얼굴을 쓸어내린다.

"시간이 늦었네. 이만하고 처소로 들어가지 그러나?"

진원의 말에 도겸은 의아한 표정을 지으며, 맑고도 청명하여 하얀 하늘을 바라본다.

"늦긴요, 무슨. 아직 날이 쩅쩅한데."

그에 멋쩍은 듯 크흠 헛기침을 내뱉는 원. 곁눈질로 향을 바라본다. 여전히 자신을 바라보고 있지 않는 향을 주시한다.

그리고 도겸은, 그런 원을 응시한다. 저 자신조차 알지 못하는 감정이란 늪에 빠져 허우적거리고 있는 진원을 주시한다.

'왜 이제야…….'

도겸은 원에게는 차마 들리지 않는 작은 목소리로 중얼거렸다.

사계절이 변하는 것처럼 사람의 마음 역시 변하는 것이거늘. 따뜻한 봄이 언제 냉랭한 겨울이 될지 모르는 터. 때문에 내가 그간 말리고 말려왔거늘……. 왜 이제 와 후회를 하는 것이냐.

도겸은 설핏한 실소를 입에 걸어 올렸다. 내 단향에게 이 마음을 본래대로 고하여 볼까, 연모한다 말을 하여 단향의 마음 한구석에 기어들어 가볼까 생각을 하였다만.

'친우를 힘들게 할 수는 없는 노릇이 아니더냐.'

피식, 도겸은 숨 트는 소리를 내며 고개를 가로저었다. 골리는 것도 재미가 있었으나, 더 말을 끌 수는 없었다. 애써 입꼬리를 올린다. 애써 눈을 동그랗게 말며 목소리를 한층 더 높인다.

"저는 이만 돌아가야겠습니다. 일이 한두 개가 쌓여 있는 것이 아니라서요. 그럼, 추후에 찾아뵙겠습니다."

도겸은 고개를 살짝 끄덕인 후, 여전히 향을 주시하는 원과 흙바닥을 응시하는 단향을 번갈아 쳐다보았다. 어쩐지, 눈물이 날 것만 같다.

그는 그리 생각하며 떨어지지 않는 발을 비틀었다. 그 자리에 그대로 서 있는 그들을 뒤로하고, 그 자리에 오롯이 마음만을 남긴 채.

하늘은 쾌청하여 맑다. 청명한 바람이 불어와 진푸른 나뭇잎을 우수수 흔들리게 만든다.

그러나 왜인지, 비가 올 것만 같다. 하늘이 아니라, 나의 마음에서.

원은 단향에게 한 걸음 가까이 다가갔다. 도겸이 떠난 직후 한층 더 황량해진 대기가 가깝게 와 닿았다.

"비."

낡고 낡아 바스라질 것 같은 목소리. 그러나 향은 대답하지 않는다.

"……비."

힐끗 눈길만을 돌릴 뿐, 조가비처럼 꾹 다문 입술을 열지 않는다.

"함께 돌아가자꾸나. 내 네게 전할 말이 있느니."

"저는 전하께 드릴 말이 없나이다."

"내가 할 말이 있다."

"저는."

쩍쩍 갈라진 마음처럼 쩍쩍 갈라진 입술을 반쯤 연다.

"드릴 말씀이 없나이다."

향은 다시금 눈길을 거두어냈다. 신물이 올라오는 목구멍을 겨우 꾹꾹 눌러 내린다. 자신도 모르게 바르르 떨리는 손을 맞잡으며 긴 숨을 내쉰다.

"이만 돌아가겠습니다."

"단향."

몸을 트는 향의 팔을 부여잡는 원. 그의 손끝에서부터 밀려오는 떨림에 향은 저 역시 눈가를 파르르 떨 수밖에 없었다.

"피하지 마라."

향의 몸을 돌린다. 양어깨를 부여잡아 눈을 마주한다.

"말씀드리지 않았습니까? 저는 전하께."

"내가 할 말이 있단 말이다! 내가 네게 하고 싶은 말이 있어! 왜, 왜 너는……."

원의 붉은 눈동자가 더욱 짙어진다. 시커멓게 보일 정도로 컴컴해진 눈에, 그리고 그 몸짓에 향은 고개를 떨어뜨릴 수밖에 없었다.

"도망치지 마라."

부디, 도망치지 말아다오. 나를 잊지 말아다오. 나를 지우려 하지 말아다오.

원은 끊임없는 말을 입술에 되뇌며 거친 숨을 토해냈다. 향의 어깨를 잡은 두 손에 힘이 더욱 들어간다. 혹여 사라질까, 혹여 없어질까 두려운 몸짓이다.

"……무슨 말씀을 하시고 싶으신 겁니까."

"연모한다."

갈대밭에서 불어온 바람인 듯 서늘하고 건조한 바람이 그들 사이를 스쳐 지나갔다.

"주체할 수 없을 만큼, 너를 정히 연모한다."

원은 마치…… 한 줄기 갈대처럼, 바람에 흔들리는 느낌이었다. 흔들리고 흔들려 결국 바닥에 쓰러지게 되는, 그런 갈대처럼.

"네가 다칠 줄 알았다. 네게 피해가 갈 것이 뻔히 보이는데 내 어찌, 어찌 너를 사랑한다 함부로 말을 할 수 있었겠느냐. 응? 내 마음을, 이런 내 마음을 부디 헤아려 다오……."

향은 두 눈을 질끈 내리감았다. 거친 숨을 토해내며 안온했던 공기를 흔들리게 만든다.

"소첩은. 전하께 소첩을 비호해 달라 청한 적 없습니다."

그것을 모르는 것이 아니다. 진원이 정히 나를 보호하려, 나를 내치려 했던 것을 모르는 것이 아니다. 그러나 알고 있음에도, 정녕 알고 있음에도…….

"소첩이 전하께 청하였던 것은."

단지 바랐던 것뿐이다. 진원의 옆에 있기를 바랐던 것뿐이다. 그 어떤 일을 겪는다 할지라도.

"소첩을 안아달라는, 오직 그 말뿐이었습니다."

"……너를 지키려 했다."

"그것은 소첩의 뜻이 아니었지요."

나는, 단지 옆에 있고 싶었을 뿐이다.

향은 고개를 쳐들고 원과 눈을 마주했다. 굽이치는 감정의 소용돌이가 그득 담겨 있는 그 눈동자를 응시한다.

"전하는 모르실 겁니다. 전하께서 미루어 생각한 그 행동 때문에 제가 얼마나 큰 상처를 받았는지. 제가 얼마나 큰 아픔을 겪었는지. 전하는 결코 모르실 겁니다."

바스러져 사라져도 옆에 있기만을 바랐던 그 마음을, 한 줌 재가 되어 하늘에 흩뿌려진다 할지라도 오롯한 사랑만을 바랐던 그 마음을……

"때문에, 저는."

원은 결코 모를 테지. 알 수 없을 테지. 그렇기에 나는…….

"전하를 연모할 수 없습니다."

이제는 돌아가지 않겠다. 더 이상 연정이라는 감정에 휩싸여 내 본래의 목적을 잊지 않을 게야.

향의 눈에 번뜩 독기가 서린다. 분명 제 어미를 생각하고 있는 것이리라. 호에 있을 중전과 혜령을 생각하고 있는 것이리라.

그러나 원은 이런 향의 마음을 아는지 모르는지.

"내가 어떻게 해야 네 마음이 돌려지겠느냐. 내가 어떻게 해야."

"전하께서."

절절하여 애달픈 말을 내뱉었지만, 돌아오는 것이라곤.

"하실 일은 없습니다. 하실 수 있는 일은 없습니다."

사무치도록 냉정한 말길 뿐. 원은 정신이 아찔해지는 것을 느끼며 입술을 바득 깨물었다. 향의 어깨를 잡은 손에 점점 힘이 풀린다.

"아니, 그리할 수는 없다. 너를 이대로 보낼 수 없어. 내 할 수 있는 것이라면 무엇이든 하겠느니."

"……무엇이든 해주신다 하셨습니까."

"그래. 너를 위해서라면, 무엇이든 해줄 수 있다. 그러니 향아, 내 말을……."

"양제를 내쳐주십시오."

너무도 단호하여 메마른 말.

양제를 내친다. 원은 두 눈을 휘둥그레 뜨며 향을 바라본다. 그러나 향의 눈동자는 흔들림이 없다. 오직 담겨 있는 것은 독기, 그것뿐.

"양제를 내쳐주신다면, 전하께 돌아가겠습니다."

원은 대답하지 않는다. 핏방울이 설기설기 맺혀 있는 그 입술은 열릴 생각을 하지 않는다. 원의 흔들리는 눈동자만이, 굽이굽이 처 거뭇해진 눈동자만이, 그것이 정녕 진심으로 하는 말이냐 물을 뿐.

"……그럴 일은 없을 테지요."

예상과는 다르길 바랐건만. 제 짐작과 너무도 들어맞는 원의 반응에 향은 허탈한 실소를 내뱉으며 몸을 돌렸다.

천천히 떨어지는 원의 손. 그와 동시에 향의 마음 역시 천천히 떨어진다. 나락으로. 끝이 없는 곳으로.

"그렇기에 저는 전하께 돌아갈 수 없습니다."

양제를 연모하여 그네를 내칠 수 없을 테니. 나를…… 연정한다는 그 마음이 거짓일 테니. 한순간의 치기일 뿐이니.

향은 아주 느릿하게 발을 내디뎠다. 그러나 향을 붙잡는 손은 없다. 향을 붙잡는 말길 또한 없다.

향은 떨어진 마음을 억지로 추스르며, 억지로 갈무리하며…… 그렇게 눈물이 배어 있는 걸음걸음을 걸었다.

❄

"크흠."

태위는 부러 헛기침을 내뱉으며 동주궁의 긴 복도를 걸었다. 저마다 목을 굽혀 예를 갖추는 궁인들을 바라보며 기분 좋은 미소를 내짓는다. 허리춤에 힘을 주고 목을 바로 해 위풍당당한 걸음을 걷는다.

삼공 중 하나. 국가의 최고직. 비록 황후의 눈 밖에 나, 그리고 정현과의 불미스러운 일 때문에 칩거 생활을 오래 하였다곤 하나 그 위세는 변함이 없을 터.

그러나 이치원은 태위직에 만족할 이가 아니었다.

녹상서사(錄尙書事). 그것이 자신이 바라는 것. 무슨 수를 써서든 진원을 황제로 추대하고, 제 딸인 한울을 황후 자리에 앉혀 지금보다 더 큰 권력을 탐하는 것.

정현을 향해 이를 갈고 있는 진원을 모두 믿을 수는 없으나, 진원이 한울을 연모한다는 사실만큼은 변함없을 테니. 연모하는 여인의 아비에게 해를 끼치지는 않을 터였다. 그리 생각했기에 태위는 온 힘을 다해 진원의 뒤를 봐주고 있는 것이리라.

끼이익.

문이 열림과 동시에 환한 빛이 쏟아 내려져 왔다. 태위는 눈을 찡그리며 손가리개를 만들었다. 그렇게 바깥으로 천천히 발을 내디딜 때.

"태자?"

밝은 빛이 거둬짐과 동시에 시야가 흐려졌다. 흐릿한 시야를 맞추고자 눈을 끔뻑이며 멀지 않은 곳에 있는 진원을 바라보았다.

진원은 허공을 바라보며 손을 뻗어 올리기도, 다시 손을 내려 그 손에 얼굴을 묻기도, 뒷걸음질을 치기도, 다시 앞으로 걸어가 손을 뻗기도 하며 무엇인가를 간절히 울부짖고 있는 듯 보였다.

'무슨 연유로······?'

태위는 한 시 전, 진원이 갑작스레 자리를 일어날 때를 떠올렸다. 급한 일이 있어 일어나야 한다는 진원의 말. 그의 얼굴엔 상당한 조급함이 묻어 있었고, 말길엔 불안함이 담겨 있었기에, 태위는 군말 없이 그를 보낸 것이었는데.

"비······?"

시야가 온전히 또렷해진다. 그리고 보이는 것은, 역시 멀지 않은 곳에서 터덜터덜 걸음을 하고 있는…… 태자비, 단향 옹주.

태위는 단향과 진원을 번갈아 바라본다. 진원의 시선의 끝은 단향이라, 단향의 시선의 끝은 허공이라.

"쿨럭, 쿨럭……."

태위는 탁 막힌 가슴팍을 탁탁 내려치며 마른기침을 수차례 쏟아냈다. 무언가 좋지 않은 예감이 들었다. 불안한 느낌. 온몸을 타고 흐르는 끈적한 전율에 마음이 꿉꿉해져 왔다.

'설마…….'

아니, 아닐 테지. 아닐 테다. 진원은 분명 한울을 연모한다, 애정한다 하지 않았느냐. 그 행동이, 그 말씨가 거짓은 아닐 테다.

태위는 그리 스스로를 다독이며 재차 마른기침을 내뱉었다.

'그러나 만약, 만약 내가 생각하는 것이 맞는다면…….'

아주 희박한 가능성이라도, 훗일을 위한다면 씨를 없애는 것이 옳을 터.

또한 이것뿐 아니라, 태위는 단향에게 빚을 진 것이 있었으니……. 그는 제 딸이 몇 날 며칠 골병이 들어 쓰러져 있던 때를 떠올리며 주먹을 세게 바르쥐었다.

'단향. 이 빌어먹을 계집.'

태위는 진원에게 던졌던 시선을 돌려 단향의 등 뒤를 뚫어져라 노려보았다. 빚을 갚아야 할 터. 행은 빠를수록 좋은 법.

태위는 해참한 비소를 걸어 올렸다. 그리고 입꼬리를 찢는다. 아주 괴괴할 정도로.

5장.
바람 내음을 품은 난(亂)

"꺄아악!"

이른 새벽, 곤녕궁. 때 아닌 비명 소리가 울려 퍼졌다.

소리의 근원은 신 상궁. 그녜는 경악에 물든 얼굴로 황후의 방을 들여다보았는데, 그 안에는 독 털로 뒤덮인 금모충 수십 마리가 바닥을 기어 다니고 있었다. 역한 냄새에 신 상궁은 코를 틀어막았다. 그리고 이부자리 위에 널브러져 있는 황후를 향해 목청을 틔운다.

"마, 마마! 일어나시옵소서! 마마!"

그러나 황후는 대답이 없다. 아주 약한 숨과 신음을 흘리며 어깨를 달싹일 뿐. 신 상궁은 기겁하여 더욱 크게 울부짖었지만, 차마 방 안으로 들어가진 못하였다. 엄지손가락만 한 애벌레들이 방 안을 빼곡하게 메우고 있었기 때문이다. 그때 신 상궁의 비명 소리에 삼삼오오 궁인들이 모이기 시작하였다.

"이, 이것이 무엇입니까?"

"뭐, 뭣들 하고 있는 게야! 태, 태의를 불러 오거라, 당장!"

신 상궁은 제 옆에 붙어 있는 궁인의 등을 떠밀며 소리쳤다. 그리고 다시금 황후에게 눈을 돌린다. 검은 반점이 황후의 손과 목, 얼굴에 퍼져 있었다. 이게 대체 무슨⋯⋯!

신 상궁의 뇌리에 불현듯 단향이 스쳐 지나갔다. 황후를 향했던 단향의 분노 어린 눈동자가 떠올랐다. 태자비, 이 요망한 계집!

"당장, 당장 감찰상궁을 불러 오거라!"

❋

"무슨 일이냐."

단향의 싸늘하고 차가운 목소리가 들려왔다. 그러나 그에 쉬이 물러설 이들이 아니었으니.

감찰상궁. 호환 마마보다 두렵다는 존재. 그들은 눈을 부릅 올려 뜨며 향을 노려본다.

"비마마, 심문을 위하여 함께 가주셔야겠습니다."

"심문이라?"

향은 이해되지 않는다는 듯 고개를 까딱 세우며 그들을 바라보았다.

"황후 폐하께서 변고를 당하셨나이다."

"변고를 당하셨다⋯⋯. 하면 내가 황후 폐하께 해를 끼친 것이라 생각하여 찾아온 것이더냐?"

첨예한 가시가 돋친 말. 그러나 개의치 않다는 듯, 그들 중 한 명이 앞서 나와 고개를 더욱 빳빳하게 세웠다.

"뭣들 하느냐. 마마를 뫼시거라."

그에 두 명의 상궁이 향의 양팔을 붙들고 앉아 있는 향을 일으키려 힘을 준다. 그러나 향의 몸은 움직이지 않았다. 저 역시 힘을 주어 어깨를 내릴 뿐. 굳건하게 앉아 여전히 턱 끝을 들고 상궁을 노려본다.

"그대들."

탁, 상궁의 손을 내친다. 꼿꼿하게 세워진 등은 굽혀질 생각을 하지 않는다.

"정녕 미친 게로구나."

배죽 비소를 짓는다. 한쪽으로 틀어 올린 입꼬리에서 지독하여 고약한 향이 흘러나오기 시작했다.

꿀꺽. 흉흉한 살기에 침을 모아 삼키는 그들.

"증빙할 수 있는 것이 있느냐? 내가 마마께 해를 끼쳤다는 증거가 있느냐?"

그에 대한 대답은 없다. 증거 또한 없다. 본디 황후에게 악을 품고 있는 이는 단향밖에 없을 것이라는 신 상궁의 말에 단걸음에 달려온 것일 뿐.

어쩐지 식은땀이 배어 나왔다. 처음 마주하는 형형하여 매서운 기운. 이는 황후를 독대하였을 때에도 느껴본 적이 없는 것이었다.

"황후 폐하께서 쓰러지셨다면, 내명부를 총괄하여 죄인을 가려내는 책임은 내게 있을 터. 단순히 추측만으로 나를 끌고 가려 한다? 하, 정녕 미친 게지. 미친 게야."

"하오나 마마, 신 상궁이."

"신 상궁이 나보다 높은 자리에 있는 이더냐!"

향의 외침은 쩌렁쩌렁하게 울려 퍼져 그들의 귀를 거칠게 강타했다.

향의 말은 구구절절 맞는 것이었다. 내명부의 규율을 어긴 것은 향이 아니라 자신들이었으니. 그간 태자비를 아니꼽게 생각하고 있던 것이 여과 없이 드러난 것이리라. 이는 당장에 끌려가 고초를 맞는다 하여도 당연한 일이었다.

"내가 누구더냐."

"마마."

"답하여라. 내가 누구더냐."

"……황태자비마마이십니다."

"그렇지. 나는 적, 황태자의 하나뿐인 비(妃)지."

향은 더욱더 괴괴하게 입꼬리를 찢어 올렸다. 그 얼굴에 담겨 있는 것은 분노일까? 아니, 때 아닌 기회를 맞닥뜨리게 된 데에서 비롯된 기쁨. 그 감정이 향의 얼굴에 오롯이 드러나 있었다.

"아직도 나를 끌고 갈 생각이더냐?"

"……송구하옵니다."

황후가 변을 당하였다는 것은 중요치 않다. 오직 중대한 것은 이 사태를 이용해 내 위치를 얼마나 견고히 만들 수 있느냐 하는 것뿐.

"잘 들어라. 내가 훗날 황후가 될 적, 네년들을 통솔하는 수장이 될 적."

향은 눈을 아래로 내리깔고 있는 궁인들의 얼굴을 하나씩 훑으며 낮은 목소리로 읊조렸다.

"네년들의 목을 두 번째로 칠 것이다."

※

"이게 대체 어찌된 일이냐!"

쾅. 황제는 옥좌를 내려치며 분에 그득 찬 외침을 내질렀다. 그에 머리를 조아리는 것은 모든 관료들이라. 저들 역시 예상치 못한 황후의 변고에 만만찮게 당황을 하고 있었던 것이다.

"대체 경계를 어찌하였기에 황후의 방에 자객이 침입할 수 있었던 게더냐! 입이 있으면 말을 하라!"

"폐하, 부디 통촉하여 주시옵소서."

모두가 이마를 땅에 처박으며 통촉을 울부짖는다. 그러나 정히 통촉할 수는 없다.

황후의 방에 수십 마리의 금모충이 뿌려졌다. 그에 황후는 수십 차례, 아니, 수백 차례 독 털에 찔려 사경을 헤매고 있다 하더라. 그러나 그 짓을 누가, 어느 때에 하였는지, 어떤 목적을 두고 한 것인지 그 누구도 알지 못했다. 그만큼 비밀스럽고 은밀하게 진척된 일이기에.

"도만호(都萬戶), 열흘의 말미를 줄 것이니 당장 수사대를 구성해 범인을 색출하라."

"명을 받들겠나이다, 황제 폐하."

도만호는 고개를 숙이며 태위와 진원을 향해 힐끗 눈길을 돌렸다. 작금 황후가 쓰러져 힘을 잃게 된다면, 가장 이득을 볼 수 있는 이는 진원과 태위일 터. 이는 너무나도 확연한 사실이었다.

황제는 오른 눈썹을 까딱이며 주먹을 더욱 세게 쥐었다. 시선을 돌려 우두커니 앉아 미간을 찌푸리고 있는 진원을 바라본다.

"……태자."

곧이어 사달이 일어날 것이라 했던, 그리 단호하게 말하던 진원의 모습이 떠오른다. 설마……. 평소 진원의 신중했던 행동거지를 보아선 이리 무모하고 우매한 짓은 하지 않았을 테다. 그리 여기며 황제는 요동치는 가슴을 갈무리하려 하였지만, 쉬이 되지는 않는 터. 그만큼 명명백백하게 보이는 실범에 황제는 입을 열 수밖에 없었다.

"태자, 그대는 알고 있는가?"

"송구하오나, 소자, 폐하의 황언을 헤아리지 못하겠나이다."

"황후를 해하려 한 범인을 알고 있느냐 물은 게다."

"폐하께서도 알지 못하는 것을 어찌 알 수 있겠나이까. 혹여 소자, 알았다면 당장 순군만호부에 달려가 고했을 것입니다. 통촉하여 주시옵소서."

진원의 술술 물꼬가 트인 말에 더욱 깊어지는 것은 의심이리라. 도만호는 물론이요, 모든 관료들이 진원을 쏘아본다. 그러나 누구도 쉬이 말을 꺼낼 수 없다. 그때.

"송구하오나, 내명부 감찰상궁이 태자비마마께 찾아갔다 들었나이다. 이는 분명 내명부 안에서도 말이 나온 것일 터인데……."

태위의 목청이 트인다. 그에 휘둥그레 눈을 떠 태위를 바라보는 원.

"비마마를 문책하여 보는 것이 현명한 방법인 줄 아옵니다."

태위가 단향을 입에 거론할 것이라고는 생각지 못한 터. 모두가 침묵한다. 진원 역시 묵언을 유지한다. 그러나 그의 얼굴엔 당황한 기색이 역력하다.

"태자, 어찌 생각하느냐?"

"……비가, 그럴 리 없습니다."

간신히 입을 열어 답한 말. 단향이 그럴 리 없다. 침을 끌어 모아 삼킨다. 격하게 요동치는 가슴을 가라앉히고자 숨을 빠르게 내쉰다.

"금모충은 본디 호에서 나온 것으로 아뢰옵니다."

"태위."

"사견에 흔들리지 마시옵고, 내밀을 보시옵소서, 태자 전하."

진원은 입술을 세게 깨물었다. 이를 바득 갈며 격동하는 숨을 가라앉힌다. 그런 진원과 태위를 가만히 지켜보던 황제. 그는 깊은 한숨을 내쉬며 고개를 절레절레 가로저었다.

"도만호."

"예, 폐하."

"금모충이 들어온 경로부터 시작하여 낱낱이 수색하라. 혐의자에 대해서는."

말간 색이 얼룩덜룩 배어 있는 진원을 바라본다.

'비의 편을 들어주시옵소서.'

진원의 말을 떠올리며 짙은 한숨을 내뱉는다.

"아직 문책하지 않는다. 물증을 잡아라. 알겠느냐?"

"예, 명을 받들겠나이다."

후, 원은 짧은 한숨을 속으로 삼키며 허리춤에 힘을 풀었다. 태위가 무슨 생각을 하고 있는지는 짐작되지 않는 터. 그에 애꿎은 도만호만 노려볼 수밖에 없는 노릇이었다.

태위, 태위……! 또 무슨 사달을 벌이려 하는 것이냐.

주먹을 세게 움켜쥔다. 파르르 떨리고 있는 눈가에 적잖은 노기가 묻어 있다. 부디 향에게 피해가 가지 않도록, 바라고 바랄 뿐이었다.

편전이 파함과 동시에 진원은 태위를 인적이 드문 곳으로 끌고 왔다. 하늘은 쨍쨍하나 어둑한 그림자가 있는 곳. 원은 그 그림자와 같이 어둑해진 얼굴로 노기에 그득한 말길을 찬찬히 내뱉었다.

"무슨 생각이십니까? 저와 상의도 없이……."

"기회는 올 때 잡는 것이라 하였습니다, 전하."

그러나 태위는 예상하고 있었다는 듯, 그 특유의 컬컬한 미소를 지으며 턱을 들어 올렸다.

"이참에 태자비마마께서 한 짓으로 모략하여 마마를 내쫓게 되면, 저에게도, 그리고 전하께도 좋은 일이 아니겠습니까? 전하께옵서도 비마마를 눈엣가시로 여기고 계시지 않으셨습니까."

"저와 상의를 하셨어야지요. 급작스러운 일이 아닙니까!"

"저 역시 폐하와 말을 나눌 때에 떠오른 생각이었나이다. 부디 노여치 마시옵소서."

"태위!"

진원은 순간적으로 솟아오른 분을 참지 못하고 그대로 내질렀다. 단향을 내쫓는다? 말도 안 되는 소리! 주먹을 쥔 손이 바들바들 떨린다. 어둑하여 붉은 기운이 그의 온몸을 잠식하였다.

그러나 태위는 아무 말이 없다. 엊저녁, 진원과 단향을 보았을 때 밀려왔던 불안함이 확신이 되는 듯하다.

본디 사달을 벌여 정현에게 이 일을 들어가게 만든 후 자신들은 발을 빼려 한 것이었지만, 단향을 내쫓기에 이리도 좋은 판이 마련되어 있거늘. 어찌 말을 움직이지 않을 수 있을까?

어떻게 해서든 이번 일을 이용하여 단향을 내쫓아야 할 것이다. 그리고 그 자리에, 한울을 올려 '하나뿐인' 비로 만들어야 할 것이다. 태위는 보이지 않는 몸짓으로 이를 바득 갈았다. 그때.

"아이고, 이게 누구십니까. 태자 전하와…… 어이고, 태위까지 있으셨군요? 오랜만입니다, 대감?"

익숙하지만 또한 낯선 목소리, 정현.

태위와 진원은 아주 느릿하게 고개를 돌려 자신들에게 다가오는 정현을 바라보았다.

"……평안하셨나이까, 황자 저하."

"누구 덕분에 아주 평안하였습니다. 그렇지요, 전하?"

정현은 괴괴한 웃음을 흘리며 진원을 바라보았다. 그러나 진원은 대답이 없다. 그에 정현은 더욱 흉흉한 눈빛을 지으며,

"어마마마께서 습격을 당하셨다지요. 이것 참, 통탄스러운 일입니다. 어느 누가 한 것인지, 허술하기 그지없어요. 그렇지요?"

실범이 누구인지, 실범이 제 눈앞에 있다는 듯, 너무도 확고한 말을 내뱉으며 태위와 진원을 번갈아 노려본다.

"너는, 황후 폐하가 사경을 헤매고 있다 하거늘 염려되지도 않는 것이냐?"

"어마마마는 정신을 차리셨다 합니다. 그러니 너무 걱정치 마시지요. 정히 염려되시면 찾아가 보는 것도 좋지 않겠습니까?"

훅, 뜨겁고 무거운 바람이 그들을 스쳐 지나감과 동시에 그들의 양어깨를 세게 짓눌렀다. 더불어 그들 사이에 떨어지는 누렇고 마른 나뭇잎. 마치 금방이라도 바스러질 것처럼 메마른 모양이다.

"비마마께 감찰상궁이 찾아갔다지요. 차마 마마를 끌고 올 수 없어 빈손으로 돌아왔다 하던데, 조만간 비마마를 뫼시고 올 수 있을 것 같습니다. 하하!"

원은 정현을 바라보고, 그리고 태위를 바라본다.

태위의 언사 하나에 모든 계획이 뒤틀렸다. 그의 숨은 속내를 알지 못할 리 없다. 분명 이 기회를 이용하여 단향을 내쫓고 한울을 태자비 자리에 앉히려는 속셈일 테지.

하나 어찌하느냐. 나는 그 꾀에 홀딱 넘어가 줄 생각이 없거늘. 본디 사달이 벌어졌을 때 가장 쉽게 수사망을 피하는 방법은……

"비뿐이 아니다."

혐의자를 둘로 만들어 시선이 분산되게 만드는 것뿐. 원은 비죽 입꼬리를 틀어 올렸다.

"양제 역시 혐의를 받고 있을 터. 태위, 양제에게도 말을 전해주시지요. 혹여 감찰상궁이, 아니, 순군만호부 대원들이 찾아간다 하여도 너무 놀라지 말라고."

"……전하, 양제자가께 혐의가 돌아갈 일은 없지 않습니까."

태위의 목소리가 사뭇 떨린다. 예상치 못한 진원의 언사에 가슴이 빠르게 격동한다.

감히, 내 딸을 거론한다. 내 딸을 혐의자로 넣어 조사를 받게 만들 속셈이다. 하! 기가 찰 노릇이다. 정녕, 나를 가지고 노는 것인가?

태위는 진원을 뚫어져라 노려보았다. 그러나 진원의 말길은 흔들림이 없다.

"황후 폐하께 반감을 품고 있는 것은 비뿐 아니라 양제도 있거늘. 이를 궁인들이 모를 리 없습니다. 혹여나 걱정되는 마음에 말을 한 것이니, 양제에게 일러주시지요."

"……알겠습니다."

구구절절 옳은 말이기에……. 아니, 더불어 정현의 머리에 '양제'를 똑똑히 각인시켜 줄 수 있는 언사였다. 그렇기에 설불리 흥분할 수는 없다. 주름진 눈을 애써 끔뻑이며 정현을 올려다본다.

"이것 참……."

그는 고개를 까딱이며 입술에 침을 바르고 있었는데, 그 모습이 괴상한 뱀과도 같아 보여 혀를 내두를 수밖에 없었다.

"일이 재미있게 되어가는군요."

비와 양제. 가뜩이나 눈엣가시였던 계집들을 없앨 수 있는 기회. 비죽 입꼬리를 찢어 올린다.

"그러고 보니, 동궁 나인 한 명이 내명부로 끌려갔다 하지요? 태자비마마를 쫓아다니던 애기 나인이라 하던데…… 전하께선 들은 것이 없으신가 봅니다?"

바스락, 누런 잎사귀가 바람에 바스러져 찢겨지는 소리였다.

"지금쯤 호된 고문을 받고 있을 터인데. 마마는 멀쩡하실는지. 하하!"

단향, 단향……! 원은 눈을 수차례 깜빡이며 울대를 달싹였다. 당장에라도 단향에게 뛰어가고 싶은 마음이다. 당장에라도 단향에게 뛰어가 이러한 사정이 있노라 말하고 싶은 마음이다.

그러나, 태위를 바라본다. 그의 눈에는 전에 없던 의심이 담겨 있었기에. 애써 숨을 갈무리한다. 아랫입술을 찢어져라 깨물며 눈에 힘을 번뜩 준다.

"비의 궁인을 내가 걱정해야 하는 것인가?"

"하하, 아니요. 그러실 필요는 없지요. 전하께는 오직 양제자가뿐이 아니겠나이까?"

씨익, 원은 보이지 않는 비소를 흘렸다. 그렇지. 양제에게 눈을 틀어야지. 단향이 아니라, 한울에게 눈을 틀어 나무를 보지 못하게 만들어야지.

원은 부러 손을 파르르 떨었다. 부러 어깨를 달싹이며 당황하고 있다는 것을 여과 없이 보여낸다. 그에 정현은 예상한 모습이라는 듯,

"그 양제자가께 변고라도 생기면 아주 속이 상하실 테지요. 그렇지요. 하하, 속이 상하다 못해 썩어 문드러질 것입니다. 과거 그때처럼."

진원을 향해, 그리고 태위를 향해 독하디독한 언사를 내뱉는다. 태위의 몸이 간질에 걸린 듯 파들파들 떨리기 시작한다.

이 역시 예상하고 있었던 말이지만. 이로 인해 어떤 일이 벌어질지 예상하고 있지만. 실제로 맞닥뜨리게 되니 여간 두려운 것이 아니다. 태위는 후, 숨을 길게 뱉으며 더욱 목을 꼿꼿하게 들어 세웠다. 정현은 피식, 실소를 뱉으며 눈을 희번덕 뜬다.

"그럼, 추후에 아주 재미있는 일로 찾아뵙도록 하겠습니다. 대감,

그리고 태자 전하."

정현은 휘파람을 불며 그리 사라졌다. 바스락, 바스락. 그의 발에 밟혀 찢겨지는 누런 잎사귀의 마지막, 외침이 들려왔다.

✳

"꺄악!"

깎아 지르는 비명 소리가 울려 퍼진다. 그 목소리의 근원은 다리 사이에 주릿대가 박혀 있는 김 나인의 목이라. 그녀의 입술은 부르터 터져 있었으며, 얼굴은 갈기갈기 실금이 터져 핏방울이 툭툭 떨어지고 있었다. 보기만 하여도 안타까운 모습. 그러나 다시 한 번 주릿대가 비틀린다.

"사, 살려주시옵소…… 악! 저는 아무것도 모르옵나이다!"

"네년이 아직도 거짓을 고하는구나! 네가 새벽녘 곤녕궁 주변을 배회하였다는 것을 알고 있거늘! 바른대로 고하지 못하겠느냐!"

"악!"

김 나인은 정녕으로 억울하여 눈물을 뚝뚝 흘리며 악을 내질렀다.

"모함이옵나이다! 소녀, 곤녕궁 주위를 간 적조차 없……! 악!"

"더욱 세게 틀어라! 저년이 바른대로 고할 때까지!"

"악!"

주릿대가 몇 번이고 비틀린다. 그 비명 소리가 차차 잦아든다. 더 이상 비명을 내지를 힘도 없다는 듯, 김 나인의 모가지가 힘없이 바닥으로 꺾인다. 옅은 흐느낌 소리만이 들릴 뿐.

"소, 소녀는 정히 그러지 아니하였나이다……. 사, 살려주시옵소서. 사, 상궁마마님……. 살려주시옵소서…… 부디……."

"그럼, 네년이 하지 않았다면 비께서 하신 일이냐?"

김 나인의 얼굴이 들린다. 이제야 자신이 끌려온 이유를 알 수 있을 것 같다. 이리 나를 고문하여 비마마께서 시킨 일이라 거짓 자백을 뱉게 하려는 속셈. 어찌, 어찌 그럴 수 있겠느냐. 마마께옵서는 정히 그러실 분이 아니온데. 어찌, 어찌!

김 나인은 고개를 세차게 흔들며 울음을 거칠게 토해냈다.

"비……, 비마마 역시 저와 같은 시각 침소에 드셨나이다. 마마께서는 결백하시……! 악!"

"거짓을 말하는 년에겐 벌이 있을 터."

그러나 감찰상궁은 멈춤이 없다. 그리고 행을 집행하는 이들의 손역시 거침이 없다. 악, 악, 악…… 몇 차례의 비틂에도 김 나인의 입은 열릴 생각을 하지 않는다. 그에 지친 것은 상궁이라.

"인두를 가져오너라. 내 오늘 네년의 머리통을 게워주마."

"마, 마마님! 살려주시옵소서! 저, 저는 죄가 없나이다! 살려주시옵소서!"

"뭣들 하는 게냐? 저년의 머리채를 잡지 않고!"

"사, 살려주시옵소서! 마마님, 부디……!"

김 나인의 애원에도, 그 빨간 쇳덩이는 멈출 생각을 하지 않았다.

내, 이대로 죽는 것인가. 내, 이대로 얼굴에 낙인이 찍혀, 살이 짓이겨지고 불타올라야 하는 것이야. 내, 정녕……. 김 나인의 얼굴이 눈물로 범벅이 되고, 핏물이 주륵주륵 흘러내린다. 하얀 소복에 핏방울이 뚝뚝뚝 떨어진다. 그때에.

"네년들!"

익숙한 목소리. 김 나인은 마치 구세주를 만난 양 반색을 하며 고개를 쳐들었다. 천천히, 그러나 조급한 걸음으로 걸어오는 향. 고고하게 들려 있는 턱 끝은 내려올 생각을 하지 않는다.

"어느 누가 나의 허락도 없이, 고문을 행하라 하였느냐?"

"태, 태자비마마를 뵙습니다."

"묻지 않았느냐."

어느 누구도 답할 수 없다. 그 금수와도 같이 번뜩이는 기운을 감히 감당해 낼 수 있는 자가 없다. 존재치 아니하다.

"어느 누가, 나의 허락도 없이, 동궁의 궁인을, 빼가라 하였지?"

"소, 송구하오나, 혐의자는 잡아 들여 명명백백히 죄를 밝히라는 명이 있으셨나이다."

"그 명은 누가 한 것이고?"

"황후 폐하의 황명입니다."

"마마께서 정신을 차리셨다는 말이냐?"

"예, 그러하옵나이다."

"그렇다면."

기운이 거세진다. 그 흉흉하여 와락 오금이 풀려 버릴 것만 같은 기운에, 맥을 차릴 수가 없다. 저마다 침을 꼴깍이며 허리를 굽힌다.

"나 역시 혐의자가 아니더냐? 그럼 나를 잡아 앉혀야지, 왜 애꿎은 어린아이를 잡을꼬?"

"하오나, 마마."

"나를 앉혀라. 하나."

김 나인에게로 다가간다. 그네의 포박을 풀며 쭉 째진 눈을 더욱 번뜩인다.

"나를 벌할 수 있는 것은, 황후 폐하뿐이다. 마마를 뫼셔 와라."

"황후 폐하께선 아직 정신이 온전치 아니하여……!"

"그리 하다면 네년들은 정신이 온전치 아니한 사람의 명을 받든 것이냐!"

쩌렁쩌렁한 그 목소리에 모두가 숨을 죽인다. 풍문으로 들어왔건만, 이리 거찬 이인 줄은 몰랐다. 정녕으로 이리 섬뜩한 이인 줄은 꿈에도 몰랐어. 그들은 아주 질척한 향을 맡으며 고개를 떨어뜨렸다.

"황후 폐하께서 온전치 아니한 터. 그리 하다면 내명부의 수장은."

탁, 김 나인을 풀어낸다. 자신의 손에 묻은 김 나인의 피를 바라보며, 더욱 바득 이를 갈아낸다.

"바로 나다. 하니 너희들은 내 명을 따라야 한다. 알겠느냐?"

"······송구하옵나이다."

대기는 고요하다. 언제 비명 소리가 들렸냐는 듯, 적막해진 공기가 모든 이들의 숨통을 옥죄고 있었다. 꿀꺽. 침 삼키는 소리만이 오롯이 들릴 때.

"어느······ 쥐새끼가 멋대로 들어와 난장판을 벌이고 있는 것이냐."

발칵, 마루를 걸어 나온 황후의 언사. 향은 그에 눈을 크게 뜨며 황후를 바라보았다. 황후는 한눈에 보아도 병색이 역력해 보였는데, 그 방증은 온몸에 그득한 붉은 반점과 헥헥대는 숨, 달달 떨리고 있는 몸뚱이었다. 그러나 황후는 애써 버티고 있는 것인지, 아니면 생각보다 몸뚱이가 괜찮았던 것인지 단향을 찢어죽일 듯이 노려보며,

"네년의 말은 아주 자알 들었다. 뭣들 하느냐? 당장 저년을 포박하지 않고! 네 입에서 나온 말이니, 책임을 져야 할 것이 아니더냐?"

눈을 희번덕 올려 뜬다.

자, 어서 내 앞에서 무릎을 꿇어라. 치기에서 비롯된 허튼 말이었다, 그러니 살려달라! 어디 한번 빌어보란 말이다!

황후는 희뿌연 시야를 간신히 가누며 비소를 내지었다. 모든 것이 흐릿하였지만 오로지 또렷한 것은 단향, 그녀뿐이었다.

"그리하시지요. 주리를 틀고 인두를 지져 고문을 지행하시지요."

향은 발발 떨고 있는 김 나인을 밀고, 자신이 그곳에 앉아 스스로 다리를 벌렸다. 사지에 몰렸음에도 불구하고 그 꼿꼿하여 방자하기까지 보이는 모습은 변함이 없다.

"뭣들 하느냐? 주릿대를 집어넣지 않고."

움직이는 이는 아무도 없다. 그저, 황후와 단향을 번갈아 바라보며 눈치만 볼 뿐.

"이, 빌어먹을……! 당장, 당장 저년의 주리를 틀어라!"

"예, 예, 마마!"

향의 몸뚱이가 포박되고, 다리 사이에 주릿대가 들어온다. 향은 두 눈을 질끈 내리감았다. 내 여기서 물러날 수 없다. 내 여기서 울부짖을 수 없어. 이것만 버틴다면, 이것만 버틴다면 죄를 묻지 않으리라. 그리 생각하며 주먹을 불끈 쥘 때.

"태자 전하 납시오!"

내관의 우렁찬 목소리가 들려왔다.

태자? 모두의 이목이 집중되었다.

"이것은 또 무슨 일입니까, 지엄하신 황후 폐하?"

고개를 까딱이며 비릿한 웃음을 내짓고 있는 진원이 등장하였다. 드세고 당당한 걸음을 걸으며 중앙에까지 다다르는 그. 황후를 올려다본다.

"……여기까진 어쩐 일입니까, 태자? 저를 보고 싶어서 온 것은 아닐 텐데요."

"아주 쌩쌩해 보이십니다. 독충은커녕 모기새끼에도 물리지 않으신 것처럼."

"태자!"

황후는 이를 바득 갈며 악을 내질렀다. 순간 아찔한 두통이 다시금 찾아왔다. 후, 숨을 가다듬으며 힘을 준다.

"어쩐 일이냐 물었습니다. 이곳은 내명부의 관할. 태자께서 들어올 곳이 아닙니다."

"황후 폐하, 소자는."

원은 향에게 가까이 다가갔다. 성큼성큼 걷는 걸음에는 망설임이 없다.

"비를, 찾으러 왔습니다."

진원의 묵직한 목소리가 황량한 대기를 강타하며 울려 퍼졌다. 꼿꼿하게 펴진 어깨에서는 범접할 수 없는 위엄이 흘러나왔으매 번쩍 빛을 내는 눈동자는 정대하기만 하다.

모두가 숨을 죽인다. 주릿대를 들고 있던 이들도, 황후의 옆에 나란히 서 턱을 세우고 있던 신 상궁도, 그리고 단향마저도.

그 끝이 없는 침묵을 깨뜨린 것은 황후의 잔뜩 날 선 목소리였다.

"매번 말하지 않았습니까? 이는 내명부의 일이니 태자께서는 관여할 일이 아니노라고! 이 무슨 방자한 짓입니까!"

"폐하의 명을 하달 받지 못하셨나 봅니다."

말이 끝남과 동시에 진원을 따라 들어온 내관이 후다닥 황후에게로 뛰어가 귀엣말을 속삭였다. 황제께옵서 직접 도만호에게 사찰을 맡기셨다는 말. 그에 붉은 반점이 역력한 황후의 얼굴이 파삭 금이 간 것은 당연한 일이었다.

"이 일은 더 이상 내명부의 일이 아닐 터. 마마께서는 굿이나 보고 떡이나 드시며 도만호가 잡아오는 죄인을 기다리시기만 하면 되는 것입니다. 몸도 성치 않으신데, 찬기를 맞으면 아니 되시지 않습니까? 아아, 물론 찬기를 맞아도 되는 몸이라면 말이 다르겠지만요."

"작금 저를 놀리시는 겝니까? 아아, 죄인이요? 말씀 한번 자알 하셨습니다. 바로 그 죄인이 눈앞에 있지 않습니까! 당장 순군만호부 대원들을 불러와도 모자랄 판에, 무얼 기다리라는 겝니까!"

쇳소리가 첨예하게 흘러나왔다. 신열이 도는지, 파들파들 떨리는 몸뚱이에서 식은땀이 줄줄 배어 나왔다. 이마를 부여잡으며 신 상궁에게 몸을 기댄다.

"눈앞에 있다 하시면, 마마의 수족인 신 상궁을 칭하는 것입니까?"

"태자!"

"예, 저는 적(赤)의 하나뿐인 황태자입니다. 그리고 여기 앉아 있는 이는 저의 하나뿐인 비(妃)이고요."

진원은 입꼬리를 비틀어 올리며 고개를 까딱였다. 장난스러운 기운이 어슴푸레하게 묻어 있었지만, 그의 눈에서 흘러나오는 형형한 빛은 그가 만만찮은 화기를 품고 있음을 방증하였다.

"저는 마마와 말씨름을 하러 온 것이 아닙니다."

고개를 돌려 단향을 바라본다.

"비."

향에게 걸어가, 어깻죽지를 세게 잡아끈다.

"일어나라."

화가 난 것일까? 향은 못 이기는 척 몸을 일으키며 생각했다. 그의 손이 마냥 뜨거웠다. 타오르는 불구덩이처럼 맹렬한 기운. 식은땀이 척추를 따라 주르르 흐르는 것이 느껴졌다.

그렇게 원과 손을 맞잡고 발을 막 디디려 할 때.

"죄인입니다!"

악에 받친 목소리가 들려왔다. 원은 시선을 돌려 치맛자락을 움켜쥐고 고래고래 소리를 내지르는 황후를 바라보았다.

"나라의 국모를 해하려 한 죄! 그것이 너무도 명명백백한데 어찌 죄인을 품으려 하는 것입니까? 당장 멈추십시오. 한 걸음만 더 움직이신다면……!"

"증거가 있습니까?"

휘이잉, 실금이 간 흙바닥을 쓰는 바람이 불어왔다. 비틀, 몸을 가누지 못하는 황후. 진원은 향의 손을 잡아끌며 두 걸음 내디뎠다.

"자, 벌써 두 걸음 움직였습니다. 이제 어찌하실 겁니까? 제 주리라도 틀으시렵니까?"

"태자!"

마지막 발악. 황후의 고꾸라진 목소리를 들으며 진원은 생각했다. 빙그레 웃음을 짓는다. 그러나 그 녹록해 보이는 모습과 상반되는 것은 퍼런 핏줄이 올라온 손등이리라.

"마마, 간곡히 부탁하건대, 부디 현명하게 행동하십시오. 목하 마마의 행동은."

비식 입꼬리를 올린다.

"철부지 아해의 그것과 다름이 없질 않사옵니까."

휘이잉, 재차 바람이 분다. 그 바람은 누런 눈동자를 번뜩이며 바득 이를 갈고 있는 황후를, 진원의 옆모습을 응시하고 있는 단향을, 그리고 의뭉스러운 미소를 짓고 있는 진원을 흔들리게 만들었다.

"가자꾸나."

원은 향의 손목을 세게 부여잡으며 재차 걸음을 옮겼다. 악에 받쳐 몸을 가누지 못하고 쓰러지는 황후를 뒤로하고.

원은 향의 손을 이끌고 정처 없는 발걸음을 계속했다. 휘이잉, 휘이잉, 바람이 더욱 세게 불어온다. 분명 여름의 열기가 가득한 바람이었으나, 피부에 와 닿는 것은 시리고 시린 냉기였으니. 향은 어깨를 움츠렸다. 그리고 원의 거친 손길에 의해 뻘겋게 부풀어 오른 제 손목을 내려다보았다.

"전하."

그러나 자물쇠를 걸어 잠근 원의 입은 열릴 생각을 하지 않는다.

"놓아주십시오."

향은 손을 잡아 빼며 말했다. 그러나 원의 힘은 풀리지 않는 터. 비틀려 꺾인 손목이 더욱 욱신 아파왔다.

"놓아주십……!"

"왜!"

향의 말허리를 뚝 끊은 원의 외침이었다. 그는 몸을 휙 돌려 향과 눈을 마주했다. 향의 손목을 더욱 세게 쥐어 잡는다.

"왜 한시도 가만히 있지를 못하는 게야! 저곳이 어떤 곳인지 정녕 몰라서 네 발로 들어간 것이냐? 부당한 처사가 있었다 생각이 되면 내게 말을 했었어야지! 하다못해 기찬에게, 아니, 도겸에게 말을 했었어야지!"

그는 향의 양어깨를 세게 부여잡았다. 손가락이 살을 파고들어 어릿한 통증을 만들어낸다. 그러나 고통은 느껴지지 않았다. 단지, 저 축축하여 애달픈 원의 얼굴만이 눈에 들어올 뿐.

"내가 이를 듣지 못했다면, 내가 가지 못했다면 어찌하려 했느냐? 잠자코 황후의 모진 고문을 받아내려 했어? 정녕 그럴 생각이었어?"

"……이미 각오했던 것입니다."

"단향!"

그 찢어지는 외침에, 향은 어깨를 움츠렸다. 생전 처음 보는 원의 모습. 말갛게 부풀어 오른 얼굴에 화의 기운과 애처로운 슬픔의 기운이 뒤엉켜 담겨 있었다.

"네가, 네가 아프면! 네가 다치면……!"

원은 말끝을 흐리며 고개를 툭 떨어뜨렸다. 달싹이는 그의 몸뚱이에서 애통의 기운이 역력하게 묻어난다.

"내 마음이 얼마나 찢어지는지, 내가 얼마나 괴로워지는지 정녕 모르는 것이냐……."

고개를 든다. 날카로운 빛을 내는 눈과 숨을 끊임없이 토해내는 저 모습은 정녕 화기가 담겨 있는 것이었지만. 동시에 축축하여 흐를 것만 같이 보이는 눈이, 뜨거운 숨을 간신히 달싹이는 저 모습이, 울고 있는 것처럼 보이기도 하였다.

아니, 필시 그는 울고 있었다. 제가 지금까지 했던 행동에 대한 후회로, 저의 우매한 생각에 대한 반성으로. 그리하여 향에게 죄책감을 가져, 그는 필시 울고 있었다.

"아프지…… 말라 하지 않았어."

향은 대답하지 않았다. 답을 할 수 없었다. 아주 오래전, 지금과 똑같았던 그때가 눈앞에 생생히 그려졌기 때문이다.

그때에 원은 아프지 말라 하였고, 다치지 말라 하였으나, 그것이 정히 염려가 된다 하였으나…….

"다치지 말라 하지 않았느냐."

염려가 되기에 돌아가라 하였다. 걱정이 되기에 눈앞에서 사라지라 하였다.

향은 숨이 가빠지는 것을 느끼며 눈을 내리감았다. 욱신욱신 가슴이 쓰리기 시작했다. 사라지라, 돌아가라, 하였던 그때를 잊으신 겁니까. 내뱉지 못하는 말을 입안으로 감추며 손가락을 달싹인다.

"……그리하여 제게 돌아가라 말하실 겁니까."

"향아."

"저를, 다시 돌려보내실 겁니까."

"향아."

향은 원의 눈을 지그시 응시했다. 감히 짐작할 수 없는 감정의 소용돌이가 거세게 휘몰아치고 있는 그 눈을 응시한다.

그때와 같은 모습일까? 내게 모멸한 말을 뱉었던, 그때와 같은 모습일까.

향은 침을 끌어 모아 삼키며 다시금 눈을 내리감았다. 아니, 그때의 원은⋯⋯.

"내가 미안하다. 내가 미안해. 네가, 네가 다칠까 두려웠다. 그리하여 사라질까 두려워서 그랬다. 네가 다시금 사라져 꽁꽁 숨어버릴까 두려워서 그랬어."

지금의 원이 아니거늘. 오 년 전의 원과 불과 달포 전의 원. 그리고 지금의 원은⋯⋯ 각기 다른 이거늘.

향은 입술을 꾹 깨물었다. 어깻죽지에서 느껴지던 시큰거리는 통증이 목을 타고 올라와 눈가를 시큰거리게 만들었다. 어쩐지 코가 뜨거워졌다. 눈이 뜨거워 제대로 뜰 수조차 없게 되었다.

"전하."

"전하가 아니다."

"⋯⋯전하."

"나는, 전하가 아니다. 향아, 너 역시 비가 아니다."

간신히 마음을 갈무리하여 내뱉은 말이었지만, 원은 그마저를 무참하게 뒤흔들어,

"너는 나의 정인이다. 처음으로, 그리고 마지막으로 내가 연모하였던. 그리고 연모하는 정인. 너는 나의 하나뿐인⋯⋯."

결국 향의 눈물샘을 와락 터지게 만들었다. 참고 있던 눈물을 모조리 쏟아낸다는 듯, 뺨을 따라 끊임없이 흐르는 눈물줄기가 참으로 애처롭다. 그리고 울고 있지는 않으나 역시 울고 있는 원의 그 모습 또한 참으로 애달프다.

"미안하다."

원은 향의 어깨를 끌어당겨 제 품 깊숙이 향을 집어넣었다. 향의 목을 잡고 더욱 세게 끌어당긴다. 목덜미에 얼굴을 묻고 물기가 묻어 있는 숨을 연거푸 토해낸다. 아아, 향아. 향아. 내 너를 어찌해야 하니. 내 너를 어찌해야…….

원은 향의 뺨에 손을 올렸다. 흠뻑 젖은 그 눈을 닦아주며 입술을 꾹 깨문다.

"부디…… 부디 사라지지 말아다오."

내가 네 얘기를 들었을 때 어떤 생각이 들었는지, 주릿대가 박혀 있는 네 모습을 보았을 때 어떤 마음이 되었는지 너는 아느냐. 너는 알고 있느냐. 네가 아프면 나도 아픈 것을, 네가 슬프면 나도 슬픈 것을.

나 역시 이제야 깨달은 내 마음을, 제발 알아다오. 이런 내 마음을 알아다오.

향을 그러안고 있는 원의 손이 바들바들 떨린다. 이 떨림은 작은 것이 아니었기에 향이 느끼지 아니할 수 없었으니. 향 역시 몸이 떨린다. 종잡을 수 없는 마음에서 비롯된 떨림이었다.

그녀의 손이 올라간다. 원의 등에 닿을 듯 말 듯 주먹을 쥐락펴락하며 머뭇거린다.

닿을까. 닿게 되면 마음 역시 잇닿을 수 있게 될까.

향은 긴 숨을 목구멍으로 집어삼키었다.

다신 아프고 싶지 않다. 다신 힘들고 싶지 않아. 그저, 그저…….

두 눈을 질끈 내려 감는다. 곧이어 손을 떨어뜨리고 원을 밀어내려할 때.

"태자 전하. 그리고 태자비마마."

익숙하지 않은, 그러나 소리의 근원이 누구인지 당장에 알 수 있는.

"평안하셨나이까."

태위. 그가 다가왔다.

그의 음성이 들림과 동시에, 향은 원의 어깨를 밀어냈다. 원은 놀란 눈으로 향을 응시했고, 향은 그런 시선을 애써 무시했다.

작금 진원이 태위를 이용해 일을 진척시키고 있음을 알고 있는 터. 이런 묘한 관계의 균형은 필시 양제, 한울일 것이 분명했다. 그러하여 향은 진원을 밀어낸 것이리라. 자신의 마음보다, 진원의…… 그것을 더욱 숙고하였으니.

하나 본디 인지하는 것과 마음에서 느끼는 것은 다를 터. 향은 자신도 모르게 씁쓸한 미소를 내지었다. 마치 자신이 방해꾼이 된 것 같아, 애먼 남자를 꾀어내는 창기가 된 것만 같아. 그렇기에 마음이 무너지기에 이르렀다.

"비마마와 다정한 한 때를 보내고 계시는군요, 전하."

태위는 비죽 입술을 틀어 올리며 말했다. 그에 원의 눈가가 자못 떨리었다.

"……그럴 리가요."

이는 진원의 답이 아니었다. 향의 음성. 원은 놀란 티를 애써 감추며 향을 바라보았다.

"제가 전하께 부탁드릴 일이 있어 찾아온 것입니다. 다정한 때라니요. 버림받은 비에게 무슨."

향은 설핏하게 웃으며 답했다. 그 모습이 참으로 쓸쓸하고 또한 애통해 보여…… 원은 주먹을 바르쥐었다. 태위의 앞에서 차마 반박할 수 없는 상황이 끔찍했다.

"인사가 늦었습니다. 태위직을 맡고 있는 이치원이라 하옵나이다."

"반갑습니다. 한 번쯤 이야기를 나누어 보고 싶었지요. 여러 모로 태위께 도움이 될 것들을 알고 있어서 말이지요."

향은 태위와 눈을 마주하며 말했다. 빙그레 웃는 모양새가 참으로 어여뻤으나 단지 그뿐. 그 속에는 오직 공허함만이 담겨 있었다.

"그렇지 않아도 드릴 이야기가 있었습니다. 후에 자리를 마련할 터이니 평안히 찾아오시길."

태위와 진원의 눈이 커진다. 향이 태위와 대담하자 할 줄은 상상도 하지 못하였기 때문이었다.

"그…… 럼요. 부르심에 필히 내방하겠나이다."

"좋은 대답이로군요."

향은 빙긋 웃으며 답하곤 동궁 쪽으로 발을 틀었다. 더 이상의 말을 하지 말라는 듯 확언한 모습이다.

그녀의 시선은 허공에 닿아 있다. 그렇게, 진원에게 닿게 된 것은 아무것도 없었다.

"태자비마마와 언제 그리 가까워지셨습니까."

동주궁으로 돌아가려던 진원의 발목을 잡은 태위의 말이었다. 그에 진원은 한쪽 눈썹을 찡그리며 고개를 틀었다.

"무슨 말씀이십니까."

"설마, 정이라도 통하신 것이옵니까."

"……그럴 리가 있겠습니까."

"그럴 리 있을 것 같으니 여쭙는 게지요. 하여, 정 때문에 태자비마마를 비호했던 것이옵니까? 편전에서요."

"태위."

"만약 그런 것이라면."

태위의 주름에 짙은 욕망이 서렸다.

"저는 전하께 등을 돌릴 수밖에 없나이다."

애초에, 복수를 결심하지만 않았더라면. 도겸의 말을 듣고 마음을 고이 접어 내렸더라면. 이리도 힘들지 않지 않았을까. 연정의 마음을 올곧이 내보낼 수 있지 않았을까.

"정이라는 얄팍한 감정은."

하나 후회는 독이 될 터. 원은 어쩔 수 없이 서늘한 미소를 입술에 얹었다.

"제겐 없는 것입니다."

그의 음성과 마음은 상이한 것이라. 그러나 태위는 이를 알아챌 만큼 영명하지 않았다. 그저, 원의 음성이 메마른 것에 대해 만족할 뿐.

원의 마지막 답은 마른하늘 위를 굽이굽이 메아리쳤다. 결코 닿지 않을 곳까지 그렇게.

❀

"황후 폐하, 이황자 저하께서……."

"드, 들라 하라! 당장!"

황후의 조급한 목소리 위에 문이 열리는 소리가 덧대어졌다. 반쯤 일어나 있는 황후를 문지방을 밟은 채 내려다보는 정현. 그의 얼굴은 '어머니가 사경을 헤맸다'는 소식을 전혀 듣지 못한 것처럼 매우 밝아 보여 이질감을 자아냈다.

"어마마마, 평안하셨나이까."

"평안해 보입니까? 이, 반점이 보이지 않습니까? 이, 열이 나는 모습이 보이지 않습니까?"

황후의 몸에 퍼져 있는 엄지손가락만 한 크기의 붉은 반점은 손발뿐 아니라 얼굴에까지 솟아 있었으니, 흡사 전염병에 걸린 것처럼 해참하여 가긍한 모습이었다. 그러나 정현은 그것이 대수냐는 듯 어깨를 으쓱이며 방석에 엉덩이를 내려붙였다.

"제 눈은 병신이 아닙니다, 어마마마."

지독히도 건방진 어투. 그러나 황후는 익숙하다는 듯, 아니, 애초에 신경조차 쓰이지 않는 부분이라는 듯 쉬이 넘기며 말을 이었다.

"어미가 어떤 수모를 겪었는지 아십니까? 비, 그 망할 계집년이……!"

"고정하시옵소서. 우리에게 걸림돌이 되는 것은 고작 호나라 옹주 따위가 아니라 매번 말씀드리지 않았습니까."

"하나 그 계집년이!"

"체통을 지키셔야지요, 어마마마."

정현은 황후의 두 손을 맞잡으며 끌어당겼다.

"고운 얼굴이 다 상하셨습니다. 어찌하면 좋을꼬. 천하의 나쁜 놈들."

부드러운 손길로 황후를 어루만진다. 그러나 그 속에는 필시 조소가 담겨 있었으니. 이것이 정녕 아픈 어미를 위로하는 것인지, 길가 모르는 아낙네의 딱한 사정을 들어주는 것인지 알 수 없는 것이었다.

"하나 범인은 쉬이 잡을 수 없을 것입니다."

"그게 무슨 말입니까? 폐하께서 도만호에게 일을 맡기셨다 하지 않았습니까? 하면, 빠른 시일 내에 실범이 나올 터인데……!"

"증거가 없지 않습니까. 그들을 한 번에 틀어잡을 증거가요."

황후는 입을 꾹 다물었다.

어쩌면 그녀도 짐작하고 있었을지 모른다. 정현이 말하는 '그들'이 진원과 태위를 말하는 것이라는 걸.

또한 알고 있었을지 모른다. 그들을 쉬이 잡을 수 없다는 것을. 그리고 그들을 쉬이 벌할 수 없다는 것을.

그러나 황후는 물러설 생각이 추호도 없었다. 진범을 가리고 있는 가림막을 긁어내고 긁어내 그들을 만천하에 공개할 생각이었다. 반드시 잡아 옥에 처박아 주리라. 반드시 세상 앞에 드러내고 말리라!

하나 황후의 하나뿐인 아들인 정현은 그러할 생각이 없었던지.

"하니 어마마마, 이 일은 묵과하여 넘기시지요."

"황자!"

"대를 위해 소를 희생해야 하는 법. 소자, 좋은 생각이 떠올랐으니 이번 한 번만 소자를 믿어주시면 아니 되겠습니까."

범인을 잡기는커녕 일 자체를 묻자는 어처구니없는 말을 내뱉었더란다. 바득, 이를 간 황후는 고개를 절레절레 흔들었다.

"쉬이 넘길 수는 없는 일입니다."

"쉬이 넘길 수 없으니 더욱 판을 크게 벌리자는 것이 아닙니까."

"이 어미의 몸을 보십시오! 그리 할 수는 없습니다. 절대요."

"어마마마."

정현은 황후의 손을 더욱 세게 부여잡았다. 윽, 황후의 옅은 신음소리가 입술을 뚫고 흘러나왔지만 그는 개의치 않다는 듯,

"이번에야말로 태자, 그 빌어먹을 자식을 깔아뭉개 버릴 수 있을 것입니다."

눈을 괴괴하게 번뜩이며 용광로와도 같은 말을 꺼내 들었다. 태자, 태자 진원……! 울대가 달싹인다. 화기가 멍울로 맺혀 있는 것인지, 아니면 즐거움이 멍울로 맺혀 있는 것인지는 아무도 모를 일이었다.

"제 반드시, 태자를 구천에 떠도는 혼으로 만들 것입니다. 믿어주시지요."

휘이잉, 재차 바람이 분다. 그러나 바람은 꽉 틀어막힌 창틈조차 새어 들어오지 못하여 결국 산산조각 부서졌더란다.

❋

지익, 지익, 직.

흙바닥을 매섭게 끄는 소리가 들린다. 지익, 직…….

"빌어먹을!"

이는 도겸의 힘이 들어가지 않는 오른 다리에서 비롯된 것이리라. 도겸은 통증이 느껴지는 다리를 간신히 끌어당기며 발을 내디뎠다.

'이게 무슨 일이란 말인가!'

그는 머리칼을 마구잡이로 헝클며 깊은 한숨을 내쉬었다. 황후가 쓰러지다니, 그리고 그 혐의를 받고 있는 것은 진원이요, 단향이라니! 손가락을 하나씩 접어내리며 입술을 꾹 깨문다.

'대체 무슨 생각을 하고 계시는 겁니까……!'

더욱 걸음에 박차를 가한다. 요즘 들어 더욱 날카로워진 통증이 뼈를 깎아내듯 거세게 다가왔다.

"전하!"

동주궁의 문을 박차고 들어간 도겸의 얼굴엔 거리낌이라는 것이 없었다. 그저 당황함과 놀람과 옅은 화의 기운뿐.

"내가 무어라 했느냐. 도겸이 곧 올 것이라 하였지?"

"쳇, 이번에도 제가 졌습니다."

그러나 보이는 것은 빙그레 미소를 머금은 채 농을 주고받고 있는 진원과 기찬이었으니. 도겸은 왈칵 분이 올라오는 마음을 가감 없이 드러내며 인상을 찌푸렸다.

"무슨 짓을 하신 겝니까! 저와 상의조차 하지 아니하시고……!"

"나를 피해 다닌 것이 누구인데? 말을 할 틈이나 있었더냐."

"그, 그것은……!"

말끝을 흐리며 입을 다문다. 웅얼거림이 입안에 있었으나 그것을 차마 내뱉지는 못하였다. 애써 진원의 시선을 피하며 헛기침을 내뱉었다.

"어찌 되었든, 이를 어찌하실 겁니까? 작금 궐내에 소란이 난 것을 모르시는 겝니까? 어찌 황후 폐하의 옥체를……!"

"쉿. 낮말을 듣는 이가 많다네."

"듣는 것이 두려우셨다면 일을 행하지 않으셨어야지요!"

도겸은 옥안을 손으로 쾅 내려치며 목청을 틔웠다. 그러나 녹녹한 미소가 묻어 있는 원의 얼굴은 변함이 없었다. 빌어먹을. 욕설을 읊조리던 도겸은 기찬에게로 눈길을 돌려,

"기찬, 네가 한 것이냐?"

"왜, 왜 애먼 제게 불똥이 튑니까? 저는 명을 받은 대로 한 것뿐입니다."

"행하기 전에 내게 귀띔이라도 했어야지! 어찌 이런 큰일을 멋대로 처리할 수 있단 말……!"

"도겸."

도겸의 말허리를 뚝 끊은 진원의 말. 순식간에 묵직해진 진원의 목소리에 도겸은 입술을 자근 깨물며 원에게로 시선을 돌렸다.

"내 뜻이 아니라, 태위의 뜻이었다."

거짓. 하지 않겠다는 태위의 바지 자락을 붙잡고 매달린 것은 바로 진원이다. 불확실하여 두렵다는 태위의 손을 억지로 잡아끈 것은

바로 진원이다.

그러나 도겸은 이를 꿈에도 모른 채,

"그, 그게 무슨 말입니까? 태위가요?"

고개를 나긋하게 끄덕이는 진원을 보며 억 소리를 낼 뿐이었다.

본디 몸을 낮추고 눈길을 피하는 태위가 어찌 이런 큰일을 계획했단 말이냐? 어찌 이런 큰일을 행했단 말이냐? 도겸은 돌아가지 않는 머리를 데굴데굴 굴리며 생각했다.

"그래. 어지간히 마음이 급했던지, 내게 먼저 제안을 하지 않더냐. 황후를 궁지에 몰아 정현이 몸을 일으키게 꾸미자고."

'정현이 몸을 일으킨다'라니? 설마, 설마……!

"제가 생각하는 것이 맞습니까?"

"내가 독심술을 쓰는 것도 아니고, 네 생각을 어찌 아누?"

아닐 테다. 그 정도까지 내다보진 않았을 것이야. 혹여라도 뒤틀리면 와르르 무너지는 모래성일 터. 그리 어설프게 계획하진 않았을 테지.

애써 제 마음을 갈무리하며 울대를 달싹인다. 후, 숨을 짧은 숨을 계속해 내뱉는다.

"그래서. 비마마는 어찌 되신 겝니까. 동궁에 감찰상궁이 다녀갔다 들었습니다."

"뭐, 어찌 되긴 어찌 되었겠느냐. 증빙할 것이 없으니 풀려났고, 황후는 뒷목을 잡고 쓰러졌지."

"비마마를 이용하실 것입니까?"

"……겸아."

도겸의 너무나도 날이 선 어조에 진원은 살풋 미간을 찌푸렸다.

"기찬아, 잠시 나가 있거라."

"예? 예, 예!"

탁, 문이 닫히는 소리. 숨소리 하나가 덜어진 탓에 휑해진 방 안은 냉하기만 하다.

침묵, 길지만 길지 않은 시간 끝에 진원의 입술이 반쯤 열렸다.

"혹여 이번 일이 잘못된다 하더라도 태위에게 죄가 갈 것이지, 내게 올 리는 없을 터다. 하니 염려하지 말거라."

확신에 차 있는 말. 도겸은 힐끗 고개를 들어 햇살을 받고 있는 진원을 바라보았다. 감히 범접할 수 없을 정도로 거센 기세를 풍기고 있는, 환조의 아들이라는 말이 너무나도 걸맞은 모습.

그렇기에 저리 고고한 것일 테지. 도겸은 옥안에 올려놓았던 손을 되돌리며 눈을 내리감았다.

"황자 저하를 좌강시킬 생각이십니까."

"좌강뿐이겠나. 저잣거리에 목이 달릴 정도가 될 터인데."

진원은 곧이어 다가올 '희열의 순간'을 그리며 밝은 미소를 내걸었다. 얼마 남지 않았다. 이리 가면을 쓰고 있는 것도, 이리 움츠리고 있는 것도. 곧이어 끝날, 순간의 고통이리라.

"황자를 시발점으로 하여 태위, 그리고 한울을 차례로 내칠 것이네. 죄를 지었으면 응당 벌을 받아야 하거늘. 이것이 하늘의 뜻이 아니겠는가?"

동의를 구하고자 하는 말이었으나, 도겸은 그렇지 않다는 듯 고개를 가로저었다.

"전하."

묵직하여 애달픈 말. 진원은 달라진 도겸의 목소리에 의아함을 느끼며 눈을 흘긋 올렸다.

"전하마저 천륜을 어기시는 것입니까."

천륜. 그를 어긴 것은 누구였던가. 그를 먼저 어긴 것은 누구였던가!

진원은 불현듯 찾아온 오 년 전의 기억에 이를 바득 갈며 주먹을 세게 쥐었다.

하늘의 법도를 어기는 것이 아니다. 하늘이 내리지 않은 벌을 대신 내리는 것뿐이다. 그것이 내가 이태까지 버텨온 이유가 아니겠느냐.

"……내 손에 피를 묻힐 생각은 없네."

"전하의 손에 묻히든 다른 이의 손에 묻히든, 그 피가 사람의 피라는 사실은 변함이 없습니다."

도겸은 애걸하듯 축축한 목소리로,

"제가 전하께 누누이 말씀을 올렸었지요. 부디 설욕을 잊고 전하의 삶을 사시라고. 일황자 저하를 이제 떠나보내시라고! 언제까지 복수에 눈이 멀어 있으실 겁니까! 이제 그만하실 때도 되지 않습니까!"

쩌렁쩌렁하게 울리는 목소리가 방 안을 그득 메웠다. 그러나 진원은 움직이지 않는다. 오히려 꼿꼿하여 사나운 모습이다.

"나 역시 누누이 말을 했었지."

눈을 올려 뜬다. 자신을 응시하는 도겸과 시선을 맞부딪힌다.

"돌아가기엔 너무도 멀리 왔노라고."

복수를 위해 살아온 삶. 이제 와 돌아간다면 내 삶이 사라진다. 그렇기에 돌아갈 수 없다. 나를 지키기 위해서, 그리고 이제는 나와 함께할 단향을 지키기 위해서.

그렇게 진원은 요동치는 마음을 간신히 끌어잡았더란다.

"남는 것이 없으실 겁니다."

복수의 끝에 외톨이가 된 이들을 수없이 봐왔기에. 끝이라 생각하였던 것이 새로운 시발점이라는 것을 알아챈 후에 쓰러지는 이들을 수없이 봐왔기에. 그렇기에 진원을 말리고 말려보려 하였지만.

"네가 있고, 기찬이 있고, 비가 있다네. 이것만 있으면 돼. 아무것도 필요 없다네."

진원은 이미 뿌리를 깊숙이 내린 고목나무와도 같았기에. 말을 해도 듣지 못하는 나무와도 같았기에.

"그것은 남는 것이 아닐 것입니다. 아니, 남아 있다 하여 반드시 전하의 것이 아니라는 사실을, 그것을 직시하여 주십시오."

사실을 관철시키려면, 밑동을 잘라내는 수밖에 없다는 것을 도겸은 누구보다도 더 잘 알고 있었다. 하하, 씁쓸한 비소를 내짓는다.

"부디, 현명한 선택을 하시기를 친우로서 간절히 바랍니다."

통증이 더욱 심해진다. 숨이 쉬어지지 않을 만큼, 훅 치고 올라오는 물기 어린 감정을 주체하지 못할 만큼.

❀

"아! 아, 아픕니다!"

"가만히 있어."

단향은 몸부림치는 김 나인의 손을 탁 치며 어깨를 짓눌렀다.

"소, 소인이 하겠나이다. 아!"

"또 혼나고 싶은 게냐?"

"하, 하오나!"

"가만히 있으래도."

김 나인의 얼굴을 붙잡는다. 호, 호, 숨을 불어주며 상처가 난 곳에 으깬 약초를 얹어놓는다. 조심스러운 몸짓. 그에 김 나인의 얼굴이 시뻘게진 것은 당연한 일이리라.

"매시마다 챙겨줄 수는 없는 노릇이니, 이제는 네가 알아서 바르거

라. 알았느냐?"

"하, 하오나 이리 귀한 약초를 제가 감히……."

"약방에서 썩어가는 것들이 아까워 가져온 것뿐이다."

향은 약초 주머니를 김 나인에게 내던지며 말했다.

아침 댓바람부터 태의에게 달려가 약초를 받아온 것을 알고 있는데. 김 나인은 힐끗 눈을 돌려 고개를 돌리고 있는 향을 바라보았다. 피식, 웃음을 짓는다. 이러니 어찌 주인으로 아니 섬길 수 있을까. 주머니를 그러모으며 김 나인은 설핏 생각했다. 그때.

"마마. 비서승이 내방하였나이다."

들려오는 말소리에 김 나인은 벌떡 몸을 일으켰다. 그리고 앉아 있는 향을 향해 허리를 숙인 후, 재빨리 방을 빠져나간다.

열린 문 너머로, 도겸은 문지방을 밟고 방 안으로 발을 디뎠다. 자신을 지그시 응시하고 있는 향을 향해 씨익 웃음을 내보인다.

"오랜만입니다, 마마."

"오랜만은 무슨."

향은 비식 웃으며 대답했다. 그리고 자신과 마주 앉는 도겸의 얼굴을 바라본다. 시간이 지날수록 수척해지는 그. 그 모습을 보니 어쩐지 마음 한구석이 찌릿하게 아파왔다.

"편전이 파하였습니다. 그리고 재미있는 이야기가 들려오지요."

음? 향은 도겸의 말이 이해가 되지 않는다는 듯 고개를 갸웃거렸다.

"작금 폐하께서 마마의 손을 들어주신 것을 모르십니까?"

"그게 무슨 말이더냐?"

"금모충이 본디 호(蒿)에서 나는 독충인 것을 알고 계시지요? 그것을 편전이 열렸던 날 태위가 황제 폐하께 고하였나이다. 때문에 마마께 혐의가 돌아간 것은 물론이고, 태자 전하 또한 난처하게 되셨지요."

향은 미간을 좁게 찌푸렸다.

사달이 일어났던 엊저녁, 자신은 침소에서 잠이 들었다 일어난 것뿐이다. 금모충이고 뭐고 아무것도 모른다는 말이다. 그러한데 이런 애먼 사람을 잡고 네가 하였냐 네가 시켰냐 하니 어찌 화가 나지 않을 수 있을까.

그러나 혐의는 대략 풀린 터. 엊저녁 진원이 황후에게 으름장을 놓지 않았더냐. 괜한 곳에 힘을 빼지 말자. 향은 그리 생각하며 다시금 턱을 들어 입을 열었다.

"내가 한 짓이 아니네."

"당연히 알고 있습니다."

그 사달은 사실 태자께서 벌이신 것이니까요. 도겸은 튀어나오려는 말을 간신히 집어삼키며 울대를 달싹였다.

단향에게 말할 수 없다. 괜스레 끼어 사이를 떼어놓을 생각은 없었기…… 아니, 그럴 생각이…….

'정녕 없는가?'

도겸은 자신도 모르게 입을 헙 틀어막았다. 정녕 그럴 생각이 없는가? 사실은, 떼어놓고 싶은 것이 아닐까? 가짓부렁이라도 고해 향을 옭아매고 싶은 마음이, 정녕 없는가?

도겸은 순간적으로 치고 올라온 묵직한 감정에 가슴팍을 두드리며 몸을 웅크렸다. 아니다. 나는 그렇게…… 배은망덕한 이가 아니다.

공을 들여 마음을 추스르며 짧게 숨을 내쉰다. 그리고 자신의 다음 말을 기다리는 향을 향해 다시 한 번 싱긋 미소를 짓는다.

"……하나, 폐하께서는 태위의 말을 들으셨음에도 도만호에게 마마를 문책하지 말라는 명을 내리셨으니, 마마의 손을 들어준 것과 다름없는 것이 아니겠습니까? 때문에 마마의 쪽으로 판세가 조금씩 기울고 있는 판국이지요."

"기운다……."

향은 말끝을 흐리며 피식 실소를 내지었다. 판세가 기운다. 내 무얼 한 것이 있다고? 가만히 동궁에 틀어박혀 죽을 날만 세고 있지 않았던가.

'한낱 몽상일 뿐이거늘.'

몽상일 테다. 진원의 따뜻하였던 말길도, 녹녹하였던 눈발도 모두 다…… 망령된 생각일 테다.

한울에게 하였던 말들은 자신을 향해 해야 했던 말들과 다름없다는 생각이 들었다. 오르지 마라. 분수를 알아 조용히 살아라……. 피식, 향은 바람 빠진 소리를 내며 고개를 가로저었다. 그 모습이 마치 부러진 매 날갯죽지처럼 보여, 도겸은 저도 모르게 눈을 찡그릴 수밖에 없었다.

침묵. 후에 도겸은 사뭇 떨리는 마음을 가라앉히며 넌지시 말을 건넸다.

"마마께서 원하는 것이 무엇이셨습니까? 처음 적(赤)에 오실 때, 마마께서 염원하던 것이요."

향은 자신도 모르게 미간을 좁혔다. 반년의 시간도 흐르지 않았건만, 까마득한 옛 시절이라 환기하는 자신에게 화가 났기 때문일까. 두 손을 맞붙잡으며 손가락을 오므라뜨린다.

"적의 안주인의 되어 어머니의 원수를 철저하게 짓밟는 것. 그것이지."

"……그것뿐이십니까? 행복하게 살고 싶다, 후의 생을 아름답게 마무리하고 싶다는 마음은 없으셨습니까?"

"전혀. 어머니의 원수를 갚지 못한다면 내 죽어도 눈을 못 감을 것

같네. 작금 원하는 것은 하나뿐이야. 호의 중전과 그 딸년을 잡아 찢어 죽이는 것."

중전, 그리고 혜령. 이 둘을 금수 우리에 처박아 사지가 찢기는 것을 관망할 테다. 내 어미가 아파하였던 것처럼, 내가 고통스러워하였던 것처럼 그들도 똑같이 만들어줄 것이다.

향은 주먹을 바르쥐었다. 훅 치고 올라온 화기에 이를 바득 갈며 눈을 내리감는다.

"……피를 묻히실 겁니까?"

"어쩔 수 없는 일이지. 하기 싫다 하여 피할 수 있는 것이 아니야."

"저는 쉬이 이해가 안 됩니다."

도겸은 잠시 입술을 다물었다. 도무지 이해가 되지 않았다. 진원도, 단향도. 모두가 다. 쉬이 받아들일 수 없는 말만 하는…….

다시 입술을 연다. 눈길을 내려 향의 바르쥔 주먹을 바라본다.

"피는 피를 부릅니다. 남의 피를 뒤집어쓰는 것은 제 피를 내어주는 것과 같습니다. 훗날 돌이켜 보면 득이 되는 것은 아무것도 없을 터인데. 왜, 왜……."

"그것은 아직 그대가 겪어보지 못했기에 그리 생각하는 것이야."

향은 도겸의 말허리를 뚝 끊으며 답했다.

겪어보지 못한 일에 대해 왈가왈부하는 것만큼 멍청한 짓은 없다. 알지 못하기에 저리 쉬이 말하는 것일 테다. 알지 못하기에, 사랑하는 혈육을 잃은 아픔을 뼈저리게 느끼지 못하였기에…….

"그대의 마음을 가장 크게 차지하고 있는 이는 누구인가?"

도겸은 눈을 가늘게 뜨며 고개를 올렸다. 호롱불에 의해 오롯하게 빛나고 있는 향의 자태를 바라본다.

"그이가 그대의 앞에서 고꾸라져 죽었다 생각해 보게나. 그대가 연정하는 이를 죽인 짐승을, 그대는 용서할 수 있는가? 피를 묻히기 싫다는 연유로 묵과하여 넘길 수 있을 것 같아?"

향이 죽는다면. 내 앞에서 생명의 빛을 잃는다면. 더 이상 저 빛나는 눈을 바라볼 수 없게 된다면.

도겸은 애써 침을 끌어 모아 삼켰다. 그럴 일은 없을 테다. 없을 게야. 목 끝까지 차오른 멍울은 내리누르며 숨을 가다듬는다.

"훗날 있을 득을 바라고 하는 것이 아니네. 작금 내가 그 일을 행하지 않는다면, 설욕을 갚지 못한다면, 득은커녕 내게 해가 될 것을 분명히 알기 때문이야."

"……여전히 이해할 수 없습니다."

도겸은 고개를 푹 떨어뜨리며 대답했다. 그러나 향은 구태여 말을 잇지 않았다. 가뜩이나 혼란스러운 머리통, 괜한 근심을 집어넣어 뒤흔들리게 하고 싶지 않았기 때문이다.

긴 묵언의 시간. 틈을 타 향은 손을 뻗어 창을 열어젖혔다. 그를 넘어 묵직한 밤공기가 흘러들어 왔다. 스멀스멀 땅을 기어 다니는 검푸른 기운에 조알만 한 소름이 우둑 돋았다.

"어찌 되었든, 마마를 찾아온 연유를 말씀드리자면."

길고 길었던 침묵의 끝은 도겸의 다시금 가벼워진 말길이었다.

"지금보다 더 큰일이 일어날 수도 있습니다."

"그게 무슨 말인가?"

눈을 크게 뜨며 몸을 앞으로 기울이는 향의 모습에 도겸은 빙그레 웃음을 내지었다.

그래, 더 큰일이 일어날 수 있다. 이번 사달은 장난처럼 여겨질 정도의 큰일이. 그 불똥이 향에게 튀기지 않도록, 신중에 유의를 해야 한다는 말이다.

그러나 아직 확실치 않은 일. 구태여 걱정을 만들 필요는 없을 테지. 도겸은 부러 미소를 띠고 가벼운 어조로 재차 말을 이었다.

"확실하진 않습니다만…… 여튼, 큰일이 일어날 수도 있습니다. 마마께서도 조심에 또 조심을 해야 한다는 말입니다."

향은 몸을 되돌리며 고개를 까딱 움직였다. 녹녹한 미소를 짓고 있는 도겸을 응시한다. 무슨 뜻이 담겨 있는지는 모르겠지만…… 어찌 되었든 걱정에서 비롯된 말일 테니 해가 되는 것은 없을 테지. 그리 생각하며 고개를 끄덕였다.

"뭐, 물론 전하께서 마마를 비호하여 주실 테지만요."

도겸은 어깨를 으쓱이며 말했다. 힐긋 향의 눈치를 살핀다.

"말도 안 되는 소리를."

"말이 되니 하는 것이지요. 좋으시겠습니다, 이젠 저뿐 아니라 전하 또한 마마의 뒤에 서 있으니."

"나를 놀리는 게야?"

"설마요."

파삭 인상을 찌푸리는 향. 눈을 흘기며 도겸을 바라본다. 그러나 그 안에 담긴 것은 노기가 아닐 터.

자신을 토닥여 위로해 주던 도겸의 모습과 자신에게 사랑을 고하였던 진원의 모습이 중첩되어 눈앞에 펼쳐졌다.

훅 꺼질 것만 같은 환영. 시큰함이 코끝에 머무르는 듯싶었다. 애써 시선을 되돌리며 눈을 내리감는다.

"부럽습니다."

뜻을 알 수 없는 말. 도겸은 피식 실소를 뱉으며 고개를 가로저었다.

"전하가, 그리고 마마가요."

향은 두 눈을 올려 떠 도겸을 바라보았다. 그의 눈에는 깊고도 넓은 심연이 머물러 있었는데, 그 모습이 마치 바람에 날아가 사라질 것만 같아 보여…… 향은 아무런 대답도 하지 않았다. 아니, 답을 할 수 없었다.

"저는 언제쯤 기억해 주실 겁니까, 마마?"

도겸은 말을 돌리겠다는 듯 해맑게 웃으며 향에게 몸을 기울였다.

기억, 기억……. 칠 년 전 도겸과 만났던 그때. 흐릿한 기억을 더듬으며 향은 눈동자를 데굴 굴렸다.

"그리 오래전 일도 아니거늘 왜 기억이 나지 않을까. 혹 내게 몹쓸 짓이라도 한 게야? 그렇지 않고서야 떠오르지 않을 리 없을……."

"모, 몹쓸 짓이라니요. 그, 그럴 리 없지요."

"왜 말을 더듬는 겐가?"

"그, 그것은……. 하, 하하……."

도겸은 뒷머리를 긁적이며 몸을 되돌렸다. 꿀꺽. 침을 삼킨다. 기억해 주길 바라지만 동시에 기억하지 않기를 바란다. 그 이유는…….

"어휴, 냄새. 너는 똥간에 빠지기라도 했니? 똥내가 십 리 밖까지 퍼지겠다. 기지배야."

"어쩔 수 없잖아. 나흘이나 못 쌌던 걸 게워냈는데."

열린 창밖에서 궁인 둘이 떠드는 소리가 들려왔다. 우스갯말에 향은 피식 웃으며 손으로 입을 가렸다. 그때,

"아, 아……!"

불현듯 머리를 스쳐 지나가는 것이 있었으니. 향은 눈을 휘둥그레 뜨며 도겸을 향해 삿대질을 했다.

"너, 너는……! 그때의……!"

칠 년 전 호나라. 그리고 똥간.

"그 개자식!"

향을 처음으로 사지에 몰아넣었던, 그 빌어먹을 자식.

그는 바로 자신의 눈앞에 앉아 있는 비서승 도겸이었다.

❋

호나라. 이백삼십삼년 타오름달 엿새날.

"좋은 아침입니다, 마마."

다소 가파른 숨을 내쉬며 다가온 도겸이 말했다. 그의 말대로, 아침녘 햇살은 따스했으며 푸르른 녹음이 잔가지를 흔들어 은색 물결을 만들고 있는 때였다.

향은 천천히 몸을 돌린다. 그리고 벙글벙글 웃고 있는 도겸에게로 가볍게 고개를 숙인다.

"공기가 참 맑고 좋네요. 바람도 시원하니…… 호나라는 항시 이런 날씨인가 봅니다."

"매번 같지요."

"조반은 들으셨습니까?"

"네."

"하면, 산보를 나오신 겁니까?"

"네."

단향의 성의 없는 대답에 도겸은 긴 숨을 들이마셨다.

매일반 이런 식이었다. 호에 처음 발을 디딜 때 보았던 소녀가 단향 공주임을 알게 된 도겸이 하루가 멀다 하고 찾아와 얼굴을 비춰도 향은 매번 짤막하게 답만 할 뿐 더 이상 말을 잇지 않았다. 그에 도겸에게 오기가 생기는 것은 당연한 일이었다.

"이만 들어가 보겠습니다. 더 구경하시다 돌아가시지요."

그 느릿한 말과는 다르게 향은 빠른 몸짓으로 뒤돌아 걸어갔다. 쩝, 도겸은 입맛을 다시며 향의 가지런한 뒷모습만을 바라본다.

"내 일평생 느껴보지 못한 감정을 이곳에서 느끼는구나. 이리될 줄 누가 알았겠는가?"

멀리서 보아도 꽃이었고, 가까이 다가가니 더욱 고운 꽃이었으니. 향의 주위에 갈 때마다 코를 찌르는 짙은 향이 도겸의 주변을 맴돌았다. 맴돌고 맴돌아 도겸의 가슴 깊은 곳까지 파고든 향은, 이내 그의 눈을 멀게 하고 입을 메마르게 만들었다.

이를 어찌하면 좋을꼬? 첫눈에 반하는 인연이 있다 하더니, 그것이 바로 향이었나 보구나.

도겸은 손끝을 가지런히 모으며 쓸쓸한 미소를 내비쳤다.

"천하의 호색한이 그리 애를 태우다니. 이런 모습을 내 홀로 보기 참으로 아쉽구나. 어디, 적(赤)에 돌아가서도 그러지 않으련?"

"아버지!"

사공(沙工). 도겸의 아비. 바로 등 뒤에서 들려온 그의 목소리에 도겸은 반색하며 환한 웃음을 지었다.

"아직도 제자리인 게냐?"

모든 것을 통찰했다는 듯 사공은 오른 눈썹을 까딱이며 말했다. 도겸은 어깨를 으쓱 올리며 허튼 숨을 뱉는다.

"뭐, 같지요. 애초부터 본래 자리에 있던 공주였는데, 제가 감히 다가갈 수나 있겠습니까."

"쯧. 언제부터 그리 자신감이 없어진 것이냐. 기방에서 기녀들을 꾀던 모습은 어디로 가고?"

"누가 들으면 어쩌시려고! 꾀다니요, 제가 부러 꾄 적은 없습니다. 이 잘난 자식을 쫓아오는 이가 많은 것뿐이지요."

"말이나 못 하면, 쯧."

사공은 혀를 차며 고개를 절레절레 흔들었다.

"한데, 호에 오기를 참으로 잘한 것 같습니다."

이미 사라져 버린 향의 내음을 품고 있던 도겸이 불현듯 말했다.

"오냐. 나도 네놈의 이런 모습을 볼 줄 상상도 못 했으니."

"뭐, 사내는 계집 하기 나름이라 하지 않았습니까."

"그 계집을 꾈 수 있다면야 맞는 말일 테지."

"너무하십니다, 아버지."

도겸은 입을 비죽 내밀며 토라진 듯 몸을 휙 돌렸다. 사공은 그런 도겸의 모습에 하하, 너털웃음을 짓는다. 그래, 말대로.

도겸은, 본래의 기질이 출중하니 욕심만 있다면야 충분히 더 높은 자리에 올라갈 수 있음에도 불구하고, 그놈의 계집이 무언지 치마폭에 빠져 하루가 멀다 하고 사고를 일으키던 자식이었다.

윤가의 불명예라 불릴 만큼 수치스러운 독자(獨子).

혹 이것이 조상의 벌이 아닐까 노심하고 초사하던 사공이었지만, 호에 당도하고 도겸이 단향 공주와 마주한 그 순간부터 모든 걱정이 사라졌다 하면, 호의 대왕은 무어라 말을 할까.

호의 공주와 적 사공의 독자라. 이 어찌 좋은 궁합이 아니겠는가? 사공은 단향 공주의 다홍빛 치맛자락을 떠올리며 작은 미소를 지었다.

"계집이란 매일반 아니겠느냐. 혹 모르지. 궁인들을 닦달하면 공주에 대한 좋은 정보가 캐어 나올지. 머리를 쓰란 말이다, 머리를. 이 멍청한 자식아."

"아버지! 어찌 하나뿐인 자식에게 그런 말씀을 하실 수 있습니까.

소자, 마음이 찢어질 듯 아프옵나이다."

"씨알도 안 먹힐 소리를 하고 있구나. 내 너를 누구보다 잘 아는데 그리 거짓을 말하면 내가 속아 넘어갈 줄 아느냐?"

그것은 절대 아니지요. 도겸은 배시시 웃으며 머리를 긁적였다.

아아, 방금 전 헤어졌는데 어찌 이렇게 또 보고 싶은 것일까. 참으로 묘한 여인이야, 정녕.

헤벌쭉 웃는 도겸. 그런 아들을 가만히 보던 사공은 고개를 절로 흔들며 혀를 쯧쯧 찼다.

"내일 동이 트는 대로 출발할 예정이니 오늘 안에 끝을 내야 한다. 사내자식이 질질 끌 것이 뭐가 있겠느냐?"

"내, 내, 내일요? 그렇게나 일찍?"

눈을 휘둥그렇게 뜬 도겸이 놀란 듯 큰 목소리로 반문했지만, 사공은 대수롭지 않다는 듯 가볍게 고개를 끄덕였다.

이런, 빌어먹을. 도겸은 이마를 손바닥으로 탁 치며 한숨을 내쉬었다. 내 너무 안일하게 생각했구나. 하면, 이를 어쩐다······.

엄지손가락을 자근자근 씹으며 아비를 슬쩍 바라본다. 하나 아비는 '폐하의 전언이니 어쩔 수 없다'는 답을 할 뿐이었다.

"궁인들을 닦달하라 하셨지요? 그리하면 좋은 수가 생기겠지요?"

"낸들 알겠느냐. 네놈이 어찌 행하느냐에 따라 달린 거겠지."

"아, 정말 어렵습니다. 어려워요. 계집이란 게 원래 이렇게 어려운 것이었습니까?"

"천 길 물속은 안다 하여도 사람 속은 모른다 하였거늘, 계집 마음을 얻기가 그리 쉬운 줄 알았더냐?"

도겸은 고개를 절레 흔들었다. 그래, 일단 아비의 말대로 궁인들에게 향의 이야기를 캐내야 할 것 같았다. 하루, 아니, 한나절밖에 시간

이 안 남았으니 서둘러 움직여야 했다. 여기까지 생각한 도겸은,

"이만 가보겠습니다. 대왕 전하께 인사를 올려주시지요."

라는 말을 남긴 채 휘적휘적 빠르게 걸음을 옮겼다. 그런 아들의 뒷모습을 바라보고 있는 사공의 얼굴엔 흐뭇한 미소가 남아 있었다.

풍덩, 깊은 우물에 두레박을 던지는 소리였다. 덥지 않은 날씨임에도 불구하고 끙끙대며 물을 긷고 있는 이 나인의 이마엔 송골송골 땀방울이 맺혀 있었다. 아이고, 힘들다. 이를 꽉 물며 밧줄을 잡아당긴다. 물의 수위가 낮아진 것인지, 날이 갈수록 무겁게 느껴지는 두레박에 절로 한숨이 흘러나왔다. 그때.

"어여쁜 아가씨가 이런 허드렛일을 하면 어찌하나. 이리 주게나. 내가 도와주지."

"에그머니!"

갑작스럽게 나타난 도겸이 이 나인의 손을 덥석 부여잡고 함께 밧줄을 끌어당겼다. 어잇챠, 힘을 한 번 주기가 무섭게 스르륵 올라오는 두레박. 도겸은 익숙한 손길로 두레박에 담긴 물을 항아리에 조르르 따라냈다.

"어디로 날라야 하는 겐가? 무거울 텐데, 내가 들겠네. 주게나."

"아니, 아닙니다요. 어찌 이런 잡일을 도련님께……."

"어허, 그냥 두래도. 이 고운 손으로 이런 무거운 짐을 들게 할 수 없지. 앞장서게나. 뒤따라갈 터이니."

"하, 하나……."

곱다 말하기엔 다소 무리가 있는 나인이었지만, 도겸은 벙글벙글 웃으며 나인의 두 손 위에 자신의 손을 얹고, 특유의 눈웃음을 치며 눈을 마주했다. 순간의 열기로 화르륵 붉어지는 나인의 얼굴. 역시나.

도겸은 마음속으로 쾌재를 부르며 두 손에 더욱 힘을 주었다.

"공주 마마의 잡역 궁인이었지, 그대가?"

"예, 예, 맞습니다요. 이 물도 향전에 가져가는 것이구요."

"오호, 참으로 아쉽게 됐어. 그대가 적(赤)의 궁인이었다면 내 어떻게든 그대를 빼왔을 텐데. 이런 고운 얼굴로 평생을 궁에 있어야 하다니…… 참으로 비탄스러운 일이야."

나인은 생전 처음 들어보는 말에 기쁨을 감출 수 없다는 듯 입을 쭉 찢으며 헤벌쭉 웃음을 지었다. 얼굴에 있는 곰보 자국이 햇빛에 더욱 도드라져 보였다.

"한데, 내 그대에게 몇 가지 묻고 싶은 게 있는데…… 답해줄 수 있겠는가?"

조심스러운 말길이었다. 그 속에는 분명 검은 뜻이 담겨 있는 것이었으나, 이미 헤까닥 눈이 돌아가 눈앞도 보지 못하는 나인은,

"어이구, 무엇이든 물어보세요. 궁 안의 모든 소식은 다 제 귀를 거친다니까유. 이래봬도 소식통이라 할 수 있읍죠."

도겸의 예상과 너무도 잘 들어맞는 대답을 내뱉었다. 도겸은 빙긋이 웃으며 나인의 어깨를 부드럽게 쓰다듬는다.

"하하, 그리 들으니 더욱더 고와 보이는구나. 하면……."

숨결이 맞닿을 정도로 얼굴을 가까이 붙이고, 다른 손으로 나인의 뺨을 쓰다듬으며.

"공주마마에 대해서 물어도 되겠는가?"

공주를 꾈 수 있는 방법을.

정오 때가 다 되어가는 시점이었다.

아침녘 다소 차가웠던 바람은 이내 그 기세를 우그러뜨리며 바닥으

로 몸을 숙였고, 바닥에 깔린 찬 공기 위에 따뜻한 공기가 두텁게 막을 씌웠다.

봄이구나. 아지랑이 넘실거리는 따사로운 세상이 사뭇 가깝게 다가왔다. 지지배배 우는 새소리와 더불어 향긋한 풀 내음이 풍겨져 왔다. 어쩐지 기분이 좋아질 참. 그때.

"마마! 공주마마!"

익숙한 목소리. 나흘간 내리 들었기에 익숙해진 목소리. 향은 자신만의 세상을 방해한 '낯선' 사람의 모습을 보고 싶지 않다는 듯, 한숨을 내뱉으며 부러 몸을 돌리지 않았다.

'마마!'

재차 자신을 부르는 말에 향은 미간을 짙게 찌푸리며 찬찬히 몸을 돌렸다. 고개를 들어 시근벌떡 숨을 내쉬고 있는 도겸을 응시한다. 그의 얼굴에는 환한 미소가 걸려 있었으나, 향의 얼굴에는 가감 없는 불쾌함이 그득 담겨 있었다.

"무슨 일이신가요?"

"하아, 하아, 마마께 드릴 것이 있어서 말입니다."

도겸은 잠시 말을 멈추고 가팔라진 숨을 골랐다. 후. 그리고 허리에 힘을 곧추 준 뒤, 고개를 갸웃거리고 있는 향의 얼굴을 하나씩 뜯어 제 눈에 그득 담아냈다.

'어찌 이리 고울꼬?'

스스로도 막을 수 없는 희열의 미소가 절로 흘러나왔다. 훅 치고 올라온 감정을 내려앉히며 재차 어깨를 달싹거린다.

잠시의 침묵. 후에 도겸은 재빠른 손짓으로 품속을 뒤적거리며 무언가를 꺼내 들었다. 빨갛고 빨간, 조알만 하게 작고 작지만 그 속은 꽉 차 있는……

"산수유?"

산수유 열매와 그 꽃이었다. 도겸이 덥석 쥐어주는 열매를 엉겁결에 받은 향은 미간을 좁히며 그를 올려다보았다.

"마마께서는 산수유 열매를 아주 좋아하셔유. 저는 도저히 못 먹겠는데, 마마는 아주 잘 드십지요. 꽃도 좋아하시니 같이 가져다 드리면 필시 좋아하실 거여유."

도겸은 나인과의 대화를 떠올리며 자랑스럽다는 듯 어깨를 쭉 폈다. 탄탄한 가슴팍을 내밀며 만족스러운 미소를 짓는다.

"마마께서 즐겨 드신다 들었습니다. 그래서 뒷산에 올라가 한참을 뒤져 찾아냈지요. 어찌, 때깔이 좋지 않습니까? 암요, 누가 찾아온 것인데요."

대체 누가 말한 건지. 향은 눈가를 달싹이며 눈썹을 추켜 올렸다.

얼핏 보니 도겸의 머리칼과 옷가지에 잔가지와 풀들이 그득 묻어 있었다. 칼칼한 흙냄새. 그리고 얼굴과 몸에 나 있는 생채기. 그것들이 너무도 확연하게 보여 향은 더욱 인상을 찌푸렸다. 그리고 차가워진 손끝을 어루만지며,

"……이런 건 수라간에도 많이 있는걸요."

다소 날카로운 어조의 말을 내뱉었다. 길지 않은 침묵, 끝에.

"예?"

당황한 도겸이 눈을 크게 치켜뜨며 반문했다. 하나 향은 그런 도겸의 모습에도 아랑곳하지 않고, 옆에 있는 궁인에게 열매를 넘겨준 후 손을 탈탈 털어냈다.

"어찌 되었든 고맙습니다. 그럼, 이만."

"마, 마마!"

그리고 휙 등을 돌린 후, 순식간에 도겸의 시야에서 사라진다. 저 작은 몸뚱이로 어찌 저리 빠른 걸음을 낼 수 있단 말인가? 도겸은 순간적으로 힘이 풀린 다리를 간신히 일으켜 몸을 지탱했다.

"하, 하하…… 하하하……."

헛웃음을 뱉는다. 단향이 좋아할 것이라, 기뻐할 것이라 생각해 산속을 뒤진 것이었는데, 어찌 저리 매정할 수 있단 말인가?

"젠장맞을."

깊은 숨을 내쉰다. 이걸 어쩐다. 정녕 어쩐다. 두 손에 얼굴을 묻으며 입술을 달싹인다.

마마가 좋아하는 것을 주었다가 실패한 것이니, 그렇다면…….

도겸은 얼굴을 번뜩 들었다. 그리고 자신의 앞을 스쳐 지나가는 무수리에게로 뛰어가,

"여보게, 지금 바쁘신가?"

"예, 예? 아니, 아닙니다. 무, 무슨 일이신지……."

어깨를 부여잡고 말을 건넨다. 당황한 듯 몸을 움츠리며 눈을 내리까는 그녀.

"마마께서는 동물을 제일 싫어하시지유. 특히 쥐같이 작은 것들 있습죠? 쥐가 나왔다 하면 그 길로 기겁하며 방방 뛰어 다니신다니까유. 먼젓번에는 까무룩 기절도 하신 거 있쥬?"

도겸은 빙긋이 웃음을 지었다. 그리고 무수리의 코앞까지 얼굴을 가져다 대고, 녹을 듯 다정한 어조로.

"쥐 한 마리만 잡아올 수 있겠는가?"

"마마! 천천히 가셔요, 마마!"

궁인은 앞서 가는 향의 발걸음을 뒤따르며 소리를 내질렀다. 우뚝 몸을 멈추는 향. 그런 향의 얼굴엔 불쾌함이라는 끈적끈적한 감정이 질척하게 묻어 있었다.

"마, 마마, 혹…… 성이 나신 거여요?"

"그런 거 아니야."

"하, 하오나……."

궁인은 손을 바로 모으며 말끝을 흐렸다. 슬쩍 향을 올려다본다. 말로는 아니다 하지만, 분명 단단히 성이 난 듯싶었다.

"도련님을 왜 그리 밀어내시는 거여요. 보아하니 나쁜 분은 아닌 것 같은데……."

궁인의 말에 향은 잠시 숨을 멈췄다. 데구루루 굴리던 눈동자 또한 멈춘 채 엉그름이 가 있는 흙바닥을 응시한다.

행년 열셋. 머리가 트인 지 오랜 시간이 흐른 것이 아니니, 궁인들에게 부리던 어리광을 간신히 거둔 나이일 뿐이었다.

이리 어린 나이에 어찌 남의 마음을 쉬이 받아들일 수 있겠는가?

제 마음에 품은 이는 어미와 아비 둘뿐이었고, 다른 이가 들어올 자리는 결코 존재치 않았다.

결과로 도겸의 마음을 받아들이는 것은 무리요, 또한 사치라고 단언하니, 그의 다정한 행동을 볼 때마다 거부감이 드는 것은 어쩔 수 없는 일이었다.

향은 자신도 근원을 알지 못하는 감정을 애써 억누르며 작은 선웃음을 내비쳤다.

"저런 한량 같은 이는 싫어."

"마마, 누가 들으면 어쩌시려고……."

"왜. 맞는 말을 한 건데. 나는 싫어, 저렇게 능글맞은 사람."

말을 마친 향은 궁인이 들고 있는 산수유를 들어 입으로 우적우적 집어넣었다.

맛은 좋구나. 들리지 않는 말을 중얼거리며 붉은 즙을 입술에 묻히고 오물거리는 모습이 퍽이나 귀엽다.

'이리 도련님을 밀어내기만 하면 어찌할꼬.'

궁인은 숨을 크게 들이마시며 쯧 혀를 찼다. 대왕 전하께서는 둘의 관계를 흐뭇하게 보시는 것 같았는데……. 힐긋 향을 바라본다. 이런 마음을 아는지 모르는지, 열매를 다 먹은 향은 입맛을 다시며 입술을 혀로 핥고 있었다.

그때 사르르, 배에서 옅은 통증이 느껴지기 시작했다. 끄응, 향은 어깨를 움츠리며 작은 신음을 내뱉었다. 이 통증은 분명…….

"마마, 어디로 가십니까?"

"……따라오지 마. 혼자 갈게."

뒷간이렷다. 향은 벌겋게 올라온 양 뺨을 두 손으로 감싸 안은 채 빠른 걸음으로 후원을 걸어 나갔다. 빈속에 날것을 집어넣으니 탈이 나지. 꼬로록, 요상한 소리를 내는 배를 돌돌 쓰다듬는다. 끄응, 다시 한 번 신음을 내며 걸음을 재촉한다.

그때에 도겸은, 향의 뒤편에서 발걸음을 재우치고 있었다.

오른손에는 무수리가 잡아다 준 쥐의 꼬리를 쥐고 있었고, 왼손은 그런 쥐를 가리고자 부채를 널찍하게 펴고 있었다.

찍찍, 쥐의 울음소리가 들렸다. 호의 쥐가 다 이런 것인가. 크기도 팔뚝만큼 크고 이빨도 뾰족하여 날카로우니. 향이 이것을 본다면 기겁하여 엉덩방아를 찧을 것이 분명하였다.

도겸은, 그때를 노리는 것이었다. 쥐를 보고 혼비백산하는 향에게 다가가 그를 쫓은 후 그네를 감싸준다면, 향은 보다 마음을 열고 저를 구해준 은인이라 여길 것이라고 어린 도겸은 감히 단언하였다.

"네가 잘 해줘야 한다."

도겸은 쥐의 뒤꽁무니를 살살 매만지며 말했다. 찍찍, 재차 쥐 울음소리가 들렸다.

그와 동시에, 저 멀리 걸어가는 향의 모습이 보였다. 도겸은 발소리를 죽이며 슬금슬금 향에게로 다가갔다. 그리고 점처럼 작던 향이 멀지 않게 보일 때에.

"가라!"

쥐를 바닥에 놓고 잡고 있던 손가락을 떼어냈다. 찍찍, 쥐는 경쾌한 소리를 내며 일직선으로 달려가기 시작했다.

옳지, 옳지! 향의 걸음을 따라 그대로 달려가는 쥐의 꽁무니를 보며 도겸은 흐뭇한 미소를 자아냈다. 이제 향이 기겁하며 쓰러질 일만 남았군. 어깨를 들썩이며 가벼운 발걸음으로 향의 뒤를 쫓는다.

"어? 어? 자, 잠깐만. 어?"

향의 걸음이 멈춘 곳은 후원 외진 곳에 있는 뒷간이었고, 향이 들어감과 동시에 아울러 쥐 역시……

순간의 침묵, 후에.

"꺄악!"

향의 비명 소리가 들렸다. 동시에 도겸은 경악스러운 표정을 지으며 냅다 도망가기 시작했다. 풍덩, 묵직한 무언가가 빠진 소리가 들렸다.

아, 빌어먹을!

"망했군."

바람을 가르며 후원을 질주하는 도겸의 입에서 나온 말이었다.

＊

　방 안을 화르륵 태울 듯 뜨거웠던 공기가 순식간에 가라앉았다. 열
기가 사라진 자리에 서늘함과 싸늘함이 묻어나기 시작했다. 냉기를
품은 대기가 슬금슬금 바닥을 긁으며 도겸이 앉아 있는 자리로 기듯
이 다가갔다.

　순간에, 마치 칼날처럼 날카로워진 공기는 도겸의 발목을 옭아매며
그의 목구멍까지 엉겨 올라갔다.

　"하, 하하…… 마마?"

　도겸은 칼칼한 목구멍을 가다듬으며 선웃음을 지었다. 향을 부르
며 눈을 치켜뜨지만, 돌아오는 것이라곤 얼어붙을 만큼 차갑고 냉정
한 눈빛뿐. 향의 눈동자에 서린 빛이 굽이치듯 일렁거렸다. 젠장맞을.
도겸은 끈적끈적한 침을 모아 삼키며 고개를 푹 숙였다.

　"내 그대를 잊을 줄 몰랐지. 그런 일이 있었음에도 내 그대를 잊을
수 있을지 몰랐지. 어찌 그대를 잊을 수 있었을까? 내가 병신이지, 내
가 병신이야. 하, 하하!"

　"하, 하하…… 그러게나 말입니다. 저를 알아보지 못하셨을 때에 제
가 얼마나 당황을 했던……."

　"개자식."

　향의 날카로운 말에 도겸은 숨을 멈췄다. 하하……. 서툰 웃음을
뱉으며 부러 눈길을 피한다. 향은 당장에라도 몸을 일으켜 도겸에게
달려갈 듯 엉덩이를 달싹거리며 거칠어진 숨으로,

　"내가, 내가 그리도 고까웠더냐? 똥통에 집어넣을 만큼 내가 그리
도 증오스러웠어? 어찌, 어찌……! 그런 고약한 짓을 했던 것이야?

이, 이……!"

"마, 마마, 그것이 아니오라……. 하, 하하……."

"웃음이 나오더냐?"

뚝. 도겸의 얼굴에서 웃음기가 사라졌다. 이거, 정말 장난이 아니구나. 그는 바싹 마른 입술에 침을 수차례 적시며 향의 울대를 살폈다. 뚝. 공기의 흐름이 멈춘 듯, 모든 것이 고요하다.

"내 눈앞에서 꺼질 시간을 딱 삼 초 줄 것이야. 당장 사라지지 않으면……."

향은 몸을 일으켰다. 분을 참지 못해 바들바들 떨리는 몸뚱이가 한눈에 들어왔다. 도겸의 눈동자에 두려움의 빛이 스쳐 지나간다.

"그대를 정히 죽여 버릴 게야."

한 걸음, 도겸에게로 다가간다.

'하나, 두울…….'

입술을 달싹이는 향에, 기겁을 하며 재빨리 방을 뛰쳐나간다.

"마, 마마. 저, 저는 이만!"

"빌어 처먹을 자식!"

복도에는 분에 가득 찬 향의 외침이 울려 퍼졌으며, 도겸의 얼굴엔 다시금 시원한 미소가 걸려 있었다.

아주 오랫동안 품어왔던 기억의 끈이, 이제야 연결되는 기분이었다.

"마, 마마……."

김 나인은 향의 눈치를 살피며 말끝을 흐렸다.

그러나 그에 대답치 않은 채 창틀에 턱을 괴고 눈을 감고 있는 향. 비서승이 나간 직후부터 계속 저 모양새였다. 넋을 놓은 것처럼 보이기도, 아니면 깊은 상념에 빠져 있는 것 같기도 한 모습.

김 나인은 손끝을 마주 잡은 채 발을 동동 구를 수밖에 없었다.

그때에 향은, 떠나간 도겸의 향을 폐부에 깊숙이 채워 넣으며 그를 떠올리고 있었다.

칠 년 전 그때. 잊고 싶지 않았으나 잊어야 했던 그 기억. 충격에 기억을 잃었던 것인가. 향은 서툰 웃음을 내지으며 두 눈을 슬며시 올려 떴다.

도겸은, 어린아이의 어린 생각으로 그런 짓을 했던 것이 분명하였다. 돌이켜 생각하면 도겸이 자신을…… 마음에 품었다는 것이 확연하기에.

'그때를 잊지 못하여 작금 내 주위를 맴돌고 있는 것인가.'

향은 다시금 두 눈을 내리감았다. 파르르 떨리는 속눈썹에 무거운 시름이 얹혀 있다.

어찌 보면, 그와 자신은 참 닮은 구석이 많다는 생각이 들었다. 과거의 인연을 잊지 못한다는 점이, 다가가지 못하고 주위만 빙빙 맴돈다는 점이, 그리고…… 이루어지지 않는다는 점이.

향은 불현듯 실소를 내지었다. 아직도 똥통에 처박혔을 때의 기억과 향은 잊히지 않지만, 그때의 분노가 떠나지 않지만, 칠 년이나 지난 일. 애써 끄집어내 그를 질타할 수는 없지 않은가. 또한…… 작금 그것이 중요한 일이 아닐 테니.

그리 생각하며 향은 제 맘을 갈무리했더란다.

"있지 않느냐."

얼마 만에 듣는 향의 목소리인가? 김 나인은 재빨리 향에게로 달려가 재차 열리는 향의 소리에 귀를 기울였다.

"어쩌면 황후 폐하께 벌어진 이 일이, 끝이 아닐 것이란 생각이 든다. 무언가 더 큰일이 있을 것 같은…… 그런 안 좋은 예감."

"서, 설마요. 그럴 일은 없을 것입니다. 도만호 대감께옵서도 힘을 쓰고 있으시니, 빠른 시일 내에 실범이 잡혀 종지부를 찍을 것입니다. 그런 걱정하지 마시옵소서."

"……글쎄."

향은 괴고 있던 턱을 드러내며 대답했다. 작게 떨리고 있는 그네의 목소리가 향의 마음에 있는 불안감을 방증해 주는 것만 같았다. 저 역시 떨림이 옮았다는 듯, 김 나인은 어깨를 움츠리며 고개를 푹 숙였다.

"그 실범이 나로 몰린다면?"

"마, 마마!"

김 나인은 소리를 내지르며 향의 비죽 올라간 입꼬리를 응시했다. 무슨 생각을 하고 있는 것일까? 대체 어떤 흉한 생각을…….

꿀꺽. 울대가 달싹인다.

"왜, 황후께서도 나를 잡아들이지 않았더냐. 태위 또한 폐하께 내 이야기를 올렸다 하니, 순군만호부 대원들이 언제 어느 때 나를 잡아가도 이상치 않은 일이 아니겠느냐?"

"태, 태자 전하께옵서 계시지 않습니까. 전하께서 마마를 분명 비호하여 주실 것이니…… 그런 중상모략에 개의치 마시옵소서."

"중상모략이 아니라면 어찌하겠느냐?"

"마마!"

"하하. 농이다, 농."

향은 손사래를 치며 웃음을 흘렸다. 그에 후, 깊은 숨을 내뱉는 김 나인. 향은 그런 모습을 오롯이 응시하며 씁쓸한 실소를 내지었다.

태자가 나를 비호해 준다라, 나를 돌보아준다라…….

'그럴 리가.'

향은 다시금 창틀에 턱을 괴고 눈을 내리감았다.

내가 없으면 가장 득이 되는 이는 누구인가. 더 말할 필요 없이 한울이다. 그리 하다면 한울의 아비인 태위는? 그자 역시 내가 없어지길 바랄 것이다. 그렇기에 실범으로 나를 지목한 것일 테지.

태위가 나를 지목한 이상 도만호의 눈길을 피할 수는 없을 테다. 언제 어느 때 잡혀가 고초를 당할지 모르는 일이란 말이다.

그를 구해줄 이라고는 유일하게 태자뿐이지만, 태위와 손을 잡고 있는 이는 태자이고, 그는 태위의 뜻을 거스를 수 없을 터이니.

피식, 향의 벌어진 입술 사이로 뜨거운 숨이 새어 나왔다. 눈가가 바들바들 떨린다. 자신이 하지도 않은 일의 죗값을 받아야 할지도 모른다는 두려움일까.

향은 파르라니 굳은 입술을 꾹 깨물었다. 도겸의 걱정 어린 어조의 말길이 귀를 빙빙 맴돌았다.

그러나 이리 생각하고 생각에 잠겨있다 할지언정 해답은 나오지 않는 터. 향은 가팔라진 숨을 찬찬히 고르며 굳은 표정을 풀어내고자 노력했다.

"……산보라도 가자꾸나. 바람을 쐬고 싶어."

"네! 준비토록 하겠습니다."

향은 고개를 끄덕이며 또다시 창밖을 내다보았다. 가만히 바라보는 세상은 이렇게도 고요한데, 왜 내 마음은 이리도 요동치고 있는 것인지. 픽, 실소를 내짓는다. 그리고 김 나인이 주는 겉옷을 얌전히 건네받았다.

세상은 어느덧 감청색으로 물들여지고 있었다. 찬란했던 노을빛은 사라진 지 오래. 그 자리를 메우듯 쪽빛 바람이 정경을 흔들리게 만든다.

비를 품은 바람. 그러나 그 비를 언제 흩뿌릴지 모르는 변덕쟁이 구름.

언제 어느 때 소낙비가 내릴지 모르는 일이니, 이 역시 언제 어느 때 어떤 사달이 일어날지 모르는 궐의 상황과도 같이 느껴졌다.

"바람이 좋구나."

그러나 일어날 일이라면 반드시 일어날 터. 이 바람을 미리 느끼며 마음의 준비를 해놓아야 하는 것이리라. 더 이상 다치지 않게, 더 이상 아프지 않게.

향은 김 나인과 함께 자박자박 걸음을 옮겼다. 후원을 가로질러 걸어가고, 동궁 대문을 나서 황도의 한편으로 천천히, 아주 천천히 걸어간다. 마치, 적(赤)의 황실을 두 눈에 담아놓겠다는 양 그리도 뚜렷한 눈길과 발길이었다.

적막. 고요함. 오로지 대지를 훑는 바람 소리만이 무성할 때. 불현듯 말소리가 들리는 것 같았다. 향은 자신도 모르게 소리가 들리운 쪽으로 몸을 틀었다.

"……전하가 아니더냐."

"네, 맞습니다. 마마."

향은 그리 가까운 곳에 있지 않은 진원을 바라보며 짧은 숨을 내쉬었다.

"너는 나의 정인이다."

진원이 그리 애달프게 말하였을 때, 향은 자신도 모르게 그를 그러안을 뻔하였다.

"부디 사라지지 말아다오."

진원이 그리 쉽게 말하였을 때, 향은 그리하겠다 답을 할 뻔하였다. 그에게 큰 상처를 받고 받아도, 결국에 그 상처를 치료해줄 사람은 진원밖에 없음을, 그녀도 알고 있기 때문일까.

향은 진원을 향해 주춤 발을 내디뎠다. 손을 뻗으면 잡힐 것 같았다. 그렇게 그를 잡아 정녕 그 마음이 사실이냐 되묻고 싶었다. 그렇게, 향이 제 몸을 앞으로 튕겨내려 할 때, 시선 속에 꽂히는 것이 있었으니.

"양…… 제."

향은 입술을 꾹 깨물었다. 제 언제 발을 내디뎠냐는 듯, 서둘러 발을 되돌린다. 다행히도 치마에 가려져 움직임은 보이지 않았다만, 그렇다고 하여 치마폭이 흔들리지 아니한 것은 아니었다.

향은 그들을 주시했다. 진원과 한울을. 아니 태자와 양제를. 양제의 어깨를 따사로이 감싸고 있는 태자를. 양제의 귀에 무언가를 속삭이고 있는 태자를. 서로를 마주하며 달갑게 웃는 그들을!

"하, 하……."

잇새로 선웃음이 흘러나온다. 정녕, 웃기지 않지만 웃어야만 하는 상황. 그리하여 이 마음이 가라앉는다면 평생을 웃을 수 있겠으나.

"마, 마마…… 도, 돌아가는 것이 좋을 것 같사옵니다."

김 나인은 향의 시야를 가리며 말했다. 울음 대신 웃음을 토하고 있는 향을 안쓰러이 바라본다.

"당장."

향은 쉬이 말이 나오지 않는다는 듯 숨을 잠시 들이마셨다. 손끝이 차가워진다. 이것이 득이 될지 독이 될지는 모르는 법이나, 이것 말고는 방도가 없는 터였다.

"태위를 불러오거라."

소낙비가 내린다. 아니, 비가 내린다. 결코 멎지 않을, 그러한 비가.

❋

짙은 어둠이 세상을 집어삼키고 있는 때였다. 슬금슬금 밀려온 어
둑한 기운이 방 안을 그득히 채웠다. 밀려오는 검은 한기에 괜스레 소
름이 돋을 지경이었다. 그렇게 서늘하고 깜깜한 곳 한가운데에,

"어마마마, 몸은 괜찮으십니까."

정녕 '괜찮냐' 묻는 것이 아닌 듯 보이는 정현이 있었고,

"괜찮은 것으로 보입니까?"

그를 알아채기라도 한 양 버럭 화를 내는 황후가 있었다. 그들은
다상을 두고 마주 앉아 있었는데, 정현은 삐뚜름하게, 그 어미인 황
후는 꼿꼿하게 앉아 있어 왜인지 모를 괴리감을 주고 있었다.

"하하, 그리 역정을 내시면 어찌합니까. 소자, 어마마마가 염려가
되어 찾아온 것인데."

"황자."

어쩐지 비아냥거림이 담겨 있는 정현의 말을 무시한 채, 황후의 입
술이 재차 열렸다.

"이, 이 빌어먹을 반점이 사라지지 않습니다. 태의 말로는 세 달은
지나야 차차 흐려질 것이라 하는데, 이 얼굴을 하고 어딜 나갑니까?
이 얼굴을 하고 무슨 일을 합니까? 이, 이······!"

쾅! 다상을 내려친다. 찻잔에 담겨 있던 찻물이 흘러내려 다상을
흠뻑 적신다. 그에 찻잔을 들어 어루만지는 정현.

"이 어미의 분을 풀어주십시오. 내 복장이 터져 잠을 못 자고 있습니다!"

다상을 내려쳤던 것만큼 세차게 제 가슴을 쾅쾅 두드린다.

대체 누가 금모충을 뿌린 것인지! 도무지 알 수 없었다. 아니, 심증은 있으나 물증이 없었다. 뚜렷하게 보이나 그 속이 채워지지 않는 터에 발을 동동 구를 수밖에 없었다.

바득, 이를 갈고 있는 황후를 바라보던 정현의 입술에 걸쭉한 비소가 올라탔다.

"당연하지요. 어마마마의 한을 풀어드리기 위하여 제가 이곳에 온 것이 아니겠습니까."

고개를 까딱인다. 삐뚜름한 자세만큼 삐뚜름한 실소를 지으며 찻잔을 찬찬히 흔든다.

"태자를 죽이고 싶으십니까? 태위를 찢어발기고 싶으십니까? 한울, 그 계집년을 고아 삶고 싶으십니까?"

"예, 그것들을 모조리 죽여야 합니다! 내, 내 이런 수모를 겪은 것만 생각하면⋯⋯!"

황후는 분에 찬 말을 뱉으며 벌건 열을 가감 없이 드러냈다. 붉은 반점이 올라와 있는 얼굴에 벌건 빛까지 스며드니, 그것참 우스운 꼴로 보여 실소를 자아낼 수밖에 없었다.

"비, 태자비 그 계집도 잡아야 합니다. 그 계집을⋯⋯! 그 누구보다 먼저 처단해야 합니다. 그 계집만 없었더라면⋯⋯!"

"어마마마."

황후의 말허리를 뚝 끊는 정현. 그는 몸을 앞으로 숙여 황후와 더욱 가깝게 얼굴을 대고 누런 눈을 번뜩였다.

"몇 번을 말씀드리는지 모르겠습니다만, 호나라 옹주 따위는 작금 우리에게 중요한 이가 아닙니다. 그런 계집 따위는 훗날 천천히 처단하여도."

"아니, 아닙니다. 분명히 무언가가 있을 겁니다. 그 계집이, 꾸미고 있는 무언가가……!"

황후의 바르쥔 주먹이 바들바들 떨린다. 그 경기가 몸에까지 미처 어깨가 떨리고, 목이 떨리고, 얼굴이 떨려 파사삭 죽어간다.

벌건 빛은 사라지고 망자의 낯빛을 띠는 황후의 얼굴. 그에 정현은 절레절레 고개를 흔들며 잔을 내려놓았다.

"어마마마께서도 많이 쇠약해지셨나 봅니다."

호나라 계집, 단향이 설사 무엇을 꾸민다 하여도 그것은 두려워할 것이 아니다. 그 계집이 하면 무엇을 한다고. 무엇을 할 수 있다고. 할 수 있는 것이라곤 제 주제도 모르고 콧대를 내세우는 것밖에 모르는 계집 따위가.

정현은 힐끗 황후를 바라보았다. 마지막으로 보는 얼굴. 보다 제 눈에 그득 담아내기 위해서였다.

"물러설 때가 된 것인가요, 어마마마."

"황자! 어찌 그런 말을 할 수 있습니까? 아직 때가 아닙니다. 아직 내 정정하여……!"

황후는 지끈거리는 머리통을 부여잡으며 한숨을 내쉬었다.

내 배 아파 낳은 자식이라 하지만, 때로는 남보다도 못한 이와 같아 보여 불안감을 자아내곤 하였다. 그것이 늘 있는 일이라 하여도 불안함은 채 막을 수 없는 법. 딱딱 떨리는 이와 입술은 어찌할 수 없는 것이었다.

이런 황후의 마음을 꿰뚫기라도 한 듯, 정현은 빙그레 미소를 연이으며 황후에게로 찻잔을 내밀었다.

"그럼요. 알지요. 자, 고정하시고, 차라도 드시지요."

황후는 그 마음을 가라앉히겠다는 듯 제 앞으로 밀어진 찻잔을 들고 벌컥벌컥 차를 마셔냈다. 칼칼한 기운이 목구멍을 옭아매기 시작했다.

"어마마마. 어릴 적, 어마마마께서 제게 귀가 닳도록 해주셨던 말씀이 무엇인지 기억하십니까?"

주륵, 황후의 입에서 옥빛 찻물과 붉은 핏물이 흘러나오기 시작했다.

"쿨럭! 컥, 컥……. 화, 황자. 이, 이게 무슨……! 컥, 컥……."

"대를 위하여 소를 희생하라. 기억하시지요?"

"정현! 이, 비, 빌어먹……! 컥, 쿨럭……."

정현은 제 앞에서 널브러져 피를 토해내고 있는 황후의 뺨을 부드럽게 쓰다듬었다.

독. 황후의 찻잔을 쥐고 있을 때 몰래 독을 푼 것이리라.

"한을 풀어달라 하시지 않으셨습니까. 어머니의 가슴에 맺힌 그 한. 소자가 풀어드릴 터이니."

"켁! 켁! 쿨럭, 컥……."

"가는 길, 편히 가시옵소서."

황후의 눈동자가 차차 빛을 잃기 시작하였다. 누렇게 변색된 눈에 생기가 사라진다. 파리해진 얼굴에 차차 핏기가 사라진다. 입안에서 썩은 내가 지독하게 풍겨 나왔다.

"콜록, 컥, 컥……."

죽음. 너무나도 쉽게 찾아온 기운에 정현은 허탈하여 헛웃음을 내비칠 수밖에 없었다.

"이리 쉬운 것을요. 왜 애먼 금모충 따위를 뿌렸는고?"

황후의 맥박을 짚는다. 뛰고 있기는 하지만 아주 미약하다. 이대로라면 몇 시를 버티지 못하고 죽을 것이 분명하다. 씨익, 입꼬리를 올리는 그.

"이 역시 대를 위하여 소를 희생한 것입니다."

한 번 어긴 천륜, 두 번 어기지 못할 법은 없다. 이미 한 번 손에 피를 묻혔으니, 두 번이고 세 번이고 어려운 일이 아닐 터였다.

정현은 제 앞에서 쓰러진 황후의 입에서 흘러나온 피를 손과 옷자락에 묻히기 시작하였다. 그리고 곧,

"게 아무도 없느냐! 마마가 쓰러지셨다! 당장 태의를 불러와라!"

큰 소리로 바깥사람을 내리 불렀다.

거짓 눈물을 눈알에 그득 담고서. 그러나 그 추악하여 해참한 빛은 거두지 않고.

❋

"마마. 태위께서 내방하셨나이다."

"들라 하라."

향의 말이 끝남과 동시에, 궁인들의 힘에 의해 문이 드르륵 열리었다. 문이 완전히 열렸음에도 불구하고 태위는 방 안으로 몸을 들이지 않았다. 그저, 문지방 너머에 가만히 서 향을 지그시 응시할 뿐.

"왜 그리 서 계십니까. 들어오시지 않고요."

향은 빙그레 웃으며 말했다. 선녀가 하강한 듯 그리도 아름다운 모습이건만, 마냥 기껍게 다가오지 않았다. 꿀꺽. 늙은 목구멍을 따라 찐득한 침이 흘러내렸다.

"평안하셨나이까, 태자비마마. 소인, 부르심에 내방하였나이다."

"앉으시지요."

태위는 사붓 고개를 끄덕인 후 향의 맞은편에 앉았다. 그리고 향과 올곧게 시선을 마주한다. 팽팽하다. 팽팽하여 당장이라도 터질 것 같은 그러한 시선이 그들을 이어주고 있었다.

"급한 일이신가 봅니다. 그러니 이 늦은 시각에 다 죽어가는 늙은 이를 부르시지요."

"다 죽어가는 늙은이라니요. 제 눈앞에는 아직도 팔팔하여 사람 여럿 죽일 법한 장정이 앉아 있는데요."

부딪히는 빛은 불꽃을 점화시켰다. 새빨갛게, 샛노랗게, 시푸른 색으로 변모하여 타오르는 불길이 그들 주위를 넘실거렸다.

"소인을 놀리시는 게지요, 마마."

"그럴 리가 있겠습니까. 이 하찮은 태자비의 부름에 친히 내방하여 주신 것인데요."

"마마."

태위는 어금니를 바득 갈며 입을 열었다.

"미천한 소인을 부른 까닭을 알고 싶나이다."

"태위께서도 짐작하고 계시지 않습니까?"

향은 비스듬하게 고개를 젖히며 그를 응시했다. 그녀의 뒤편에 걸려 있는 보름달이 참으로 거대하다. 거대하다 못해 마치 태위를 잡아삼킬 듯……

"거래를 하지요."

환영을 떨친다는 듯, 태위는 고개를 흔들며 정신을 집중했다.

"무슨 수를 써도 좋습니다. 아니, 무슨 수를 써야만 합니다. 그러하여."

탁, 다상 위에 손을 얹는 향.

"호(皓)의 중전을 제 눈앞에 데리고 오세요."

침묵. 그들 사이를 오가는 것은 오직 긴장된 눈빛뿐. 꿀꺽. 태위는 재차 침을 씹어 삼키었다.

"본디 거래라 하면 주는 것이 있고 받는 것이 있는 법이지요."

"태위께서 원하는 것을 드리겠습니다."

향은 말을 마치며 제 머리에 꽂혀 있던 비녀를 잡아 빼었다. 촤르륵 흘러내리는 머리카락. 검은 비단처럼 윤기가 흐르는 머리카락이 그녀의 허리춤에 닿기도 전에 태위는 제 앞에 던져진 붉은 비녀를 볼 수 있었다.

환조의 형상이 새겨진 비녀. 위대하신 황제께서 하사한 상품. 이는 분명,

"이 자리를 드리지요. 댁의 사랑스러운 따님께."

태자비에게 내리는 증표 중 하나.

태위는 그 비녀를 지그시 응시하다, 이내 비릿한 비소를 짓고 있는 향을 직시했다.

"어디, 좋은 거래가 될 것 같지 않습니까?"

분명 독이 있는 꽃임이 분명하건대, 쉬이 거절할 수 없는 이유는 그 안에 담긴 독이 너무나도 매혹적이기 때문이리라.

불꽃이 차차 점멸하고 있었다. 시푸른 색에서 샛노랗게 그리고 새빨갛게 사그러드는 불길에서, 향은 볼 수 있었다.

"……생각할 시간을 주십시오."

태위에 눈에 숨은 탐욕을.

6장.

꽃비를 토하다

자시(子時, 오후 11시 ~ 오전 1시). 모두가 잠든 시간.

짙은 구름이 그득한 밤하늘은 별빛 하나 없이 어둡기만 하였고, 구슬프게 울던 까막새 또한 어쩐 일인지 입을 다물어 고요함을 한층 두껍게 만들었다. 그러나 이런 어둠과 적막을 깨는 것이 있었으니.

수십 개의 횃불이 보인다. 수십 명의 말소리가 시끄럽게 들려온다. 그것들은 모두 곤녕궁을 향하고 있는 것이리라.

정현은 그 빛과 소리가 닿지 않는 황도 구석에 가만히 서, 대낮같이 환한 곤녕궁을 내다보았다.

흔들림이 없는 눈동자. 무심. 허망. 그는 과연 무슨 생각을 하고 있는 것일까. 곧이어 짧게 숨 트는 소리가 남과 동시에,

"하하! 하하하!"

그의 주변을 감싸고 있던 적막을 찢어발기는 웃음소리. 무엇이 그리도 즐거운지, 짧지 않은 시간 동안 배를 잡고 낄낄대는 그.

"하하, 하하하……."

웃음이 아주 느릿하게 잦아들어 다시금 침묵의 파편들이 모아질 때, 그의 눈이 불현듯 번뜩였다.

곤녕궁을 주시하던 눈을 돌려 자신의 두 손을 바라본다. 이, 두 손으로,

'어머니를 죽였다.'

아니, 정확히 말하자면 '아직' 죽지는 아니하였다만.

황후. 아니, 제 어미의 눈에 담겨 있던 마지막 삶의 빛을 떠올린다. 붉은 반점이 역력했던 얼굴에, 파리하여 해참하기까지 한 빛이 돌 때의 모습을 떠올린다.

왜일까? 그 모습이 마치 덫에 걸려 아등바등 발버둥을 치다 서서히 죽어가는 늙은 여우의 모습과도 같아 보였던 것은.

정현은 입꼬리를 더욱 비틀어 올렸다. 벌어진 입술 사이로 더럽고 흉악한 숨소리가 흘러나온다.

전일 있었던 금모충 사건의 실범은 진원과 태위일 테다. 그러나 혐의자로 눈이 돌려진 것은 태자비였고, 그녀와 더불어 양제 또한 혐의자로 지목되었으니.

정현은 생각했다. 시선이 모아진 이때, 일을 더욱 크게 만들어 한울을 사지로 몰아넣자고. 동시에 태위를 잡아넣을 일을 벌이자고. 그렇기에 그는,

'이 두 손으로, 혈육을 죽였다.'

아무런 망설임도 없이 어미의 찻잔에 독을 탄 것이다.

이것을 바랐던 것인가? ……그래, 이를 바라왔던 것이다. 내 그간 꿈꿔왔던 것이 바로 이것이었어.

황후는 든든한 정치적 배경이었다. 하지만 그것이 끝이었다. 정현이

황후로 인해 얻을 수 있었던 것은 오직 '황후의 아들'이라는 칭호뿐. 그래, 그것이 끝이었다.

이미 그 칭호로 인해 사람들을 끌어모았으니,

'다 쓴 패는 버리는 것이 정석이 아니겠는가.'

달달 떨리는 손끝. 불안감일까? 죄책감? 아니.

이것은 분명, 희열이었다.

자신이 원하는 자리에 한 걸음 다가감으로써 느끼게 된 희열.

그는 허리를 굽혀 바닥에 털썩 내려앉았다. 그리고 다시금 시선을 올려 밝디밝은 곤녕궁을 내다본다.

다소 빠르게 일을 진척하긴 했지만, 이미 궁인들에게 수를 써놓았다. 저를 따르던 관료들도 모르게 진행한 일이니 발설될 일은 없을 것이다. 그래. 이제는 혐의가 양제에게 돌아가는 일만 남은 터였다.

반역이라는 죄를 짊어지게 되는 양제. 그리고 그의 아비인 태위. 그들의 목이 날아가는 일은 시간문제일 터. 그렇게 된다면 진원 역시 날개 잃은 새가 되어, 땅바닥을 맴돌고 맴돌다 굶어 죽을 것이다.

"하하! 하하하!"

그는 곧 찾아올 환희의 시간을 그리며 더욱 큰 웃음을 내뱉었다. 검은 숨이 끊임없이 흘러나온다. 그의 마음에서, 목구멍에서.

정현은 제 옆에 있는 잡초를 쥐어 한 움큼 뜯어냈다. 후, 바람을 불어 허공으로 그를 날린다. 어둠 속으로 순식간에 사라지는 조각조각들. 비릿하게 웃으며 손을 탈탈 털어낸다.

어미에게 미안하지 않다 하면 거짓일 테지만, 어미도 이를 바라왔던 것이 아니더냐? 내가 황제가 되는 날을 꿈꿔왔던 것이 아니더냐? 작은 희생으로 큰 것을 얻을 수 있게 되었으니,

'어미도 분명 하늘에서 기뻐할 테다.'

정현은 몸을 벌떡 일으켰다.

이제 내일부터 재미있는 일들이 벌어질 것이다. 돌아가 곤한 몸을 눕힌 후, 내일 이른 시각에 일어나 펼쳐지는 일들을 관망하기만 하면 될 테니. 아아, 즐거웁다. 즐거워 미칠 지경이야. 입가에 번지는 비소를 가감 없이 내뱉으며 어깨를 들썩인다.

걸음을 내디딘다. 한 걸음, 두 걸음……. 걸음걸음이 계속될 때. 별안간 몸을 멈추고 고개를 돌리는 그. 그 시선의 끝은 곤녕궁이 아니라 동주궁을 향하고 있었으니.

불끈 쥔 주먹이 부르르 떨리기 시작했다.

'진원.'

철천지원수. 씹어 먹어도 시원찮을 빌어먹을 자식. 정현은 순간적으로 치고 올라온 분의 기운을 그대로 드러내며 숨을 달싹였다.

천륜을 어긴다 하였느냐? 짐승과도 다름없다 하였어? 그렇다면.

'진정으로 천륜을 어기는 것이 무엇인지, 진정으로 짐승이 되는 것이 무엇인지 똑똑히 보여주리라!'

다시금 발을 재촉한다. 바쁜 걸음에 그의 인영은 순식간에 어둠 속으로 사라진다.

그의 손에 의해 밝아진 곤녕궁은, 태양의 손길이 찾아오는 그 순간까지도 계속해 빛을 내고 있었다. 아주 오랫동안.

�֟

"꺄악!"

"사, 살려주시옵소서!"

"악! 저는 아, 아무것도 모르옵니다!"

비명 소리가 가득하다. 그 뚜렷하고도 거친 울음소리 아래에 짙고 깊은 피 냄새가 깔려 있다. 비릿하여 역하기까지 한 내음. 그에 순군 만호부 대원들은 저마다 코를 막고 눈을 찡그리며 고초를 받고 있는 궁인들을 애써 외면했다.

"진척이 있는가?"

도만호의 다급한 물음이었지만, 그의 바람이 뭉개질 정도로 대원들은 고개를 절레절레 가로저었다.

"빌어먹을!"

그는 거뭇한 손톱을 자근자근 깨물며 욕설을 읊조렸다.

어젯밤, 황후가 쓰러졌다. 차에 들어 있던 독을 먹었기 때문이다.

황후는 숨이 간신히 붙어 있었으나 삼킨 양이 많아 쾌차하는 것은 불가능에 가까웠다. 그렇기에 도만호 및 대원들은 이를 사변이라 잠정적 결론을 짓고 혐의자를 색출하는 데에 신경을 세우고 있었다.

"곤녕궁의 궁인들뿐인가?"

"예, 그렇습니다."

처음에는 소주방 나인들과 생과방 나인들을, 그 후에는 퇴선간 나인들을, 그래도 답이 나오지 않자 지밀 나인들까지 모조리 불러 고문을 지행했다. 그러나 여전히 그들은 입을 열지 않았다.

정녕 모르는 것인가? 아니면 알고 있음에도 말을 하지 않는 것인가.

도만호의 눈이 서슬 퍼렇게 번뜩였다. 아니, 말을 하지 않는 것은 아닐 테다. 저 많은 나인들이 하나같이 입을 모아 '모른다' 답을 할 리는 없을 테니.

어찌 하늘 같은 황궁 안에서, 어찌 태양과도 같은 나라의 어미를 해할 수 있단 말인가? 분이 나기도, 또한 기가 막히기도 해 어찌할 바를 모를 지경이었다. 빌어먹을.

'미치겠군.'

그는 깊은 한숨을 연거푸 내쉬며 미간을 찌푸렸다.

각혈하는 황후를 붙잡고 태의와 궁인들을 모은 것은 이황자 정현이었고, 그가 마신 차에는 독이 나오지 않았다.

이는 황후를 대상으로 하여 벌어진 일이라는 것을 방증하였으니. 먼 젓번 있었던 사달과 연관이 있지 않을까. 그렇다면…… 정녕 그렇다면.

"동궁으로 가자."

태자비를 심문하여야 할 터였다.

그의 발걸음이 매우 바쁘다. 또한 그의 뒤를 따르는 대원들의 발걸음 역시 바쁘다. 또한 가볍다.

그때에 향은, 김 나인이 차려다 준 다과를 씹으며, 그간 진원과의 대화를 곱씹고 있었다.

'정녕……'

두 눈을 내리감고 두 손을 잡아 내리며 중얼거림을 삼킨다.

복잡 미묘한 기분. 차마 형용할 수 없는 느낌.

그것이 가슴과 머리에 멍울로 맺혀, 가슴에 물기가 그득하게 만들기도, 머리통을 움켜쥐기도 하여 속이 뒤흔들릴 참이었다.

그러나 그럼에도 가슴과 머리에 또렷하게 남아 있는 것은 유난히도 축축하게 회상되는 진원의 모습.

무정한 어둠이 그득하였던 얼굴에, 어둠이 휘발되어 남은 것은 청명한 빛이었느니.

그 빛이 진심일까, 아니면 나를 밀어냈던 그때의 어둠이 진실일까.

그러나 향은 아무것도 되묻지 못하였다.

진원에게서 긍정의 답을 듣는다면 자신도 모르게 눈물방울을 찍을 것 같아서. 자신도 모르게 진원을 와락 안을 것 같아서. 그래서.

'나는 무엇을 바라고 있는 것인가.'

사랑을 원하였고, 힘을 원하였다.

그리고 진원은 향에게 그것을 주겠노라 말하였다.

"하……."

어쩐지 헛웃음이 절로 흘러나왔다.

마음은 이미 답을 내놓은 상태. 진원을 오롯이 안으라고, 그를 재차 믿어보자 외치고 있었다. 메아리가 퍼져 골이 울릴 정도로.

무엇을 따라야 할까. 향은 그 끊임없는 생각에 빠져 깊은 심연으로 천천히 들어가고 있었다. 그때.

"태자비마마, 도만호가 마마께 독대를 청하옵니다."

묵직한 목소리가 들려왔다. 도만호? 향은 눈을 가늘게 뜨며 드르륵 열리는 문을 주시했다. 도만호와 함께 들어오는 대원들. 없는 죄까지 실토해야 할 것처럼 풍채가 당당하여 오금이 저릴 지경이었으나, 향은 안온하다. 안온하다 못해 평안한 모습이다.

"무슨 일인가."

"마마, 신 도만호, 송구하오나 마마께 감히 한 말씀 올려도 되겠나이까."

"……고개를 들라."

향은 제 앞에서 허리를 굽히는 도만호를 향해 짤막한 답을 내뱉었다. 그의 얼굴에는 정녕 '통촉함'이 담겨 있지 않았으니, 이것을 알아채지 못할 향이 아니었다.

도만호는 숨을 가쁘게 내뱉었다. 방 안에 들어설 때부터 급격하게 휘몰아치는 뜨거운 열기에 식은땀이 절로 흐를 지경이었기 때문이다.

이마를 따라 주르륵 흘러내리는 땀을 닦아낸다. 겁을 먹을 수는 없다. 황제 폐하께 명을 받았으니, 폐하께 모든 일을 위임받았으니, 설령 대역죄라 할지라도.

"외람된 말이오나 지난밤 자시, 마마의 행적에 대해 듣고자 하옵니다."

태자비의 행적에 대해 알아야 했다. 꿀꺽, 침을 삼킨다. 무겁디무거운 침묵이 공기를 짓눌러 어깨를 떨어뜨리게 만들었다.

"그대."

반쯤 열린 향의 입술에서 매화꽃의 붉은빛을 담은 향이 흘러나왔다.

"죽고 싶어 안달이 난 것인가?"

고개를 까딱이며 말을 잇는다. 비죽 올라간 입꼬리에 조소가 걸려 있다. 이는 때 아닌 방문과 무엄한 언사에 적잖이 화가 났다는 것을 방증해 주는 것이기도 하였다.

"이는 저의 뜻이 아니라 황제 폐하의 명이오니, 부디 통촉하여 주시옵소서."

순간적으로 찾아온 묵직하고 날카로운 기운. 그에 도만호는 떨리는 가슴을 간신히 가라앉히며 말을 이었다.

궐의 하나뿐인 비(妃)에게, 밤의 행적을 묻는다는 것은 대역죄에 가까운 것. 목이 달아나도 변명의 여지는 없었으나, 여기서 물러설 수는 없다. 반드시 실범을 잡아내 분노한 황제 폐하의 앞에 무릎을 꿇려야 했기 때문이다.

줄줄 흐르는 식은땀이 방울이 되어 바닥으로 곤두박질친다.

"간밤에 무슨 일이 있었는가."

무섭도록 차분한 목소리. 그러나 향의 마음은 쉴 새 없이 요동쳐 붉은 열이 스멀스멀 올라오고 있었다.

지난번 사달이 있을 때, 황제께서 도만호에게 모든 수사권을 위임하였다 들었다. 그런 도만호가 자신을 찾아왔다. 이는 분명 궐내에 다른 사달이 생긴 것이라는 뜻이었으니, 불현듯 떠오른 김 나인의 비명 소리가 귓가를 윙윙 맴돈다. 제 다리에 박히던 주릿대가 떠올라 소름이 돋았다.

이런 향의 불안감을 적중시키는,

"황후 폐하께서 변을 당하셨습니다."

도만호의 짧은 말. 향은 아찔해지는 머리통을 부여잡으며 탄식을 내쉬었다.

"……폐하께서 승하하신 것이냐."

"그것은 아닙니다."

후, 안도의 숨. 고개를 절레절레 흔든다. 대체 누가? 감히 누가 신성한 궐에서 추악한 짓을 벌일 수 있단 말이냐?

눈에 힘을 번뜩 주어 도만호를 주시한다. 황후가 변을 당했다. 그리하여 나를 찾아왔다. 이는 분명 향에게 혐의를 두고 있다는 뜻.

어쩐지 불쾌감이 올라왔다. 그리하여 향은 삽시간에 인상을 구기고 도만호를 향해 날카로운 말을 내질렀다.

"때문에 나를 의심하여 찾아왔다?"

"그것이 아닙니다, 마마."

"그것이 아니라면 무엇인가?"

"……통촉하여 주시옵소서."

도만호는 입술을 꾹 깨물었다. 재차 들려오는 향의 말에 귀를 기울인다.

"당장에라도 그대의 목을 치고 싶으나."

찐득찐득한 침이 절로 흘러나왔다. 도만호뿐 아니라 그의 뒤에 서 있는 대원들 또한 마찬가지일 것이리라. 그만큼 향은 위엄에 차 있었으매, 사내보다 더욱 당당한 기세를 뿜고 있었기 때문이다.

"폐하의 명을 어길 수 없는 법."

후, 누군가가 안도의 한숨을 내쉬었다. 향은 그런 그를 지그시 응시하다 이내 두 눈을 찡그리며 턱을 되똑하게 들었다.

"간밤, 태위와 독대를 하였다."

남세스러운 말이었으나 무죄를 입증하기 위해서라면 어쩔 수 없을 터. 치맛자락을 세게 부여잡는다.

"송구하옵나이다."

도만호는 재빨리 고개를 숙였다. 상냥하진 아니하였으나 답을 해준 것만으로도 감읍하다.

황태자비와 태위가 왜 늦은 시각에 독대를 하였는지 연유는 모르겠으나, 어찌 되었든 태위를 만나 이 말의 진위를 가리기만 하면 되는 것이다. 해답은 그에게 달려 있다.

그리 생각한 도만호는 향에게 재차 고개를 숙인 후 빠른 몸짓으로 방을 나섰다.

"작금 궐이 흉흉합니다."

태위는 찻잔에 담긴 옥빛 찻물을 내려다보며 말했다. 궐이 흉흉한 이유는 황후의 사변 때문이니, 어쩐지 찻잔에 담겨 있는 것이 핏물인 것만 같다. 어쩐지 비릿한 내음이 올라오는 것만 같다.

"황자 저하께서 빠르게 일을 진행하셨습니다. 이리 이른 때일 줄은 채 알지 못하여······."

애써 상념을 떨쳐 내고 진원을 향해 문을 던졌지만, 진원의 시선은 허공을 향하여 넋을 놓고 있었으니.

"전하."

태위는 다소 미간을 찌푸리며 진원을 재차 불렀다. 그에 퍼뜩 정신이 들었는지 하하 실소를 뱉는 원.

"아, 잠시 다른 생각을 하고 있었습니다."

"……먼젓번처럼 자리를 박차고 나가시는 일은 없었으면 좋겠습니다."

"하하, 말속에 가시가 있는 것 같습니다."

그 말인즉슨 먼젓번처럼 향을 마주하기 위해 나가는 것이 아니었으면 좋겠다는 말. 진원은 빙그레 웃으며 태위를 응시했다.

늙은 범. 이미 이빨과 발톱이 빠져 쥐새끼조차 잡지 못하는, 목구멍이 막혀 차마 포효하지 못하는, 죽을 날만 기다리고 있는, 그런 늙은 범.

그에게서 얻을 수 있는 것은 범이라는 칭호와 뭇 풋병아리들의 두려움뿐이었으니. 원은 비식 비소를 내지었다.

이럼에도 태위를 버리지 못하는 자신의 위치가 한스럽다. 이럼에도 그를 등에 업고 일을 진척시켜야 하는 자신의 힘이 서럽다.

애써 표정을 갈무리하며 태위를 응시한다. 그때, 창호지 너머로 부스럭거리는 소리가 들려왔다.

"전하. 도만호가 들었사옵니다."

"들라 하라."

도만호는 그에 드르륵 문을 열고 성큼 들어와 진원에게로 고개를 숙였다.

"신 도만호. 태위께 급히 드릴 문이 있어 결례를 무릅쓰고 찾아왔나이다."

"태위에게?"

"예, 그것이……."

도만호는 식은땀이 흐르는 손바닥을 옷자락에 닦아내며 힐끗 시선을 올렸다. 비를 만나고 온 탓일까. 진원에게서 흘러나오는 기운은 그 무엇도 없음에도 불구하고 어쩐지 으슬으슬 몸이 떨렸다.

"지난밤 자시, 어르신의 행적에 대해 문을 올립니다."

"……행적이라?"

진원은 턱을 어루만지며 태위를 바라보았다. 도만호가 태위의 행적을 묻는 이유가 무엇일까. 정현이 손을 쓴 것인가? 아니, 그렇게까지 그는 영명하지 않다. 그렇다면…….

"태자비마마와 함께 있으셨습니까?"

진원은 예상치 못한 상황에 잠시 눈살을 찌푸렸다. 그리고 열리는 태위의 입에 집중한다.

"그렇다네. 그를 묻는 까닭이 무엇인가?"

"사변에 대한 추국 때문입니다. 어쩔 수 없이 태자비마마의 행적을 알아야 했고, 때문에 어르신께 재차 확인을 한 게지요."

진원의 조급한 눈길에도 불구하고, 태위는 느긋하게 고개를 끄덕이며 알았다 답하였다.

"그럼, 소인은 이만 물러나보겠습니다. 평온한 시간 보내시옵소서."

도만호는 꾸벅 고개를 숙인 후 방을 나섰다. 한 명이 사라진 것뿐인데 이리도 방의 기운이 냉해지다니. 이는 분명 진원의 굳은 얼굴에서 비롯된 것이었다.

"……태자비와 있었나?"

"그렇사옵니다, 전하."

"그것을 왜 내게 말하지 않았는가?"

"거론치 않아도 될 일이라 생각하였나이다."

"태위."

원의 눈가가 떨리는 것이 보였다. 분노일까? 아니면 자신조차 모를 감정의 소용돌이일까. ……무엇이든 좋다. 감정의 동요는 본얼굴을 드러내기에 가장 좋을 터.

"무슨 이야기를 나누었냐 물으시면, 그것은 답해드릴 수 없습니다. 전하."

태위는 느긋하게 차를 삼키며 대답했다. 빙그레 웃는 그의 얼굴이 퍽이나 고까워 원은 미간을 찌푸릴 수밖에 없었다.

"어쩔 수 없지요. 이 늙은이도 살 길은 틔워 놓아야 하지 않겠습니까."

태위의 눈이 번뜩인다. 이 역시 진원의 얼굴처럼, 태위의 속내가 담겨 있는 진짜 얼굴이었다.

✻

"날이 꽤 덥구나."

"예, 마마."

김 나인은 짤막하게 답하며 향의 정처 없는 발걸음을 졸졸 쫓았다.

향은 마치 무언가에 홀린 듯 초점 없는 눈으로 하늘을 바라보고 있었는데, 그럼에도 발은 계속해 걸음을 옮기니 마치 누군가가 향을 끌고 가는 것처럼 보일 지경이었다.

전일 밤 태위와 독대를 끝낸 향은, 또한 오늘 도만호와 독대를 끝낸 향은, 어쩐지 평소와는 다른 모습이었다.

황량한 속에 안온함이 담겨 있던 지난날과는 달리 오늘은 웃음 한

번 보이지 않은 채 넋이 나간 표정으로 공허함만을 내비쳤다.

그러다 이따금씩, '그립다'라는 짤막한 말을 뱉으며 서늘한 미소를 짓고, 그러다 공허함에 몸을 감추고, 다시 같은 말을 하고, 또 그림자 속에 몸을 숨기고⋯⋯. 그런 향과 함께 있다 보니 김 나인 자신까지도 넋을 빼앗길 것 같아 싫다는 향의 손을 붙잡고 후원으로 걸음을 한 것이었다. 하나 향의 도착지를 알 수 없으니, 이것 참 답답한 일이었다.

그때, 향의 몸이 우뚝 멈춘다.

향은 고개를 들어 자신의 앞에 있는 거대한 누각의 계단을 응시했다. 한 걸음 발을 내디딘다. 오래된 나무의 뒤틀린 소리가 들린다.

향은 걸음을 재우치며 숨을 짧게 내쉬었다. 그러나 돌아오는 것은 더욱 빨라진 맥박과 불규칙적인 떨림뿐. 까닭은 모르겠으나, 핏줄 하나하나에 '불안함'이라는 감정이 깊게 배어 있는 듯싶었다. 무엇이 불안한 것일까? 무엇이⋯⋯.

'그것을 모르기에 더욱 불안한 것일 테지.'

향은 설핏 드러나게 웃으며 생각했다.

괜찮다, 괜찮아. 도만호의 의심도, 급작스러운 사변의 소식도, 어젯밤 태위와의 대화도. 모든 것이 결코 앞날을 예상하지 못하는 것이기에 불안한 것이리라. 그렇게 마음을 갈무리하며 향은 마지막 계단에 발을 디뎠다.

"⋯⋯좋구나."

누각에 온전하게 몸을 올리자마자 감탄 어린 말이 절로 흘러나왔다. 동시에 바람이 물밀 듯 쏟아지고, 바람에 흩날리는 흑색 머리칼. 향은 그를 갈무리할 생각이 없는지 그저 제 눈앞에 펼쳐진 정경을 지그시 응시할 뿐이었다.

뉘엿뉘엿 지고 있는 노을의 발간빛을 그대로 받은 호수에선 은색

물이랑이 반짝거렸고, 양옆으로 우뚝 서 있는 소나무의 가지에서 흘러나오는 녹음 역시 반짝이며 흔들렸다. 은빛 물결을 가르는 이름 모를 새가 소리 없이 지나간다. 수면을 헤치고 나오는 비단잉어의 비늘이 색색의 정경을 만들어낸다.

그 아름다워 경이롭기까지 한 풍경에 향은 저도 모르게 미소를 입가에 걸어 올렸다.

"황실에서 으뜸가는 경치를 자랑하지요. 해서 태자 전하께서 종종 찾으시는 곳이랍니다."

알고 있단다. 이미 이곳에서 진원을 마주했었어. 이미 이곳에서 그에게 모진 말을 들었었어. 이미, 이미…….

향은 난간에 몸을 기댔다. 눈을 슬며시 내리감는다. 코를 열어 이곳의 공기를 폐부 가장 깊숙한 곳으로 밀어 넣는다.

비릿한 물 내음과 여름의 쾌청한 내음이 어우러져 달큼한 향을 만들어낸다. 그 향을 맡고 있자니 어쩐지 힘이 들어가 있던 어깨가 풀리는 것이 느껴졌다.

안온한 기운. 슬며시 미소를 입에 걸며 쏟아지는 바람결을 손으로 매만진다.

"있지 않느냐."

바람과 함께 찾아온 침묵의 시간을 깨뜨린 향의 말이었다.

"두 가지의 마음이 있었다. 하나는 살생을 하고자 하는 마음이요, 하나는 연정을 바라는 마음이었다. 하여, 하늘님이 노하셨나 보아. 그래서 이리도 벌을 주나 보아."

향의 붉은 입술에 서글픈 미소가 걸린다. 그 모습이 우는 것 같기도, 그러나 동시에 무정한 것 같기도 하여 더욱 서글프다.

놓은 것일까. 모든 것을 놓아버려 마음조차 휘발하여 사라지게 한 것일까.

"선택을 하여야 했다. 두 갈래 길에서, 선택을 하여야 했어."

"……."

"그래서 택하였다."

훅, 은빛 물결을 담은 바람이 불어왔다.

"내 이곳에 온 이유를 잊지 않으려 한다."

바람에 흔들리는 향. 꼿꼿하게 서 있음에도 불구하고, 오롯이 자신을 제외한 모든 것들을 사그라지게 만드는 향의 모습.

"너라도 나를 이해해 주기 바란다."

말을 들은 김 나인의 두 눈이 붉어졌다.

왜일까. 향을 바라보기만 하여도 이리 가슴이 먹먹해지는 이유는. 버티고 버티다 결국 바스러지는 것이 확연히 보이기 때문일까. 김 나인은 애써 헛기침을 내뱉으며 고개를 돌렸다.

"……누구 마음대로."

낯선, 그러나 익숙한 목소리가 들렸다. 향은 재빨리 음성이 들린 쪽으로 고개를 틀었다.

"택을 하라 하였느냐."

진원. 향은 손을 바르쥐며 입술을 달싹였다. 바람결에 흩날리는 그의 새빨간 머리카락이 오늘따라 더욱 영롱하다.

김 나인은 고개를 푹 숙인 후 재빨리 누각을 걸어 내려갔다. 그 너른 공간에 오직 둘이 남겨진 상황. 이 광경이 낯설지 않아 향은 문득 실소를 내지었다.

"전하께서 여긴 어인 일이십니까."

"태위를 만났느냐."

"소첩이 보고 싶어 오신 것은 아니올 테고, 하면 양제를 뵈러 오신 겁니까?"

"태위를 만나 무슨 말을 하였느냐."

"하면 자리를 비켜드리지요. 귀중한 시간일 터인데요."

"단향!"

원은 자신을 지나쳐 가려는 향의 손목을 잡아끌었다. 거센 힘으로 인해 향의 잇새에서 신음이 흘러나왔다.

"소첩이…… 말씀드리지 않았습니까."

그러나 그 통증은 마음의 통증보다 덜하다는 듯, 향은 애써 허리를 빳빳이 세우며 고개를 들었다.

"저는 전하를 떠나겠노라고."

아. 원의 얼굴이 무너진다. 그의 손에 힘이 풀렸다. 향의 손이 힘없이 떨어진다. 그들은 더 이상의 접점이 없었다.

"향아."

간신히 목청을 틔운 것이건만. 이 울컥하는 마음을 간신히 가라앉혀 말한 것이건만.

"그리 부르지 마십시오."

이렇게도 매정한 언사라. 매몰찬 행동이라. 원은 문득 떠올렸다. 이곳에서 향과 나누었던 대화를 자신이 했던, 그 사나웠던 말들을.

답습하는 것인가. 향에게 했던 만큼 돌려받는 것인가.

원은 옷자락을 바르쥐며 꾹꾹 마음을 삼킨다. 만약 이렇게 하지 않는다면, 정녕 향을 끌어당겨 제 옆에 있으라 소리칠 것 같았기에.

이런 원의 마음을 안 것일까. 아니, 이런 원의 상황을 아는 것일까.

향은 재차 웃었다. 이는 곧…… 사라질 바람과도 같은, 한때의 스치는 바람과도 같은.

"저는 곧 떠날 여인이니."

그렇게 어둠이 찾아왔다. 향의 얼굴에 밤이 묻었고, 원의 얼굴에 비를 품은 구름이 묻었다.

❈

서산 너머 태양이 고개를 내밀고 있다. 희붐한 빛이 올라오는 듯하였으나 그는 곧 무거운 어둠에 사로잡혀 땅으로 곤두박질치고 있었다.

그렇게 빛이 떠오르지 못하는 때에, 그렇게 태양의 기운이 가려지는 곳에.

"악!"

끈적끈적한 피 내음처럼, 질척하여 옭아 죄는 비명 소리가 들려왔다. 헉, 헉…… 고통에 의한, 그리고 찾아오는 공포에서 비롯된 신음 소리 또한 연이어 들려왔다.

붉고 굵은 줄로 사지가 묶여 있는 그들. 곤녕궁의 나인들, 상궁들, 그리고 한올의 예선당 나인들까지.

저마다의 얼굴에 담겨 있는 것은 공포요, 또한 억울함이리니. 눈물인지 핏물인지 모를 것들이 그들의 뺨을 타고 흘러내리고 있었다.

악! 재차 비명이 들려오고…….

이 모든 불호광경을 지켜보던 도만호의 눈이 샐쭉하게 가느스름해졌다.

피를 토하는 궁인들의 모습과 몇 시 전 자신을 찾아와 눈물방울을 뚝뚝 흘리며 애원하던 정현의 모습이 중첩되어 눈앞에 펼쳐진다.

반드시 실범을 잡아야 합니다. 반드시…… 어마마마의 한을 풀어야 합니다…… 방성대곡하던 그.

하나 왜일까. 그의 말속에 감춰진 다른 '뜻'이 있는 것 같다는 생각이 드는 이유는.

또한 왜일까. 그의 눈물 속에 담긴 것이 정녕 슬픔이 아닌 것 같다는 생각이 드는 이유는.

"미치겠군."

불확실한 뒷날에 대한 초조함. 하루라도, 아니, 한시라도 빨리 진범을 잡아 형장에 올려야 한다. 그것이 이 뒤틀리는 황실에서 살아남을 수 있는 방법이기 때문에.

"대감!"

그때, 대원 중 한 명의 목소리가 들려왔다. 서둘러 몸을 돌리는 그. 기쁜 소식일까? 달려온 대원의 얼굴에 희열의 빛이 스쳐 지나갔다.

"예선당의 나인이 드디어⋯⋯!"

예선당. 양제의 나인.

도만호는 대원을 지나가 뛰듯이 걸어가며 샐그러진 웃음을 내지었다. 그 웃음이 거두어짐과 동시에 정현의 울음 섞인 말이 귓가를 빙빙 맴돈다.

'대감, 예선당의 궁인들을 고초하여야 합니다. 양제, 양제의 짓입니다⋯⋯!'

그의 말이 맞았던 것일까? 아니, 그것이 중요한 것이 아니다. 작금에 눈앞에 보이는 것은,

"자가, 자가께서 모든 일들을 시키셨나이다!"

제 앞에 널브러져 피와 고함을 토하고 있는 나인뿐이다.

순식간에 어둠이 사라지고, 빛이 들어온 세상에 뿌연 안개가 끼기 시작하였다. 그 희뿌연 세상 속, 오롯하게 보이는 것은 확신할 수 있는 뒷날. 그것뿐이었다.

'전하……!'

한울은 끊임없이 말을 읊조리며 동주궁으로 뛰듯이 걸어가고 있었다.

궁의 나인이 잡혀갔다. 이유는 전일 곤녕궁에 벌어진 사변 때문이란다. 아무것도 듣지 못하여 아무것도 알지 못하는 한울은 급작스레 들이닥친 순군만호부대원들에게 나인을 내줄 수밖에 없었다. 그러나 후에 마음을 가라앉혀 생각하건대,

'나를, 이 나를 무시한 게로구나!'

분이 치고 올라와 노기를 참을 수 없게 되었더란다.

당장 태자 전하를 만나야 했다. 만나 이 설욕을 갚아 달라 청을 올려야 했다. 하지만 만약,

'만약 전하께서 내 청을 들어주지 아니한다면? 돌아가라 말을 한다면?'

과거에는 정녕코 기우하지 않았던 일이건만! 내 청이라면 절대적으로 들어줄 것이라 단언하던 것이 불과 얼마 전인데……!

한울은 치맛자락을 세게 움켜쥐며 입술을 까득 깨물었다.

엊저녁 진원을 만났지만, 그에게 안겨 연정의 속삭임을 받았지만, 그럼에도 불안했다. 불과 몇 달 전의 진원의 모습과는 상이하다. 완전히 다른 사람처럼, 진원의 얼굴에는 빛이 돌고 있지 않았다.

이 모든 것은 단향, 그 빌어먹을 계집 때문이리라. 전하의 사랑을 빼앗아가 나를 궁지에 몰게 만든 것은 단향, 그 계집이리라!

아직도 기억한다. 곤녕궁에서 황후에게 호된 언사를 들은 날, 단향을 바라보던 진원의 그 눈빛을. 그 애처로운 언사를. 그 모든 연모가

담긴 행동을!

한울의 눈이 시퍼렇게 번뜩였다. 얼굴에 스며든 거뭇한 기운에서 흉흉한 기세가 흘러나왔다.

무슨 수를 써야 한다. 어떻게 해서든, 단향을 쫓아내고 그 자리를 꿰차야만 한다!

그렇게, 진원이 있다는 누각에 한울의 발이 닿을 때.

한울은 볼 수 있었다. 주저앉아 가슴을 주먹으로 내려치고 있는 진원을. 저에게는 단 한 번도 보여준 적 없던 얼굴로, 눈물을 뚝뚝 흘리며 바닥을 긁고 있는 진원을.

저 모습이 무엇이던가. 저 꼴이 무엇이야. 대체, 대체 왜…….

한울은 본능적으로 코를 킁킁거렸다. 이 괴괴한 향의 주인은 가늠치 않아도 알 수 있었다.

단향.

그렇다면, 진원이 저리 애달파하고 서글퍼하는 것이 단향 때문이던가. 저렇게도 토로하는 감정의 근원이 단향이던가. 단향, 단향…….

한울의 눈이 번뜩였다. 진원에게 다가갈 생각조차 하지 않은 채, 한울은 걸어왔던 길을 재빨리 되돌아갔다. 오직 단향, 그녀를 만나기 위하여.

"마마!"

이제 오나 저제 오나 하염없이 기다리기를 몇 시. 어슴푸레한 어둠 속, 길쭉한 인영 하나가 보이자마자 김 나인은 소리를 내지르며 그에게로 뛰어갔다.

"왜 그리 뛰어. 넘어지면 어찌하려고."

향은 그런 김 나인을 다독이며 말했다. 그러나 그 녹녹한 언사와는 달리 그녀의 얼굴은 심히 갈라져 있었으니……. 김 나인은 고개를 푹 숙이었다. 역시나, 오늘도 태자 전하와 마마는 엇갈린 게로구나. 속상해 마지않아 가슴이 너덜너덜해지건만, 이를 차마 토로할 순 없는 노릇이었다. 애써 웃으며 향의 걸음을 부축한다.

그렇게, 그들이 처소로 들어와 야장을 입고 침소에 누우려 할 때.

"마, 마마. 양제자가 독대를 청하십니다."

끄트머리에 떨림이 묻어 있는 김 나인의 목소리가 들려왔다. 향은 힐끗 눈을 돌려 희붐한 빛이 올라오고 있는 새벽하늘을 바라보았다. 절로 인상이 찌푸려진다.

"……들라 하라."

향의 말이 채 끝나기도 전에, 드르륵 문이 열리고, 거뭇거뭇하여 황폐한 낯빛을 한 한울이 성큼 방 안으로 들어왔다.

새파랗고 서늘한 기운. 마치 깊은 동굴 한가운데에 있는 것처럼 침침하여 어둡다. 향은 순간적으로 밀려온 서슬에 더욱 인상을 찌푸리며 고개를 들었다.

"양제의 눈에는 컴컴한 하늘이 보이지 않는가? 이 무슨 무례……."

"대체!"

향의 말길을 가볍게 무시하는 한울의 날카로운 목소리.

"태자 전하께 무슨 짓을 하신 겁니까! 이는 분명 약조와 다르지 않습니까!"

향의 눈에 천천히 힘이 들어가기 시작했다. 이, 무슨 짓이란 말인가? 이, 늦은 시각에 찾아와 하는 말이 고작 어리광 따위란 말인가? 바득 입술을 깨문다.

그러나 이 분기를 내지를 수 없는 이유는,

"무슨, 무슨 짓을 하였기에……! 왜!"

한울의 얼굴에 축축한 물기가 묻어 있었기에. 분명 소리를 내지르는 것이지만 울음이 묻어 있는 말이었기 때문에.

향은 찌푸렸던 미간을 되돌리며 이마에 손을 짚었다. 지끈지끈 두통이 느껴지기 시작했다.

"왜 제 것을 빼앗아 가십니까? 마마가 무엇이라고! 마마가, 마마가! 한낱 호나라 야만인 주제에!"

한울은 주먹을 세게 바르쥐며 목청을 틔웠다.

자신이 하는 말이 무엄한 언사라는 것은 누구보다 잘 알고 있다. 자신이 하는 행동이 당장에라도 내명부에 끌려가 고초를 당해도 모자라다는 것을 잘 알고 있다. 그러나!

이 분은 참을 수 없었다. 이 슬픔은 이겨낼 수 없었다. 태자는, 전하는……!

"돌려주십시오. 제 것입니다. 전하는, 전하는……! 마마께서 함부로 넘볼 수 있는 이가 아니란 말입니다……."

내 것이었기에. 나만의 것이었기에. 나를 보듬어주는 유일한 사람이었기에.

한울은 뚝 고개를 떨어뜨리며 입술을 쉴 새 없이 달싹였다. 제 것입니다. 제 것입니다……. 그러나 그네는 분명 울고 있었으나 눈물은 흘리지 아니하였다. 그것이 마지막 남은 자존심일까.

"할 말은 다 하였는가."

차분한 목소리. 한 치의 흐트러짐도 없이 뜨거운 기운. 그 모습이 너무나도 꼿꼿해 보여, 자신과는 전혀 상반되는 모습이기에, 한울은 하하, 헛웃음을 내지으며 두 눈을 질끈 내려감을 수밖에 없었다.

"김 나인, 양제를 내보내라."

"아니요!"

마지막 발악. 한울은 스스로 마음을 끌어안으며 목청을 높였다.

"저는 절대 나갈 수 없습니다! 마마의 답을 듣기 전까지는, 절대로 나갈 수 없습니다!"

시퍼런 눈을 부릅뜨며 향에게 달려들 듯이 어깨를 세운다. 그러나 그 등등한 기세는 잠시, 이내 다시금 두 눈을 내리감으며,

"말해주시옵소서. 마마, 바라건대 답해주시옵소서."

애처로워 처연한 말길을 내뱉었더란다.

"전하를 제게 돌려주겠다고…… 전하를 연모하지 않는다고……."

어쩌면, 짐작하고 있었을지도 모른다. 진원이 처음 단향의 이름을 입에 올렸을 때부터. 아니, 단향의 혼례식이 있었던 그날부터. 아니, 어쩌면…… 삼 년간의 그 시간 속, 종종 먼 곳을 바라보며 누군가를 그리고 그리던 진원의 모습을 볼 때부터…….

파르라니 부르튼 입술에 핏방울이 송골송골 맺혔다. 주르륵 흐르진 아니하였지만 간신히 매달려 있는 것이, 마치 자신의 마음과도 같아 한울은 가슴팍을 세차게 내려쳤더란다.

그러나 향은 무심하다. 그저, 초점이 없는 눈동자로 한울을 응시할 뿐이다.

"김 나인, 양제를 내보……."

"모든 것을 다 가지지 않으셨습니까!"

한울은 털썩 주저앉으며 냅다 소리를 질렀다. 이제야 눈물이 떨어진다. 이제야 물꼬가 터져 눈물줄기가 주륵주륵 흘러내린다.

"저는, 저는 전하밖에 없습니다. 일평생 전하만을 바라보고 살았습니다. 일생을 바쳐 전하를 사랑하였는데, 전하를 연모하였는데……. 왜, 왜……."

엉금엉금 기어가 향의 치맛자락을 붙잡는다. 향의 손에 제 이마를

박으며 설움의 눈물을 뚝뚝 흘린다.

황후의 자리에 욕심이 없었다 하면 그것이 거짓이겠으나, 단 한 가지 진실인 것은 진원을 향한 자신의 마음이었으니.

삼 년의 시간 동안, 오직 진원만을 바라보았다. 삼 년의 시간 동안, 오직 진원만을 사랑하였다. 그 길고도 긴 시간 동안, 진원만을 마음에 품었다.

그러니 나는, 나는…….

"마마, 제가 이렇게 빌겠습니다. 부디, 부디 전하께 마음을 주지 마시옵소서. 저는, 저는 전하가 없으면…… 살아갈 수 없습니다……. 전하가 없으면 저 역시 없습니다. 바라건대, 저를 살려주시옵소서. 저를 구제하여 주시옵소서……."

진원이 없으면 살아갈 수 없다. 그의 말이, 그의 마음이, 아니, '그'가 없으면 살아갈 수 없어.

한울은 단향의 손과 팔을 계속해 붙잡으며 눈물방울을 뚝뚝 흘려냈다. 천천히 젖어드는 향의 소매. 그것이 마치 젖어드는 자신의 마음과도 같아 보여 향 또한 애써 설움을 참을 수밖에 없었더란다.

"양제를 모셔라."

향은 설움이 배긴 코끝을 간신히 갈무리하며 한울의 손을 뿌리쳤다. 탁 내쳐진 그네의 손은 허공을 맴돌아 다시금 자신의 자리로 돌아갔으니. 한울의 축축한 눈가에 맺힌 것은 눈물이 아니요, 역력한 분기이리라.

그렇게 한울이 재차 목청을 틔우려 할 때,

"태자비마마, 신 도만호. 이곳에 양제자가 계신다는 말을 듣고 찾아왔나이다. 부디 출입을 허하여 주시옵소서."

창호지 문 너머로 묵직한 목소리가 들려왔다. 도만호? 삽시간에 불안함 예감이 밀려오기 시작했다.

"……들라 하라."

그것은 향뿐 아니라 한울에게도 밀려오는 것이었으니. 그네는 방 안으로 들어오는 도만호를 더욱 파리해진 낯빛으로 올려다보았다. 그러나 돌아오는 것은 도만호의 냉랭한 말씨였으니.

"자가, 만호부로 함께 가셔야 하겠습니다."

"무슨 일인가? 내가 왜 그곳으로……."

"자가의 나인이 자백을 하였습니다. 함께 가시지요."

쿵. 심장이 내려앉는다. 그것이 무슨 말인가? 도만호는 황후 폐하의 사변을 조사하고 있는 이가 아닌가? 대체, 대체 무슨……!

"그, 그것이 무슨 말인가? 자백이라니? 그 나인이 누구기에 그런 말을 하는 것인가?"

"자가!"

한울의 당황한 말길에도 불구하고, 도만호는 크게 소리를 내지르며 성큼 그네에게로 다가왔다. 당당한 풍채에서 비춰지는 것은 확신.

"모든 것이 밝혀졌습니다. 자가께서 황후 폐하를 시해하려 하셨다는 것이."

한울이 황후를 해하였다는 확신. 그것이리라.

한울의 몸이 간질에 걸린 듯 바들바들 떨린다.

모함이다. 모함이야! 그리 생각하여 목청을 틔우려 했지만 목구멍에 턱 막힌 멍울이 그를 억지로 틀어막았다.

그 파리한 낯빛을 본 도만호의 얼굴에 재차 비소가 걸리었다. 끝이다. 그리 생각한 그는 자신의 뒤편에 서 있는 대원들을 바라보며,

"본디 오랏줄에 묶어가야 하는 것이 처사에 옳으나, 자가의 위치를 생각하여 이리 뫼셔 가는 것이니 부디 따라와 주십시오."

"마, 말도 안 돼! 화, 황후 폐하를? 나는 그런 적이……!"

"끌고 가거라."

"놔, 놔라! 놓아라!"

한울을 질질 끌고 가기에 이르렀다. 본디 황제께 대전하여 이를 고하여야 하는 것이 옳은 처사이나 작금은 한시가 급한 터. 이 모든 일을 끝내고 황제와 대신들에게 자신의 능력을 입증해야 하는 것이 보다 중요한 일이기 때문이다.

도만호는 대원들의 손에 끌려가는 한울을 지나쳐 넋을 놓고 자신들을 바라보고 있는 향에게 고개를 깊숙이 숙였다.

"태자비마마, 흉한 꼴을 보여 드려 송구하옵나이다."

양제가 죄를 지었으니, 훗날 황후의 자리에 오를 수 있는 이는 제 눈앞에 있는 태자비일 터. 조금이라도 흐트러진 모습을 보였다간 뒷날 곤욕을 치를 수 있기 때문에, 보다 예를 갖추어야 했다. 보다 꼿꼿한 모습을 보여야 했다.

"……사실인가?"

그러나 향은 도만호의 모습은 안중에도 없다는 듯, 끌려가는 한울의 모습을 주시하며 입술만을 달싹였다.

"예."

돌아오는 것은 너무도 확고한 대답이었느니. 동시에 마음속 꿉꿉한 감정이 스멀스멀 기어 올라오기 시작했다.

정녕 한울이 황후를 해하려 했다? 정녕, 한울이?

그럴 리 없다. 이는 분명,

"나는 잘못이 없다! 나는 아무것도 모른단 말이다!"

모함이다.

향은 치맛자락을 바르쥐며 입술을 꾹 깨물었다. 궐 여인 중 최고위에 있다 해도 과언이 아닌 양제를 이리 내팽개칠 수 있다니. 이는 곧, 훗날 자신 또한 그리될 수도 있다는 불안함을 안겨주는 것이리라.

"마마!"

한울의 비명 소리가 동궁의 복도를 그득히 채웠다. 그와 동시에 태양이 산을 넘어 하늘 높이 떠오르고 있었다.

그렇게, 찐득한 거미줄이 더욱 성기게 얽히고 있었다.

✻

얼마의 시간이 지난 것일까.

누각의 기둥에 기대어 앉아 있던 진원은 고개를 뒤로 젖히며 생각했다. 어느덧, 달이 지고 태양이 뜨고 있었다. 태양이, 태양이……

저 태양의 주인은 자신이 될 것이라 확신하였건만. 그리하여 모든 설욕을 갚아줄 것이리라 생각했건만. 왜, 왜……

"형님……."

그는 재차 눈을 내려 감았다. 바들바들 떨리는 그의 얼굴이 참으로 애처롭기만 하다.

이것은 형벌이다. 제 욕심을 채우고 향의 마음을 짓밟은 죄에 대한 벌. 그래. 그렇게밖에 설명되지 않는다. 이렇게도 찢기고 아픈 가슴은, 그것 말고는 설명되지 않는다.

내가 어찌해야 할까. 어찌, 어찌 해야…… 그녀의 눈에 화색이 돌 수 있을까. 다시금 연정의 빛을 담을 수 있을까.

향의 무정한 얼굴을 떠올릴 때마다 마음이 저릿하다. 향의 무심한 눈빛을 생각할 때마다 마음이 무너진다. 향의 냉랭한 말길을 되짚을 때마다 마음이 찢긴다.

향은 택을 한다 하였다. 그녀가 원하였던 어미의 복수를 하려는 것이다. 그녀는 분명 적의 어미가 되어 호를 집어삼키려 하였으니……. 하면, 태위와 이것에 대한 거래를 한 것인가. 그러하여, 가지고 있는 자리를 내놓으려 한 것인가.

원은 바닥을 손톱으로 긁어냈다. 우드득, 우드득, 마찰에 의해 퍼지는 소리는 마냥 기껍게 들리는 것이 아니었다.

대체 언제, 그렇게 벼랑 끝까지 내몰린 것이더냐. 내가 그렇게 내몬 것이냐. 내가 그렇게 만든 것이냐. ……왜, 나는, 이제야 그것을 깨달아…….

그는 다시금 눈을 올려 떴다. 그리고 완전히 해가 뜬 발간 하늘을 올려다보았다.

되찾을 것이다. 모든 것을, 향도, 잃었던 과거도.

그는 비칠비칠 몸을 일으켰다. 새로이 시작되는 날처럼, 그에게도 새로운 시작이 찾아온 것이리라.

✼

끼익—

굳건하게 닫혀 있을 것만 같던 문이 다소 시끄러운 소리를 내며 열렸다.

문지방을 넘어오는 이는 분에 찬 걸음을 하고 있는 태위였다. 검버섯이 핀 거뭇한 얼굴에 담겨 있는 것은 분기와 또한 불안함에서 비롯된 초조함이었으니. 그 일련의 감정은 의자에 앉아 창밖 먼 곳을 내다보고 있는 진원에게로 쏘아졌더라.

"전하."

진원은 태위의 방문을 예상하고 있었다는 듯, 끼고 있던 팔짱은 풀지 않은 채 힐끗 눈길만을 돌려 그를 바라보았다. 그 역력하게 보이는 오만함에 태위의 분이 더욱 커지는 것은 당연한 일이리라.

"작금, 궐의 상황을 아시는지요."

차분한 말이었으나 떨림이 묻어 있는 말끝. 그를 알아채지 못할 리 없는 원. 그의 입꼬리가 보이지 않게 올라갔다.

"알다마다. 양제가 옥에 갇혀 있는 것을 말하는 것 아닙니까?"

"전하!"

결국 분을 참지 못한 태위의 외침이 있고서야 진원의 몸이 완전히 돌아섰다.

가늘어진 그의 눈에서 보이는 것은 교만, 그리고 등등함. 그 근원을 짐작할 수 있는 모습에 태위는 더욱 노기를 내며 목청을 틔웠다.

"하루가 지났습니다! 딸아이가 퀴퀴한 옥에 갇힌 지, 벌써 하룻밤이나 지났단 말입니다! 전하, 한시라도 빨리 마무리를 지으시지요. 오랜 시간이 흐르지 않았……."

"하루밖에 안 된 것이지요."

"전하!"

태위는 반걸음 진원에게로 다가갔다.

진원은 분명 의자에 앉아 있었다. 의자에 앉아 태위를 올려다보고 있었다. 태위 자신이 그를 내려다보고 있는 위치에 있다는 말이다.

그러나, 어쩐지 자신이 진원을 올려다보고 있는 것 같았다. 그 형형한 눈빛을 위에서 내리 받는 것만 같았다. 꿀꺽, 찐득한 침을 삼킨다.

"아직 때가 아닙니다. 정현이 여전히 몸을 감추고 있지 않습니까? 그네가 바깥으로 나올 때, 그때에 행을 하여도 늦지 않습니다. 하니 기다리시지요."

"시일이 미뤄지면 미뤄질수록 딸아이에게 더 혐의가 갈 것이 분명하온데! 어찌 차일피일 날을 미룬단 말씀이십니까!"

"이를 각오하신 것이 아니셨습니까?"

태위의 숨이 멈춘다. 주름이 자글자글한 손등에 퍼런 핏줄이 얼기설기 올라온다. 그와 동시에 그의 누르스름한 눈에 벌건 실핏줄이 도드라진다.

꿀꺽, 침을 삼키려 하였으나 목구멍이 턱턱 막혀 그러할 수 없었다.

이를 가만히 보던 진원의 입술이 반쯤 열렸다. 그 사이에서 흘러나오는 것은, 정녕 오만함이라.

"양제가 알면 어찌 될지, 궁금하지 않으십니까?"

진원의 입꼬리가 가감 없이 올라갔다. 그 삐뚜름하게 비틀어진 얼굴에 쓰여 있는 것은,

"금모충 사달을 일으킨 것은 아비요, 그를 이용해 정현의 눈을 황후에게 돌리게 한 것 역시 아비요, 정현이 황후를 시해함에 혐의자로 저를 지목할 것을 그 누구보다도 잘 알고 있던 것 또한 아비이니. 아비가 권력에 눈이 멀어 자신을 버렸다, 자신을 이용하였다 생각하지 않겠습니까."

"어찌, 어찌……!"

다 쓴 패를 정녕 거리낌 없이 내버릴 수 있는 상수(上手)의 모습.

그를 누구보다도 가까이서 보게 된 태위의 얼굴이 한층 더 파리해졌다. 바들바들 떨리는 손과 몸과 숨결이 그를 불완전하게 만들었고, 그와 상반되어 진원이 딛고 있는 모든 것을 더욱 단단하게 만들었더란다.

"전하께서, 전하께서 명을 하신 것이 아니십니까!"

"하하, 명을 하달한 것은 제가 맞으나."

끼고 있던 팔짱을 푼다.

"행을 한 것은 태위입니다. 어찌 제게 책임을 미루려 하십니까?"

옥안(玉案) 위에 있는 찻잔을 들어 홀짝 한 모금 목으로 넘겨낸다.

그래. 하달한 것은 자신이었으나 그것을 입증할 증거는 없다. 그러나 행을 한 것은 태위요, 그것을 입증할 증거 역시 실재하니.

"이번 일의 실범을 밝혀내지 않으면, 황자 저하를 밀어낼 방도가 없다는 것을 명시하여 주시옵소서."

"방법이야 많지요. 이는 그것의 하나였을 뿐."

정현, 태위. 이들 중 궁지에 몰리는 것은 과연 누가 될까?

그들 중의 하나가 목이 잘려야 이 사달이 끝이 날 테다. 하나 그들의 목을 자를 수 있는 것은 황제도 아니요, 순군만호부도 아니요, 바로.

'나뿐이다.'

진원, 그의 선택으로 인하여 판세가 뒤바뀔 것이리라. 그가 택하는 이는 죽음을 면치 못할 것이고, 또한 남은 이는 언젠간 찾아올 죽음의 기운을 더듬으며 살아갈 테지.

그래. 그는 이것을 원했던 것이다. 제 앞에서 벌벌 기는 쥐새끼를 보며 배죽 송곳니를 드러내는 범이 되는 것을.

진원의 등등한 풍채에서 비춰지는 것은 정대함이었으니, 태위의 고개가 뚝 떨어지는 것은 어쩔 수 없는 일이리라.

"옥에라도…… 찾아가 주십시오. 딸아이가 많이 힘들어 합니다."

전일, 한울은 영문도 모른 채 대원들에게 질질 끌려가 차디찬 옥에 내던져졌더란다. 이는 태위의 죄에서, 그리고 정현의 죄에서 비롯된 처벌이었으니.

영문도 모른 채 옥에 갇혀 피죽을 먹고 있는 한울을 생각하면, 마음이 미어진다. 답답하고 답답해 가슴이 터질 것만 같다.

그러나 진원은 이런 태위의 말씨를 우지끈 무너뜨리며,

"제가 왜 그래야 합니까?"

"……전하."

"제가 왜 양제를 찾아가야 합니까?"

너무나도 모멸한 말씨를 내뱉었더란다. 태위의 주먹 쥔 손이 바들바들 떨린다.

작금 진원은 한울의 무죄를 입증해 줄 생각이 결코 없는 듯 보였다. 이 기회를 통해 자신을 밀어낼 생각만을 하고 있는 듯싶었다.

하, 하하. 태위는 헛웃음을 흘리며 고개를 쳐들었다.

보이는 것은 또렷하여 괴괴한 천시. 이는, 우매한 행동에 대한 대가라 하기엔 너무도 크다. 욕심에 대한 대가라 하기에도 크다.

아, 너무도 자만하였다. 너무도 확신하였다.

"딸아이를, 양제자가를 연모하지 않으셨습니까."

진원이 한울을 연모하여, 그네를 절대로 버리지 않을 것이라 그리 확신하였다. 그리하여 자신 역시 내쳐지지 않을 것이라 판단하였더라.

"사랑하는 이를 잃은 아픔을…… 그 누구보다도 전하가 더 잘 아시지 않습니까. 혹, 제가 죽으면, 남겨진 딸아이는 어찌 되는 것인지요. 전하가 겪었던 그 아픔을 딸아이가 느끼게 된다면……. 안타깝지 않습니까. 불쌍하지 않습니까. 전하, 부디 통촉하여 주시옵소서……."

태위는 애걸하듯 축축한 목소리로 말을 이었다. 부디, 진원의 마음이 돌려지기를 바라는 기원에서 한 말이었으나,

"감히."

들려오는 것은 냉랭하다 못해 꽝꽝 얼어붙은 소리였으니.

"감히 그 더러운 입에 일황자를 올린단 말이냐!"

쾅!

그는 찻잔을 옥안에 던지듯 내려놓았다. 잔을 쥐고 있는 손이 파르르 떨린다. 동시에 그의 얼굴이 구깃구깃 구겨진다.

"안타깝다 하였느냐? 불쌍하다 하였어? 아니, 정녕으로 안타깝고 불쌍한 이는!"

역린(逆鱗). 태위는 감히도, 잠자고 있던 환조의 심기를 거슬렀다. 그 붉은 날개가 너무도 탐이 나 깃털 하나만 뽑기를 염원하였던 것이 욕심이었다는 듯.

"빛을 보기도 전에 죽어버린 일황자뿐일세. 그대의 딸은 정녕 불쌍한 이가 아니야."

환조는 그 아가리를 벌리며 더욱더 큰 분기를 내었더란다.

태위의 누런 눈동자에 반사되는 것은 시뻘건 열을 내는 진원의 모습이었으니. 그의 눈에 얼핏 두려움의 빛이 스쳐 지나갔다.

"내 네게 말해주랴? 양제 따위, 마음에 품지 않았다는 것을. 단 한 번도 마음에 품어 진정한 연정을 내비친 적이 없었다는 것을! 이리 말해야 정신이 들 참이냐?"

"어, 어찌……! 컥, 콜록, 콜록, 컥……."

그는 마른기침을 쉴 새 없이 내뱉었다. 피의 비릿한 내음이 입안에 그득하다. 소맷자락으로 애써 그를 닦는다.

늙은이의 거뭇한 얼굴에 묻은 핏방울이란 참으로 안타까운 것이었으나, 진원은 그조차도 짓밟는 듯,

"내 진정 그 계집을 사랑한다 생각하였느냐? 그리하여 너를 내치지 못할 것이라 단언하였어? 하하, 미친 게지. 정녕 미친 게야!"

포효하듯 입을 벌린다. 당장에라도 달려들 듯 주먹을 바르쥐고 어깨를 세우며 태위를 몰아붙인다.

"네가 정현과 힘을 합해 일황자를 사지로 내몰았다는 사실을 모를 줄 아느냐? 분명히 그날! 네놈의 얼굴을 봤거늘! 손바닥으로 하늘을 가리려 했느냐? 정녕 그럴 생각이었어? 하하! 그리 생각하였다면 네 오만이요, 교만이지. 탐욕에 눈이 멀어 길인지 똥구덩인지 분별하지 못한 너를 탓해야 마땅하지 않겠더냐?"

"저, 전…… 그것이 아니…… 콜록……."

태위의 고개가 재차 떨어진다. 쿨럭, 쿨럭, 피가래가 묻은 기침을 뱉으며 두 눈을 질끈 내리감는다.

무슨 일이건, 어긋난 욕망에서 비롯된 시작이라면 그 끝이 창대하지 못하는 법. 어쩌면 알고 있지 않았을까. 그러나 부러 외면하려 했던 것이 아닐까.

태위는 목구멍에 느껴지는 피멍울을 가다듬으며 실소를 흘렸다.

"태위."

진원은 다소 상기된 목소리로 말을 이었다. 가볍게 몸을 일으켜 태위에게로 찬찬히 걸어간다.

"나는 내 손에 피를 묻히지 않았다. 모든 것은 네가 했으며, 또한 정현이 하였다. 이것이 무엇을 뜻하는지 아느냐?"

체념을 한 것일까. 태위의 꾹 감은 눈에선 더 이상 떨림이 묻어 나오지 않았다.

"언제라도 네놈의 모가지를 잘라내 저잣거리에 걸어놓을 수 있다는 뜻이다."

그의 어깨에 손을 얹는 원.

"대신들을 내 편으로 몰아준 것은 참으로 고마우나."

그간 원은 황후와 정현의 견제가 있던 까닭에 눈에 띄게 움직일 수 없었다.

그리하여 칩거 생활을 지속하는 태위를 빼내기 위하여 한울을 끌어들였던 것이고, 그를 통해 태위를 충직한 개로 만들었던 것이고, 결국엔 태위를 이용해 알게 모르게 관료들을 빼내었으니.

모든 일은 일사천리, 엉킨 실을 단번에 풀어낸 셈이 되었다. 그러나, 단지 그것뿐이다.

"어찌할까. 토사구팽, 그대는 개만도 못한 이가 된 것을."

곧 황후가 죽고 정현이 그를 이어 잡혀갈 터. 모든 일이 막바지에 다다랐다는 말이다. 그리하여 일이 끝이 났으니.

더 이상 태위의 힘이 필요 없지 않겠느냐.

진원은 배죽 비소를 흘리며 손아귀에 더욱 힘을 주었다.

"하나 여기서 그대의 목을 자를 순 없을 터. 혹 아느냐? 그간의 노고를 치하하여 목숨만은 살려줄지. 그러니, 그대."

그래. 태위는 우매하였다. 저가 판을 장악하고 있다, 저가 판을 움직이고 있다 착각을 하여 여기까지 온 것이니. 판은 곧 진원의 손바닥 안이었다는 것을 깨닫게 해주어야 하지 않겠느냐.

"이 모든 일이 끝날 때까지 외출을 금한다. 이것만이 그대의 목숨을 부지할 수 있는 길이야."

명 한마디에 목숨이 달려 있는, 언제 어느 때 목이 날아갈지 몰라 마음을 졸이고 살아야 하는, 그 위태로움을 뼈저리게 느끼게 해주겠다.

태위는 그 서슬 퍼런 기운을 느꼈다는 듯, 제 목을 할퀴듯 움켜쥐었다. 그리하여 나온 것은 컬컬한 목구멍에서 비롯된 띄엄띄엄한 말.

"제…… 딸아이는…… 어찌 되는 것입니까."

진원은 자신을 죽이지 않을 것이다. 그것은 너무도 확실하다.

작금 이 일을 이용해 정현을 몰아낼 것이지, 자신에게까지 그 마수를 뻗치지 않을 것이란 말이다. 이러한 확신을 가지고 있었으나, 이는 태위 자신에게만 해당되는 것뿐.

한울은 어찌 되는 것일까. 작금 퀴퀴한 옥에 갇혀 살날을 기다리고 있는 한울은 어찌 되는 것일까.

태위의 얼굴에 슬픔과 애통의 감정이 흘러내릴 듯 담겼으나,

"볼모가 되는 게지."

이미 모든 것을 끝낸 진원의 눈에는 그 무엇도 들어오지 않았다.

볼모. 태위가 혹여 허튼 짓을 하지 않게 만들 수 있는, 꼭두각시 인형이 될 테다.

"그대가 나를 배신할 수 없게 만드는 곽독이."

이것만이 한울을 사랑하였던 이유였으니, 한울을 감싸 안았던 이유였으니.

진원의 얼굴에 이미 세상에서 사라져 한 줌 재로 변한 재민의 얼굴이 중첩되어 펼쳐졌다.

'그 누구도, 나를 탓할 수 없다.'

모든 일은, 과거의 잘못된 죄과에서 비롯된 것이노라고. 그리하여 너와 네 딸이 이 지경이 된 것이노라고. 진원의 얼굴은 그리 말을 하고 있었다.

❈

"……오늘도 다른 이들은 바쁘신가 봅니다?"

정현의 나긋하여 낮은 목소리가 작은 방 안을 울렸다. 메아리가 된 그 소리는 그의 앞에 앉아 있는 관료들의 귀를 후벼팠고, 그들의 손바닥에 절로 식은땀이 맺히게 만들었다.

후우, 정현은 짤막한 숨을 내쉰다. 눈썹 위를 꾹꾹 누르며 애써 눈에 힘을 준다. 두통이 이는 모양이다.

"저들이 따르는 이가 범인지 쥐새끼인지 분별도 못 하는 병신들이 많은가 봅니다."

"소, 송구하옵니다."

"그대들이 송구할 것이 무어라고요? 하하, 되었습니다. 떠나간 이는 붙잡지 않는 것이 마땅한 법이지요. 차라리 잘되었습니다."

오늘따라 정현의 말씨는 녹녹하다. 말에 담긴 뜻은 날카로웠으나 그의 얼굴에 화가 그려져 있는 것은 아니었다.

본래 같으면 분명 고래고래 소리를 지르며 성을 내었을 텐데, 정녕 이상할 정도로 얌전하다. 이러한 뒤틀린 기류에, 관료들은 서로 눈치를 보며 침을 모아 삼킨다.

"오늘, 그대들에게 다소 중차대한 말을 하고자 합니다."

누군가의 입에서 한숨이 흘러나왔다. 보이지 않는 비소를 내짓는 정현. 음습한 기운이 그의 얼굴에 퍼렇게 그려진다.

"작금, 사변의 죄인으로 양제가 잡혀간 것은 다들 알고 계시지요?"

"예, 저하."

"양제와 황태자가 혼약을 맺기 전부터 정을 통했다는 사실 또한 알고 계실 테지요."

"예, 풍문이 파다하온데 어찌 모를 리 있겠나이까."

"황태자가 양제를 살리기 위해 수를 쓰고 있다 합디다."

순간적으로, 모든 이들의 시선이 한곳으로 모아졌다. 아주 짧은 침묵, 끝에 정현의 말뜻을 이해한 관료들이 자리를 박차고 일어나며 역력한 노기를 내뱉었다.

"어, 어찌……! 본 사변의 죄인은 명명백백하게도 양제자가 아니옵니까?"

"마, 맞습니다. 나인의 증언이 확고하여 발뺌을 하려야 할 수 있는 상황이 아니지 않습니까! 반역죄요, 모독죄이니, 당장에 그 목을 쳐도 모자람이 없을 터인데, 어찌 죄인을 빼돌리려는 심산을……!"

"이는 묵과하여 넘길 수 있는 일이 아닙니다! 저하, 이를 당장 황제 폐하께 주청해 방법을 강구해야 할 것입니다!"

정현은 입가를 손으로 가리며 입꼬리를 비틀어 올렸다. 예상한 대로 딱 맞아떨어지는 반응에 흘러나오는 웃음을 막을 수 없는 것이리라.

눈에 힘을 부릅 준다. 부러 깜빡이지 않으며 눈가를 축축하게 젖게 만든다.

"만약, 만약 황태자의 일이 진척된다면…… 저는 병상에 드러누운 어마마마를 뵐 면목이 없습니다. 하니…… 부디 도와주십시오. 황태자는 그 죄를 제게 돌려 저를 죄인으로 몰고 갈 심산입니다."

그는 고개를 툭 떨어뜨리며 말을 이었다. 습한 물기가 담겨 있는 목소리였으니 그가 정녕으로 슬퍼하고 있다는 것이 느껴졌다. 관료들 여럿은 답답한 듯 제 가슴을 쾅쾅 치며 분에 그득 찬 말길을 뱉는다. 이 역시 정현이 예상한 대로다.

"그런……! 인두겁을 쓰고 어찌 그런 짓을 할 수 있단 말입니까! 저하, 기필코 그런 일은 없을 것입니다. 저희가 어떻게든 힘을 써볼 터이니, 심려치 마십시오. 후에 있을 편전에서 저희가 반드시 힘이 되어드릴 터이니!"

"손바닥으로 하늘을 가리려 하다니! 천륜을 어기는 것이요, 벌을 받을 짓입니다!"

사실, 그들은 커져가는 황태자의 세력에 그에게 발을 담글까 고민을 하고 있던 이들이다. 그러나 그때에 사변이 벌어진 터.

때만 보고 이리저리 눈치를 보고 있었으나, 사변의 죄인으로 양제가 잡혀갔더란다. 이는 황태자의 세력에 큰 타격이 되는 것이었으니, 그리하여 아직까지 정현의 옆에 붙어 있었던 것이다.

또한 정현의 말마따나 황태자가 양제를 빼돌리려 한다면, 그것은 역모에 가담한다는 것과 같은 뜻이었으니 판세가 뒤바뀔 수도 있는 일이었다.

그렇기에 그들은 부러 큰 분을 내는 것이며, 이때다 싶어 황태자를 끌어내리려 갖은 수를 쓸 것이 분명하였다.

"아아, 참으로 든든합니다. 그럼 저는 대신들만 믿겠습니다. 후에 있을 편전에서, 반드시 양제의 죄를 밝혀야 합니다. 반드시요."

"예, 저하. 그런 고얀 이를 그냥 둘 수는 없지요!"

정현은 비식 일소를 뱉었다. 황후의 아들이라는 이유만으로 사변의 용의선상에서 벗어났다. 더불어 대신들의 신뢰까지 얻으니 이 어찌 좋은 일이 아니겠느냐? 그러니 더욱 웃음이 나올 수밖에. 찢어진 입꼬리는 내려올 생각을 하지 않는다.

잠시의 침묵, 그 안에는 정현에 대한 안타까움이, 그리고 정현의 비릿한 웃음이 담겨 있었고, 그 침묵 끝에 정현은 빠른 손길로 자신이 들고 온 패물함을 탁자 위에 내려놓았다.

"이, 이것은……!"

"잦은 성의니 부담 갖지 말고 받아주시길 바라겠습니다."

함이 넘칠 정도로 담겨 있는 금괴와 갖가지 보옥들. 정현은 이것들이 모두 저들의 것이라는 듯, 함을 그들 쪽으로 쭈욱 밀며 생긋 웃음을 내지었다.

"후에 양제의 죄가 확실해져 그 일가족을 참수하게 된다면."

어차피 관료들이 바라는 것은 매한가지일 터. 제 주머니를 두툼하게 해주는 이를 따르지 않겠더냐.

"태위의 집에 쌓인 금은보화 역시 그대들의 것이 되지 않겠습니까."

그러니 이들에게, 더욱 큰 미끼를 던져 주어야 했다. 이것을 물고 뜯어 제 배로 넣을 수 있게.

"그러니, 부디 힘을 써주십시오."

정현은 몸을 반듯이 세우며 짤막한 말을 내뱉었다. 그에 눈이 휘둥그레진 관료들의,

"서, 성은이 망극하옵나이다!"

길고 긴 외침이 멎지 않는 것은 당연한 일이었다.

✽

옥은 퀴퀴하다. 습하다 못해 무거운 공기가 양어깨를 짓눌렀고, 근원 모를 악취가 코를 우악스럽게 찌르고 있었다.

쥐들의 울음소리가 그득하고, 이를 갈기 위해 벽을 갉아 먹는 소음 또한 들려온다.

주먹만 한 거미가 친 거미줄이 사방에 퍼져 있었으매, 그에 걸린 하루살이들의 푸드덕대는 비명에 정신이 나갈 지경이다.

그러한 곳에 한울이 있다.

비단결같이 고왔던 머리칼이 얽히고설킨 채. 손톱 사이 검은 때가 묻은 채. 향유 내음이 그득하던 며칠 전의 몸뚱이와는 대조적으로 악취를 펄펄 풍기며.

그렇게, 한울이 널브러져 앉아 있었다.

'며칠이 지난 것인가.'

한울은 초점 없는 눈으로 허공을 바라보며 헛웃음을 내뱉었다.

죄가 없다. 누명이다. 고래고래 소리를 지른 것이 마지막으로 언제였던가? 이제는 기운이 빠져 그리 소리도 지르지 못하겠건만.

"하, 하하…… 하하하!"

하루면 풀려날 줄 알았다. 아니, 몇 시면 풀려날 줄 알았다.

자신이 한 짓이 아니었으매 명확한 물증이 없었으므로. 그리하여 당장 옥에서 나가 본래의 삶으로 돌아갈 줄 알았다.

그러나 이곳, 황실은 그리 녹록한 곳이 아니었더라.

내가 만약, 여기서 나가지 못한다면. 정말 죄를 추국 받아 죗값을 치르게 된다면, 아버지는 어찌 되는 것인가? 아버지는, 그리고 나의 가문은……!

두렵다. 두려워! 정녕, 나는 어찌해야 하는 것인가?

그러나. 이 좁고 퀴퀴한 옥에서 할 수 있는 것은 아무것도 없었다. 단지, 진원이 찾아오기를. 그리고 아비가 찾아오기를 바라고 바라는 수밖에 없었건만, 그 누구도 찾아오지 않았다.

매일 아침 자신을 반기는 것은, 개도 먹지 않을 피죽을 들고 와 자신의 앞에 던져 놓는 옥지기들뿐.

나는 죄가 없다. 나는 아무것도 모른다. 아무리 되뇌고 외쳐 봐도 돌아오는 것은 아무것도 없었다.

그리하여 한울에게 남게 된 것은, 두려움. 오직 그것뿐.

한울은 차디찬 바닥을 손톱으로 긁으며 몸을 일으켜 세웠다.

순군만호부 대원들에게 자신이 잡혀갈 적, 그런 자신을 바라보던 향의 눈동자가 떠오른다. 그것에 담겨 있는 것은 당혹. 정녕 그것이었으나, 괘씸하였다. 괘씸하다 못해 찢어 죽이고 싶은 마음이!

'내가 아니라 단향, 그 계집이 끌려왔어야 했다. 내가 아니라, 내가 아니라!'

한울의 하얗게 부르튼 입술에서 비릿한 핏방울이 흘러나왔다. 아, 아아……. 이 생지옥과도 같은 곳에서 느낄 수 있는 것은 오직 분노뿐이리라.

한울이 시선이 벽을 따라 천천히 돌아간다. 그리하여 멈춘 곳은 몸통만 한 거미줄이 쳐져 있는 모퉁이. 잘못 들어온 나방 한 마리가 거미줄에 칭칭 감겨 있었는데, 순식간에 줄을 타고 내려온 거미가 그것을 아작아작 씹어 먹고 있었다.

처음에는 기겁하며 소리를 질렀다만, 이제는 너무도 익숙한 광경. 아니,

'마치 나와 같기에.'

거미와도 같은 '누군가'에게 잡혀 언제 먹힐지 모르는 하루하루를 보내고 있는 나와 같기에.

한울의 몸이 간질에 걸린 듯 파들파들 떨려왔다. 분노, 그리고 슬픔이 동시에 밀려와 마음속을 거세게 휘젓는다. 파르라니 부르튼 입술에서 연속된 신음 소리가 흘러나왔다.

그때, 끼이익— 굳게 닫힌 쇠문이 열리는 소리가 들렸다.

동시에 터벅터벅, 계단을 내려오는 소리가 들려왔다. 귀를 기울인다. 혹여 자신을 찾아온 손님이 아닐까, 아버지일까 아니면 황태자일까. 그렇게 마음을 졸이고 있었다만.

"……고개를 들라."

제 눈앞에 보이는 것은 꿈에도 보고 싶지 않았던 단향, 태자비였다.

나방을 아작아작 씹어 먹는 거미의 이빨 소리가 귓가를 윙윙 맴돌았다. 마치 자신이, 단향이라는 거미에 먹히는 나방이 된 것만 같아 눈물이 와락 차오르기에 이르렀다.

"이게…… 누구십니까. 태자비마마가 아니십니까? 이런 누추한 곳

에 마마께서 어인 일이시옵니까?"

한울은 삐뚜름한 자세를 유지하며 향을 향해 턱을 꼿꼿이 세웠다. 머리는 산발이요, 얼굴은 흙빛이 가득한데, 고고한 척 턱을 드는 모습이, 하! 이것 참 기가 찰 노릇이다.

"아아, 저를 골리려 오신 것입니까? 하하, 그렇다면 마음껏 하시지요. 어찌, 이리 추악하게 망가진 제 모습을 보니 어떠십니까? 즐거우시지요? 행복하시지요?"

제 머리를 배배 꼬며 눈을 가느스름하게 뜬다. 고개를 까딱이며 비죽배죽 웃음을 짓는 모양새가 정녕 제정신이 아닌 사람처럼 보이게 한다. 향은 다소 인상을 찌푸렸다.

"……양제."

"양제요? 누가, 대체 누가 양제입니까? 제가 양제입니까?"

한울은 몸을 벌떡 일으켰다. 그녀의 뒤, 아주 작은 창에서 어릿한 달빛이 흘러들어 왔다. 때문에 그를 등지고 서 있는 한울의 얼굴에 그림자가 드리워지는 것은 어쩔 수 없는 일이었다.

"제가 양제라면! 이리 하대를 할 수 없습니다! 제가 양제라면! 이런 퀴퀴한 옥에 가둬둘 수 없단 말입니다!"

이 상황을 받아들일 수 없다는 듯, 악을 쓰며 머리를 흔든다. 시뻘건 핏줄이 올라온 눈알로 향을 죽일 듯이 바라본다. 그러나 그것도 잠시, 이내 발을 끌듯이 걸어와 창살을 붙잡고 향을 부르짖기 시작했다.

"마마, 마마, 태자비마마."

향을 향했던 분노는 삽시간에 사라졌으니.

제 목숨이 바람 앞 등불이라는 것을 인정하고 있기 때문일까. 또한 그 바람을 막아줄 이는 제 눈앞에 서 있는 단향밖에 없음을 깨달았기 때문일까.

한울은 애걸하듯 울부짖으며 향에게로 손을 뻗었다. 그러나 좁디
좁은 창살, 그녀의 손은 향에게 닿지 않는다.

"부디 살려주십시오. 저를 꺼내주십시오. 저는, 저는 죽을 수 없습
니다. 이런 중상모략에 말려 죽을 순 없단 말입니다!"

악! 소리를 지르며 창살을 잡고 흔든다. 덜컹, 덜컹덜컹, 그 뒤흔들
리는 창살이, 마치 자신의 마음을 대변하는 것 같아 향은 주춤 뒷걸
음질을 쳤다.

어찌, 저리 망가질 수 있단 말인가.

눈을 내리감으며 고개를 절레절레 흔든다. 저가 잘못한 것이 아님
에도 불구하고 어쩐지 마음 한편이 가라앉았다.

"살…… 려주십시오. 부디, 부디……."

한울의 고개가 툭, 떨어진다. 거뭇한 오명이 묻은 모가지가 훤히 보
인다. 어찌, 어찌. 향은 손을 내리며 한울을 응시했다.

사람의 마음만큼 간사한 것은 없다 하였는가.

태자 전하의 사랑을 듬뿍 받고 있는 것처럼 보였을 적에는 찢어 죽
여도 시원찮을 계집이었건만, 지금은 그렇지 아니하다. 오히려 안타까
워 살을 내어주고 싶을 정도이다.

아니, 아니. 향은 입술을 꾹 깨물며 재차 고개를 흔들었다.

이 기회를 놓칠 수는 없었다. 한울의 무죄를 밝힐 생각은 명백하게
있었으나, 그녀를 쉬이 풀어주고 싶지 않다는 말이다.

핏방울이 맺힌 향의 입술이 열린다. 그 틈을 기다렸다는 듯, 한울
의 동공이 확장한다.

"그대는, 하늘을 우러러 보았을 때 단 한 번도 죄를 지은 적이 없다
생각하는가?"

"마, 마마."

"응당 죄인이라면 죗값을 치러야 함이 맞거늘."

향은 차가워진 손끝을 보이지 않게 부여잡으며 부러 눈에 힘을 주었다.

"죄…… 입니까? 은애하는 이에게 연정을 표한 것이, 정녕 죄란 말씀이십니까?"

"정히 그것뿐이 없었다 생각하는가?"

"마마!"

한울은 데굴데굴 눈동자를 굴리며 딱딱 이를 씹었다.

"마, 맞습니다. 죄를 지었습니다. 모, 못된 마음을 먹고 마마를 밀어내려 하였습니다. 하나, 하나 마마! 제 죄에 대한 값은 치러야 함이 맞으나, 이처럼 누명에 대한 죗값을 치를 수는 없습니다. 부디, 부디 하해와 같은 성은으로……."

무릎을 꿇는다. 지난날 자신이 향에게 했던 무엄한 언사와 행동을 반성이라도 하는 듯, 손이 발이 되도록 빌고 또 빈다.

"저를 살려주십시오……."

향은 두 눈을 질끈 내리감았다. 그러나 눈을 감음에도 한울의 엉망인 모습이 보였고, 귀를 막음에도 한울의 흐느낌 소리가 들려왔다.

아, 내 이런 것을 바란 게 아니거늘.

"……조금만."

갈라진 입술이 벌어짐과 동시에 흘러나온 말이었다.

"기다려라."

그 짤막한 말을 끝으로 몸을 돌린다. 그리고 옥에 들어왔을 때보다 더욱 빠른 발걸음으로 계단을 오른다.

"마, 마마! 어딜 가십니까! 마마!"

비명에 가까운 소리가 들린다. 그 소리를 듣고 싶지 않아 더욱더 걸

음에 박차를 가했지만,

"언제까지, 대체 언제까지 기다려야 하는 것입니까! 마마!"

이는 끊임없이 귓가를 맴돌았으니…….

끼이익, 두꺼운 철문이 열린다.

쾅!

그것이 닫힘과 동시에 모든 소리는 사라졌다. 쥐 죽은 듯 고요해진 대기. 그 위에 포개지는 것은 향의 가쁜 숨소리밖에 없었다.

"욱……."

향은 옥사를 나오자마자 헛구역질을 하며 가슴팍을 내리쳤다.

사람이 살 수 있는 공간이 아니다. 나름의 강심장을 가지고 있는 자신이 보아도 저리 끔찍한데, 한울은 과연 어떻겠는가. 저런 곳에서 어찌 하루를 보낸단 말이냐.

향은 주먹을 바르쥐었다. 불규칙적이게 내뱉어지는 숨을 고르며 거뭇한 머리를 가다듬는다.

세상은 한 치 앞도 분간할 수 없을 정도로 어두웠다. 달님이 구름 뒤에 숨은 탓일까. 아니면 앞으로 일어날 모든 일들에 대한 결과를 의미하는 것일까.

그 누구도 짐작치 못하는 것일 뿐. 그저 벌어진 일에 대해 순응하는 수밖에 없었다.

향은 문득 고개를 틀었다. 멀지 않은 곳에서 자신을 향해 다가오는 인영이 보인다. 이는 보지 않아도 짐작할 수 있었다.

"……태자비마마."

태위. 향은 자신에게 가까워지는 태위에게 시선을 고정하며 중얼거렸다.

"외람되오나, 소인. 마마께 청할 것이 있사오니."

태위의 얼굴은 그 어떤 때보다 수척했다. 움푹 파인 볼, 그늘이 진 눈가, 새치가 반이 덮인 머리카락⋯⋯. 이러나 저러나 하여도 아비라는 것인가. 향은 피식 웃음을 흘렸다.

그가 자신을 찾아온 이유는 너무도 확연했다. 제 딸을 구하기 위하여, 제 딸의 미래를 위하여.

"먼젓번, 마마께옵서 이야기하셨던 거래를 받아들이기에 간절히 바라는 바입니다."

향의 손을 더럽히지 않을 수 있는 방도를 찾아 낸 것이리라.

이렇게 인연의 끈은 이어진다. 이러한 끈이란 언제든 끊어지고 맺어질 수 있음을, 그들은 간과하고 있는 것이리라.

투두둑, 빗방울이 떨어진다. 부슬비에 의해 밤기운이 흐트러진다. 축축한 습기에 의해 가득 피었던 꽃의 향이 만발하기에 이르렀다. 향과 비가 섞여, 끝끝내 꽃비가 내리는 것 같이 느껴졌다.

〈2권에서 계속〉